苏拾五

一著一

上册

xin quan

北京联合出版公司
Beijing United Publishing Co.,Ltd.

图书在版编目（CIP）数据

心软/苏拾五著. —北京：北京联合出版公司，2024.1
ISBN 978-7-5596-7005-2

Ⅰ.①心… Ⅱ.①苏… Ⅲ.①长篇小说－中国－当代
Ⅳ.①I247.5

中国国家版本馆CIP数据核字(2023)第111231号

心软

作　　者：苏拾五
出 品 人：赵红仕
责任编辑：高霁月
特约编辑：酒　酒
美术编辑：Frespirit

北京联合出版公司出版
（北京市西城区德外大街83号楼9层　100088）
大厂回族自治县德诚印务有限公司　　新华书店经销
字数760千字　640毫米×920毫米　1/16　46印张
2024年1月第1版　2024年1月第1次印刷
ISBN 978-7-5596-7005-2
定价：69.80元（全二册）

目录

上 册

目 录

下 册

第 一 章
小瓷猫

xia quan

"电影料，柳筱要参演钱正义的《秘密》。"温宁正在机场贵宾室候机，看到这里，一边咬了口汉堡，一边刷新了下页面。她会点进来这个帖子，也是因为好奇柳筱背后的人到底是谁。

《秘密》是她的原创小说，影视版权卖给了鼎鼎有名的鼎盛娱乐，且定下由知名大导钱正义担任导演。

钱正义在圈内是出了名的挑演员，《秘密》里所有角色都是由他亲自挑选的，这次挑出来的演员个个都十分符合原著，不是灵气十足的新人，就是演技满分的戏骨。

温宁作为原著作者，原本是对电影选角非常满意的。之所以说"原本"，是因为这个帖子爆的料是真的：柳筱确实要参演《秘密》，演的也确实是男主的妈妈。

帖子页面一刷新，迅速跳出来一大串新回复，温宁粗粗扫了一眼，吃汉堡的动作倏然一顿。温宁没想到吃瓜能吃到自己头上来，她顺手截图了几条，打开微信，戳开闺密喻佳的头像，把图片发了过去。

喻佳许是正好得空，消息回得很快。

喻佳："我也刚看到，正想和你说呢。"

喻佳："我还想说到底谁这么大面子，一二再再而三地往咱们剧组里塞人，主角演不成，就非得再捞个配角，原来是搭上江冽了。"

温宁没忍住骂道："江冽是不是脑子坏了？"

喻佳："你说江冽要是知道《秘密》原著是你写的，你还要跟组当编剧，他会是什么反应？"

温宁就是江冽那个"早死了"的"白月光"。他们两家的婚约是她爷爷和江冽的爷爷早年间定下的。她爸妈觉得娃娃亲这种事有些荒唐，两家家世上也有些差距，加上他们两家还不在一个城市，爷爷去世后，他们家就甚少和江家走动，但江冽的爷爷重诺，等她到了十八岁，江家重提了婚约之事。

毕竟是爷爷生前定下的约定，温宁就答应先和江冽见面相处试试。见面后，温宁对江冽印象平平。不过江冽声称对她一见钟情，追了她一小段时间。

没多久，温宁和父母在出国旅游时遭遇事故，在她生死不明的时候，江冽就和一个女明星因为绯闻上了热搜。后来江冽误以为她已经死了，女朋友更是换了一任又一任，还非要打着对她深情难忘的幌子，说只是因为那些人长得有点像她。

温宁觉得他这要算是深情，那也太侮辱"深情"二字了。

但温宁还真没料到柳筱背后的人是江冽。《秘密》男主的妈妈早逝，她只活在回忆杀中，戏份虽不多，却也是个重要角色，而柳筱参演的作品没几个，营销满天飞，演技又差。

毕竟是自己辛苦写出来的作品，又运气好卖给了靠谱的制作方，还是由钱正义来担任导演，温宁实在不想让柳筱这一颗老鼠屎坏了整锅汤，但她一个已经卖了版权的小作者也不可能有什么话语权。

温宁："他有什么反应关我什么事？"

温宁："如果她进组后，演技还是那个水平，我就跟钱导和杜老师商量，看到时能不能减点戏份。"

她本来已经有点气饱了，可发完这条消息，还是顺手拿起了只剩最后两口的汉堡。浪费粮食不可取，因为江冽这种人浪费粮食更不可取。

温宁吃着汉堡，心里还是有点气，又给喻佳发了条消息："算了，先不说他们了，我在吃晚饭，换个下饭的话题吧。"

喻佳："行啊，你明天下午两点到是吧，晚上想吃什么？"

喻佳："火锅烧烤小龙虾，还是螺蛳粉配绝味鸭脖、周黑鸭加奶茶？"

温宁："……"

她在美国留学，好一段时间没回国了，此刻一看到喻佳发的最后一条消息，脑海中瞬间就浮现出毛肚黄喉肥牛片，还有沾满了汤汁香辣入味的小龙虾，以及酸爽的螺蛳粉……手里的汉堡忽然就不香了。

温宁胡乱咽下最后一口汉堡，低头在对话框里打字："成年人不做选择！我！都！要！吃！"

没等她把消息发出去，忽然从后方传来一句中文。单单只是一个"好"字，声音不算大，但夹杂在杂乱的英文对话声中就显得分外明显了。

在异国他乡听见熟悉的母语，温宁下意识地回过头——贵宾厅最靠里位置的灰色长沙发上并排坐着两个亚洲样貌的男人。左边那个像是刚坐下，正低头拿出一份文件。

温宁眼里却只有坐在右边的那个男人。

平驳领黑西装笔挺，几乎不见什么褶皱；白衬衫扣至最上方；领带系得一丝不苟，上面别着款式简单大方的银色领针。直挺的鼻梁上架着副银色细边眼镜，在吊灯的照耀下泛起点晃眼的金属光泽。

男人一双裹在黑西装裤里的大长腿随意交叠在一处，法式衬衫袖口露在西装外面，上面戴着一对黑色袖扣，半只表盘从法式袖口中露出来，骨节分明的左手摸着右手的袖扣，表情沉静，像是在听旁边的人做汇报。

温宁还是第一次在三次元看到有人能把斯文的西装穿出这么强的压迫感，也是第一次看到有人能把西装穿得这么好看。

像是察觉到她的视线，男人镜片下那双微垂的眼忽然略往上一抬——温宁心头一跳，忙快速收回视线。不知是偷看差点被抓包，还是因为别的什么，她一时间只觉心跳快得厉害。

手机又振了下，温宁低头看了眼，才发现喻佳给她发了好几条消息。

喻佳："？"

喻佳："有这么难选吗？"

喻佳："正在输入半天了也没见你发条消息过来。"

温宁的心跳还是快得让她发慌。脑中已经不再满满都是毛肚黄喉肥牛片，转而被刚刚才偷看过的那张极其清俊矜贵的脸占据。

喻佳："人呢？"

直到喻佳又发了条消息过来，温宁才回神。她删掉刚才对话框里的那行字，重新给喻佳发了条消息："我看见了一个帅哥。"

喻佳："难怪半天不回。"

喻佳："说吧，又是你哪个纸片人老公？"

喻佳："居然还铺了地广到机场吗？"

温宁脑中还是男人那张极符合她审美的脸，心跳声大得仿佛自己都听得见："真人。"

喻佳："真的假的？"

喻佳："你不是一向对三次元的男人没兴趣吗？"

喻佳："我不信。除非你发张照片让我也看看。"

温宁的妈妈是个小有名气的画家，温宁从小跟着她学画画，虽然天赋不及妈妈十分之一，但一直对纸片人的兴趣远大于真人。这还是她第一次在现实中看一个男人看得失了神。

喻佳又发了条消息过来："拍了没？没拍就赶紧偷拍一张！"

温宁："……"

温宁的心跳还是快得不受控制，脑中又不由自主出现了男人的那张脸。她攥紧了手机："我不敢。"那人只是单单往那儿一坐，气场就十分迫人，她现在都不太敢再回头。

喻佳："你怕什么？"

喻佳："拍个照有什么不敢的？"

温宁："怎么跟你形容呢……"

温宁："就我第一次在三次元看到有人单单坐着都自带一股顶级领导者的气场，你懂不？"

温宁："而且他浑身上下还写着'我超贵'几个字，就感觉他属于万一我被发现偷拍他，立马会有顶级律师团过来跟我科普侵犯他人肖像权会有什么法律后果的那种人。"

喻佳："真的假的？"

喻佳："外国人还是中国人啊？"

温宁想起刚刚那句中文，虽然不知道是他们当中谁说的，但温宁莫名有种直觉，他应该和她一样，也是中国人。

温宁："中国人。"

喻佳："中国人你㞞什么？"

喻佳："我看你也别偷拍了，这么难得碰上一个符合你审美的，直接上去搭讪要微信啊。"

喻佳："异国他乡遇同胞，多好的搭讪借口。"

温宁："？？"

温宁完全没往这方面想过："跟他要微信？"

喻佳："不然呢？"

喻佳："你现在可是在国际机场，不留联系方式你觉得再见面的机会能有多大？"

温宁捏着手机的指尖又紧了两分。

这时候忽然来电话了。温宁瞥了眼屏幕，打电话过来的人是她妈妈，宁雪兰女士："宝贝到机场了吗？"

温宁还在想喻佳刚才的话，拿着手机发愣。

没听见她回答，宁雪兰又叫了她两声："宁宁？温宁？"

温宁倏然回神。脑中那张脸似乎还挥之不去，心跳也仍快。顿了顿，温宁抬手挡住话筒，把声音压得低低的："妈妈，我在贵宾室看到了一个很帅的男人，佳佳让我去跟他要微信。"

宁雪兰在这方面向来很开明，语气瞬间从担忧转为兴奋："真的吗？中国人吗？妈妈还是第一次听你用'很帅'这个词形容三次元的人，快去要！"

温宁脑子有点乱，咽了咽口水，继续小声问："怎么要啊？"

宁雪兰："这还不简单，你过去跟他说，这位先生我们是不是在哪儿见过，能留个联系方式吗？"

温宁语气怀疑："这能有用吗？"

"当然有用啊。"宁雪兰笃定地道，"我当年就是这么要到你爸爸电话号码的。"

温宁："……"

那都多少年前的事了啊，她就说怎么听着这么老套呢。

电话里像是有广播声响起，宁女士没等她开口，就继续道："我和你爸爸要上游轮了，先不说了啊。你有事给我们打电话啊，打不通就找舅舅。记得去要微信！"说完这句，宁女士就挂了电话。

温宁忍不住撇了下嘴。她这次毕业回国工作，父母却高高兴兴地出去度假了，只顾自己恩爱快活，完全不管他们亲爱的女儿即将步入险恶的社会。

温宁把手机放下。她在小说和漫画中看过无数一见钟情的剧情，宁女士也说当年对她爸是一见钟情。温宁不知道自己现在是个什么情况，明明只看了一眼，但她内心好像确实产生了一种强烈的、想要认识他的冲动。

贵宾室开了空调，温度调得略低，温宁捏着手机，手心里却冒出了点细细的汗。

不然……就先再回头看他一眼再说？她在又逐渐加快的心跳声中，攥着挎包带子回过头——那张灰色长沙发却已经空了。

温宁高高悬起的心倏然重重摔落下去。她攥着带子的手蓦地收紧，又四处张望了一遍，却再没看见那个身影。

她那趟航班还要一段时间才登机，那两个人现在就不见了，应该和她不是同一趟飞机。温宁想起喻佳那句"不留联系方式你觉得再见面的机会能有多大"，长长的睫毛低低地垂下来。

因为这个小插曲，直到登机后，温宁都还快快不乐。

她这次坐的是头等舱，是她爸给她订的，算是他们"抛弃"她去旅游的补偿之一。

温宁心情不好，等上了飞机，交代好空姐不用叫她吃饭后，她就把门关上了，戴上耳机开始看电影。除了去卫生间，她几乎就没怎么开过门。

这次头等舱没什么人，除了两个同样关上门，不知有人没人的位置，剩下几个都是空位。

温宁一连看了几部搞笑电影，一直到后半夜才睡觉。这一觉睡到次日下午一点多才醒。

温宁对难吃的飞机餐提不起兴趣，打算留着肚子去吃火锅烧烤小龙虾，于是就只跟空姐要了个小面包垫垫肚子。

飞机很快落地北城机场，温宁第一个下飞机。

在飞机上睡得不太好，温宁的脖子有些酸。走出廊桥后，她一边打着哈欠，一边忍不住往后面转了转脖子——下一瞬，温宁倏地顿住脚。

高大英俊的男人仍然是一身笔挺的平驳领黑西装，他顺着廊桥阔步走来，表情依旧平静，步伐很大，气场似乎比昨天又强了几分。贵宾室里拿文件的人跟在他身后，推着两个小箱子。

温宁惊讶得连打了一半的哈欠都停住了，男人的目光却倏然朝她这边望过来。隔着冰冷的镜片，那双深邃的眼像是在她身上落了一瞬。温宁有些没反应过来，愣愣地与他对视。

男人平静地收回了目光，大步从她身边走过。温宁还站在出口中间，愣怔间也没注意让路，他几乎是跟她擦肩而过的。黑西装的袖子擦过她手臂的一刹那，温宁闻见了一阵清淡好闻的气息。只一瞬，那气息又很快远去。

温宁心里倏然一空，握在行李箱上的手指稍稍收紧。他从飞机上下来，就说明是和她同一个航班，多半就是那两个关上门的位置。他们在同一小方密闭空间里待了十几个小时，都没能打个照面。这次再错，以后估计就真不会再有遇见的机会了。

行动快过大脑，反应过来时，温宁已经开口了："先生。"

听见这道声音，跟在江凛身后的计远脚步未停。他给江凛当了数年助理，对这种情况早已见怪不怪。他这位老板向来对跟他示好的女性都不假辞色。而且他们三点有会，从机场到会议地点的路程不短，照他对江凛的了解，他老板绝不可能为不相干的人耽误哪怕一秒时间。

可下一瞬，他却见走在他前面的江凛脚步倏然顿住。计远一愣。

温宁也愣了下，她没想到他真会停下来，忙推着箱子走到他前面。真站到他面前时，温宁才发现这人比她预想得还要高，她光脚差不多一米六，现在只比他的肩膀略高一点，估计他得一米八五往上了。

温宁的心跳声不断放大，她攥着行李箱把手，抬眸的一瞬，目光又隔着镜片撞进了男人那双深邃的眼中，他的目光平静得像没有一丝温度的深潭。

温宁大脑忽然就变得一片空白，以前看过写过画过的搭讪桥段通通忘了个一干二净，只能勉强回忆起昨天宁女士教她的那句话。她抿了抿唇："我们是不是在哪儿见过？"

不知是不是错觉，温宁说完这句话时，只觉得男人镜片后那双平静的眼像是终于起了微澜。

可能是因为他长相惹眼，旁边路过的旅客不时往这边看过来。

温宁的心跳快得要让自己爆炸了，她硬着头皮接着道："不然我们加个微信？"

计远虽不知现在是何情况，但已经很有眼色地退到了一边，只是闻言还是忍不住又愣了下。一般情况下，能有机会当面跟江凛搭讪的都是聪明人，他还是第一次听见有姑娘用这样直白又拙劣的借口。

江凛微微垂眸：面前的小姑娘棕栗色及肩中长发，发梢微卷，细软的刘海儿搭在额前。小脸瓷白，杏仁眼，眼尾略略下垂，显得又纯又无辜。脸颊上还有一道细细的睡觉留下的压痕。

可能是过了几秒，又像是过了一个世纪，温宁觉得自己都快要呼吸不过来了，才终于听到对面的男人开口。他声音低沉："一三六……"

计远先反应过来，这也行？温宁隔了两秒才明白他这是在报电话号码，她稍稍睁大眼睛，呆呆地看着面前的男人，宁女士的方法居然真的有用？

温宁反应过来时，江凛已经报完号码了。可她刚才大脑一片空白，除了前面三位，后面他说了什么都没记住。

男人的目光仍旧平静，他像是不打算再多耽搁一秒，即刻转身要走。温宁的行动又快过大脑，她下意识地拽住了他的袖子。江凛再次停住脚步。

温宁以前总觉得"气场逼人"是小说、漫画里的设定，因为国内那些大佬看着好像也不存在"气场"这种东西。可等男人重新转回身，疏淡的目光隔着冰冷的镜片再次落到她脸上时，温宁的呼吸却像是停了一拍，一瞬间又忘了自己要说什么。

江凛的目光稍稍下移，投向了那只攥在他衣袖上的手，细细白白一小只，因为攥得紧，修剪得干净的指甲微微泛白。

温宁顺着他的目光也往下看了一眼，这才发现她正拽着他的西装袖子。

温宁的脸蓦地一热，她迅速松开手："对……对不起。"她说完又凝眸多看了眼，那一小块原本平整无比的西装布料被她攥得起了细细的褶皱。温宁虽然看不出牌子，可这套西装一看就很贵的样子。

男人的目光也像是在那道褶皱上停了一瞬，眸光隐在玻璃镜片后，辨不出情绪。随后他重新抬眸，目光落回到她的脸上。

温宁不自觉地又屏住呼吸。然后听见他沉声开口："还有事？"

温宁垂在一侧的手慢慢收紧，隔了两秒，她才壮着胆子小声问："我刚刚没记住，你能再报一遍吗？"她边说，边把手机拿出来，解锁。面前的男人却只是淡淡地看着她，没说话。

温宁又等了几秒，还是没听见他开口，她的心跳像打鼓一样，她忍不住又更小声地问了句："可以吗？"江凛还是没说话。

温宁的嘴角慢慢失去弧度，心一点点地往下沉。下一瞬，她握在手里的手机却忽然被一只大手抽走，温宁一愣。

温宁重新抬眸，看见疏冷矜贵的男人拿着她那部和他的气质完全不符的、套着卡通猫猫手机壳的手机，正低着头像是在输入什么。可能是因为他那双手太过好看，骨节分明，又修长白皙，反而削弱了几分违和感。

愣怔间，手机重新被塞回她的手里。温宁感觉男人的指尖有那么一瞬像是碰到了她的手指，极轻的、温热的一抹触感。她的指尖不由得轻轻地蜷了下。

男人没再多说话，转身大步离开。计远还因为他这一系列动作在发愣，隔了几秒，才推着箱子快步追上。

温宁看了看他高大的背影，又低头看了眼手机上那串十一位数字，稍稍抬手捂了下胸口，她的心跳快得厉害。

"你说你没记住，他就把你的手机拿走直接自己输了号码？"

温宁家不在北城，她是过来和剧组碰面的。她在机场和过来接她的喻佳会合后，都没直接回酒店，而是径直打车带着行李奔向离机场最近的一家火锅店，一边吃火锅，一边和喻佳说了后续。

喻佳问出这句话时，温宁刚吃了一大口毛肚。闻言她点了点头，又含糊地"嗯"了声。

喻佳感慨："霸总本总啊！"

温宁没顾得上接话，又夹了一筷子牛肉，先放进小瓷碗里裹满酱，再塞进嘴里，满满的幸福感。

"所以你真对他一见钟情了？"喻佳又问。

温宁咽下牛肉，眨眨眼，耳尖微红："大概是吧。"她说着低头看了眼还没动静的手机，撇了下嘴，"他还没通过。"

"没看到或有事吧。"喻佳又给她夹了点金针菇，"他要真不打算加你，就没必要给你手机号。"

温宁点点头，稍稍放下心："也是。"

话音刚落，微信消息就响了。温宁又垂眸看了眼，把筷子放下，攥住喻佳的手："他通过了！"

"我说了吧。"喻佳道。

温宁松开她的手，拿起手机。他的微信名就是个大写的"J"字，头像黑乎乎一团，但又不像是纯黑，像是拍了什么东西，但因为光线很暗，所以模糊成了一团黑。

温宁看着对话框里那行"你已经添加了J，现在可以开始聊天了"小字，抿了抿唇，忽然又紧张了几分："佳佳，我要和他聊什么啊？"

喻佳愣了下："你一个画手兼作者问我？"

"我这不是没实战经验嘛。"温宁说。

"我也没经验啊。"喻佳顺手撩了下头发，"从来都是男人费心思找话题和我聊天。"

温宁偏过头，羡慕地望着她。喻佳是那种典型的浓颜系大美人，身材也巨好，走到哪儿都是所有人目光的焦点。

"收起你这个小眼神，高中时追你的男生比追我的多好吧。"喻佳抬起手指戳了戳她的额头。

喻佳也不是安慰她。喻佳的长相是自带攻击性的那款，温宁却恰好相反，长了张温温软软又纯得要命的初恋脸。笑起来十分甜，眼睛大而有神，眼角略略下垂，弧度不明显，所以平时显得灵动漂亮，可这样可怜巴巴朝人看的时候，就会显得无辜又惹人怜。

喻佳可太能理解那位看着"超贵"的霸总为什么会愿意给她联系方式了。她一个女的被温宁这样看着都受不住，被激发出无限的保护欲，甜妹才是致命吸引！

温宁叹了口气："可我又不喜欢他们。"最多只会费心想下怎么拒绝人，从没费心想过要怎么找话题和人聊天。

· 9 ·

　　她火锅也顾不上吃了，盯着空白的对话框犹豫了片刻，最后戳开表情包，试探地发了张猫猫表情包过去。

　　温宁："突然出现 .jpg"

　　温宁本来还想再发张"hello"过去，手机这时却振了下。

　　J："？"

　　温宁："？！"他这次怎么回这么快？而且一个问号是什么意思？看不懂卖萌表情包？不过能及时回她消息就是好讯号。

　　温宁抿着唇。她伸手戳开对话框，指尖又停下来。

　　温宁其实有一箩筐问题想问，想知道他叫什么，多大啦，做什么工作啊……

　　但好像一开始就问这些有点没分寸感。不过她虽然还是有点紧张，但隔着手机屏幕，倒也不像下午在机场对着他本人，被他那股气场压得大脑一片空白。

　　温宁犹豫片刻，最后打了行字上去："你到家没有？"他给她的号码是北城号码，但号码是北城的也不能完全说明他就是北城人、居住在北城。这个问题不涉及隐私，顺便还可以试探下他到底是不是住在北城。计划行得通！

　　男人这次回了她两个字。

　　J："开会。"

　　温宁："……"试探失败。

　　这个答案有点出乎她意料，细想好像又该在意料之中的，机场他那一身打扮就正式到能出入所有高端会场了。

　　温宁的指尖停在屏幕上，在"开什么会呀"和"那你先忙"两个选项中犹豫了一会儿，最后还是挑了后者。

　　喻佳刚帮她捞出一块牛肉和一块鸭血，瞥过来一眼："你这样说不怕把天聊死啊？"

　　温宁握着手机："可我觉得这样说会更显得我像个温柔体贴的小仙女。"

　　喻佳："行吧，温小仙女，你的鸭血再不吃就要老了。"

　　温小仙女把一盘鸭血都吃完了，也没再听见手机响一声。她不太死心地还把屏幕摁亮看了眼，确实没有新消息。

　　"怎么办？"温宁的肩膀塌下来，"我好像真把天聊死了。"

　　喻佳想了下："你问问他开完会了没。"

　　温宁看了下时间，还没到三点半，今天还是周三。

　　温宁："算了，我等等再问吧。"既然都立温柔体贴小仙女人设了，好歹也要立稳一点才行。

做好决定，温宁就又继续认真吃火锅。

她有好一阵儿没吃过火锅了，其间加了次菜，又让服务员添了几次汤，慢吞吞地吃到了四点多。

等桌上的菜吃得七七八八后，温宁才想起件事："对了，江洌把柳筱塞进咱们剧组，林岚怎么办啊？"

林岚是原定演《秘密》男主的妈妈的演员，和喻佳一样，今年刚从电影学院毕业。

柳筱原本想要的是女主角一角，但《秘密》女主角早定下了喻佳。

喻佳在演戏方面向来有天分，只是脾气有点呛口小辣椒那味儿，也没什么资源。温宁卖版权的时候就特意帮她要了个试镜名额。刚好钱正义挺喜欢用有能力的新人的，在第一轮试镜的时候就看中了喻佳，也是他顶住压力，始终不肯换女主角。

后来钱正义顺道又在喻佳他们学校挑了几个配角。只是没想到柳筱女主角没抢到，会退而求其次来抢配角。

喻佳叹了口气："还能怎么办，她一个刚毕业的大学生只能认了呗，不过鼎盛好像给她赔足了违约金。"

温宁叹了口气，把筷子放下："一提姓江的就倒胃口，不吃啦，我们结账吧。"

从火锅店出来，温宁和喻佳先打车去了喻佳住的酒店。喻佳刚毕业没几天，又马上要进组，一拍应该好几个月，就暂时没租房。

拿好行李，温宁和她又打车去了逸星。逸星是鼎鼎有名的陆氏集团旗下最具代表性的品牌，也是国内最有名的奢华酒店，北城这家酒店最基础的房型一晚都要三四千。

温宁也是第一次住，这是她爸妈给她的另一个补偿。

六月初，室外温度颇高。哪怕一路打车，温宁和喻佳也都出了点汗。温宁比喻佳稍好，她没那么怕热，就先让喻佳进浴室去洗澡，她躺到沙发上给某人发消息。这会儿已经差不多六点啦！

温宁："你开完会没有呀？"

对方这次回得也挺快，但又只答了她一个字。

J："嗯。"

温宁有点拿不准他的心思，消息回得及时，可内容却都是简短又冷淡。不过这样冷冷淡淡的，好像挺符合他的人设，就是那种按秒收钱、惜字如金、"我超贵"的人设。

温宁其实现在都觉得他给了她联系方式这件事挺不真实的，她也不知道当时自己哪儿来的胆子敢叫住他。

逸星客房的沙发相当宽敞，温宁在上面滚了一圈，变成半趴的姿势，打字问他："那你等下做什么呀？"

发完这条，温宁看着他那个冷冰冰的名字，忍不住顺手戳开他的头像，给他改了个备注。

我超贵："开会。"

温宁："猫猫疑惑 .jpg"

温宁："不是已经开完了吗，又一个？"

我超贵："嗯。"

温宁想起她立好的人设，抿着唇迟疑须臾："那你先忙。"这条一发出去，手机就又安静了下来。

温宁："……"小仙女果然不是人当的，她不想温柔体贴了，她想和他聊天。

温宁抱着手机又在沙发上滚了两圈，因为有点心不在焉，差点没滚下去，幸好用手撑住了茶几。收回目光时，温宁不经意瞥见了茶几上摆着的酒店送的欢迎入住卡片和水果，她忽然灵机一动，现在好像正好是晚饭时间点！

温宁解锁手机，又发了条消息过去："你记得吃点东西再去开会呀，别饿着啦。"

我超贵："吃了。"

温宁："……"这男人真的好冷淡，不过正好她也不喜欢话多的。

温宁转了转眼珠子："我能再问你一个问题吗？"

我超贵："问。"

喻佳说得没错，这男人真的是霸总本总了。温宁几乎能想象得出，他穿着那身笔挺的西装站在她面前，那双深潭似的眼平静地望着她，简短又带着命令的口吻："问。"光是脑补一下，她都能感受到那股压迫感，还好现在隔着手机。

温宁是想问他的名字。虽然现在就问好像有一丢丢早，但他的年龄、职业都可以待以后再慢慢了解，只是她一直觉得名字对一个人来说是有极特殊意义的，只有知道一个人的名字，才能算是真正认识他。

她想认识他。

温宁："那个……你叫什么呀？"

温宁："乖巧 .jpg"

等到北城华灯亮起，夜幕深沉，温宁也没再收到他的回复。隔着手机屏幕也有个坏处，那就是她无法确定他是忙于开会，没空回她消息，还是看到了她的消息，但并不想回。

温宁和喻佳坐在客厅看综艺时，温宁总无法专心，时不时要看一眼手机。

等到接近九点，喻佳先看不下去了。温宁这种小甜妹，要么独美，自己一个人开开心心的，要么也该是让男人追着捧着，而不是这样患得患失地去等别人的消息。她都有点后悔让温宁去要微信了。

喻佳叹了口气，抽走她手里的手机："别看了，不是说还想吃小龙虾和烧烤吗？我们下去找地方吃夜宵去。"

温宁摸了摸肚子，叹气："我也想，但我还有点撑。"

喻佳就快进组了，要保持身材，下午只在清水锅里煮了虾滑和蔬菜吃，剩下的食物全是她一个人解决的。她暂时还吃不进去别的东西。

喻佳想了下："那去楼上的酒吧坐坐？"

温宁眼睛一亮，点点头："好。"

酒吧在酒店的三十六层，是个不闹腾的清吧，只招待酒店内部客人，人员相对简单，而且一般也没人敢在陆家的地盘上闹事，不然喻佳也不敢带温宁上去。

酒吧这会儿人少，灯光半明半昧，椭圆舞台上，有年轻帅气的男歌手抱着吉他在唱歌。两个人到的时候，歌手刚好唱完一首。

温宁不太能喝酒，喻佳就帮她要了杯度数低的鸡尾酒。

舞台上的歌手又换了首新歌，他声音低沉中带了一点不明显的沙哑，听着很有质感。

温宁一只手扶着吸管，一只手托腮听他唱歌。

"你让他用戒指把你套上的时候，我察觉到你脸上复杂的笑容。"

…………

"我跟着所有人向你祝贺的时候，只有你知道我多喝了几杯酒。

我不能再看你，多一眼都是痛，即使知道暗地里你又回头。"

…………

"你紧紧拉住我衣袖，又放开让我走。"

"这又是复杂的笑容，又是回头，又是拉衣袖的，新郎好惨啊。"温宁听到一半就忍不住感慨，"这歌不该叫《曲终人散》，该改名叫《绿光》吧。"

喻佳失笑："损不损啊你。"

男歌手唱完《绿光》，哦，不是，唱完《曲终人散》，又接着换歌，不过他好像收集了一整个类似于"婚礼请前任"的歌单，从"感谢你特别邀请，来见

证你的爱情"，一直唱到"你的喜帖是我的请帖，你邀我举杯，我只能回敬我的崩溃"。也不知道是不是受了什么情伤。

其间有两个男人过来和她们搭讪，都被喻佳打发走了。

温宁慢吞吞地喝着酒，忽然听见手机响了声，她眼睛亮起，忙摁亮屏幕。

"他回你了？"喻佳问。

温宁已经看见消息内容了，撇撇嘴："不是，我妈发来的。"

宁女士："我给江老爷子打过电话了，他说会尽量不让江冽来打扰你。"

江家其他人都知道她没事，只有江冽不知道。江冽会至今还误以为她出事。最初是江冽得知他们获救，打她的电话询问情况，那时她爸爸已经看到热搜，电话是他接的，骂了江冽一句"你才出事了，以后不要再打这个电话"，就挂断了。但当时不知是哪边信号不好，江冽好像是没听到前两个字，产生了误会。

然后当天晚上据说江冽伤心不已，所以又夜宿了上次那个女明星家里，第二天再次和女明星一起荣登热搜榜第一名。温宁爸妈看到后就更气了，打电话给江家老爷子说婚约彻底作废，让江冽以后再来打扰她。

但江家那边不知是谁的主意，居然就让这个误会这么维持了下去。

她和两位家长得知此事，还是因为江冽一个月后又上了热搜。这次换了个女明星——一个据说长得有点像她的女明星。她也第一次在热搜里成了"去世白月光"。

宁女士觉得不吉利，本来想打电话过去江家质问。但她爸爸温时远是法学教授，他觉得江冽搞这种"替身文学"多半有点毛病，又转念一想，她当时在美国留学，他们不能时刻跟在她身边，与其让江冽有可能会去美国骚扰她，不如就这么让他继续误会下去。

一误会就是三年多。

温宁戳开对话框正想回复，手机却又振了振。

宁女士："他说江凛公司就在南城，让你有事可以找他帮忙，还把江凛号码发给我了。"

宁女士："我转发给你，要是碰上江冽了，你就打江凛电话。"

宁女士紧跟着发了个手机号码过来。

温宁还没来得及仔细看那个号码，坐她旁边的喻佳随意一瞥，就看见了后面两条消息。

"江凛？"喻佳随口问，"江冽他哥？"

温宁点点头："嗯。"

喻佳："江家这位大少爷不是挺厉害的吗？江冽把柳筱硬塞进剧组的事，你要不正好跟他说一下？"

温宁刚扶着吸管喝了口酒。

江家这位大少爷确实挺厉害。和江洌那种纨绔子弟不同，江凛据说从小被江爷爷当继承人培养，也从小就是那种典型的"别人家的孩子"。只是从沃顿商学院毕业后，不知为何，他回国后却没回江家继承家业，反而自己创立了CM资本。

CM资本主做VC（Venture Capital，风险投资）领域，更偏向于TMT（数字新媒体产业）行业。江凛投资眼光独到，公司创建没几年，他在业内就已经声名鹊起，近几年名气最大、势头最好的几家新互联网公司背后都有江凛的身影。

不过江凛远比他弟弟低调，至今没在媒体前露过面。

这些都是温宁在围观自己的"八卦"时顺带看到的。

温宁咽下口中的酒，摇摇头："算了吧，婚约解除了，我们两家就没什么关系了，我不想麻烦他们，这样搞得反而像是牵扯不断似的，而且——"她的话音稍顿。

"而且什么？"喻佳问。

温宁："而且我宁可让江洌把他那些绯闻女友都塞到我面前，也不可能去找江凛的。"

台上歌手仍在唱歌，两个人又聊得正投入，都没注意到身后的卡座已经有人入座了。

沈明川和江凛落座时，正好听见温宁这句话。沈明川眉梢一挑，瞥了眼神情冷淡的江凛，又抬手止住正要开口的服务员。服务员会意点头，暂时先离开。

喻佳和温宁对此毫无所觉。

闻言，喻佳愣了下："江凛怎么你啦？"

"我没和你说过吗？"温宁眨眨眼，"好久以前的事了，可能是忘了说了。就我五岁那年，不是和我爷爷去江家住过一阵儿嘛，我当时好像还挺喜欢他的，走前还给他送了一只小瓷猫，他收下了，结果转头就把那只猫砸了。"

喻佳又是一愣："不小心还是故意的？"

"故意的啊，不然我气什么。"温宁已经很久没想起这件事了，一想起来还是好气，"他那会儿都有十一岁了，不可能是不小心。"

喻佳："那是挺过分，他要是不喜欢可以不收啊。"

"是吧？好像当时我就只买到了那一只瓷猫。"温宁越说越气，"我自己都没舍得留下，送给他了，结果他居然砸了。我妈说我小时候特别可爱，大家都特别喜欢我，估计是从没有人对我这么过分，所以我至今都还记得他砸猫的场景。"

温宁气呼呼地总结道："所以江洌最多就是个渣男，他那个哥哥才是真的无情无义、狼心狗肺，我和他中间隔着一条猫命，不共戴天，我是不可能去找他……"

话没说完，温宁忽然听见身后有人轻咳了声。温宁下意识地回过头，目光瞬间撞进了一双深潭似的眼中。男人靠坐在深棕色座椅上，直挺的鼻梁上架着副银边眼镜，白衬衫领口扣子解了两粒，冷白色锁骨半隐半现，袖口稍稍挽起，小臂肌肉线条流畅。相比下午在机场时疏冷矜贵的模样，好像又多了一点点斯文败类的意味。但脸确实还是那张脸。

温宁："？！"

温宁倏然又把脑袋转回去。

喻佳看她转过头，又猛地转回来，随即还把头低低地埋在了桌面上，不由得一头雾水。她跟着回头看了眼，目光滑过后面卡座上的两个男人，又落回到温宁那颗毛茸茸的脑袋上，她压低声音问："怎么了？"

温宁略略偏头，脸还埋在手臂上，只对她露出一双眼睛，声音小小的："我超贵。"

他怎么会来这儿？来多久了？不管来多久，她刚刚最后骂人的那句话他肯定是听到了，她温柔体贴的小仙女人设还没立稳，就这么火速崩塌了。

喻佳愣了下，很快反应过来："哪个？后面那俩看着都挺贵。"

温宁继续小声道："更帅的那个。"

"左边？"喻佳问。

温宁："右边啊。"

喻佳："？"

喻佳刚想再回头看一眼，忽然想起件事："等等，他跑来酒吧喝酒，都不回你消息？"

"靠！"喻佳想着温宁刚刚隔几分钟看一次手机的模样，没忍住骂了句，"他要真没那意思，就别给你联系方式啊，我找他去。"

温宁乍一见到他，光顾着惊讶了，都忘了他还没回她消息。被喻佳这么一提醒，心稍稍沉了沉。

温宁就愣怔了这么一瞬，喻佳已经起身，气势汹汹地去了后面的卡座。温宁忙端起桌上的两杯酒，也跟着过去。

沈明川和江凛坐的是四人卡座。

喻佳过来后，直接在两个人对面坐下，可目光刚隔着镜片对上男人的眼神，她的气势不自觉就矮掉了一大截。宁宁果然没说错，这位霸总气场确实很足。

但喻佳自己受欺负还能勉强忍一下，欺负温宁她就真忍不了，她正想硬着头皮开口，温宁就端着两杯酒追过来了。

温宁把酒杯放下，亡羊补牢似的补问了句："我们能坐这儿吗？"

"能。"沈明川笑了下，"当然能。"

他晚上过来酒店看江凛，顺便随口约他喝酒。没想到这一来，居然还能听见有小姑娘在骂他。

沈明川一脸看好戏的表情。

温宁也在椅子上坐下。

落座时，她的目光在不经意间又和对面男人的目光撞了下，她的心跳不争气地又快了一拍。

温宁立刻撇开视线，脑袋也垂下。

他有空来喝酒，也不回她消息，她说不失望难过肯定是不可能的。

但这么快就再见到他，还和他面对面坐在一起，温宁毫无心理准备，她现在主要是紧张。

温宁一紧张，就下意识地想找东西来转移注意力。面前只有一杯酒。温宁把酒杯往面前挪了挪，咬住吸管，也没能喝出什么味道。

还是喻佳先察觉出不对，忙道："宁宁，你喝的是我那杯。"可还是说迟了，温宁已经一口气把杯子里剩下的酒都喝完了。

喻佳："你还好吧？"

温宁这才后知后觉察觉出酒的味道不对，她眨了眨眼，缓了片刻："好像还好。"

在男歌手唱他的"婚礼请前任"歌单时，温宁就已经喝掉了两杯酒，喻佳这杯酒度数又不低，温宁说完这句话就感觉那股后劲儿上来了。还不至于太难受，但有点不太能控制自己。就好像他不回她信息那点委屈忽然一下被放大了，她的胆子也大了点。

温宁重新转向对面的男人，眼巴巴地望着他："你怎么不回我微信，你到底叫什么啊？"

男人坐在她对面，酒吧光线暗淡，他的眸光又全掩在镜片后，表情分外平静，一丝情绪都辨不出来。

他没开口。

温宁就觉得更委屈了。她皱了皱鼻子，脑袋有点晕，忍不住趴在桌面上，眼睛垂下去没再看他，只是小声自言自语道："又不理我了。"因为醉酒，声音听着又软又可怜巴巴的。

江凛微垂着眼，握在酒杯上的手紧了紧，又松开，指尖在桌面上轻叩了两下，声音沉沉的："沈明川。"

沈明川："？"忽然叫他做什么？

温宁却倏然又抬起头："你叫沈明川？"

她的眼睛也跟着亮起来，熠熠生辉地看着面前的男人。

江凛："嗯。"

沈明川："？？"他"嗯"什么？？

温宁的头比刚才更晕，她又趴到手臂上，眼睛还亮着："名字真好听。"

江凛："……"

喻佳没忍住插了句话："沈明川？"

听见她叫这个名字，沈明川习惯性地想回应，好悬忍住了。

喻佳继续道："怎么听着这么耳熟？最近空降鼎盛娱乐的那位沈氏集团太子爷好像就叫这个名字吧。"

鼎盛娱乐就是《秘密》最大的老板。这么巧吗？

沈明川终于稍稍回神，他瞥了眼表情始终没变的江凛，忽然笑了下："是啊，就是那个沈明川。"

喻佳："？"真这么巧？她不由得又看了眼斜对面的男人。

说实话，就他周身这股迫人的气场，他们圈里不是戏骨级别的都演不出来。如果是沈家那位不怎么爱在媒体面前露面的太子爷，倒是说得通了。而且自打刚才他们坐过来，这位沈总的目光几乎就一直都只落在温宁身上。

喻佳总算看他顺眼了点："那沈总跟我们家宁宁还有挺缘的。"

江凛抬眸看了她一眼。

沈明川笑着又插了句话："怎么说？"

"你们鼎盛最近有部马上要开拍的电影叫《秘密》，钱导的那部，你知道吗？"喻佳的目光也转向他，"宁宁要跟组当编剧。"

"知道。"沈明川满含深意地又瞥了江凛一眼，"不止知道，我——"他顿了顿，改口道，"我们沈总还约好了后天要跟《秘密》主创一起开个会呢。"

喻佳那杯酒后劲儿十足。温宁趴在桌上，只是微仰着头看对面的男人，她都已经有些晕乎乎的了，于是垂下脑袋，目光投向男人搁在桌面上的手。

那是只很好看的手。手指修长，在昏暗灯光和黑色桌面的映衬下，越发显得冷白如玉，可又不同于女孩子的纤细柔软，看着十分有力量感。

等喻佳发现温宁已经有片刻没开口时，旁边的小姑娘已经屈着细白的食指和中指，模仿着走路的姿势，手一点点地挪到了对面男人的手边。她的脸红扑扑的，忽地攥住了男人那只手："真好看。"

喻佳很早就听宁雪兰说过温宁不太能喝酒，所以但凡温宁和她一块儿出去，她都会注意着不让温宁喝多了。这也是她第一次看温宁喝醉了。没想到他们家宁宁喝醉了这么野。

温宁握住男人的手，还顺手捏了捏，刚好不小心捏到了他手指中间的骨节，她皱了皱鼻子："好硬。"

喻佳："……"

喻佳又抬眸打量了下那位传说中的沈家太子爷。

男人微垂着视线，眼镜略有些反光的缘故，眼神看不太分明，表情似乎仍然沉静，没说话，却也没抽开手，就由着某个小醉鬼在他手上又摸又捏的。

喻佳就暂时没制止，反正现在看着是温宁在占便宜。而且那两只手一大一小，都很好看，画面看着还挺和谐。

温宁捏着男人的手玩了一会儿，又稍稍抬起晕晕乎乎的脑袋："可以给我吗？"她的手指顺着他的手背稍稍往上，落到微凸的腕骨附近，一脸人畜无害地道，"从这里砍掉。"

喻佳："？？"

喻佳也不知道温宁脑袋里到底有多少奇奇怪怪的脑洞，但她终于确信温宁已经醉得不轻。她再不阻止，大概就会有更社死的场景发生，明天温宁酒醒了估计不是想杀了她，就是自己一头撞死在床上。

喻佳轻咳了声："宁宁好像喝醉了，我就先带她回去了。"

等喻佳和温宁的身影消失在酒吧门口，沈明川才又转向江凛："说吧，到底怎么回事？这姑娘谁啊，跟你什么关系，你为什么要借我名字骗她？"

他问了一连串问题，江凛却置若罔闻，表情依旧没有半丝变化："还喝酒吗？"

沈明川被气笑了："不是，我名字都借你用了，还不许我多嘴问两句？"

江凛连眼皮子都没动一下："不喝我就上去了。"

"喝喝喝。"沈明川服了他了。沈明川知道江凛如果不想说，他就什么也不可能问出来，只好招手叫来服务员，点了两杯酒。服务员很快送来了。

沈明川这会儿也懒得多问了。江凛这些年活得像个工作机器，刚刚拿他名字骗人，还由着那小姑娘握着他的手又捏又玩的，倒是终于有了几分人味儿。

沈明川把江凛那杯酒推到他面前："我真约了他们剧组后天开会，这毕竟是我接手后的第一个重要项目。"

江凛微垂着眼。杯中酒液轻晃，握杯的那只手几分钟前才被一只柔若无骨的小手捏在手中把玩过。

"几点？"江凛问。

沈明川眉梢轻轻一挑："上午十点，赶得过来吗？"

江凛："再看。"

喝完酒，沈明川也没再多待。江凛跟他在电梯前分开，沈明川下楼回家，江凛上楼回了常住的那间行政套房。

逸星行政套房空间开阔，大扇落地窗，从这里可以俯瞰北城最繁华的夜景。

江凛进屋后，一边垂首解表带，一边步入卧室。他把手表和手机跟取下来的眼镜一并放在床头柜上，低头开始解衬衫扣子。衬衫前襟一点点地敞开，隐约露出原本遮掩其中的块状分明的腹肌。

搁在床头柜上的手机忽然响起来，江凛的目光投过去，屏幕上的来电人显示是"老爷子"。

江凛停下解纽扣的动作，拿起手机，走到落地窗边，随即才不紧不慢地接通了电话。

略显威严的嗓音从电话那边传来："温宁回国了。"

江凛看着窗外的万家灯火："嗯。"

江明成："她爸妈还是不希望你弟弟去打扰她，你刚好在南城，帮忙照看着点。"

江凛沉默了两秒："嗯。"

江明成又说："对了，我把你的电话号码发给温宁妈妈了，让她有事就找你。"

江凛握在手机上的手指倏然收紧，语气却仍没变化："你给她哪个号码了？"

托醉酒的福，温宁时差倒得还算成功，一觉睡到了次日八点。她醒来的时候，喻佳已经不在床上。温宁的头还有一点点晕，她在床上又躺了片刻，直到感觉肚子饿，这才慢吞吞地坐起来，揉了揉眼睛。

喻佳这时正好从外面客厅进来。她扎着丸子头，穿了件宽松大码的T恤，一双腿又长又直。

温宁羡慕地扫了眼："我怎么觉得你又长高了。"

喻佳："没长啊。"说完她走到床边，笑容变得有点幸灾乐祸，"还记得你昨晚做了些什么吗？"

温宁回想了下。她昨晚骂人时被"我超贵"撞见，小仙女人设崩塌。然后她问出了他的名字，就是还不确定是哪几个字。然后？然后……她握住了他的手？她还说他的手好硬？？她还说要把他的手砍下来？？

温宁社死过，但从没死得这么彻底过，她抬手捂住脸："你怎么不阻止我啊？"

"这不是看你没吃亏嘛，"喻佳笑得厉害，"而且我哪知道你会突然说要把人手砍了。"

温宁："我不是跟你说过最近有个变态手控的悬疑脑洞嘛。"

温宁神情绝望："你说我跟他解释，他会信吗？"

"我觉得你与其跟他解释砍手的事，不如跟他解释你说没玩够的事。"喻佳提醒她。

温宁一脸震惊地望着喻佳："什么没玩够？"

"你忘了？"喻佳在床边坐下，"我后来想带你走，你还攥着沈总的手不放，说你没玩够。还别说，沈总看着冷冷淡淡，脾气还挺好。"

温宁："……"

温宁直挺挺地倒回床上，又滚了一圈，把脸埋进枕头里。她这不叫人设崩塌，这叫人设地震。毁灭吧，呜呜呜！

喻佳看着温宁睡得乱糟糟的头发，又幸灾乐祸地笑了会儿，才道："先起来吃东西吧，听说这边自助早餐很不错。"

温宁埋头哼哼唧唧了两声，还是又坐起来，要死也得做个饱死鬼。怎么着她也得先好好吃顿早餐，再去找他解释。

温宁化羞惭为食欲，饱饱地吃了一顿早饭。

回房间后，喻佳重新开始看《秘密》原著，温宁躺在另一边沙发上，开始思索要怎么跟某人解释。

吃早饭的时候，喻佳已经跟她说了他的名字到底是哪两个字，还顺便给她科普了下沈家：沈家产业遍布全国，海外产业也发展得不错，和江家不相上下。沈明川空降的鼎盛影视虽只是沈家旗下一家子公司，但规模不小，在圈内名声很大，业务涉及影视制作与发行、艺人经纪等方方面面。国内近两年电影票房年冠就都是鼎盛投资发行的。

温宁叹了口气，忍不住在沙发上又滚了一圈。

喻佳抬头："还没想好怎么跟他解释？"

温宁："没有。"

温宁又在沙发上滚了滚，最后干脆坐起来。算了，伸头也是一刀，缩头也

是一刀。她打开微信，戳开他的头像。两个人的聊天记录还停留在昨天她问他叫什么那里。

温宁抿了抿唇。

温宁："猫猫大哭 .jpg"

温宁："对不起 .jpg"

温宁："我昨晚喝醉了，不是故意要摸你手的。"

温宁："也不是真的想砍下来……"

温宁："说出来你可能不信，我最近想写一个手控变态凶手，可能因为喝醉了就一不小心代入奇怪的视角了……"

温宁："后来我又因为醉得太厉害，才会拉着你的手不放。"

这一连串消息发出去后，和昨晚那几条一样，如石沉大海一般，许久都没见有回复。

喻佳见她又开始坐立不安，索性又把她的手机抽走："看电视吗？"

温宁蔫不唧儿地应道："看吧。"

两个人挑了一部早年的历史剧看。

这部剧的原著挺有名，编剧也是国内剧圈前三的水平，开篇就冲突满满，节奏快，台词也好。几个重要主演现在都是老戏骨级别，其他配角也没有一个演技拉胯的。

温宁本来毫无兴致，没想到看了几分钟就不自觉地投入进去了。

中午两个人也没出去吃，温宁想吃小龙虾，但夏日中午的太阳实在可怕，最后两个人干脆点了外卖，边吃虾边继续吹着空调看剧。

直到下午两点，喻佳有些犯困，这才关了电视睡午觉。

一关了电视，温宁就不免又惦记起他还没回她微信的事。她戳开对话框，重新看了一遍自己后来发过去的话："是不是我这歉道得不够诚恳啊？"

喻佳凑过来看了眼："你又没拿他怎么样，就摸了下手，可以了吧，而且我觉得他昨晚没生气。"

"是吗？"温宁语气怀疑，"可他都不回我。"

喻佳打了个哈欠："沈大总裁日理万机，可能还没看见？"

"好吧。"温宁撇撇嘴，看她又打了个哈欠，"你快睡吧。"

喻佳扯过空调被挡住肚子，含糊地"嗯"了声。

温宁还趴着，脚尖翘起，轻轻晃悠。可能是昨晚醉酒没睡好，加上时差还没完全倒过来，她此刻也困得厉害。温宁忍着困意，又盯着对话框看了几秒，还是觉得她这个道歉有点不够诚恳。

全是空话，也没什么实质性补偿。实质性补偿？温宁困得大脑已经一团迷糊："那你要是实在觉得吃亏的话，要不让你摸回来？"

一发出去，温宁努力睁大眼睛看了几秒，又觉得不对。这哪里是什么实质性的补偿啊，倒显得她就很像个行动骚扰完别人，又继续言语骚扰他的女变态。

还好他还没看见。温宁赶忙想把这条消息撤回来。可她的指尖刚触及那个小小的绿色消息框，还没来得及撤回时，握在手里的手机就轻轻振了下。

我超贵："？"

温宁惊得手机一下没拿稳，直接掉到了床上。虽然隔着手机屏幕，她的脸还是倏然就红了起来。都大半天了，他为什么早不看手机晚不看手机，就偏偏挑在她撤回消息的前一秒看啊！！

温宁在心里默念了几遍"只要我不尴尬，尴尬的就是别人"，但是完全没有用。

她忙把掉到床上的手机又拿起来，手忙脚乱地把那条消息撤回了，重新给他回了条消息过去："刚刚最后那条发错了，是发给别人的……"

手机安静了几秒钟。其实不算多长一段时间，但温宁莫名觉得自己都快要窒息了，然后才感觉手机又轻轻振了下。

我超贵："不是发给我？"

温宁："……"这好像还是他第一次回她超过两个字。

温宁想了下刚刚撤回的内容："那你要是实在觉得吃亏的话，要不让你摸回来？"摸回来？她刚刚是怎么打出这么一句话的？？

温宁现在一点都不困了。不只不困，她还有点想穿越回几分钟前，打死那个困得不行还敢乱发消息的自己。

而且后面这条欲盖弥彰的消息一发出去，他不信，就还是很尴尬；他要是信的话，那就是她明明在撩他，还给其他人发这种信息，那她就不仅仅是怪变态的，还显得怪渣的。

温宁目光瞥过正沉睡的喻佳，灵机一动："对啊，我原本要发给我闺密的，就昨晚和我一起去酒吧的女生。"

温宁继续瞎编："我们上午去打麻将了。"

温宁："我自摸了好几把大牌，赢了她几百块。"

温宁："她很不服气。"

温宁："我就给她回了刚刚那条消息。"

温宁把这几条消息顺了一遍，感觉应该差不多算是圆回来了……吧？

手机又安静了片刻。一分钟后，他才淡淡地回了她两个字。

我超贵："是吗？"

温宁："是！"

温宁："你要不信的话，我晚点可以直播打麻将给你看？"

我超贵："不用。"

温宁："……"她明明是在瞎扯，可被拒绝，她居然还有点失望。

温宁："那你信我了是吧？"

温宁："暗中观察.jpg"

我超贵："嗯。"

温宁想到昨晚骂人的事，自己也很有必要跟他解释一下，能挽救一点形象是一点。就是不知道他昨天听到了多少。

温宁："你昨晚是不是还听到我骂人了啊？"

温宁："那什么……我也可以解释一下下的，就那个人是真的很令我讨厌我才骂他的，不然我平时一般也不骂人的。"

温宁："乖巧.jpg"

发出去后，消息再次石沉大海。

温宁等了十来分钟也没等到他的回复，忍不住又叹了口气，撩男人就真的很难，她还是睡觉吧。

温宁锁了手机屏幕。

可她一闭上眼，就不自觉地又想起那条被她撤回的消息，他尴不尴尬她不知道，反正她到现在都还觉得挺尴尬的。

他没回消息也不知道是不是又在忙。还是说她那个解释好像有一点点刻意，而且他们好像也没熟到那份上，她跟他解释这些乱七八糟的也不合适。

温宁越想越清醒，索性又睁开眼。她无声地又叹了口气，蹑手蹑脚地从床上坐起，拿起手机出了卧室。

带上卧室的门，温宁回到客厅。她在沙发上坐下，打开视频App，正想找个综艺看看，忽又想起宁女士昨晚的微信她还没回。

温宁退了视频App，点进微信。宁女士的对话框被一些群消息压到了下面。温宁打开后，才发现宁女士后来又给她发了消息，甚至中间还拨了个视频通话过来。

宁女士："怎么不回话？"这条消息下就是那个视频通话记录，往下又是三条消息。

宁女士："知道自己不能喝，还敢喝那么多酒？"

宁女士："还好有佳佳陪着你。"

宁女士："醒了给我打个电话。"

温宁估摸着应该是她在醉酒后，喻佳帮她接了通话，今天又忘了告诉她。后面那三条消息是紧跟在视频通话之后，可能喻佳那时还没来得及退出界面，就没有未读消息提醒。

温宁稍稍又往上滑了滑，瞥了眼昨天没仔细看的那个手机号码，意外发现手机号码的尾数居然是她的生日。她都有十几年没再见过江凛了，想着肯定是个巧合，她就没多想，也没兴趣存这个号码。

温宁顺势在沙发上躺下，给宁女士戳了个视频通话过去。

喻佳起床后就看到温宁趴在客厅沙发上玩手机，她一边走向迷你吧，一边顺口问："你没睡啊？"

温宁午觉一般能睡一两个小时。

"没呢。"温宁头也没抬，"没睡着。"

喻佳打开迷你吧拿了瓶冰水："沈总又没回你？"

"是啊。"温宁撇撇嘴。

喻佳轻轻"啧"了一声："狗男人。"她开了矿泉水瓶，喝了口水，又接着道，"别管他了，晚上陪你去吃烧烤。"

温宁可太久没吃烧烤了。她在留学时常住舅舅家，平时倒也能在家烧烤，但味道和外面烧烤摊子上的还是有一定差距的。

温宁又高兴起来："行啊。"

"继续看电视？"喻佳把冰水往茶几上一放，顺便在她旁边坐下。

温宁点点头，也从沙发上坐起来。

喻佳还在开电视，她就顺手又刷新了下论坛，目光立即投向跳出来的一个帖子——

"我今天起码刷到十个博主在爆料柳筱要参演《秘密》，真的假的？"

"1L：何止十个，都快冲上热搜了。"

"3L：麻了，本人实名拒绝，这种演技为负的就别来祸害别人喜欢的作品了！"

"5L：非官宣不认，以及江洌是柳筱名正言顺的男朋友，谢谢。"

"19L：江洌又不像他哥，就一个只会玩的公子哥而已，他在国内给她找点影视资源还行，国外高奢代言就不太够格了。"

"21L：@19L 他哥是我们全班的男神！"

喻佳开了电视，见她还低着头："看什么呢，这么认真？"

温宁把手机往她那边挪了挪。喻佳手指落上来，上下滑动着看了几楼，语

气嘲讽："她要能把这些小心思放一点在演戏上，也不至于部部被嘲。"

温宁："希望进组后她的态度能端正点吧。"

喻佳瞥她一眼："你不生气了？"

"生气也没用啊。"

温宁在绝大部分时候其实都挺咸鱼的。喻佳十四五岁时就决定要当演员，她却一直没什么具体目标。要不是意外卖了个版权，片方又邀请她跟组来当编剧，她在毕业后估计都不知道要找什么样的工作，可能就还随便窝在家里画画玩。

"就是觉得有点对不起读者，要是她的演技实在太辣眼睛，我到时候再想办法改剧本吧，现在犯愁还早。"

"离咱们开机还有几天，"喻佳冲她眨眨眼，"你要是在这几天内能迅速搞定沈总，还能跟他吹个枕边风。"

温宁垂眸看着还没动静的手机，摆摆手："太难了，下一个。"

喻佳瞥她一眼："那也没关系，柳筱团队不是一直营销初恋脸嘛，正好让柳筱看看什么叫真正的初恋脸，说不定她看到连剧组里的编剧颜值都吊打她，产生危机感后就终于下定决心奋发图强了。"

温宁被她逗得笑了起来。

温宁的指尖还在无意识地往下滑动，正好看见吵成一团的帖子里有人上了张柳筱的照片。

温宁盯了两秒："我觉得她长得完全不像我啊。"

"是不像，江冽眼瞎吧。"喻佳说。

温宁摸了摸下巴："也可能是他找到真爱了。"

喻佳轻嗤："怎么可能？男人嘛，不都是得不到的才是最好的吗？江冽要真放下你了，他家里人早不用继续瞒他了。"

温宁也就随口一说，她对江冽的事提不起什么兴趣："管他呢。"

喻佳忽然又道："不过你以后对沈总也别太主动了，若即若离一点，他不回你，你也别老主动找他了。"

温宁终于从手机屏幕上抬头："有用吗？我觉得我要不找他，估计就没以后了。"

喻佳："试试呗，起码今天别再主动找他了。"

温宁眨眨眼，这好像倒是可以试试。

喻佳看了眼时间："看几集电视咱们就能出门吃烧烤了，他难道现在在你心里就已经比烧烤重要了吗？"

听她一说起，温宁仿佛已经闻见了烧烤摊上那股香辣扑鼻的味道："那暂时好像还是没有的。"

没过几分钟，"柳筱参演《秘密》"这一话题果然登上了热搜，且排名明显在迅速上涨。

钱正义喜欢用固定班底和新人，但距他上次起用新人已经过去七八年了，因而柳筱是新冒头的这批小花中第一个参演钱正义电影的。毕竟是票房、奖项双收的大导，哪怕只是个配角，也是镶了金的配角。

话题广场上，柳筱的粉丝一时宛如过年，一边假惺惺地说非官宣不认，一边又忍不住暗搓搓地炫耀柳筱最近真的是爱情、事业双丰收。

温宁眼不见为净地退了微博和论坛，和喻佳一起又看了几集剧。

等到天色稍暗，两个人才换了衣服，打车去了酒店附近一家夜宵店。

快到时，温宁和喻佳都收到剧组发来的信息，通知说明天上午十点的会议挪至明天下午三点。她们两个明天都没别的事，就也没太在意这条消息。

片刻后，出租车抵达夜宵店外。

这家店是南城一家老牌夜宵店在北城开的分店，南城那边总店与几家分店天天爆满，北城这边的店据说也挺受欢迎。

温宁和喻佳做好了要排队的准备，却没想到在夜宵店门口撞上了钱正义夫妇。

钱正义的夫人叫杜婉姝，是一位很有名的编剧，钱正义拍摄的所有电影几乎都是由她编剧。两个人珠联璧合，创造了不少奖项和票房的神话。

这对享誉全球的夫妻并没什么架子，穿着打扮也简朴，尤其是钱正义，穿着简单的T恤大裤衩，看着就像街面上的普通大爷，只是毕竟是名导，还是戴了顶渔夫帽稍作遮挡。

喻佳主动跟他们打招呼："钱导，杜老师。"

"小喻，你也来吃消夜啊。"钱正义往旁边让了让，给其他客人留出进门的位置。他说完，目光往喻佳旁边的温宁身上一落，眼睛稍亮，一副看见了好苗子的神情，"这是你同学吗？上次去选角的时候怎么没看见？"

温宁对这对夫妇的印象也很好：一来是因为她挺喜欢他们的作品；二来是因为《秘密》的版权能卖出去，主要就归功于他们夫妻。确切地说，是归功于杜婉姝。

《秘密》是温宁写的第一本小说。她从高中起就开始在网上画漫画、写小说，微博积攒了几十万粉丝，《秘密》从一开始连载就自带一点人气基础，所以后续成绩还不错。

但她自认为离钱正义夫妇的作品起码隔着一座喜马拉雅山，因而当初版权方在微博联系她，说鼎盛那边看上她的作品，而且还会由钱正义导演执导，她一度还把对方当成了骗子。

后来她才知道杜婉姝前几年身体不太好，一直由钱正义陪着在家休养。今年杜婉姝一恢复过来，就在家闲不住，但钱正义觉得原创剧本太费神，没答应让她自己写，最后两个人商量一番，折中打算挑个合眼缘的小说改编。

最后杜婉姝挑中了她的《秘密》。让她过来跟组当编剧，也是杜婉姝的意思。

不过电影的总编剧毋庸置疑还是杜婉姝本人，她就是跟过来吃瓜和学习的。

温宁此前都在国外，和杜婉姝主要是在网上联系，还没正式见过面，此刻闻言，她就主动笑着自我介绍道："钱导，杜老师，我是温宁。"

"可算是见着面了。"杜婉姝冲她温和地一笑，又朝她招招手，"我和老钱订了个包厢，你们要不就跟我们一块儿吃吧？"

温宁和喻佳自然没拒绝。

包厢空间不算大，当中摆了一张小圆桌。点完菜后，钱正义抬眸看向温宁："小温啊，你有没有兴趣演戏？"

温宁刚端起服务员送来的冰酸梅汤喝了一口，闻言差点没被呛到，她没明白钱正义怎么突然问她这个问题，但看钱正义不像是开玩笑，她稍稍缓了下："您是想听真话，还是假话？"

钱正义："你们年轻人不是爱说成年人不做选择吗？都说来听听。"

温宁把酸梅汤放下："假话的话，就是我没这个天赋，吃不了这碗饭。"

钱正义点点头："那真话呢？"

"真话就是——"温宁缩了缩脖子，"拍戏太累了。"

冬戏夏拍、夏戏冬拍都是常事，下水上山也不少见，女演员为了上镜好看，还得严格控制饮食。不能随便吃想吃的东西，那还有什么乐趣。她挣的钱够用就行了。

钱正义怎么也没想到是这么个理由，失笑："你写小说就不累啊？"

温宁："也累的。"所以她就至今也只写过这么一个长篇。

钱正义还想说什么，杜婉姝这时瞥了他一眼："这么多科班出身的演员不够你用的，跟我抢什么人。"

钱正义："……"

温宁又端起酸梅汤，心想大名鼎鼎的钱大导演原来是真的还挺怕老婆的。

这顿夜宵吃得还挺愉快。

《秘密》快要开机了，钱正义和杜婉姝边吃就边随口和喻佳聊戏。温宁也没怎么插话，大多时候都在专注地埋头吃烧烤和虾，旁边的签子和虾壳堆得高高的。

快吃完时，钱正义像是想起什么："对了，明天的会推迟到下午三点了，你们都收到通知了吧？"

喻佳点点头，又顺口问："会议怎么突然推迟了啊？"

钱正义的笑容淡下来，他为人没什么架子，说话也随意："鼎盛那边通知的，原因没说，不知道会不会又和那个柳筱有关。"

"行了啊，"杜婉姝看他一眼，"既然你都点头答应让她进组了，就别老抱怨了，回头好好教就是了。"

钱正义："我也不想答应啊，谁让老吴说让她进组是沈明川的意思呢。"

温宁刚顺手拿了块冰西瓜，正高高兴兴地吃瓜，就听见一个耳熟的名字。她倏地抬起头，眼睛瞪得微圆："您说是谁的意思？"

温宁和杜婉姝在网上聊得多，和钱正义完全算不上熟，她下意识地开口后，才想起这样插话多少有些失礼。

好在钱正义并不介意，甚至还认真同她解释了起来："就是鼎盛集团新总裁沈明川。原本你们杜老师是应承过你所有角色我们肯定会认真挑选的，但沈明川的父亲沈董事长是我的伯乐，当年如果不是他愿意给我投资，可能也没现在的我，小沈总的面子我不能不给，你别怪杜老师。"

温宁忙摇头："怎么会！选角我已经很满意了。"

这顿饭已经吃得差不多了，钱正义夫妇似是还有别的事，抢先付了款，就没再多待。

出了夜宵店，钱正义夫妇携手去停车的地方，温宁和喻佳跟他们告别后，就走到路边去叫车。

喻佳一边点开打车软件，一边又略略偏头瞥了温宁一眼，见她卷翘的睫毛低低地垂着，嘴角也半耷拉着，就问："还在想钱导刚才那句话？"

温宁闷闷地"嗯"了声。她能就着江冽和柳筱的八卦下饭，可刚刚钱正义只是随口提了下柳筱进组是沈明川的意思，她剩下那半块西瓜就没能再吃下去。此刻她都还如鲠在喉。

"钱导说的那个老吴是吴制片？"如果温宁没记错的话，这位制片人应该就是鼎盛的副总。

"是吧。"喻佳安慰她，"柳筱都跟江冽公开了，沈总和她应该没什么关系，说不定是认识江家的人，或者跟江家做了什么资源置换？"

温宁垂着眼："谁知道呢。"

路上刚好有辆空出租车经过，喻佳退了打车软件，伸手拦车。

上车后，温宁还是觉得心里闷闷的不舒服。她不是能沉得住气的性格，直接又把手机解锁："不行，佳佳，我得找他问清楚。"

南城向来是个不夜城。晚九点，南城的市中心夜生活才刚刚开始，正是最休闲惬意的时候，人来人往，车水马龙，霓虹灯闪烁出绚烂的光彩。奶茶店门口排了长长的队，夜宵店里热闹满堂。

而地处附近的南城金融中心却是另一番景象。早过了正常下班时间，高高伫立的写字楼里却有小半的灯依旧亮着，滞留公司加班的白领大多脚步匆匆或神色紧张，不见半点轻松。

CM资本刚开完一场投资决策会议，等回到办公室，在办公桌前落座后，江凛才取下眼镜，揉了下眉心。他松了松衬衫领口扣子，靠在办公椅上，阖上眼，眉眼间露出几分倦意。美国这趟差得匆忙，昨晚他倒时差没能睡上几个小时，清早又起来赶回南城，一直忙到现在。

像是不想让他安稳，手机这时又响了声，这声音在空阔安静的办公室内显得格外明显。江凛睁开眼，伸手拿过手机，解锁屏幕。是条微信新消息，发消息的人的头像是一只黄色的卡通猫。

小瓷猫："你认识柳筱吗？"

江凛打开对话框，目光不经意就瞥到了她的上上条消息。

小瓷猫："那什么……我也可以解释一下下的，就那个人是真的很令我讨厌我才骂他的，不然我平时一般也不骂人的。"

江凛的指尖略顿了两秒，随即才回个问号过去："？"

对话框上方"对方正在输入"时有时无，也不知道她在犹豫什么。

江凛坐直身，轻移鼠标唤醒处于睡眠状态的电脑，打开网页，在搜索框里输入"柳筱"二字。

手机这时却又响了起来，这次是来电铃声。

江凛瞥见屏幕上"沈明川"这个名字，才恍然想起温宁刚才问的可能不是他认不认识柳筱，而是沈明川认不认识柳筱。他接通电话："你认识柳筱？"

"正要和你说这件事。"沈明川的声音从手机里传出来，"我看了下《秘密》剧组的资料，编剧除了钱正义的夫人杜婉姝之外，剩下一个叫温宁。如果我没记错的话，你弟弟那个心心念念的未婚妻可就刚好叫这个名字。"

电脑屏幕上已经显示出了搜索结果。第一条相关新闻就是"柳筱江凛深夜密会被拍"。

江凛的目光扫过屏幕："婚约没落定过，算什么未婚妻。"

"行行行。"沈明川笑了声，"所以昨晚那小姑娘真是江冽的前婚约对象？"

他还特意把"前"字念了个重音。

江凛的指尖略略向下滑动，他不置可否："和我刚才的问题有关？"

沈明川："如果真是同一个人，那关系可就大了去了，你弟弟前段日子来找我，说想给他女朋友要个角色，我那会儿不还没过来鼎盛嘛，就让鼎盛这边的人帮忙安排，结果他们把人安排进了《秘密》剧组，你说巧不巧？"

江凛随手关了网页："你们公司重点项目要不想好好做，不如直接拿钱去做慈善！"

温宁纠结了片刻，才慢吞吞地打了行字上去："就是那个女明星柳筱啊，我刚刚听说她会进我们剧组是你安排的。"

消息发出去后，温宁的指尖还久久停在对话框上。这样直接问他好像有些不妥，他们才刚认识，问这种问题似乎有点过界。可如果不问清楚，她恐怕没办法心无芥蒂地像前两天那样继续和他聊天了。

逸星离夜宵店很近，出租车很快抵达。温宁回过神，跟喻佳一块儿下车。

进房后，她靠躺在沙发上，手机就在这时终于又响了下。

我超贵："不是。"还是一惯简洁到近乎冷淡的风格。

温宁方才心头的那股沉闷却瞬间一扫而空，她拉了拉喻佳的手："他说不是他。"

喻佳瞥了眼她的手机界面，忍不住提醒道："他说不是，你就信他啊。"

"那他也没必要骗我吧。"温宁眨眨眼，"他有颜有钱的，有这工夫骗我，说不定都能谈成一笔几十上百亿的生意了。"

喻佳看她团坐着，头发躺得有些乱，越发衬得那张瓷白的脸就只有巴掌大小，又纯又漂亮："我要是男人，我就愿意花心思骗你。"

温宁："……"

温宁的目光又转向手机屏幕。她看着他那个黑乎乎的头像，脑中浮现起男人那副矜贵冷淡的模样。不至于吧，骗她有什么好处？

她的手机和喻佳的手机同时振了下。温宁还沉浸在沉思中，没太注意。喻佳却打开微信看了眼，随即倏然转头看向温宁。

"宁宁。"喻佳叫她。

温宁回神："啊？"

喻佳一脸不可置信的模样："他可能真没骗你。"

"你怎么突然改口了？"温宁有些发愣。

喻佳把手机递到她面前。温宁低头看了眼她的手机屏幕，上面赫然是他们剧组的群消息。

这个群是刚刚吃饭的时候钱正义把她俩拉进来的。说是剧组群，其实里面暂时还没多少人，也就钱正义夫妇和他们的一个固定班底，其他人还要等过几天剧组集合时再统一拉。

钱正义："老吴说祝思桐我们可以用回林岚。"

副导李胜："真的假的，怎么突然又变卦了？"

钱正义："不知道。"

钱正义："反正是值得庆祝的好消息。"

钱正义："明天开完会，晚上我请大家吃饭。"

温宁呆呆地看着屏幕。

祝思桐就是柳筱抢走的那个角色，怎么突然又换回来了？

喻佳伸手捏了下她的脸："可以啊宁宁，枕边风这就已经吹起来了。"

温宁："什么情况？""我先再问问他。"

温宁抱着手机又平躺在沙发上，想了想，又开始给他发消息。

温宁："刚刚我们导演说收到了你们公司的通知，说柳筱的角色能换回原定演员了。"

温宁："是你换回来的吗？"

他的消息难得回得很快。我超贵："纠正错误而已。"

这就是承认了的意思，温宁的嘴角止不住翘了翘。

温宁："但对我们剧组来说，你可是帮了大忙。"

温宁："谢谢老板 .gif"

我超贵："怎么谢？"

温宁稍稍一愣。这好像是除了那次反问之外，他第一次主动抛问题给她。

温宁翻了个身，趴躺在沙发上，托腮看着手机屏幕。请他吃个饭？但这男人气场太强大了，她现在就跟他单独相处的话，她肯定会超紧张的。而且昨晚她在醉酒后的社死场景还历历在目。暂时还是算了吧。

温宁想了想，干脆决定把问题又抛回去："那你想我怎么谢你？"正好试探下他的想法。

这次略隔了几秒，她才收到他的回复。

我超贵："先欠着。"

欠着？不过欠着好啊，欠着就相当于他们多了一个再联系的理由。

温宁："好啊。"

温宁："猫咪点头.gif"

温宁："那你想好了再告诉我。"

我超贵："嗯。"

温宁又想起他昨晚出现在酒吧。虽说逸星这家酒吧不招待外客，但他肯定也不是她这种普通客人，想要进来也轻而易举。

温宁试探着问他："你也住逸星吗？"

我超贵："昨晚是。"

温宁："昨晚是？"

温宁："现在不是了吗？"

我超贵："在公司。"

温宁看了看左上角的时间："都快十点了，你怎么还在公司啊，加班吗？"

我超贵："嗯。"

温宁的温柔体贴小仙女人设虽然已经彻底崩了，但想到她刚刚才出去吃了顿满足的夜宵，现在还悠悠闲闲地躺在沙发上玩手机，一时间就觉得他还在公司加班显得苦兮兮的，哪怕他加班挣的钱可能多到她数不清。

温宁："那我不打扰你啦。"

温宁："你早点忙完，早点休息啊。"

他没再回消息。

温宁的指尖略略上滑，她又重新看了遍聊天记录，忽然想起自己忘了跟他确认明天他会不会参加他们的主创会。

算了，反正她还欠着他一个谢礼，即便他明天不参加，她也有理由能联系他。

温宁退出对话框，随手又打开微博。结果刚一点进热搜，就发现"柳筱参演《秘密》"还在热搜上挂着，且早已涨到了热搜第七。

温宁怔了下，柳筱还没收到通知吗？

柳筱确实还没收到通知。江洌晚上有个局，让她作陪，她从活动现场一出来，就立即上了车，此刻还在路上。

离江洌所在的会所所剩距离不远，柳筱拿了镜子出来检查妆容。

经纪人张韵看了眼她身上的黑色连衣裙："你真不打算换我带过来的这套衣服？"

柳筱补口红的动作一顿。圈内人都知道江洌有个去世的白月光，她自然也不例外。

她的经纪人张韵心思活络，虽不知江冽那个宝贝白月光到底长什么模样，但见她和江冽换的那几任女朋友都是同类型的长相，前段时间就想方设法带她去了江冽所在的一个酒会。

酒会过半，江冽竟真主动过来找她搭讪。他和那些见了面就恨不得想直接给她塞房卡的男人完全不同，年轻帅气又温柔体贴。那天酒会结束，他只给她留了一张名片。

之后的半个月，天天有花送到她所在的剧组，时而江冽有空还会约她出来吃饭、看电影，其间并未有任何不合适的举动。

半个月后，他才体贴地询问她想不想和他交往。他用了"交往"这个词。即便柳筱心里知道对方对她另眼相待是因为那位白月光，她却仍没办法拒绝。

和江冽交往了一段时间，柳筱才在他的手机里看见了那位神秘白月光的照片。

小姑娘扎了个丸子头，穿着简单的T恤和百褶裙，只有个背影和小半张侧脸，看着青春洋溢，应该是年纪不大时拍的。光是露小半张侧脸，就已经漂亮得完全不输圈内任何一位女明星了。而且背影乍一看和她的十分近似，侧脸似乎也有一两分相像。

柳筱鬼使神差地把那张照片拍了下来。后来张韵也看到了，张韵就给她弄了一套类似的装扮，想让她今晚穿去江冽面前。

柳筱补好口红，摇头："不穿。我真穿这套去他面前也太露痕迹了，他又不是傻子。"露痕迹是一方面原因，另一方面是她也并不想真的成为谁的影子。

张韵只是心思过于活络，听见她这么一说，转过弯来，不再劝她，只道："帮你打听过了，他那个未婚妻的家世只能勉强算书香门第，跟江家差距很大，好像是托她爷爷和江冽爷爷是好友的福，她才能搭上这门亲事，想来也不敢在江冽面前撒娇任性，你待会儿温柔一点。"

车子已经快开到会所门口了，柳筱点头应了声"好"。

张韵的手机铃声这时却响起了。她接通电话。不知那边说了什么，柳筱只见她的脸色迅速沉重起来。

等张韵一挂断电话，柳筱就忙问："怎么了，韵姐？"

张韵皱眉："鼎盛那边说《秘密》那个角色不能给你了。"

柳筱的脸色也是一变："怎么可能，不是合约都签好了吗？"

"签好了又怎么样，"张韵还皱着眉，"鼎盛难道赔不起你的违约金吗？当初他们能赔给林岚，现在自然也能赔给你。"

柳筱："……"

柳筱皱眉："知道是谁截走的吗？"

"那边没说。"张韵也仍皱着眉。

"热搜是不是还挂着？"柳筱又想起来这事儿。

"是的。"张韵见车已经开到门口，便抬抬下巴，"你先下车，等下见到江冽，好好问问他，我先去帮你把热搜撤了。"

车子停下。会所服务员立即过来帮忙开了车门，态度殷勤地领着她去江冽所在的包厢。

江冽正在打牌。一张四人牌桌，周围坐了七个人，只他身边没女伴。见她进来，江冽朝她招招手。

柳筱走至他边上坐下，柔声道歉："抱歉来晚了，活动实在推不开。"

江冽打了个响指，让服务员给她送了杯酒，态度温和："不怪你，是我临时组的局，还非让你赶过来，活动辛不辛苦？"

"啧，"对面的男人调笑道，"江二少还是这么宠女朋友。"

"女朋友不就是用来宠的吗？"江冽笑着回了句，又把酒推到柳筱面前："想不想打几局？"

柳筱接过酒杯，看见包厢里其他女人的目光中都难掩羡慕，不快瞬间减少了大半。

"我打牌手气一向不好，"柳筱往他身边靠了靠，"还是算了吧。"

江冽："没事，输了算我的，赢了算你的。"

柳筱想着张韵方才的话，就跟江冽换了位置，耐下性子一直等牌局结束，跟他回到他的车上，她才试探着把被截的事和他说了。

江冽也皱了下眉："等等，我帮你问问。"

他拨了个电话出去，听见那边接通，就问："明川哥，我女朋友说她那个角色忽然又换人了，是怎么回事？"

沈明川的声音传过来："是你哥的意思，他明天会回北城，你要不问问他？"

江冽："……"

江冽沉默了两秒："不用了，明川哥你当我没问过。"

次日下午一点五十五分，鼎盛高层齐聚一堂，正在会议室里等待新任总裁的到来。

两点整，沈明川准时出现在会议室门口。他的衬衫领口扣子微敞，他正低头扣上西装扣子，正式中又略带着几分闲散。扣完那粒纽扣，他略略一抬眸，冲所有人笑了下："你们都到了啊，早知道我就再早点过来了，劳大家久等。"

沈明川今年二十七，这会议室里年纪最小的都比他大上好几岁，其中还不乏从鼎盛创立初期便进公司的元老。

见他态度这样温和，却没一个人敢在沈明川面前摆上哪怕一点架子。这不是他们第一次见这位太子爷。上一次，也是在这间会议室，第一次来鼎盛的沈明川态度甚至比今天还温和。他就这么笑嘻嘻地当着所有人的面罢免了两个手脚不算干净的元老，一点情面都没留。

只是没等大家跟这位太子爷打招呼，只见他往门内一跨，众人才见到他身后还跟着另一个高大男人。和沈明川不一样，后进来的这一位衬衫扣子系至最上面一粒，眼镜框和腕间袖扣折射出冰凉的光，整个人显得肃冷又淡漠。

江科集团的准继承人，CM资本的创始人，哪怕对外再低调，圈内见过江凛的人也不会太少。

江凛一边随手整理了下袖扣，一边步入会议室。

鼎盛一位高层的目光在不经意间挪至他的手上。让黑色西装一衬托，那只整理袖扣的手漂亮得宛如艺术品，可也是那只手，近几年频频在资本市场中翻云覆雨。即便不借江家的名头，单是"江凛"这个名字，便早已不容人小觑。

只不知这位今日跟着沈明川来鼎盛是何意图，众人心头都有同一个疑问。

却见沈明川拉开主位座椅，推至江凛身后，自己又顺手拉了把椅子坐在江凛边上。这样看着，倒像是这场会议是以江凛为主似的。

沈明川笑着道："今天让各位百忙中抽空过来跟我开个短会，除了公事外，主要还有点私事，是这样——"他顿了顿，笑着一指没什么表情的江凛，"今后如果我和江总同时出现在公司的话，你们就把他叫作沈明川。"

与会众人："？"

这是哪一出？你们这些太子爷现在玩的都是我们连听都听不懂的东西了吗？

某位高层一脸茫然地看着沈明川："那您呢？"

"我啊，"沈明川眉梢轻轻一挑，"我是江总，哦，不对，是我们沈总的助理。"

众人："？？？"

第 二 章
落入他怀抱

温宁这天十一点多才醒。

她向来是个夜猫子，时差又还没完全倒过来，头天晚上一直玩手机到三四点才勉强睡着。

可能是大脑还处于兴奋状态，睡觉也不得安稳，她做了一个接一个的梦。

一开始是梦见些奇奇怪怪的妖魔鬼怪，结果后面越做越恐怖，场景一跳，居然又变成她回到了高中校园，和喻佳买了冰棍，正吃得悠闲，忽然被通知要临时考数学。

等进了考场，她半蒙半算地写完前面的题，却发现后面的大题她没一道会做的。

可时间已经所剩无几。

监考老师走到她面前，扫了眼她空白半张的考卷，冷漠无情地道："考试时间已到，考生请停止答题。"

温宁瞬间被吓醒。

她迷迷糊糊睁开眼，就看见了喻佳那张漂亮得很有杀伤力的脸。

温宁揉了揉眼睛，声音带着点刚醒的小鼻音："你站床边看着我干什么？"

"叫你起床啊。"喻佳说，"都十一点多了，你怎么还这么能睡。"

温宁又闭上眼睛，声音含糊："我再睡会儿，我刚又梦到考数学了，我受伤的心灵需要缓一缓。"

"我们下午三点要开会。"喻佳提醒她,"你不会想在沈总面前迟到吧?"

啊,对!她今天能见他!

温宁抱着空调被,立即从床上坐起来。

喻佳就没见她起床这么积极过,忍不住翻了个白眼:"不缓解受伤的心灵了?"

温宁下床穿上拖鞋:"已经缓解了。"

喻佳:"……"

洗漱完,两个人让酒店送了餐到房间。

吃完中饭,温宁又开始犯愁今天要穿什么去见他。

她大部分东西都让她爸妈提前帮忙带回来了,她这次只带了一个行李箱,不过夏天的衣服不占地方,她的行李箱也大,里面裙子有不少。

温宁把所有裙子都拿出来,往床上一丢。

"佳佳,"温宁犯愁,"我穿哪条啊?"

喻佳指指其中一条吊带裙:"这个吧,纯欲风。"

温宁顺着她指的方向看了眼:"可我们是去开会,我穿这么凉快是不是不太好?"

喻佳点点头:"真不错,你还记得你是去开会啊。"

温宁:"……"

喻佳的视线稍稍放低,她忽然又改了主意:"算了,换一条吧,你再欲也欲不到哪儿去。"

温宁:"?"

温宁也低头看了眼:"人身攻击了啊你这,我离 B 也就差了那么一点点的。"

喻佳戳穿她:"那不就是 A。"

温宁:"绝交十秒。"

她顿了顿,还是有点不服气:"他们鼎盛有不少身材巨好的女演员,这么多年也没见他跟谁传个绯闻,说不定他就喜欢我这款呢。"

说完,温宁忽然又想起,她好像都忘了问他是不是单身。

昨天本来就想问来着,可后来惊讶于他直接将柳筱换掉,就又忘了这件事。

应该是吧?不是单身还给她联系方式,那可就太渣了。

等下见面了,有机会再问问好了。

喻佳把那条吊带裙扔到一边,又拎起一条白色连衣裙:"穿这条吧,咱们扬长避短,不要欲了,够纯就行。"

下午两点半，温宁和喻佳到达鼎盛。

鼎盛不在沈氏总部，而是单独有一栋大楼，大堂挑高很高，显得空间开阔又明亮。

温宁和喻佳在前台做了登记，然后一同去了电梯间。

电梯间的电梯分列两排，一楼这会儿没人，但大部分电梯都在上下运行，只有最里面靠左手边那部电梯停靠在一楼。

温宁就和喻佳走到了最里面，摁了上行键。

电梯门打开，进去后，温宁不由得跟喻佳感慨："他家好像比我想得还要有钱啊。"

光鼎盛就是一栋单独的大楼，而鼎盛虽在娱乐圈有名，在他们家的产业中却还不算太排得上号。

喻佳："你才知道啊。"

"脑补跟现实的冲击力是不一样的嘛。"温宁顿了顿，脑中不知怎么闪过了一堆乱七八糟的小说情节，"我的压力忽然好大，你说我真能追到他吗？要是能的话，回头结婚我是不是还得跟他签个婚前协议？"

喻佳瞥她一眼："你都已经到了想和他结婚的地步了吗？"

电梯上行速度飞快，就说这几句话的工夫，已经停在了今天会议室所在的十二楼。

温宁其实根本没想那么远，只是忽然想到了些小说桥段。

不过她和喻佳说话向来百无禁忌，见门打开，她一边拉着喻佳的手往外走，一边随口瞎扯道："那我要不想和他结婚，我要他微信做什么？"

对面的电梯几乎和他们这边的同一时间打开，温宁说这句话时是略垂着头的，一双锃亮的皮鞋就这么撞进她的眼中。

温宁看着那双锃亮的黑色皮鞋，像是有某种预感似的，下意识地抬起头——

对面的电梯门大开，里面站着三个穿西装的男人。

靠右的那个在机场见过两次，此刻正微抬着手，像是正摁着电梯的开门键，左边的那个在酒吧也有过一面之缘。

站在正中间的男人今天又是一身平整得没有一丝褶皱的平驳领黑西装，肩宽腰窄的挺拔身形衬得西装格外合体，领带也仍旧系得一丝不苟。

他单单往那儿一站，就有迫人的气势扑面而来。

温宁再一次对上了男人那双深邃的眼。

她仍旧看不出一丝情绪，也就不好分辨他到底听到了多少。

但和酒吧那晚一样，最后那句话，温宁肯定他是听到了的。

温宁的呼吸都停了一拍，感觉自己尴尬到快要窒息了。

但可能是已经有了上次的经验——虽然只是隔着手机屏幕的经验，温宁忽然再次急中生智。

她的目光也没挪开，手却悄悄在后面掐了下喻佳的腰，假装刚才的话没说完似的接着道："佳佳，你说女主角的台词改成这样，会不会更符合人设一点？"

喻佳被她掐得生疼，但谁让这是亲闺密，再疼也要顺着她的话帮忙救场："是比你前面说的那句台词更符合。"

温宁心跳飞快，像打着小鼓。

电梯中的男人站着没动，平静的目光仍隔着镜片落在她的身上。

温宁也不知他信没信，只好试探地眨了眨眼睛，冲他甜甜一笑："又见面啦。"

但温宁不知是因为紧张还是尴尬，或者兼而有之，她能感觉出自己从耳朵到脸都在明显变烫。也不知道红没红。

今天要开会，为了显得清爽点，也为了要见他，她还特意让喻佳帮她扎了个蓬松的丸子头，都不像平时还能让头发遮挡一下。

她果然还是经验不足，忘了当面瞎扯不比隔着手机聊微信，是很有可能被生理反应出卖的。

可对面电梯里的男人还像个好看的雕塑似的一动不动。

眸光也仍隔着银框眼镜，淡淡地落在她的脸上。

过了几秒。也可能更久。

等温宁觉得她的呼吸都快变得不畅时，他才终于抬脚踏出了像是封印了他的电梯。

男人腰线优越，包裹在西裤里的大长腿朝她这边迈过来，挺括的西裤随着他的动作偶尔泛起一丝细褶，又很快恢复平整的原状。

直至那双锃亮的皮鞋停在她面前。

温宁终于听见他开口，声音听不出一丝情绪："来开会？"

距离一近，他身上那股气场就越发明显，温宁也越加紧张，完全没了刚才随口瞎扯的胆子，只乖巧地点了点头。

男人的目光稍稍一偏，像是往她耳边落了一瞬。

温宁越发紧张，手指揪紧了包包带子。

隔了两秒，温宁才看见他终于抬了抬下巴："进去吧。"

温宁在来之前是很想见他的，这会儿却急需一些没有他的空气来缓解一下内心满满的尴尬。

她抬起一根细细的手指，硬着头皮往前面指了指："你们先？我——"

温宁顿了顿，眼珠子转了转，打算趁机再挽救一波："我和佳佳把刚才那个人设的问题讨论完就进去。"

这男人长得太高了。

离得这么近，温宁还要稍稍仰头才能看见他的脸。

不知是不是错觉，温宁隐约看到他的眉梢像是轻轻抬了下。

他盯了她片刻，没再说什么，终于转身离开。

倒是跟在他左边穿灰西装的男人，也就是昨晚在酒吧见过一面的那位，从她边上经过时冲她笑了一下。

那笑容格外意味深长。

等那三道身影消失在电梯间，温宁才转向喻佳，沮丧地问："你说他信了没有啊？"

昨晚灯光昏暗，喻佳都没太看清这位"我超贵"先生的模样，刚才一照面，她就发现这位虽然不是她喜欢的风格，但长相、气质确实都很绝，难怪能让他们家只爱纸片人的宁宁动凡心。

只是气场未免太强了些，年纪看上去好像也比她们大上几岁，温宁这种大学刚毕业的小女生在他眼中，估计就像随便能拆吃入腹的小白兔。

偏偏这只小白兔还打算主动送上门。

"信不信也没什么差别吧。"喻佳说。

温宁："怎么没差了？"

喻佳提醒她："都是成年人，你问他要微信，他会不懂你是什么意思吗？"

温宁哭丧着小脸："那暗示和明说还是有很大不同的啊，我的小仙女人设估计彻底没救了！"

"你这样想，"喻佳安慰她，"他就听到了你说的最后一句，没听到那些什么婚前协议的内容，是不是就觉得你今天的运气还不算太差？而且他刚也没说什么，你就当他是信了。"

让她这么一说，温宁忽然也生出了几分庆幸。

因为刚才的尴尬，温宁现在格外注意电梯间的动静。

看见有电梯停在了他们这一层楼，温宁忙闭上嘴不再说话了。

很快，电梯门打开，钱正义夫妇从里面走出来。

杜婉姝大约是没预料到会看见她们，稍稍愣了下，然后问："你们也到了，怎么站这儿不进去？"

温宁朝她一笑："就打算进去啦。"

鼎盛这层楼的大会议室是用全透明玻璃隔断的，里面此刻已经坐了不少人。

温宁跟着钱正义夫妇一同往那边走，还没到会议室，她就隔着玻璃，一眼看见了里面坐在主位的男人。

他气场足，坐主位分外合适。

要是没有刚才的尴尬就好了。

温宁在心里叹了口气。

这时她忽然听见钱正义语气疑惑地道："穿灰西装的是小沈总吗，怎么没坐主位？"

温宁抬头看过去。

灰西装是那晚和他一起去酒店的男人。

温宁小声提醒道："不是，戴眼镜的才是。"

钱正义又向那边看了几秒，像是在确认什么："那应该是我记错了，我上次见他都是十几年前了，他那时才十来岁。"

这场会议是由灰西装主持的。

灰西装也姓沈，说是沈明川的特助，叫沈周。

坐在主位的男人基本没怎么说过话。

温宁坐在他斜对面，同样也没说话。《秘密》的剧本杜婉妹早已经改好了，具体还有什么要修改的，需要等待实际开拍再看，不提及剧本，就没她说话的份儿。

因为刚才电梯间的那场尴尬，温宁也不好去偷看他，万一又被发现了，那就是尬上加尬。

好在沈助理就坐在他边上。

出于对说话人尊重的礼节，在沈助理说话时，温宁都会抬眸看向他那边，余光也能正好瞥见他旁边的男人。

有时是看到半边线条流畅的侧脸。

有时是裹在肩线平整的黑色西装里的半边肩膀。

这次沈助理再说话的时候，温宁的余光又瞥见了男人搁在桌面上的那只手。在衬衫法式袖口的掩映下，半只表盘露在外面，表带也是黑色的，衬得那只手越发冷白修长。

骨节分明的五指和那次在机场一样，微屈着虚扣在黑色的桌面上。

她之前有套原创图就只画了男女主的肩膀和手。

第一张图是男人的手扣住一只细白的小手;

第二张图是那只属于男性的手五指张开，略覆盖在女生的手上，手背上的青筋隐约凸起，满满的力量感;

第三张图是两个人十指相扣;

第四张图还是十指相扣，只是背景明显凌乱了不少，反扣在男人手中的那只小手明显比之前要用力几分;

第五张图是男人的手还扣在女生的指间，女生的手却像是失力般，五指重新张开，虚虚地搁在凌乱的床单上。

温宁看着坐在主位上的男人的那只手，不知怎么，忽然有一个有点糟糕的念头从脑海中冒出来。

她当时要是照着这只手画，估计那套图的转发量可能还会再高一点。

走神间，温宁的肩膀忽然被人碰了碰。

她愣愣地转过头，看向旁边的喻佳。

喻佳小声提醒:"沈总刚才问我们大家开完会还有没有别的事。"

温宁下意识地又朝斜对面的男人看过去，目光一瞬又撞进了那双深潭似的黑眸中。

想起刚才自己还想着拿他的手当原型去画她微博里的那套图，温宁的耳朵一下又热了起来。

她慌乱地撇开了视线。

旁边的杜婉姝见她没说话，只当她年纪小，在会议室坐不住，没认真听，就细心地问道:"小温，你们等下没什么事吧?"

温宁还在为刚才的想法感到羞愧，于是结巴道:"有……有空。"

男人的声音这时低低地传来:"那我请大家吃个饭。"

温宁垂着头，感觉耳朵有点被苏到。

他的声音也好好听啊!

鼎盛是圈内数一数二的大公司，这位太子爷向来低调，平日见上一面都难，多少人费尽心思也未必能攀上一点关系。

在场的基本都是圈内人，自然没人拒绝。

会议室内只温宁一个人和这圈子的关系还不算太密切。

剧组一行人先从会议室出来，温宁下意识地想再回头看他一眼，杜婉姝这时却说剧本还有两个细节想改，拉着她聊了起来。

温宁就没再回头。

喻佳跟钱正义跟在他们旁边听着。

其他人也各自聊起来。

一群人一路走到停车场，杜婉姝刚好说完，顺口道："你们开车过来的还是怎么来的？"

温宁："我们打车来的。"

杜婉姝问："那你们俩要不跟我们的车过去？"

温宁跟杜婉姝在网上早已聊得很熟了，也不跟她见外，正想点头，就见一辆黑色的劳斯莱斯"幻影"缓缓驶过来，停在他们面前。

随即劳斯莱斯后座的车窗缓缓降下。

地下车库的光线略显昏暗，后座上的男人侧脸如画，眸光掩在镜片后，看不分明。

直到他缓缓转过脸。

温宁隐约感觉镜片后的那双眼像是看向了她这边。

他一露面，所有人都不自觉地止了话音，原本还闹嚷嚷的地下车库忽然静了一瞬。

然后温宁听见他沉声开口："上车。"

只没头没尾的两个字，在场众人都有些愣。

一时不知他在叫谁上车。

温宁觉得他像是在和自己说话，但又有点不敢相信，也愣愣地看着他。

男人的眼神像一汪深邃的幽潭，平静却望不到底，即便这样对视，温宁也猜不到他在想什么。

过了两秒，温宁才重新听见他开口。

"上车。"男人顿了顿，"温宁。"

温宁："……"

他刚刚叫她名字了？

温宁还是有些不可置信。

喻佳在后面轻轻掐了她一下，小声道："发什么呆？"

温宁这才回过神，她看看他，又转头看看旁边的喻佳。

这时另一辆车开过来，后座车窗降下，露出那位沈助理的脸："钱导、喻小姐，上车，还有点事想跟二位再商量商量。"

温宁："？"所以他找她也是聊公事？

有什么事情需要他一个大总裁和她这种打酱油的编剧亲自聊的吗？

没等温宁继续多想，他车上的司机这时下了车，帮她拉开了后座另一侧的车门。

是公事的话，温宁就不好拒绝，而且她正好也想跟他多相处一下。

温宁跟喻佳以及大家挥了挥手，然后上了车。

后座降下来的车窗重新升上去，隔绝了众人的视线。

等那辆黑色劳斯莱斯缓缓开走一段距离后钱正义才反应过来，一脸惊讶地问喻佳："小喻，沈总和小温认识吗？"

喻佳也不知道该怎么形容那两个人的关系，顿了下，点头道："认识的。"

其他人的脸上也带了几分好奇，但这一群人，除了喻佳年纪尚轻、阅历尚浅之外，其他人不是阅历丰富，就是人精，所以都忍住了没多问。

喻佳跟钱正义上了后面那辆车。

她坐前面，沈助理和钱正义一起在后座聊电影，暂时没顾得上她。

喻佳不免又开始担心起来。

虽然光天化日的，那位沈总当着这么多人的面叫走温宁，应该不会做什么，这对温宁来说，也是个跟他接触的好机会。

但万一沈明川是个衣冠禽兽呢？

温宁细胳膊细腿的，估计都没什么力气反抗。

喻佳越想越担心，忍不住给她发了条微信过去："他单独叫你上车做什么？"

隔了几秒，才有消息回过来。

温宁："睡觉。"

喻佳看见这两个字，手机差点没拿稳。

喻佳："睡觉？？？"

喻佳："你们发展这么快？？？"

劳斯莱斯匀速行驶在路面上，车厢内却极度安静。

早在喻佳发第一条微信过来时，温宁就把手机切换成了静音模式。

此刻虽然听不见响动，也感觉不到振动，但她还是从这一连串消息中感觉到了喻佳的震惊之意。

温宁："你！想！哪儿！去！了！"

温宁："是他在睡觉！！"

温宁："他叫我上车，结果我一上来，他就开始睡觉！"

温宁："我也不知道他是叫我上来看他睡觉的，还是我看起来很催眠。"

喻佳大约也是有点无语，发了一长串省略号过来："…………"

温宁不由得又稍稍偏过头。

男人倚着后座靠背，姿态比刚才在会议室里闲散不少，眼皮垂下来，遮住了那双深邃的眼。

温宁还是第一次这么近距离看他。

之前她也不敢这么肆无忌惮地盯着他，此时虽然仍有镜片遮挡，但温宁看得仔细，发现他应该是内双，微微垂下来的眼皮上有细细的褶线。

鼻梁又高又挺。

温宁又转回头来，继续在对话框里打字："不过他睡觉的时候也巨好看。"

喻佳："那你慢慢看。"

喻佳："我不打扰你了。"

温宁觉得她这个建议不错，就退了微信，又转头想继续看他。

只是旁边的男人不知是没睡着，还是睡了片刻又醒了，此刻刚好睁开眼睛。

温宁这一转头，就又撞进了他的目光中。

偷看被抓包的温宁："……"

温宁沉默了下。

但可能是一回生二回熟三回熟能生巧吧，她捏紧手机，故作淡定地救场道："你醒啦，那我的手机可以从静音模式切换回来了吧？"

男人淡淡地看着她没说话。

过了一两秒，他才轻轻"嗯"了声。

还是和前两日跟她聊微信时一样冷冷淡淡的态度。

但因为他的声音富有磁性，好听，所以这个"嗯"字好像都比手机屏幕里的冰冷小字生动很多。

温宁对自己这次的表现也还挺满意。

既救了场，又稍稍挽救了下她温柔体贴小仙女的人设。

只是她也不敢再看他，于是又转回头来。

车厢还是那个车厢。

但他一醒来，温宁就觉得空间好像逼仄了几分，空气也像是稀薄了点，她开始有点坐立不安了。

也不知道她的妆有没有乱，头发有没有散。

温宁垂着脑袋，借着手机屏幕当镜子，照了照自己。

忽又听见那道低沉的声音响起："下本什么时候写？"

温宁一愣，终于又抬头看他："你在和我说话？"

江凛看着她："不然呢？"

前排司机："……"

温宁回想了下他刚才那句话，可能是一和他说话就紧张，她有点没明白他的意思。

她眨巴了下眼睛："下本？"

男人仍静静地看着她，镜片后的眸光似是轻动了下，像是在回忆什么。

隔了几秒，温宁听见他不紧不慢地道："手控变态凶手。"

温宁："？"他为什么还记得？

而且他会这样问，是不是就代表他并没有相信她那套说辞？

温宁的肩膀塌下来："我那天是真的喝醉了，不是故意要那什么的。"

她的丸子头比之前散了些，显得越发蓬松柔软，她的眼角略略下垂，眼神无辜又可怜。

像只跟人撒娇的小猫。

江凛的指尖轻轻蜷缩了下。

他轻轻"嗯"了声："什么时候写？"

温宁也不知他这是信还是没信，闷闷地应道："不写了。"

江凛的眉梢轻轻一抬："为什么？"

温宁："……"

还能为什么。

写一本小说短则数月，长则数年，其间做什么事思维都能跳到构思小说上。

但现在只要她一想到手控变态凶手，就能想起她那晚的社死，想起那晚她抓着他的手说的那句话！

怎么还写得下去！

而且……温宁忍不住悄眯眯地又抬眼看他。

像是终于觉得不舒服了，男人修长的右手此时略微抬高，轻扯了下领带，原本平整的温莎结瞬间变得松散。他顺手解了衬衫顶上的两粒扣子，喉结下，冷白色锁骨微露。

一瞬间他就从禁欲系变成了斯文败类系。

如果要评选性张力排行榜，男人单手扯松领带的动作绝对是雷打不动的第一名。

温宁的视线不由得略顿了顿。

而且这么好看的手，那得多变态才想砍掉它啊，用来扯领带不是更好嘛！

温宁思及此，耳尖不由得又红了点。

她撇开视线，胡乱扯了个借口："没为什么，就是没灵感啊。"

江凛的目光在她又变红的耳尖上落了一瞬。

车厢再次安静了下来。

温宁脑中全是些乱七八糟的东西，感觉呼吸好像都变得更不顺畅了。

她也没敢再抬头，可隔了片刻，又听见男人淡声问："那电梯前那本呢？"

温宁："？"

电梯前？电梯前？他！果！然！又！没！信！

温宁终于又抬起头，可怜巴巴地看了他一眼："那本也不写。"

"为什么？"他又重复了这个问题，语气平静。

也不知是破罐子破摔，还是刚刚他扯领带的那个动作实在太戳她，温宁不禁又冒出一丢丢想试探他的想法。

"因为——"她顿了顿，抬眸看着他，像是小动物小心翼翼地伸出试探的爪子，"我还没摸透男主角的人设。"

面前的男人眼神像是终于变了下，在镜片后显得越发幽深。

隐约带了一丢丢危险感。

温宁立即尿了，她缩回试探的爪子，马上抛出个新话题："你问这些做什么？"

男人又静静地看着她，没说话。

温宁被他那股气场压得下意识地都想往旁边挪一点了。

过了片刻，他才缓缓开口："跟你预定版权。"

温宁："？"

温宁心里那根紧着的弦一松，可能是松太快了，她心里忽然又冒出点失望。

什么啊，原来他叫她上车真的是为了跟她聊正事啊。

"你说什么？"他的声音忽然响起。

温宁眨眨眼，这才反应过来刚刚好像不小心把心里的想法嘀咕出声了。

她本来想说没什么，但一想到她今天特意打扮了一番来见他，这人单独把她叫上车居然就只为了跟她谈版权谈生意，就又不由得有点气。

"我说谈版权你刚才怎么不在公司谈啊，单独把我叫上车，你也不怕你女朋友误会啊。"温宁说着又转向他。

旁边的男人不知怎么，这时忽然取下了眼镜。

可能是没了镜片遮挡，他的眼神无端显得有些锐利，衬得他周身气势更强。

温宁半是生气半是试探的那股气焰倏然灭了。

她正想着要不要像刚才一样，再找个新话题把这个危险话题岔开，却见他忽然笑了下。

极小的一个弧度。

这还是温宁第一次见他笑。

她像是被勾引了似的，整个人都怔住了。

她忘了要紧张，也忘了要岔开话题，就这么呆呆地看着他。

男人慢条斯理地擦拭着镜片，又慢条斯理地重新戴上，那双平静深邃的眼，再次隔着镜片淡淡地落在她身上。

温宁的心跳像打鼓一样，细白的手指不由得攥紧了裙摆。

然后才听见他慢慢地道："谁说我有女朋友。"

温宁："？"

谁说我有女朋友。

不就是！我没有女朋友吗？

温宁"哦"了声，嘴角不由自主翘起来，她觉得这样好像有点明显，于是努力让嘴角恢复原样。

可心里还是"咕嘟咕嘟"不停冒着喜悦的小泡泡。

嘴角于是又翘起来了。

温宁只好把脑袋转到另一边，怕露馅得太厉害，她瞎扯道："那没别的事，我能在你车上睡会儿吗？"

江凛微微侧头，看见旁边那小姑娘快把整个脑袋埋到车窗边了，只留了个毛茸茸的后脑勺对着他："睡吧。"

温宁闭上眼，脑海中反反复复都是他刚才那个笑容和后面那一句话。

可能是过了有几分钟，她听见他的声音再次响起，压得略低，听起来格外有磁性。

"开慢点。"他说。

吃饭的地方是一家私房菜馆，环境幽静美观。

温宁和他是最晚到的。

包厢里的大圆桌已经基本坐满，他那两位助理也在其中，只给他们空了两个位置。

不知是不是因为他当着一大群人的面叫走她，空下来的那两个位置是相邻的。

两个空位旁边分别是喻佳和他那位叫沈周的助理。

温宁跟在他身后一进去，包厢里的说话声就立即停止，一群人"唰唰唰"抬头朝他们看过来，面上都带着几分好奇几分八卦。

就好像他们有什么不清白似的。

但事实是，他就是喊她上车，清清白白地聊了下版权的事。

温宁对着这一双双眼睛，还不如方才在车上跟他独处时紧张，她大大方方地走到喻佳边上。

沈明川见大家都重新低下了头，就悄悄冲江凛暧昧地眨了下眼睛。

江凛没理他，他收回目光，拉开另一把空椅，坐下。

沈明川把菜单推到江凛面前："大家都已经点好菜了，就等你们两个了，你看看有什么要点的。"

温宁听着这语气，感觉这位沈助理对他的态度好像过于随和了点，不太像是下属和老板的关系。

不过那天他们还一起去喝酒了，可能私下是好朋友吧。温宁心想。

这边菜上得很快。

温宁看着桌上一道道色相味俱全的菜，内心在"在他面前注意形象"和"好好吃一顿"两个选项中纠结了几秒。

最后决定选后者。

反正她最多就是吃得稍微有点多，吃相也不难看的。

说不定他就喜欢她这种能吃的呢。

这家店的菜色不错，排骨尤其好吃，又香又嫩。

温宁一连吃了好几块。

《秘密》开机在即，席间的话题自然都是围绕这部电影。

温宁不太能插得进去话，也不想插话，只是埋头认真吃饭。

她也没怎么听见旁边的男人开口，他那位姓沈的助理倒是偶尔会跟钱导和其他主创说上几句。

不过也正常。

他一个日理万机的总裁，开个会了解下大致情况就行，《秘密》即便是重点项目，也不用他亲力亲为事事操心。

因为有他在，所以这顿饭应酬的性质大过于聚餐的性质，在场多数人的心思都不在吃饭上，喻佳作为女主演要保持体形，那盘排骨最后就大多都进了温宁的肚子里。

临近尾声，盘中的排骨剩下两块，温宁伸筷夹了其中一块回来，余光瞥见旁边男人的碗盘几乎还是干干净净的。

温宁怕又被抓包，也不太好意思当着这么多人的面偷看他，因此整顿饭她的目光都没太敢往他那边瞥。

但只看他面前干净的碗盘，也能知道他没吃什么东西。

温宁抿抿唇。

位置太高有时也不见得是件好事。

起码在场其他人互相说说笑笑，帮忙夹菜的也有不少，就是没人敢问他为什么不吃东西。

温宁一时也忘了自己还拿着筷子垂在半空，下意识地往他那边靠了靠。

大约是察觉到她的靠近，男人忽然偏头看过来。

温宁壮起胆子压低声音问他："你怎么不吃东西啊？不好吃，还是你觉得不舒服啊？"

男人只看着她，没说话。

温宁也不知道他这是什么意思，于是无辜地眨了下眼睛。

手这时感觉到一点酸意，她这才发现自己还举着筷子夹着那块排骨。

温宁心里一动，就朝桌上那盘排骨略抬了抬下巴："你要不要试试这盘排骨？很好吃的。"

江凛终于略略抬眸，目光从她的脸上移开，挪到了桌上。

然而下一秒，温宁就和他看见转盘忽然开始移动，和副导还在聊天的钱正义把排骨转到了他面前，夹走了剩下的那一块排骨。

盘子空了。

温宁："……"

温宁感觉旁边男人的目光又落回来，像是落到了她的筷子上。

她的筷子上还夹着一块排骨。

虽然温宁拿的是公筷。

但她夹的这块排骨已经是最后一块了。

温宁稍稍抬眸，目光转回到他身上。

许是因为饭局不是太正式的场合，下车的时候，他把领带取了，此刻白衬衫领口微敞，他就很有那斯文又什么的味道。

包厢里灯光明亮，温宁还隐约看见他的锁骨下方似乎有一颗黑色小痣。

算了，排骨以后还有机会吃。

她活了二十多年就只看上了这么一个男人。

温宁一脸不舍地把那块排骨放进了他的碗里。

排骨落进瓷碗里，发出细微又清脆的响声。

旁边的男人却没动，仍平静地看着她。

温宁真的摸不透他的心思。

他要是不想吃排骨，刚才盯着她的筷子做什么？

要是想吃，这会儿怎么又不动？

排骨都丢他的碗里了，又不能再夹回来，温宁只好真诚地道："真的好吃，不骗你！而且我拿的是公筷。"

江凛又看了她几秒，这才不紧不慢地拿起筷子。

温宁看他慢吞吞地吃下最后那块排骨，表情还是冷冷淡淡的，完全不像吃到什么好吃的东西的模样。

她正犹豫着要不要问一下，服务员正好敲门进来送水果。

江凛把筷子放下，偏头看向服务员："排骨再上一盘。"

温宁："！"

她这是推荐成功了吗？

"是不是很好吃？"她忍不住又靠过去小声问他。

男人看她一眼："一般。"

一般他还再点一盘？

等新一盘排骨再上来后，温宁就悄咪咪地观察了下，发现他真的没怎么再动筷。

本着浪费不好的精神，最后有一小半的排骨又是她自己解决的。

饭局结束后，一行人步行去停车场。

温宁和喻佳慢慢地缀在队伍后面。

喻佳趁机小声跟她八卦："你刚才在饭桌上和沈总说什么悄悄话呢？你们俩现在什么情况？"

温宁把饭桌上那番交谈简单和她说了下。

喻佳盯着她瓷白的侧脸沉思了两秒："你就没觉得，后来那盘排骨他是给你点的？"

温宁也不是完全没往这方面想过。

但自知之明她还是有的。

她长得是还行，但远的不说，她边上就有喻佳这么个浓颜系大美女。

以他的身份，什么样的漂亮女人见不到，对她一见钟情这种事，想想都不可能发生。

而且——温宁又把之前车上的情况跟喻佳说了下。

"我本来还以为他叫我上去，多少有点别的意思，"温宁撇撇嘴，"结果是要和我谈版权。"

喻佳觉得温宁可能有点当局者迷。

鼎盛要谈版权，哪儿用得着沈明川这位总裁亲来谈。

不过她也不想让温宁将期待度拉得太高，免得以后有可能失望，只提醒道：

"反正你追他归追他，但如果他的态度一直像这样暧昧不清，你千万记着别让他占便宜就是了。"

温宁忽然想起男人扯领带时，那只修长又充满力量感的手，以及锁骨下那颗若隐若现的痣。

"我觉得——"温宁把声音压得低低的，"是我比较想占他便宜。"

喻佳："你没救了。"

说话间，前方的队伍停了下来。

温宁抬起头，才发现他们已经走到了他那辆劳斯莱斯所停的地方。

钱正义的声音从前面传过来："沈总是直接回家吗？沈董事长最近怎么样？"

"他很好。"江凛调整了下表带，言简意赅地道，"不回，去机场。"

钱正义有些惊讶："这么晚了还去机场啊，是要出差吗？"

江凛点头："算是。"

"行，那你路上注意安全。"钱正义道，"有空的话，帮我给沈董问个好。"

江凛"嗯"了声。

温宁站在队伍最后，看见他略略抬眸，像是往她这边看了眼。

随后，男人面无表情地转过身，阔步走向那辆黑色劳斯莱斯。

他那位叫计远的助理走在他前面，帮他拉开了右后座的车门。

温宁不知道他这么晚了是要去哪里出差，更不知道这一别，下次再跟他见面会是什么时候。

她不禁松开了挽在喻佳手臂上的手："我去和他说两句话。"

江凛刚走到后座的车门边上，就听见身后有细碎的脚步声响起。

随即他的西装袖子就被人拉住了。

江凛不用回头都知道是谁。

只有一个人敢这么干。

他缓缓地转过身，目光投向个子只比他的肩膀略高的小姑娘。

大约是小跑过来的，她额前的刘海儿有点乱。停车场的光线稍显昏暗，反衬得她的刘海儿下的那双眼睛显得格外干净明亮。

"有事？"他问。

温宁一冲动就跑了过来，站到他面前，才想起自己根本没想好要和他说什么。

她有点紧张，想了想才小声问："你十二号会不会来参加我们的开机仪式啊？"

计远就站在副驾驶旁边，闻言开门的动作稍顿。

他一时不知该不该提醒江凛后天约好了要去云尚谈下一轮投资的事。

换了以前，他觉得他这位老板肯定事事以工作为重，但自从在机场遇见这姑娘后，他老板行事忽然就变得难以捉摸了。

江凛却并未犹豫："不去。"

"这样啊。"温宁的眼睛一瞬又黯淡下来，她抿抿唇，想起他都没吃什么东西，忍不住又多提醒了一句，"那你等会儿去买点自己喜欢吃的东西吧，要是不舒服，就去医院看看。"

江凛看着她没说话。

温宁心里又开始打起了小鼓。

她这些话好像有点越界，又好像有点把自己的心思暴露得明显。

虽然已经挺明显的了。

隔了几秒，她才听见他淡淡地"嗯"了声，可能是声音也略微压低了，语气无端显得有些温和。

"还有事吗？"他问。

他的表情还是很淡，温宁猜不出他有没有不耐烦，就摇了摇头："没有了。"

江凛没再开口，停在她脸上的目光却缓缓下移，最后落到她那只细白的手上。

温宁顺着他的视线往下一看，才发现自己还攥着他的西装衣袖。

她的脸一热，忙松了手："我回去了。"

江凛看着她小跑回朋友身边，听见《秘密》另一位编剧杜婉姝跟她说载她们回去。

他收回目光，正要上车，却见沈明川悠悠地走了过来。

真正的沈大总裁往他车上一靠，笑着上下打量他两眼："洁癖好了？又是吃别人夹的菜，又是让人扯衣袖的？"

那边《秘密》剧组一行人只当沈明川真是他的助理，要跟他同去机场，所以并没有再多作停留，继续缓缓前行。

江凛没答他的话，表情仍淡淡的："开机的时间能推后几天吗？"

"什么开机时间？"沈明川愣了下，忽然明白了，《秘密》吗？当然不能！好不容易算好的良辰吉日。"

江凛看了下腕表："车上说。"

"你还真拿我当助理了。"沈明川瞥他一眼，"我可没打算送你去机场。"

江凛语气平静："误工的钱我出，我另外再加一亿投资。"

沈明川这下真惊讶了，他轻轻"啧"了声，看了江凛片刻才道："我这项目可是稳挣不赔的。"

"挣了归你。"

"改开机日期是吧？"沈明川立刻改口，"行啊，六月份良辰吉日不少，我们江总的钱可不好挣。"

"我有条件。"江凛手搭在车门上，"她跟组期间，食宿要照着剧组最高规格给。"

沈明川冲他眨眨眼："哪个她啊？"

江凛没接他的话，只抬抬下巴："上车。"

沈明川想着有一亿白挣，送他一趟也不亏，就拉开后座另一边的门上了车。

坐好后，他又把话题拉回来："你真对那小姑娘动心思了？"

江凛坐在另一侧，垂眸不疾不徐地整理着刚才被她扯皱的西装衣袖，沉默了几秒才开口："就当是赔她那只猫了。"

沈明川不信："什么猫这么贵，我也送你几只，不用一亿了，你一只给我一千万就行。"

江凛连头都没抬，继续整理衣袖："那一亿我先给你一半，剩下一半等杀青后再给，我还有一个条件。"

温宁次日又睡到十一点才醒。

她这次来北城就是为了昨天的会议，早早就和喻佳订好了今天回南城的机票，原本她还在考虑要不要为了某人多留上一两天，但他既然出差去了，她就没有更改行程的必要了。

她们订的是下午的机票，现在时间尚早，她再在床上赖一会儿也来得及。

温宁迷迷糊糊从空调被里把手伸出来，摸了半天，没摸到床头柜，摸了个空。

她勉强睁开眼睛，发现自己居然是横躺在床上的。

温宁挪回床头，拿到手机，打算先刷个微博醒醒神。

刚一打开微博，她的指尖就不小心戳到了屏幕下方的"发现"，随即一下就在热搜的最显眼位置上看到了一个熟悉的名字。

#柳筱信号#

江冽这个新女朋友怎么天天挂在热搜上？

信号又是什么？

温宁顺手点开这个热搜。

原来《信号》是一部都市剧，上午刚官宣了柳筱饰演女主角。

数十个营销号爆料柳筱参演《秘密》也就是前天的事，柳筱参演《秘密》这一话题还在热搜上挂了一段时间，吃瓜网友倒也没有那么健忘，所以此刻这一新热搜的广场还挺热闹。

"柳筱不是说要参演《秘密》，怎么转头又官宣《信号》了？《秘密》和《信号》的档期是冲突的啊。"

"我就说钱导怎么可能用柳筱！"

"'非官宣不认'这句话我都说累了，营销号乱蹭热度的锅我们可不背。大家真有兴趣，可以关注我们筱筱的新剧《信号》。"

温宁看到这儿，差不多已经明白了。

《信号》的导演、编剧虽不能和钱正义夫妇比，但在业内也都小有名气。

不知是不是江冽给的新补偿。

但这么大张旗鼓地官宣，多半是为了给前天的热搜挽回尊严，顺便安抚下粉丝。

温宁的指尖缓缓向下滑动，看到其中一条的时候目光稍稍一顿。

"等等，《信号》前两天都出了组讯和通告单，女主写的是庞艺雯啊，怎么今天突然官宣柳筱了……"

喻佳这时从客厅进来，惊奇地道："你今天居然没用我叫就醒了？"

温宁掀开空调被："你看了热搜没？"

"哪个？"喻佳问，"柳筱那个？"

温宁"嗯"了声："她这角色又是哪来的？"

"不清楚。"喻佳摇摇头，"不过庞艺雯不像我和林岚这种刚毕业的学生，她的经纪公司还行，可能做了什么资源交换也不一定，重点不是这个——"

温宁疑惑地看向她。

喻佳："《信号》的拍摄地跟咱们剧组离得很近，也就是说，你还是很有可能撞上你前未婚夫这位新女友，甚至是江冽本人的。"

温宁正从床上坐起来，听见"江冽"这个名字，翻了个大大的白眼："回来迟早有可能碰上，只要他不让柳筱来祸害我们剧组，他们俩上天都和我没半毛钱关系。"

从北城飞南城需要的时间不长，但加上候机、登机，以及往返机场的时间，温宁和喻佳最后到家时已经过了傍晚六点。

温宁有一套属于自己的房子。

她在画画和写东西的时候不喜欢被打扰，刚好她的父母也想过没人打扰的二人世界，所以早早就给她买了套房。

不过温时远先生还是有父爱和责任心的，没把她赶太远，给她的这套房子就在家对面。

她成年后就住了进去。

喻佳也是南城人，但她跟家里的关系很差。

温宁拿到这套房子钥匙的第一天，就给了喻佳一套钥匙，不管她在不在南城，喻佳只要回来都能随时来住。

反正她爸妈基本也拿喻佳当亲闺女看。

温宁的爸妈还在外旅游，两个人就回了对面那套房子。

宁雪兰在出门旅游前，特意帮她把房子打扫了下，大小适中的三居室干净又明亮。

到家洗完澡，温宁就和喻佳坐在客厅的沙发上，一边吹着空调继续刷那部历史剧，一边吃刚才外卖送过来的小龙虾和西瓜。

在北城那两天，温宁也吃了两顿虾。

但家附近的东西永远是要再多加上几层好吃滤镜的。

就连一贯自律的喻佳这顿饭都比平时吃多了些。

吃完虾，收拾好客厅，温宁半躺在自家沙发上，脚丫子跷起，顺手摸起之前扔在沙发上的手机，又顺口感慨："还是家里舒服。"

手机刚好这时响了声。

这次是 QQ 提示音。

温宁看了眼消息，忍不住轻轻"咦"了声。

"怎么了？"喻佳问她。

温宁把手机往她那边递了递："鼎盛的工作人员真找我来预定版权了，看消息还是下午四点就发了，我居然现在才收到消息提醒。"

鼎盛这个工作人员还是她上次卖《秘密》时加上的。

温宁表情疑惑。

难不成某位大老板没看上她的脸，还真看上她的才华了？

喻佳也有些疑虑。

不知那位沈总是真想跟温宁买版权，还是存了点别的心思。

"你想卖吗？"

温宁摸了摸下巴："不卖吧。"

喻佳见她说完就真低头打字，准备回绝鼎盛那个工作人员："不问问价格再拒绝？"

"不了吧，万一开很高价，我怕我会舍不得拒绝。"温宁慢吞吞地打着字，"但要真提前卖了版权，写起来就会有很大压力，不适合我这种咸鱼，而且——"

她狠心把委婉拒绝的话发送给鼎盛工作人员后继续道："我也不想跟他牵扯这种金钱交易，感觉好像就没那么纯粹了。"

喻佳点点头："行了，知道了，你就是纯粹想睡他。"

温宁："？"

她怎么就纯粹想睡他了？

刚这样想，温宁不知怎么，忽然就又想起那天她还拿他的手脑补了下她那套图。

她心虚了一秒。

但温宁在喻佳面前还是稳得住的，她瞥了一眼喻佳："你怎么满脑子废料呢。"

喻佳翻了个白眼："你一个小黄图画手好意思说别人满脑子废料？"

温宁不服："我怎么就小黄图画手了，我什么时候画过小黄图了？我所有图里所有人的衣服都是有好好穿着的吧。"

"穿着衣服又不是不能做。"喻佳继续反驳。

温宁："……"

温宁还想继续跟她斗嘴，脑中忽然又像是闪过什么似的，她攥住喻佳的手："佳佳，他昨晚叫了我名字。"

喻佳的手被她攥得死紧："他叫你名字你至于到现在还这么激动吗？"

"不是。"温宁想了想，"我好像没告诉过他我名字。"

这几天跟他不管是聊天还是见面，她老是时不时翻车，都忘了告诉他名字了。

喻佳愣了下，又道："他是鼎盛总裁，又要跟我们开会，知道你名字不稀奇吧。"

"是不稀奇，但你觉得他会不会也知道我笔名？"温宁昨晚上他车的时候，光顾着紧张了，这会儿才想起这个可能，她的表情开始慌张，"完了完了！"

她的笔名就是她现在的微博名。

里面有一堆乱七八糟的东西，其中包括但不仅限于那套图。

喻佳是温宁微博第一个粉丝，自然清楚她的微博上有些什么东西，安慰道："你刚不还说你那些图衣服都有好好穿，慌什么？而且他就算知道了，也不一定有空去看。"

温宁一想也是。

他看着甚至都不像是会用微博的人。

温宁稍稍松了口气，低头打开微博。

她以前很爱换马甲，但可能是因为她的画风和文风都挺单一，因此她不管换什么马甲最后都会被认出来，她索性就不挣扎了。

现在的笔名和微博名叫"就我没猫了吗"。

温宁从小就挺喜欢猫的，但她对猫过敏，温时远和宁雪兰不让她养，她当时就随手取了这么个名字。

但别人家的粉丝都会给作者取甜甜的昵称，她这群无良读者就很爱叫她"没猫太太"，听起来就很像往她脸上扔了个小嘲讽。

温宁照着关键词在自己微博里搜索了下，发现确实还好。

确实每张图衣服都穿得好好的。

那套只画了手的图就更隐晦了。

不过温宁在他面前翻车次数实在有点多，也不知道现在自己在他眼里到底是个什么形象，为了保险起见，尽管这些图都还算常规，她还是把这些图全都转成了仅她自己可见。

确认微博只剩下一些话痨日常后，温宁才戳开微信。

昨晚回去后，她也就只在微信上确认了他上没上飞机，得到确定答复后，她就没再打扰他了。

今天起得晚，下午又赶飞机，她还没给他发消息。

温宁斟酌了片刻，还是忍不住试探地给他发了条消息："你有微博吗？"

等了片刻没见有消息回复，温宁又切回到微博。

微博界面还停留在已经转为仅自己可见的那套只画了手的图上。

温宁瞥了一眼，下意识地又想起男人那双好看的手。

温宁忽然就冒出来一点……想把他的手画下来的小冲动。

她回想了下他手的样子，黑西装和法式白衬衫在腕间的位置，和腕上那只半遮半掩的手表。

"佳佳，"温宁偏过头看向玩手机的喻佳，"他昨天戴的表你认识吗？"

喻佳抬起头："谁？沈总吗？百达翡丽啊。"

喻佳给她报了个型号。

温宁打开搜索软件。

她本来是想再看一下那只表的细节，结果一眼先看到了报价。

温宁一听牌子就知道肯定很贵，但看到这一大串零还是有一种直观的冲击感。

她退出搜索框："我觉得我得接点稿子了。"

喻佳："？"

喻佳没跟上她这跳脱的思路："怎么忽然扯上接稿了？"

温宁叹气："不然我感觉我以后连给他买个礼物可能都买不起。"

喻佳："……"

"他要真喜欢你，你送他根草他都会高兴的。"

温宁脑补了下送他根草的情景。

"不行，"她摇摇头，"那跟他一看就很贵的人设不搭。"

喻佳："……"

温宁这次难得没拖延，说要接稿，就很积极地发了条微博。

就我没猫了吗：接两个稿子，有兴趣戳我呀。

温宁以前接过些商稿，但摸鱼的时候多。前段时间她忙毕业，结果好长一段时间没在微博更新过什么东西了，微博上更是长期挂着"不接稿"三个字。

她主动提接稿还是头一回。

她的粉丝还挺了解她咸鱼风格的，这条微博一发出去，一下冒出好多回复。

"您怎么忽然这么勤快，太阳打西边出来了？"

"太太您要是被绑架了，您就眨眨眼。"

"我看见什么了，太太居然主动要接稿了？"

"想跟没猫太太贴贴……"

"太太你号被盗了吗？"

南城高新区。

江凛从小会议室出来，计远就迎了上去，一边把手机递给他，一边低声道："江总，沈总问您确定好开机仪式推迟到哪天了吗？"

计远说完，不由得觑了眼江凛的神色。

昨晚江凛和沈明川的那番对话并未避开他，他估计他老板想让《秘密》开机仪式推迟，是为了去看温小姐。

但就现在的情况来看，近半个月内他们都不一定能抽出空来。

江凛接过手机，表情浅淡地："跟他说不用推迟了。"

计远点点头，又道："鼎盛那边还传了话过来，说预定版权的事，温小姐拒绝了。"

江凛脚步稍顿："她怎么说的？"

计远："说是卖了版权再写会有压力，就先不卖，那边问还用不用继续劝说。"

江凛沉默了两秒："暂时不用。"

他略垂着头，看见手机指示灯在闪烁，顺口又问："手机响过？"

计远："响过一声，应该是微信消息。"

江凛颔首。

他解锁了屏幕，手机上还真有一条微信消息。

小瓷猫："你有微博吗？"

江凛停下脚步，低头回了条消息："没有。"

"江总。"

计远抬起头，看见会议室里有个年轻男人走出来。

是驰惟科技的创始人喻亦清。

喻亦清在最初创业时并不被人看好，是当时也刚创立 CM 资本不久的江凛给了他第一笔投资。

如今这位喻总早已摇身成为大名鼎鼎的科技新贵，公司研发的 App 也已经进入数亿人的日常生活中了。

江凛把手机递回给计远："帮我申请个微博。"

喻亦清一路把江凛送到地下停车场，顺路又聊了几句工作的事。

直至上车，江凛才重新拿回手机。

计远不知他为何突然要申请微博："要帮您认证身份吗？"

江凛："不用。"

他解了锁，却没看见有新微信消息。

她今天倒是安静。

江凛打开计远刚下好的新软件，在搜索框里准确输入了昨天看到的那个笔名，再点进主页，一眼就看到了最新一条微博。

就我没猫了吗："接两个稿子，有兴趣戳我呀。"

江凛点开这条微博。

倒也没他想得那么安静。

最前面几条评论下面都有她的回复。

就我没猫了吗："我一直都很勤快的！"

就我没猫了吗："没被绑架，就是突然想挣钱了。"

就我没猫了吗："叫我没猫太太，还想跟我贴贴？？算了，今天我心情好，就贴贴吧。"

就我没猫了吗："贴贴 .gif"

是一只小猫往大猫身上蹭的动图。

江凛的指尖略顿了顿，才继续往下滑动。

一条评论瞬间跳入眼中。

"太太你那些小图图是全删了嘛，怎么突然全找不到了……"

点赞不少，子评论区里一堆"同问"和"同求"。

江凛略略偏头："小图图是什么意思？"

计远还有工作要和他聊，所以今晚也坐到了后座："？"

计远搜罗了下脑中记忆，感觉他知道的，他老板应该都知道。

他略略坐直："您稍等，我查一下。"

计远打开搜索软件。

但并没什么结果。

温宁发完微博，又顺着前排回复了一些粉丝的评论后，见还没等到男人的回复，就回卧室开了电脑去画他那双好看的手。

但可能是她的水平还是比较一般，再加上也算不上太熟悉，画了几版都不够满意。

温宁沮丧地放下了画笔，顺手拿起搁在一旁的手机。

她在画画前把手机切换成了静音模式，此刻随手一解锁，就发现他居然已经回了她消息。

我超贵："没有。"

温宁瞬间坐直了些。

没有微博？那可太好了！

她画的那些乱七八糟的东西他应该就看不到了。

不过现在没有，不代表以后不会有。

温宁也不敢再继续跟他聊这个话题，她单手撑在桌面上，托腮看着手机屏幕。

那跟他聊什么好呢？

温宁其实有时候挺话痨的，即便是刚认识的陌生人，她都能和人聊上半天。

可她对着陌生人自在，是因为她并不需要刷他们的好感度。

他却不一样。

要是他本人能像游戏里的大老板一样，脑袋上带着攻略进度条就好了。

这样她就不用时时猜他的心思了。

温宁想了许久，最后还是只干巴巴地问他："你出完差了吗？"

这次他回得挺快。

我超贵："嗯。"

温宁快速打字："那你回北城了吗？"

早知道她就在北城多留一两天了，她还欠着他一个谢礼，说不定能约他出来吃顿饭，再见上一面。

我超贵："没有。"

温宁："？"

温宁："猫猫疑惑.jpg"

我超贵："在南城。"

温宁："！"

这么巧的吗？也不知他在南城哪里，离她近不近。

不等温宁回他，这次他破天荒多发了条消息过来。

我超贵："接个工作电话。"

温宁那点刚升腾起来的兴奋像是被戳了一个小孔的气球，瞬间又瘪了下去。

温宁鼓了鼓腮帮子："好吧，那你先忙。"

那边没再有消息回过来，温宁就退了微信。

手机上方还有不少来自其他社交软件的提醒，不知是不是因为看到了她之前的那条微博。

这么晚了，大家都还没下班的吗？

温宁一一点开看了下，确实大多是戳她商量接稿事宜的，能有她其他社交软件联系方式的，也都是以前合作过的公司，其中有两家还直接报了价。

她不只在画画上面没能完全继承到宁女士的天赋，努力方面也很是自愧不如，她这些年太咸鱼了，什么都会一点，但什么都不精。

好在她微博粉丝数不少，所以她开的价格并不低。

只要她不那么咸鱼，给他买礼物的钱应该还是能挣到的。

不过她跟他八字都还没一撇呢。

还是先挑感兴趣的接吧。

《秘密》开机在即，温宁不知道后头会不会有空，说接两个，就真的只挑了两个感兴趣、之前合作也愉快的公司接了稿。

《秘密》连载期间成绩还行，版权卖出且定下由钱正义执导后，她微博粉丝数又大涨了一轮，现在已经有一百多万了。

那条新发的评论数此刻已经涨到了三千多。

温宁顺手点开。

然后一眼看见了评论热一。

开水白菜："太太你那些小图图是全删了嘛，怎么突然全找不到了……"

点赞四千多，子评论区的内容已经全变成了求图和分享图片。

温宁看了几秒后忍不住回了一条："你不要乱讲，我是个正经画手。"

开水白菜："嗯嗯嗯，太太您是正经画手，请问您那些正经的图怎么都删了呢？"

温宁："……"因为怕被某个人看见呀。

但温宁也不能这么跟粉丝说，万一他心血来潮开个微博，刚好看见了呢？

虽然这种可能微乎其微，她自认魅力应该没那么大，随便跟他提一句微博，他就会专门下一个，还专门搜索她的账号点进来看评论。

温宁只好继续正经地回复道："因为感觉画得太菜了，就都转自己可见啦。你们也别求啦，这条微博等下也会删了，稿子已经接到了。"

《秘密》定在六月十二日开机，也就是三天之后。

接下来的两天，温宁在家把接的稿子画完了。

两天后，温宁和喻佳上午在家收拾好东西，吃了中饭就出发前往《秘密》第一阶段的拍摄地榆城。

榆城也在南省境内，距南城有三个多小时的车程，是个十八线小城市。

温宁到达后，才知道剧组豪气地包下了市内最好的酒店。

她一个跟组来打酱油的小编剧，因为挂着个主创的名头，所以也在酒店最高层分得了一套大套房，就在演女主角的喻佳和钱正义夫妇房间中间。

毕竟是十八线小城市，最好的酒店可能也及不上逸星旗下的子品牌，不过收拾得也算干净舒适。

温宁和喻佳在客房略休整了一小段时间。

等到下午六点，两个人结伴下楼去参加剧组开机前的聚餐。

温宁和喻佳出了门，刚走到电梯附近，就见钱正义和李副导也在等电梯。

李副导的声音传过来："鼎盛那边之前不是说要推迟开机吗，怎么忽然又不推迟了？接下来几天温度这么高，我还想着能躲躲懒。"

温宁和喻佳走过去，跟二人打了招呼。

想起李副导刚才那句话，温宁忍不住好奇地问："鼎盛那边之前打算推迟开机吗？"

钱正义笑着看向她："怎么，沈总没和你说吗？"

这句话听着像是带了一两分打趣之意。

温宁估摸着，是不是那天开会后，他单独叫她上车让剧组的人误会了她和他的关系？

虽然她心底里有一点点享受这种误会，但毕竟她自己清楚，他们之间现在再清白不过。

而这种误会多少也有损他的名声。

温宁于是解释道："没啊，我和他不熟的，那天沈总让我上车，是想跟我买版权来着。"

钱正义："？" 不熟？？

要不是他知道鼎盛那边追加了投资，要求之一就是要把面前小姑娘在剧组的食宿待遇提到最高规格，他可能还真就信了这话。

不过也说不定。

毕竟鼎盛那边还要求说别让她知道，除此之外，还附加了另外一个奇奇怪怪的要求。

钱正义："这样啊，我们也不清楚，就那边通知下来说可能会推迟开机，但最后又说不推迟了。"

温宁点点头，又随口问："杜老师呢？"

钱正义："她书没看完，说等会再下来。"

聚餐地点在二楼的宴会厅。

温宁还以为席上能见到《秘密》的男主角商默，上次开会他就没去，今天听说他又临时有事耽搁，进组时间要推迟到次日早上。

温宁倒也不意外。

商默并非新人，这是他第二次和钱正义合作。

上一次是在六年前，他阴差阳错以素人身份被钱正义选中饰演当时的新作《刺客》中的男主角。

次年，《刺客》横扫三金入围戛纳，钱正义凭借此片在导演届封神，商默"最佳男主角"三提两中。

那年他年仅十七。

十七岁的双料影帝，往前追溯几十年也难得一见，商默也因此一炮而红。

而他不仅长了张被网友称为"神颜"的脸，还是个劳模。

这几年，商默尝试了许多不同角色，有类型片，也有大制作商业片，虽然在奖项方面没能再现当年的神话，但在票房方面已经甩过了不少前辈。

去年他还演了部仙侠剧，从大银幕转战小荧幕，这位非但没有任何水土不服，反而以优异表现吸粉无数，那部剧还一举拿下了去年的收视年冠。

简而言之，这位男主角就是个天赋、实绩和颜值样样不缺，热度堪比顶级演员的超大咖。

《秘密》选在大热天开机，据说有一部分原因就是为了配合他的档期。

温宁估计剧组包下酒店也是为了他。

吃完饭，温宁和喻佳去附近超市买了点日用品。

两个人也没多逛，买完就早早回了酒店。

第二天的开机仪式在上午十点半，下午会直接开拍喻佳的戏份，温宁帮着喻佳收拾好东西后，就没再打扰她，直接回了自己房间。

温宁洗完澡躺上床时，才刚过晚上十点。

她前些天倒时差，睡得都很晚，加上本身就是个夜猫子，平时就很少早睡。

此刻她躺在床上，毫无困意。

温宁打开微信，戳开那个黑乎乎的头像。

这两天她其实也有和他聊天。

她本来想着他既然来了南城，她要不要趁机当个东道主请他吃顿饭，结果却得知他第二天又离开南城了。

而且每次她发消息过去时，他不是在忙工作，就是在开会，好像都没什么空闲时间的。

对话每次都是草草结束。

温宁趴在床上，打开软键盘，犹豫了片刻，还是给他发了条消息过去："你明天真的不来参加开机仪式吗？"

直到过了零点，温宁才收到他回过来的消息。

我超贵："嗯。"

哪怕温宁已经知道结果，但收到他确认的消息，她还是有那么一丢丢失望。

她退了正在看的小说，又看了眼手机上方的时间，点进微信对话框："这么晚了还没睡呀？"

我超贵："刚到家。"

温宁不知道他这么晚回家是又去工作了，还是去做别的什么了，但也不方便问，而且他这几天这么忙，明天又还是工作日。

想了想，温宁还是回道："那你早点休息。"

我超贵："嗯。"

按照以往惯例，温宁觉得今天的对话应该要到此结束了。

结果手机忽然又振了下。

我超贵："还不睡？"

直接跟他说她平时就爱晚睡，不知道会不会给他留下什么不好的印象，而且她确实也该睡了。

她答应过来跟组还有一部分原因是喻佳暂时还没签公司，身边连个助理都没有。

明天她要早起跟着，看看有没有什么要帮忙的地方。

温宁："就睡啦。"

温宁："晚安.jpg"

我超贵："晚安。"

温宁退了他的对话框，转而戳开喻佳的头像。

虽然喻佳肯定已经睡了，她还是忍不住想和姐妹分享一下。

温宁："他刚刚！和我说晚安了！！！"

喻佳当然没有回复。

温宁嘴角扬着，关了壁灯后设了五个明天叫她起床的闹钟。

可不知是因为他那句话让她有点兴奋，还是她太习惯晚睡，翻来覆去就是睡不着。

温宁干脆又开了灯，打算补两集动漫再睡。

这一补就到了凌晨三点。

早上八点半被五个闹钟叫醒时，温宁还困得哈欠连天。

温宁洗漱完随便换了条裙子。打开门时，她看见对面房间门口站了个戴着墨镜的高大男人和一个穿着干练的中年女人。

她困得眼睛都睁不太开，思维也几近停滞，下意识地停了停脚步，但又不知道自己为什么要停下来，不自觉地打了个哈欠，随即拖着沉重的步伐，转去了隔壁喻佳的房间，抬手敲门。

门很快从里面打开。

门外，站在客房门口的商默看着关上的门，把墨镜往下扒拉，又转向自家经纪人包璇，神色中夹杂着几分不可置信："我戴墨镜影响颜值了，还是我最近长残了？"

包璇莫名其妙："你说什么梦话呢？"

商默指指对面："那刚才那姑娘为什么看着我直打哈欠？"

包璇无语了片刻："你以为你是人民币吗，人人看到你都要激动、兴奋？"

"那我也不至于让人看着犯困吧。"商默想起刚刚那姑娘的模样。

就……打着哈欠居然也还挺可爱的。

"她是剧组里的演员？演谁啊？之前你发的照片里好像没她。"

包璇脸上也多了点疑惑。

她入行多年，自认眼光还算毒辣。

她刚刚匆匆一瞥，也能看出那姑娘长了张纯天然又极讨喜的初恋脸，只要演技不差到一定程度，要是给她带，不出几年，她就能把对方推上一线，或起码是准一线的位置。

可她居然一点印象也没有，难道是钱导又找了新演员？

包璇："我也不认识。等下我去打听一下，能住你对面，估计也不是什么普通配角。"

温宁不知外面的人在聊她，她进房间后，接过喻佳给她准备的冰咖啡，一口气喝下半杯，才感觉总算清醒过来。

开机地点在市郊，离酒店有约半小时的车程。

温宁帮着收拾点可能要用的东西，随后把两把小风扇装进包包里，就同喻佳一起下楼上了剧组的车。

两个人到达开机地点时，租用来拍摄的民房前已经聚了不少工作人员，开机所用的香案等物品都已经备齐。

今天室外温度最高有三十五摄氏度。

温宁先把小风扇拿出来递给喻佳，才跟她一块儿下了车，一同往人群中间的香案处走。

只是刚走到外围，温宁就听见说话声。

"姐姐你看热搜了没有？汤女神昨晚被拍啦，说是跟某个男人一起去吃饭了。"

"这背影好帅啊！"

说话的是李副导的一对双胞胎女儿，两个人刚高考完，跟着李副导一起过来剧组玩的。

两个小姑娘昨晚跟他们一起坐主桌，刚好就坐温宁附近，此刻一见她，两姐妹就兴奋地跟她打招呼，妹妹李君慧还把手机往她这边递了："宁宁姐，你平时看八卦吗？"

温宁目光随意一瞥，攥在手机上的手倏然收紧。

手机上的照片像是只拍到了饭店门口告别的场景，高大的男人穿着一身笔挺的黑西装，站在高挑漂亮的女人面前，似乎是在认真听她说话。

虽然只拍到了小半张侧脸，温宁还是一眼认了出来。

他昨天那么晚回家，原来是和照片中的女人一起去吃饭了吗？

"君慈、君慧，你们过来。"李副导的声音从不远处响起。

李君慧把手机收回去："那宁宁姐，我们先过去了啊。"

温宁心不在焉地"嗯"了声。

喻佳见她面色有些发白，担心地叫了她一声："宁宁。"

温宁回过神。

温宁还记得刚才李君慧手机上那个营销号的 ID，她打开微博，迅速找到这个营销号，点进去主页。

主页第一条就是刚才李君慧屏幕上的内容。

这个营销号说是接到粉丝投稿，拍到芭蕾女神汤辰如昨晚和某个男人在北城某著名私房菜馆约会，男方是某位大名鼎鼎但又低调不爱露面，且马上就要继承家业的太子爷，据说两家有要联姻的意向。

照片也是方才在李君慧手机上看的那张。

只是可能是因为刚刚李君慧的手指挡住了一部分，温宁此刻才发现照片上还有另一个男人在。

也只露了小半张侧脸，身形被他挡了一半。

是他那位叫沈周的助理。

如果说温宁之前还存着一丝可能认错的侥幸的话，在看到沈周的这一刻，最后那点侥幸也消失无踪。

真的是他！

温宁又点开评论区看了眼。

"这不三个人吗，两男一女，怎么就成了约会了？"

"不说是某位集团的太子爷吗，可能是助理？豪门联姻嘛，更重要的是互利互惠，吃饭说不定顺便谈个工作呢。"

"两个男人的背影看着都挺帅啊，都不像是助理。"

"太子爷边上的助理其实也相当于是公司高层了吧。"

"最讨厌这种语焉不详的爆料了，有本事大大方方地说男方是谁。爆个料还让人来猜，没意思。"

"这挺明显了吧，汤家根基在北城，要联姻多半也是跟北城圈内的，再加上大名鼎鼎、低调不爱露面、马上就要继承家业这几个条件，基本就能锁定人选了，不是江凛就是沈明川啊。"

"沈明川确实快要入主沈氏了，江凛不是到现在都没回江科吗？"

"江明成前几天接受采访时就说想退下去休息了，也不排除是江凛。"

"这背影这么帅，一看就像是我老公沈明川。"

"沈明川连面都没露过，是江凛的可能性比较大吧？毕竟江洌虽然女朋友换得勤，但确实挺帅，他哥估计也是帅的。"

喻佳站在她旁边，也跟着看了个大概。

喻佳的脸色不由得沉了些。

她今天一大早醒来就看到了温宁发的那条微信，她当时回了句"出息"，又发了个翻白眼的表情回过去，但心底里还是替温宁高兴的。

可看热搜这情况，姓沈的那狗男人昨晚给她姐妹发"晚安"前，居然还很可能跟别的女人一起吃饭了。

喻佳攥紧了拳头。

不过她还是安慰道："不一定是真的，不然……"

话没说完，制片人的声音就从不远处传来："喻佳，快要开机了。"

温宁重新抬起头："我没事。你过去吧，我去那边看看。"

喻佳看她抬手指了指民房前不远处的池塘。

那头站在香案前的吴制片这时又喊了她一声，喻佳虽不放心，却也只能点点头："行，你别靠池塘太近，我等下就过去找你。"

温宁一向把二次元和三次元分得很开，卖版权之前，除了父母之外，三次元就只有几个好朋友知道她的笔名。

这次她答应过来跟组，早早也和钱正义夫妇商量好，尽量不让她出镜，也不会对外透露她的身份。

剧组现在没几个人知道她就是《秘密》原著的作者，开机仪式也不需要她参加，温宁就拿着手机离开人群，慢慢地走向了不远处的池塘。

剧组租用的这一整排民房不临公路，中间隔着菜地、荒废的农田和这个池塘。

有两条不大的马路能穿进来。

她们刚才下车的是另一条，池塘旁还靠着一条。

温宁刚走近池塘，一辆保姆车就顺着池塘边上的那条路驶进来，刚好停在她附近。

车门打开，一双大长腿往外一跨，从里面下来一个戴着墨镜的年轻男人。

商默隔着墨镜看到车门口的姑娘，脚步一停。

她的头发扎成了丸子头，不像早上那样乱糟糟的，巴掌大的白皙小脸全露在外面，短裙下有一双雪白长腿。

长得不算太高，比例倒还不错。

就……确实还挺顺眼的。

包璇已经帮他打听了，这姑娘不是剧组里的演员，是杜婉妹杜老师带过来的小编剧。

这剧组里除了制片和钱正义夫妇，就属他咖位最大，商默正犹豫着要不要放下身段主动打个招呼，却见那小编剧目不斜视地从他旁边走了过去。

商默："？"

包璇跟在后面下了车，见状道："愣着做什么？没听见钱导叫你呢。"

温宁完全不知道自己又一次忽略了剧组里那位大名鼎鼎的男主角。剧组在这里开机，一早上都是车来车去、人来人往的状况，她满心还都是刚才那条绯闻，也没心思注意其他。

郊外没有高楼大厦。

夏日炙热的太阳明晃晃照下来，给池塘边的树木镀上了一层金色。

温宁在池塘边站定，看着水面上晃起的阵阵波纹，感觉心里一阵发闷。

是有点透不过气来的，那难以言喻的闷。

温宁伸手掐了根被风吹得晃晃悠悠的狗尾巴草，重新打开微博，发现"汤辰如"这个名字已经空降到了热搜榜上。

她点进去，看见汤辰如刚才发了条微博——"昨晚就是和从小认识的朋友一起吃了顿饭，大家就别乱猜了。"

温宁虽然不太关注娱乐圈，但也算是半个文字工作者。

她怎么看，都觉得这段话算不上什么澄清。

温宁点开评论区，果然不少网友都领会到了重点。

"啊啊啊啊啊，原来是青梅竹马啊！"

"呜呜呜，我也好想拥有这种从小就认识的帅哥朋友。"

温宁其实还是头一回听说这位汤女神。

她抿了抿唇，退出微博，又打开搜索软件，键入"汤辰如"这个名字。

跳出来的页面第一条就是汤辰如的百科。

汤辰如是汤氏集团的大小姐，汤家虽比沈家差些，但也是国内叫得上名号的大企业，倒也算得上是门当户对。

这位汤女神此前在国外拿了一堆温宁不了解但看起来非常厉害的荣誉，近期回国后，参加了一档音乐和舞蹈糅合的创新综艺后一举成名，吸了不少粉丝。

百科里还配了一段她跳舞的视频。

平心而论，单从颜值上讲，汤辰如可能比不上喻佳那种浓颜大美人，但也算得上漂亮，而且身材优越，气质绝佳。

温宁觉得汤辰如确实配得上"女神"这个称呼。

她无意识地扯断了手上狗尾巴草的一截秆子。

他昨天那么晚回家，那么久没回她信息，原来是和这么个大美女去吃饭了啊！

还是从小就认识的大美女。

青梅竹马啊！

温宁心里越发闷得厉害，又扯断了一截狗尾巴草的秆子。

她退出微博，打开微信，点开他的头像。

对话框最后的内容还停留在他昨天的那句"晚安"。

温宁再看见这两个字，却半点也体会不到昨晚那股高兴劲儿了。

她打开微信，其实是有点想直接问问他的。

但又不知道要怎么问。

这次和上次问他柳筱的事情不同。

她是《秘密》原著作者，也是电影的跟组编剧，他往电影里安插演员，多少还能算是公事，这次他虽然闹上了热搜，却完完全全是他的私事。

临近十点，头顶的太阳越发晒人。

温宁打开软键盘又关掉，关掉又打开，重复数次后，非但没想出要如何问他，反倒是被晒得出汗。

算了，温宁撇了撇嘴，索性先退出微信。

没道理他昨晚舒舒服服和漂亮妹子吃饭，她今天要在这儿为了他伤神晒太阳。

晒黑了多不划算。

温宁重新打开微博，再点进去刚才那个营销号主页时，就发现那条微博居然已经删了。

她正有些纳闷，那边的开机仪式已经正式开始。

温宁就没再多想，折返前坪。

钱正义的作品前期保密工作都做得非常好，《秘密》除了柳筱之前上蹿下跳以外，其他演员都没官宣，甚至没透出一点风声。

不然商默的粉丝能里三层外三层地挤满外面那条公路。

开机仪式没邀请媒体，但有剧组工作人员在拍摄，日后可以用作宣传或收进纪录片中。

温宁不想入镜，就在不远处挑了个阴凉的树荫下站着。

当初她有意向写《秘密》这样一部小说，是因为一个突如其来的脑洞——每个人都有自己的秘密。

女主的秘密是暗恋男主。

男主的秘密是他打算在高考后的聚餐上跟女主告白。

而女主爸爸的秘密则是他计划在高考结束的当晚，也就是聚餐的前一天晚上，谋杀男主爸爸……

本来是打算写给喻佳当生日贺礼的，但温宁搞完大纲，觉得这个设定没办法有大团圆结局，就另外换了样礼物送给喻佳。

不过她本来就是个悲伤结局文学爱好者加悬疑控，要不是实在找不到类似的文，只能自割腿肉，她也不可能战胜咸鱼天性，花那么长一段时间来写一部长篇小说。

可能就是因为她当时对小说里的儿子、女儿太残忍了，所以现在轮到她自己来吃爱情的苦了。

那边钱正义早已经把盖在摄影器材上的红布揭开，喻佳和商默并排站在一起上香。

温宁就低下头，打开微信，又戳开了那个黑乎乎的头像。

她此刻好像也不纠结要怎么问他今天自己看到的事了。

上午的这个热搜和这位冒出来的汤女神让她从这些天那种异常执着的状态中稍稍清醒了过来。

她这次喜欢的不像是之前的任何一个纸片人，而是一个活生生的人。

他会给她反馈。

这种反馈可能是正向的，像昨晚那句"晚安"一样让她兴奋半晚上的，也可能是负面的，像今天这个绯闻一样让她闷闷不乐大半天的。

她身在局中，也没办法像之前一样，站在上帝视角去观察喜欢的纸片人。

所以这种反馈还是不可控且不可捉摸的。

她可以发微信去问他和那位汤女神到底是什么关系。

可他就算答复了，就一定百分百是真话吗？

就像他之前明明跟她说了他没有女朋友的。

除了知道他叫沈明川，是沈氏集团的太子爷之外，她对他的其他信息一无所知。

温宁退了微信。

她觉得她可能需要先冷静下来思考一下她对他到底是个什么想法。

开机仪式结束后，温宁从树荫下走出来，打算过去找喻佳。

可没走两步，她就看见钱正义和李副导等人都走到了喻佳旁边。

温宁想起昨天在电梯前，钱正义那句略带打趣意味的话，脚步略顿了顿。

也不知道他们看没看到热搜。

不管了。

看见也没什么吧，反正她昨天都说了，她和他完全不熟的。

温宁走过去，发现钱正义和李副导正在认真商量下午拍摄的事，都没分个眼神给她。

她轻轻松了口气。

上午没有安排拍摄任务，吃完剧组订的午饭，温宁和喻佳就回了房间休息。

酒店距拍摄地有三十分钟的车程，说远不远，说近也不近，碰上拍摄不顺的时候，来回一趟也要浪费一个小时，所以剧组就从这排民房中特地空出来两栋设作临时休息室。

房间总数不多，温宁也怕喻佳有什么需要帮忙的地方，就把单独留给她的那间空出来给了别人，自己跟喻佳住一间。

反正只是偶尔用来休息一下。

两个人在床上躺下。

吃饭时，钱正义一直在和喻佳说下午的戏，喻佳这时才得空问她一句："你问沈总了没有？"

温宁心里又是一闷："还没有。"

她还没想清楚。

"他也没和你解释？"喻佳皱眉。

温宁心里更闷了："他跟我解释做什么？我跟他又没什么关系。"

喻佳看她垂着眼，又忍不住安慰道："可能还在忙，没看见。现在网上什么情况？"

"热搜和那条爆料微博都不见了，我也不清楚。"温宁瞥了她一眼，"你下午还有戏，赶紧睡吧。"

喻佳下午的戏份确实重，就暂时也没再多问。

等到下午正式开拍，温宁才知道网上为什么有那么多人会说钱正义是位可怕的导演。

钱导一切换到工作模式就真的凶，完全不像平日那个随和大爷，魔鬼导演本导。

第一场戏拍的是女主父亲向泽华在高考前一个月带女主向棠棠回了老家，向泽华给向堂棠做了顿饭，父女俩对坐吃饭的场景。

温宁早看过杜婉姝改后的电影剧本。

杜婉姝在这方面也没架子，会跟她商量，也会教她怎么写剧本。

如果说《秘密》原著勉强能算一部合格的悬疑爱情小说，那被杜婉姝改后的电影剧本整体就变得很有厚度，把人性的优劣与挣扎体现得淋漓尽致。

不过这一幕她倒没怎么改。

向泽华即将要实施谋划已久的杀人计划，他不知道能不能得手，也不知得手后能否脱身，这可能是他最后一次带女儿来给妻子扫墓。

向棠棠高考在即，学习上压力重重，感情上也不顺利，她前两天听说喜欢的男孩子好像和别的女生偷偷去约会了。

父女俩心思各异，一顿饭吃得格外沉默。

父亲在心里继续琢磨、完善杀人计划，全然不知女儿看上了那个人的儿子。

女儿为学习和感情犯愁，也同样不知心上人很可能就快要和自己变成仇人了。

这一场戏没几句台词，几乎全是内心戏，非常考验演员的演技。

喻佳再有天份，毕竟也是第一次拍电影，钱正义要求又非常严格，这一场戏反反复复拍了数次，温宁觉得已经很棒了，但钱正义还是不满意。

温宁又要担心喻佳会不会被化身魔鬼导演的钱正义凶哭，中间还要扮演小助理角色给喻佳送水拿毛巾，倒也没心思再想其他事情。

等到这场戏终于拍好，已经过了下午六点。

晚上还有场男女主的夜戏，晚饭就依旧是在民房这边吃的。

吃完饭不久，参加完开机仪式就返回酒店的男主角商默坐着保姆车提前抵达。

他的经纪人还顺便给剧组的人带了一堆吃的，零食、饮料、甜品及水果一应俱全。

剧组租用的这排民房依山傍水，临近傍晚七点，天色尚未暗下来，室外温度倒降了不少。

池塘前有清凉的自然风悠悠地吹着。

喻佳去了里面的洗手间，温宁就一个人站在池塘边的大树下吹风。

晚饭有一道酸辣卤鸭胗非常下饭，温宁把她那一盒全吃了，这会儿正渴着，正想着要不要过去拿杯西瓜汁，就看见商默拿着一杯奶茶大步走到她面前。

即便对方没长在自己的审美上，温宁也觉得这位男主角确实长得挺帅。

只是此刻，这张挺帅的脸上大写着"老子很不爽"。

商默就顶着这副不爽的表情把手上那杯奶茶往她面前一递："拿着。"

面前的人行为太过反常，温宁也就没注意到身后的马路上，一辆黑色宾利正在驶近。

她只是茫然地朝商默眨了眨眼睛。

商默像是不太耐烦，又把奶茶往她面前递了递："我经纪人让我给你的。"

温宁愣了下。

刚才她看见商默的经纪人主动给钱正义夫妇拿了饮料、水果，没想到对她这种打酱油的小编剧也这么周到的吗？

所以这位男主角是被经纪人使唤来给她一个打酱油的小编剧送吃的，才这么一脸不爽的吗？

温宁赶忙接过来："谢谢商老师。"

虽然她更想喝西瓜汁。

可商默好像更不爽了。

"你认识我？"他面无表情地问。

温宁有些莫名其妙。

剧组里应该没人不认得他吧？

"认识的。"

商默冷着脸点了下头。

很好。

认识他还几次三番忽视他，还把他当空气，还对着他打哈欠。

商默看了她两秒，冷哼了声，什么也没说就走了。

温宁："？？"

这位大名鼎鼎的男主角怎么奇奇怪怪的？

温宁把吸管插进去，咬着喝了一口。

有点甜，不算太好喝。

不过别人特意送一趟，温宁也不想糟蹋商默的经纪人的好意，就勉强拿着杯子继续喝。

那头喻佳从房子里出来，只是没能过来找她，就被钱正义叫了过去，一同被叫过去的还有那位奇怪的男主角。

可能是叫他们说晚上的戏。

温宁也没过去打扰，继续站在树下喝奶茶。

脚边这时却忽然像是有什么响动。

温宁垂下头一看，就见一只黑乎乎的大虫子正在她脚的不远处爬来爬去。

她头皮一阵发麻，吓得下意识地就往后一退，可左脚不知是踩到了石头还是别的什么，脚下一扭的同时，她整个人瞬间失去平衡往后倒去。

温宁忍不住惊呼了一声。

可下一秒，一只有力的大手落在她的腰后，将她稳稳地一托。

她落入了一个带着清爽气息的怀抱中。

第 三 章
想见你

xia yuan

"谢——"

温宁一边借着这股力道站稳,一边转过身,下一瞬,她的目光就隔着玻璃镜片,撞进一双熟悉又平静的眼中。

她的话音倏然一顿。

身后的男人今天只穿了件白衬衫,没系领带的领口微敞,露出一小截冷白色锁骨,衬衫袖子半挽,装扮比上次见面时要休闲不少。

他的手还半揽在她的腰间,就这么淡淡地看着她。

落日余晖不知何时已经散尽了,天色呈现一种灰蒙蒙的蓝,映衬得他的目光好像比平时更显深邃。

温宁的心跳一瞬间快得没有章法。

她一天没想明白的事,在见到他的这一瞬间,在一见他就心跳又忽然变快的这一刻,好像忽然就明白了。

她就是喜欢他!

感情这种东西本来就没什么道理可循,她分析再多,也不如这一刻的心跳声来得简单明了。

可他昨晚才和漂亮妹子一起去吃了晚饭。

今天绯闻上了热搜,不知道是不是真要联姻。

温宁想到这儿,下意识地又往后一步,想要跟他拉开距离。

可左脚刚一动，就有股明显的疼痛感传过来，她差点又没站稳。

江凛伸手又扶了她一下。

"脚扭了？"

温宁没说话，眼眶却忽然酸了下。

也不知道是疼得，还是因为心里忽然冒出的那股委屈。

她好像没什么立场委屈。

可电话号码是他主动给的，那天他还当着那么多人的面单独叫她上车，以至于昨天钱正义还在她面前用那种打趣的口吻提及他。

但凡她昨天虚荣心强一点，没有跟钱正义澄清他们的关系，今天绯闻出来后，她估计要用脚趾抠出一条地道立刻逃走，再也没脸见人了。

面前的小姑娘眼眶微微泛起点红。

江凛的眉梢儿不可察地动了下。

"很疼？"他朝她伸出手，"我送你去医院？"

温宁看着伸到面前的那只好看的手。

她是喜欢他没错，可也没有破坏别人感情的爱好。

"不用你送。"

"那你想要谁送？"

江凛的目光在她手上那杯奶茶上落了一瞬，微微眯了下眼。

他想起刚才在车里看到的场景。

年轻的男人别别扭扭地给她送奶茶，小姑娘接过去，仰着头乖巧地和对方说话。

哪怕他还拿不太准他对她到底是个什么心思，也不妨碍他觉得那幅画面和谐到近乎碍眼。

温宁垂着眼，拿着奶茶的手指无意识地收紧，塑料杯子往里凹进去一小部分："谁送都行，您都要联姻了，送其他异性去医院多不合适啊。"

江凛："……"

都开始用"您"字了。

江凛平日没少听这个字，但还是第一次从她口中听到。

这姑娘在机场"第一次"见他就敢扯他的袖子，这会儿头倒垂得低低的，无端显得有些可怜。

江凛收回手："谁说我要联姻了？"

汤家倒确实有意和沈家联姻，可惜太过着急，连这样的烂招数都用了出来。

温宁撇撇嘴："不联姻也没见您的公司澄清一下啊，我们剧组今天还有人嗑您和那位汤女神的 CP 呢。"

她倒也没撒谎，李副导家那对小姐妹花今天一天都在聊这个八卦，一直说他和那位汤女神配一脸。

"CP"这个词江凛倒是知道。

他垂眸看着面前的小姑娘："明天就会解释。"

"欸？"温宁终于抬起头，"她不是你的青梅竹马吗，你澄清绯闻不怕下她面子啊？"

"青梅竹马？"男人语调平静，只最后一个字的字音隐约上扬了下。

"青梅竹马"这个词本就是美好的象征，温宁听他用那种低沉好听的声音念出来，心里忍不住酸了一下下。

"对啊，你们不是从小就认识吗？"

"要是小时候见过几面就算青梅竹马的话——"江凛顿了顿。

不管是他，还是沈明川本人，小时候和汤辰如确实只是见了几面而已。

他语气冷淡："那我的小学同学都是我的青梅竹马了。"

温宁感觉自己在他后一句话中听出了一股嘲讽之意。

但男人还是那副平静的模样，猜不出一点心思。

"那你昨天还和她吃饭吃到那么晚才回家。"她的语气酸溜溜的。

江凛也没想到自己居然会有耐心跟人解释这种子虚乌有的事："昨晚是个谈生意的饭局，七八个人，她哥哥也在，她是不请自来的。"

沈明川也没料到汤辰如会带狗仔，还把他也牵扯了进来。

温宁："欸？"

没有联姻，明天会澄清，也没单独和她吃饭……

那就是说明早上那个绯闻完完全全是假的？

温宁的嘴角忍不住往上翘了下。

江凛看着她："满意了？"

温宁下意识地点了点头，反应过来后又立马摇头："我满意什么啊，又不关我的事，我就是好奇，随便问问。"

男人静静地看着她，没回话，也不知信没信她，只是好像极浅地笑了下。

浅到温宁都怀疑是不是她看错了。

男人低声问："脚还疼吗？"

温宁点点头："疼的。"

江凛："能走路吗？"

温宁稍稍转了下脚踝，好像疼得没那么明显了，估计是可以走的。

但想起男人刚刚朝她伸出来的那只手，她心下一动，小声道："好像不能。"

温宁本来是想趁机让他扶一下。

可下一秒，她的双脚倏然腾空——

男人将她抱了起来。

温宁还是头一次被人公主抱，鼻间瞬间盈满了他身上的清爽气息，她下意识地伸手扶住他的肩膀，愣了下才反应过来。

她刚刚是背对着民房及剧组人员在和他说话的，此刻被他抱起来，立刻换了个视角。

郊外傍晚，室外比屋内凉爽许多，夜戏还没开始，刚刚商默的经纪人又送了食物过来，剧组大部分人都在民房前坪乘凉吃东西。

温宁这一反应过来，就看见剧组那一大群人正齐齐盯着他们这边。

剧组的人不是正盯着他们，而是已经往这边看了有一小段时间了，毕竟江凛那个长相和周身自带的那股气势，他往那儿一站，任谁都忽略不了。

更何况剧组主创几乎都知道他的"身份"。

钱正义不在工作模式，又变成了和和气气的大爷，他端着一杯温宁没喝到的西瓜汁，看着高大的男人抱着他们剧组那小编剧缓缓走远，笑眯眯地道："小温昨天还说她和沈总不熟来着。"

李副导笑眯眯地接话："现在的年轻人我们也是不懂了。"

喻佳震惊地收回视线，忍不住拿出手机给温宁发微信："你们怎么忽然就抱上了，这进度条是怎么回事啊姐妹？"

商默的经纪人包璇若有所思地插了句话："沈总？"

钱正义："就你们公司的新总裁沈明川。你前段日子带商默去国外了，是不是还没见过？"

"是还没见过。"包璇随口接道。

见男人已经把小姑娘抱上了车，天色也暗了下来，钱正义也就没再继续八卦，招呼工作人员开始进入准备状态。

离正式开拍还要一点时间，包璇就趁机把商默叫到了一边："你刚那是怎么回事？"

商默手插口袋里，懒洋洋地反问："什么怎么回事？"

包璇："你别以为我没看见，你拿了一杯奶茶给小温编剧送了过去，你不会对她有意思吧？"

"你想哪儿去了，"商默随口反驳道，"我就是想知道她到底认不认识我。"

包璇："这有什么好知道的吗？你一个大明星，难道碰到谁都要问一句别人认不认识你？"

"有啊。在我看来，这世界上只有三种人：喜欢我的、讨厌我的和不认识我的。可她——"商默顿了顿，又一脸不爽的模样，"居然认识我还忽略了我两次，还对着我打哈欠。"

包璇："……"

"你这自恋的毛病能不能收一收？"

"不能。"

"我是管不了你。"包璇没好气地道，"但刚才的情况你也看到了，这姑娘跟沈总关系匪浅，你最好跟她保持点距离。"

"我又不跟她谈恋爱。"商默无所谓地道，"别说她和沈总关系不明，就算她和沈总结婚了，她也有追星的自由吧。"

温宁被他一路抱至车边，她总感觉身后剧组的人还在看着他们。

她还以为上了车就能隔绝那些视线，结果刚到宾利旁边，副驾驶车门就从里向外打开了，他那位叫计远的助理从车上下来，帮忙打开了后座的车门。

原来车上还有人。

也是，他这种身份向来也用不着自己开车。

好在这位计助理和那位沈助理不同，看着性格相对沉稳，从开门到回到副驾驶，全程都目不斜视，没说一句话。

车上的司机似乎也并不好奇老板怎么抱了个异性上车，从头到尾都没回过头。

温宁被他抱上车后，就一点点地挪到了车门边，尽力跟他拉开距离。

那股委屈劲儿一过，她现在就开始觉得尴尬了。

她刚刚到底是哪来的勇气和立场跟他这么问东问西的啊！

温宁忍不住悄悄往旁边瞥了眼。

男人包裹在黑色西裤中的一双长腿微屈，修长好看的手指拿下眼镜，轻轻按了按眉心。

刚才她没注意，现在看着，他的脸上像是带着几分疲惫。

像是察觉到她的视线，男人忽然偏过头。

温宁立刻收回视线，感觉他的目光像是还落在她身上，她又装模作样地打开小斜挎包包，从里面拿出手机来。

手机提示灯在闪烁，估计是有消息。

温宁听见他低声吩咐司机去医院，她低头解锁了手机屏幕，看见喻佳发过来两条微信。

喻佳："你们怎么忽然就抱上了，这进度条是怎么回事啊姐妹？"

喻佳："怎么还上车了，你们这是要去哪儿？"

温宁："我的脚扭了，他送我去医院。"

喻佳大约是顾不上八卦了，一连发了两条消息过来。

喻佳："没事吧？"

喻佳："疼不疼？要不要我请假过去陪你？"

温宁："不用不用。"

温宁："已经不怎么疼了。"

喻佳："那就好，钱导喊我去拍戏了，你自己注意点，有事给我打电话。"

温宁："嗯嗯，我看完医生就回来陪你拍戏。"

喻佳没再回消息过来。

微信提示音一停止，温宁才发现车厢内异常安静。

她忍不住又偏了偏头。

旁边的男人微阖着眼，不知是不是睡着了。

温宁就趁机大胆地盯着他。

开机的第一天过得乱糟糟的，但她基本能确定两件事：

一、她是真的喜欢他。

二、早上的绯闻是假的。

一是完全不用再怀疑了，至于二……

温宁觉得他完全没有骗她的必要。

他只要不那么低调，稍微放两张正面照到网上，女粉丝肯定不会比他们剧组那位男主角的少，到时喜欢他想追他的漂亮妹子肯定不计其数。

花心思来骗她有什么好处啊？

走神间，温宁忽然听见他的声音沉沉地响起。

"看什么？"

温宁回过神，目光又撞进他的眼中。

他不是在睡觉吗？这人怎么不声不响就醒了？

又一次偷看被抓包，温宁的脸热了下，她伸手一指，瞎扯道："你脸上有蚊子。"

江凛的目光从她微红的脸上慢慢地落到她又细又白的手指上，淡淡地反问："是吗？"

他的话音一停，车厢里就又恢复到异常安静的状态。

连呼吸声似乎都能听到，根本就没有什么"嗡嗡"响的蚊子声。

温宁眨了眨眼："也可能是我看错了。"

江凛看了她几秒，没再开口。

温宁的脚趾已经开始作画了，她也没好意思再开口。

她慢慢地把视线移回来，接下来的一路都十分安静。

榆城不大，没多久，车子抵达市人民医院。

温宁还在尴尬，都没注意到宾利已经停下，等听到一侧传来开门声，她才发现已经到了目的地。

她顺手打开这一侧的门，从另一侧下车的男人已经仗着腿长走到了她这边。

他单手撑在车上，微弓着背，居高临下地望着她。

江凛下巴轻抬，没什么表情地问："这东西你要带进医院？"

温宁一低头就看见自己手里那杯奶茶。

这一路她完全忘了喝。

"不带吧。"

话音刚落，一只冷白色修长的手就伸了过来，抽走了她手上的奶茶。

温宁看他直起身，大步朝附近的垃圾桶走过去，她就也下了车。

江凛折返，见她自己下了车，目光落到她的脚上："不疼了？"

温宁的脚好像确实没那么疼了。

但刚才上车前那段路，因为总觉得剧组的人都在看着，她都没好好体会那个短暂的公主抱。

"还疼的。"

江凛淡淡地看着她。

温宁跟那双深邃的黑眸对视了两秒，迅速败下阵，正想说勉强一下也是能走的，忽然就再次被他腾空抱起。

她下意识地像刚才一样搂住他的肩膀，目光微抬间，正好看见男人线条凌厉的下颌。

温宁又垂下头，悄眯眯地勾了勾唇。

急诊室此刻人刚好不多，很快就轮到了温宁。

温宁刚才撒谎是想让他抱，可这里毕竟是急诊，指不定后面就排着正难受的病人，她也不想浪费医生的时间。

医生检查的时候，问疼不疼，她就老实答还好。

只是话音一落，她就感觉对面的男人的目光又落到她身上。

温宁假装没看见。

医生迅速检查完："没什么事，不影响走路。你晚上回去自己冰敷一下，这周内不要剧烈运动就行。"

温宁站起来："谢谢医生。"

江凛看着垂着脑袋不敢瞧他的小姑娘："脚又不疼了？"

温宁："……"

"忽然是不怎么疼了，"她抬头挤出个笑容，"好神奇呀！"

江凛："那能自己走了？"

温宁蔫巴巴地点头："能的。"

出了诊室，温宁跟在他身后慢慢地往门外走。

男人腿长，像是也没有等人的习惯，没几步就甩开了她一段距离。

温宁的脚还隐隐有点痛，她又不能跑，只好皱皱鼻子在后面道："你走太快了，我跟不上。"

前面的男人停下脚步，回过头，目光像是由她的脸上慢慢地落到她的腿上，表情倒一如既往地平静。

温宁怀疑他是在嫌弃她腿短。

但没有证据。

她小声嘀咕道："腿长了不起啊。"

江凛见她嫣红的唇瓣微微张合："说什么？"

"没什么。"温宁慢吞吞地挪过去，仰起头看他，"说谢谢你送我来医院，我请你吃消夜吧。"

医院灯光明亮，映衬得小姑娘此刻看向他的眼睛也分外晶亮。

江凛看了她两秒："欠着吧。"

温宁："怎么又欠着啊，你等下还有事吗？"

她还想跟他再单独相处一会儿呢。

"回南城。"江凛说。

温宁眨眨眼，这才想起来问他："对了，你不是说今天不来剧组吗，怎么突然又过来了？"

江凛对上她的目光："我不能来？"

当然不是不能来，她就是想问他是不是专门为了她来的，但又怕自己自作多情，再尴尬一次。

想了想，温宁还是没好意思问出口："您当然能来。"

回程的路上，男人又闭眼倚着靠背，不知是在睡觉，还是在养神。

温宁这几天给他发微信，经常是过了大半天才收到他的回复，她猜想他这段时间是真的忙得厉害，就没再出声打扰他休息。

她也不敢再趁机偷看他，免得再被抓包，就侧头看着窗外。

车内光线昏暗，偶尔她这边的窗户玻璃会朦胧映出旁边男人的脸。

只是隐隐约约一个轮廓，都分外好看。

温宁忍不住抬起手臂，以手代笔，在窗户上一点点地慢慢地描绘他的模样。

江凛睁开眼时，就见她伸手在窗户上比画，像是在画什么。

直到宾利停下。

温宁恍然回神，看见民房就在前面，大灯明晃晃照亮了前坪，剧组工作人员还在忙碌。

就到了吗？这段路怎么这么短啊！

温宁偏过头："他们应该在拍一场挺重要的夜戏，你要不要过去看看？"

江凛抬手看了下腕表："不去。"

她闷闷地道："好吧，那我下去了。"

江凛点头。

温宁打开车门，下了车，又随手关上门。

车里的男人瞬间隔绝在她的视线之外。

黑色宾利隐在夜色中。

下一次再见面又不知道会是什么时候。

温宁心里忽然生出了一股冲动。

她抬手敲了敲车窗。

窗户下降。

后座的男人半张脸藏在暗色中，眼镜镜片折射出一点光。

他偏过头来看她。

温宁弯腰，小声道："你能下来一下吗？我有点话想单独跟你说。"

江凛看了她两秒，没说话，只抬手开了另一边的车门。

温宁往车后走了两步。

男人下了车，很快大步走到她面前。

"还有事？"他问。

温宁刚才忽然想叫他下来，是想跟他告白。

今晚这一出过后，她那点心思在他面前估计也已经暴露得七七八八了。或许早在机场她问他要微信的那一刻，她对他的心思就已经昭然若揭。

现在她告白了，起码以后他要再闹出个什么绯闻，她也不用藏着掖着，可以光明正大地以追求者的身份问他了。

而且他这么抢手，她要是再不行动，万一他被别的漂亮妹子追走了怎么办？

可此刻面对着气场迫人的高大男人，温宁忽然又怂了。

"没……"温宁蔫头耷脑地道，"没什么。"

江凛等了她片刻，见她不再开口，就道："那我走了。"

说完，他刚一转身，就被身后的小姑娘给拉住了。

他今天没穿西装外套，没袖子给她扯，这姑娘就直接扯住了他的手腕。

腕间的触感温软。

江凛重新转回身，目光落到腕上她那只细白的小手上。

温宁就在这时候又抬起头看他："我喜欢你，你知道的吧？"

江凛知道她喜欢他。

这姑娘年纪小，心思藏不住，想什么都写在脸上和那双灵动漂亮的眼睛里，脑筋倒是转得快，扯起瞎话来一套一套的，就是一撒谎不是脸红就是红了耳朵。

胆子是比一般人大一点，但也大不到哪儿去，她都不敢多看他两眼。

江凛没想到她会直接跟他表白。

他自己没做过类似的事，可想也知道，一个小姑娘要当着一个男人的面把这番话说出口需要多大的勇气。

可能是勇气鼓太足了，语气还显得有些凶巴巴的，偏偏声音又软。

温宁也不知道刚刚那股勇气是他今晚两次公主抱给的还是哪来的，反正一跟他说完这句话，现在她那股勇气也基本已经全耗尽了。

此刻见他神色难辨地盯着自己，温宁火速松开手，红着脸，语速飞快得连断句也没有地道："那什么你也不用着急答复我你可以慢慢考虑我就先回剧组了拜拜。"

说完她就打算溜之大吉。

只是她刚一转身，就被人从后面拉住了。

腕上传来一股灼热的触感，温宁脚步一顿。

"跑什么，"男人语气低沉，"医生不是说了一周内不能剧烈运动吗？"

温宁转过身，见他的神色也不像平时那么平静，显得有些严肃。

不知道是不是不太高兴听见她说的那番话。

她心里七上八下地打着小鼓，小声道："那不跑等着你拒绝我吗？"

男人淡淡地看着她。

温宁对上那双深邃的眼，半分也猜不出他的心思，心跳快得有些让她发慌。

她垂在一侧的手心冒出点细汗，手不自觉地蜷缩了下。

然后她听见他开口："你跑了我就不能拒绝你了？"

温宁："？"

所以果然是想拒绝她吧。

她的心往下沉了沉，语气也低落下来，蔫巴巴地道："那反正总比被当面拒绝好啊。"

温宁的手腕还被他拉着，她这会儿想跑也跑不了，也感受不到什么被他拉手的喜悦、兴奋，只有等着被宣判的煎熬。

偏偏面前的男人还迟迟不开口。

宾利停在池塘边的路上，离满是工作人员的民房前坪只有寥寥数米远，那边的声音按理是能传过来的，温宁此刻却什么都听不见，垂在一侧的手无意识地收紧。

一秒。

两秒。

他还是没开口。

三秒……

对面的男人依旧没开口，只是极浅地笑了下。

他笑什么？

江凛松开手："那你走吧。"

温宁茫然地看着他。

"慢点走，"江凛看着她，"不准跑。"

民房前坪，《秘密》剧组刚拍好一场戏，坐在一堆机器后面的钱正义最先看到温宁回来。

他往她身后看了眼："你一个人回来的？沈总呢？"

温宁闷闷地道："他还有事，先走了。"

剧组其他人也往她这边看过来，温宁也没心思像昨天那样解释。

反正就今晚这情况来看，她好像也解释不清的。

温宁在人群中找到正在补妆的喻佳，于是朝那边走了过去。

喻佳正想给她发微信，见她过来就把手机放下，担忧地看了眼她的脚："脚怎么样了，扭得严重不？"

温宁："不严重，医生说一周内不剧烈运动就行。"

"那就好。"

喻佳在戏里演高三女学生，她的底子本来就好，几乎是半素颜出镜，也不需要怎么化妆，很快就补好了。

等化妆师一离开，温宁就把喻佳拉到了没什么人的池塘边，三言两语地把晚上的事跟她说了一遍。

"你说他到底什么意思啊？"温宁忍不住问。

喻佳因为今天的绯闻对这位沈总已经没什么好印象了，听她复述完今晚的事，倒是又拉回点印象分。

"他要是真一点都不喜欢你估计就直接拒绝了吧，而且他大老远过来一趟，也只跟你解释了下早上的绯闻，剧组其他人一个没见，我看你挺有戏的。"

温宁还是有点忐忑："万一他是给我留面子，打算通过电话或微信拒绝我呢？"

喻佳："你回来到现在也有几分钟了吧，足够他通过微信发一条拒绝消息了，你看看手机。"

温宁为了等他的消息，手机一直捏在手里。

她乖乖打开看了眼："没收到。"

喻佳又道："而且就算他真拒绝你了，你难道就放弃了？"

温宁平时虽然大部分时候都是得过且过，但真喜欢什么东西，还是会愿意努力一下的。

她想也没想就道："暂时应该还不会吧，除非他真有女朋友了。"

"那不就得了。"喻佳拍拍她的肩膀，"加油啊姐妹。"

温宁听她这么一说，忽然有种茅塞顿开的轻松感。

是啊，反正她本来也没觉得自己能厉害到一跟他告白就成功的。

怕什么啊？

他没直接立刻拒绝已经是意料之外的好信号了。

温宁换了话题："晚上的戏拍得顺利吗？"

"还行，这次三次就过了，被商默带的。"喻佳一脸羡慕，"双料影帝就是双料影帝，真的厉害！"

温宁错过了这位双料影帝拍的第一场戏倒也不遗憾。

而且在她眼里，自然是喻佳更好。

"那他毕竟比你早入行五六年啊，说不定他第一次拍戏的时候也和你现在差不多呢。"

刚走到附近来吹风的商默："……"

很好！他完全没了想吹风的心情，转身折返。

没多久，李副导拿着喇叭招呼大家开始拍下一场戏，温宁和喻佳也回了前坪。

温宁拿了把小椅子坐在钱正义后面。

这场还是男女主的对手戏。

女主向棠棠吃完晚饭在老家前坪乘凉，忽然听见有道清朗又熟悉的男声叫她的名字，她转过头，看见喜欢的人居然就站在自己身后。

温宁看着场中，脑中却莫名又浮现出晚上被他公主抱时的场景。

拿在手里的手机还是格外安静。

温宁也不知道他在忙什么，她想了想，干脆打算来一招先发制人。

江凛正在打电话。

回到车上后，他先接了通工作电话，挂断后，沈明川的电话刚好又打了进来。

宾利平稳地行驶在路上，江凛抬手解了粒衬衫扣子，看着窗外，听见沈明川在电话里问："听说你去剧组了？要不要我帮你发个声明解释一下啊？"

江凛："声明不用发。"

沈明川惊讶地道："哟，你大老远跑一趟难道不是去跟那小姑娘解释的？真不用发我就不发了啊，汤辰如跟我们家老太太卖惨呢，老太太让我别太下她面子。"

江凛想起刚才那姑娘眼眶微红的委屈模样："你先让原二今晚组个局。"

"原二？没事让他组什么局？"沈明川没明白。

江凛："让原二叫上汤辰如一起，他不是喜欢汤辰如吗？"

"以其人之道还治其人之身？"沈明川轻轻"啧"了声，"还是你狠，难怪汤辰如看见你就像老鼠见了猫，要不是昨天我只有那时候离她稍微近一点，她拍不到别的可用的照片，估计也不敢把你给带进去。"

江凛听见手机响了好几声，原本说完就想挂电话，手指忽又顿了顿，他沉默了片刻："你明天让剧组给她再加点菜，顺便每天再多送点牛奶过去。"

那姑娘轻得像是没什么重量。

沈明川乐道："你这是养老婆还是养女儿呢。"

江凛："没事就挂了。"

没等沈明川继续啰唆，江凛挂了电话。

手机刚刚响的那几声像是微信提示音。

一件事不在一条消息上说完，喜欢这么一条接一条给他发消息的也就她一个。

江凛打开微信。

小瓷猫："那你既然没拒绝，我就当你是在考虑我了。"

小瓷猫："我会好好努力的。"

小瓷猫："猫猫比心 .jpg"

这三条是先发的。

估计是没等到他的回复，于是她后来又发了几条信息过来。

小瓷猫："图片.jpg"

小瓷猫："悄咪咪地给你看看现在的片场，免得你今天过来一趟，什么也没看到。"

小瓷猫："对了，我是不是还没问过你多大了？"

小瓷猫："网上都查不到你的准确年龄。"

江凛盯着这些消息。

过了片刻，他才不紧不慢地回了条消息过去："二十七。"

温宁次日又是被五个闹钟吵醒的。

她行尸走肉般敲开喻佳的房门时，都感觉自己的灵魂还逗留在隔壁柔软的大床上。

温宁进了屋，立刻往喻佳的床上一倒："今天有咖啡吗佳佳？"

"咖啡还没泡。"喻佳冲她一笑，"不过你可以打开微博看一下热搜，看完你估计就不困了。"

温宁含糊地"唔"了声，睡眼蒙眬地打开微博，随即在热搜榜上又看见了汤辰如的名字。

只不过今天这个名字后面跟着的却是另一个陌生的名字：原振。

温宁还真不困了。

她瞬间坐起来，点进热搜广场。

话题广场上热门第一的是昨晚半夜发的，评论过万，点赞数十万。

热门第一的营销号也不像昨天一样只带着一张照片，而是配了个视频。

视频也是在餐厅门口拍的，陌生高大的男人先是手往那位汤女神的肩膀上搭了搭，后又揉了揉她的头发，动作很显亲昵。而餐厅门口还只是开始，男人还开着一辆高调的跑车把汤女神送回家，并在她家逗留了近一个小时才出来。

视频最后，小编还八卦地猜了下原汤两家是不是真的好事将近。

评论区相当热闹。

"所以昨天那位是原二少爷啊，看背影好像是有点像，那江凛和沈明川好惨啊！"

"想也知道不可能是沈家和江家那两位啊，汤家现在明显不行了，搭上原家还有可能，跟沈江两家早不是一个层级的了。"

"确切地说，是沈明川惨。昨天那个营销号后来还在评论区明确回复了不是江凛，说他的号还想要，要大家千万别牵扯到那位身上，不过这条回复还没发出几秒钟，他那条微博就不见了。"

"营销号还回复了这么一条吗？我昨天居然吃瓜吃漏了。"

"沈总好手段。"喻佳这时也坐了过来，担忧地看着她，"就你这点段位，我怀疑你迟早要被他吃干抹净。"

温宁从手机上抬起头："什么好手段？"

喻佳："这是重点吗？我的重点明明是后一句。"

温宁无端忽然想起那晚他单手扯领带的动作，她小声道："那我想被他吃干抹净人家还不一定愿意呢。"

喻佳："……"

温宁："说吧，他怎么就好手段了？"

喻佳指指她屏幕上的微博："网友都喜欢吃瓜不爱看辟谣，公司出声明也没用，网友可能还觉得他们是心虚，沈总这个绯闻会一直流传下去，甚至还不知道会出现什么变种版本，但现在所有人都觉得昨天和汤辰如吃饭的就是这位原二少爷了，而且全网起码有一半的营销号今早突然一起下场帮忙带节奏，要说这不是鼎盛的手笔我可不信，营销号又不是做慈善的，今天这波可比昨天的出圈多了。"

温宁虽不太常吃娱乐圈的瓜，但也知道喻佳说得没错。

因为这波有力的澄清，温宁今天到剧组时，脚步都轻快了不少，不像昨天还要担忧剧组的人会不会怀疑她插足破坏了那位汤女神的感情。

就是李副导家的小姐妹花比较惨。

昨天她们才开始嗑CP，今天就悲剧了。

温宁打算这几天对她们俩能避则避。

毕竟虽然她现在和某人还很清白，但昨晚他当着全剧组的面把她抱上了车，小姐妹花估计也看见了的。

《秘密》电影剧本杜婉妹早改完了，她过来跟组主要是演员有时候在现场会碰撞出新的火花，或有些更好的临场发挥，她根据导演需要再对剧本进行相应的修改。

温宁这一上午也没什么事，主要都帮喻佳扮演小助理了。

到了中午，温宁就发现剧组的伙食又变好了。

昨天就已经非常好了，她昨天有三菜一汤，今天忽然又变成了五菜一汤，不是一个饭盒里装几小份菜，而是加上米饭，足足有七个饭盒。

要不是其他主创也变成了五菜一汤，她还真怀疑是不是有人给了她什么特殊待遇呢。

温宁昨天先发制人后，发现他确实没有要在微信上拒绝她的意思，反而还挑了她一个问题回答。

她今天就打算再接再厉，见不了面，她现在也只能先在微信上跟他多刷刷存在感了。

温宁把桌上的饭盒拍下来，再打开他的微信对话框。

温宁："突然出现 .jpg"

温宁："图片 .jpg"

温宁："你们公司的剧组伙食都这么好的吗？"

温宁："就是菜也太多了根本吃不完感觉有点浪费，呜呜呜。"

温宁："而且今天工作人员还送了一冰箱牛奶过来。"

温宁："可惜我从小就不爱喝牛奶。"

温宁碎碎念了一大堆，一直等到下午的戏开拍，才收到他发来的回复，只有短短五个字。

我超贵："难怪长不高。"

温宁："？"

所以他就是嫌弃她矮吧。

不就是牛奶嘛，她喝就是了！

温宁进了池塘边那栋民房，今天工作人员送过来的超大冰箱就放在这里面，冰箱里全是牛奶，各大品牌都有。

她打开冰箱门，挑挑拣拣，最后选了瓶塑料瓶装的巴氏奶，顺手又帮喻佳拿了瓶脱脂鲜奶。

温宁刚揭开自己那瓶鲜奶的瓶盖，正打算往外走，迎面就撞见李副导家那俩小姑娘。

这下避无可避了。

温宁默默喝了口牛奶压压惊。

两个小姑娘一见了她忽然就牵住了她的手，一脸兴奋。

妹妹李君慧像是壮起了胆子，忽然凑过来问她："小温老师，我能问你个问题吗，那个……你是和沈总在一起了吗？"

她顿了顿，又道："不方便说也可以不说的。"

温宁虽然很希望她们说的是事实，但她昨晚的告白确实也算不上成功，她摇摇头："没有。"

温宁说完还顺便多解释了句："所以真不是我拆你们的 CP。"

而是你们的 CP 根本就是个谣言。

姐姐李君慈摆手："没有没有，我们已经不磕汤女神和沈总了，我们现在觉得小温老师你和沈总更配。"

妹妹："公主抱赛高，甜妹酷哥 yyds！"

姐姐："而且你们还是那种最萌身高差！"

温宁："……"

好了好了，她知道她矮了。

下午的戏在隔壁那栋民房拍。

温宁随便和小姐妹花聊了两句，回去隔壁时，就看见李副导正和一个容貌陌生的中年男人站在门口聊天。

李副导的声音也没压着，隔了几步都能听见："你们那戏，叫什么来着？《信号》是吧，是就要开机了吗？"

《信号》？那不是柳筱那部戏？

喻佳好像是说过前期拍摄地点会离他们剧组挺近。

温宁一边在脑中闪过这几个念头，一边拎着冰冰凉凉的牛奶瓶子继续往里走。

她对听别人说话没什么兴趣，对江冽和他这位现女友就更没兴趣了。

李副导旁边的中年男人是《信号》剧组的生活制片卫大力，和李副导早些年就认识。

温宁对他不感兴趣，卫大力的目光倒是在温宁的背影上落了一瞬。

他下意识地觉得有点眼熟，但也没心思多想，随即便又转回头跟李副导说："是啊，我提前过来处理住宿的事，过来找你也是为了这事儿。我们剧组那位新换的女主角柳筱架子大着呢，非市内最好的酒店不肯住，但悦能这不是被你们剧组全包下来了嘛，我们制片人知道我和你的关系不错，就想让我过来问，看你们能不能匀出一间房给她住。"

李副导："……"

这要是匀一间房给别人倒是还有可能，匀给柳筱那是万万不可能的，鼎盛那边早打好招呼了。

李副导只能把原先就商量好的说法说出来："抱歉啊，这事儿我也帮不了你。悦能最顶上那层鼎盛那边交代了说让留着，他们沈总随时可能过来住，不希望有剧组外的人来打扰。下面的就都是我们剧组其他工作人员住的了，你们那位女主角想必也不会愿意。"

卫大力也不高兴伺候他们剧组那位女主角，只是因为制片人发话了，他才顺便过来问一下："没事，我想办法另外给她单独租栋别墅好了，不过你们剧组这次怎么回事，怎么还把整个酒店都包下来了，以前也没见你们这样啊？"

李副导沉默了片刻。

他并不负责食宿，但也知道剧组这次食宿方面预算分外充足是因为刚刚进去的那位小温编剧，包下酒店多半也是因为她。

只是这事儿剧组里也就极少数人知道，连小温编剧本人都不晓得，所以哪怕卫大力是他多年老友，他也不好往外说。

"大概是因为……"

李副导想了下，只能道："我们这次的资金格外多吧。"

卫大力："……"

温宁说要追他，但她没有追人的经验，又被困在剧组，其实也做不了什么，于是接下来这一周也只能在微信上多跟他刷点存在感了。

剧组有什么好吃的好玩的她都分享一波。

但他还是每天都好忙的样子，经常隔了许久才回她，内容也一如既往地简短冷淡。

不过倒也没有哪一天是完全不回她的。

这天《秘密》剧组进组了一个大咖演员，是圈内公认的戏骨，名叫郑德江，国内能拿的奖他基本全都拿过两轮，是喻佳的偶像之一。

温宁小时候也常看他的戏。

郑德江现在处于半隐退状态，这次是过来客串一个戏份很少的角色。

下午的戏还是在其中一栋民房里拍的。

温宁和喻佳午休完一过去，就看见郑德江、钱正义夫妇和商默都在摄影器材边。

杜婉姝看见她们出来，朝她们俩招了招手。

温宁就和喻佳一起走了过去。

"这段打戏说二舅姥爷很快把正值壮年的向泽华轻松撂倒，怎么个撂法，你们也没有写到。"

说这句话的是郑德江，他今年已经有六十九岁，但人看上去非常精神。

说完他又看向杜婉姝，继续道："原著我也看了，这段也是一笔带过，你当初问过原作者没有？"

温宁有点惊讶。

郑德江是特别出演男主二舅姥爷这个角色，戏份只有几场，加起来估计最多就四五分钟的镜头。

温宁真没想到他会为了这几分钟把原著都看了一遍。

他说的这场打戏，接的是前几天女主在前坪邂逅男主谢杭的那场。

两个人平时在学校交集不多，这次在外地相遇，难得轻松闲聊起来，还惊喜地双双发现这地方就是对方的老家。

可和谐美好的气氛只持续了片刻，很快被打闹声破坏了。

过去找邻居说话的向泽华不知怎么就跟邻居打了起来，那位邻居还是谢杭的二舅姥爷。

温宁不太会写动作戏，加上原著给向泽华的设定是文质彬彬、智商高，但身体并不算太好，被年过六旬但身体健壮的二舅姥爷撂倒很是正常，所以她当时并没有细写。

在场除了她和喻佳，全都是大佬，温宁本来没想插话的，但现在提到了她，她就还是忍不住弱弱地问了一句："打戏部分不是武指老师设定的吗？"

郑德江是今天上午到的片场。

他只在片场待了半上午，就已经听说了这位小温编剧和鼎盛那位新来的沈总关系匪浅。

杜婉姝向来不收徒，这次居然破例带了这么个小徒弟，问的问题还这么外行，郑德江忍不住在心里轻嗤了声。

不过这姑娘外形不错，哪怕真是塞进剧组来学习当编剧，也不会影响电影的最后呈现，问题虽然外行，勉强也能算是好学。

郑德江就也认真回答了："武指只是帮忙设计动作，但动作本身不能脱离人物的经历与人设，会打架的人和不会打架的人出手的动作肯定不一样，就算是会打架，也要看他会的是哪一个路子，不同的路子出手的动作也不一样。"

温宁知道为什么郑德江会成为有口皆碑的戏骨了。

原著中二舅姥爷就是个出场不多的人物，存在的意义就在于牵扯出几条线索，她就也懒得对这个人物做太详细的设定，也觉得没这个必要。

小说里一笔带过的动作戏转换成电影场景最多也就十几秒的镜头，绝大部分观众都不会多加注意一个只有几分钟的不重要角色在这十几秒内是怎么出手打人的，就算注意到了，也不会花心思去想这个动作是什么路子，符不符合人设。

可就这么一个注定不会被绝大部分观众注意的小细节，郑德江却也没有丝毫敷衍之心。

杜婉姝："是我疏忽这点了。"

郑德江："那你去问问原作者，或者自己再细化一下。"

杜婉姝下意识地看了温宁一眼。

温宁："……"

温宁很是惭愧："原作者估计懒得给配角做这么详细的设定。"

郑德江不禁皱了下眉。

这半上午他只看见这小姑娘喝了两瓶牛奶，其他什么事也没做，看拍戏也不认真，时不时还玩下手机，这会儿居然还擅自揣测别人懒。

"你以为别人像你一样啊！原著虽然还有点稚嫩，但写得挺有灵气的，人物也都立得住，看得出来原作者是花了心思认真写的。"

在场的几个人几乎都知道温宁就是原作者，但又不好说出来，只好沉默下来。

也不知情的商默这时倒是若有所思地看了眼自打过来后就没正眼看过他的那小姑娘。

温宁还是没注意到他，不过她听完这句话倒是迅速理解了重点。

这位大名鼎鼎的老戏骨夸她的原著写得有灵气！

温宁的嘴角忍不住翘起来："您说得对。"

郑德江："？"

郑德江不知这姑娘被骂了怎么还笑得这么开心，但他反正被笑得有点不太好意思了。

一把年纪了怎么还跟小姑娘计较那么多。

郑德江只好又看向杜婉姝，生硬地把话题带过去："我再看看剧本，你细化好了再告诉我。"

杜婉姝点点头，又朝温宁招招手："我们到隔壁去做设定。"

温宁松开喻佳的手，跟她走进隔壁那栋民房。

进去后，杜婉姝才又开口："郑老师就是性子有点直，没有恶意的。"

"我知道。"温宁顿了顿，嘴角忍不住又翘了下，"而且他反正夸的不还是我嘛。"

下午的戏拍得十分顺利。

喻佳进组一周多，已经有些适应钱导的魔鬼节奏了，加上郑德江和商默都很会带戏，几场戏居然都是一次就过，剧组不到五点就提前收工了。

回到酒店后，温宁跟着喻佳进了她的房间。

温宁跟剧组工作人员借了卷小卷尺，打算量个身高。

温宁靠在墙壁上："怎么样，有变高吗？"

喻佳看了眼卷尺："没有。你都多大了，做什么白日梦呢！"

温宁："……"

她虽然知道已经过了长个子的年纪，但还是有点失望。

她蔫巴巴地从喻佳手里接过卷尺："那我回房去了，你早点休息。"

回房后，温宁懒懒地躺在沙发上，再次打开微信。

想起刚才量身高的结果，她皱着脸戳开他的头像："你能不能稍微把身高要求放低一点啊？"

准备发出去的时候，温宁的指尖停住了。

每天只这样跟他聊微信，她总感觉进度条好像都停滞了。

温宁想了想，删掉这句话，另外打了行字上去："我能给你拨个语音通话吗？"

除了想涨进度条之外，她还有点想听他的声音了。

温宁知道他忙，发完就也没等他回复，正想打开电视机投屏看集动漫，手机忽然就响了起来。

是微信语音通话的提示音。

手机屏幕上赫然是他那个黑乎乎的头像。

他怎么直接打过来了啊？

温宁忙接通。

"有事？"男人的声音从手机里传出来，低低的，格外好听。

温宁的嘴角不由自主翘起来，她扯过一个抱枕："没事啊，就是想问问你身高要求能不能放低一点。"

手机那端安静了两秒。

然后温宁听见他平静地反问："我什么时候有身高要求了？"

"你那天不是说我难怪长不高。"

男人的语气听着还是淡淡的："这不是事实？"

温宁："……"

温宁有一点点不服气。

"哪里是事实了。"她小声反驳，"我有一米六的，女孩子一米六已经是合格身高了。"

后一句话温宁说着其实还是有些心虚。

她脱了鞋，真实身高就只有一米五九点五。

"真有一米六？"男人又反问了一句，听着像是不信她似的。

温宁想着零点五厘米的差距肉眼肯定是看不出来的，隔着电话，她也感受不到他那股迫人的气场，就继续瞎扯："当然有啊。"

手机那头又安静了一秒。

温宁感觉他可能还是不信，就顺口补了一句："不信你亲自来量啊。"

然后温宁隐约像是听见他笑了一声。

那声音太轻，又让她感觉自己是不是听错了。

"胆子挺大。"男人的声音缓缓响起。

温宁："？"

他这是信还是没信啊？

温宁多少还是有点心虚的，她就转移了话题："你最近还会不会来我们剧组啊？"

"去你们剧组做什么？"江凛问。

温宁："……"

当然是她想见他了。

"《秘密》不是你们公司的重点项目嘛，你都不过来看看进度吗？"温宁随便扯了面大旗。

男人的声音听不出情绪："进度会有人跟我报告。"

温宁揪了揪抱枕："那可以来看看风景啊，顺便可以试试我们剧组的盒饭啊。你看过我给你发的照片呀，我们剧组伙食超好的，顺便再——"

她一下想不起还有什么能说服他过来的理由，就顿了顿。

随即，温宁听见他不急不徐地接了一句："顺便再给你量个身高？"

温宁的心跳莫名快了一拍："那前提是你得过来我们剧组啊。"

男人这次像是真的轻笑了声。

"有个会要开。"他说。

温宁有点想问他到底来不来，但她毕竟报给他的身高确实有点水分。

"那你先忙吧。"

榆城西郊。

《信号》剧组刚刚收工。

他们在这边一所废弃的旧小学里拍女主支教的戏份，此刻已经熄了不少灯，这一片显得有些荒凉。

好在大批剧组工作人员还在忙着收整器材，也不算太冷清。

卫大力跟统筹结伴一道往停车的地方走，目光不经意扫到走在前面的女主角柳筱，他脑中忽然闪过什么似的："我就说怎么这么眼熟呢！"

统筹："什么眼熟？"

卫大力："前些天我去《秘密》剧组找老李商量酒店房间的事，看见一小姑娘，觉得她的背影眼熟，当时没想起来，这会儿才发现好像是有点像柳筱。"

柳筱平日打扮偏成熟，和《秘密》剧组那小姑娘的风格很不一样，今天难得穿了条类似的小裙子，卫大力才终于想起来。

卫大力刚好想起来，就随口跟统筹这么说了一嘴。

他不知道的是，柳筱的助理孙薇薇去帮柳筱取落下的水杯，此刻就走在他们身后不远，正好就听见了他这句话。

孙薇薇猛地停下脚步。

剧组人声杂乱，前面两个人都没注意身后的动静。

统筹好奇地问道："是钱导剧组里的演员吗？"

卫大力："我那天也没顾得上问，不过应该是演员，小姑娘看着年纪不大，但长得挺灵的，放圈内都能让人眼前一亮的水平。"

"那也正常，"统筹笑道，"钱导挑演员的眼光可是一绝。"

两个人慢慢说着走远了。

孙薇薇在原地又愣了片刻，满脑子还是刚才前面两个人的那番对话。

她是柳筱的表妹，柳筱是怎么跟的江冽，柳筱和她的经纪人张韵并没有瞒着自己。

钱正义选演员的眼光有多绝她当然也清楚。

孙薇薇捏紧了水瓶，忽然往另一个方向快跑了起来。

不行，她得立即把这事儿告诉表姐。

第二天上午的戏份都是在前坪拍外景戏。

温宁不是演员，倒不用像喻佳那样辛苦顶着大太阳拍戏，可以坐着小椅子，躲在临时搭的场棚里吹风扇。

可气温太高，风扇吹出来的风都是热的。

温宁没一会儿就待不住了，打算起身去里面蹭会儿空调，顺便拿两瓶冰牛奶出来。

进了民房，温宁就看见郑德江正站在冰箱前，似乎在挑选牛奶。

温宁见他犹豫不决，指了指中间那排小绿瓶："这个最好喝。"

她这些天试了一圈，就属这款味道最好。

郑德江转过头，就看见那位小温编剧笑眯眯地站在身后。

昨天被他批评，这小姑娘好像一点不介意，也不记仇的。

"年纪大了，喝不了脂肪含量太高的。"

温宁就又给他指指下面一排："这款是脱脂奶里最好喝的。"

郑德江顺手拿了一瓶，顿了下，还是别扭地道："谢谢啊。"

温宁笑眯眯地摆摆手："不用谢。"

郑德江一走，温宁就霸占了冰箱前面的位置，伸手拿了瓶小绿瓶鲜奶。

冰箱里的冷空气窜出来，冰冰凉凉地往脸上扑。

温宁又吹了一会儿，才一脸不舍地关上门。

正要转身，她忽然听见后面有一道男声响起。

"没猫太太。"

温宁："欸？"

她回过身，看见剧组那位微博粉丝数上亿的男主角正在她身后站着。

商默淡淡地看着她："你果然就是原著作者。"

温宁："？？"

她和这位男主角话都没多说过几句，怎么就露馅了？

温宁下意识地反驳："我不是。"

商默："你演技太差了。"

温宁也不知道自己哪里露馅了，但还是不怎么想承认："谁跟你说我是原作者啊。"

"这还用人说？"商默态度笃定，"昨天郑老师问原作者的时候，杜老师和钱导他们都看向了你。"

温宁："那他们可能是看我可爱呢。"

商默笑了下："郑老师昨天才来，很多事情不清楚，真以为你是杜老师带的徒弟，可杜老师平时跟你聊剧情的时候，不像是在教你，更像是在跟你商量，而且我昨天去微博看了下，'就我没猫了吗'在微博上说话的语气和你一模一样。"

温宁："？"

他还特意去看她的微博了？

这话说出去她可能要被他的女粉追杀的。

温宁张了张嘴。

似乎是发现她还想反驳，商默又开口："你放心，你要是不想让别人知道，我就不会说出去，只要你回答我一个问题。"

不是非必要，温宁都不太想让别人知道自己的马甲，不然总感觉她在网上放飞的时候，就又多了双眼睛看着她似的。

她正犹豫着要不要继续辩解，商默的声音又再响起。

"你是不是对我演男主角不满意？"

温宁："？"

他这又是从哪儿得出来的结论？

她没记错的话，商默应该和她差不多大吧，她怎么感觉和他沟通起来有代沟似的。

不过他的态度这么笃定，此刻他问的问题也涉及作品本身，温宁想了想，就没再否认。

反正她现在有喜欢的人要追，她暂时不敢，也不打算在微博上放飞了。

"倒也没有不满意。"

听她这么说，商默的脸瞬间黑了。

他往前走了一步，站到这小姑娘面前："'倒也没有'是什么意思？全娱乐圈你还能找出比我更适合演谢杭的吗？"

距离拉得有点近，温宁下意识地往后退了一步。

温宁见他表情难看，解释道："那倒也没有。只是我当初写《秘密》的时候，有给男主画过人设，就你想也知道啊，你是三次元真人，肯定不可能和我脑补出来的纸片人一模一样啊。我没有说你演得不好的意思，你演得很好啦。"

商默的表情总算缓和了点。

他盯着她，却没再说什么，转身就要走。

温宁忍不住叫住他："商老师等等。"

商默停下来。

身后的小姑娘走到他面前，仰头看他："你真的不会说出去吧？"

商默："……"

很好。

她还是不信他。

商默咬了咬牙："不！会！"

说完他再没停留，大步走了出去。

温宁看着他那双大长腿，不由得嫉妒了一瞬。

世界上大长腿那么多，为什么就不能多她一个呢？

要不然还是再多喝点牛奶吧，说不定她还是有可能再长高的。

只是耽搁了这片刻，手里的牛奶都没那么冰了，温宁就又换了一瓶，才出了民房。

外面还在拍向棠棠父女的对手戏。

温宁坐回椅子上。

一瓶奶喝光了，她还是热得有些蔫蔫的，连给某个大老板发消息都有点提不起劲儿了。

而且这个小绿瓶再好喝也只是相对而言，鲜奶的味道到底寡寡淡淡的，她想喝可乐雪碧气泡水了。

说来也奇怪，他们剧组伙食是真的好，菜色丰富，日常也有水果和牛奶供应，就是一瓶饮料都没有。

附近也没个小卖部。

她倒是也可以从酒店那边带点饮料过来，只是这么热的天，常温的喝着也没劲儿，冰箱又是大家共用的，温宁放一两瓶在里面也不太好意思。

喻佳和剧组工作人员还在大太阳下忙碌，温宁想了想，决定干脆请个客好了。

反正某人她暂时还追不上，攒钱给他买礼物的事可以先慢慢来。

碳酸饮料的快乐才是触手可得的！

温宁没订过大数量的饮料，也不好让陌生人往剧组跑，就去找了剧组里的生活制片帮忙。

生活制片毕竟是专门负责这块的，中午没到，成箱成箱的饮料就送到了剧组，芬达、可乐、雪碧和0糖0卡气泡水都有。

剧组工作人员帮忙把冰箱里可以常温储存的牛奶暂时移出来，放了一堆饮料进去。

中午吃饭前，温宁就忍不住去拿了一瓶。

她挑了瓶很夏天的橙子味芬达。

从冰箱里拿出来后，温宁习惯性地给汽水拍了张照，又边走边下意识地戳开微信。

等点开那个黑乎乎的头像后，她才恍然想起他一看就是那种不像是会喜欢碳酸饮料的人。

温宁于是又退出来，顺手发了个朋友圈。

江凛中午有个应酬饭局。

结束后，他回到车上，下意识地拿出手机。

提示灯没像前几天那样频繁闪烁。

这部手机今天好像分外安静。

江凛微倚着靠背，单手解锁了屏幕，打开微信，点进最上方的对话框。

最后的消息记录是他昨晚挂断的那通语音电话。

江凛的指尖微微旁移，落到那个卡通小猫头像上。

智能手机触感灵敏，他刚一碰上，卡通小猫头像主人的主页就跳了出来。

江凛的眸光稍稍一动。

原本仅三天可见的朋友圈多了张照片。

沁着水珠子的饮料瓶上握着一只细白的小手，往下隐约还能看见一小截碎花裙摆，和一截细瘦的脚腕。

配文是："夏天的冰碳酸饮料就是最棒的！"

江凛："……"

他指尖在图片上略顿了顿，随即长按，点击保存。

他刚一保存好，手机铃声就响了起来。

江凛接通电话，沈明川的声音从手机里传出来。

"你那小朋友还挺大方啊，今天请了全剧组的人喝饮料。"

江凛想起刚才照片上那只细白的手，和那瓶沁着水珠子的饮料："碳酸饮料？"

"她和你说了啊？"沈明川轻轻"啧"了声。

江凛："……"

沈明川接着道："下面的人也没和我说是什么饮料，就说她一次性买了好几百箱。"

江凛又摁了摁眉心，沉默了两秒才开口："你过两天再让人往他们剧组送点饮料。"

"不是。"沈明川这就不满了，"你要投喂你那小朋友，自己不出面，把我当老妈子使唤呢。"

江凛轻笑了声："谢了。"

沈明川轻吸了口气："多少年没听你跟我说谢字了，行了，不就是饮料嘛，我让人帮你送就是了。"

柳筱的经纪人张韵昨晚接到电话后，今天一早处理完手上一桩要紧事，就搭飞机从北城飞至南城。

只是南城离榆城也有些距离，等张韵到达《信号》剧组，已经是当天下午三点了。

剧组早已开工，《信号》导演郑则正在发脾气。

"让你笑不是让你哭，你这笑得比哭还难看是怎么回事！"郑则冲着柳筱大吼。

张韵忙走上前："郑导，筱筱家出了点事，所以今天她的状态不好，影响大家了，不好意思。"

郑则看到她，理智才重新回笼，把剩下那句"你到底会不会演戏"给咽了回去。

他这部剧本来挑了个演技还过得去的演员，可临开拍前，投资方变更了，对方硬是给他换了个女主。

郑则知道柳筱演技差，但也没想到能差到这地步。

他只好缓了口气："原来是这样啊。"

张韵赔笑道："是啊，您看能不能让我先给她聊聊，也给她点时间调整下状态？"

他疲惫地点头："行，你劝劝她，我这边先拍别人的戏。"

剧组有设休息室，但张韵怕隔墙有耳，直接把柳筱带回了她的房车里。

等房车门关上，张韵才开口："怎么回事，《秘密》剧组真有个和你背影像的女演员？"

柳筱点点头："对，我还特意找卫大力打听了下，他说确实挺像的。"

张韵皱眉，不赞同道："你怎么还亲自去找人打听，这事儿当然越少人知道越好。"

"我就说是好奇，他又不知道我的背影像那位。"柳筱随口解释一句，又着急地看向张韵，"先不说这个，你觉得这事儿该怎么办？"

张韵的指腹在一旁的包上轻轻摩挲，她琢磨了片刻："先得弄清那位女演员的身份，以及她到底像到什么地步。"

"怎么弄清啊？"柳筱心里发慌，"《秘密》那边消息之前就封锁得死紧，当初咱们打听了那么久，连女主角是高是矮都没打听到。"

"当时《秘密》你被换掉到底是什么情况？"

柳筱愣了下："我不是和你说了嘛，就那天我和他说完，他给沈家那位太子爷打了个电话，然后他就跟我说给我换个角色，我也不敢多问。"

她说着脸色变了变："你是怀疑可能和这事儿有关？"

"不一定。"张韵道，"这段时间他对你的态度怎么样？"

柳筱："挺好啊，他前天晚上还说过两天来给我探班呢。"

张韵略松口气："那估计没什么关系。这样，你先去《秘密》剧组探个班，之前打听不出来是还没开机，现在开机了，总不能拦着熟人去探班吧。"

柳筱不太情愿："你不是不知道钱正义有多嫌弃我。"

张韵："面子重要，还是继续跟着江少重要？"

柳筱沉默了片刻："我和他们剧组的人毫无交情，甚至还有点不愉快，去了也未必进得去啊。"

"你没有交情，祝月姿有啊。"张韵道。

柳筱又愣了下。

祝月姿也是他们剧组的演员，电视剧三大奖项拿了个大满贯，电影奖也拿过一个影后。她在这部剧里戏份不多，只是特别出演，跟她没有番位上的冲突。

"她也不一定愿意帮我吧？"

张韵："放心，祝月姿一向会做人，不给你面子，也要给江少面子。"

柳筱怀着忐忑的心情跟张韵一起出了房车。

祝月姿正好在休息。

张韵带着柳筱先和她闲聊了几句，才进入正题："祝老师之前是演过钱导的戏吧，这次离得这么近，有没有打算去探个班，要是去的话顺便带我们家筱筱去凑个热闹？"

祝月姿的目光往柳筱身上一落，顿了顿，笑道："行啊，明天下午我和筱筱都收工早，正好可以一块儿去钱导那儿串个门。"

温宁这一天没能咸鱼到底。

下午拍的是男主谢杭和他二舅姥爷的戏份，商默和郑德江两大影帝互相飙戏时，临场发挥改了点小细节，偏偏这一改就改得还挺绝。

钱正义仔细看了两遍，拍板决定就用改后的这版，导致剧本后续的一小部分内容都要跟着调整。

于是温宁就被杜婉姝抓回酒店去改剧本了。

从下午改到晚上十一点都还没改完，第二天又花了半上午，两个人才终于把所有内容都调整好。

回到剧组，温宁在钱正义身后的小凳子上坐下，顺手拿出手机时，她才恍然想起，她已经快有一天半没给某个大老板发消息了。

温宁打开微信，戳开他的头像。

对话还停在前天晚上他挂断的那通语音通话。

那天关于要不要给她量身高，啊，不是，是关于他到底要不要来他们剧组的问题，她并没有能成功问出一个答案。

温宁低头打字："你最近真的不来我们剧组吗？"

消息发出去后，她正想抬头看喻住拍戏，手机屏幕上忽然就同那天晚上一样，跳出一个语音通话的请求界面。

温宁愣了几秒，才拿着静音的手机轻轻起身。

等进了他们休息的那栋民房，不会打扰到剧组拍戏时，她才接通了通话。

"你怎么突然给我发语音通话啊？"温宁疑惑地问他。

"只有三分钟。"男人的声音从手机那头传过来。

温宁心下了然。

语音通话确实比打字方便许多。

既然他的空闲时间不多，温宁就也没心思多想，直接问他："你真的不来我们剧组吗？"

"我为什么要去你们剧组？"男人又像那晚一样反问她。

"那我那晚不是说了嘛，"温宁在床边坐下，"你可以来看看风景啊。"

"你确定？"江澄问。

温宁："……"

温宁从窗户往外瞥了眼。

榆城不是什么旅游城市，小景点倒是有一两个，他们的拍摄地说是山清水秀吧，也确实没错，但要说多好看，值得他大老远跑来一趟，那也确实完全没那个必要。

"你可以过来试试这边的美食嘛，很好吃的，其他地方又吃不到这么正宗的。"

她确实很喜欢这边的一些特色菜。

"我们剧组的盒饭好像就是市内最好的一家饭店配送的。"温宁继续说，"你过来的话，我请你吃盒饭啊。"

"一顿饭不值得我耽误这么久的时间。"男人的声音听不出什么情绪。

他怎么这么难搞啊！

她又没什么追人的经验。

就很愁。

要不是喻佳这边需要人帮忙，她倒是想请个假想办法去见他。

走神间，男人的声音又响起："还有别的理由吗？"

温宁："……"

还能有什么理由啊。

拍摄进度他说会有人跟他汇报，吃的玩的都吸引不了他。

男人没再说话，像是在等她答复。

温宁不知怎么，忽然想起他上次抱她进医院时的场景，那一路他也没说话，侧脸线条凌厉好看。

这个男人气场冷肃，语气也冷淡，抱在她身上的手却是热的，又热又稳。

他给她联系方式，会耐心跟她解释绯闻，抱她去医院，还默许她追他……是不是说明她对他来说，多少有那么一点点不同？

可能是隔着手机，也可能是更大胆的话都跟他说过了，温宁抿抿唇，小声问他："那我想见你算理由吗？"

手机那边安静了一秒。

然后温宁听见他缓声道："你觉得算吗？"

"我觉得算有用吗？"她小声道，"得你觉得算才有用吧。"

"温宁。"江凛叫了她一声。

欸？怎么忽然叫她的名字？

她的名字其实就是两位家长的姓。

温宁觉得这个名字取得稍微有那么一点点敷衍，其实自己说不上太喜欢。

但从他口中念出来，好像又很好听的样子。

男人的声音又低低地响起来："三分钟到了。"

这么快的吗？

"我去开会。"江凛说。

语音通话被挂断，温宁盯着界面愣了两秒，才反应过来他这次又没给她明确答案。

所以他到底来不来嘛。

得不到一个明确答案，好像让她想见他的心情更迫切了。

明明是她在追他，怎么感觉像是他在钓她似的。

温宁按下这个有点自恋的想法。

指尖戳了戳他那个黑乎乎的头像，她撇撇嘴，出去继续看大家拍戏。

下午的戏还在室内拍。

临近五点，拍戏的间歇，钱正义的助理小王拿着手机走至他身后，低声道："钱导，祝月姿老师晚上正好要到咱们附近吃农家菜，说想过来探个班。"

钱正义正在看刚才拍摄的内容，只略略分心听了一耳朵，他和祝月姿合作过两次，都还算愉快，闻言爽快地一点头："可以啊。"

小王又继续道："不过祝老师说他们剧组的女主演柳筱跟她在一块儿，也想跟过来看看，问您介不介意她再多带一个人。"

钱正义没怎么在意地继续点点头："行。"

小王点点头："那我给她回电话了。"

吴制片也在跟着钱正义一起看刚才的拍摄内容，原本对钻进耳朵的话没太在意，等过了一两分钟，器材里的那段内容看完，他才后知后觉反应过来，顿时心头一凛。

"老钱，你跟我出来一下。"

钱正义连头也没抬："有什么事等下再说，我先再看一遍。"

吴制片直接上手拽他："别看了，要紧事。"

钱正义一头雾水地跟着他出了门："什么事啊？"

"你怎么答应让柳筱来探班了？"吴制片看了眼周围没什么人，才略略压低声音接着说，"你那五千万不想要了？"

钱正义愣了下："什么五千万？"

"江——"吴制片是知道江凛真实身份的，差点说漏嘴，好在反应及时，"沈总剩下那五千万啊。"

钱正义总算想起来了。

鼎盛给《秘密》的投资原本就不低，后续居然还追加了一亿，只是这后续的一亿先只给了他们一半，这剩下的一半是有要求的：除了要保证小温编剧跟组期间食宿都是剧组最高规格外，同时还要保证拍摄期间柳筱和那位江二公子不能进组打扰她。

后一个要求是有些奇怪，但比起如今那些往剧组里塞人、投资方对拍摄内容指手画脚等常见情况来说，这甚至都算不上是什么要求了。

钱正义一拍脑门："糟了，小王这会儿估计都打完电话了。"

他说着，赶紧又把助理小王叫出来："你给祝月姿打个电话，就说我们剧组这边有点事，今天不方便探班。"

小王看他着急，也没多问，直接拨了个电话出去。

"没人接。"

"她们出发了吗？"吴制片问。

小王："打电话的时候说是已经在附近了，很快就要到了。"

钱正义摆摆手，让他进去。

等小王进了屋子，他挠挠头："现在怎么办，不然让我家杜老师以改剧本的借口把小温编剧带隔壁屋去坐坐？"

吴制片不赞同地摇摇头："沈总说的是别让那两位打扰小温编剧，没道理让小温编剧躲着他们，算了，我想办法把柳筱支开吧。"

…………

五分钟后，柳筱和祝月姿的车到达《秘密》剧组外围。

这一片都被《秘密》剧组租了下来，外围有工作人员在看守路口，外来车辆一般进不去。

柳筱和祝月姿降了车窗，原本是想和工作人员打声招呼，却见鼎盛那位著名的吴制片正站在路口。

祝月姿忙下车打招呼："吴总。"

吴制片朝她点点头，又看向跟着下车的柳筱："柳筱啊，这么巧，我正好有件事想找你打听。"

祝月姿也转向柳筱，目光顿时变得有些微妙，她笑问道："原来柳老师和吴总这么熟啊，那怎么还让我带你过来呢？"

柳筱："？"柳筱有点蒙。

吴制片笑眯眯的："怎么样，有空没有，我们找个地方聊聊？"

柳筱终于回过神。

张韵还有事，昨天跟她商定好后就又回了北城。她今天只带了助理，遇见这种突发情况，连个可商量的对象都没有。

她不知道能跟江洌多久，得罪一两位导演还好说，鼎盛的高层她却得罪不起。

这位吴制片在圈内的名声向来也好，她暂时也还有着江洌女朋友的身份，对方也不至于对她做些什么。

柳筱远远地看了眼那排民房。

算了，探班以后还能另找机会。

她点点头："好啊。"

柳筱跟着吴制片上了他的车，看着车子一路开到了悦能。

这家酒店被《秘密》剧组包了下来，导致他们剧组只能去别的酒店将就，她们剧组的生活制片过来帮忙要一间房都没成功。

不过这地方外人进不来，倒是方便谈事情。

就是不知道这位吴制片想和她谈什么。

鼎盛最近还有什么新电影吗？

柳筱一边想着，一边跟着吴制片去了餐厅。

吴制片给她点了几样甜品。

落座后，柳筱也没心思吃东西，半是期待半是忐忑地问："吴总是要询问我什么事？"

吴制片："……"

他哪有什么事要询问她，这不过是将她支走的一个借口而已。

吴制片的目光随意　瞥，看见她手机上的吊坠："就是想问你这吊坠在哪儿买的。"

"啊？"她愣住。

吴制片："我女儿就喜欢这种卡通小东西，能麻烦柳小姐发个地址或链接给

· 109 ·

我吗？"

柳筱："？？"

另一边，祝月姿单独带着助理和礼品进了《秘密》剧组，只是进去后，她就发现一贯随和的钱正义今日的态度略显冷淡，像是并不怎么欢迎她。

此前柳筱仗着江洌想进组《秘密》一事，祝月姿也有所耳闻，她知道钱正义对柳筱的印象可能不会太好，但她同样也不敢得罪江洌。

只是不知柳筱和那位吴制片又是什么关系。

祝月姿原本对《秘密》的女主角也有些好奇，此刻倒全没心思再想别的事，只略坐了坐，便提出告辞。

她一说要走，同样态度冷淡的李副导倒是站起来说要送她，表情比刚才要高兴不少。

这反倒更验证了她的猜想。

祝月姿心知此番可能多少得罪了钱正义，在回剧组的路上都在和经纪人商量着如何修复关系。

到了剧组外面，她一下车，就正好看见柳筱也从车上下来。

祝月姿走过去，状似无意地问："吴总单独把你叫走，是跟你打听什么啊？"

柳筱的脚步停了停："他就问我手机挂件是在哪儿买的。"

祝月姿："……"

她的神色止不住冷了下来："柳小姐要是不方便告诉我，也可以直说的，倒不必拿这种话忽悠我。"

柳筱能理解祝月姿为什么不信，她自己此刻都还莫名其妙呢。

那位吴制片特意把她叫走，居然就是为了问她这么个问题。

柳筱正想多解释两句，她留在剧组的另一位助理这时忽然跑了过来："筱姐，江少刚才来找你了。"

柳筱立即顾不上祝月姿了："真的啊，他人呢？"

助理喘着气："听说你去了《秘密》剧组探班，江少就也开车过去了。你怎么回来这么早，你们是不是没碰上？"

柳筱的脸色瞬间一变。

祝月姿在此时正好也收到了自己另一位助理发来的微信。

"姐，打听到了。"

"生活制片卫老师之前去《秘密》剧组，听说是看见了一位跟柳筱的背影很像的女演员，说是长得很漂亮。柳筱找您带她去《秘密》剧组前，就亲自去找卫老师询问过这事儿。"

祝月姿当然听说过江冽找女朋友的喜好，她看了眼此刻面色极为难看的柳筱，心念电转。

柳筱想要她帮忙搭线，她答应了会得罪钱正义，不答应会得罪江冽，两害相较，她选了前者。

只是柳筱明明有吴制片那层关系却放着不用，偏偏来为难她，刚才居然还拿她当傻瓜忽悠。

泥人还有三分火。

祝月姿退回车上，关上门，拨通经纪人的电话："你是不是有办法能快速联系上那位江二少爷？"

《秘密》剧组。

李副导送了祝月姿出门，亲眼看着她上了车，随后车子很快开走。

他还以为这五千万算是保住了，结果没过多久，就接到了工作人员打来的电话："李导，路口岗哨说，有个自称是江冽的人想进来探班。"

"谁？"李副导差点以为自己听错了。

工作人员："江冽，就江家那位江二少。"

李副导："？！"

李副导一愣。

江冽怎么也来了？

今天到底是什么日子，平常一个不来，今天一来两个都来了？

江冽可不比柳筱，他的背后是江家，他估计和沈总也有点交情，不然当初也没办法往他们剧组塞人，只是不知是沈总深明大义，还是沈总和小温编剧的关系更近一点，最后没能塞成功。

但这会儿老吴不在，他们可不一定拦得住这位少爷。

李副导的头都大了，他挂了电话，立即出了门上了辆车。

车刚开到路口，李副导就看见公路边停着一辆银灰色的SUV，驾驶位上坐着个年轻帅气的男人。

正是那位人不在娱乐圈，在圈内存在感却颇高的江二少爷。

见江冽一脸不耐烦，李副导赶紧下车走过去。

没等他说话，江冽就先开口了。

"你们剧组架子可真够大的啊！"江冽抬抬下巴，神情倨傲，"能放我进去了吗？"

李副导得罪不起这位少爷，只好赔笑道："江少爷是来找柳筱的吧，她没进去，好像是和我们吴制片谈合作去了。"

江沨原本确实是来找柳筱的。

他答应柳筱要给她探班，今天一时兴起，就直接过来了，结果到了剧组，柳筱却不在，说是来《秘密》剧组探班了，他就转道来了这边。

只是刚才快到的时候，有人给他透露了一个消息，说是《秘密》剧组里有位女演员的背影和柳筱很像，据说还挺漂亮。

江沨远远地望向那排民房："先不找她，我进去随便看看。"

李副导哪敢让他进去，他一边在心里感慨这五千万也不如想象中的那样容易挣，一边硬着头皮道："剧组这会儿正在重新搭景，乱糟糟的，连个落脚的地方都没有。现在正好是饭点，江少爷要是不介意的话，我先请您去外头吃顿饭，吃完咱们再过来？"

吃完吴制片应该也回来了。

江沨原本对这个消息兴趣不大，只是来都来了，打算顺便看上一眼。

但这边剧组的人一再阻拦，他反而起了点逆反心理。

江沨冷笑一声："怎么，你们剧组莫非有什么见不得人的东西？"

"江少爷开玩笑了。"李副导擦擦头上的汗，还想说什么，余光却瞥见一辆黑色宾利驶近。

他止了话音。

"把闸门打开。"江沨不耐烦地敲了敲车窗，"还是说我今天得给你们沈总打个电话才能进这道门？"

"二少爷。"一道年轻的男声忽然响起。

江沨循着声音望过去，瞬间一愣："计远，你……你怎么在这儿？我哥……"

计远打断他的话："老板在后面车上，请您过去。"

江沨赶忙下了车。

待他走到后面那辆车的后座旁边，宾利的车窗才降下来。

车内的男人戴着副银框眼镜，他慢条斯理地整理了下卷了几道的衬衫袖子，才缓缓抬头，神色肃冷。

"往别人剧组安插人不成，你这又是要做什么？"

江沨全无刚才的气焰："我就是来随便看看，哥，你怎么来这小地方了？"

江凛平静地问："我需要跟你报备行程？"

江沨："……"

"闹够了就回去。"江凛说。

"我这就回。"江沨看着车里表情疏淡的男人，略顿了顿，"哥，你要是最近不忙，就抽时间回趟家吧，爷爷和爸妈都挺想你的。"

江凛垂下眼："再说。"

李副导刚才看见那辆宾利时，就猜想会不会是沈总到了，此刻终于大大地松了口气。

隔了一小段距离，他听不清车旁的对话内容，只见没说两句，那位嚣张不已的江二少爷就回了越野车上，随即二话没说便把车开走了。

越野车折返后，那辆宾利才缓缓驶至他面前。

车内的男人微微偏头："她在剧组？"

李副导不用问都知道这个"她"是谁："在的。"

温宁全然不知剧组的人费尽心思帮她拦走了两个她不想见的人。结束下午的戏份，她就和喻佳进了临时食堂。

正把饭盒一一揭开，温宁就听见对面的喻佳忽然叫了她一声。

"宁宁。"

温宁稍稍抬头。

喻佳冲她身后扬了扬下巴。

温宁转过头。

从门口走进来的男人穿着熟悉的白衬衫，半挽的袖子勉强中和了几分正式感，笔直的大长腿包裹在笔挺的西裤中，许是逆着门口未落的日光的缘故，那双向来平静深邃的眼隐在玻璃镜片之后，让人看得很清楚。

温宁倏然一愣，饭盒揭到一半的动作也跟着停住。

"我去杜老师他们那桌吃。"喻佳的声音响起。

温宁还有些没回过神，只呆呆地看着男人一路走到她桌边。

"你——"温宁还满心都是不真实感，不自觉地顿了顿，"你怎么来了？"

江凛旁若无人地在她身旁停下："你不是找了一堆理由说服我过来？"

温宁还愣愣的。

她那堆乱七八糟的理由居然真的能说服得了他吗？

面前的男人这时又轻抬了抬下巴："不是要请我吃饭？"

温宁终于找回点真实感："你还没吃啊？那我再去拿一份。"

剧组给主创准备的盒饭不是严格按人数预定的，一般会多准备两三份，以防意外情况。

温宁又拿了份盒饭回来，就见钱正义夫妇及剧组其他几位主创不知何时都走到了他们桌边，正围绕在男人身侧，像是过来跟他打招呼。

剧组条件简陋，说是临时食堂，不过就是在池塘旁那栋民房的大堂里草草摆了几张桌子，以供剧组主创吃饭休息。

像商默那种房车保姆车齐全的，平时都很少过来。

此刻男人穿着一身剪裁极好的衬衫西裤站在廉价的木桌边，周围还簇拥着一群人，就显得格外违和。

温宁一回来，钱正义就笑着道："那沈总你和小温先吃饭，我们就不打扰你了。"

男人漫不经心地点了下头，目光落回她的身上。

钱正义夫妇和其他主创回到自己桌上，温宁恍恍惚惚地把盒饭放到桌上，正想落座，就听见对面男人问了今天第三个以"不是"开头的问题："不是还买了饮料？"

"啊？什么饮料？"温宁顿了顿，反应过来，"我给剧组买的那些饮料吗？"

江凛点头："嗯。"

温宁有点意外，但下意识地先答应下来："那你先等等，我去给你拿。"

温宁一路小跑到冰箱前，才想起她忘了问他喝什么饮料。

他这么毫无预兆地出现在她面前，她到现在都还没完全回过神呢。

温宁给自己拿瓶芬达，又挑挑拣拣许久。

她感觉他看着也不像是喜欢吃甜的人，最后就挑了瓶连代糖都没有的苏打水出来。

江凛已经落座。

温宁走到他对面自己的位置，把左手上的苏打水往他面前递了递："你喝苏打水行吗？"

江凛略略抬眸，目光却先落到了她的右手上。

沁着水珠的塑料瓶子中橙色饮料在微晃，衬得握在瓶身上的那只手越发瓷白。

她今天穿的好像也是朋友圈那张照片里的那条碎花裙。

江凛接过她手中的苏打水。

饮料交接时，温宁的手指和他的手有一瞬的触碰。

苏打水的瓶身上也沁着冰凉的水珠，温宁握了会儿瓶身，指尖也变得冰凉，碰到他的手的那一下，只感觉他的手几乎是烫的。

温宁缩回手，指尖在碎花裙一侧轻轻蹭了下，才在位置上坐下。

对面男人已经单手开了那瓶苏打水。

仰头喝水时，他的脖颈线随之拉长，弧度修长又好看，随着下咽的动作，喉结轻轻滚动。

配上领口微敞的白衬衫，莫名有种别有意味的性感。

温宁又恍了下神。

"看什么？"男人的声音忽然响起。

温宁回过神，看见他已经放下苏打水，正淡淡地看着她。

"没什么。"温宁摇头，耳尖冒起点红。

温宁假装淡定地揭开另一只手上的芬达的瓶盖，也仰头喝了一口，冰冰凉凉的碳酸饮料入喉，稍稍缓解了偷看又被抓包的窘迫。

她慢吞吞地把瓶盖盖上，一边继续揭开面前的饭盒，目光一边不自觉地又落到面前男人的身上，心里还有些恍惚："你这次待多久啊？"

"明早走。"江凛说。

欸？那就是说今晚他会留在这里？

温宁倏地抬起头，眼睛也一瞬亮起来："真的吗？"

对面桌。

刚走到桌边的商默脚步略顿了下。

他吃饭喜欢清净，所以平时甚少来食堂，今晚是钱正义说要趁着吃饭和他讲一下晚上的戏。

只是他没想到一进来就看到了这一幕。

商默的目光投向不远处。

他们剧组的这位小编剧长了张讨喜的甜妹脸，性格也不错，剧组里上至钱正义，下至他记不住姓名的小场务，她都能和人聊上几句。

但剧组里男明星扎堆，也没见她对谁的态度特殊过。

原来她也有看着一个男人目光闪闪发亮的时候。

温宁全没注意到这道视线。

江凛的目光稍偏，他往那边看了眼，又平静地收回来。

温宁拿着饭盒盖子，还在等他回答她。

下一秒，对面的男人忽然抬起手，朝她伸过来。

温宁的呼吸不自觉地停了一拍。

她愣愣地看着面前男人那只修长好看的手挑起她颊边那束头发，轻轻帮她拨至耳后。

她的耳朵不像刚才沾了冰饮的手，和他手的温差不大，她感觉到有微热又陌生的一抹触感在她耳边一落，便稍纵即逝。

男人的表情仍冷淡平静。

动作却是轻柔的。

第四章
耍赖

温宁的心跳忽然快得没了章法。

她怔怔地看着他。

男人掩在镜片后的那双眼也仍然深邃得像是望不到底，她完全看不出他为什么忽然做这么一个近乎亲昵的动作。

温宁被他碰过的耳朵烫得厉害。

胸腔似是也瞬间热了起来。

面前的男人不紧不慢地收回手，因为衬衫袖子半挽而露在外面的小臂有流畅好看的线条。

温宁拿饭盒盖子的手还停在半空。

隔了几秒，才听见他不疾不徐地开口，语气浅淡。

"头发快掉饭盒里了。"

温宁忙从包包里找出一根皮筋把头发扎上。

扎好头发，温宁忽然反应过来——

她的头发要掉了，他就不能口头提醒她一下吗？他做这样暧昧的动作，就很容易让人误会，他不知道吗？

温宁一边在心里反复揣度，一边心不在焉地夹了块排骨慢吞吞地吃着，倒没有再说话。

神思不属地吃完这顿饭，温宁发现食堂里不知不觉就只剩下他们两个人了。

剧组在榆城的戏份快拍完了。

其实本来在这边拍的戏份就很少，只是钱正义要求高，一个镜头经常要磨上许多次，以至于现在整体拍摄进度比预期要稍微慢上少许，剧组这几天都在赶工。

晚上的戏份在前坪拍。

温宁和他出了食堂，就见剧组工作人员已经重新搭好景，喻佳等几人也已经站好位，只等开拍了。

她偏了偏头，看向旁边的高大男人："你要看看他们拍戏吗？"

江凛随口"嗯"了声。

"那我去给你搬把椅子过来。"温宁说。

江凛："不用，我等下就走。"

温宁脚步一顿，又猛然望向他："你刚才不是说今晚不走吗？"

江凛低头看了眼金属腕表："回酒店，晚上有个视频会议。"

温宁："我们酒店？"

江凛点头，目光落在她身上："你不回去？"

温宁眨眨眼。

酒店最好的房间都在她那层楼，他肯定不会住别的楼层，那今晚四舍五入他们就可以算是半个邻居啦。

不过——

"晚上有夜戏。"温宁的肩膀塌下来，"我还不能回去。"

江凛："你的老师不是走了？"

杜婉姝今天腰不太舒服，下午就跟她说了晚上会提前回去，刚刚也确实搭车走了。

"她走了我就更不能走了啊。"温宁跟他解释，"而且佳佳，就是女主演，她也没助理，我走了她一个人在这边也不方便。"

江凛："你朋友还没签公司？"

"对——"温宁点点头，话说到一半忽然又停住，她转过身，仰头看着旁边的男人，"你们公司最近有没有签新人的打算啊？有的话，我给你推荐一个啊。"

江凛垂眸看着她："你朋友？"

"是啊。钱导的戏不是一向都是你们公司投资的嘛，你应该知道他的眼光有多高，佳佳能被他选作新戏女主，演技肯定没的说，她还是个浓颜系的超级大美人。"温宁眨巴着眼睛看他，"你们要不要考虑一下？"

暮色降临，室外光线暗淡。

有晚风吹过来，旁边的小姑娘刚刚随意挽起的头发被稍稍吹散，碎花裙摆

也轻轻扬起，像是飘到了他的西裤腿边。

她仰头望着他，一双眼睛显得格外灵动漂亮。

江凛微微眯了下眼。

她拒绝他预定版权的提议，第一次主动跟他提要求，居然是为了别人。

"我不管签人的事。"

温宁就是跟他提议一下，其实没觉得他会答应，但不知怎么，多少还是有点失望，她小声嘀咕道："可是管签人的人归你管啊。"

小姑娘的眼尾略略下垂，像只讨要食物失败的小猫。

江凛垂在一侧的手指轻轻蜷了下。

温宁心头的失望也就一闪即逝。

签新人毕竟是公事，鼎盛这么大一个公司估计自有一套流程，他和她现在什么关系都没有，他也没道理为她破例。

不过温宁还是轻轻"哼"了声："我们佳佳不管是样貌还是演戏的灵气可都是打着灯笼难找的，你们不考虑她肯定是你们公司的损失。"

不远处，计远徘徊了半天，像是想过来提醒他时间，又怕打扰他。

江凛又垂眸看了她一眼，随即收回目光："我先回酒店。"

晚上的戏拍得不算顺利。

一个镜头磨到九点，温宁都快能把台词倒背如流了，钱正义却还不满意。

温宁忍不住摸鱼，把手机拿出来给某人发消息。

温宁："你的会开完了吗？"

他回得挺快。

我超贵："没有。"

温宁："没开完你怎么给我回消息？"

我超贵："网络出了点问题。"

温宁的肩膀塌着："我这边也没结束。"

我超贵："要拍到什么时候？"

温宁："不知道，可能会拍到大半夜吧。"

温宁："主要要看钱导什么时候满意。"

温宁："要是等下我们收工早，我能去找你吗？"

我超贵："找我做什么？"

温宁："……"

还能做什么。

她就是又想见他了啊。

温宁："请你吃夜宵？"

温宁："我们酒店的夜宵还可以的。"

我超贵："1226。"

温宁："？"

温宁愣了下："你的房间号？"

我超贵："嗯。"

温宁的嘴角不自觉地翘起来。

她没再打扰他，收起手机，继续看大家拍戏。

这场拍完，钱正义还是不满意，暴躁地喊了声cut。

温宁看见吴制片凑过去，不知道小声跟他说了什么。

等她起身去给喻佳送水时，就看见钱正义重新拿起喇叭："等下再试今晚最后一次，你们都打起精神，调整好状态。"

欸？温宁把水递给喻佳，惊讶地道："居然就试最后一次了吗？我以为今晚要搞到半夜。"

喻佳接过水："可能是担心杜老师吧。"

好在接下来的这一次大家终于拍出了钱正义想要的效果，圆满收工。

回到酒店，温宁连包都没放回房，在喻佳门口同她分开后，就直接去1226。

倒也不是她已经迫切到连一两分钟都不愿意耽搁，主要是夏天的小裙子连个口袋都没有，她放了包，手机和房卡就只能拿在手上，很不方便。

1226靠近他们这一层的尾端，主创大多住在另一侧，这边相对清静不少。

温宁敲了几下门，没听见应答，正想拿手机给他戳个语音通话过去，房门就忽然从里面被打开。

明亮的光线透出来，高大的男人站在门内，衬衫袖子半挽，可能是近视度数不高，他在室内没戴眼镜，深邃的目光毫无阻隔地落到她的脸上。

温宁的心跳莫名快了一拍。

"你没别的事要忙了吧？"她仰头问他。

江凛："嗯。"

"那我请你去餐厅吃夜宵？"温宁伸手指指餐厅的方向。

江凛的目光在她那只细白的小手上落了一秒："不急。"

温宁："？"

"你不是没事要忙了吗？"她不解地问。

男人的目光淡淡地落在她身上，语气也淡："不是要让我亲自给你量身高？"

他居然真的不信她。

温宁心虚中又有点不服气："我真的有一米六的。"

她的身高虽然是不算高，但比例还可以，她的同学朋友都说她看上去不止一米六。

而且一米五九点五四舍五入就是一米六。

她也不算撒谎……吧？

男人的目光顺着她的脸一寸寸往下移。

他没开口，但这个行为的意思就有点明显。

温宁皱皱鼻子："量就量。"

她今天穿的鞋刚好里面有一点点增高，她肯定能超出一米六，他总不至于让她脱鞋量吧。

"在哪儿量，你这边吗？"

江凛看了她一秒："嗯。"

话音刚落，小姑娘就从他旁边钻了进来。

江凛看着她的背影，微微眯了下眼。

"咔嗒"一声轻响在安静的套房中响起。

温宁回过头，看见门已经阖上，男人那只冷白色修长的手还没来得及从门把上移开。

她的心跳就又快了一拍。

刚刚光顾着不服气了，温宁此刻才反应过来，她在深夜进他的房间，好像有那么一点点暧昧。

那只修长的手松开门把。

温宁站在原地，没再往里走，她抿抿唇："你这里有量身高的东西吗？"

男人的目光落回她的脸上，下巴轻抬："靠墙站好。"

不知为何，温宁对他有一种奇怪的信任感，明明其实还不算太熟，但她总觉得他不会对她做什么。

可能是因为他没反锁门？

温宁乖乖靠墙站着。

她看见高大的男人走到套房客厅的茶几前。

这边酒店套房不比逸星，没单独设书房，茶几上还摆放着一台笔记本电脑，和一些放得整整齐齐的文件。

男人略略弯腰，拿起了一个橙黄色的东西。

像是卷尺？温宁的腮帮子鼓了鼓。

他居然还真的准备了工具。

温宁将后背贴在门口的墙面上，看着他一步步朝她走近。

套房比外面还要安静。

他的脚步声就显得格外清晰。

他们的距离很快只剩下不到半米。

二十厘米。

十厘米。

这明显已经过了安全距离。

温宁愣愣地抬头看着面前隔得极近的男人，呼吸不自觉地屏住了下。

其实上次他抱她的时候距离更近，但许是刚才那句命令式的话让他显得比那天多了几分侵略性，又或者是她现在是在他所在的酒店房间里与他独处。

温宁感觉自己明显紧张了起来。

"你要怎么量啊？"她小声问。

江凛看着面前的小姑娘。

那天在机场，并非长大后他第一次见她。

最早应该是在六年前。

那时她还满脸稚气。几年过去，小姑娘的眉眼完全长开，像一朵盛放的小花，洁白漂亮，诱人采撷。

她不只年纪大了，胆子也越来越大了。

大晚上的，男人的房间也敢进！

江凛往前又近了一步："你想我怎么量？"

男人身上清爽的气息瞬间将她团团包裹住，温宁甚至还能感觉到他温热的呼吸。

距离已经近到他再靠过来一分，几乎就能亲到她。

温宁的大脑空白了一瞬，呼吸完全屏住。

小姑娘长而卷翘的睫毛颤巍巍地动了两下，垂在一侧的手也收紧，修剪得干干净净的指甲微微泛白。

江凛静静地看了她几秒。

她原来还知道怕。

他退开两步："算了。"

那股极强的压迫感连同萦绕在周身的暧昧气息一起退去，温宁轻轻吐了口气，说不上是松口气，还是有点失望。

她的大脑还有点运转缓慢。

什么算了？

"不量了吗？"她仰着头问。

男人的目光还落在她脸上，只是隐约多了一丝似笑非笑的意味："都到我肩膀了，应该有一米六。"

欸？他终于信了？

温宁也得意地抬了抬下巴："我早就说我有一米六嘛，是你非不信的。"

男人的目光稍稍往下，似乎是落到了她的鞋上。

温宁忙转移话题："我还不知道你多高呢。"

江凛收回目光，又看了眼她绯红的耳朵："一米八六。"

温宁羡慕了三秒。

算了，还是不要聊这种让她伤心的话题了。

"那我们现在去吃夜宵吗？"温宁问他。

江凛把玩着手上的卷尺："叫人送过来？"

温宁愣了下："在你这儿吃吗？"

男人的目光又恢复了一贯的深邃平静，刚才那点似笑非笑的打趣之意像是她的错觉。

他的语气也平静："刚才进来的时候胆子不挺大吗？"

温宁："……"进来的时候没多想嘛。

但刚刚他靠过来压低声音问她想要他怎么量的时候，她是真的在他身上感觉到了一点点危险的意味。

没等她多犹豫两秒，面前的男人忽然又出声。

"走吧。"

温宁又愣了下："啊？"

江凛把卷尺往旁边的柜子上一放，重新拉开房门："不是要请我去餐厅吃夜宵？"

温宁："是的。"

楼下一层的小餐厅现在只向他们这一层的主创团队开放。剧组刚收工，大家都忙了一晚上，这时候过去也不知道会不会有其他人在。

早知道她就不犹豫了。

跟他单独在他的房间里待着多好呀。

好在餐厅这时并没有人在。

作为市内最好的酒店，小餐厅的环境和菜品都还算不错，但温宁不太清楚他的口味，到了点单台，温宁就仰头问他："你想吃什么？"

"你不推荐？"男人淡声反问她。

温宁："这边的鲜肉粉好吃，虽然用料都挺便宜，但我在其他地方从来没吃过这种口味的粉，你要不要试试？"

江凛："嗯。"

温宁就点了两碗鲜肉粉。

汤底是由鲜肉和剁椒加高汤现煮的。

温宁跟师傅交代："我这份剁椒多点，不要葱花。"

她刚说话，忽然就听见男人的声音低低地响起。

"这么大了还挑食。"

温宁："？"什么叫这么大了还挑食？

温宁有点不服气地反驳："我这不叫挑食，我一般的蔬菜都吃的，是葱花吃不太习惯。"

江凛轻笑了声："歪理一堆。"

他一笑，身上的冷意就淡了少许，那股被肃冷压住的矜贵气质就更明显。

温宁被晃了下眼，一下也忘了再反驳他。

晚上的戏拍得不顺利，她跟着忙前忙后，这会儿也有点饿了，等粉做好，她就暂时也没多话。

等到一碗粉吃得七七八八，温宁抽张纸巾擦擦嘴，这才开口："酒店被我们剧组包下来了，我在这边点单不用付钱。"

江凛早放下了筷子，闻言抬眸看她："嗯？"

温宁继续道："下午的盒饭也是剧组订的，也不用我付钱。"

江凛："所以呢？"

"所以这两顿都不能算我请你的，倒更像是你请我——"温宁看着他，顿了顿，试探着道，"所以我就还欠着你两次谢礼。"

男人静静地看着她，没接话。

她这么说，无非是想要再留个找他的借口，但她这点小心思在他面前估计也不够看的。

就只看他想不想答应她。

温宁的手攥了攥包包的带子。

隔了一两秒，她听见他缓声开口："那就继续欠着。"

温宁的嘴角止不住往上翘了翘："那我想好怎么谢你再找你，你找我也行。"

男人的嘴角也像是极浅地往上牵了下，但那笑容太浅，温宁也不知道是不是自己的错觉。

"你明天什么时候走啊？"温宁又问他。

江凛："早上六点。"

"这么早？"温宁微讶。

那时他们剧组都还没开工。

他这一趟不会真的就是为了她而来的吧？

她想了想："那我明早能去送你吗？"

"起得来？"江凛问。

温宁的脑袋重重一点："当然起得来！"

温宁这次又定了五个闹钟，第二天才成功在五点半起床。

她本来打算仔细化个妆，结果困得连眼皮都睁不太开，她感觉自己要是画眼线，眼线笔分分钟有可能会戳进眼睛里，因此她只好放弃。

最后她就只简单化了个底妆，涂了个口红。

开门准备出去时，温宁忽然又关上门，折返进去多拿了两样东西。

温宁到1226后，只在门上敲了两下，房门就从里面被打了开来。

站在门口的男人还是一身衬衫西裤，但是衬衫纽扣像是和昨天的不太一样，应该是换了一件。

跟在他身后的是那位计助理。

"早啊。"温宁冲他笑了下。

江凛的目光落在她脸上，他没说话。

温宁继续问他："你早餐打算怎么办啊？现在外面的店估计都还没开的。"

"回南城吃。"江凛说。

温宁把手里的袋子递到他面前："这里面是蛋糕和鲜奶，你要是饿了可以先垫垫。"

计远站在江凛后面，只感觉他老板这恋爱还没开始谈，他就已经在被频繁塞狗粮了。

念头还没转完，计远就见那位小姑娘忽然歉然地看向他。

"不好意思啊，我房间里没多的了，就没给你带。"

计远忙摆摆手。

真带了他也不敢要。

"不用了，我早上不怎么吃早饭，谢谢温小姐。"

江凛接过她手上的袋子。

"现在下去吗？"温宁问。

江凛点头。

温宁就跟在他旁边一路往电梯走去。

计远带上门，在原地略停了停，等前面两个人往前多走了几步，他才慢慢跟上去。

他那辆宾利就停在电梯口附近。

下去时，司机早已候在车上，见他们走近，就迅速下车，帮江凛拉开了后座的车门。

温宁不高兴地抿抿唇。

怎么这么快就送到了啊。

这个酒店的老板也是有点小气，作为市内最好的酒店，怎么也不多建几层楼，地下车库最好也要修得七弯八拐才合适。

男人骨节分明的手搭在黑色车门上："你上去睡觉吧。"

温宁："等你上车我就上去。"

江凛的目光在她脸上落了片刻，躬身上了车。

黑色车门缓缓关上，将里面的人隔绝于温宁视线之外。

温宁在原地停了几秒，才慢吞吞地转过身。

江凛隔着车窗，看她蔫头耷脑地往前走。

车库里的灯没亮几盏，这样看着像是那姑娘一步一步在往黑暗中挪。

江凛忽又打开车门。

温宁刚才对着他还算兴奋，此刻人不在她的眼前，那股困劲儿又蹿了上来，脚下不知踩了什么东西，她差点一个趔趄——

下一秒，腰身忽然被揽住，她向后撞进一个气息清爽的怀抱中。

男人熟悉低沉的声音在她头顶响起："怎么不看路？"

温宁愣愣地回过头："你怎么又下来了？"

小姑娘的腰细得像是不盈一握。

江凛的指尖顿了顿，他松开手："送你上去。"

这情况太出乎温宁的意料了，她缓了几秒，才明白过来他这句话的意思。

男人却已经迈步往前："走吧。"

温宁怔怔地跟在他身后。

往上的电梯还是快得像是瞬息间就到达目的地了。

出了电梯，江凛问："住哪间？"

"1206。"温宁下意识地答他。

江凛送她到了房门口，轻抬了抬下巴："进去吧。"

温宁仰头，隔着镜片对上他那双深潭般的眼，忽然忍不住脱口问："你对每个追求者都这样吗？"

男人轻轻挑了下眉："哪样？"

从昨天他帮她拨头发时，或者说，从昨天他出现在她面前那一刻起，温宁其实就想这么问，但又怕是她多想，就没敢问。

刚才她又困又恍惚，才乍然问出口，现在被他这么一反问，她心里忽然又忐忑起来。

温宁含糊其词："就像对我这样啊。"

不知是不是她自作多情产生错觉，她总感觉他对她就挺……纵容的。

江凛："没有其他追求者。"

温宁的眼睛稍稍睁大："怎么可能？"

江凛垂眸淡淡地看她："你以为谁都像你一样，胆子那么大。"

温宁："我胆子哪里大了？"

男人却没再答她，只道："快进去睡觉吧。"

温宁这时困意已经散了大半，想到他这一走，自己又不知道什么时候才能有机会再见到他。

她试探着问："我再送你下去？"

小姑娘仰头眼巴巴地看着他，细软柔顺的头发披散在颊侧，看着像只黏人的小猫。

江凛叫她："温宁！"

温宁眨眨眼。下一瞬，她看见面前的男人忽然抬起那只修长好看的手，随后她的头顶有温热的触感落下来，他轻轻在她的脑袋上揉了下。

"听话，去睡觉。"

直到温宁晕晕乎乎进屋关上门，她都还感觉那抹温热的触感像是仍残留在头顶。

温宁抬手摸了摸自己脑袋，脸后知后觉地热了起来。

她走进卧室，把手机丢到床头柜上，扑到床上滚了好几圈，脸上的热度都没散下来。

困意也没有了。

要不是现在才刚过六点，今天又还有一堆戏份要拍摄，她都想去隔壁把喻佳摇醒，跟喻佳说一下刚才的事了。

温宁闭着眼在床上又滚了几圈，最后把脑袋埋进了枕头里。

直到听到搁在床头柜上的手机响，她才从枕头上抬起头。

这时候谁给她发微信？

他？应该不太可能，为了让她回房睡觉，他刚刚连摸头杀这种招数都使出来了，不至于这时候还主动给她发消息。

温宁摸了摸发烫的脸颊，伸手拿过手机，解锁屏幕。

新消息来自宁女士。

温宁爸妈还在国外旅游，她爸在南大当老师，往年寒暑假都和她的假期重叠，今年她终于毕业并且要进剧组当打工人了，少了她这个电灯炮，她爸就打算带着她妈在外面好好玩几个月。

这时候估计他们那边正好是晚上。

宁女士："宝贝，你追那位沈总追得怎么样了呀？"

温宁："他刚刚！"

温宁："对我！"

温宁："摸头杀了！"

宁女士："哇，那看来挺有戏啊！"

温宁："我也觉得我好像有点戏。"

发完这条温宁还忍不住傻笑了一声。

宁女士："等等。"

宁女士："国内现在应该才刚过早上六点。"

宁女士："你们怎么这时候在一起？"

宁女士："昨晚一起睡的？"

宁女士："发没发生什么？？做措施了没？？？"

温宁的脸瞬间更热了。

温宁："您想哪儿去了。"

温宁："他昨天来剧组了，就住我们酒店，我早上起来送他。"

宁女士："怎么还要你一个女孩子一大早送他啊。"

温宁察觉到母亲大人的不爽之意，解释道："是我主动要送的。"

温宁："而且我送完他下去，他又送我上来了，嘿嘿。"

宁女士："这还差不多。"

宁女士："那你再继续睡会儿。"

宁女士："我和你爸出去逛逛。"

温宁："猫咪点头.jpg"

宁女士："不过我得把这段聊天记录先删了。"

宁女士："不然我怕你还没成功，你爸就先提着刀回来砍人。"

温宁趴在床上笑："他好不容易甩掉我这个电灯泡，能清净跟你旅个游，才

127

不会回来呢。"

温宁："你们好好玩。"

退出微信后，温宁又在床上滚了许久，才勉强有了睡意，只是她刚一闭眼，闹钟又响了起来。

温宁完全没睡够，在床上磨磨蹭蹭许久，最后眼看着再不出发就可能要耽误大家的时间了，她才终于起来。

喻佳还没签公司，自然也没有保姆车。温宁刚回国，还没买车，她也不爱自己开车。此刻时间不太够，某位大老板早上又刚走，今天肯定不会再来剧组，温宁也就懒得化妆，只稍微收拾了一下就出了门。

刚一打开房门，温宁就看见住她对面的商默也刚好出来，脸上还挂着一副大墨镜。

温宁本来想跟他打个招呼，结果还没开口，就先打了个哈欠。

商默："……"

他停下脚步："我长得就这么让人犯困？"

毕竟在同一个剧组待了一段时间，温宁也多少有点了解这位男主角的性格了。

就……还挺自恋的。

不过作为十几岁就横空出世拿下双料影帝的圈内紫微星，人家也确实有自恋的资本。

温宁摇摇头："不是，我有点没睡够。"

说完她忍不住又打了个哈欠。

商默："……"

温宁也没再和他多聊，慢吞吞地挪着步子去隔壁喻佳房间。

喻佳见她这副哈欠连天的模样，不由得问："你送完沈总又做贼去了？怎么困成这样？"

她顿了顿，一脸暧昧地冲温宁一眨眼："还是说你送他的时候发生了点什么？"

温宁扑到她的床上，蔫不唧儿地道："你满脑子的废料收一收。"

"那不然你怎么这么没精神？"喻佳反问。

温宁闻言又从她的床上坐起来，语气稍微兴奋了点："他今早对我摸头杀了！"

喻佳："……"

"一个摸头杀而已，你至于嘛。"

"当然至于啊。"温宁又打了个哈欠，"摸头杀是我觉得在少女时期遇到的最浪漫的场景之一了好吗？你们戏里我不也写了一个。"

喻佳的妆要去片场再化，她收拾好东西站起来："走吧，温少女。"

到了剧组，喻佳去化妆，温宁暂时没事做，就忍不住又把手机拿出来，打开微信，戳开某人的头像。

现在是早上八点十分。

他应该快到了吧？

温宁："你到南城没有？"

他难得秒回。

我超贵："快了。"

温宁："你等下直接回北城还是？"

我超贵："会在南城待几天。"

欸？他会在南城待一段时间？！

温宁稍稍坐直："我们剧组预计在三天后就会结束榆城这边的戏份，下一阶段就在南城拍。"

温宁："转场的时候我们有两天假。"

温宁："你要是在南城的话，我请你吃饭？"

温宁想了想，又补了一句："我不是还欠你两次谢礼嘛。"

他手上的表她暂时买不太起，但是回南城之后，她就可以请他吃贵一点的东西啦！

我超贵："继续欠着吧。"

温宁："？"

怎么还要欠着？

可没等她多想，手机这时又响了声。

我超贵："要去趟美国。"

温宁："……"

怎么又要出差啊！

她感觉从认识他起，他就一直在到处出差的样子。

温宁："猫猫躺平.jpg"

温宁："好吧。"

温宁："那我们在榆城这边的杀青宴你也不会来是吧？"

我超贵："沈周会去。"

温宁皱了皱鼻子。

她只是想见他，他的助理来不来她才不关心。

手机却又响起来。

他直接打了电话过来。

不是微信语音通话，是最初他在机场给她的那个号码拨过来的电话。

怎么突然给她打电话？

温宁疑惑地拿起手机走到化妆室外，一接通，男人低沉的声音就在耳边响了起来。

"想吃什么？"他问。

温宁："沈周要帮你请我们吃饭吗？"

"算是吧。"江凛说。

温宁愣了下。什么叫算是？

还没等她多想，男人又问了她一遍："想吃什么？"

温宁想了想。

"我——"温宁顿了顿，想着反正是隔着电话，就忍不住又直接说，"想吃你挑的。"

她还刻意把声音稍稍放软了点。

电话那头的男人却忽然沉默了下来。

夏日早上的室外温度也并不低。

温宁拿着手机的手心沁出点细汗。撒娇对他不管用？

又过了几秒，温宁才听见他出声。

"我挑的你就喜欢？"

温宁向来猜不透他的心思，她思索两秒，还是凭着本心道："你挑的我当然喜欢啊。"

电话那头的男人轻笑了声，声音低沉又悦耳。

因为手机紧着耳边，就像是他附在她耳边笑了一声似的，温宁的心脏轻轻麻了下。

温宁回过神就听见他说："先挂了。"

温宁："？"

"等等。"温宁仗着清晨那个摸头杀给她的勇气，大着胆子跟他耍赖，"那你没拒绝，我就当你答应了啊。"

不知是不是没料到她会有这样的反应，电话那边又安静了两秒，才缓缓传来他的声音。

"挺会得寸进尺。"语调听着也不像是不悦。

温宁鼓了鼓脸颊："那不然你就直接拒绝我嘛。"

"好。"江凛说。

温宁一愣："好什么？"

拒绝她？

可下一秒，却又听他语调低缓地接道："我给你挑。"

温宁又愣了下，反应过来后，嘴角就止不住往上扬了起来。

安静了片刻，男人问她："我可以挂电话了吗？"

温宁感觉心脏跳动得更加有力，自己有种说不出的喜悦，她笑看着远方高高升起的太阳："挂吧。"

《秘密》在榆城这边的戏份很少，预期十六天就能拍完。

温宁原以为照钱正义的速度，剧组兴许要延迟一两天才能杀青，不料最后大家状态爆发，又赶上了进度。

六月二十八日，杀青当天，剧组只剩下了两场戏没拍。

沈明川是下午到的。

今天第一场戏钱正义又磨了半天才满意，沈明川下午来的时候，剧组正准备开始拍第二场戏。

温宁拿着手持小风扇，坐在遮阳棚里，远远看见有车驶近。

最前面是一辆普尔曼，紧随普尔曼之后的是一辆白色轿车，白色轿车后则是一辆货车。

阵仗看着有点大。

温宁这几天试图问过某人他到底给她挑了什么，也没问出个答案，此刻见那位沈助理从普尔曼后座下车，就起身迎了过去。

沈明川见她过来，脚步一顿："温小姐。"

温宁好奇地问他："你们带什么了？"

沈明川指指后头的白色轿车和货车："容记的几个厨师，和一些食材。"

温宁稍稍愣了下。

如果她没记错的话，上次在北城开完会，他请他们吃饭的地方就叫容记。

他把那家店的厨师从北城请了过来？

沈明川接着道："江——"

察觉到差点说漏嘴，他又倏地停住。

温宁回过神："jiāng 什么？"

"姜蒜什么的。"沈明川面不改色地圆回来。

温宁惊讶地道："啊？连姜蒜这种小配料他们都要自带的吗？"

沈明川哪儿知道容记的人带了什么，他说回之前的话题："沈总问你有没有想吃的菜，有的话都可以去跟厨师说。"

温宁心头那股期盼的情绪瞬间降下来一点。

"他没点吗？"

说完温宁觉得自己好像是挺得寸进尺的，看他这几天回消息的速度，应该又开始忙了起来。

作为被追求的一方，他能忙中抽空给她请几个厨师过来就已经很不错了。

沈明川看着面前的小姑娘，还是觉得略有些神奇。

江凛这段时间忙得不可开交，居然还在百忙中抽时间亲自列了今天的菜单。

"他点了，今天的菜单就是他列的，他是让我问你有没有什么想另外添加的。"

欸？他还是给她挑了吗？

温宁的嘴角又扬起来："我没什么要加的，那沈助理你先忙，我就不打扰你啦。"

"等等。"沈明川叫住她。

温宁停住脚步。

沈明川："这边有没有清净点的屋子？你叫上你朋友一起，跟我去一趟。"

温宁一愣。

沈明川晃晃手上的文件袋："你不是想让你朋友签鼎盛吗？这里面是合同。"

温宁："？！"

剧组器材刚好出了点小问题，拍摄要延迟一会儿。

温宁把喻佳往剧组会议室带的时候，心里还满满都是恍惚。

沈明川已经先一步进来，他斜倚着座位靠背，坐姿懒散十足，两根手指竖夹着文件夹，轻轻在桌面上有一下没一下地敲打。

温宁和喻佳在他对面落座。

沈明川随手把文件夹推过去，垂着眼，也没看喻佳："合同在里面，你自己看看，有什么意见都可以提。"

喻佳接过文件夹，深呼吸了下，才缓缓打开。

她用指尖捏着文件一角，慢慢往下看了几行，目光就倏然停住。

喻佳抬起头："沈助理。"

沈明川从鼻子里懒懒地"嗯"了声。

喻佳："冒昧问一下，鼎盛会给我这份合同，是因为宁宁，还是因为我本人？"

沈明川这才抬眸看了她一眼。

他笑了下："你说呢？"

喻佳明白了他的意思，她轻轻呼了口气，隔了几秒，才把那份合同又推了回去。

"抱歉，我不能签。"

温宁本来在出神，闻言愣愣地转过头来看她。

沈明川的眉梢轻轻一挑："你确定？"

鼎盛是圈内最大，也是名声最好的公司，喻佳当然不是不心动，不然刚才也不会头脑一热，都没问清楚就跟着温宁过来会议室。

可眼前这份合同……

鼎盛的合同一般分为 ABCDE 五个等级，但在这五个等级之外，还有一个超 A 级别的合同。

据传商默现在签的就是这个等级的合同。

而她眼前这份，她如果没猜错的话，应该就是传说中的超 A 级合同。

喻佳："我确定。"

沈明川的目光在她的脸上停留了片刻。

面前的女生长得确实是圈内都难得一见的漂亮。

不过鼎盛从来不求人签约。

他更没那个耐心。

沈明川站起身："随你。"

等沈明川出了会议室，稍稍回神的温宁才问喻佳："你怎么不签啊？"

喻佳看着她没说话。

喻佳忍不住在她的脸上掐过一把："你是不是傻！你连他跟你预定版权都没答应，怎么能还没在一起，就为了我欠他这么大一个人情？"

她顿了顿："而且鼎盛不是看上我本人，我也不高兴签。"

打从那位沈助理说他带了合同过来，温宁就一直处于一种恍惚状态中。

温宁揉了揉被她掐过的脸颊，仔细回想了一下："可我跟他提议的那天，他都没答应我啊，还说这事儿不归他管的。"

"可事实是他确实答应了，不止答应了，给我提供的还是最高级别的超 A 合同。"喻佳笑着看了她一眼，"我们宁宁面子可真大。"

温宁惊讶地问："超 A 合同？"

她刚才光顾着走神，也没注意看合同。

"商默同款？"

喻佳："估计是。"

温宁捧着脸沉思。

那天他确实没答应她啊。

难道是后面又被她说服，觉得喻佳很有潜力，不签下来真的亏？

可给个超 A 合同好像也不像那么回事。

她在他那儿面子真有那么大？

温宁实在琢磨不透他的心思，最后叹了口气："那你好歹别拒绝得那么干脆，等我问问他再说嘛。超 A 合同啊，你拒绝得这么不留余地多可惜啊。"

喻佳看了眼空了的桌面："不可惜，反正我迟早会凭自己本事挣到一份差不多的合同的。"

沈明川出去后，想着江凛难得找他办几件事，于是走了几步又头疼地折返。

会议室的门可能是他刚才走时没关严，他一走到门口，就恰好听见里面传出来这句话。

沈明川的脚步顿住，他又轻轻挑了下眉。

另一道温软的声音传来，像是江凛家那小朋友："我也这么觉得。"

沈明川正想抬手敲门。

会议室内，喻佳的目光此时刚好不经意地又看向了对面那把空了的椅子："不过宁宁你觉不觉得沈总这位助理的架子好像有点大？就比沈总本人还大的那种，一点助理的样子都没有。"

沈明川："……"

温宁想起开会那天一起吃饭，这位沈助理在他面前那副过于随和的态度："他好像是不太像个助理的样子。"

倒更像是他的朋友。

喻佳也就只是看到椅子后，想起方才对方那副做派才随口一说，并没继续八卦他的意思。

"管他呢。"她从椅子上站起来，"外面估计快弄好了，我们出去吧。"

温宁点点头。

两个人一块儿出了门。

外面不见那位沈助理的人影，李副导倒是远远一看到喻佳就朝她招手，说马上要开拍了。

温宁没跟喻佳一块儿过去。

她走到没人的池塘边，躲在树荫下，点开微信，戳开那个黑乎乎的头像，想了想，又退出来，干脆给他拨个电话过去。

铃声只响了几下，他就接起了电话。

电话那头有忽远忽近的说话声传来，随即是男人低沉的嗓音。

"等一下。"

温宁不知道是不是打扰到了他，乖乖道："好的。"

电话那头安静了下来。

不知是他走去了清静的地方，还是制止了身边人说话。

隔了几秒，他的声音才重新响起："有事？"

温宁踢了踢面前的一颗小石头："没事就不能给你打电话吗？"

说完她自己先愣了下。

她最近对他的态度好像变了些，换了以前，她才不敢又跟他耍赖，又用这样的语气和他说话的。

"你平时不都是发微信吗？"他也反问了一句。

这倒也是。

温宁确实是第一次主动给他打电话。

但她迫不及待想问问他合同的事，也想听他的声音了。

"你怎么让你助理带了份合同过来啊？"

"你不是说——"他顿了顿，"不签你朋友是鼎盛的损失吗？"

"那当然啊，我现在还这么觉得。"温宁又踢了踢脚下另一颗小石头，垂着睫毛犹豫了下，"可是听你助理的意思，好像是说鼎盛给她提供这份合同是因为我来着。"

说完温宁的心慢慢悬起来，呼吸都轻了点，安静地等他的答案。

电话那头沉默了一秒，随即他问："所以你朋友才没签？"

又是一个问句。

温宁没听到想要的答案，撇了撇嘴。

"她说不想让我欠你那么大的人情。"温宁抿着唇停顿了下。

她猜不透他的心思，又想知道答案，最后还是忍不住更直接地试探着问他："可我在你那儿有这么大的面子吗？"

问完，她的心跳更快了几分。

可男人依旧接了个问句："你想知道？"

温宁皱了皱鼻子："当然啊，不想知道我问你做什么。"

"等我回来告诉你。"他说。

温宁知道他今晚的飞机去美国。

"那你什么时候回来？"

"一周后。"

温宁直接给他打电话就是想快点听到答案，没想到还要等上一周："要这么久啊！"

江凛要出差一周，下午来了公司开会。

电话响起时，会议已经差不多临近尾声，他留下计远主持剩下的内容，自己回了办公室。

CM 资本在南城金融中心 A 座最高层。

江凛站在巨大的落地窗前，俯瞰被夏日阳光笼罩的市中心最繁华的地段，耳边听着小姑娘温软中又略带点不满的声音，忽然觉得一周是有点久。

"温宁。"江凛叫她的名字。

温宁正想问他怎么不说话，他这一声就忽然又落到她的耳边。

温宁这是第四次听他叫她的名字。

第一次是叫她上车。

第二次是前几天语音通话时。

第三次是那天的摸头杀。

语音通话当时她是开着外放，可能是因为此刻他的声音就贴在耳边响起，这一次她总感觉和前几次略有不同，有种酥酥麻麻的感觉一路顺着耳朵蔓延至心脏。

温宁的声音轻轻的："嗯。"

这姑娘难得只应了一个字就又安静下来。

办公室也静，江凛静静地听着耳畔传来的呼吸声，嗓音低缓："你这一周乖一点。"

挂断电话，温宁走回拍戏的地方。

温宁刚一到，就听到钱正义暴躁的声音响起："喻佳，你发什么愣呢？"

喻佳离得有些远，温宁听不见她的声音，看嘴型像是在跟大家说"不好意思"。

钱正义摆摆手："先停几分钟，你调整下状态。"

温宁忙小跑过去。

她站到喻佳面前，小声问："怎么啦？"

喻佳刚刚是走神想起了那份合同，她比温宁大不了几个月，刚大学毕业，拒绝了一份业内最好公司提供的顶级合同，心里不起点波澜也不可能。

但她并不后悔刚才的决定，也不想让温宁再为了她的事去跟沈明川开口。

喻佳摇摇头，压低声音道："就是想着快放假了，忍不住走了下神。"

温宁也没多想。

她一贯咸鱼，以前上学的时候最期待的就是放假，所以很能理解喻佳的心情。

"稳住啊，喻佳小姐姐，你越快拍完这条，我们就能越早收工。"

喻佳笑起来，目光不经意瞥见那位消失了片刻的沈助理不知何时出现在了钱正义身后。

他个子高挑，穿着休闲款的衬衫长裤，单手插兜，眉眼英俊。

温宁跟着也看到了这位沈助理，还看到吴制片殷勤周到地给他搬来把椅子。

沈助理没什么表情地冲他略略一点头，便在椅子上落座。

态度说不上傲慢，但莫名有种他像是见惯了这种殷勤周到，这在他看来是一件稀松平常的事一样。

沈明川确实很习惯。

只是他刚一坐下，就看到江凛家那小朋友和她旁边的姑娘的目光正直直地落在他这边。

在会议室外不经意听到的话犹在耳边，沈明川的背一僵，他下意识地调整了一下坐姿。

他忽然不禁哂笑一声。

太亏了，江凛那一亿还不够付他演戏的片酬呢。

吴制片还在一旁殷勤地问他要不要喝什么。

沈明川摆摆手："你去忙你的。"

很快又开始拍摄了。

温宁在一旁看着，发现喻佳这次的状态极好。

她也不意外。

喻佳向来要强，刚在会议室拒绝了沈助理给的那份合同，现在喻佳是不会允许自己以状态不好的姿态出现在他面前的。

下午跟喻佳对戏的是商默。

从进组以来，商默就一直保持着双料影帝应有的水准，演技甚至比五年前拿奖时更为精湛，几乎可以说他是游刃有余，甚少掉链子。

这次也一样。

这条拍完，向来挑剔的钱大导演反复观看了几遍，越看脸上的笑容越明显。

《秘密》在榆城的戏份终于全部杀青。

温宁昨天就悄悄给喻佳定了个杀青蛋糕。

虽然只是榆城这极小一部分戏份杀青，大部分内容还等着转场去南城继续拍摄，但毕竟这是喻佳第一次正式进组。

喻佳被钱正义叫住说几句话的工夫，她再一回头，就看见温宁捧着个蛋糕朝她走过来，笑得眉眼弯弯。

"杀青快乐啊，佳佳。"

喻佳愣了下，反应过来后，忍不住伸手抱住了她。

当初温宁瞒着她，冒着版权合同可能谈不成的风险，硬给她要了个试镜名额，这大半个月又忙前忙后都快成了她半个助理，又为了她签公司的事跟沈明川开了口。

还有这个蛋糕。

"谢谢你啊，宁宁。"

温宁："肉麻兮兮的，你快松开，别碰坏了蛋糕。"

两个姑娘一高一矮，一个是明艳挂的御姐，一个长了张甜妹初恋脸，抱在一块儿莫名又和谐又养眼。

沈明川从刚刚那场戏中回神，意味不明地看着这一幕，忽然拿起手机拍了张照。

这边喻佳松了手。

温宁正想找个地方放蛋糕，就听见站在喻佳旁边的商默忽然开口，调子懒洋洋的。

"只有女主角有杀青蛋糕吗，温老师是不是有点偏心啊？"

商默的经纪人包璇今天也来了片场，闻言只恨没能早点把商默的嘴捂上。

她这段时间虽没在剧组，但也从商默的助理那儿得知鼎盛那位沈总这期间又来了一趟剧组，堂堂沈氏集团的太子爷，陪着这小姑娘在剧组简陋的临时食堂吃了顿盒饭。

就算他们暂时还没在一起，估计也是迟早的事。

好在听助理说，商默平日也甚少单独和这小姑娘说话。

此刻这句话也是玩笑性质居多，应该不会牵出什么误会。

剧组这边围了一大群人，刚好也有人跟着搭腔："是啊，小温老师可不能这么偏心。"

温宁早料到会有这样的打趣，她把蛋糕放到桌上，笑眯眯地道："不偏心不偏心，我还定了个超大的六层蛋糕，工作人员已经运到路口了，马上就会送过来。"

杜婉姝笑着抬手点点面前这群人："你们也好意思老要宁宁一个小姑娘请客，上次饮料还没喝够啊。"

转回日常模式的钱正义笑着附和老婆的话："就是，蛋糕的钱小温你回头找老张报销。"

温宁摆摆手："没事没事，蛋糕我还是请得起的。"

工作暂时告一段落，剧组上下洋溢着喜悦的气氛。

沈明川没过去凑热闹。

他懒懒地靠着椅背，垂头给江凛发微信："你那小朋友刚跟别人抱上了。"

江凛正在去机场的路上，收到消息，镜片后狭长的黑眸稍稍一眯，骨节分明的指尖在屏幕上略顿了顿，他才回了个问号过去："？"

沈明川给他回了张照片。

小姑娘被她的朋友抱在怀里，只看得见背影，她一只手托着个蛋糕，身上穿着白色 T 恤和黑色工装裤，T 恤很短，一截细白的腰露在外面。

江凛的指尖轻轻蜷了下。

手机又接连响了几声。

沈明川："你这小朋友还挺受欢迎。"

沈明川："也不知道她怎么眼光这么差就看上了你。"

江凛取下眼镜，揉了揉眉心，重新点开照片看了片刻，最后才退回对话框："这周她那边要是有什么事，你帮着处理一下。"

喻佳还要保持身材，温宁也不大爱吃甜食，这个蛋糕的仪式感远大于实际意义。

蛋糕切好后，喻佳只尝了一口，大部分都分给了周围想吃的人，剩下的就和那个六层蛋糕一块儿摆在桌边，供其他人取用。

剧组就要离开了，温宁和喻佳打算去临时休息室看看有没有落下东西，她俩从人群中出去，就看见那位沈助理和吴制片正站在外围聊天。

刚才人多热闹，温宁一时忘了这位沈助理还在剧组，于是有点不好意思地拉着喻佳过去询问："沈助理，吴总，你们要吃蛋糕吗？"

沈明川懒懒地站着："谢谢，我不吃甜的。"

吴制片也跟着摆摆手："已经胖成球了，不敢再吃了。"

温宁也就不再继续打扰他们："那你们继续聊。"

"温小姐，"沈明川叫住她，"我马上就走了。"

温宁愣了下："你不是要跟我们一起吃晚饭吗，还有那些厨师怎么办？"

"临时有点事，会有人送他们回去。"沈明川顿了顿，像是想起什么，"对了，沈总下周不在国内，你有事要找人帮忙的话可以打我的电话，老吴知道我号码。"

温宁虽然觉得应该没什么事要找他帮忙，但还是点点头："好的，谢谢。"

沈明川目光浅浅地掠过她旁边的女生："还有，麻烦你转告你的朋友，下周常红会到剧组来一趟，能不能让常红看上，就看她个人本事了。"

温宁又是一愣。

常红是鼎盛除了包璇之外的另一位金牌经纪人。包璇现在带着商默，自然没空再培养新人，常红能来剧组，对喻佳来说确实是个好消息。

这又是某人的意思？

不过喻佳不就站她旁边吗，为什么还要她转告？

喻佳也是同样的想法，她差点气笑了。

她还不配跟这位沈助理讲话了是吧？

喻佳被妆容略略压制住媚意的一双桃花眼往沈明川身上一扫，压了压火气，语气里还是有几分藏不住的阴阳怪气："我这么大个人就站在这儿，沈助理是看不见，还是记不住人啊，怎么还要宁宁转告？"

沈明川这才慢吞吞地似笑非笑地看她一眼："倒也不是看不见，只是我懒得和背后说人坏话的人说话。"

后一句有点绕，等喻佳反应过来的时候，男人已经朝温宁摆摆手，转身大步走向了那辆普尔曼。

吴制片跟在旁边送他。

喻佳："他刚才那句话什么意思？"

温宁也没太明白，想了想："难不成下午听到我们后面的那番话了？"

喻佳："……"

喻佳的语气虚了点："我那也不算讲他坏话吧。"

因为某人从北城请了厨师过来，晚上的聚餐地点就还是在他们住的酒店。

温宁从那位沈助理口中听到"容记"二字后，就猜想晚上的菜单上应该会有上次那道排骨。

可等到那盘记忆中的排骨真的再转到她面前时，她还是有种满满的惊喜感。

温宁伸筷夹了一块。

味道也和上次的一模一样。

趁着排骨还没转走，温宁又夹了两块放到碗里，她放下筷子，拿起手机对准碗拍了张照片。

然后打开某人的微信对话框把照片发了过去。

温宁："排骨还是！巨好吃！！"

过了五分钟，温宁才收到他回过来的消息。

我超贵："嗯。"

温宁："？"

她这么激动的语气，他就回她一个"嗯"字？

温宁看着这个冷冷淡淡的回复，撇了撇嘴，一时也拿不准是不是她最近有点自作多情了。

手机又响了下。

我超贵："要关机了。"

温宁："好吧。"

温宁："那祝你一路顺利。"

吃完这顿饭，在榆城住了最后一晚，温宁第二日一早同剧组一起顺利返回南城。

接连工作了大半个月，到家后，温宁下午就哪儿也没去，中饭、晚饭都是点的外卖，剩下的时间不是睡觉，就是拉着喻佳一起看剧补综艺。

直到假期的第二天下午，温宁才勉强出了个门。

她的刘海儿长了，她不得不出门剪刘海儿。

喻佳陪着她一起。

温宁去的是小区附近的一家店，本来只是想简单剪个刘海儿，但她翻了翻理发店的新色卡，最后又没忍住染了个新发色。

一下午时间全耗在了理发店。

新发色有点类似于亚麻金棕色，经过多年品质认证的 Tony 老师这次也没让温宁失望，染出来的发色更偏金色一点，在理发店的灯光照耀下，有闪闪发亮的小光泽。

喻佳在镜子里看了她一眼，就站起身道："走，我们去商场。这发色不给你买几套新衣服配着，简直就是浪费。"

温宁想着明天又要开始上班，懒劲儿就上来了："不去了吧。"

喻佳伸出一根细细的手指，从后面推了推那颗刚刚染了新发色的小脑袋："你有没有点追男人的自觉啊，新衣服都不买。"

想起远在美国的某人，温宁立即从座位上起来："走吧。"

Tony 老师顺手帮她又整理了下头发，笑着道："哟，我们小温宁有喜欢的人了啊。"

温宁点点头："是啊。"

说完又叹口气："可难追了！"

一点心思都猜不到的。

付了钱，温宁跟喻佳打车杀到附近商场，先上四楼吃了顿牛蛙，等吃完才点了杯奶茶下到一楼开始慢慢逛。

一连试了几套衣服，温宁最后挑着最满意的那套对镜自拍了一张，给某人发了过去。

温宁："我换新发色啦！"

这个时间点他那边应该是白天。

不过他一到美国之后，就好像特别忙的样子，温宁这两天给他发消息，都是隔了许久才收到回复。

这次也不例外。

半个多小时后，温宁已经逛累了，正坐在服装店里等喻佳换衣服时，手机才响了声。

我超贵："嗯。"

温宁："……"

怎么又是一个"嗯"字。

温宁忍不住在对话框里问："好不好看啊？"

指尖落到发送键上，温宁忽然犹豫了下。

她抬头往试衣镜里看了一眼自己，随即把打好的这句话给删掉了。

算了。

看他这个冷冷淡淡的反应，估计多半是觉得不好看，可她还挺喜欢这个发色的。

温宁重新编辑："逛街好累啊！"

温宁："等下打车还得走好远……"

温宁："我已经是一只废猫了.jpg"

我超贵："地址。"

温宁："？"

温宁："猫猫疑惑.jpg"

我超贵："叫人送你回去。"

温宁的嘴角不由得翘起来，她用指尖轻轻在屏幕上戳了几下，给他发了个位置过去。

江凛刚跟 LP 开完会。

他在美国的师兄唐准也参与了这场会议。

唐准此刻偏头看着正在低头聊微信的男人，试探着问："女朋友啊？"

江凛没答他，只略略偏头，让计远给司机打电话去商场接人。

"不是女朋友的话——"唐准顿了顿，笑得没个正经，"介绍给我呗。刚才那姑娘看着又甜又野，是我的菜。"

江凛锁了手机屏幕，侧头淡淡地瞥了他一眼。

唐准立即会意："啧，铁树居然也有开花的一天。"

等回到车上，没了唐准在耳边聒噪，江凛才重新打开微信，点开刚才只来得及匆匆一瞥的照片。

小姑娘穿了条黑色连衣裙，方领，锁骨线条笔直漂亮，胸前有一点明显的小弧度，往下收得很细的腰线处有两侧镂空，半遮半掩地露出一截纤白的腰身，黑色裙摆下一双腿又细又直。

大约是怕手机挡脸，她侧身歪头对着镜子，一张精致的小脸全露在镜头中，略显张扬的发色稍稍削减了长相的乖巧感，配上这条连衣裙——

江凛眸光沉沉地看着照片。

这姑娘真的长大了。

江凛长按图片，点击保存，指尖顿了顿，忽又点开她的头像，给她换了个新备注。

改完备注手机刚好响了声。

小野猫："不逛了不逛了。"

小野猫："脚要断了，呜呜呜。"

七月一日，《秘密》剧组继续开工。

南城第一阶段的戏份在南城一中拍摄，这也是制作方将拍摄时间挑选在夏季的另一个原因。

正值暑期，南城一中这个校区的学生都已经放假，整个校区都暂时被剧组租借了下来。

钱正义想再清净地拍一段时间，所以暂时没让大批群演入场，打算先把男女主及其他演员的对手戏拍了。

但南城不比榆城那种小地方，商默的粉丝又多，估计消息也瞒不了多久，指不定过两天，学校周围就要被粉丝围得水泄不通了。

上午拍的是室外戏。

南城的夏天向来酷热，温宁拿着手持小风扇躲在树荫下，只觉脚下的地都是烫的，打个鸡蛋上去估计立即能熟。

不知是太热，还是仍沉浸在假期中，她一上午都蔫蔫的。

直到中午收工吃饭，温宁才终于又打起精神。

南城一中的食堂前些年就装了空调，一进去就有凉风扑面而来，温宁先拉着喻佳去拿饮料。

从榆城转至南城，他们剧组的冰箱非但没撤，还又多了几个，并排摆在一中的食堂里，各式饮料和牛奶应有尽有。

喻佳拿了瓶苏打水。

温宁挑挑拣拣，拿了瓶白桃味的气泡水。

等拿了盒饭挑好位置坐下，温宁揭开第一个饭盒时就倏然愣住。

她指指眼前的饭盒："佳佳，这排骨怎么这么像容记的？"

榆城杀青那晚，喻佳没经得住温宁的推荐，也吃了一块排骨，闻言她稍稍靠近闻了下："是挺像。"

温宁拿筷子夹了一块送进嘴里："味道也好像。"

她把筷子一放："我去问问赵姨。"

"赵姨"叫赵静，是剧组的生活制片，就坐在她隔壁的隔壁桌。

温宁走过去："赵姨，我们今天的盒饭是在哪儿订的啊，味道怎么这么像容记的？"

精明干练的中年女人抬起头："就是容记那几位师傅做的啊。"

温宁："？！"

赵静继续道："是沈总让他们留下来的。怎么，沈总没和你说？"

十二点十分，温宁愣愣地回到自己座位上，也顾不上这个时间点他那边已经是深夜，忍不住直接发了条微信过去："你让容记那几位师傅留在剧组了？"

温宁以为要等到晚上才能收到他的回复，结果消息刚发出去没几秒，她的手机铃声就响了起来。

他直接打了个电话过来。

温宁指指桌上的排骨："佳佳你帮我盖上，我去接个电话。"

快步走到食堂清静的另一侧，温宁接起电话，男人低缓的声音瞬间从手机里传过来。

"你不是喜欢吃？"

温宁抿抿唇，一时说不清心里是什么感受。

她跟他说了一句排骨好吃，他就把人家整个著名私房菜馆的厨师都给留了下来？

温宁其实向来不是什么沉得住气的性格，她有心想像上次合同一样，直接试探下他现在到底对她是什么态度，可又觉得他肯定也还像那次一样，不会直接回答她。

"怎么不说话？"男人忽然问。

温宁背抵着墙："你什么时候回来啊？"

收到她消息的时候，江凛刚进浴室打算洗澡，衬衫扣子一解完，手机就响了声。

男人靠在洗漱台边，向来穿得一丝不苟的白衬衫敞开，块状分明的腹肌下，线条漂亮的人鱼线引人遐想地没入被皮带束缚着的黑色西裤之中。

耳旁小姑娘的声音似乎莫名多了几分委屈，江凛垂着眼："过两天回。"

"好吧。"温宁瘪瘪嘴，"你今天怎么还没睡？"

江凛："刚忙完。"

他的声音压得有些低，不知是不是错觉，温宁隐约感觉听着像是有些疲倦之意。

"工作很累吗？"

江凛撑在洗漱台面上的手指略略收紧。

说来也新奇，他好像还是第一次听见有人问他这种问题。

"还好。"

"什么还好啊，都过了凌晨了你才刚忙完。我们剧组除了拍大夜戏，平时都不会搞这么晚的，那你早点洗澡休息吧。"

江凛的眼底浮起点笑意："温宁。"

温宁眨眨眼。怎么又忽然叫她的名字？

"怎么啦？"

这姑娘今晚的语气和声音都听着格外乖巧。

江凛忽又想起她前几天还打扮得像小野猫去外面逛街的事。

半遮半掩的那一截纤白的腰身倏然浮现于脑海。

江凛微微垂眸，骨节分明的手指搭上黑色皮带的金属扣，单手解开，细微的声响在安静的浴室中显得分外明显。

"你乖乖等我回去。"

下午在教室拍室内戏。

还没等开拍，剧组就来了个客人——上次沈助理提及的常红，鼎盛另一位金牌经纪人。

常红将长发扎成马尾，打扮十分干练，有点像温宁高一的班主任。

她和钱正义等人看着挺熟悉，略寒暄了几句，也没过去跟喻佳打招呼，就只站在钱正义身后，像是等着看看这场戏是何情况。

温宁跟站在镜头中间的喻佳对上眼神，见她抿着双唇，似乎有点紧张，就无声地跟她说了句"加油"。

下午这第一场戏，喻佳发挥得连钱正义都连连夸赞。

拍摄一结束，常红跟钱正义说了一声，然后就把喻佳叫去了隔壁教室谈话。

不知道是因为常红长得像高一的班主任，还是因为这场谈话可能关系着喻佳的未来，或者二者兼而有之，温宁也跟着紧张起来。

她时不时从教室门口探头探脑往外看。

二十分钟后，常红和喻佳才从隔壁教室出来。

常红没再回他们这边，径直顺着通道另一侧下了楼梯。温宁赶紧从教室里溜出来，小跑到喻佳面前。

"怎么样？"

喻佳神色严肃："常红能来应该还是因为你的面子。"

温宁一怔："所以你又没答应？"

"但我觉得——"喻佳顿了顿，终于笑起来，"她应该是真的自己看好我，刚刚问了我一箩筐问题，弄得我比艺考的时候还紧张。"

"说话大喘气干吗？"温宁不满地翻了个白眼，然后也笑起来，"所以她决定签你了？"

喻佳点点头："她说先回公司走流程，过两天给我带合同过来，签的会是鼎盛常规的新人合同。"

温宁忍不住抱住她："我就知道你一定可以的。"

"前几天还嫌我肉麻兮兮的。"喻佳说。

温宁松开她："这么大喜事，你得请个客吧。"

喻佳笑着瞥她一眼："沈总把容记的厨师都给你留了下来，你还要我请客啊。"

"他是他，你是你。"温宁说，"反正今晚你得请我吃小龙虾。"

喻佳："行行行。"

到了傍晚，喻佳真给她点了个小龙虾外卖。

外卖小哥被剧组的人拦在学校外面进不来，温宁打着太阳伞出去接了餐盒。

回来后，她看见穿着一身一中校服的商默倚在食堂门口，一双大长腿分外明显。

温宁冲他点点头，算作是打招呼。

她正要进去，忽然听见商默叫了她一声。

"温老师。"

温宁停下来。

商默垂眼看她："我现在像你心目中的谢杭了吗？"

食堂门口有些逆光，男人的面容略有些模糊，一中校服宽松，衬得他的身形修长又清瘦，一身压不住的少年气。

在榆城穿私服时还不明显，今天开拍校园戏份后，温宁是真感觉他确确实实把意气风发的谢杭演活了。

温宁诚实地道："挺像的。"

"那你照着我的样子再给谢杭画张人设图吧。"商默说。

温宁："……"

钱正义刚好带着夫人准备进食堂，刚到门口就听到这句话，插嘴道："对啊，小温，你有空的话给几位主角都各画一张人设图吧，回头正好当宣传用。不让你白画，要是可以的话你报个价给老张，到时他给你算钱。"

温宁还记着要给某人攒钱买礼物的事，这种宣传电影加挣钱两得的事她才不会拒绝，闻言笑眯眯地点头："好呀。"

商默看她这前后截然不同的态度，极轻地"哼"了声："既然是我提议的，温老师就先画我吧。"

温宁无所谓地点点头："好吧。"

剧组主创这次住的酒店是逸星，包下了一整层楼。

温宁上次在逸星住的体验十分不错，爸妈又还在国外旅游，她就干脆打包了行李又和剧组一起住进了酒店，这样工作也方便。

这次接下画人设图的活，她还得回趟家再拿点工具。

喻佳拍了一天的戏，温宁就没让她陪着一起。

南城的天气一贯让人捉摸不定，温宁刚到家没多久，外面就忽然下起了大雨。

暴雨敲打窗面，风吹得树叶"哗哗"作响。

见雨一时没有要停的趋势，温宁就也懒得再回酒店，给喻佳发了条消息说了一声，她就躺在沙发上给某人发微信。

温宁："南城下大暴雨啦。"

温宁："还好七点多才下，不然我可能就困在半路回不了家了。"

三分钟后，手机响了声。

我超贵："回家了？"

温宁："猫猫点头 .gif"

温宁："回来拿点画画的工具。"

外面忽然响起一声炸雷，闪电撕裂天空。

温宁拿了个抱枕塞在脑袋下面，继续给他发消息："呜呜呜，刚刚打了个好响的雷。"

我超贵："怕？"

"呜呜呜"对温宁来说就是个习惯性的卖萌语气，她没想到发过去会被他理解成害怕打雷。

她乌黑的眼珠子转了转，回他："怕的，我一个人在家。"

下一秒，手机切进来电界面。

——他给她打了个电话过来。

温宁接通电话。

暴雨声中，男人略显低沉的嗓音透过手机传来。

"你还怕打雷？"他问。

温宁没想到她说一句害怕，他居然会直接给她打电话过来，声音中的笑意怎么也压不住："对啊，超害怕。"

"温宁。"男人叫她的名字。

温宁："怎么？"

江凛的声音平淡："你装也装得像一点。"

不知是在他面前翻车习惯了，还是明确察觉到他对她的纵容态度，温宁被拆穿也不尴尬，嘴角还是止不住往上翘，耍赖道："我哪里装了，我真的很怕啊。"

"怕还笑得这么开心？"他反问。

温宁转身趴在沙发上，脸埋在抱枕里，只露出一双乌黑的眼睛，仗着他远在美国，她大着胆子说实话："我一说害怕你就给我打电话，我当然开心啊。"

电话那头的男人安静了两秒，忽然轻笑了一声。

笑声透过电话传来，还是让温宁有种莫名的舒适感。

"温宁。"江凛叫她。

温宁："？"

他今晚怎么这么爱叫她的名字？

"我明天会很忙。"他说。

"忙什么啊？"温宁试探着问他，"不会是忙着见别的什么小姐姐吧？"

男人又沉默了一瞬。

温宁不由得悬起心。

难道被她不小心说中了，他真要去见什么别的漂亮妹子？

她鼓了鼓脸颊，忽然听见他开口。

"一个你就够了。"

当晚这场暴雨据说淹了南城好几条街道，好在都不严重。

翌日雨水退去，天气阴，气温稍降。

上午还是拍室外戏，温宁搬了把靠椅，远远坐在人群外围。

她最近忙着追人，有阵儿没画画了，连微博都没怎么更，上午就打算先随便画个线稿练练手。

温宁答应商默先画他，可笔落在纸上的那一瞬，她的脑海中却忽然浮现出另一个男人的模样。

时常穿得一丝不苟的白衬衫，银框眼镜衬得他模样清俊斯文，略略削减了那股迫人的气场。

温宁笔尖线条一改，不由自主就画起了他。

男人的模样被画笔一点点地还原在纸上。

只是画了大半，温宁忽然停了下来。

她盯着纸上的半成品，苦恼地叹了口气。

气场还原不出就算了，就感觉她画出来的都没他本人十分之一好看。

她果然还是太废了。

她正打算放弃，眼前忽然落下一片阴影。

温宁抬起头，看见穿着一身夏季校服的商默走到她面前。

商默在她旁边的空座椅上落座。

椅子是喻佳刚才搬来的，跟她隔得略近，不过商默坐姿并不端正，懒懒地往座椅外侧倾斜，又稍微拉开了点距离。

他垂眸看了眼她画上的内容，表情淡下来："温老师不是说先画我吗？"

旁边的小姑娘像是一点不介意被他看到在画什么。

就像她那天在食堂目光闪闪发亮地看着那个男人，丝毫不介意被剧组所有人看出她的心思一样。

"我还没开始给你们画人设啦。"

温宁说这话的时候，还盯着手上那幅画。

虽然画得不太好，她也舍不得撕掉，就只翻了一页，露出新的空白画纸。

"你有什么要求吗？"温宁问他。

商默："你随便画。"

温宁点点头："行。"

"要我坐这儿给你参考吗？"商默忽然又问。

温宁偏头看了他一眼："不用，我记得你长什么样，坐这边也能看得到你们。"

商默的嘴角这才几不可察地勾了下。

温宁没听见他开口，就没再搭腔，低头给他画谢杭人设的线稿。

商默略往后又靠了点，屈肘搭在椅背上，略略垂眸看她。

旁边的姑娘腕子又白又细，落在纸上的笔却又快又稳。

商默不太懂画画，也能看出来线条利落又漂亮，几乎都没修改，寥寥数笔就勾勒出一个大致的轮廓。

他的视线稍稍往上一抬。

太阳从厚重的云层里隐约冒出个头，淡淡的日光落下来，洒在小姑娘扎得略显松散的丸子头上，耀出一点细碎的金光。

漆黑卷翘的睫毛低低地垂着，遮住了那双灵动又无辜的眼睛。

温宁画得再专心，被他这样盯着，也不可能完全察觉不到，她笔尖一顿，偏头奇怪地问："我脸上有东西？"

"没有。"商默撇开视线，"你的头发找哪位发型师染的？难看。"

温宁："？"

温宁这就不答应了："商老师你这眼光不行啊。"

商默垂着眼，看见她一截白色裙摆被风吹起。

"我的眼光是不太行。"

下午收工早，晚上没夜戏。

温宁跟喻佳早早回了酒店，在喻佳房间里吃了顿晚饭，就回了自己房间，把谢杭的人设图画好，给商默发了过去。

商默回得挺快，内容就一个句号。

温宁还记得他上午说她的发色难看，就也没再多说什么。

她揉了揉有点发酸的肩膀，在床上躺下，习惯性地戳开某人的对话框，下意识地想跟他撒个娇诉下苦，忽又想起他说今天会很忙。

温宁叹口气，又把手机放下。

算了，还是别打扰他了。

洗完澡，温宁蔫巴巴地刷了会儿手机，难得早早关了灯睡觉。

翌日一早，闹钟还没响，她就被屋里的酒店内线电话给吵醒了。

温宁闭着眼，伸手摸了片刻，终于摸到电话。

她拿起来靠在耳边，眼睛还是睁不开。

电话里，喻佳的声音响起："宁宁，别睡了，你和商默上热搜了。"

温宁听见这句话，一瞬间还觉得自己在睡梦中没醒过来。她还困得不行，电话听筒拿不稳，慢慢从手中滑落。

喻佳大约是没等到她说话，又叫了她一声："宁宁。"

温宁又稍稍清醒过来，重新拿紧听筒，从鼻腔中勉强哼出个音节："嗯。"

"听见我说什么了没有？你和商默上热搜了，快别睡了！"喻佳重复了一遍。

温宁的困意被她的话打散，她揉了揉眼睛："我和谁上热搜了？"

喻佳："商默。"

温宁："？？？"

"起来给我开个门，我就过去。"喻佳说。

电话被挂断。

温宁又在床上磨蹭了片刻，终于反应过来自己刚才在电话里听到了什么，她打开灯，从床上坐起来，趿着拖鞋慢吞吞地走到门口。

一打开门，喻佳已经站在外面了。

她走进来，顺手关上门，递了部手机给温宁："你自己看看先。"

这会儿才早上七点，热搜第一后已经跟了个"爆"字。

温宁眨了眨眼睛，看清话题上的那行字——

#商默疑似恋情曝光#

温宁点开热搜。

热门第一是个营销号，文字内容一大长串，温宁也没耐心看，而且她一眼就瞥见了已经在自动播放的视频。

视频里，商默和一个女生并排坐在一起，女生只拍到了背影，商默略侧着头，一直盯着她。

视频结尾，商默半倾着身朝女生靠近，看着几乎像是在她的头上亲了一下。

视频不长，但确实足够"暧昧"。

要不是视频里那个亚麻金棕发色的女生恰好是温宁自己，她都要怀疑商默是不是真跟人谈恋爱了。

温宁一直觉得以商默的热度，他们转到南城来拍戏，迟早会被人拍到，但没想到这一天来得这么快。

更没想到她人在酒店坐，锅从天上来。

她昨天明明从头到尾都和商默保持着一点距离，怎么从这个偷拍角度一拍出来，居然能这么亲密暧昧。

"你随便看下知道情况就行。"喻佳把手机从她手里抽走，"评论就别看了，今天最好也别上微博和论坛。"

"你也别太担心。"喻佳安慰她，"鼎盛公关一向厉害，你和商默什么情况都没有，要不是这视频是凌晨三点爆出来的，这个热搜估计都不一定上得了，而且沈总……"

话没说完，刚才还站她面前的小姑娘忽然一溜烟跑回了卧室。

温宁刚刚是被这个莫名其妙的绯闻闹蒙了，被喻佳这么一提醒，才想起她得赶紧跟某人解释一下。

她跑回卧室，拿起手机，一屁股坐在床上。

要怎么跟他说呢？

他现在管着鼎盛，商默又是鼎盛最红的艺人，他肯定会看到这个热搜。

指不定现在就已经看到了。

而那个视频又确实挺容易让人误会的。

温宁抿抿唇，干巴巴地发了两条解释过去。

这两条消息发过去，一直到温宁到达剧组，也没收到他的回复。

剧组的车在一中教学楼前停下，温宁跟喻佳一起下车，刚好看见商默从他的商务车上走下来。

平日拽得不行的男主角今天没戴墨镜，一见她，他脚步稍顿，抬手捋了把头发，神情难得懊恼。

"对不起啊。"商默说。

来的路上，温宁已经得知商默工作室出了紧急辟谣的声明，直白明了地否认了恋爱关系，也清楚地解释了她是剧组工作人员。

不过别说是工作室声明了，现在明星就算是出律师函都不好使。

网友认为那个视频就是铁证，而商默工作室的那份声明则是铁证如山下的狡辩。

听喻佳说，除了商默本人的粉丝之外，大部分吃瓜网友已经把矛头转向了商默，骂他是敢吃不敢认的渣男。

温宁觉得这件事对他来说也是无妄之灾。

她至少没露脸，他才是目前处于旋涡中心的那个人。

"又不是你的错。"温宁摆摆手，"你也是受害者，没必要跟我道歉的。"

商默的目光落到她脸上，张了张嘴，像是想说什么。

吴制片这时急急忙忙从教学楼里走出来："你们几个都到了是吧？一起去开个会。"

因为没联系上某人，温宁这个会开得心不在焉。

还是喻佳在旁边悄悄推了推她，她才反应过来钱正义在问她问题。

"您说什么？"

钱正义："小温你还是不想对外透露身份对吧？"

会议室里的人不多，包括商默在内，全都知道温宁就是《秘密》的原著作者，因而钱正义也没什么好隐瞒避讳的。

温宁确实不想暴露身份，她点点头："能不透露就还是别透露吧。"

"行。"钱正义也点了下头，"那回头官宣后，就只说你是编剧，我们让工作人员给你打个码。"

后面的内容温宁又没认真听。

手机还是安安静静的，她低头摁亮手机屏幕看了眼时间。

他说这一天会很忙，但现在他那边都已经是晚上八点多了，还没忙完吗？

散会后，喻佳要去准备上午的拍摄内容。

温宁慢吞吞地走出教学楼，还是忍不住给他打了个电话过去。

手机安静了片刻，随即响起冰冷的关机提示。

温宁一愣。怎么还关机了？

吴制片这时刚好匆匆从她旁边经过。

温宁叫住他："吴总。"

吴制片停下来，焦头烂额中又带了几分小心翼翼："温老师有什么事吗？"

这小姑娘就在他们剧组好好待着，居然也能莫名其妙跟男主角传个绯闻。

今天一大早他已经接了无数个鼎盛公关部的电话，连沈明川本人都打了个电话过来。

好在视频里这姑娘没露脸，不然他还真不知道怎么跟那位大名鼎鼎的江总交代。

温宁："你能把沈助理的手机号码告诉我吗？"

吴制片猜她要沈明川的号码可能是为了热搜的事，就道："沈……沈助理那边已经知道热搜的事了，正在处理。"

温宁："我找他有别的事。"

吴制片还得去处理热搜的事，也没空多想多问，于是点了点头，解锁了手机，迅速把沈明川的名片推送给她，就又脚步匆匆地走了。

温宁低头看了眼微信里的名片，发现吴制片给这位沈助理的备注居然是沈总。

不过总裁特助好像也算得上是公司高管。

更何况这位沈助理据说是跟他一起空降鼎盛的，回头应该也会跟着他一块儿回沈氏总部，这么备注倒也正常。

温宁也没心思多想，直接拨通了沈助理的电话。

铃声响了几下，那边很快接通。

"喂。"声音听着懒洋洋的。

温宁跟他自报家门："沈助理，我是温宁。"

"温小姐？"对方像是有点意外，"你找我是为了热搜的事？公司已经在处理了。"

"热搜的事情麻烦你们啦。"温宁先跟他道了声谢，"不过我找你是想问问你能联系得到你们沈总吗？"

对方声音中的惊讶就越发明显了："你联系不到他？"

温宁抿抿唇："嗯，他的电话打不通。"

沈明川："别急，我帮你问问啊。"

"好的，谢谢你啊。"温宁说。

电话被挂断。

温宁拿着手机，心里七上八下地在教学楼前踱步。

两分钟后，手机铃声终于响起。

温宁见是刚才那个没来得及存的号码打过来的，忙接通电话。

那位沈助理的声音这次又像是隐约带着笑意："帮你问了，计远说他这会儿在开会，没开机。"

温宁轻轻"啊"了声："这么晚了还在开会啊。"

对方声音中的笑意更加明显："是啊，可能要开到大半夜，他下午应该会联系你。"

这个"下午"应该说的是北京时间。

温宁稍稍放下心。

不是不理她就好。

她抿抿唇，忍不住又多问了句："那他知道热搜的事情了吗？"

"不知道吧。"沈明川笑着道，"你别担心，让他吃吃醋不也挺好。"

温宁心头的那个想法又冒了出来。

这位沈助理好像真的和他关系不一般，不像是上下级，反而像是那种可以肆无忌惮开玩笑的至交好友。

不过已经问明白了情况，温宁就也没好意思再打扰对方，道完谢就挂了电话。

确认他在忙，温宁稍稍压下心头余下的那点不安，终于又有心思关心网上的情况了。

鼎盛的公关速度确实很快。

她打电话的这点工夫，"商默疑似恋情曝光"的热搜已经从热搜榜上消失了，取而代之的是"商默辟谣恋情"。

而且网上已经出了第二波澄清。

先是开通后一直没更新过的《秘密》官博突然官宣了商默。

电影《秘密》："每个人心中都有秘密。欢迎谢杭@商默。"

《秘密》自打公开会由钱正义执导后，在网上热度一直居高不下，是一众生花粉眼中的近几年最大的饼之一。

此刻男主角终于官宣，商默自带人气值，又是和钱正义二次合作，迅速把一部分吃瓜网友的视线拉了过来。

可《秘密》官博在官宣了商默之后，却并没有如网友所料，继续官宣其他角色，而是在第二条微博中发了个视频。

电影《秘密》："认真听编剧讲戏的商老师。"

剧组到处都是摄像设备，视频不短，从正面角度放出了昨天商默过去温宁旁边坐下，再到他起身离开的全过程，正面角度之后还放了两个侧面角度。

只是所有角度都给温宁的脸打了个可可爱爱卡通小猫咪的码。

但剧组的设备拍摄出来的视频可远比昨天偷拍的视频清楚不止百倍千倍，无论从哪一个角度，都能看出商默全程跟温宁隔着一定的距离，而且两个人并非独处，所坐的位置附近还有一大批剧组工作人员。

这条微博的第一个转发者就是商默工作室。

商默工作室："自进组《秘密》以来，商默一直在认真拍戏。昨天下午商默在听剧组编剧讲戏的过程中被人暗中拍摄，并传至网上加以造谣，已严重损害商默的合法权益，工作室将保留向偷拍造谣者追究一切法律责任的权利。"

因为商默工作室的转发，剩下那批吃瓜网友的注意力也全被转移了过来。

温宁打开官博这第二条微博时，评论区已经相当热闹。

"网络不是法外之地，支持维权，请勿造谣。"

"讲个戏被故意找角度偷拍成谈恋爱，真离谱。"

"就知道昨天那个视频肯定是角度问题，这不全程都隔得挺开嘛。我哥看的是编剧小姐姐手上的剧本，不是她本人好吧？认真工作也能被这样造谣，真的要追究责任！"

但也不是完全和谐，往后还是有一些质疑的内容。

"这种视频剧组一天能拍八百条，怎么能证明这个时间点就是昨天偷拍的那个时间点呢？钱正义跟商默关系那么好，帮着他撒谎又不是不可能。"

温宁点开看了下，子评论区全是商默的粉丝在反驳或骂这位层主。

"觉得有问题，可以去对比下细节和光影，长了嘴不是让你空口造谣的。"

往下还有人质疑："钱正义的电影不向来都是杜婉姝老师编剧吗，什么时候变成一个年轻小姑娘了？"

这条被顶上高位是因为官博回复了这个质疑："小温编剧是杜老师的徒弟，全程参与了《秘密》剧本的改编。"

温宁的指尖略略向下滑动，目光忽然一顿。

"这姑娘皮肤真好哇，白得像是会发光，呜呜呜！而且虽然打了码，但总感觉应该长得挺可爱的样子，看着和商默居然有一丢丢配。"

温宁："？"

温宁还以为这条微博也是被商默的粉丝骂上来的，结果她点开子评论区一看，发现内容和她所想的有明显的出入。

水能载舟也能煮粥："不配哦，小温老师有准男朋友的，就快要在一起啦。大家不要乱造谣，会对小温老师造成困扰的。"

三杯鸡回复 @水能载舟也能煮粥："真的假的？"

水能载舟也能煮粥回复 @三杯鸡："真的啊，小温老师的准男朋友又高又帅又有钱。"

糖醋排骨："本来我还信的，但看到说又高又帅又有钱忽然就不信了。"

水煮鱼："官博好像点赞了有准男朋友的那条回复呀。"

酸菜鱼："靠靠靠！官博真的点赞了，我开始对这位小温编剧感到好奇了。"

温宁："？？？"

她严重怀疑这个"水能载舟也能煮粥"是李副导家那对小姐妹花当中的一个。

要是他真是她的准男朋友，那可就太好了。

拿在手里的手机忽然被抽走，温宁抬起头，看见已经换好校服的喻佳高高地站在她旁边。

"不是说要你今天别看微博吗？"

温宁："不是都澄清了嘛。"

喻佳退了微博，才把手机递给她："商默这个人平时拽得不行，黑粉不比粉丝少多少，就算他澄清了，黑粉也会接着拿你带节奏的，你万一看到了不嫌闹心啊。"

温宁皱着小脸："好吧。"

"联系到沈总没有？"喻佳问她。

温宁的脸皱得更厉害了："没有，他还在开会。"

喻佳捏了把她的脸："别不高兴了，有没有什么想吃的？我给你买。"

"想吃什么都买啊？"温宁问。

喻佳大方地点头："只要买得到。"

"商默辟谣恋情"在热搜榜一挂了半天，谣是辟了，但《秘密》剧组正在南城一中拍戏的事情也瞒不住了。

逸星离一中不远，车程有十来分钟，剧组中午大多都是回酒店休息。

下午两点，温宁起了床，一到隔壁喻佳房间，就被告知一中外面已经被商默的粉丝围满了。

"吴制片让我们俩先等等，他马上换辆贴了防窥膜的车来接你。"

温宁无所谓地点点头。

喻佳看着她别在耳后的头发掉下来："宁宁，你这两天要不把头发颜色先换了吧，这个发色太打眼了，很容易被拍到脸。"

一中虽然有围墙，但有些粉丝为了追星什么事都干得出来，爬墙也不是不可能。

"商默的私生粉不少，不可能个个都理智的。"喻佳担忧地又补了一句。

"我还挺喜欢这个发色的。"温宁撇撇嘴，"而且我染完头发后，都还没见过他。"

喻佳安慰她："以后我再陪你染回来。"

温宁想起染发那天，她发了照片过去，某人就冷冷淡淡回了她一个"嗯"字。

而且她也确实不想露脸，更怕那些被认出来后会接踵而来的麻烦。

"算了，我明天抽空去染了吧。"

喻佳看她闷闷不乐，转移话题道："商默发了你画的那张人设图，他的粉丝都在评论区夸你来着。"

"是吗？"温宁拿起手机，"我看看。"

《秘密》被迫提前官宣男主，自然要顺势把这一波热度利用到底。

商默也跟着出来营业了一波。

但微博内容很是简短，就几个字。

商默："谢杭@电影秘密。"

配图就是温宁昨晚画好发给他的那张人设图。

评论区也是异常热闹。

"啊啊啊啊啊，哥哥！！"

"咦咦，这画风怎么这么像没猫人人啊，画得好好看啊！！"

"就是没猫太太画的吧，她的画风好看又好认，而且她给男主角画人设图再正常不过的吧。"

"《秘密》原著作者居然还会画画，这么厉害吗？"

"没猫太太的主业就是画画啊，写文才是副业，神仙太太本人了。"

"这画得也太好看了吧，我哥就是谢杭本杭。"

"我的天，我次元壁破了！"

温宁看着满屏的夸奖，不爽的心情稍稍被安抚了点，她顺手给商默点了个赞。

喻佳只庆幸温宁一向把二次元和三次元分得很开，这次绯闻也万幸没露脸，网友也只知道她是剧组里的编剧，不知道所谓的小温编剧和没猫太太其实是同一个人，不然温宁以后怕是没的清净了。

她看了眼吴制片刚发来的消息："走吧，回剧组。"

下午四点，江凛落地南城机场时，司机已经候在门外。

上车后，江凛开了手机，不出意外地跳出来一堆消息。他点开微信，直接戳开了那个卡通小猫头像。

这姑娘又给他发了一大串消息。

等看清她发的内容，江凛的指尖稍稍一紧。

小野猫："热搜上的绯闻不是真的。"

小野猫："视频是角度错位，他昨天就坐旁边看了下我画画，我们的座位都没靠在一起，剧组的人也都在前面的。"

小野猫："剧组帮我发澄清啦。"

小野猫："认真听编剧讲戏的商老师——来自电影《秘密》的微博。"

小野猫："呜呜呜，你还没开完会吗？"

小野猫："可怜巴巴.jpg"

江凛退出对话框，在她的头像下，沈明川的消息框就排在第二。

沈明川："你那小朋友的绯闻我帮你处理了。"

沈明川："不过我还是奉劝你速度快点，不然那姑娘被别人追走了，你可别后悔。"

热搜虽然撤了，最初那个绯闻视频暂时还没能被清理得一干二净，造谣者早已删了原视频，但时不时还会有其他人将其传至社交网络上。

江凛面无表情地看完最初的造谣视频和后续的澄清视频，手指不知碰到哪儿，忽然转向了绯闻男主角的微博主页。

看见最新那条微博的配图时，江凛眼底波澜顿生。

他的指尖稍停，点开评论区。

商默："是她画的@就我没猫了吗。"

松鼠鳜鱼："啊啊啊啊啊啊，我老公关注了我老婆，我老婆还给我老公画画了，这是什么神仙联动！"

擂辣椒皮蛋："书粉暴风哭泣，我的房子居然没塌，甚至怀疑没猫太太当初就是拿商默当原型写的谢杭吧，这也太还原了。"

江凛退出微博，锁了屏幕，把手机丢到一边，抬手解了衬衫领口两粒扣子，又慢条斯理地挽好了衬衫袖子。

过了片刻，他抬眸，沉声吩咐前排司机："开快点。"

下午四点五十，拍戏间歇，温宁靠在教室后门边，忍不住又拿手机出来看了眼，属于某人的对话框还停留在她三点发的信息上。

算算他那边都快天亮了，会还没开完吗？

温宁鼓了鼓腮帮子，正犹豫着要不要再给他多发条消息，就听到商默稍稍压低的声音在她耳边响起。

"温老师是不打算回关我了吗？"

温宁愣愣地抬头，看见穿着校服的商默正在后门另一边："啊？"

商默没说话。

温宁回想了下他刚才那句话："你微博关注我了？我没注意。"

因为联系不到某人，又揣测不出他看到绯闻会是什么反应，她今天一天都悬着心，多少有点神思不属。

温宁说着打开微博："还真关注了啊。"

她顺手点了个回关。

商默的脸色好看了点，他顿了顿："我经纪人让我关注的，说后面其他人发人设图的时候也会关注你的微博，你别多想。"

温宁眨眨眼，正想说"我干吗要多想"，没等她开口，腕上却忽然传来一股大力。

她抬起头，目光隔着玻璃镜片，瞬间撞进了一双深邃难辨的眼。

温宁看着像是凭空出现在眼前的男人，眼睛稍稍瞪大。

可她依旧没有开口的机会，下一秒，男人就直接把她拽进了隔壁教室，教室门被"砰"的一声关上。

随即，温宁整个人被抵在门背上。

她愣愣地仰起头，看见她和他之间的距离瞬间拉近——

男人一语不发，低头吻了上来。

第 五 章

早就喜欢你

xin quan

　　一中教室的隔音算不上太好，而一墙之隔的另一间教室里，此刻正满满都是《秘密》剧组的人，因为正在拍戏间歇，热闹的声音不断传过来。

　　李副导拿着扩音器在指挥工作人员移机位。

　　钱正义像是在跟谁大声说着什么。

　　这间教室因为上午被用过，靠近前门的窗户此刻正大敞着，被风吹得轻轻摇晃。阳光越过阳台从玻璃窗照射进来，在课桌上投射出跳跃的光斑。

　　不知哪个工作人员经过，脚步声渐渐拉近。

　　而温宁就在这些声响中，被男人抵在教室门板上亲吻。

　　她还有些没弄清楚状况。

　　不知道远在美国的人为什么会突然出现在她面前，不知道他为什么突然吻她。

　　只知道他按在她颈后的手是热的，紧贴在她胸口，只隔着一层薄薄白衬衫的胸膛是热的。

　　落在她唇上的吻也是热的。

　　温宁怔怔地仰头看着他，因为略略下垂的眼尾和搞不清状况的茫然，一双漂亮的眼睛此刻显得分外懵懂又无辜。

　　却好像半点没有换来男人的怜惜。

　　他按在她后颈的手缓缓前移，落在她的下巴上，稍稍用力。

温宁有些吃痛，只能用带点控诉的小眼神看着他。

江凛终于稍稍退开，他不紧不慢地把眼镜取下，不知道收到了哪里。没了镜片遮挡，男人那双向来深邃的眼又多了几分幽暗的锐意，气势分外压人。

随后，他说了今天见面后的第一句话。

"张嘴。"

可能是因为他的神色淡语气也淡，这句话几乎像是命令。

温宁还有些愣，但下意识地乖乖听话张开了嘴。

下一瞬，男人又低下头，舌尖轻易抵进她的齿关。

完全算不上温柔的一个吻。

温宁的唇舌被他掌控，嘴里的空气被他掠夺，腿软得几乎要站不稳，只能不自觉地伸手搂住他的腰。

门外忽然传来钱正义的声音，不知在问谁："小温呢？刚刚不还站在门口的吗？"

温宁在加快的心跳中，忽然想起她刚刚被他拉进来的时候，商默是跟她一起站在门口的。

钱正义是在问商默。

商默只要应一句，钱正义可能就要敲门来找她。

后知后觉的羞耻感漫上来，温宁忍不住推了推他。

可男人不只没停下，反而吻得更深更凶，她推他的手也被他单手牢牢握住，反扣在门上，再也不能动弹。

门外安静了片刻，然后商默不耐烦的声音响起："谁知道她去哪儿了。"

温宁却再没心思关心其他，细碎的呜咽声全被他吞走，心跳越来越快，呼吸都有些不顺畅。

眼角被逼着泛起点水汽。

这会儿她倒看着乖巧又可怜。

江凛终于再次退开，修长的手指稍稍上移，落在她的眼尾，眼睛直直地看着她。

"不是说喜欢我，怎么对着别的男人笑得那么开心？"

温宁的大脑还有些缺氧，她一下没明白他在说什么，只愣愣地仰头看着他。

不知是不满她不及时回答，还是根本不想听她的答复，男人又低头靠过来。

这次他吻的力度终于轻下来，只是时而会咬她的唇瓣，有极细微的刺痛感传来，像是温柔又缠绵的惩罚。

温宁却越发腿软得像是要站不稳，搂在他腰上的手下意识地多用了点力。

怀抱紧贴间，她终于有了点这个男人真的在吻她的真实感。

温宁没闭眼，能看到男人略侧着头，高挺的鼻贴着她的，没了眼镜遮挡的眼中一片平静的暗色，像是隐藏着许多她看不懂的情绪。

许是不满意她走神，他的手又回到她的下巴上，轻轻捏了捏。

温宁这次忽然懂了他的意思，乖顺地张开嘴，任由他再次将舌尖抵进来，再次深入地吻她。

片刻后，男人的舌才缓缓退出来。

他没说话，将她的手反扣在门上的那只大手终于松了力度，温宁那只细白的小手无力地垂落下来。

她整个人靠在他怀里细细喘气。

感觉到他刚刚那只落在她下巴上的手稍稍后移，有一下没一下地轻缓地摩挲着她的头发和后颈。

温宁稍稍缓过来，忍不住又抬头看他。

视线和他的目光在半空撞上，男人又轻轻在她的脑袋上摸了下。

温宁向来都猜不透他的心思。

这个男人忽然出现，忽然吻她，现在又什么都不和她说。

她沉不住气，小手揪住他的衬衫，小声道：“你刚刚亲我了。”

江凛低低地“嗯”了声，态度很是坦然平静。

温宁皱了皱鼻子，继续揪着他的白衬衫：“那你是不是该负责？”

“嗯？”男人垂眸看着她，手还在有一下没一下地抚着她的脑袋，“想我怎么负责，明天带你去领证？”

说后一句话的时候，他的语气和表情还是一贯的疏淡，听不出情绪，也完全不像是在开玩笑。

温宁：“？”

十来分钟前，她还拿着手机迟疑着要不要给他再发条信息，担心他会不会介意热搜，会不会以后追他更难了。

可这个原本应该身在美国的人突然出现在她面前，不仅吻了她，还说要带她去领证。

温宁太过惊讶，以至于说话都有点结巴：“倒……倒也不必这么负责。”

江凛落在她脑袋上的手稍稍顿了下，修长的手指钩住一丝她的头发，略偏金色的柔软发丝柔顺地停在他的手上。

“那你想我怎么负责？”

像是把主动权交给了她。

温宁细细的指尖仍揪着他的衬衫，抿着唇想了想："亲了我，那就等于你答应我的告白了吧？等于——"

她顿了顿，唇上似乎还残留着他刚刚吻她时的触感。

温宁于是大着胆子接道："你现在是我男朋友了吧？"

垂眸看着她的男人指尖轻抚她的发梢，随即露出了今天见面后的第一个笑容。

"嗯，是你男朋友了。"

他语气低缓，温宁几乎觉得自己听出了几分宠溺之意。

得到肯定答复，她的嘴角也忍不住翘了起来，因为紧张而一直揪着他衬衫的手也终于松开。

原本平整的白色布料已经被她揪出点褶皱，她一边伸手去试图抚平，一边又忍不住问他："你怎么突然回来了？"

细白手指上的体温隔着轻薄的布料传过来。

江凛伸手按住那只乱动的小手："再不回来你都要翻天了。"

他一连忙了几天，加速提前结束工作，留计远在纽约收尾，自己先回来见她。

一下飞机，她就给了他一个"惊喜"。

江凛脑中闪过热搜视频中的画面，眸色沉了沉："不是让你乖一点？"

温宁："？"翻什么天？

她仰着脑袋，乌黑的眼睛望着他，带着一点点不满："我哪里不乖了？"

江凛将她掉落在一侧的头发往后别了别："都跟别的男人上热搜了。"

温宁这才想起热搜的事。

她不由得有点心虚，主要是那个偷拍视频看起来确实暧昧。

"热搜是意外，我不是都跟你解释了嘛。"温宁见他的表情不变，还是一点心思都不往外露的样子，不禁又小声补了一句，"而且你不也和别的女人上过热搜嘛。"

江凛垂眸看着她。

小姑娘顶着一头偏金色的头发，之前那股乖巧感明显削弱，脸上七分心虚三分不服。

"算了。"

温宁眨眨眼："什么算了？"

男人没接话，只是忽然又低头亲了她一下。

一触即分。

温宁忽然就忘了问他为什么说话只说一半，心里那股满满的不真实感又漫了上来。

"沈明川。"她忍不住第一次叫他的名字。

江凛轻抚她发顶的手倏然一顿："换个称呼。"

温宁一怔："换什么？"

江凛闭了闭眼，隔了几秒，才继续缓缓轻抚她的头发："我比你大。"

温宁想了想，迟疑着道："明川……哥哥？"

江凛的动作又是一停。

"前面两个字去掉。"

江凛的指腹在她略略下垂的眼尾处轻轻碰了碰："乖。"

不知是不是被这个"乖"字诱哄的，温宁虽然觉得这个称呼略有一点点羞耻，但还是轻声叫了他一句："哥哥。"

面前男人平静的表情忽然起了微澜，就好像突然想起了什么似的，是一种类似于怀念的表情。

可没等温宁细看，他又恢复了那副淡然的模样。

门外忽然有声音传来，像是喻佳在说话。

"宁宁这是跑哪儿去了？你们看见她没？"

一墙之隔的那一侧其实始终有不大不小的说话声传来，只是听得不甚清楚，温宁一直也没在意，听到喻佳的声音才又回过神，想起此刻剧组的人还都在他们隔壁。

温宁细细的指尖戳了戳他的衬衫扣子："我朋友找我了，我们出去？"

男人一直撸猫似的在她脑袋上轻轻摩挲的手这时却忽然指向了她的唇。

温宁疑惑地冲他眨眨眼。

男人没什么表情地低声问："你想让剧组的人都知道我们刚才做过什么？"

温宁："？"

江凛低垂着眼。

拉她进来时，他有点没控制住情绪，现在这姑娘的口红都花了，唇瓣此刻仍泛着明显的、不太正常的红，眼睛里被他逼出来的那点水汽也没散尽，看人的目光雾蒙蒙的。

偏偏眼尾略略下垂，又带出几分无辜感。

男人缓声又接了一句："可我不太想让别人看到你现在这副样子。"

温宁不知道自己现在什么样子，但在他这句语气仍淡的话中感觉到了一股明显的占有欲。

她并不觉得有占有欲不好，对喜欢的人没有占有欲才奇怪，她爸妈腻歪起来，有时候都会显得她稍微有一点点多余，只要适度且不干涉对方的正常生活就好。

而且从他拉她进来后，除了一开始吻她有点凶，后面全程都和平时一样，平静到猜不出心思，这点不经意露出的占有欲反倒让她有了点他确实答应她表白了的真实感。

她像终于从云端回到了地面。

正好她也还想跟他再单独相处一会儿。

"那我给佳佳发个消息吧。"

江凛忽然想起南城暴雨那晚，她给他发的那几条消息。

他耐心等她慢吞吞地给别人发完微信，随后才不紧不慢地问她："那天你回家特意拿工具，就是为了给他画画？"

温宁还靠在门板上，闻言抬起头："谁？"

江凛的指腹落到了她的唇角："跟你一起上热搜的那位。"

因为距离仍拉得非常近，温宁几乎都感觉到他温热的鼻息，明明他的表情和语气都没变，她不知怎么，却察觉到一点点危险的意味。

温宁忙摇摇头，立即否认："不是啊。钱导让我给几位主角画人设，他让我先画他，我就先画了，别人的也在画了。"

江凛："是这样？"

温宁在他怀里重重地点了两下头。

忽又听他接着问："没画我？"

温宁愣了下，随即不由得有点沮丧地瘪瘪嘴。

"我画不好你。"

男人没什么表情地看着她："画他能画好，画我就不行？"

温宁仰头用眼睛描绘他的眉眼。

这个人真的完完全全照着她的审美长的。

现在好像是她的了。

还是有点像做梦一样。

温宁点点头："我其实画画水平也没那么好的，而且越是喜欢的，我就越画不好。"

许是后面的话取悦到了面前的男人，他的嘴角出现了一个浅淡的弧度，动作亲昵地抚了抚她脸颊。

"晚上带你出去吃饭？"

晚上没有夜戏要拍，温宁答应得毫不迟疑。

两个人又在教室多待了片刻，出去时，隔壁剧组不知是收工还是没收工，钱正义和李副导几人正好就站在后门口，像是在讨论什么。

温宁被他牵着经过后门口时，几个人的目光齐齐朝他们看了过来。

温宁突然有点不好意思。

这还是他们第一次以情侣身份出现在众人面前。

关系骤然改变，她自己都还有点没适应。

可很快温宁就发现那群人看见他们牵手，脸上连一丝惊讶都没有，只钱正义脸上的笑容深了少许。

"沈总来了啊。"

江凛略略颔首："带她去吃个饭。"

直到跟他走到转角下楼，温宁都还有些没反应过来。

"他们为什么一点都不惊讶？"

江凛脚步稍停，偏头看她。

温宁抬抬下巴："你牵着我的呀。"

江凛的目光投向被他牵在掌中的那只小手，随后又稍稍抬眸，目光重新回到她脸上。

"都抱过了。"

温宁："……"

也对。

他第一次来剧组就当着所有人的面给她来了个公主抱。

第二次来也是单独陪她吃了顿饭，还在食堂里帮她拨了下头发。

相比起来，牵手好像确实也不算什么新奇的事。

也难怪剧组的人都觉得他是她的准男朋友。

不过现在"准"字已经去掉了。

温宁的嘴角不由得翘起来，跟在他后面一步步往下走。

他那辆黑色宾利就停在教学楼门口。

温宁不是第一次坐这辆车，上车的时候下意识地和上一次一样，挪到最旁边的位置。

等男人上车时，她侧头看过去，不禁想起刚才从教室出来前，他慢条斯理地重新把眼镜戴好，又垂着眼不紧不慢地去整理被她揪皱的衬衫，发现衬衫无法恢复平整时，他缓缓掀起眼皮，似笑非笑地看了她一眼。

眼神难得带着几分说不出的暧昧。

这个人都已经是她男朋友了，坐他车好像也完全没必要再像从前一样泾渭分明地跟他隔上老远。

温宁动了动，打算往他那边挪一点。

不过后座中间有扶手箱，就算她挪过去也会隔着一小段距离。

男人这时忽然稍稍侧头看过来，语气平淡："坐好。"

温宁愣了下，停住动作。

下一秒，他忽然倾身靠过来。

距离一瞬又拉得很近。

男人被白衬衫包裹着的肩背宽厚，他和背后的座椅一起，像是形成了一个小小的牢笼将她困于其中。

温宁怔怔地仰起头，鼻间能闻见他身上清爽的气息，她甚至能看清他形状好看的双唇上细小的唇纹。

他要是再近一点，就能和刚才在教室里一样，完全贴上她的唇了。

温宁的呼吸稍稍一滞，她往后缩了缩，脸色又变得绯红，她对上男人掩在镜片后深邃的目光。

一确定关系就要搞这么刺激吗？

"司……司机还在。"

江凛垂眸看着她，没说话。

小姑娘可怜巴巴地又往后缩了缩，嫣红的唇瓣微张。

江凛落在她身侧的指尖轻轻蜷了下，线条流畅的手臂往她身侧一伸，拉开安全带，"啪嗒"一下给她扣上，这才不紧不慢地缓缓挑了下眉。

"以为我要做什么？"他问。

温宁："……"

系个安全带不会提前说一下啊。

"没什么。"

江凛的嘴角极浅地牵了下，他重新拉开距离。

温宁不太想理他，转头看着车窗，不意外地在窗户上看见一张通红的脸。

顿了顿，她忽然又转头去看他："你的车从外面看不到里面的吧？"

江凛给自己系上安全带，闻言稍稍抬眸："看不到，怎么？"

宾利倒好车后，开始缓缓向外行驶。

温宁摸了摸自己的头发，有点苦恼地跟他抱怨："还不是因为早上那个热搜。现在外面堵了一堆商默的粉丝，佳佳说我这个发色太好认了，很容易被粉丝发现，被拍到正脸以后会很麻烦，明天我还得请假去重新染下头发。"

江凛看她的小脸皱成一团："不想染？"

"是不太想染。"温宁从他那侧的玻璃窗上又仔细瞧了下自己的头发，语气委屈巴巴的，"我还挺喜欢这个发色的，而且我都才刚染没多久。"

"那就不染。"男人的神色很淡，"你是我女朋友，别的男人什么事。"

温宁觉得谈恋爱就很神奇。

只是因为听见他这一句话，她那点不得不换发色的委屈、不爽就忽然全烟消云散了。

"算了，还是染一下吧。"她笑得眉眼弯弯，"我可不想再和商默扯上什么关系了。"

不知是哪句话又取悦到了旁边的男人，他的眸中多了点笑意："明天带你去染。"

他忙成这样，温宁下意识地以为他今天能陪她吃顿饭就不错了，没想到还有这个意外之喜。

她嘴角的弧度越发明显："好呀，正好你也不喜欢我这个发色。对了，你喜欢什么颜色？"

江凛的目光落到她略偏金色的发丝上："我什么时候说不喜欢你这个发色了？"

温宁又皱皱鼻子："我那天染完头发，特意在店里挑了套最喜欢的新衣服拍了照发给你看，你就只给我回了一个'嗯'字。"

江凛忽然想起她那天的打扮。

原来是特意穿给他看的？

他的目光稍稍下移。

这姑娘今天穿了条收腰白色连衣裙，衬得腰身还是细细的。

"那天在忙。"

温宁眨眨眼："那就是喜欢？"

江凛的目光又落回她脸上，没否认："嗯。"

"那以后我再染回来好了。"温宁又把问题拉回来，"那你还喜欢什么发色？"

温宁又接着问："你们男人是不是都喜欢黑长直啊，不然我染回黑色？"

江凛见她乌黑的眼珠滴溜溜地转，不知道她又在脑补些什么乱七八糟的东西。

"染你喜欢的就好。"

温宁不太信："你真不喜欢黑色？"

宾利驶出一中校门。

江凛忽然想起她小时候就是黑发，还有六年多前，他回国后第一次过来见她，这姑娘穿着一身清爽的校服，留着黑色齐肩短发，挽着朋友的手笑着从这里走出来时的模样。

"那就黑色。"

小姑娘一副"你看我猜对了吧"的得意小表情，灵动又漂亮："所以你果然还是喜欢黑色吧。"

江凛："……"

温宁一路有一搭没一搭地跟他聊天，直到发现宾利驶入了逸星的地下车库。

"我们晚饭在逸星吃吗？"

男人低头解开安全带，又抬眸似笑非笑地看她一眼："去换件衣服。"

温宁："……"

温宁看着他那件皱巴巴的衬衫，心虚地缩了缩脑袋。

她正犹豫着要不要解开安全带陪他一起上去——去的话，他是要换衣服，她跟过去好像……好像也不错！

男人忽然伸手过来，衬衫袖子半挽，肌肉线条漂亮的手臂出现在她眼前，骨节分明的手指在她脸上轻轻捏了下。

"在车上等我。"

温宁："好吧。"

车门关上，温宁摸摸自己刚才被他捏过的脸，忍不住又傻笑了下。

她拿出手机，戳开喻佳的对话框。

温宁："佳佳！"

温宁："他答应我表白了！"

温宁："他现在带我出去吃饭，嘿嘿。"

这时候剧组大约已经收工了。

喻佳回得很快。

喻佳："再接再厉，争取早日当上我老板娘。"

温宁："你怎么也这么淡定？"

喻佳："就他对你那个特殊劲儿，不接受你才奇怪吧，接受有什么好不淡定的。"

温宁："……"

喻佳："对了，你今晚还回来吗？"

温宁："？"

温宁："那……应该还是没那么快的……吧？"

片刻后，车门重新打开。

男人弯腰坐进来，还是一身白衬衫。

温宁："你怎么全是白衬衫啊？"

旁边低头系安全带的男人掀起眼皮看她："你不是喜欢？"

温宁："？"

她是喜欢来着，但她好像也没和他说过。

"我喜欢你就穿啊，"温宁试探着道，"那我还想看你穿黑衬衫。"

江凛扣好安全带，目光直直地看着她。

温宁还是猜不到他的心思，语气稍稍变弱："不行吗？"

"行。"他说。

四十分钟后，汽车停靠在一座中式庭院旁。

温宁知道这家店，它在南城很有名，贵得要死还一座难求，不过对他来说预定座位应该也不是什么难事。

领他们进去的是个穿西装的年轻男人，态度恭谨，话却不多。

好像除了她以外，其他人在他面前都不敢多话，不知是迫于他那一身气场，还是知晓他的习惯。

安静穿过弯弯绕绕的长廊后，年轻男人将他们引至一座小院落。

温宁看看周围幽雅的环境，觉得这家店贵也有贵的道理，别的店单独分包厢，这边是单独分了院落。

进去里屋，落座后，年轻男人拿了菜单递到江凛面前。

江凛没接，只轻轻抬了抬下巴。

年轻男人会意，将菜单放到了温宁手边。

温宁翻遍了菜单，有点失望地问："所有菜都在上面了吗？"

对方看了一眼江凛，态度很好地回道："您要是需要点其他菜，也可以提，只要店里有材料，我们都能做。"

"想吃什么？"江凛忽然开口。

温宁眨巴了下眼睛，底气不太足地说："我想吃小龙虾想了一天了，我不知道你今天会回来的。"

更不知道他会突然答应她表白，会突然带她出来吃饭。

小姑娘尖尖的下巴都快抵到桌面上了，看着可怜巴巴的。

江凛抬头："有吗？没有的话我让人送食材过来。"

年轻男人笑着接话："有的，店里今天正好有人送了新鲜的小龙虾过来。温小姐想吃什么口味的？"

　　温宁眼睛一亮："香辣的！"

　　在年轻男人的介绍下，温宁又点了其他几个招牌菜。

　　菜上得比温宁预想中的要快一些，鲜红油亮的小龙虾有满满一大盘，香味扑鼻。

　　送菜过来的还是那个领他们进来的年轻男人，他把装着一次性手套的包装盒放下，微笑着问："请问需要帮您把虾剥好吗？"

　　剥虾服务南城不少家店其实都有提供。

　　温宁经常被问这个问题，下意识地摆摆手："谢谢，不用，虾不自己剥吃起来还有什么意思。"

　　年轻男人离开后，温宁戴好手套，看着对面动作优雅的男人，忽然又想起今天情况好像和往日不太一样。

　　她伸手去拿虾的动作稍顿，眼巴巴地看向对面的人："你对吃相也没什么要求……吧？"

　　最后一个"吧"字念得就很虚。

　　江凛掀了掀眼皮："没有。"

　　温宁放下心："那就好。"

　　她伸手拿了只虾，动作利索地剥开，蘸了点红红辣辣的汤汁，原本想送进自己嘴里的，可她看了一眼对面的男人，忽然把手朝他伸了过去。

　　"吃吗？"

　　江凛稍稍一怔，没动。

　　温宁补充道："以前可就我爸妈还有佳佳有这种待遇的。"

　　她剥的虾基本没有往别人碗里送的可能。

　　江凛目光平静地点点头："你男朋友的位置要排到这么后面？"

　　温宁虽然猜不出他的心思，但能看出他的表情好像比刚才淡了点，她解释道："不是位置先后，是时间先后，我爸妈就不说了，我给佳佳剥虾的时候还不认识你呢。"

　　不知是不是错觉，说完这句话，温宁只觉对面男人的表情更淡了几分，薄薄的眼皮略垂着，既没说话，也没接她的虾。

　　温宁失落地抿抿唇："不吃吗？"

　　她正打算收回手，腕子却忽然被他攥住。

　　男人的大手包裹在她的腕上，掌心干燥温热，腕骨突出。

然后温宁看见他不疾不徐地低下头。

正戴在手上的手套不知是 PVC 还是橡胶或是别的什么材质，不像是普通饭店那种又大又薄的一次性手套，就轻轻薄薄的一层紧贴在手指上。

于是男人低头就着她的手吃虾时，牙齿咬上她食指指尖时的触感就非常明显。

他的表情还是很平静，现在他身上这件白衬衫又平整又干净，配上那副银框眼镜，让他显得又斯文又禁欲。

这个动作偏偏又有点欲。

有种强烈的矛盾感。

男人的牙齿在她食指指尖上停留了一瞬，随即慢条斯理地咬过她剥的那只虾，也不知道是不是故意的。

温宁的手指像是触电一样，一下收了回来，耳尖又泛起点红。

她低头心不在焉地又剥了只虾，送进嘴里时，忽然想起他刚刚咬住这根食指指尖时的模样。

温宁的脸也跟着红了。

明明下午在教室都跟他接过吻的。

可不知道是不是她乱七八糟的东西看多了，她莫名就觉得，刚刚他那个动作，就真的比接吻还要让她心跳加速。

温宁低头默默吃饭，罕见得没再像平时一样频繁说话。

她不开口，再加上对面的男人的话向来也不多，一顿饭吃得分外安静。

饭后，他没再让人领路。

偌大的院落分外安静，温宁跟在他身后，缓缓往外走。

院里路灯昏黄，将男人的影子拉得长长的，有微风吹过，送来一阵儿不知名的花香。

温宁还是觉得神奇。

这个人居然真的变成她的男朋友了！

这个念头一涌上来，心里就好像有瓶晃开了的甜汽水，不停冒着喜悦的小气泡。

温宁的脚步变得轻快，她蹦蹦跳跳地跟在他身后下了长廊的几级阶梯。

前面的男人这时忽然回过头，语气严肃："好好走路。"

温宁停下来，皱了皱鼻子："你好凶。"

江凛也停下脚步，等她："这就叫凶？"

"凶的。"温宁点点头。

也不知是不是他身居高位的缘故，说话有时候习惯性地带点命令的语气，配上他的音色其实挺适合的。

但偶尔还是会觉得有点凶。

"我又不是你下属。"

这一片的路灯也暗，男人半张脸隐在暗色中，看不太清表情："那你是我什么？"

"女朋友啊。"温宁说。

小姑娘眼睛稍稍睁大，一副"你是不是要不认账"的小表情。

江凛唇角微勾，放缓语气："饭后剧烈运动对胃不好。"

男人穿着一身衬衫西裤立于廊下，身形又修长又挺拔，在昏暗的光线下显得清俊无比。

温宁心里又冒出点不真实感，她抿了抿唇，试探地朝他伸出手："那你牵着我走。"

江凛："……"

这姑娘小时候就很会撒娇，长大了更是本事见长。

见他没动，温宁收回手，撇了撇嘴。

"不牵算了。"

她低着脑袋不想搭理他，默默往前走，心情还没来得及变得更低落时，垂在一侧的手就被一只温热的大手给牵住了。

"我什么时候说不牵了。"

他的手掌先握在她的腕上，又略略下移，分开她的手指，和她十指相扣。

温宁的嘴角又往上翘了翘。

江凛牵着她慢慢往前走。

"你明天做什么？"温宁问他。

江凛："早上有事，上午去剧组找你。"

"那下午呢？"

"带你染头发。"

"后天呢？"

江凛脚步一停，转过身。

温宁没注意，一下撞进男人怀里。

江凛顺势搂住她的腰，垂眸看着她："现在就开始查行程了？"

温宁在他怀里仰起脑袋，反问他："那你女朋友的 VIP 大礼包里包含这个特权吗？"

小姑娘看向他的眼神十分晶亮。

江凛抬手，捂住她的眼睛："看你表现。"

翌日，温宁一早到达剧组，就发现今天一中外面居然重新变得清静起来，昨天里三层外三层的粉丝不见了，只有少数三两成堆的粉丝徘徊在门外。

也不知是怎么回事。

温宁昨晚太过兴奋，没回自己房间睡觉，跑去喻佳那边缠着她聊了半晚上，最后跟喻佳一起睡的。

她不知道，喻佳肯定也不知道。

下车后，温宁跟喻佳在教学楼前遇到了李副导家那对小姐妹花。

这对小姐妹花就是剧组的小八卦通。

温宁顺口问了一句："你们知道今天外面的粉丝为什么少了那么多吗？"

姐妹花很有默契地齐齐点头，异口同声道："知道。"

喻佳要去化妆，温宁没什么事，见时间还早，就没跟喻佳一块儿上去。她往楼梯口边上站了站，问她们："怎么回事啊？"

姐姐李君慈回道："昨天晚上不知道什么情况，反正除了像喻佳姐姐这样的纯新人之外，包括默神在内，剧组所有演员的粉丝后援会和大粉都在微博写了小作文，劝粉丝不要聚集到剧组外面打扰我们拍戏。"

妹妹李君慧跟着补充："然后最近不是刚好在严查嘛，昨天那情况都快扰民了，这附近的人万一一投诉，最后锅肯定是默神他们背，大部分粉丝都还是听劝的，估计今天不太敢来了。"

姐姐继续道："然后剧组昨天晚上还突然来了一大批新保镖，守夜的时候抓了几个想提前爬墙混进来的默神私生粉，直接送去对面派出所了，这事儿也被人爆到网上了，所以难搞的那一批也不太敢作妖了。"

温宁完全不知道还有这么一系列后续："这样啊。"

妹妹趴在姐姐的肩膀上，探个小脑袋，一脸兴奋地看着她："宁宁姐，沈总昨天是不是又来剧组啦，听我爸说好像还牵你手了是不是？"

温宁："……"

李副导私下这么八卦的吗？

姐姐跟着八卦兮兮地问："你们还没在一起吗？"

温宁的嘴角不由自主往上扬了扬，也没隐瞒："在一起啦。"

"哈哈！"妹妹戳戳姐姐的肩膀，"你输啦，快给我转钱！"

温宁："？"

妹妹解释道："我跟姐姐打赌说你和沈总这周内就会在一起，姐姐觉得起码得下周，输的人转一百块红包。宁宁姐你别生气啊，我请你喝奶茶啊。"

温宁不至于跟两个刚成年的小姑娘生气，更不好意思让她们请喝奶茶，她心情很好地摆摆手："我请你们喝吧，想喝什么？"

这会儿周围的奶茶店全没开门，但外卖倒是都能接受预定，温宁最后挑了家九点半就开始配送的店，给俩小姑娘各订了杯奶茶，然后才慢吞吞地上了楼。

喻佳还在化妆。

温宁百无聊赖地打开微信，习惯性地戳开那个黑乎乎的头像。

也不知道他起没起。

昨天也忘了问他早上有什么事，什么时候能过来。

温宁给他戳了个猫咪表情包过去："你的小可爱突然出现 .jpg"

手机没立即响，温宁只当他可能没起或在忙。

她看了对话框几秒，指尖又轻轻戳了戳他的头像，进入主页后，她删掉了现在这个备注，另外打了三个字上去。

她刚打完，手机就轻轻振了下。

温宁退回到对话界面，左上角原本的"我超贵"三个字，已经替换成了"男朋友"。

男朋友："到剧组了？"

温宁："猫猫点头 .jpg"

温宁："你起来了啊？"

男朋友："有个视频会议。"

温宁："你什么时候能开完来剧组呀？"

男朋友："十点。"

温宁："好吧，那你先忙。"

温宁："乖巧 .jpg"

温宁看了一眼屏幕上方的时间。

现在是七点四十一分。

那她还要过两个小时十九分钟才能见到他。

剧组和往日一样早早开了工，温宁却觉得这一上午时间过得分外缓慢。

缓慢到她都怀疑手机的时间出了错。

拍戏间歇，温宁无数次把手机拿出来，摁亮屏幕。

时间显示是九点四十分。

怎么还没到十点啊。

温宁轻轻叹了口气。

手机就在这时响了一声。

小姐妹花之一的姐姐给她发了条消息。

李君慈："宁宁姐，我刚出来拿奶茶，看见沈总的车进学校了。"

温宁："！"

她凑过去跟杜婉姝说了声，随即便拿着手机直接跑下了楼。

刚跑到一楼，温宁就看见一辆黑色宾利正好停在教学楼前的香樟树旁。

从外面看不到车里的情况，但温宁知道里面是能看见外面的，她忽然觉得自己这么着急忙慌地跑下来是不是有点太不矜持了。

温宁停下脚步，胸口因为刚才的快速跑动轻轻起伏着。

宾利安安静静地停在门口。

里面有那么一瞬没有任何动静。

温宁眨了眨眼睛。

她正犹豫着要不要过去看看，后座的车门终于打开，锃亮的黑色皮鞋先落地，笔挺的黑色西裤包裹着修长有力的腿，随后从车上下来的男人缓缓直起身，上半身穿了一件纯黑的衬衫，袖子半挽，露出线条漂亮的手臂，冷白色手腕上戴着一只黑色腕表——他今天穿了一身黑。

比起往日的白衬衫，这一身黑衬得那本就迫人的气场越发明显，他只随意往车边一站，就有种扑面而来的气势和荷尔蒙。

温宁看着对面的男人，忽然有点矜持不下去了。

她在他面前本来也从没矜持过。

温宁三两下跳下面前的阶梯，直接跑过去扑进他怀里。

教学楼前的这棵香樟树有些年头了，枝繁叶茂，阳光从缝隙里透过来，在黑色车身上落下点点金光。

车旁，高大的男人张臂接住扑过来的小姑娘，顺势揽住她细瘦的腰身。

温宁在他怀里笑着抬起头："不是说十点才到吗？"

"提前开完会了。"江凛问她，"怎么知道我来了？"

温宁搂着男人的腰："这可是我工作的地方，当然有人给我通风报信的。"

江凛垂眸看着怀里的小姑娘，想起她刚刚一路跑下来，裙摆被吹得飞起的模样："就这么着急见我？"

温宁已经决定不矜持了，就没否认："当然啊。"

说完她还大着胆子反问他："你就不想见我吗？"

江凛静静地看着她，忽然笑了下："我这不是提前来了。"

温宁对他这个答案勉强满意："这还差不多。"

"207 教室在哪儿？"男人突然问。

温宁一怔："就二楼楼梯口左边那间，你问这个做什么？"

"带你过去。"江凛说。

温宁："？"

单独带她去一间空教室做什么？

温宁脑中忽然就浮现出昨天下午的画面，男人将她抵在另一间空教室的门背，低头撬开她的齿关，深入地吻她，空气像是全被他吞走了，嘴里满满都是他的气息。

她的耳朵一红："带我去教室做什么？"

江凛的目光掠过她瞬间变得绯红的耳朵，抬手轻轻一捏："你觉得我要做什么？"

温宁昨天以为自己腿软完全是因为跟他接吻，此刻发现她的耳朵好像稍微有一点点敏感，被他这么一捏，就有一股微微战栗的酥麻感一路往下蹿。

好在他只碰了一下。

面前男人的表情还是平静得让人猜不出一点心思，他特意提 207 像是有什么正经目的，可刚才的语气又隐约带了几分暧昧。

温宁红着脸松开搂在他腰上的手："走吧，我带你去。"

207 教室的门是开着的。温宁先找到空调遥控，打开空调，然后拉着他走到讲台边。

温宁在讲台前的座位上坐下，男人就抱臂懒懒地靠在讲台边看着她。

"这里其实是我高一的教室来着。"温宁目光怀念地在教室里转了一圈，"我在这儿上了一年的课。"

江凛微垂着眼。

小姑娘今天穿的是白 T 恤和黑色高腰百褶裙，配上那张本来就显小显乖巧的脸，要不是染了头略显张扬的发色，坐在高中教室里应该会没有丝毫违和感。

"坐哪儿？"江凛忽然问。

温宁疑惑地看着他："什么坐哪儿？"

"你高一。"

温宁指指身前的课桌："坐过这个位置来着。我那会儿个子比现在还矮，每次排座位都是第一排，就在老师眼皮子底下，一点小动作都做不了。"

她说到后面语气不自觉地带了点抱怨，像撒娇。

江凛眼底多了点笑意："你想做什么小动作？"

"比如给人传个字条什么的啊。"

温宁仰着脑袋，见他的表情还是相当浅淡，于是撇撇嘴："你怎么不问我想给谁传字条？万一我是给后面的男同学传呢。"

"是吗？"男人的语气还是冷静无比。

一点都看不出有没有吃醋。

温宁故意道："我那会儿看了一堆少女漫画，我妈妈在这方面又很开明，我当时就很想早个恋——"

她顿了顿，继续观察他的表情。

男人却忽然伸出手，骨节分明的指尖掠过她眼前，再次落到她的耳垂上，干燥温热的指腹在上面轻轻捏了下。

"继续说。"他没什么表情地看着她。

温宁不敢再皮："但学校的男孩子都不是我的菜，遗憾没能早恋成功。"

他果然松了手。

"遗憾？"他重复了这个词。

温宁不知道他这算不算在吃醋："遗憾也不行啊，那我高中又不认识你嘛，而且……"

温宁正想着要不要直接问他吃没吃醋，顺便正好借着这个话题问问他高中有没有早恋，门口忽然响起了敲门声。

商默和他的经纪人包璇站在外面。

"沈总。"包璇恭谨地叫了声。

江凛颔首，语气冷淡："人呢？"

"在楼下了。"包璇和商默走进门。

温宁没想到会在教室看见这两个人，愣了下，站起身，靠到男人边上，踮脚压低声音问他："到底怎么回事呀？"

小姑娘踮脚也比他的肩膀高不了太多，整个人都快窝进他怀里了，香甜的气息盈满鼻间，她压低声软软地和他讲悄悄话。

这是一种亲疏很分明的姿态。

江凛的神情重新温和几分："有人要跟你道歉。"

"谁啊？"温宁又是一愣。

商默？他道过歉了啊，而且他不也是受害者吗？

"造谣的人。"江凛说。

温宁惊讶地问："你找到那个人啦？怎么找到的？这么快就找到，你是不是让人偷偷去查 IP 了，这样是不是不太好？"

这姑娘又脑补了什么乱七八糟的。

江凛抬手摸了摸她的脑袋："报警。"

温宁："……"

难怪他今天打扮得像个无所不能的大佬。

自打昨天他出现在她面前，温宁就基本已经把绯闻的事抛到九霄云外了，而且鼎盛第二波澄清之后，她其实当这件事情已经结束了。

没想到他会不声不响找来造谣的人给她道歉。

温宁想起小姐妹花早上和她说的事，不知道是不是也和他有关。

这时又走进来两个人，温宁的思绪被打断了。

进来的是一个中年女人和一个和李副导家的小姐妹花差不多大的小姑娘。

等看清那个中年女人的长相后，温宁又是一愣："常老师？"

怎么是她高一的班主任？

常笑也是一怔，打量了她片刻，才迟疑着问："你是温宁？"

她顿了顿，又反应飞快地接道："你就是那位小温编剧？"

难怪对方一开始坚决要走法律程序，直到知道她是一中的老师后，才又忽然改变了态度。

常笑教学水平享誉一中，但有个不大不小的毛病，就是她一直有点脸盲。

能认出温宁还是因为当年自己带过她一年，这姑娘的长相在一中所有往届学生中都算是拔尖的，性格也活泼，而且几年过去了，除了看着长开了，看着更漂亮了几分，五官变化也不太大。

常笑打量了下教室里的两个异性，来之前她对着商默的照片记了许久他的样貌，带孩子来道歉总不好认错人。

看相貌应该左边那个更像是商默，但温宁明显和她旁边那个气场强大的男人很是亲近。

谨慎起见，常笑还是直接先问了温宁一句："温宁，你旁边这位是？"

温宁回过神，轻轻"啊"了声："都忘了给老师介绍了。"

她伸手拉住旁边男人的手，大方地道："这是我男朋友沈明川。"

话音刚落，温宁就感觉被她握在手里的那只大手力度倏然收紧，攥得她的手一疼。

她偏头望过去，旁边男人的脸上却还是那副一贯冷静的模样，就像是刚刚只是个无意的小动作。

她盯着旁边的人，也就没发现进门后，一直垂着头的商默忽然抬头往她这边看了一眼。

常笑惊讶了一瞬："都谈恋爱了啊。也对，你都该大学毕业了，那昨天的事没影响你们什么吧？"

温宁被她这么一提醒，忽然想到一个从昨天到现在一直被她忽略了的可能性——

昨天下午他一回来就突然把她拉去隔壁教室吻她，该不会是看见那条绯闻吃醋了吧？

常笑这时把躲在她后面的小姑娘推出来："看看你做的好事，还不快给温宁姐姐道歉！"

温宁的思绪被拉回来。

她昨天不只没心思注意绯闻事件后续，其实一直也没关注过绯闻的源头，此刻听对面常笑女儿常筱悠道歉，才知道事件的来龙去脉——

温宁那天坐着画画的地方正好在一中家属楼的视线范围内，商默过来找她说话那一幕又正好被常筱悠拍了下来。

发那条视频的微博的时候是在凌晨三点，常筱悠本来以为就是圈内日常八卦。

但商默的热度确实大，盯着他的团队也不少，没黑点都要制造点黑点，更何况这种送上门来的视频。

这条微博很快万转，以常筱悠再没办法控制的速度迅速传播了出去。

"对不起，温宁姐姐。"

常筱悠还是个初中生，加上常笑的面子，温宁也就没再计较，而且她现在就很怀疑是因为昨天那条绯闻让某人吃醋，所以才让她的追求进度条一瞬间加速拉到满点。

温宁甜滋滋地摆摆手："没事啦。"

常筱悠又跟商默道了歉。

商默斜靠在课桌边，垂着眼："我接受了。"

常笑总算松了口气："那你们还有别的什么要求也可以提，我们能做到的会尽量做，是我没教好这孩子。"

温宁忙摆摆手："没有啦，她还小嘛。"

商默没开口，包璇只好笑着帮他接话："我们也没有。"

常笑却下意识地又望向温宁旁边的男人。

她一进门就觉得温宁的这个男朋友深不可测，即便她这种当了几十年老师，经常需要关心孩子心理问题的，也看不出对方的半点心思。

180

但显而易见，对方的地位肯定不低。

常笑直觉他才是这房间里说了算的那个人。

温宁注意到老师的眼神，悄眯眯地拽了拽旁边男人的手。

江凛反握住她的手："这事儿就到此为止。"

常笑把对面这点小动作看在眼里，悬起的心终于彻底放下："那没别的要求的话，我就不打扰你们了。"

温宁心虚地摸了摸鼻子："我不知道常老师您还住家属楼这边，等过两天有空，我和喻佳一起去看看您还有其他老师。"

其实是她当年也算不上多听话的学生，现在她毕业后还这么咸鱼，有点怕见高中老师。

常笑笑着应了声好。

事情解决了，包璇和商默也没多待，一起出了教室。

常筱悠被亲妈拽着往回走，出门的时候，常筱悠鬼使神差地回头看了一眼，看见那位小温编剧转过身，细白的两只胳膊搂住穿一身黑的高大男人。

男人大约是察觉到她的视线，银框镜片后低垂着的眼抬起，一身迫人的冷意。

常筱悠吓得赶忙收回视线。

温宁不知道门口的情况，她在男人怀里仰起脑袋："我有事想问你。"

江凛重新垂下眼："问。"

温宁有点紧张，下意识地又想揪他的衬衫，但想起昨天那件最后皱得不成样的白衬衫，她及时收回手，只用细细的指尖戳了戳他衬衫上的扣子。

"你昨天那样，是不是因为看到绯闻吃醋了？"

江凛攥住这姑娘乱动的手："哪样？"

温宁："……"

她的脸稍微热了点，她换了另一只手去戳他衬衫扣子。

黑色扣子隔着薄薄一层布料，她的手瞬间贴近里面的皮肤。

手感……好像挺硬的。

他是不是有腹肌啊？

还挺想看看的。

"发什么愣？"男人忽然又开口。

温宁回神，她红着脸："就……亲我，然后答应我表白啊。"

江凛把她另一只乱动的手也控制住："你说呢？"

温宁抬着头，看他还是一贯冷静淡定的模样，半分心思都不露，于是撇了

撇嘴："我想听你说。"

江凛垂眸看着她："算是。"

"什么叫算是啊。"温宁皱起鼻子。

江凛沉默了一秒："吻你是，答应你表白不是。"

"那是什么？"温宁追问。

江凛脑中浮现出昨天过来时看到的场景。

小姑娘靠在门口，仰着头和旁边的男人说话，像是对绯闻毫无芥蒂，肩膀几乎快和他贴在一起，几乎……就和那个绯闻视频里一样亲密。

昨天他在不算太合适的场合吻她是一时没控制住冲动和欲望，答应她表白……

江凛改由单手控住她两只手，空下来的手抬高，修长的手指顺着她的脸庞慢慢落在她的嘴角。

"是早就想好的结果。"

温宁的注意点却只在他这句话的其中几个字上："早就想好？"

她停顿了下，手被他控着不能乱动，她只好往他身上又贴了贴，仰着脑袋又期待又略显紧张地看着他："这么说你早就喜欢我了？"

江凛静静地看着她。

温宁下意识地屏住呼吸。

略隔了两秒，江凛才开口，干燥温热的指腹轻抚她脸颊："对，我早就喜欢你了。"

真正从他嘴里听到这句话，温宁才觉得浮浮沉沉一天的心终于落到了实处。

不再有那么强烈的不真实感。

她笑得眉眼弯弯，脸颊贴在他的胸前，安静地贴了片刻，才抬头问他："我下来挺久了，你跟我上去看他们拍戏吗？"

男人没答她。

他松开她的手，下巴朝她身旁的座位轻轻一抬："先坐下。"

温宁一愣，但还是乖乖听话坐下："让我坐下做什么？"

"不是说高一就坐这个位置？"江凛仍站在讲台边。

温宁点点头："是啊，但……"

话没说完，男人骨节分明的手忽然落在她的颈后，强势又不失温柔地迫使她的头抬得更高。

温宁怔怔地看着他，心跳莫名快了一拍。

他空着的另一只手往她身前的课桌上一撑，倾身过来时，宽厚的肩背略略

182

挡住外面照进来的光线。

随后吻上了她的唇。

不像昨天那样深入，只浅浅一碰便退开。

室外照进来的光线重新落回课桌上。温宁仰着头，看见男人重新直起身，黑眸隔着玻璃镜片看着她。

"还遗憾吗？"他问。

上午十一点，最早"爆料"商默恋情的那位叫作"千千的酸菜鱼"的博主发了条道歉微博。

千千的酸菜鱼："我对此前未经允许就擅自偷拍他人，且未经允许和求证又擅自把视频传上网，导致不实谣言四处传播的行为深感抱歉，我也已经对自己的不当行为进行了深刻反思，并保证以后不会再犯。

在此感谢当事人@商默和小温编剧的大度谅解，同时也在此对之前的不实谣言进行澄清：

视频拍摄当天确实如@电影《秘密》的澄清视频一致，有许多其他工作人员在场，商默和小温编剧并非独处。而且商默确实是单身，小温编剧也确实有男朋友（男朋友很帅），和商默并无任何同事以外的关系，希望大家不要受此前的视频所误导。

再次对两位当事人表示深深的歉意。

该条道歉微博会永久置顶。"

微博一发出去，评论区几乎就全被商默的粉丝占领，只是评论区毕竟是公开的，粉丝为了自家偶像不好明着骂人，但接受道歉的语气中难免还是会带着几分阴阳怪气。

不过也有闻讯而来的吃瓜网友关注点找偏，在评论区问："道歉就道歉，为什么还要特意点出那位小温编剧的男朋友很帅？"

这条评论居然还被"千千的酸菜鱼"回复了："这不是怕大家不信我的澄清嘛，而且小温编剧的男朋友是真的很帅。"

吃瓜网友 A 不信："真的假的？素人能有多帅。"

千千的酸菜鱼："跟商默比完全不输，气场还比商默足，A 到爆的那种，关键本人还真是个大佬。"

因为"千千的酸菜鱼"接连回复了两条，其他吃瓜群众也注意到了这条评论。

子评论区网友 B 问："我开始对这位小温编剧感到好奇了，看视频皮肤是真的白到发光，她本人长什么样啊？"

"千千的酸菜鱼"回复网友B："巨好看，顶级甜妹脸，和大佬配到让人想原地变身CP粉给他们俩摇旗呐喊的那种，呜呜呜。"

网友C："又是跟商默闹绯闻，又有什么素人大佬男友，还是顶级甜妹脸，我怎么看怎么都觉得这位小温编剧在炒作啊。"

"千千的酸菜鱼"回复："人家一没露脸，二没露名，甚至连个微博也没有，炒作什么啊，一个姓吗？"

网友D："不过《秘密》剧组出现年轻帅气的大佬也不是不可能啊，别忘了他们剧组最大的老板现在可是沈明川。"

网友E："沈明川不是要和汤辰联姻吗？"

网友F："@汤辰如那次还没被打够脸吗，怎么还往沈明川身上贴？"

坐在电脑前的常筱悠看着接连跳出来的几条新评论，蒙了。

她发这条微博是真心想道歉和帮忙澄清，加那句"男朋友很帅"的话也是真的想增加点可信度——毕竟她可太了解商默的粉丝了，在商默的某些粉丝眼里，世界上所有女人都恨不得倒贴商默。

常筱悠想着只是提一下那位小温姐姐有位又帅又有钱的男朋友，也没涉及什么具体的三次元真实信息，她以为不会有什么影响，没想到现在的网友再一次化身当代的福尔摩斯。

只是通过"大佬"两个字，居然真的能猜到沈明川身上。

居然还有人直接圈了汤辰如。

常筱悠瑟瑟发抖，正想着要不要删掉重发时，手机忽然就响了起来，屏幕上的来电提醒是一串陌生号码。

两分钟后。

常筱悠火速删了这条道歉微博。

基友在微信上戳她："你的微博不是要永久置顶吗，怎么现在就删了，是不是违规了？"

常筱悠欲哭无泪："被大佬的工作人员打电话提醒了，我重新编辑下再发。"

温宁没注意到网上的这个小动静。

中午收工吃完饭，她就被载去了南城市中心一家造型工作室。

温宁此前听喻佳提过这家，据说是圈内特有名的一个造型团队开的，普通艺人都约不上。

进去前，温宁还以为里面会挺热闹。

可进去后，除了领路的一个工作人员外，整个工作室都空空荡荡的，直到进到里面的 VIP 室，温宁才看见一个大约三十出头的男人等在里面。

对方恭敬地冲他们这边一点头："沈总，温小姐。"

温宁眨眨眼。

不管是上次去吃饭，还是这次来染发，店里的工作人员好像都不用介绍，就已经提前知道她的姓氏。

江凛抬头摸了摸旁边小姑娘的脑袋，指尖落下的时候，钩住了一小缕略偏金色的柔软发丝。

"帮她染个头发。"

"好的。"对方颔首，"温小姐是想染什么颜色？"

温宁本想直接说染黑色，但她难得来家名气大的工作室，不免眨巴着眼睛好奇地问："你们这儿可以染哪些颜色啊？"

"您稍等，我拿册子给您看。"

VIP 室相当宽敞，一侧墙面上嵌满了玻璃镜，前面摆了一堆瓶瓶罐罐和做造型用的工具；另一侧设了个休息区，有柔软的浅灰色沙发和一大排书柜，里面看着像是时尚杂志偏多，沙发前的茶几上摆满了果盘、点心。

对方拿了册子，引他们至休息区落座。

温宁坐好后，从对方手里接过册子，一一翻阅，看到一个渐变灰棕时，眼睛稍稍一亮。

她把册子往旁边男人的身前递了递："这个好看吗？"

江凛垂眸看了眼："喜欢？"

"挺喜欢的。"温宁偏头看着他，脑袋点了点。

"那就染这个吧。"江凛说。

温宁表情犹豫："可我都答应你染黑色了的。"

这姑娘一犹豫，秀气的眉会稍稍皱起，表情就容易显得可怜兮兮的。

"这个也行。"

"真的吗？"温宁跟他确认，"那我换成这个颜色了？"

江凛点头，又冲造型师抬抬下巴："带她去吧。"

温宁却没起身，她把册子递还给造型师，小手往旁边挪了挪，钩住旁边男人的手。

"可能要很久，你在这儿等我会不会无聊？"

江凛垂着眼，看她细白的指尖一点点地缠上他放西裤上的手，食指略略弯曲，只钩住最上面一小截，大半只小手落在他的裤腿上。

也不知她哪来这么多黏人的小动作。

185

看着像是无意识，配上她这副乖巧无辜的模样，偏偏越发勾人心痒。

"不会，我处理点工作。"

确认他不会无聊，温宁就松开手，乖乖跟着造型师过去玻璃镜前的位置上坐下。

没过两分钟，她就从玻璃镜中看见刚才带他们进来的工作人员又领了一个穿着浅蓝色衬衫的年轻男人进来。

他公司的人？

韩冬在沙发上落座，动作利索地把手上的公文包放在茶几上，打开，拿出里面的文件和笔记本电脑。

耳旁忽然听到老板沉冷的声音响起："等等。"

韩冬动作一停，抬起头，就见领他进来的工作人员也停下脚步。

江凛神色浅淡，下巴朝桌上那些点心、水果轻轻一扬："把这些给她送过去。"

韩冬这才知道不是在和他说话。

工作人员应了声好。

刚刚进来时，韩冬就看见玻璃镜前坐了个小姑娘。

知道他这位老板向来不爱让人打听自己的私事，韩冬压抑着好奇心，一眼也没往那边看。

玻璃镜前的小姑娘的身子被高高大大的座椅挡得只剩个小脑袋，江凛看着工作人员把点心、水果装至推车上，推至她旁边，才又低下头打开桌面上的文件，听韩冬低声汇报。

余光却看见那姑娘不知小声和造型师说了什么，对方忽然略低下头，凑近去听她讲话，手指还落在她头发的发尾上。

韩冬说到一半，发现他们这位工作狂老板罕见地走神，他一愣，下意识地开口："江——"

称呼才叫了一半，身侧的男人像是倏然回神，锋利的眼神透过玻璃镜片扫过来。

韩冬心头微凛，瞬间记起来之前对方严肃交代过今天不能这样称呼他，他忙又把后一个字咽回去。

温宁不知道休息区那边的情况。

她只发现这个 Tony 老师话是真的很少，除非必要，否则绝对不主动跟她开口。

她就没遇见过话这么少的发型师。

不知道对方是本身就话少，还是因为屋里某个人分外喜欢清净的环境。

不过也奇怪，他这么不喜欢身边的人多话，怎么会看上她的？她明明话很多的。

跟他讲个不停也没见他有半点不耐烦。

温宁想到这儿，眉眼间又泛起点笑意，她把手机拿出来，给喻佳发消息："染头发好无聊啊。"

喻佳下午戏份少，大约正好在休息，回得很快。

喻佳："沈总不是陪着你？"

温宁抬起头，从玻璃镜中看见男人正微垂着眼看着笔记本电脑，旁边的蓝衬衫不知低声在和他说什么。

男人的手表挂在微微突出的腕骨上，金属手表表盘上泛起点细微的光泽，骨节分明的左手轻抚着右手的袖扣，像在思索。

有点像那天她在机场初见他时的场面。

当时她真没料到有一天她能拉着这只分外好看的手，随意和他撒娇。

温宁在镜子里看了他许久，才慢吞吞地回喻佳："他在我后面的休息区处理工作。"

喻佳："我知道了。"

喻佳："你就是来给我发狗粮的。"

温宁有一搭没一搭地跟喻佳聊天来打发时间。

下午四点半，染发结束。

温宁透过面前的玻璃镜，看到身穿黑色衬衫的男人仍在低头认真工作，她举起食指抵在唇前，制止了打算开口的造型师。

从座椅上站起来后，温宁对着镜子打量了下新发色，才蹑手蹑脚地走到了休息区的沙发前。

茶几上落下一小片阴影，江凛抬起头，看见已经染好头发的小姑娘俏生生地站在茶几对面。

她的头发比一个月前在机场见面时稍微长了些，蓬松柔软地垂在肩前，微卷的发梢落在平直的锁骨下方，只是原本略显张扬的亚麻金棕此刻已经变成了自然的黑色，衬得那张脸越发显得又乖又纯。

恍惚间还能看出几分童年时期的影子。

"怎么还是染成黑色了？"

"你不是喜欢嘛，而且我昨天答应过你的呀。"温宁见他盯着自己，罕见地有几分出神，歪了歪脑袋，"不好看吗？"

187

江凛回神。

一头黑发的小姑娘歪着脑袋站在对面，面前的茶几将他们隔出一道泾渭分明的距离。

"好看。"他抬手越过茶几，伸至她面前，"过来。"

温宁把手搭在男人修长的手上，感觉那只大手立即握了上来，力度好像稍微有点大，却也不至于弄疼她。

"你工作处理完了吗？"

江凛："没有。"

温宁绕过茶几，走到他面前："那你继续处理吧，我等你。"

"不用。"江凛抬手合上笔记本电脑。

不忙工作了还叫她绕过来做什么？难道还打算继续在这里坐一会儿？

但面前的男人显然没有继续坐的打算，他合上笔记本，跟蓝衬衫说了句"今天就到这儿"后，就从灰色沙发上站起身。

因为一只手还牵着她，他垂着眼，慢条斯理地用空着的另一只手略略整理了下身上的衬衫西裤，骨节分明的手指被衬衫和西裤的黑衬得越发冷白。

动作有种说不出的赏心悦目。

温宁瞬间忘了琢磨那点细枝末节的事，她看着他缓缓整理好衬衫，才轻轻晃了晃他的手："那我们现在去哪儿，你晚上有空跟我一起吃饭吗？"

她说着又想到这边染发肯定不会便宜，虽然他现在已经是她的男朋友了，虽然他应该不是一般的有钱，但温宁觉得自己也不能太心安理得地花他的钱，她继续道："有空的话，我请你吃饭好不好？"

刚好附近有家很不错的米其林中餐厅。

只是不知道现在还能不能订到包厢。

江凛牵着她往外走："下次吧。"

低头将笔记本收进公文包的韩冬还是没忍住好奇心，抬起头看了一眼。

高大的男人牵着娇小的女生缓步向前，因为距离拉得近，象征着成熟男人的衬衫西裤和女生青春靓丽的 T 恤百褶裙时而轻擦在一处，明明该是矛盾的配置，却又无端显得亲密和谐。

小姑娘温温软软的声音传过来，语气像是抱怨："怎么又要下次啊。"

韩冬知道他这位老板从来不喜听人抱怨。

造型师帮忙拉开贵宾室的门。

韩冬看不见江凛的表情，只听见男人的声音意外地温和："晚上请你们剧组的人吃饭。"

贵宾室的门重新关上，韩冬收回视线。

门外，温宁停下脚步："怎么突然要请剧组的人吃饭？"

"不该请吗？"江凛问。

温宁发现他好像很爱用问句来回答她的问题，像是在引导她说出他想听的话。

她的眼珠子转了转："你拐走了我们剧组的小编剧，好像是该请大家吃顿饭的。"

说完温宁还歪着脑袋看着他。

男人像是很满意她这个答案，轻轻笑了声。

笑声一如既往地好听。

温宁忍不住摸了摸耳朵，摸到一半又停下来——

她自己摸一点感觉都没有的，怎么就经不得他那样轻轻一碰。

旁边男人的手机忽然响了起来。

他接通电话，语气平淡。

"嗯。

"好。

"见面再说。"

他说完就挂断了这通电话。

温宁听见他说见面，不由得问："谁啊？"

男人低头将手机收进西裤口袋，偏头看她，目光和昨晚问她是不是要查行程一样，似笑非笑的一眼。

温宁被他看得有些不好意思，也反应过来自己问这个问题不太合适。

再亲密的关系也该给对方留点空间的，何况他们才刚刚在一起。

"我就随口问问，不方便说也没关系的。"

但心里又不由自主冒出酸酸的猜测——不方便说的话，该不会是个女生吧？

念头刚转完，男人的嗓音就在耳边响起："沈周打来的。"

"噢，"温宁的嘴角翘了翘，"他也来南城啦。"

不只沈明川到了南城，江洌今天也来了。

《信号》剧组已于昨日从榆城转至南城拍摄，江洌下午去剧组接柳筱出来吃饭，车行至一半，他看了看不远处的建筑，又瞄了眼导航。

"前面是南城一中？"

正在和经纪人发微信的柳筱倏然回神。

南城一中？那不就是《秘密》剧组现在的拍摄地吗？

柳筱捏在手机上的指尖瞬间发紧。

上次在榆城，江冽说他是去《秘密》剧组接她，问清她不在，他就折返她们剧组，时间对得上，而且之后的这一段时间里，江冽对她的态度也没有变化。

保险起见，经纪人张韵这段时间还是一直在帮忙多方打听，前些天终于得到了《秘密》除女主角之外的所有女演员的信息，并没有身形和她相似的，就连捂得最紧的女主角，张韵后来也打听到了对方是一个和原著很相符的浓颜系大美人，足足比她高出近十厘米。

当然也不会是他们要找的人。

柳筱本来已经稍稍放下心，直到昨天在热搜榜上看到关于商默的那条绯闻澄清视频。

"你还不饿吧，"江冽的声音响起，"我过去看看。"

柳筱看他说着已经打了转向灯，明白这句话是通知，并非商量。

哪怕江冽平时表现得再像个普通男朋友，他们的关系也始终是不对等的。

柳筱捏紧了包包："你去一中做什么？"

"她是一中毕业的。"江冽说。

柳筱知道他说的是谁。

每次这种没头没尾忽然提起来的"她"，都是江冽的那位白月光。

柳筱没心思和死人争，也争不过，但《秘密》剧组现在就在一中拍摄。

可等江冽都把车开到一中门口了，柳筱也没想好怎么阻止他进去。

一中大门紧闭，门口两边站了两列人高马大的保镖，门禁远比上次在榆城时森严。

江冽皱眉，降下车窗。

几乎在同一时间，一辆黑色普尔曼从左侧驶近一中大门，后座快对上他的副驾驶时，那辆车缓缓停下，车窗也降下来，露出车内人的模样。

"明川哥？"江冽惊讶地道，"你怎么来这儿了？"

坐在副驾驶的柳筱侧头，看清旁边车后座上坐了个年轻英俊的男人。

原来沈家那位著名的太子爷是这个模样。

沈明川将下巴朝门口一抬："我们公司投资的电影在里面拍摄。倒是你，过来做什么？"

"正好路过，想起温宁在这边读过书，就想过来看看。你们公司哪部电影在这儿拍啊？"江洌把手搁在车窗上，像是想起什么，"《秘密》吗？"

沈明川："是啊。"

江洌原本都快忘了《秘密》剧组里据说还有位女演员的背影像温宁的事了。

可知道剧组现在在一中拍戏，他忽然又起了点兴趣。

在一中拍，会穿一中的校服吗？

"我能跟你一块儿进去看看吗？"江洌问。

沈明川点头："可以。"

江洌把手放回方向盘上，又听沈明川缓缓地继续道："不过你哥马上就会过来。"

"我哥怎么老往你们剧组跑，他难不成看上你们剧组哪位演员了？"江洌后一句就随口一问，他知道江凛是什么性子。

但沈明川却没否认，只笑看着他："不然你等下问他本人？"

江洌还是觉得不可能，他沉默了片刻："算了，我还是不打扰你们了。"

一中正校门气派宽敞，掉头十分方便，江洌说完正打算稍稍往后倒，一回头就看见一辆黑色宾利。

"我哥的车？"

柳筱闻言，也下意识地回了下头。

挂着南城车牌的宾利驶近，一直没动静的黑衣保镖之一这时忽然朝保安室打了个手势。

一中紧闭着的电子大门缓缓打开，像是在迎接那辆车的到来。

宾利车内，温宁先一眼看到了那辆普尔曼。

"那车上是沈助理吧？"她的目光又落到宾利旁边那辆银灰色的保时捷上，"旁边那辆跑车又是谁的啊？"

江凛抬眸看了一眼跑车车牌。

三年前，两家婚事重提，因为她住南城，为了方便江洌找她，老爷子特意给江洌在南城新置备了一房一车。

车就是眼前这辆。

江凛平静无波地收回目光，手臂抬起，手指捏住旁边姑娘细嫩的下巴，迫使她转头向他。

"喜欢？"

温宁的神色茫然了一瞬。

"喜欢什么？跑车吗？"她摇摇头，"不喜欢，太骚包了。"

江凛轻笑了声。

宾利没有任何停顿地驶进一中大门。

银灰色跑车也没再停留，掉头时，有那么一瞬间，驾驶位离宾利车尾只隔了一米多点的距离。

江冽不知怎么，忽然忍不住看了一眼那辆宾利。

只看见了一片黑的后风挡玻璃。

晚上请客的地方在南城一家高级会所，会员制，一般人轻易进不去。

温宁到达之后，才知道他又包了场，只是他们包厢里就只有剧组部分主创人员。

包厢宽敞，十几个人坐于其中还绰绰有余。

他们进门时，包厢里就已经整齐摆好了各式自助酒水食物。

温宁挑了几样喜欢的食物后，被男人牵着和他一起坐到沙发最靠里侧的位置。

拿过来的食物吃了一小半时，温宁听见手机响了声。

消息是喻佳发来的。

喻佳："你唱个歌吧。"

温宁："？"

喻佳："你不觉得包厢里太安静了吗？"

喻佳："你们家沈总往这儿一坐，大家连说话都不敢大声。"

喻佳："隔壁据说桌游都已经玩了几轮了。"

温宁刚刚光顾着和他说话吃东西，还真没注意包厢里的气氛，被喻佳这么一提醒，她才发现确实过于安静了。

不然她也不会第一时间就听见微信提示音。

一进包厢就又出去接电话的沈明川这时也重新回了包厢，他拎着个文件夹，失笑："怎么这么安静？你们这是出来玩，还是来开会的啊？"

温宁已经吃得半饱，她侧头看向旁边的男人，小声问他："我去唱个歌？"

江凛点头："嗯。"

温宁握住他修长的食指："你想听什么？我唱给你听。"

男人的脸上还是没什么表情，只抬手摸了摸她的脑袋："都行。"

温宁点点头，拿叉子叉了块西瓜咬进嘴里，起身去了点歌台。

她一过去，李副导家的小姐妹花也凑了过去。

会所全被包了下来，不会有什么乱七八糟的人出现，李副导就放心地把家里这两个刚成年不久的小姑娘带了过来。

这俩姑娘说是他们的 CP 粉，但从来不敢靠近某人一米以内的范围，只敢围在她边上。

"宁宁姐，你要唱什么歌啊？"妹妹李君慧问。

姐姐李君慈推荐："不然唱个《恋爱ing》？"

温宁过来的时候，其实有想过要唱首小甜歌给他听的，但这会儿又想不到有什么太合适的，她平时不怎么爱听甜甜的情歌，而且感觉当着这么多人的面给他唱情歌多少还是有点羞耻。

她就改了主意。

还是唱首能把气氛变热闹的歌好了。

温宁滑动着点歌屏幕，一心二用地跟她们俩开玩笑："高中生听什么《恋爱ing》，早恋是不对的。"

姐姐："我们已经毕业了。"

妹妹是个小机灵鬼，闻言猜道："所以宁宁姐你没早恋是吧，那沈总是你的初恋？"

温宁："……"

温宁也不想在包厢里跟两个小八卦精聊自己的八卦，她点中页面上的一首歌："就唱《爆肝》吧，你们俩会唱就跟我一起唱啊。"

小姐妹花闷了许久，也顾不上继续八卦，两个人一起去抢话筒。

前奏很快响起，包厢里终于热闹起来。

沈明川拎着文件夹，顺手又拿了瓶酒，走到江凛边上坐下，低声问："你还不打算告诉她真相？"

酒瓶搁在桌面上，发出一点清脆的声响。

江凛抬眸看向点歌区。

小姑娘点了歌也没到前面去，就坐在点歌台附近的高脚凳上，细白的手拿着话筒，唱起歌来有点摇头晃脑的，肩膀上微卷的发梢掉下去，随着她的动作轻轻晃动。

原本温软的声音压得有点低，听起来和说话时有些不同："烟火跟我都是越黑暗越灿烂，太阳下山就是我的精华时段……"

他们剧组里的那位男主角进来后一直低着头玩手机，此刻也终于抬起头，目光落到她身上。

江凛眸光微动："过段时间再说。"

"还过段时间啊。"沈明川打开酒瓶，又从桌面上拿了两个反扣着的干净玻璃杯，一边倒酒一边说，"她朋友前几天都跟她吐槽我架子大了，哪天我要是真

193

露馅了，人跑了你可别着急。"

江凛收回目光，拿起桌上的酒杯，拇指抵着杯沿。

隔了片刻才开口："我现在说她就不会跑了？"

沈明川："……"

沈明川打量了他片刻，幸灾乐祸地笑起来："江凛啊江凛，你也有今天。"

江凛目光瞥向他随手放在一侧的文件夹："听她说常红前几天来剧组了，我不记得有跟你提过这种要求。"

沈明川也拿起酒杯，轻轻晃了晃："她朋友长得还行，业务水平也还行，我就让常红过来看看。"

江凛淡淡地看了他一眼："是吗？"

温宁唱完这首歌，感觉气氛热得差不多了，就把话筒递给妹妹李君慧："你们想唱什么自己点吧，我继续去吃东西了。"

妹妹悄咪咪地往最里侧瞥了眼："沈总不会嫌我们吵吧？"

温宁摇头："不会的。"

他要真嫌吵，她可以陪他出去另找个地方待着。

妹妹就安安心心地跟姐姐点起了歌。

温宁走回包厢最里面。

他旁边只多了个沈助理，其他人还是没敢靠得太近。

包厢里光线偏暗，男人微垂着眼，黑衬衫袖子半挽，一只手随意搭在沙发一侧，另一只手正拿着只玻璃酒杯，大抵是刚喝了口酒，喉结轻轻一滚。

看见她过来，他掀起眼皮，朝她伸出手。

就像下午在造型工作室里一样。

温宁把手搭在男人的大手上，被他拉着在身侧坐下。

沈明川把酒杯一放，拿起放在一侧的文件夹："你朋友的新合同，你让她看看，没问题的话就签了给我。"

温宁正想伸手去接合同，顺便跟他解释一下那天她们背后讨论他的事情，就见旁边的男人稍稍侧头，目光看向沈助理。

"你自己不会送？"

沈明川："……"

沈明川算是见识到什么叫重色轻友了，他轻轻"啧"了声："行，我去送，不打扰你们腻歪。"

温宁看他拎着文件夹站起来，走到喻佳那边，《秘密》的男二立即给他让了个位置。

194

他在喻佳身侧坐下。

这样一对比，温宁就觉得《秘密》那位男二好像还没这位沈助理好看。

下巴忽然被轻轻捏住，温宁的脑袋被那股又强势又温柔的力度带着稍稍一转，目光中瞬间就只剩下一个人。

"好看？"男人声音微凉。

这是在吃醋？

但语气又听不出来。

温宁摇摇头："我就是觉得你和沈助理的相处方式好像跟计助理不太一样，就不太像是上下级，反而更像是朋友，你们俩私下关系很好吗？"

江凛捏在她下巴上的指尖顿了一秒，松开："发小。"

温宁："难怪了。"

他另一只手还拿着酒杯，杯中酒液轻晃，透过玻璃杯冰川纹路看过去，是一种很好看的、晶莹璀璨的琥珀色。

执杯的手也分外修长漂亮。

温宁的注意力被吸引："好喝吗？"

"酒？"江凛问。

温宁点点头，指尖钩住男人垂放在黑西裤上的另一只手的食指，仰头问他："我能喝一点吗？"

江凛感觉到她的小动作，垂眸看了一眼她缠在他手指上的小手，随即目光落回她脸上："喝完又打算去摸哪个男人的手？"

那天在逸星酒吧的场景又出现在她的脑海中。

温宁的眼睛稍稍睁大，控诉地看向他："你为什么还记得？"

记得就算了，居然还要说出来！

男人把酒杯放下，空出的那只手轻轻抚上她脸颊，表情仍平淡，说出来的话却隐约带点暧昧的意味："下午问我要微信，晚上就直接对我动手动脚，我不该记得？"

重温了下那天的社死场景，温宁的脸一红，她又忍不住跟他抗议："我只动手了，哪有动脚？而且我那是喝醉了。"

江凛轻笑了声："那还敢跟我要酒喝？"

温宁揪着他的手指："那现在不是不一样了嘛，你现在都是我男朋友了，而且我就喝一口尝尝味道。"

"就一口？"江凛忽然问。

看他像是有答应的意思，温宁忙乖巧点头："嗯嗯，就一口行吗？"

男人也不紧不慢地点了下头："行。"

温宁看他把酒杯拿起来便伸手去接，男人却避开了她的手，微微仰头自己喝了一口。

温宁还以为他又反悔了，不满地开口："你……"

话没说完，男人忽然放下酒杯，空着的那只手再次捏住她的下巴，低头吻了过来。

温宁的嘴正好半张着，倒方便他轻而易举把酒液喂进来。

未经调制过的酒对她来说完全不算好喝，一股冲劲儿钻进嘴里的同时，温宁感觉他的舌尖在她的嘴里轻轻扫了一圈，也带着点酒液的味道，很快又退出。

温宁还没喝过度数这么高的酒，被这股冲劲儿呛得轻咳了两声。

男人捏在她下巴上的手顺势下移，把她摁进怀里，轻轻拍了拍她的背。

好在他应该是考虑到她的酒量，只喂了很小一口。

温宁缓过劲儿，从他怀里抬起头。

包厢里歌声不断，现在话筒传到了男二手上，姐妹花在旁边捧场地挥着小手跟唱；喻佳和那位沈助理不知在聊什么，画面看着意外有点和谐；其他人聊天的聊天，玩游戏的玩游戏。

好像都没注意到他们这边。

可刚才那一瞬，只要任何一个人往这边瞥上一眼，都能看见他吻她的画面。

温宁这下连耳朵都红了。

她仍揪着男人的手指，略带不解地问他："你昨天不还说不想让别人看到我这个样子吗？"

怎么今天又变卦了？

怀里的小姑娘仰头看着他，黑发衬得那张精致的小脸显得越发单纯无辜。

"不一样。"江凛说。

温宁眨眨眼："哪儿不一样？"

江凛落在她背上的手缓缓上移，食指、无名指穿过柔软的黑发，拇指却轻轻在她绯红的耳朵上摩挲了一下。

感觉她立即在他怀里轻轻颤了下。

前几年他太忙，她又太小，在机场那次见面前，他都还没有对她生出别的心思，因而除了偶尔有空去看看她之外，他并未太过干涉和打听她的生活。

现在看来，她应该什么经验都没有，纯得一塌糊涂。

昨天他没控制好情绪，自然也没控制好力度。

而刚才那个动作——与其说是吻她，不如说是宣示主权。

江凛用手指轻轻钩起她颊边的黑发："以后再告诉你。"

温宁："？"

怎么还要卖关子？

"不能现在说吗？"

男人动作亲昵地摸了摸她的脑袋，然后无情地拒绝了她："不能。"

温宁："……"

好吧。

可能是因为他说起了"以后"，温宁忽然想起他明天就要回去工作的事。

她趴在男人的胸口上，盯着他黑衬衫上的扣子："你明早什么时候走？"

"七点。"江凛说。

温宁满心不舍地问："那我起来陪你吃个早餐，再送你下去？"

他这两天都和他们一起住逸星，就和上次在榆城一样，就跟她住一层楼，不过他们明天上午的戏拍得比较晚，所以不用早起。

江凛想起她上次送他时那副困得不行的小模样，低声问："起得来？"

温宁的脑袋一点："起得来啊，我定个闹钟，不然你也可以打电话叫我起来。"

她顿了顿，又忍不住揪住他衬衫扣子，仰头和他撒娇："你明早打电话叫我好不好？"

"好。"江凛握住她乱动的手。

晚上回到酒店已经过了十一点，温宁洗完澡后，难得没有磨磨蹭蹭玩半天手机才肯睡觉。

一躺上床，她就把手机搁在床头，顺手关了灯，闭上眼睡觉时，她隐约感觉自己的嘴角还是往上翘着的。

一夜无梦。

卧室里装了效果很好的不透光窗帘，温宁翌日醒来时，屋里还是一片黑，她迷迷糊糊伸手摸到手机，摁亮屏幕看时间。

才九点钟啊，还可以再睡一会儿。

她重新闭上眼，脑袋在枕头上蹭了蹭，打算继续睡，半梦半醒间，却总感觉像是有哪里不对。

刚刚看是几点钟来着？

九点？九点了？！

温宁的那点睡意瞬间跑光了，她从床上坐起来，开了灯，把手机拿过来，解锁屏幕，看见有个未接来电提醒。

时间是早上六点三十五分。

来电人是"男朋友"。

响铃时长是八秒。

温宁懊恼地揉了揉乱糟糟的头发。

她怎么会睡得这么死啊，为什么一点动静都没听到？

他怎么也不多给她打几个电话？

温宁昨天听他说早上他飞北城那趟航班时间是九点，这会儿他应该都上了飞机，而且差不多都关机了。

不过航班经常有延误。

抱着试试看的心态，温宁还是给他打了个电话过去。

没有关机提醒！

电话响了几声，那边就接通了。

但没说话。

"你已经上飞机了吧？"温宁的语气蔫巴巴的。

电话里又安静了两秒，男人才开口："开门。"

温宁："？"

开门？开门！

"你还没走？"

他低低地"嗯"了声。

温宁从床上跳下来，拖鞋也没顾得上穿，直接跑出卧室，一路穿过客厅，打开门。

门口，男人今天又穿了件白衬衫，领口扣子系至最上面一粒，配上那副银框眼镜，显得又禁欲又矜贵。

温宁说不上这一刻是什么心情，可能是跑过来的缘故，心跳得特别快，她看着门口原本应该已经在飞机上的男人，忍不住跳起来扑进他怀里。

江凛接住扑过来的小姑娘，感觉她的双手挂上他的脖子，一双细白的大腿也缠上来。

对面的门这时刚好打开，商默从里面走出来，看见这一幕，脚步顿了下。

温宁从刚才那股情绪中缓过来，又被同事撞见自己这副黏人的模样，不太好意思地缩了缩脖子，把脑袋埋进了男人的怀里。

江凛对这动静却置若罔闻，头也没回，直接抱着人进了屋。

对面的门彻底阖上了，商默看见一条细白的腿半悬空着，轻轻在门缝里晃悠了下。

门内，温宁重新抬头，看着近在咫尺的男人："你不是九点的飞机嘛，怎么还没走？"

"不是要陪我吃早饭？"江凛说。

温宁因为他还没走感到高兴，又因为可能耽误了他的工作感到一点内疚："那你的航班怎么办？你早上怎么不多给我打几个电话啊？早知道我就自己定闹钟了。"

"改签了。"江凛垂着眼，看了一眼她轻轻在他腰侧晃荡的那只雪白的脚，"怎么没穿鞋？"

温宁："我忘穿了。"

"在哪儿？"男人问。

"鞋吗？"温宁回头看了一眼，"应该在卧室里吧。"

江凛抬头看了一眼里面那扇半阖的门："自己进去，还是我抱你进去？"

温宁眨眨眼。

她平时还是挺爱干净的，只是不怎么爱整理东西，不过酒店每天都有阿姨来帮忙打扫房间，里面估计也不算乱，应该是见得人的程度。

何况马上要分开了，自己能让他多抱一分钟是一分钟。

温宁的手臂缠着他的脖颈没放："你抱我进去。"

逸星这一层的房型都是两室一厅的套房，主卧还带了个小小的衣帽间，就在卧室进门处的位置。

温宁挂在他怀里，任他稳稳地抱着往里走。

等进了卧室，被他放到床上，温宁才发现里面好像还是有点乱的——

左边床头柜上放着她昨晚为了今早能省点时间，特意从衣柜里挑好拿出来准备今天穿的黑色连衣裙，好在还是叠好的。

右边乱七八糟地放着横倒着的水杯和门卡以及发箍。

被子团成了一团，床单被她睡得皱得皱巴巴的。

白色的枕头底下隐约露出半块黑色布料，上面的蕾丝十分显眼。

那好像……是她昨晚一起拿出来放在床上准备今天穿的内衣！

也不知道他刚才看没看到。

温宁的脸瞬间一热，她立即往床头那边一挪，一边试图挡住他的视线，一边把内衣往枕头底下又塞了塞。

刚塞进去，温宁就听见男人的嗓音在头顶响起。

"挡什么？"

温宁抬起头，对上他居高临下看过来的目光，他的目光还是一如既往地深邃沉静。

也不知看没看到。

温宁还捏着蕾丝的手指忽然发烫，松也不是，不松也不是。

她结结巴巴地否认道："没……没什……"

话没说完，站在床边的男人突然走至她面前，指节修长的手往床头柜上一撑，许是因为用了点力道，手背隐隐有青筋突起。

同时他倾身朝她靠近。

属于他的气息强势地侵袭过来，温宁的呼吸轻轻一窒。

气氛忽然变得又旖旎又危险，她的身子下意识地往后退了点。

男人的另一只手这时却往她身后一撑，挡住了她继续后退的路。

温宁整个人像是被他圈在怀里。因为刚才的后退，她的后背呈往后仰的趋势，她只是靠反手撑在床上的手勉强支撑着身体。她看着他一点点地靠近，最后在距离她仅一厘米的位置停下，是再近一点就能吻到她的位置。

也是再近一点，就能将她压在床上的位置。

温宁不由得屏住了呼吸。

江凛淡淡地看着她，说话时有温热的呼吸打在她的唇上。

"躲什么？刚才主动要我抱你进卧室时，胆子不是挺大？"

温宁没说话。

因为她发现了另一个问题。

刚才她接了电话急匆匆就跑出去给他开门，不只忘了穿鞋，还忘了穿另一样东西。

她的睡衣宽松，她站着时不明显，但此刻被他半困在怀里，她整个上半身反撑在床上，因为重力，米白色睡衣的正面已经完完全全贴合在她身上，原本被遮掩住的身形显露无疑。

还是有一点起伏弧度的。

这次都不用怀疑他看没看到了。

除非他瞎，不然不存在任何看不到的可能。

温宁的手指还捏着那点细细的蕾丝布料忘了放，原本她就是该穿上这件去给他开门的。

她的脸彻底红透了。

她张了张嘴，还没想好说什么，男人却忽然抬起了撑在床头柜上的那只大手。

温宁的眼睛稍稍睁大，看着那只冷白色修长的手径直朝她伸过来，很快到了那上方的位置……

然后毫无停顿地……落在了她脸上……

江凛摸了摸她绯红的脸，感觉到微烫。他的手稍稍一动，她密密长长的睫毛就跟着轻轻颤一下。

原本的伶牙俐齿也不见了，望向他的那双乌黑眼睛写满了紧张，显得又无辜又可怜。

江凛收回手，直起身："换好衣服自己出来。"

半圈着她的禁锢忽然松开，属于他的气息也跟着离开，温宁看着男人转身离去的高大背影，反撑在床上的手终于失了力道，她仰面倒在床上。

几秒后，门口传来轻轻一声响。

像是他出去时还顺手带上了卧室的房门。

温宁翻了个身，把还烫得厉害的脸埋在枕头上。

不知怎么，她忽然有点懊恼。

她刚刚在紧张什么啊！！

不就是一件内衣！不就是没穿内衣嘛！他看到了就看到了啊！

反正他已经是她男朋友了。

反正她又不是什么都没穿。

温宁埋头在枕头上又蹭了蹭，才起身去洗漱。

怕再多耽误他的时间，外面也热，温宁就懒得化妆了，做好护肤，换了衣服，很快从卧室出去。

江凛坐在沙发上，听见动静，回过头看见她穿着上次照片里那条黑色连衣裙走出来，腰线处细细一截腰身露在外面，白得晃眼。

只是头发染回了更显乖巧的黑色，倒没那么像只小野猫了。

温宁见他一路看着自己，耳朵不争气地又热了两分，想着他等下要是再提刚才的事，她是不是要趁机壮起胆子反撩回去。

可她到了沙发前，坐姿优雅的男人只是表情平静地轻轻拍了拍自己旁边的位置。

"过来。"

温宁说不上是松了口气，还是有点失望。

她乖乖走到他旁边坐好。

"早餐是下去吃，还是叫人送过来？"江凛问她。

温宁是想再跟他单独多待片刻的，但不知道他要不要赶飞机："你的航班换了哪一趟，着不着急啊？"

"不急。"江凛看着她，"送你去剧组我再走。"

温宁于是又高兴了点："那让人送上来吧。"

可惜吃一顿早餐花不了太久。

从酒店到剧组更是只有短短一小段路。

五十分钟后，汽车驶入一中校门，最后停靠在教学楼前。

江凛把手伸过去，帮她解开安全带。

温宁心头那股不舍的情绪忽然就无限放大，她拉住男人正准备收回去的手，闷声问他："你下次什么时候过来啊？"

江凛这次没反握住她的手，由着她用细细的指尖钩住他的手指，温软微痒的触感顺着指尖一路往心底窜。

"你下周六生日。"

温宁一愣。

这两天心思全扑在他身上，她都快忘了自己下周末就要过生日了。

"你怎么知道我生日？啊，对，你能从合同里看到我的身份信息。"温宁仰头看着他，"你要过来陪我过生日吗？"

江凛看见她的眼睛瞬间亮起来，点头："周六过来接你。"

现在是周一。

那离下次见面也没剩几天。

"那说定了啊。"温宁的语气又轻快起来，她松开手，"那我下去了啊。"

手上那抹触感瞬间消失，江凛看着她伸手去开车门，空空垂在一侧的指尖轻轻动了下。

温宁将门开到一半，不知怎么，忽然又想起了此前在卧室里那段没有后续的小暧昧。

她的动作稍稍一停，侧头看了一眼前排司机，发现他好像完全没看后座，于是迅速探身越过扶手箱，在旁边男人的脸上轻轻亲了一下。

江凛罕见有一瞬的愣怔，等他反应过来时，那姑娘已经飞快下了车。

透过车窗，他能看见她蹦蹦跳跳地走进教学楼，黑色连衣裙的裙摆被风吹得扬起一小截。

司机老徐垂着头眼观鼻鼻观心，假装刚刚什么也没看见。

只是那位温小姐一下车，这辆车里又恢复到以往死水一般的安静。

过了许久，后排才有声音传过来。

"走吧。"

温宁昨晚只知道喻佳最后签了那份合同，但不知道过程，到中午吃饭的时候，她才听坐在对面的喻佳跟她讲了下具体的签约过程。

"我想着背后说人确实不是太好，于是签完合同就认真跟他道了个歉。"喻佳拨弄了下碗里的菜叶子，"你猜他说什么？"

温宁："说什么？"

"他说口头道歉没什么意义，让我签了合同以后好好给鼎盛挣钱就行了。口头道歉怎么就没意义了啊，而且我给鼎盛挣再多钱也和他没多大关系啊，说得好像鼎盛是他家的一样。"喻佳说。

温宁刚夹了只虾塞进嘴里，一时没顾得上回话。

他们现在的盒饭还是容记那几位师傅做的，这虾是去头开背后再爆炒的，非常入味儿，也不用手剥，又方便又好吃。

喻佳继续道："他还跟我说，这两年能先不谈恋爱就别谈，也要和剧组的男演员保持点距离，别时不时闹出点什么绯闻来。他过来前，李羽就坐我旁边和我说了几句话，听他这么说，李羽一脸大写的尴尬。"

"李羽是签在夏宸吧？"温宁接话。

喻佳点点头："是啊。虽然夏宸和鼎盛没法儿比，但李羽好歹是别家的艺人，这话也别当人家面说啊。我总觉得那天也不能怪我在背后说他架子大，他是真不像个助理。你说他也姓沈，会不会是沈总的亲戚啊？亏我第一次见他的时候还觉得他比沈总帅。"

温宁又夹了只虾："他说他们是发小。"

喻佳说："难怪了。"

"不过能顺顺利利把合同签下来就是好事呀。"温宁心里还挺替喻佳高兴的。

鼎盛毕竟是圈内口碑最好的公司。

"他说公司给我分配了助理、司机和保姆车，今天下午就能到，让我先用着，不合适就跟常姐说。"喻佳说着又抬起头看她，"新人待遇这么好，配备资源的速度也这么快，我估计还是冲着你的面子。"

温宁持不同意见："他没跟我提这事儿，既然是常红走常规路线把你签下来的，估计是她给你要的待遇吧。"

"也有这可能。"喻佳说完忽然又冲她眨眨眼睛，语气瞬间变得不正经，"你和沈总昨晚还是分开睡的啊？"

温宁含糊地"唔"了声。

"你不是早想睡他了吗？怎么也不把握下机会。"喻佳说。

温宁才不承认："我什么时候说过了？"

"'是我比较想占他便宜'，这话当初是谁跟我说的来着？"喻佳毕竟是钱正义亲自选出来的女主角，演技没的说，把她当时的语气模仿得惟妙惟肖，"你不会有贼心没贼胆吧？也不对啊，你们现在是正当的男女朋友关系，用'贼心'已经不妥当了，你直接上就是了。"

温宁："……"

在卧室的时候，她是紧张了那么一点点，主要是他那个人吧，气场强心思又深，她拿不准他的想法，又没什么实际经验，反应不过来也是正常的。

但后来下车前，她多少还是扳回一城的。

温宁想着想着，忽然虾吃着都没那么香了。

明明才分开还没到两个小时，她居然现在就又开始想见他了。

喻佳的助理下午四点准时到达剧组，是位比她们大上两岁的小姐姐，叫李思涵，一看就是常红挑出来的人，说话做事都非常利索，比温宁会照顾人多了。

温宁就放心地把喻佳交给她了。

不用给喻佳当代理小助理后，温宁明显就悠闲了起来，剧本早就定稿，除非有特殊情况，不然都用不着她做点什么。

温宁一闲下来，反而觉得时间有点难熬了。

可谈恋爱之后，某个大忙人回她的消息也并没有比之前更及时，只是给她打电话的频率提高了。

经常她发了一堆消息过去之后，他空下来不会像以前一样给她回消息，而是大多时候直接拨了个电话过来。

温宁就会絮絮叨叨在电话里跟他说剧组今天发生了什么有趣的事。

那可能是他一天之中为数不多的闲暇时间，但用来听她说这些琐事，他好像也从不会不耐烦，静静地耐心听她说完，才用低缓的语调问她生日那天是想吃中餐还是西餐。

温宁有次还用带点抱怨的语气跟他说想吃南城一家店的海鲜，但是那家店生意太好都不做外卖，店面又太远，她现在都没空去。

其实那天她就是一时兴起，然后刚好他打电话过来，她就顺口跟他撒个娇。

结果电话挂断后不到两个小时，她所说的海鲜就送到了她面前。

温宁的物欲向来不高，她买东西只凭喜好，不看价格，并没有"越贵越好"的消费理念，同样也没有什么太烧钱的爱好。她家里还算宽裕，自己也能挣钱，足够支撑她所有日常消费与喜好，并且还绰绰有余。

有时候，温宁回过头去想，就会觉得这应该也是她当初明明一眼就能看出他的身份可能不一般，却还敢上去跟他要微信的原因之一。

除了他这个人，她并不图他别的什么。

但在她随口跟他抱怨一句想吃什么又吃不到之后没多久，东西就送到她面前的那一瞬，温宁还是深深觉得男朋友身份不一般也是一件超不错的事。

几天时间一晃而过。

周五，温宁生日的前一天下午，南城下了一场突如其来的暴雨。

天气预报说周五一整天都是晴，结果刚到下午四点，剧组还在拍室外戏，黑沉沉的云就压了上来，不到十分钟，雨就落了下来。

设备都差点来不及收。

好在这场雨来得快去得也快，只下了不到半小时就停了。

暴雨歇后，校内碧绿的香樟树叶上还晃晃悠悠地坠着小小的水珠子，酷热的城市稍稍凉爽下来。

工作人员重新把设备搬出来。

温宁不用当代理小助理，给某人发过去的信息也还没收到回复，百无聊赖，她就趁着难得凉快，带着李副导家同样无所事事的那对小姐妹花去一中外面买炸串吃。

一中附近有一条小美食街，街上都是开了几十年的老门面。

温宁有一段日子没来过了，看到什么都想试试，挑挑拣拣买了一堆。

就在她慢吞吞地带着两个小朋友慢慢逛美食街的同时，一辆红色跑车驶近一中校门，被门口的保镖和紧紧关闭的大门拦在了外面。

跑车车窗降下，副驾驶的女人对前来询问身份的保镖道："我是苗思芮，过来给你们钱导探个班。"

穿着一身黑衣的保镖像是并不知道这个名字，面无表情，又尽职尽责地看向驾驶位，继续询问道："另一位呢？"

驾驶位的女人把戴在脸上的墨镜往下压了压，目光并没有看保镖，只认真照了下镜子："汤辰如。"

第 六 章
要哄的

一中操场。

钱正义刚喊了"cut",剧组这会儿有点闹嚷嚷的,吴制片接了电话,没太听清对方说的内容,于是往人群外走了几步。

"你刚说谁来探班了?"他问。

电话那头的保镖回说:"汤辰如。"

吴制片停下脚步。

前几天江凛那边的工作人员还给他打过电话,说汤辰如有可能会来剧组,让他帮忙多加注意。

没想到她还真来了。

新来的这批保镖都是这位江总安排的,估计也早接到通知了,肯定不会放汤辰如进来。

吴制片就也没着急:"行,我这就出去看看。"

挂断电话往外走的时候,后面不知道谁说话声音大了点,吴制片下意识地回头看了一眼。

见没什么事,他就收回了目光。

只是刚刚那一瞥,吴制片总感觉好像有哪里不对。

他又回头仔细看了一眼,脚步倏然一顿。

小温编剧人怎么不见了?

吴制片快步折返，走到杜婉姝面前，小声问："杜老师，小温编剧呢？"

杜婉姝戴着遮阳帽，闻言抬起头："宁宁啊，她好像带着君慈君慧出去买吃的去了。"

吴制片心头一凛："去哪儿了？"

"说是去一中前门那条美食街吧。"杜婉姝见他的神色忽然严肃起来，又多问了一句，"你有事找她吗？急的话，你就给她打个电话；不急就等等，她出去有一会儿了，应该就快回来了。"

吴制片："……"

完了！

一中门口。

汤辰如被拦在外面许久，已经有些不耐烦了，她从跑车上下来，踩着高跟鞋站在保镖面前："你们剧组架子够大的啊，吴制片到底什么时候出来？他不出来，叫你们剧组那位小温编剧出来见我也行。"

温宁刚拎着大包小包回到校门口，就听见这么一句话，她看了一眼对方陌生的背影，茫然地问："你找我？"

汤辰如回过头。

面前的女人个子偏高，穿了条精致的连衣裙，唇色鲜艳，又踩了双高跟鞋，气场挺足。

正面长得也挺漂亮，看着陌生，但又让温宁感觉好像在哪儿见过。

温宁在心里给对方那双大长腿点了个赞，然后继续茫然地问："我们认识吗？"

妹妹李君慧这时在旁边悄悄扯了扯她的衣摆，凑近她耳边低声道："宁宁姐，这是汤辰如。"

温宁："……"

难怪觉得眼熟。

汤辰如把墨镜往下扒拉。

网上这两天时不时冒出来一两个帖子，说《秘密》剧组前几天和商默传过绯闻的那位小温编剧疑似是沈明川的女朋友，消息源头据说是来源于最初造谣商默绯闻，后来又给他们道歉的那位原 po 主。

原 po 主最初那条道歉微博已经删了，重新编辑了一条新的置顶在首页。

但提及这位小温编剧有个年轻大佬男朋友的评论却早被人截图了。

这几个帖子的热度都不高。

一个是因为女方是个没露脸、也没几个人知道的素人，且男朋友是沈明川一事毫无实锤证明；另一个是因为往往还没等帖子热度高起来，相关的帖子就已经都被删除了。

这可就不是普通人能做到的事了。

要不是她的团队有人实时关注网上的舆情，甚至都不会知道这件事。

而且沈明川最近来南城的次数确实有点多。

面前这姑娘也确实清纯漂亮。

"你就是那位小温编剧？"汤辰如把墨镜取下来，目光中满是打量之意，"你……"

后一句话刚说了一个字，就被人打断了。

"汤小姐，"吴制片气喘吁吁地停下来，一边在心里直呼"好险"，一边把手机给汤辰如递过去，"有人找你。"

汤辰如原本还只是怀疑，过来试探一下。

但这吴制片可是鼎盛最上面的几位高层之一，不是谁都能使唤得动的。

汤辰如的脸色瞬间差了几分："沈明川打来的？护得这么紧？"

闻言，温宁也倏然看向吴制片。

吴制片心里正慌，但他毕竟在圈内待了这么多年，大风大浪也见过不少，面上还是很稳得住的。

"不是。"他摇摇头，"江总找你。"

汤辰如一愣："哪个江总？"

吴制片把手机又往她面前递了递："CM资本那位江总。"

温宁："？"

CM资本？那不是江凛的公司？吴制片居然还认识江凛？

汤辰如又愣了下。江凛找她做什么？

汤辰如虽然不太想承认，但她确实有点怵江凛。

他们这些人说是含着金汤匙出生，吃的穿的用的都比普通人好上千倍万倍，但也不是全无代价的。

比如婚姻。

这也是她明知道沈明川不喜欢她，却还没放手的原因之一，沈明川是她可选范围之内的条件最好的人，而且联姻这种事，沈家长辈满意她就行。

但江凛却不同。

不管是心机、手腕还是魄力，江凛都是他们圈内这辈年轻人中一等一的，江家那位老爷子现在只怕是已经完全限制不了他了。

汤辰如伸手接过电话，迟疑地"喂"了声。

随后，她听到一个不算陌生，但又异常冷静的嗓音在手机中响起。

"你是不是面对着她？现在转过身，别让她看见你的表情。"

汤辰如没明白："谁？"

"温宁。"江凛说。

不知是不是错觉，汤辰如总感觉他念这个名字的时候，声音并不如刚才那样沉冷，好像倏然间就温和了几分。

温宁？这位小温编剧的名字？

汤辰如张了张嘴，对方却像是知道她正想开口似的，那个冷静的嗓音再度响起，打断了她即将说的话。

"别多问，先转过身。"

温宁看着汤辰如转过身去接电话，还有点没搞明白状况，但这位汤小姐明显有话要和她说，她也不好直接进去。

只是她还提着大包小包，都不方便拿手机出来打发时间。

瞥见对方那双大长腿，温宁又忍不住小小地羡慕了下。

温宁正想着要不要把吃的让小姐妹花先拿回去，毕竟这种前绯闻对象见她这种正牌女友的场面好像不太适合刚成年的小朋友观看。

可汤辰如这时已经重新转身面向她。

汤辰如的表情有点奇怪，像是愣怔中带着些没藏好的震惊，手机都忘了还给吴制片，就这么拿在手上。

温宁的手已经有点酸了，见她盯着自己发怔，却迟迟没开口，不由得主动问："你刚要和我说什么？"

汤辰如也不知回没回神，目光呆滞地"啊"了一声："说什么？"

温宁提醒她："你刚刚跟我说'你就是那位小温编剧，你'，后面那句只说了个'你'字就被打断了。"

汤辰如的目光终于又有了焦点："你——"

她顿了两秒，像是又认真打量了温宁一眼，随后一脸诚恳地道："你长得真可爱！"

温宁："？"

汤辰如又看了她两秒，目光像是看到了什么神奇的东西一样，然后她说："我还有点别的事，下次再来剧组找你玩。"

温宁一脑袋问号。

吴制片叫住转身就要走的汤辰如："等等，汤小姐，我的手机。"

汤辰如停住脚步，把手机递回去，忽又看着吴制片说了句："谢谢啊。"

吴制片接过手机，倒是能猜出她为什么谢自己。

那位江总还真不是一个能随便得罪的人。

温宁看着汤辰如上了跑车，目光不由得又转向吴制片。

汤辰如前后态度发生转变，中间只接了吴制片递过去的那一通电话。

"刚刚那电话真是江凛打的？"温宁狐疑地问。

吴制片："真的啊。"

说完还像是怕她不信似的，调出刚才打电话的界面给她看。

温宁瞥了眼手机屏幕。

通话人的名字备注的是"江总"，来电时间在三分钟前，但加上吴制片从里面出来的时间，也差不多对得上。

汤辰如当着她的面接的电话，走前才把手机递回去，他们俩都没有疑似删记录的小动作。

而且——宁雪兰女士当初给她发过江凛的电话号码，她有点印象，因为尾数刚好是她的生日。

"还真是江凛那混蛋的号码啊。"温宁嘀咕了一声。

吴制片："……"

吴制片其实有点心虚，他宁愿跟钱正义他们一样，并不知道沈明川和江凛的真实身份。

温宁作为一个晚辈来说确实挺讨喜的，自己帮着一起骗她还挺于心不安的。

也不知道那位江总到底是图什么。

说他在骗温宁吧，但除了隐瞒身份之外，他对温宁是真的要星星不给月亮。

吴制片扪心自问了下，他对他老婆都没做到过这个份儿上。

不过小温编剧刚才是不是骂江总混蛋？

怎么听着她好像也认识江凛似的？

"对了，"温宁又想起来自己还拎着食物，"吴总你吃炸串吗？"

吴制片回过神，心虚地摆摆手："不用了。"

进去后，温宁把手上的大包小包都放在了剧组后面的一张空桌子上，谁想吃什么自己随便拿。

只是耽搁了这一小段时间，等温宁打开最想吃的炸串饭盒时，里面的东西都有点凉了。

不过她还没来得及开吃，手机就响了起来。

来电人：男朋友。

温宁把手上的饭盒递给试图找她八卦的小姐妹花，拿起手机离开人群，走到一棵有树荫的大树下接起电话。

没等他开口，温宁就酸酸地道："你前绯闻对象刚刚来剧组找我了。"

"不用管她。"他语气平淡，仍听不出什么情绪。

温宁看见地上有一只小蚂蚁，她绕开走到另一边，语气更酸了："我只说了前绯闻对象几个字，你都不用具体问问，就知道是谁了吗？"

"吴制片告诉我了。"他说。

"噢。"温宁长长的睫毛低低地垂下来，"你都没告诉我，她本人居然比照片上的漂亮那么多，气质好，身材也好，腿还很长——"

温宁顿了顿，回想了下汤辰如的模样，觉得对方真的配得上"女神"两个字："漂亮到要不是她是你的前绯闻对象，我都想跟她抱抱了。"

电话那头安静了两秒。

随后男人的声音再度响起，比刚才微凉了几分："你还想和她抱抱？"

温宁还在胡思乱想，心不在焉地接了一句："她是真的很漂亮啊。"

"温宁，"江凛叫她的名字，"我看你也不需要我哄。"

温宁回过神。

终于听出他的语气发生的微妙变化。

明明是她在吃醋，怎么他这句话听着也酸酸的？

温宁也不知道自己猜得对不对，但下意识地就想跟他撒娇："要哄的，我还是第一次碰到这种情敌找上门的情况。"

说完这句，她的心底忽然真的就冒出一股委屈感。

"你还有没有别的什么绯闻女友、准联姻对象或前女友之类的有可能会找过来啊？你先给我打个预防针，我好有个心理准备，免得人再找上门来的时候，我还像今天这样都认不出来，搞不清状况的。"

"都没有。"男人声音低缓郑重，听着像是在跟她承诺什么似的，"今天这种情况也不会再出现第二次。"

温宁刚才那句话完全是在委屈的心态促使下，话赶话一股脑说出来的。

此刻得到他的承诺，她才忽然反应过来自己说了什么。

温宁有点不可置信地又跟他确认了一遍："你没有前女友？"

怎么可能？

但电话那头的男人对这个问题并没有任何迟疑。

"没有。"他说。

翌日中午，温宁先和剧组的人一起过了个生日。

某个大老板还有工作，要等下午五点才能过来接她。

不过中饭是他安排的。

温宁本来是想自己请客的，但饮料和蛋糕她之前都已经请过了，中午时间有限，请吃饭的话太过麻烦，她也没有请这么多人吃饭的经验。

温宁打电话和他提起的时候，他就说他来安排。

今天上午还没到饭点，就接连有好几辆车驶进学校。

一中的食堂几乎快被布置成了一个自助餐厅。

温宁中午收了不少礼物，就连李君慈和李君慧这对小姐妹花也用压岁钱给她买了礼物。

一对猫耳发箍，不贵，但是超可爱。

熬过漫长的下午，温宁终于等来了他的车。

剧组晚上其实有夜戏，但她今天是寿星，杜婉姝早说了今晚就算临时有工作也不会给她安排，让她放心去玩，喻佳那边现在也不用她帮忙。

车一来，温宁跟杜婉姝和喻佳打了声招呼，就背着小包包跑下了楼。

出了教学楼，温宁才发现门口那辆车并非之前那辆。

还是一辆黑色宾利，但车牌号明显与之前那辆不同。

温宁愣了下，一瞬间还以为自己看错车了。

这时司机老徐下来，帮她开了后座的车门。

温宁就没再多想。

她弯腰坐上车，一眼先看到右后座的男人。

黑衬衫、金属腕表，侧脸轮廓线条棱角分明，又矜贵又英俊。

随后她才发现车厢内饰与之前也有所不同，后排的两个座位不像之前完全隔开，中间的扶手箱可收可放。

此刻是收进去的。

两个座位间全无阻挡，也就是说，她现在可以直接扑进他怀里。

但司机还在。

男人恰在这时偏头朝她看过来，玻璃镜片后的那双眼还是一如既往地平静深邃，不说像她这样欢喜雀跃，甚至都看不出一丝波动。

温宁被他这么看了一眼，仅有的那点冲动就像被风吹的小火苗，"哗"的一下灭了。

还没完全适应和他的关系改变的事实，就分开数天，温宁心里那股不真实感不由得重新开始冒头，她也不敢像这几天在电话里那样肆意跟他撒娇。

她乖乖贴着车窗边坐好，正要伸手去拉安全带，忽然听见他的声音响起。

"坐这么远做什么？"

温宁："要系安全带啊。"

就算是坐后座，他每次也都会让她乖乖系好安全带。

"过来，"江凛朝她伸手，"先陪我说说话。"

温宁看着递到面前的那只冷白色修长的大手，抿抿唇，把自己的手搭上去。

没等她动，男人忽然就先使了点力道。

温宁被他拉得一下扑进他怀里，脸贴上他的黑衬衫，闻见了他身上清爽好闻的气息，似乎还能听到他的心跳声。

有力，但好像也没那么平稳。

像她的心跳一样，跳得稍微有点快。

温宁抬起头，感觉到他的手穿过她的发丝，轻轻在她脑袋上揉了揉，动作带着前几天那样的亲昵。

她的心忽然又定了下来。

"中午开心吗？"江凛问她。

温宁在他怀里点点头："开心的，要是你也在就更好了。"

男人没说话，拇指的指腹轻轻在她脸上摩挲了下。

温宁脸有点痒，却又有点享受他这种带点宠溺又亲密的抚摸，就没动，任他轻轻触碰着自己："不过中午有点吵，你估计不会喜欢。"

小姑娘靠在怀里仰头看着他，像只乖巧的小猫。

江凛的动作又轻了几分："你开心就好。"

温宁将下巴在他黑衬衫上轻轻蹭了蹭，但怕把他衬衫蹭皱，只动了一下，又停下来，下巴靠着他胸口，轻声问他："我们等下去哪儿吃饭？"

他都还没告诉她订了哪家餐厅。

"Infrared。"江凛说。

温宁眨巴了下眼睛。

Infrared 在南城新地标建筑的顶层，算是南城最贵，也是环境最美的西餐厅。

"我们今晚吃西餐吗？"

"中餐。"江凛看着她，"你不是不喜欢吃西餐？"

温宁那天是和他说了不喜欢吃西餐。

她有个中国胃，吃不太惯西餐。在国外留学这几年，要不是住在舅舅家，时刻能吃中餐，她估计是待不下去的。

"那怎么去 Infrared 啊？"她不解地问。

男人的手还有一下没一下地抚摸她的发顶和脸颊，嗓音平缓："环境还行。"

所以就让人家一家西餐厅今晚临时改做中餐吗？

不过温宁其实也不太介意晚上吃什么，能有他陪着过生日就很好了，她没去过 Infrared，但在网上看过测评，知道内部大概的环境。

"我用不用换条正式点的裙子啊？"

她没料到今晚他会带她去西餐厅，早上换衣服的时候想着之前见他都是穿裙子，今天就换了身甜酷风的短上衣和黑色工装裤。

这身衣服去高档西餐厅好像就不怎么合适了。

江凛动作轻缓地碰了碰她的眼尾："你不需要迁就餐厅。"

"那——"温宁仰头看着他，"你想看我换条正式点的小裙子吗？"

"你也不需要迁就我。"江凛说。

到地方后，温宁毫不意外发现餐厅又被他包场了，从餐厅专用电梯上去，到进餐厅，一路除了餐厅服务员，其他一位客人都没有。

餐厅面积不算大，平日就只接待固定人数的客人。

环境确实美，应该是被重新布置了一番，中间只剩下一张餐桌，上面还摆了瓶香气满满的茉莉花。

后来上菜的时候，温宁才知道这是这家餐厅的一个习惯，餐桌上的装饰品都是当天入菜的一样食材。

不过温宁此刻也没着急先入座，而是拉着男人走到了餐厅的落地窗前。

这座新地标建筑是南城目前最高建筑，这家餐厅就位于大楼的最高楼层，站在餐厅里可以俯瞰大半个南城。

温宁这几年在国外的时间更多，还是头一回上来。

已经接近傍晚六点，晚霞未散，低低地缀在天边。

一条大江横穿城市中间，将摩天大楼群分隔在两边。

温宁站在窗前辨认了许久，抬起细细的胳膊一指："那边好像是我家，就那片黄黄的建筑，那边是一中吧？"

江凛："嗯。"

温宁随手指了一堆地方，旁边的男人耐心陪着她，时不时应上一两声。

等她看得七七八八，他才牵着她走回桌边，帮她拉开座椅，看着她落座后，才走到对面坐下。

刚一坐下，江凛就听见手机响。

他拿出手机，接通电话。

计远的声音响起："经理说江冽带着柳筱在餐厅门口，想进来用餐，他们正在交涉，但不一定阻拦得了。"

江凛面色不变。

温宁见他接通电话后就一直没说话，也没别的动作，只是气压隐约像是又低了几分，那股迫人的气场瞬间就显了出来。

她不由得问："怎么啦，谁打来的？"

江凛眼皮掀起，朝她看过来："计远的电话。"

"是临时有工作吗？"温宁问他。

"不是什么重要的事。"江凛站起身，走到她身侧，抬手碰碰她脸颊，"我出去跟他说一下，乖乖在这儿等我。"

温宁点点头。

江凛一路走至餐厅门口，拉开门，并没有听到说话声。

他把门阖上，交代了门口的服务员一声，才往外多走了几步，就听见拐角处有声响传来。

"让客人白跑一趟就是你们所谓的服务态度啊。"是江冽的声音，"不然你帮我去问问那个包场的人，看他愿不愿匀一个位置给我。"

另一个声音带着歉意："抱歉，我们不能打扰客人用餐。"

江冽张了张嘴，还想再说点什么，忽然瞥见从拐角绕出来的男人，没说出口的话全惊讶地吞回肚中。

"哥，你怎么在这儿？"

这地方是南城最有名的约会餐厅，不然江冽也不会把柳筱往这儿带。他想起前些天在一中门口，沈明川那个模棱两可的态度，轻轻倒吸了口气。

"你不会真恋爱了吧，和《秘密》剧组的女演员？"

柳筱还是第一次见这位江大少爷。

对方穿了一身黑，气场十足，此刻浑身都带着冷意，她不由得往江冽身后避了避。

江凛没接他的话，只冷声问："你怎么在这儿？"

江冽指指身侧的柳筱："带女朋友过来吃饭。"

"我是问你怎么还在南城。"江凛说。

江冽："我女朋友在南城拍戏，我过来陪她一段时间。"

江凛垂眸理了理卷起的衬衫袖子："你最近很闲？"

"也……"江冽不知他为什么忽然这么问，但能明显感觉出他哥此刻情绪不太好。

可能是因为打扰到他约会了？

"也还好，不算忙。"

江凛重新抬眸，语气冷淡："你另外找个地方吃饭，江家的名头也不是让你用来为难别人的。"

说完他没等江洌反应，径直转身，打算折返餐厅。

江洌却难得大着胆子叫住了他："哥，嫂子真在里面？"

江凛听见"嫂子"二字，停下脚步，转回身来。

江洌对上他平静的目光，好奇心再次战胜其他情绪："既然都碰上了，你要不要介绍下嫂子给我认识？我保证见完面就走，不打扰你们。"

江凛看了他两秒："你以后会见到她的。"

温宁坐在位置上刷完朋友圈，还没等到他回来，正想着要不要再打开微博刷一下，忽然就闻见身后有熟悉的气息靠近。

随后一只温热的手落到她的耳垂上，轻轻捏了捏。

一股酥麻感立即传过来。

温宁下意识地想回头，那只大手却往上抬了抬，遮挡住她眼睛。

眼前瞬间变暗，男人低缓的声音在她头顶响起。

"闭眼。"他说。

温宁乖乖闭上眼睛，感觉男人那只大手轻轻撩开她头发，然后有微凉的、类似于某种金属的触感落在她的脖颈和锁骨之上。

像是他在给她戴项链。

项链应该很快就戴好了，温宁感觉颈上多了点重量，锁骨上也多了个凉凉的小东西。

但是那只手却仍没离开。

那抹温热的触感顺着她脖颈，一路流连至锁骨。

温宁闭着眼，视觉暂时被屏蔽，其他感觉就越发灵敏，她感觉他在看着她，感觉他那只手轻轻抚过锁骨中间的位置，略停了一停，像是要再往下，最后却又退回她颈上。

她感觉那只手所经之处，带起一片微小的电流。

顺着她脖颈一路流窜至心脏。

上次在卧室，温宁看着他靠近，以为他可能要做点什么的时候，心里只有紧张。

这次不知是不是因为看不到他，也一直听不到他说话，所有感官正由他那只手在掌控，她无端有点慌。

"我能睁眼了吗？"温宁忍不住开口。

他没说话。

餐厅原本就只有他们两个人，此刻只有不扰人的纯音乐在低低地响着。

在这种极静的环境中，温宁感觉男人那只手又流连到她锁骨中间，不知道是食指还是哪只手指的指腹轻轻抚过。

再稍稍往下……

温宁的心快跳到嗓子眼了。

他的手像是最后落在了项链的吊坠上，因为那个金属质感的东西在某种力量的压制下，往她皮肤上贴近了几分。

两秒后，他松了手。

"睁吧。"男人平静的声音在她头顶响起。

温宁脖颈像是犹有他的手的触感存留。

她缓了缓，才红着脸睁开眼，看到脖子上真的多了条银色镶钻项链，款式简单大方，项链中间缀了个很可爱的小猫咪挂坠。

是她没见过的款式。

但看中间镶嵌的绿色小宝石，她估计应该也不会便宜。

项链正面看不出任何品牌信息，温宁翻过背面，看见后面刻了两个字母——WN。

温宁转过头，看向身后还在轻轻摸她脑袋的男人："特意给我定做的吗？"

江凛点头："喜欢吗？"

温宁看了看猫咪吊坠，又抬头看他。

这个男人挑选的所有东西都很适合他——

他的银框眼镜、他身上的黑衬衫和西装裤，还有手上的金属腕表。

但这条有点少女的项链明显不像是他的偏好，是完全参照她的喜好定制的。

温宁心里好像有小朵小朵的烟花灿烂地炸开。

原来收到喜欢的人精心准备的礼物是这样一种感觉。

"很喜欢。"

男人把手横在座椅靠背上，手臂肌肉有着漂亮的线条，他的手指轻轻在她脸颊上碰了碰，嗓音低缓："生日快乐。"

晚餐不是纯粹的传统中餐，稍稍做了点改变，口味还是中式，但摆盘变成

了符合餐厅氛围的西式。

有几道菜摆得相当漂亮，温宁这种一向以吃为先的吃货都忍不住先拍了照才动筷子。

这顿饭吃了将近两个小时，只是临近尾声时，南城忽又下起了大雨。

直到他们吃完，这场雨也没停，还有越下越大的趋势。

温宁放下筷子，拉着男人走到落地窗前。

在高处俯瞰暴雨中的城市是种全然不同的感觉。

万家灯火被巨大的雨幕模糊。

刚好有雷声"轰隆"，伴随着仿若劈开天空照下来的闪电，整座城市重新亮堂了一瞬。

有种震撼的美。

"刚刚那道闪电好酷啊！"温宁兴奋地感慨。

"雷声也酷？"身旁响起男人低沉的嗓音。

温宁点点头："也酷的。"

江凛瞥了眼眉眼弯弯站在落地窗前的小姑娘，伸手把她往回拉了点，淡淡地问："你又不怕打雷了？"

"还是怕的，"温宁仰头和他撒娇，"要男朋友抱。"

这姑娘今天穿的是沈明川发给他那张照片中的那身衣服。

上衣偏短，细细一截腰身露在外面。

江凛抬起手，掌心落在她背上，把她往怀里带了带。

温宁满意地靠在他胸膛上，仰着头问他："你等下还有别的安排吗？"

"带你看电影。"江凛说。

温宁："对面商场的电影院吗？这栋楼里好像没电影院。"

江凛："酒店那边。"

温宁回头看了一眼窗外仍没有要停的迹象的暴雨："那这么大的雨，我们现在也回不去吧？"

她回头时可能动作稍微大了点，带着本来就短的上衣往上提了提，江凛食指指腹瞬间触碰到一截细腻柔软的腰身。

他的指尖稍顿。

大约是没听到他回答，小姑娘又转回头来，眼巴巴地问："那我们现在怎么办？"

"不回去了。"江凛说。

温宁疑惑地眨巴了下眼睛："那去哪儿？"

"温宁。"江凛抬起另一只手，将她颊边的黑发别至耳后，那张乖巧的小脸全露出来了。

"今晚跟我回家？"江凛问。

博汇中心离 Infrared 所在大楼仅数百米，是南城最贵的几个楼盘之一，位于寸土寸金的市中心，临江而立。

从车库一路经由电梯上至顶层。

大门打开后，温宁站在男人身后，看着他慢条斯理地取下银框眼镜，搁在玄关柜上，抬起的手却没立即放下，顺势又多解了粒衬衫扣子。

他的表情仍平淡，动作间却带着几分归家后的轻松随意。

温宁后知后觉地意识到，答应跟他回来不只意味着可能今晚要和他发生点什么，更意味着她现在已经踏入了他的私人领域。

温宁在餐厅答应得没怎么犹豫，她自认理论知识丰富，以为自己已经完全做好了准备，可踏入房门的那一刻，她还是忽然就紧张了起来。

愣神间，高大的男人略弯下腰，在她面前放了双拖鞋。

崭新的女款拖鞋。

"你家怎么会有女款拖鞋？"温宁回过神问他。

"给你准备的。"江凛直起身，"试试。"

温宁换了鞋子，尺码确实很合适。

这也是她刚才语气不酸的原因，这鞋从款式到尺码都确实像是给她准备的。

但是——

"你怎么知道我尺码的？"温宁又问。

男人略垂着眼，目光像是轻轻从她脚上扫过。

"成人款挑了最小的尺码。"他取下眼镜后，身上那股气场越发明显，但可能是身处家中的缘故，语调中难得带着几分轻松，像是逗她，"再不合适就只能买儿童款了。"

温宁："……"

她脚小得有那么明显吗？

而且！她怎么可能要穿儿童款！！

不过被他这么一取笑，温宁心头那股紧张感倒是被压了下去。

但也就是一瞬。

等他换好鞋，温宁被他牵着踏入客厅后，刚才压下去的紧张感重新冒头，还大有越来越明显的趋势。

心跳都跟着快了起来。

温宁不知道他会带着她停在房间哪个地方，也猜不到他接下来想做什么，越想越紧张，只好通过悄悄打量他房间的陈设来转移注意力。

客厅空间开阔，黑白灰主色调，极简的性冷淡风。

冰冰冷冷的，和他人设挺搭。

温宁看得认真，也没注意到走在她前面一步的男人忽然停了下来，她闷头闷脑地撞进了他怀里。

江凛抬手搂住她。

温宁今天穿的上衣是短款，男人那只手正巧落在她腰上。

不知是她腰间皮肤被车上的空调风吹得偏凉，还是他手上温度高了些，温宁只觉那一片皮肤都像是在发烫。

她抬起头，目光瞬间撞进男人视线中。

没了那副眼镜遮挡，他的眸色看着像是比平时还要深上几分，像是带着一丝不明显的侵略感。

江凛空着的另一只手抬起，落到她脸上，拇指指腹滑过她嘴角，停在她下巴的位置。

然后他稍稍低下头。

温宁下意识地屏住呼吸。

有那么一瞬间，她觉得面前的男人像是想吻她。

那天在教室的时候，他看她的眼神就和现在很像。

但今天的情况又和那天不太一样。

那天隔着一堵墙就有剧组的人在拍戏，今晚她在他家。

温宁心跳快得厉害，垂在一侧的手无意识地揪住男人西装裤腿。

男人静静地看了她几秒，最终他只是轻轻碰了碰她脸颊，低声问她："带你逛逛？"

温宁愣了下。

隔了两秒才反应过来，他是说带她逛逛他家。

"好……好啊。"

温宁不意外他在南城有房产，刚才看见是一梯一户格局时，也猜想到房型可能不会小，但真被他牵着一点点地往里走，她就发现房子还是大得有些超出她预想。

用"逛"这个词还挺合适。

而且他这个举动让温宁有点开心。

她一直觉得家是个很私密的地方，每一个摆设、每一处细节都很有可能显露出你的爱好与性格。

带人回家，并允许对方参观家里每一处地方，某种意义上，就相当于把自己摊开展示给别人看。

起码对她来说是这样的。

她家卧室房间里有一堆她乱写乱画的东西，除了很亲近的人，她都不喜欢别人进去。

哪怕他是北城人，这座房子很可能他并不常住，温宁还是觉得高兴。

他家客厅外面有个很宽阔的阳台，就在临江的那一面，不过外面雨还大着，他没让她出去。

温宁被他牵着一路从客厅逛到书房、会客厅和健身房。

紧张的心情慢慢被缓解，从健身房出来后，温宁没忍住问他："你一个人住这么大的房子不觉得太空了吗？"

她自己住一座百来平的房子都觉得空，经常溜回对面去给她爸妈当小电灯泡。

江凛牵着她继续往前："符合我其他要求的，没有小户型。"

温宁："……"

有钱人的理由总是这么朴实无华。

走进健身房隔壁房间，温宁又问他："这是影音室？你平时在家还看电影啊。"

"偶尔。"江凛在她旁边停下，抬手抚了下她脸颊。

温热的触感忽然落上来，温宁愣愣地抬头看他。

"要看电影吗？"男人问她。

温宁茫然地"啊"了声："可以。"

看电影前，他们先去了趟厨房拿饮料。

一打开冰箱，温宁就看见里面摆了几排色彩鲜艳的、和房间风格很不相符的饮料。

红色可乐、橙色芬达、小绿瓶鲜奶还有各式口味的气泡水。

都是她在他面前喝过或提过的。

原来他都记得。

"喝什么？"男人在她身后问。

温宁看了这些饮料几秒，目光又落到下面那一排罐装啤酒上，心里不知怎么，忽然生出点冲动。

她转过身，抬头看他："我想喝啤酒可以吗？"

江凛静静地凝视她，没说话。

温宁抬手揪住他一粒衬衫扣子，试图撒娇："我喝一罐不会醉的。"

但是会微醺。

她一成年，她爸妈就给她测试了下酒量，也就一大罐啤酒的量，喝完那天晚上，她踩在家里的沙发上，拿着话筒对着她爸妈唱了半小时的《Super Star》。

邻居都听到她在家吼"你是电，你是光，你是唯一的神话"了，第二天还打趣她唱得不错。

但是她当时是处于清醒状态的，就是会有点兴奋。

微醺的话，她估计就不会那么紧张了。

"就一罐好不好？"

男人又看了她两秒，眸色深且幽暗，然后他开口："气泡水还是牛奶？"

温宁："……"

温宁撇撇嘴："气泡水。"

"要白桃口味的。"

他给她拿了瓶白桃味儿的气泡水，自己倒是拿了罐不肯给她的啤酒。

温宁轻轻"哼"了声："小气。"

江凛反而轻笑了声："水果要吗？"

"要。"温宁才不跟吃的作对，她看向里面那一排保鲜盒，"西瓜、杧果和黄桃都要。"

拿了饮料、水果回到影音室，温宁开始挑电影。

他把挑选权给了她。

温宁不爱看爱情片，她喜欢剧情刺激、反转不断的惊悚悬疑片，但毕竟是第一次来他家，屏幕里跳出来一堆刺激血腥镜头，可能会有点破坏氛围。

她思前想后，最后折中挑了部好莱坞商业片。

影音室的门早关了。

灯一关，里面就成了一方昏暗又密闭的小空间。

温宁能清楚地闻见旁边男人身上清爽的香味儿。

他坐得离她很近，动一下，黑衬衫就会轻轻擦过她手臂。

温宁不禁又开始紧张，她开了气泡水喝了一口，放回去，还是觉得紧张，最后干脆把装着西瓜的保鲜盒拿起来抱在怀里。

电影开始。

男主角是个杀手。

开场节奏还不错，男主角出来执行任务，但一直小状况不断，危险一重接一重。

温宁很快入神，抱着西瓜都忘了吃。

直到这段冲突不断、险象环生的暗杀戏终于结束，温宁随意搁在桌面的手机也刚好响了声。

是一个同学在微信上祝她生日快乐。

温宁回了个"谢谢"的表情包，顺便看了一眼时间。

九点三十分。

投影前，温宁也特意看了下时间，是九点零六分，也就是说，电影已经放了有二十多分钟了。

屏幕中，男主角有惊无险地结束了任务，拿到佣金后就去了一家酒吧。

还搭讪了个漂亮小姐姐，问小姐姐能不能请她喝酒。

温宁低头又吃了块西瓜。

再抬头时，屏幕里已经场景一变。

男主角不知何时带着小姐姐上了他的车，两个人正吻得难舍难分，看动作大有在车上再开一辆车的架势。

好嘛，发展比他们快多了。

温宁在心里吐槽。

但她心里飘来飘去的小弹幕很快就停了——

因为自打电影开始后，他们就都没再说话，他影音室的音效又非常好，所以现在这间寂静的房间里只有立体的、环绕的、无比暧昧的声响。

温宁："……"

温宁愣愣地咬着块西瓜，明明尺度更大的她都看过不少，此刻不知为何，她莫名有些脸红心跳。

旁边一直没动静的男人这时却忽然动了。

衬衫衣袖摩擦过她肩膀，发出点极细微的响动。

男人那只冷白色手伸过来。

温宁呼吸一紧。

下一秒，那只手越过她身前，拿走了放在她前面茶几上的啤酒。

温宁悬起的心又重重落下来。

电影里的两个人已经消停。

于是旁边那一声"咔嗒"轻响就尤为明显。

像是他打开了啤酒罐子。

温宁慢吞吞地吃掉嘴里的西瓜,心跳还快得没章法。

她觉得这样不行,再这样下去,她人可能不会被玩坏,心脏估计要被玩坏。

"沈明川。"温宁说着侧过头——

旁边的男人懒懒地倚在沙发上,修长的指尖拎着啤酒罐子,大半张脸隐在电影昏暗的光线中,却有种说不出的勾人意味。

温宁忽然就忘了叫他是想说什么。

几乎是同一时间,另一种细微的声响夹杂在电影台词中响了起来。

好像是握在啤酒罐上的手用力过度,铝制啤酒罐凹陷下去时所发出的声音。

温宁还有些没回神。

男人这时忽然倾身靠近过来。

瓶身凹陷的啤酒罐被重新搁回茶几上,随即她耳垂上落下来一只手。

那只手刚拿过冰啤酒,冰得她耳垂一阵发麻,已经有几分熟悉的战栗感一路直窜至尾椎骨。

"叫我什么?"男人沉沉地开口。

不知是不是光线昏暗的缘故,他眸色也沉,带着几分风雨欲来的危险感。

手却还轻轻在她耳垂上捏着。

温宁在这股熟悉的战栗感中想起了那天在教室的场景。

想起他好像在称呼方面有些也不算太奇怪的癖好。

"哥……哥哥?"她迟疑着叫了一声。

电影里光线一转,像是恢复到了白天。

也让温宁将面前男人的模样看得更清楚。

那双眼还是一如既往地平静深邃,只是没镜片遮挡,眉眼间会显得攻击性更强一点。

他轻轻捻着她耳垂:"再叫一声。"

一回生二回熟。

温宁也觉得没那么羞耻了,乖乖又叫了声:"哥哥。"

电影中有台词声持续传来,好像是刚才那个小姐姐其实并不是普通人,而是个警察,并且要保护男主角暗杀的对象……

咦?温宁好奇地想转过头看看。

捻在她耳垂上的那只手突然稍稍往下移动,捏住了她下巴,温宁被迫转回头来。

她眨了眨眼睛。

下一瞬,旁边的男人倏然就低头吻了上来。

手上装着西瓜的保鲜盒被抽走，不知放到了哪里，温宁被男人搂着腰搋进怀里，唇瓣被他含住轻轻吮吻。她恍恍惚惚地想，不算207教室里那次轻轻一碰和会所里他喂她喝酒之外……这好像是他第二次真正吻她。

温宁发现比起和他抱抱，她好像更喜欢他吻她。

不过这阵轻吻就像是给她做好心理准备的一点前菜，他动作很快就变得不温柔了。

男人那只仍有些冰的手稍稍下移，指尖捏住她脸颊，半强迫式地逼她张嘴。

他舌尖长驱直入抵进来。

温宁从他嘴里尝到了他今晚不肯给她喝的啤酒的味道。

吻逐渐深入，唇舌交缠间，他舌尖的啤酒麦芽香气和她嘴里的西瓜果香混合在一起，像是酿出某种甜的果酒，熏得人心脏直发软。

温宁用手攀着他脖颈，尝试着回应他，却很快又被他夺回控制权，只能无力地挂在他怀里，被动接受他越吻越深的掠夺。

早在他抽走她手上的西瓜时，电影就已经被他暂停了。

宽敞的影音室里的声响却没停。

没有了立体环绕的音响加强，却越发惹人脸红心跳。

温宁被他搂腰带着半躺在沙发上，吻还在继续，腰上那只大手却一直没动过，只是力度越收越紧，像是某种隐忍克制。

温宁呼吸乱得厉害，用手揪着他后背的黑衬衫，忍不住开口："手。"

男人动作一顿。

他像是难得有点没弄清状况，稍稍抬头："嗯？"

这一声压得很低，就响在温宁耳朵附近，好听得要命。

她有点后悔打断他了，其实也不是不能忍受。

"手怎么了？"他问。

温宁小声道："力气有点大。"

江凛松开手，坐起身，借着暗淡的灯光，看到她腰间原本白皙细嫩的皮肤上隐约多了几道红色的指印。

应该是他刚才没控制好力度。

但这姑娘大约是一点疼都受不住，及时开了口，所以也不明显。

那点细微的痕迹反而能轻易勾起人心底潜藏的某些东西。

江凛没再开口，目光顺着指印一寸寸往上移。

温宁咬着唇。

明明他什么也没做，甚至没有像刚才那样吻她，只是眸色偏暗的目光缓缓在她身上游走，她却觉得心尖一阵发麻，半悬空着的脚尖也不禁绷直。

倏地有物体落地的声音响起，打断了一室安静。

"踢到什么了？"江凛停下动作，"脚疼不疼？"

温宁浑身都在发烫，但脚踝上有点冰冰凉凉的触感："不疼，可能是水果。"

江凛找到遥控器，开了灯。

屋内光线骤亮，他眯了下眼，再睁开眼时，就看到小姑娘脸颊绯红地躺在沙发上，鲜红的碎西瓜散落在她脚踝上，衬得她纤白的脚踝像是染着点浅浅的粉。

"啊？西瓜被踢倒了啊！"她语气听着还有点可惜。

江凛闭了闭眼，从桌上抽了张纸，握住她脚踝擦干净，将纸顺手丢进垃圾桶里，起身把沙发上的小姑娘抱了起来。

温宁忽然被他像抱小孩那样抱起，吓了一跳，手忙脚乱地钩住他脖子，腿也不忘缠上去。

"你干什么呀？"

"脚不用洗？"江凛问。

温宁抱着他脖子，脸红红地埋在他肩膀上："用的。"

他抱着她进了刚才没参观的主卧。

进门左手边是一个大衣帽间，温宁被抱进洗手间前匆匆一瞥间，看到上面挂着一大排西装衬衫。

洗手间的空间也很宽敞，浴缸都快有她家里小洗手间大了。

温宁对抱着她的某个资本家短暂地酸了一下。

男人这时把她放在了洗漱台上。

"先穿我的拖鞋？"他问。

温宁低头看了一眼自己晃荡的双脚，这才发现她没穿鞋出来。

她都没注意到。

他居然也是现在才注意到吗？

温宁点点头。

男人从洗手间的置物柜里拿了双备用的男士拖鞋给她换上。

温宁脚小，穿他的鞋像小孩偷穿大人的鞋，走路都不算方便，于是享受了被他全程牵着走到玻璃隔开的淋浴间的服务。

江凛把花洒取下，打开水龙头，试了试水温，才转向她脚踝。

可能是水流略大，水打上去的时候，小姑娘圆润莹白的脚趾往他拖鞋里蜷了蜷，黑色的工装裤腿忘了提上去，被水打湿，软软地贴在她小腿上。

江凛握着花洒的指尖紧了两分。

他把水流调小，缓缓抬眸，看见刚才那点痕迹已经淡了下去，只余一片白皙，唇色却是不正常的、几近饱满的红，泛着水光，像是鲜艳欲滴的玫瑰。

江凛抬手关了水。

温宁又朝他伸出手，无声地撒娇要牵。

江凛把花洒放回去，牵着她往外走。

温宁跟在他身后，嘴角翘起点得逞的弧度。

只是没走几步，经过洗漱台时，前面的男人忽然停下来。

"要洗手吗？"温宁听见他问。

温宁："？"

她只是脚弄脏了，手好像没有啊。

她还有点没反应过来，男人已经从背后半拥着她转向洗手台，抬手打开水龙头，水流"哗啦啦"流出来。

温宁的手被他带着一同在水下打湿，她看着他挤了洗手液擦到她手上，不紧不慢地给她洗手，骨节分明的手指穿过她指尖，动作认真仔细，像是在洗什么宝贝似的。

她就没说话，乖乖由着他帮她洗手。

最后洗了快有半分钟才停。

温宁正想问他是不是再回去看电影，就听到他的声音从她头顶响起。

"抬头。"

温宁抬起头，从镜中看见他缓缓掀起眼皮，湿漉漉的手抬高，轻捏住她下巴。

"你那天差不多就是这副样子。"

温宁："？"什么样子？

刚才她一直在认真看他帮她洗手，他让她抬头后，她第一眼看向的也是他。

此刻才疑惑地把目光转向自己。

温宁在镜中看见自己眼中像是蒙了点水汽，还带着明显的笑意，脸是红的，唇上的口红色已经褪得七七八八，呈另外一种她没见过的红色。

她真不知道自己此刻是这副模样。

但那天又是哪天？

没等她多想，半抱着她的男人又再次开口。

"温宁。"

温宁于是又把目光转至他脸上。

男人唇上沾着点她的口红，薄薄的眼皮低垂着，遮掩住眼中情绪，湿漉漉

的拇指稍稍往上，落在她嘴角。

他略低下头，温热的呼吸打在她耳廓，声音几乎就贴在她耳边响起："你怎么敢跟我回来？"

温宁觉得自己耳朵像是麻了一下。

隔了两秒，她才小声回道："不是你叫我跟你回来的吗？"

"我叫你来你就真跟我来？"他的拇指指腹轻轻贴在她嘴角，声音也轻，"你知不知道晚上答应跟男人回家意味着什么？"

温宁："我——"

后面"知道"两个字没能顺利说出口，因为男人忽然把刚洗过的、仍湿漉漉的食指探进了她嘴里，剩下两个字就变成了两个含糊的音节。

"还敢跟我要酒喝，你胆子怎么这么大？"

他说这句话的时候，食指轻轻扫过她上腭，又缓缓拨弄她舌尖。

温宁一个字都说不出。

面前宽大的镜子清晰地映出这一幕。

因为身高、体形差距大的缘故，温宁整个人几乎都被他圈在怀里，显得分外娇小，高大男人站在她背后，表情仍一如平日那般冷淡。

她嘴唇微张，隐约能看见里面的舌尖是如何在被那根冷白色修长的食指拨弄。

温宁刚刚缓下来的脸再次红透。

她粉丝经常夸她的画有那什么张力，但和眼前这一幕比起来，她那些画可差太远了。

温宁不由得瞥开视线。

男人的问话却还没停。

温宁感觉他嘴唇几乎碰上了她耳朵，声音压得近乎耳语，再轻一点她可能都要听不清。

"你就不怕我是骗你的？"

温宁眨了眨眼。

他能骗她什么？

骗财的话，她所有积蓄加起来可能还不够买他这个洗手间的。

骗色——

温宁又看向镜中气场强大的、英俊的男人。

比她漂亮的女人她见过不少，远的不说，喻佳就比她漂亮多了，那位汤女神也很好看。

但比他英俊的，她反正是没见过。

228

怎么算都好像是他比较吃亏吧？

温宁也不知道他什么毛病，上次在教室吻她也是，问她问题却又不给她回答的机会。

而且现在这样子真的太害羞了。

温宁忍不住红着脸咬了咬他手指。

只是没舍得太用力。

江凛动作稍停，轻轻碰了碰她舌头才把食指退出来。

温宁自认满脑子废料，可从镜中瞥见这一幕，还是感觉脸上更烧了几分。

她靠着洗漱台边缓了几秒，又做了片刻的心理准备，然后才低着头，小声认真地道："我今天都满二十二了，我知道自己在做什么。"

温宁有点不好意思看他。

但等了几秒也没听见他回答，她刚想抬头，就听见他没什么情绪的声音响起。

"知道自己在做什么是吧？"

温宁点了点头。

下一秒，她被他拉着转过身，抱起重新放坐在洗漱台上。

男人仍垂着眼，他两手从她腰侧伸过去。

温宁听见了水响，像是他重新打开了水龙头洗手。

过了片刻，水龙头被关掉。

她 T 恤下摆却很快被打湿。

可能是室内冷空气吹到了皮肤上，温宁轻轻战栗了下。

"和那天是同款？"他低声问。

温宁："？"

温宁愣了下才反应过来，他说的应该是周一上午半压在她枕头下的那一件。

所以他那天果然是看到了。

温宁在他垂眸看着她的目光中，红着脸点点头。

片刻后束缚感消失了。

温宁低头看见他左手撑在台面上，另一只手时张时拢，张开时骨骼分明的手指会舒展开；收拢时手背的青筋突起，显得格外有力量感。

早在机场他把她手机拿走，在上面输他号码时，温宁就觉得这双手分外好看。

后来去鼎盛开会，她那时还只敢偷偷看他，最多也只敢暗中妄想一下拿他这双手当她那套图的原型会不会更好看。

当时她怎么也想不到会有此刻这一幕。

温宁感觉太害羞了，忍不住闭上了眼睛。

他指腹其实好像稍稍有些粗糙。

温宁脚尖蜷起又松开，感觉有热意在慢慢向全身蔓延。

她不由得又睁开眼。

这次没敢低头。

温宁坐在台面上，看见他微抿着唇，往上是挺直的鼻梁和深邃英俊的眉眼。

不知是鬼使神差，还是想和他贴得更近一点，温宁下意识地靠过去想亲他。

快要碰上时，男人却忽然停下来。

温宁也愣愣地停下来，停在跟他只隔着不到一厘米的距离。

江凛近距离静静地注视她："要我继续吗？"

温宁反撑在台面上的手指蜷了蜷。

隔了两秒，她小幅度地点了点脑袋。

江凛没想到她这时候还敢点头："温宁。"

温宁终于听到了他不那么平静的声音。

"我看你是真的欠收拾！"

他语气有点复杂，说不凶吧，又像是有点凶巴巴的；说凶吧，又好像不怎么凶。

温宁来不及仔细分辨，他已经拽住她小腿，把她拉到了洗漱台边缘。

灯光亮得有些刺眼，面前男人平静深邃的目光终于全无阻隔地落在她身上。

洗手间温度不高，温宁却并没觉得冷，反而因为太害羞，浑身都开始发热。

男人表情很淡，动作却是缓慢温柔的。

温宁忍不住又撇开了视线。

江凛温热的左手却落到了她颈后，半强迫地逼她重新把视线转回来。

"不是喜欢这只手吗？"

"看着！"

温宁再次看到了那只骨骼修长的手。

她慢了好几拍感觉到自己好像确实有一点点疯狂。

满打满算，他们也才认识一个多月。

她在机场一眼喜欢上他。

第二天问到他微信。

没几天就当面跟他表白。

认识差不多一个月就跟他在一起。

现在离他们正式在一起还没满一周……

温宁不只看到了他的手，还看到他仍旧笔挺的西装裤，黑衬衣一丝不苟地扎进被皮带束缚的西裤中。

她揪过的地方应该在背后，衬衫正面看着几乎毫无褶皱。

是换双皮鞋就能出入绝大部分正式场合的打扮，扣好衬衫所有扣子就能变成严谨的禁欲风。

却在做着截然相反的事。

温宁不知道是他戳中了她某个还没来得及解锁的喜好，还是这个男人所有的一切都让她着迷，她在这种莫名的害羞中，居然又感觉到了一点难以言说的兴奋。

男人手还半压着她脖颈，不许她抬头。

温宁只好伸出发软的手，揪住他衬衫："你亲亲我。"

男人动作短暂地顿了一秒，再继续的时候终于变得不再温柔。

然后他松开左手的力度，手滑落到她下巴上。

温宁终于又抬起头。

江凛靠过来吻她。

室外仍旧暴雨肆虐，雨水打湿了整座城市。

不知过了多久，雨势才终于转小。

江凛平缓了下呼吸。

小姑娘将头抵在他肩膀上，像是还有点没从刚才的反应中回过神，在小口小口地喘着气。

他闭了闭眼，调整了下凌乱的呼吸，低头亲了亲她发顶。

"自己洗澡？"

温宁隔了几秒才反应过来他的意思。

她用手揪住他衬衫前襟，能感觉到他的心跳和她的一样快。

视线不经意瞥见他黑色西装裤，温宁耳朵又烧红了几分。

"不继续了吗？"她小声问。

温宁没听到他回答，但明显感觉他呼吸骤然乱了一拍。

她有点想抬头看看他现在的模样，只是刚一动，脑袋就又被他抬手摁回他肩膀上。

洗手间里安静了几秒。

然后温宁听见他声音响起，低沉中带细微的颗粒感，像是有点哑，莫名性感。

"没准备。"

温宁这次倒是很快听明白了，揪在他衬衫上的小手安安分分不敢再动。

"自己洗？"江凛抽出右手，低声又问她一遍。

温宁看见他指尖莹润的水光。

"嗯。"她红着脸，声如蚊呐。

"我去给你拿睡衣。"

温宁看着他出了门，脸还红红的。

她其实有点想试试他这个浴缸，但夏天泡澡应该挺热的。

就还是先算了吧。

江凛很快拿了睡衣回来。

温宁看见睡衣上面还有一件小的，蕾丝边缘被他修长的指尖压着陷入白色的睡衣中。

他另一只手上还拿着她落在影音室的鞋。

江凛把衣服放在置物筐中，然后单手把还坐在洗漱台上的小姑娘抱下来，连人带鞋一起放进了淋浴间。

从洗手间出来，江凛带上门时隐约听见里面有水声响起，他握在门把上的指尖顿了好几秒，终于还是松开。

他转身步入里面的卧室，在床边坐下，拉开床头柜的抽屉。

里面赫然放着一个长方形小盒。

他居然也有事到临头心软的时候。

江凛盯着盒子。

算了。

心软就心软吧。

总得先等她知道真相。

江凛伸手把盒子拿出来，起身丢进一侧的垃圾桶，连垃圾袋一块儿拿了出来。

温宁洗澡向来不快，今天情况还多少有点特殊，最后在浴室里磨磨蹭蹭洗了快一个小时。

她出去时，正好看到男人从外面走进来。

他像是也刚洗了澡，换了身灰色家居服，黑色短碎发柔软地搭在额前。

但气场还是很足。

只是洗了个澡，温宁就感觉像是好一阵儿没看见他了似的，她快步走过去，腻腻歪歪扑进他怀里。

江凛在她身上闻见他的沐浴露的味道。

他抬手轻轻摸了摸怀里小姑娘的脑袋，半干的头发非常柔软："怎么没把头发吹干？"

"还早嘛，"温宁在他怀里蹭了蹭，"吹头发好无聊的。"

江凛视线稍稍往下："不合适？"

"没有，挺合适的，就是穿着一点都不舒服。"温宁的脸又红起来，"能不穿当然不穿啦。"

江凛收回目光，低声问："电影还看吗？"

"看吧。"温宁小声说。

江凛牵着她回了影音室。

温宁发现地上的西瓜已经收拾干净，沙发上的软垫也换了一套新的，她坐上去，靠在沙发靠背上。

等男人在她旁边坐下，她又顺势窝进他怀里，和他一起看完了之前没看完的那部电影。

电影整体 bug 其实不少，但胜在节奏快，笑点也不少。

温宁看得还算愉快。

电影播放到长长的工作人员鸣谢名单，影音室的光线暗下来。

江凛抬手摸了下怀里小姑娘的头发，柔软的黑色发丝从他指尖穿过，已经没了之前潮湿的触感。

"回卧室睡觉？"

温宁"嗯"了声，又转过脑袋，下巴搁到他胸口上，攥住他的家居服前襟跟他撒娇："不想动，你抱我过去。"

暗淡光线模糊了男人的面容，但温宁隐约看到他像是笑了下。

"小黏人精。"他声音也像是带着点笑意。

温宁："那你抱嘛！"

江凛手顺势下移，托住她大腿，把她从沙发上抱起来。

温宁用手熟练地缠住他脖颈，又细又直的一双腿也绕上去。

她发现比起公主抱，她好像更喜欢这种可以挂在他身上的抱法，脸和大半个身体都能跟他贴在一起。

江凛把她抱进主卧，放到他床上。

小姑娘那一头黑发瞬间在浅灰色的床单上铺散开。

江凛轻轻摸了摸她脑袋，松开手："我去给你倒杯水。"

温宁眨了眨眼。

男人已经径直转身出了卧室。

等他回来的时候，手上多了个和他本人气质十分违和的吸管杯。

看着好像和她在剧组用的那个很像。

江凛把杯子放在床头柜上。

温宁正打算多打量几眼，就听见他忽然出声。

"我睡隔壁，有事给我打电话，或者过去敲门。"

温宁没心思管杯子了，她从床上坐起来，睡衣裙摆被带得又往上翻了一截："你不跟我睡啊？"

"温宁。"江凛闭了闭眼，叫她名字。

温宁听出他语气有点不对，愣愣地抬头看他。

男人站在床边，目光沉沉，带着几分明显的危险意味，居高临下地望着她，语气也沉。

"你想的话也行。"

温宁："？"

温宁往床上一躺，扯过他的被子连身体带脸全蒙住，只留一双眼睛在外面。

"哥哥晚安。"语气又无辜又乖巧。

江凛："……"

他平复了下呼吸，伸手想摸下她露在外面的脑袋。

他还没碰到，床上的小姑娘就瑟缩了下，连脑袋都缩进了被子里。

江凛动作一顿，也不知道是不是被她气笑了："你也知道怕。"

被子里那一小团闷闷地回了句："谁让你没准备的。"

江凛在床边坐下。

温宁看不见他，也没听见他回答，只感觉到床似乎往下陷了点，像是他在她边上坐了下来。

她下意识地卷着被子往旁边挪了挪。

江凛伸手去掀被子，感觉到一股微弱的阻力。

"别闷坏了。"

里面的小姑娘没动静。

江凛："不碰你。"

被子终于掀开一角，露出个毛茸茸的小脑袋，小姑娘从里面钻出来，脸闷得红红的。

"真的？"

江凛笑了下，抬手轻轻在她脸上摸了下："晚安。"

等男人身影彻底消失在卧室，温宁还有些没回过神来。

她在他床上滚了两圈，浅灰色床品带着干净清新的洗衣液的味道，和他今晚身上的味道很像。

她又滚回床沿，伸手拿起刚才他放在床头的吸管杯。

水是温的。

杯子还真的和她在剧组里的那个差不多。

温宁对着杯子看了片刻，才打开杯盖喝了口水，然后她放下杯子，把手机拿过来，给喻佳发微信。

温宁："我今晚不回去。"

喻佳晚上有戏，算算这会儿大概已经回酒店休息了，回得挺快。

喻佳："放着全南城最好的酒店不回。"

喻佳："你们这是迫不及待在约会地点附近另外开了间房？"

温宁："……"

她闺密脑子里就不能有点正常东西吗？

不过刚好她这会儿找她也是想聊点不正常的东西。

温宁："我在他家。"

喻佳："那你还有空和我发微信？"

温宁："我现在一个人躺在他主卧。"

喻佳："沈总不行？"

温宁："……"

温宁："不是啦。"

刚才洗手间那一幕幕闪回脑海，温宁的脸又红了下："没到最后，他说没准备那什么……但是他提前给我准备了拖鞋、睡衣、内衣裤、洗漱用品和护肤品，就连给我准备的杯子都和我在剧组里用的是一个款式，就没准备那什么，你觉得可能吗？"

喻佳："不可能。"

温宁也觉得不太可能。

而且雨停了其实还可以叫人送的。

要不是之前在洗手间时他反应很明显，吻她的时候也明显带着欲望，她都要怀疑她在他面前是不是一点吸引力都没有了。

温宁："不知道他什么意思。"

喻佳："你说没到最后，主要是你帮他，还是他帮你？"

温宁："他帮我。"

235

红着脸发出这句话，温宁忽然觉得有点亏。

她到现在连他有没有腹肌都不知道的。

摸起来好像是有的！

喻佳："啧啧啧，成熟男人就是懂得克制。"

温宁仰躺在他床上，有些愣神地看着天花板上款式简洁美观的吊灯。

他就是太克制了，连情绪都不明显。

这一点既让她迷恋——

她看书看剧向来都不喜欢那种剧情能一猜到尾的，年纪不大、胆子也小的时候就开始沉迷悬疑剧，那时她还只敢躲在被子里瑟瑟发抖、半捂着眼睛看屏幕，就已经欲罢不能了。

这可能也是她对那些心思大部分都浅到一眼就能看出来的同龄男生不感兴趣的原因之一。

可有时候也让她有一点点挫败。

比如现在。

喻佳明天还有戏，温宁没打扰她太久。关上灯睡觉的时候，她还在心里想着要不要明天再大着胆子去试试他。

房间里的一切几乎都是陌生的，但可能是被单上隐约带着他身上的味道，温宁很快就睡着了。

翌日一早，温宁是被一阵儿不算太明显的疼痛弄醒的。

这疼痛有些熟悉。

半睡半醒间她就隐约知道是怎么回事了，迷迷糊糊伸手去开灯，可灯没打开，手倒是撞上了某个坚硬的东西。

像是柜角。

手上的疼痛驱走了剩下的睡意，温宁睁开眼，想起自己昨晚是留宿在他家。

她从床头柜上把手机摸过来，解锁了屏幕，看见上面有条他的微信消息。

男朋友："醒了告诉我。"

发送时间是早上七点。

现在八点半。

温宁嘴角翘了翘，感觉手和肚子都没那么疼了。

她用手机照明，找到他昨晚告诉她的那排开关，没开灯，直接打开了遮光窗帘。

大片阳光透过落地玻璃窗照进来。

室内倏然亮堂了。

温宁起床去洗手间看了下，果然是来大姨妈了。她走回卧室，拉开昨天背的包包。

她的例假还算准，只是偶尔会早上三五天。

这次就来早了三天，还好喻佳昨天提醒了她在包包里放卫生巾备用。

收拾好，温宁又检查了下。

发现得还算早，只是内裤和睡裙弄脏了一点点，等下还得换，好在他的床没被弄脏。

温宁实在难受，就捂着肚子又躺回床上，把空调调高，被子盖上，重新拿起手机给他打电话。

刚一接通，男人声音就在她耳边响了起来。

"醒了？"

温宁蔫蔫地应了声："嗯。"

"怎么了？"他敏锐地察觉到了她的不对劲儿。

温宁蜷在被子里："肚子疼。"

"具体哪个位置疼？"男人语气难得不再像平时那样平淡。

温宁嘴角又扬起来："痛经。"

江凛已经走到了主卧门口，手握上门把，先问了她一句："我方便进去吗？"

温宁："你的卧室，你有什么不方便进的呀。"

江凛穿过衣帽间，一路进了里面的卧室。

床上的小姑娘盖着他的被子，还是能明显看出身体蜷缩了起来，团成很小的一团。

她看到他进来，勉强露出了个不如平时活泼灿烂的笑容。

江凛在她边上坐下，轻轻摸了摸她脸颊："很疼？"

"也还好啦。"温宁连人带被子往他这边挪了挪。

江凛："怎么样能舒服点？"

温宁感觉他落在她脸上的手不像昨晚那么凉，和平时一样温热。

她把手从被子里伸出来，揪住他食指指尖："你用手帮我焐下肚子。"

江凛由她握着这只手，空着的另一只手掀开被子，放在她小腹上。

"这样就行？"

温宁的小腹被他温热的大手焐着，确实舒服了一点，她得寸进尺地朝他伸手："还要抱抱。"

拥抱当然不能止疼。

看她还能有心思跟他撒娇，江凛总算稍稍放下心，他躺上床，把人拉进怀里，轻轻摸了摸她脑袋："每次都疼？看过医生没有？"

"也不是每次啦。"温宁顺势把脑袋在他胸口上蹭了蹭，"我妈带我看过几位老中医，吃了一段时间中药。中药太苦了，吃完那几个疗程，我现在一般就第一天有点疼，就没管了。"

"要帮你准备什么东西吗？"江凛低声问。

"要卫生巾和内裤。"温宁耳朵红起来，忍不住小声跟他抱怨，"这次早来了几天，我都没准备，你给我的睡裙也被弄脏了。"

江凛："还有几条，等下给你拿。"

温宁这才又高兴起来。

"早上想吃什么？"江凛把她颊边的黑发顺至耳后，"有没有什么忌口的？"

温宁："不是凉的就行。"

江凛动作顿了顿："来之前也不能吃？"

"来之前几天最好都不要吃吧。"温宁顺口说。

她每次来例假时一吃冰，肚子就会疼得厉害，次次都很准。

江凛没什么表情地看着她："那你昨晚还吃那么多冰西瓜。"

温宁听他语气又严肃起来，把脑袋往他胸口上一埋，试图蒙混过关："哎呀——肚子好像又开始疼了。"

江凛："……"

温宁等了片刻，没听到他说话，像是并没有跟她算账的意思，她就又抬起头，下巴搁在他胸口上："你今天用不用忙别的事啊？"

"陪你。"江凛说。

"那我给杜老师打个电话请假。"她语气欢快。

等卫生巾送来，温宁起来去洗手间换衣服洗漱。

收拾好出来时，她看见男人坐在床沿上等她，于是走过去，跨坐在他腿上。

江凛用手轻轻碰了碰她小腹："还疼吗？"

"一点点。"温宁说。

"那先去吃早饭？"江凛问。

小姑娘"嗯"了声，却没起身，手环在他脖子上，头靠着他肩膀，一副要他抱的模样。

江凛手往下移，托住她大腿。

温宁目光瞥见紧靠床头的一角，忽然扯了扯他家居服背后："等等。"

江凛："嗯？"

温宁盯着那处："那是个保险柜吗？"

她昨晚都没注意到。

江凛回过头，看向她所问的地方，目光忽然变得悠远。

"是。"

温宁眨巴了下眼睛，退回来看着他："里面放什么了啊，你女朋友的特权大礼包包不包括参观你的保险柜啊？"

江凛目光也落回她脸上："不包括。"

温宁："……"

她刚刚就只是有点好奇，所以顺口问一句。

但人都有逆反心理，他不给看，反而把她的好奇心勾得更强烈了。

她撇撇嘴："那我再多充点钱呢？"

男人眉梢轻轻一挑："怎么充？"

温宁觉得他挑眉的动作有点诱人，她大着胆子靠过去，在他唇上轻轻亲了下。

"这样行吗？"

温软的触感一触即分。

"不行。"江凛说。

温宁："……"

温宁于是又靠过去继续亲他，先在他唇上贴下，见男人不为所动地看着她，她又小声开口："你张嘴。"

温宁红着脸把舌尖探进去，尝到了他嘴里的味道。

像是有点和她同款的牙膏的味道，让这原本已经足够亲密的动作又多添了一层亲密。

江凛垂落在床上的手倏然收紧，浅灰色床单瞬间变皱，落在她腰上的手往上移。

温宁舌尖刚往里探了一点，就感觉后颈被一只温热的大手扣住——

正抱着她的男人强势地从她这儿拿走了主动权。

仍旧不算温柔的一个吻，温宁舌尖被他吮得微麻，呼吸也变得不太顺畅，他才终于放过她。

温宁靠在他怀里轻喘，隔了片刻，才想起刚才的话题。

"那这样行了吗？"她小声问。

江凛："不行。"

温宁："？"

她皱起脸："那怎么样才行嘛。"

江凛抬手抚上她湿润的嘴角："等你能合法跟我共享保险箱所有权的时候。"

温宁："？"

因为温宁肚子还是不太舒服，所以这天他们就没出门。

南城夏日酷热，出门也只能尽量去室内，温宁反而更愿意跟他在家独处。

只是一整天的时间远没有预想中的长，随便看看电视聊聊天，吃两顿饭，好像一眨眼就过去了。

晚上在影音室看完一部悬疑电影，男人像昨晚一样轻轻摸了摸她头发，低声问："去睡觉？"

温宁想到明天之后估计又有一段时间见不到他了，心情不由得低落下来，她转过身趴在他胸口上，仰头问他："你今晚还是不跟我一起睡吗？"

影音室的光线仍像昨晚一样暗淡。

江凛静静地看着她没说话。

温宁不知道他沉默是在考虑，还是等于默认了她这个问题。

她正来例假，其实也做不了什么，就是想和他待在一起。

而且这种时期他也没办法像昨晚那样吓她了。

温宁就大着胆子揪住他的家居服前襟，装模作样地叹了口气，语气也装得可怜巴巴的："没事，我肚子也不是特别疼，一个人睡没关系的。"

江凛："……"

这姑娘真的越来越会跟他撒娇了。

"我明天要早起。"

温宁："我明天也要早起呀。"

她都请一天多的假了，明天没别的事，还是得早点回剧组的。

江凛伸手拿过遥控，关了投影，开了灯，又把遥控放下，托住她大腿，把人抱起来。

温宁骤然悬空，忙熟练地把自己挂在他身上，下巴搁上他肩膀，声音中带着藏不住的笑意："你这是答应了？"

江凛抱着她往外走："刚刚不还跟我装可怜？"

"哪有，"温宁趴在他肩膀上笑，"痛经本来就很可怜的啊。"

温宁昨晚洗了头发，今天又一天都没出门，晚上不用洗头，洗澡的时间就相对短了些，但也磨磨蹭蹭洗了大半个小时才出来。

回到卧室，她就看见去了客卧洗澡的男人已经靠在床上，正低头看手机，下颌线条相当漂亮。

温宁直接从他那一侧爬上床，蹭进他怀里。

江凛把手机放在床头柜上，用手搂住她细瘦的腰身，低声问："睡觉？"

温宁"嗯"了声，又说："我先调个闹钟。"

她伸手把床头柜上的手机拿过来，调好闹钟又放回去，只是手收回来的时候，不小心撑在了男人腹部上。

手感硬硬的，摸起来好像真的有块状的肌肉。

看他健身房里设备这么齐全，他应该平时是有健身的。

温宁昨晚睡前是想着今天想办法再试试他态度的，可例假突然来袭，打乱了她计划。

但看看腹肌也行的吧？

不然她好像真的好亏的样子。

江凛正要探手去关灯，就感觉有只细软的小手在他腹部轻轻戳了戳，他动作倏然一顿。

怀里的人动作却还没停，那只细白的手稍稍往下，卷住他上衣下摆开始慢慢往上翻。

"温宁。"江凛攥住她乱动的手。

温宁无辜地冲他眨了眨眼睛："我就看看你有没有腹肌。"

江凛沉沉地看了她两秒："安分点还是自己睡？"

温宁不死心地问："没有第三种选择吗？"

"有。"江凛探手关了灯。

温宁："？"

关了灯她还怎么看？

"第三种选择是什么啊？"

黑暗中，男人像是把她往下带了带，两个人变成面对面侧躺着，随后他轻轻松松单手制住她两只手，另一只手搂着她的腰，把她往怀里紧紧一摁，低沉冷静的声音在她头顶响起。

"我帮你安分。"

温宁："……"

这算什么选择？

不过此刻这种抱法，她从头到脚都能和他贴在一起，好像也不错。

算了，反正来日方长，腹肌以后看也行。

但温宁还是在他怀里状似抱怨地小声咕哝了一句："小气。"

卧室里分外静。

　　隔了片刻，温宁才感觉他低头亲了亲她发顶："睡吧。"

　　他声音压得略低，不知怎么，温宁忽然想起了早上他在这间卧室低声对她说的另一句话——"等你能合法跟我共享保险箱所有权的时候"。

　　其实那次他拉她进教室，第一次吻她的时候，也说过类似于"明天带你去领证"这种话。

　　和今早一样，用的也是他一贯冷静平淡的语气，听着完全不像是开玩笑。

　　可哪怕这两句都是玩笑话，但是不是起码有那么一两个瞬间，在他脑海中是有设想过婚姻是他们的未来？

　　因为温宁自己就还没想过这么远，所以就算是玩笑，她甚少会往这方面开。

　　所以他想过他们未来会结婚的吗？

　　温宁紧靠在他怀里，缓缓闭上了眼睛。

　　次日一早。

　　和往常一样，不到六点钟，江凛就被生物钟唤醒。

　　只是这天早上显然和往常有些不一样。

　　江凛还是睡前的侧躺姿势，只是原本应该乖乖被他抱在怀里的小姑娘此刻正像一只小八爪鱼一样，手臂和腿都紧紧缠在他身上。

　　呼吸倒挺均匀，她应该还睡得正香。

　　江凛习惯早上先进健身房锻炼一小段时间，他轻轻把箍在他腰上的那只小手移开。

　　没一秒，那只小手又缠了过来。

　　小姑娘不知是有点不满，还是睡梦中也黏人得厉害，在他怀里蹭了蹭，嘴里小声在嘟囔着什么。

　　江凛仔细听了听。

　　"小龙虾。"她说的是。

　　江凛："……"

　　小吃货。

　　江凛重新闭上眼睛。

　　早上七点，温宁被闹钟吵醒。

　　她迷迷糊糊伸手想去把闹钟摸过来关掉，但手下的触感好像和平时不太一样，不像柔软的床垫，好像又有点温热又有点硬。

　　摸了片刻，温宁意识清醒了些，也终于想起来她昨晚是和某人睡了。

　　字面意义上的，非常纯洁的那个"睡"法。

不知道他是不是还没醒，温宁睁开眼，循着屏幕的光亮找到手机，迅速关了闹铃。

卧室重新归于安静。

男人平躺在床上，温宁发现她不只手横在他身上，腿也是横搭在他腿上的。

她知道自己睡相不太好，但没想到第一次跟他睡一张床就这么不收敛。

好在他好像还没醒。

温宁默默地把腿收回来，手却没舍得动。

她借着手机屏幕微弱的光线，悄悄打量了下还在睡觉的男人，不知是不是因为那双深邃的眼闭着，他整个人好像显得比平时柔软些。

鼻梁很高，下巴上好像有点胡楂儿。

但是屏幕光线太暗，她看不太清，也不好拿屏幕对着他照。

温宁忍不住悄悄伸出手在他嘴唇上方轻轻摸了摸。

好像有点扎手。

那她应该是没看错。

温宁还想再摸两下，手却倏然被一只温热的大手攥住。

"醒了就起床。"男人低低的嗓音响起。

温宁："？"

他什么时候醒的？

温宁偷摸被抓包，还是有一点点窘。

可她明明动作很轻的。

他都没被闹钟吵醒，怎么会被她这点小动作吵醒？

温宁："你是不是装睡？"

"你都摸半天了。"江凛淡声道。

温宁："？"

什么叫她摸半天了？

"我哪有！"她小声反驳，"我就是好奇你是不是长了点胡楂儿，不要说得我好像占了你什么便宜似的。"

明明她才是被他占尽了便宜的那个。

江凛轻笑了声，松开手，轻轻摸了摸她小腹，轻声问："肚子还疼吗？"

"不疼啦。"温宁说。

江凛："那起床？"

等下就要分开，温宁有点贪恋他的怀抱，也还有点困，她靠在他怀里又闭上眼："不想起，我们再睡几分钟吧，我还定了个七点十分的闹钟。"

江凛重新搂住她的腰："好。"

七点十分的闹钟眨眼就响了。

温宁心知不能再磨蹭，于是蔫不唧儿地和他一块儿起了床。

她再次占用了他主卧的卫生间，他去了隔壁的客卧。

洗漱完，温宁换上了她生日那天穿来的那身衣服。涂口红的时候，她看着镜中的自己，脸莫名热了下。

这件短上衣和工装裤前天晚上就在这面镜子前被他那双修长好看的手慢条斯理地一一脱下，然后扔在一旁。

后来被她丢进他的洗衣机洗净，现在衣服上都是他家洗衣液的味道。

她刚刚换好衣服就打开了洗手间的门，此刻门外隐约有响动传进来，像是他已经回了这边卧室。

温宁停止胡思乱想，红着脸快速把口红化完，从洗手间钻出去，却没在卧室看见他人影。

她出了卧室，一路往外走，在衣帽间看见了想找的人。

男人头发已经梳好，换上了黑西裤和衬衫，正对着衣帽间里巨大的落地镜在系领带。

衬衫领口高高竖起，他左手摁住领带大小剑的交叉处，右手灵活熟练地带着领带大剑翻转，很快就系好了一个领带结。

温宁第一次觉得打领带居然也可以这么赏心悦目，她就靠在一边看着，没过去打扰他。

男人脖子稍仰，凸起的喉结越发明显，左手捏住领带结，右手下拉小剑稍稍用力，领带结迅速被调整至衬衫领下方，下面有个漂亮的"小酒窝"。

是个非常完美的温莎结。

随后，他把衬衫领口翻回来，从面前的衣柜里取下一件平驳领单排两粒扣的黑西装上衣穿上，低头慢条斯理戴上袖扣，最后扣上了西装上面的那粒扣子。

温宁上次看他穿全套西装，好像还是去鼎盛开会那次。

这一套西装穿下来，那股顶级的天生领导者和支配者的大佬气场就再次扑面而来。

镜前的男人却已经转身看向她："过来。"

温宁小跑过去，本来想扑进他怀里，但看见他西装连一丝褶皱都没有，又生生在他面前只剩一厘米的位置停下。

江凛抬手摸了摸她脸颊："都收拾好了？"

"差不多收拾好了。"温宁说。

江凛："没空陪你吃早餐了，我直接送你去剧组？"

温宁乖巧点头："嗯。"

江凛手往下落，牵住她的手："走吧。"

温宁却又反握住他的手轻轻晃了晃，仰头看着他："你不亲亲我再走吗？"

他这一身打扮和机场初见那天很像，只除了眼镜和领带夹还没戴。

那天是她心动开始的源头。

当初机场惊鸿一瞥，她连想都没敢想过，这个人有朝一日会真的成为她男朋友。

小姑娘看向他的眼睛亮晶晶的，唇色是前天晚上被他弄花前的颜色。

江凛空着的另一只手抬起，搂着她腰把人摁进怀里，刚刚她空下来的那一厘米距离终于消失了。

然后他低头靠过去。

温宁在他唇即将贴上她嘴唇前小声提醒他："西装会皱。"

"不用管。"江凛说。

温宁这次在他嘴里尝到了很明显的和她同款的牙膏的味道，也闻到了他脸上清爽的须后水的味道。

宽敞的衣帽间安静下来，只余一点喘息和亲吻的声响。

温宁靠在江凛怀里，手也一点点地环紧他的腰。

明明是她先主动邀约，这个吻的主动权却仍不在她，她只能仰着头，被动地和他接了一个漫长的吻。

结束后，江凛稍稍退开，指腹轻轻蹭了蹭小姑娘口红花掉、泛着水光的嘴角："在剧组乖一点，我有空就去接你。"

温宁靠着他喘了会儿气，才软着声开口："什么叫乖一点，我什么时候不乖了？"

她想问他这个问题很久了。

"离别的男人远一点，"江凛捏了捏她发红的耳垂，感觉她在他怀里轻轻颤了下，"别再闹出绯闻。"

"不闹出绯闻来就行？"

非单身的情况下，和其他异性保持适当距离本来就是应该的。

"那我要是把剧组闹翻天呢？"

男人轻笑了声："只要你有这个本事。"

第七章
沉醉

xin yuan

宾利停在教学楼前。

江凛坐在后座，看着小姑娘慢吞吞地走上楼梯，等她身影消失在视线中，他才收回目光，吩咐前排司机。

"走吧。"

倒车的一瞬，江凛听见手机响起铃声。

他垂眸看见屏幕上的名字，眉间的柔色迅速淡下来。

江凛接起电话。

江洌的声音立即从手机里面传出来："哥，你今晚要回家？"

江凛："嗯。"

"妈说我们一家好久没一起吃顿饭了，"江洌在电话里说，"她让我今天也回去一趟。"

司机倒好车，宾利开始驶离教学楼。

江凛沉默了一瞬："你回去一趟也好。"

"啊？"江洌像是没太明白，"你今晚回去是有什么事吗？"

江凛："今晚再说。"

"哦，好的。"江洌说。

江凛挂了电话，上午回公司处理了些事情，下午落地北城后又去开了个会，直到会议结束，他才不疾不徐地上车前往江家。

晚上六点五十八分，商务车停在江家老宅门口。

江凛把早脱下来的西装外套留在车上，吩咐司机吃完饭就过来接他，随后开门下车。

进了庭院，江凛一路走至别墅正门。

他刚一抬手，门就从里面被打开了。

在江家工作多年的杨阿姨站在里面，女人年纪已经不轻，鬓边有一两根藏不住的白发，头发梳得一丝不苟，看见他即刻漾出笑意。

"就知道你说七点到，前后肯定差不到几分钟。"杨阿姨一边弯腰给他拿拖鞋，一边絮絮叨叨，"快进来，菜都做好了，老爷子他们都已经落座，就等你吃饭了。今晚的菜都是我做的，也不知道还合不合你口味。"

江凛换好鞋："您腰不好，少做这些事。"

"哪有拿钱不干活的。"杨阿姨笑道，"而且你上次介绍的那家康复机构好得很，我去了几次，现在腰都没怎么疼过了。"

"那就好。"江凛说。

在玄关附近的洗手池洗净手，江凛才一路顺着客厅走进餐厅。

长桌上摆满了丰盛的食物，江老爷子江明成坐在主位；江敬元和郑瑜夫妇，也就是江凛父母，一同坐在一侧；江洌坐在另一侧，他旁边离江明成更近的那个位置空着。

江凛走至空位边，淡声跟几个人打了招呼，随即落座。

江明成拿起筷子："到了就开吃吧。"

江凛打完招呼后便没再主动开口，此刻闻言便拿起筷子，从面前的那盘排骨中夹了一小块。

江敬元夫妇拿着筷子却没夹菜，只是看向对面刚落座的江凛，像是想说什么，又不知道如何开口。

江洌低头吃饭，也没说一句话。

餐厅静得只剩碗筷轻动的细微响声。

江凛没看其他人，他吃了口排骨，不知怎么，忽然觉得温宁应该会喜欢这个口味。

江明成就在这时打破了室内让人有些窒息的沉默："今晚留在家里住吗？"

"不留，"江凛又夹了块排骨，"有工作。"

江明成筷子顿了顿，他表情严肃，看着像是要发脾气，再开口时语气却还是带着几分商量："那明晚再回来一趟。你李爷爷的孙女从国外回来了，你回来跟她见个面。"

他话没说明，但意思却很明显。

家世相当的适婚男女见面，无疑就是两家有意联姻。

江敬元和郑瑜都停下动作，就连江冽都抬起了头。

江凛却像是没注意到这些人的动静，慢条斯理吃下第二块排骨，才缓声开口："不见，我有女朋友了。"

江明成知道他性子，他这些年一心扑在学习和工作上，别说是女朋友了，就连普通异性朋友都没一个，闻言满脸不悦地道："你不想见，倒也不用拿这种理由来敷衍我。"

江凛不紧不慢地又夹了块排骨。

"是真的，"江冽帮了句腔，"我前几天还撞见哥带着嫂子在外面吃饭。"

这话一出，连久经商场、城府颇深的江明成也不由得露出了几分明显的惊讶。

"真的？"他看向江凛，"在南城认识的？哪家千金？陆氏集团那个外孙女还是周家……"

江凛吃完第三块排骨，打断他越说越离谱的话："不是哪个集团的千金。"

"那是——"江明成皱着眉，话音稍顿，像是觉得从他嘴里问不出什么，于是又转向江冽，"你见着你哥女朋友了？长什么样？知道是什么人吗？"

江冽："……"

"我也没见到。我哥当时包场了，嫂子在里面，他也没介绍给我认识。"江冽苦着脸，"就是——"

"就是什么？"江明成追问。

老爷子问话江冽也不敢不答。

他都有点后悔刚才帮腔了。

"就是——"江冽看向江凛，见他没有丝毫要阻止的意思，仍在认真吃排骨。

他什么时候这么喜欢吃排骨了？

"就是听明川哥的意思，好像是他们剧组的一个女演员吧。"

江明成把筷子重重一放，脸上的表情像是失望与愤怒交加："你怎么也学你爸那副德行了！"

江敬元忙看了一眼郑瑜，赶紧道："爸，我那都多少年前的皇历了，您就别翻了行吗？"

江明成缓了缓堵在胸口的那股气，语气生硬："我不同意！"

江凛不急不缓地又夹了块排骨，语气还是一如既往地冷静："我的人，我喜欢就行。"

他话只说了一半。

但在座其他人都能听出他言下之意。

他的人，他喜欢就行，江明成同不同意都不重要。

江明成一口气哽在胸口，瞪了江凛两秒，不知怎么，又把气憋了回去，他妥协似的道："你现在玩玩也成，我不干涉。老李家的孙女你也先见见，回头等你跟那边断了，再谈结婚的事。"

江凛略略抬眸，和江明成对视："我没打算跟她玩玩，只要她愿意，我明天就可以带她去领证。"

他语气比刚才认真不少，全然不像是在开玩笑。

江明成把筷子重重一放："你特意回来一趟，就是存心来气我的？"

"不是，我回来跟您说澳洲分公司人选的事。"江凛收回目光，语气重归平淡，"您年纪也不轻了，别气坏身体。"

江明成："……"

他倒是还知道要自己别气坏身体。

江明成深深地呼了口气，也深深地看着面前自己这个大孙子。

当年江凛毕业回国后没进江氏，反而选择自己创办什么风投公司，江明成抱着"看看他能有多大本事"的心态，没在第一时间阻止。

如今一晃数年过去，CM资本当然不可能在这么短时间内长成江科这样的参天大树，但根底却扎得又深厚又丰茂，枝枝蔓蔓都与他投资的其他公司牵扯在一起。

其中还不乏数家名头已经响当当的新互联网公司。

前几年，他还帮着沈明川在沈家内斗成功，如今沈明川几乎已经在沈家旗下所有产业待了个遍，最多用不到半年就会正式主掌沈氏集团。

沈明川旗帜鲜明地站在他身后，就相当于未来整个沈氏集团都会是他背后的助力。

江明成发现不过短短数年时间，这个他一手教出来的大孙子就已经完全脱离了他的掌控。

或者还要更早。

现在外面提起他，身份大多都不是江家长孙，而是CM资本的那位江总。

江明成既有孩子不受掌控的失望不爽，更多的其实还是骄傲。

他相信以江凛的能力和手腕，江氏未来在他手上肯定能更上一层楼，哪怕不用借助联姻。

但他不确定的是，现在的江凛还想不想要接管他这个位置。

江明成在心里叹了口气，不再提让他见老李孙女的事，就着江凛给的台阶下来："人选你有什么意见？"

江凛缓缓侧头往旁边看了一眼："让江冽去吧。"

江冽刚吃了块鱼，还有些没反应过来，坐在对面的郑瑜先开口了。

她看着江凛，语气像是有些着急："澳洲这么远，你怎么会想把你弟弟打发到那种地方去？他真的没打算和你争公司继承权的。"

话音一落，整个餐厅忽然就重新陷入那股令人窒息的沉静中。

江明成淡淡地扫过来一眼。

郑瑜一说完也知道自己说错话了，被他这样看了一眼，更是心头一凛，只是没等她开口补救，江敬元就在桌底拽了拽她的手，解释道："你妈不是那个意思。"

江凛刚又夹了块排骨进碗里，闻言连头也没抬，语气不变："那随便你们。"

"我去澳洲行啊。"江冽也赶紧接话，"正好我可以顺便去新西兰玩玩，好久没去了。"

江凛没再接话。

餐厅的气氛又凝滞了一瞬。

不知怎么，江冽忽然想起那天在 Infrared 门外，江凛冷冷地问他那句"你最近很闲"。

他哥这个提议，难不成是因为他几次往《秘密》剧组跑，还差点打扰他哥约会？

江明成再次出声打破了沉默："那就这么定了吧。"

郑瑜张了张嘴，看了看表情恢复平静的江明成，和进门之后情绪就没有过多少变化的江凛，最后终于还是没说什么，只是把目光转向了江冽。

"这一去估计就是大半年，那边天正冷，要不我陪着你去吧。"

江冽无奈："妈，我是去工作的。"

"就是因为你是去工作的——"郑瑜顿了顿，话锋一转，"你从没在澳洲长时间待过，一个人过去我不放心。"

"这有什么好不放心的。"江冽头都大了，他忍不住悄悄看了一眼江凛，看见对方又夹了一块排骨。

接下来的饭桌，多是郑瑜在念念叨叨。

江凛把面前那盘排骨吃完，放下筷子："你们继续吃，我还有事，就先走了。"

郑瑜停止念叨，忙又抬起头，语气却有些小心翼翼："就走啊？"

江凛随口"嗯"了声，站起身。

杨阿姨切了个果盘送进来，正好听见这两句话，愣了下："难得回来一趟，怎么就要走啊？水果都还没吃。要不你等等，我给你打包一份？"

"不用麻烦。"江凛抬脚往外走了一步，又顿住，叫了面前的女人一声，"杨姨。"

杨阿姨："怎么了，是不是还有别的什么想吃的？我现在去给你做。"

"不是，"江凛看向她，"我想请您帮个忙。"

江明成这时也放下筷子："等等，先跟我去一趟书房。"

"等下说。"江凛跟杨阿姨嘱咐了一句，转身跟江明成去了书房。

进去后，江明成在书桌边坐下，开门见山问他："打算什么时候回江科？"

江凛在他对面落座："再说。"

江明成脸又板起来了："堂堂江家长孙，不回自家集团像什么样？你那公司不早步入正轨了？你回来又不会影响公司运转。"

"您不还有个孙子？"江凛表情平静。

江明成像是又泄气了似的："你还记着你妈那些蠢话呢，这个家她说了从来不算，更何况她现在巴不得你早点回来呢。"

江凛表情还是没什么变化："不着急，您还年轻。"

江明成："……"

江凛从书房出来时，客厅三个人还在聊去澳洲的事。

"老公，要不我们趁机去澳洲玩一段时——"郑瑜看到他出来，话音稍顿。

她看着江凛再开口时，语气变得有点干巴："聊……聊完了？"

江凛颔首，目光在客厅转了一圈："杨姨呢？"

"在厨房。"江洌说。

江凛没再开口，转身大步走向厨房。

直到看不见那个高大背影，郑瑜才稍稍吐出口气，又忍不住小声抱怨："你看看他，对家里一个阿姨态度都比对我们好。"

"你少说几句吧。"江敬元说。

江凛进厨房交代了杨阿姨几句，便没再多留。

从江家出来时，室外天光已经全部暗下来，只有路灯照出一点昏黄的光线。

他关上门，里面的说话声瞬间被隔绝。

司机刚刚发信息说他已经回了江家门口。

江凛却无端停下了脚步，他站在门口，低头拿出手机，拨了通电话出去。

铃声响了没两下，电话就被接通。

小姑娘温软又夹杂着几分惊喜的声音瞬间从里面传出来："怎么这时候给我打电话呀？你忙完了吗？"

与此同时，那头还有另外的女声传来，听着年纪不大。

"宁宁姐，我把外卖拿过来啦，我们现在吃吗？"

"嘘，你别那么大声，宁宁姐在跟沈总……"

后一个声音渐渐听不清了，不知是压低了，还是小姑娘拿着电话走远了。

"宁宁。"江凛出声叫她。

"欸？"她语气听着像是有些意外，尾音明显往上扬起。

江凛低声道："你叫我一声。"

电话那头安静了一秒，像是小姑娘在犹豫该怎么称呼他，随后她声音在夜色中轻轻响起。

"哥哥。"

江凛应了一声，头也没回地踏着夜色一路出了江家大门。

温宁发现在剧组的时间变得越来越难熬了。

喻佳那边所有事都被能干的助理小姐姐一手包办，完全没有需要她帮忙的地方。剧组拍摄进度又很理想，剧本没有任何需要改动的地方，她在剧组就彻底闲了下来。

换作以前，她还能开开心心地摸鱼，现在每次摸鱼摸到一半，她就不由自主会想起她那位忙得见不上面、最多一天给她打一两个电话的男朋友。

一想到他，时间好像就立即变得缓慢了起来。

连摸鱼都没那么有意思了。

周三下午，又一次摸鱼摸到一半想起他后，温宁觉得不能再这样下去了，她得给自己多找点活干。

跟杜婉妹确认好空闲时间她可以自己随意安排后，温宁打开了微博。

她这近一个月，先是忙着工作和追他，后来又忙着跟他谈恋爱，既没什么产出，也没有像以前一样，一看到好看的剧和漫画，就话痨似的在微博上发一连串内容。

上一条微博居然还是上个月发的那条。

她这一个月的分享欲好像几乎都用在了他那边，一点小事就给他发微信。

他这么喜欢安静的一个人没嫌她烦，居然还答应跟她在一起。

温宁想了想，感觉他对她应该是真爱了。

点开微博编辑框，温宁发了条新微博上去。

就我没猫了吗："接稿接稿，有意向戳我呀。"

微博刚发出去没多久，温宁就听见 QQ 提示音陆续响起。

是以前合作过的几家公司的工作人员在戳她。

可能是因为《秘密》官宣，加上上次商默在微博上发了谢杭的人设图，还在评论区圈过她，温宁微博这段时间又涨了一大波粉丝。

这次大家给她报的价格，也都比以前涨了不少。

温宁也没比价，挑着自己感兴趣的、以前合作愉快事不多的几家接了单，才又打开微博。

评论区已经相当热闹。

温宁顺手回复了热门前排的几条。

"太太你终于出现了！"

就我没猫了吗："贴贴 .gif"

"太太，你最近都没画画，也不打算开个新坑什么的吗？呜呜呜。"

就我没猫了吗："最近有点忙。"

这条回完，温宁莫名有点心虚。

她好像也不是太忙。

小山药："没猫太太，你这回居然只隔了一个月就再次接稿了！好勤快！！"

温宁："……"

温宁一时也分不出这位挂着铁粉牌子、ID 也眼熟的小山药是在夸她，还是在嘲讽她，毕竟按她以前的频率来说，现在她好像也确实算勤快了。

温宁打开回复框，鬼使神差地生出了点秀恩爱的念头。

就我没猫了吗："因为要攒钱给男朋友买礼物！"

虽然她还没想好要给他买什么。

温宁忽然想起周一早上接吻过后，他那套西装和衬衫果然被她揪得皱皱巴巴的。

她脸还红着，站在落地镜前再一次近距离围观了一遍他换装的过程。

男人最后慢条斯理地整理了下新换上的西装，衬衫袖口那对黑色袖扣衬得那双手越发冷白修长。

不然给他买对袖扣？

温宁一边想着，一边随手刷新了下。

小山药迅速回复了她："太太你谈恋爱啦？！"

她自己那条回复应该已经被不少人看见，底下也出来一大堆其他粉丝的相关回复。

"啊啊啊啊啊，太太谈恋爱啦！"

"恭喜啊，羡慕男朋友了，可以真的和太太本人贴贴，还能收到太太的礼物。"

"我老婆谈恋爱了，我没老婆了，呜呜呜。"

温宁又忽然想起他可能是知道她这个微博号的。

她把"攒钱买礼物"的那条回复迅速删掉——万一被他看见了呢，送礼物

还是要保持点惊喜感的。

然后她继续回复小山药："对的！"

小山药也继续回复她："那太太你都谈恋爱了，不该画点什么情侣小日常之类的图片吗？比如之前那套很纯洁的手图。"

小山药："图片 .jpg"

配图正是她那套出圈图的第一张。

一只充满力量感的、属于男性的大手扣住一只细白的小手摁在床面上。

温宁："？"

她管这叫"很纯洁"？

温宁看着这张曾经还算满意的图片，忽然觉得这只她画出来的手还没有他的手一半好看。

而且——温宁脑中浮现出那晚镜子前的那些画面，又觉得这张图不管是氛围感还是张力什么的都弱爆了。

果然她当初还是没经验啊。

温宁红着脸又多回了一条。

就我没猫了吗："不必了，我号还不想被封。"

不远处传来钱正义喊 cut 的声音。

这是下午的最后一场戏，拍完这场，下午的工作任务就完全结束。只是晚上还有夜戏，剧组暂时还不能回酒店。

温宁退了微博，起身找喻佳一起去吃饭。

南城夏天实在太热，保姆车并不算太方便，鼎盛那边就又暂时安排了辆大房车过来。

温宁陪喻佳回房车上换了衣服洗好手，两个人一起去了食堂。

刚一进食堂，温宁就迎面碰上从里往外走的吴制片。

吴制片一见她就停下脚步。

"正要找你呢，"他把手上提的一个保温箱递过来，"沈总让人给你送过来的晚饭。"

温宁："？"

怎么突然给她送吃的？

也没提前和她说一声的。

温宁接过保温箱："谢谢啊。"

落座后，温宁打开保温箱，把里面还保持着高温的保鲜盒一一拿出来拆开。

总共是四菜一汤一饭。

三个荤菜分别是辣炒排骨、小龙虾和水煮牛肉，素菜是荷塘月色，就是荷兰豆、藕片和木耳混在一起炒的，没放她不喜欢吃的胡萝卜。

汤是看着就很清爽的冬瓜薏米排骨汤。

全是很家常的菜。

温宁把保鲜盒摆好，拿手机拍了张照片给他发过去。

温宁："图片.jpg"

温宁："怎么突然给我送吃的？"

没立即收到回复，温宁猜他应该还在忙，就把手机随手搁在一边，拿起筷子夹了块排骨。

排骨应该是生炒的，肉质紧实有韧劲儿，但是不柴，又香辣又入味儿，非常好吃。

温宁指指排骨，跟喻佳说："这个好吃，你试试。"

天气太热，拍戏强度又大，喻佳这一个多月瘦了好几斤，现在又开始能吃点肉了。

喻佳冲她眨眨眼："沈总的爱心餐我可不敢吃。"

温宁被喻佳打趣丝毫没有不好意思，她顺手又夹了块排骨："容记的师傅就是因为我喜欢吃他家的菜，他才让他们留下来的，那照这么说，你们每天吃的都是他送我的爱心餐。"

喻佳："……"

她翻了个白眼："行了啊，狗粮都要吃饱了。"

温宁含糊地反驳她："是你先说的。"

"我错了。"喻佳夹了块排骨吃掉，"味道不错啊，你问问你们家沈总在哪儿订的。"

温宁把手机拿起来，给他发了消息过去："等他回我了我再告诉你。"

一直到她们吃完出了食堂，温宁才接到他打过来的电话。

喻佳还要去跟商默对一对晚上的戏，温宁指指手机，示意她先过去。温宁顺着食堂通道，走到另一边安静点的地方去接电话。

落日西沉，成片的晚霞缓在天边。

温宁靠着一扇半开的窗户，吹着里头透出来的空调凉风，接通了电话："你忙完啦？"

男人略低的声音从手机里传至耳边："嗯。"

温宁问他："怎么突然给我送吃的啊？"

"你周一早上说梦话了。"江凛说。

温宁："？"

所以她第一次跟他睡一张床，不仅睡相很差，早上居然还说梦话了？

"不可能吧。"温宁不可置信地问，"我说什么了？"

江凛："小龙虾。"

温宁："？"

所以她不只说了梦话，梦里还一心惦记着吃的？

温宁感觉他应该没有说谎骗她，但她并不太想承认，于是义正词严地反驳道："不可能，仙女怎么可能说梦话！"

电话那端的男人淡声反问："掀我衣服的仙女？"

温宁想起那晚的场景，耳朵微微一烫。

她抬手摸了摸耳朵，继续跟他要赖："你不要乱讲，我什么时候掀你衣服了？"

她还只是揪住他衣摆稍微往上翻了一小截，什么都还没看到就被他阻止了。

而且她都被他看光了，只是掀他衣服看个腹肌怎么了！

怎么算都是她更吃亏好吧。

男人像是轻笑了声。

他也没反驳她，语气平静地转移了话题："排骨好吃？"

温宁正好也不太想跟他聊这种话题。

他远在北城，别说是腹肌了，现在她连他人都看不到。

温宁顺着他的话接道："超好吃！"

说完又想起他还没告诉她订餐的店是哪一家，"你是在哪家店订的啊？"

"家里一个阿姨做的，喜欢吃明天再给你送。"江凛低声问她，"还有其他想吃的菜吗？"

温宁："……"

那喻佳大概要失望了。

"那还是今天这几个吧。"温宁说。

她每次碰上喜欢吃的东西，就会一连几天都想吃。

可能是因为正在聊吃饭的事，温宁脑中忽然又闪过一个念头。

"你是周五过来接我吗？"温宁先跟他确认。

江凛"嗯"了声。

"那我周五晚上请你吃饭吧？"温宁说。

电话那端安静了一瞬。

然后温宁听见他低声问："怎么忽然想请我吃饭？"

温宁就是觉得，虽然他们这段关系由她追他开始，但现在回头细想，好像一直都是她在被动接受他对她的好。

她好像都没为他做过什么，就轻轻松松糊里糊涂地把他搞定了。

她也想给他花钱！

虽然她所有积蓄可能比不上他身家的一个零头，但给他送送礼物，请他吃饭还是可以的。

而且一段正常的关系就是要有来有往才对的吧。

"就是忽然想请嘛。"温宁说着又想起另一件事，"而且我不是还欠你两次谢礼吗？"

一次是他把柳筱那个关系户从《秘密》剧组中清出去。

一次是开机那天，他过来跟她解释绯闻，然后送她去医院看脚。

"继续欠着。"江凛说。

"你为什么一直让我欠着啊？"温宁眼珠子转了转，随口瞎猜着和他开玩笑，"是不是打算等着以后做了什么对不起我的事，好拿来当抵偿？"

他居然顺着她的话问下去："如果是呢？"

"那要看你做了什么对不起我的事了。"温宁说，"要是出轨、家暴什么的，别说是两次谢礼，两万次都不能用来抵偿。"

"不会有这两种情况。"男人语气浅淡。

温宁嘴角翘了翘。

不过她也没太把这些玩笑话当真，直接把话题又转回来："你还没回我呢，周五我请你吃饭好不好？"

电话那端又安静了一秒。

然后温宁听见他低声道："好。"

挂了电话后，温宁在网上查询到南城那家米其林中餐厅的电话，尝试着拨号过去询问他们周五还有没有空包厢。

不出意料，得到的答案是没有。

温宁没再多问，等那边挂断，她打开微信，戳开宁雪兰女士的对话框。

她谈恋爱的事没瞒着宁雪兰女士。

但她们母女俩暂时都心照不宣地瞒住了温时远教授。

主要是怕他旅游旅到一半，真的从国外杀回来。

温宁低头给宁女士发消息："妈妈，我周五想请他去东庭吃饭，你帮我看看还能不能订到包间好不好？"

温宁："猫咪比心 .jpg"

发完消息，温宁就退了微信。

两边时间不一致，宁女士这会儿大概率还在睡觉。

晚上的戏在外面拍。

天色渐暗，室外的温度也在慢慢往下降。

喻佳和商默在操场相对而坐，大概是吸取了上次绯闻的教训，两个人中间隔着一张小桌子，界限划得十分清楚。

温宁过去的时候，他们俩都在看剧本，不知道是对完戏了，还是对到一半继续在琢磨剧本。

她走过去跟喻佳说了一句："他说排骨是他家里阿姨做的。"

喻佳抬起头，也没太失望："那以后我只能找你蹭饭了。"

"他说明天还会给我送，那我让他排骨多送一点吧。"温宁说。

喻佳看她说话时眉梢眼角都不自觉地带着笑意，感觉狗粮都快把自己塞饱了，她摆摆手："你一边玩去，别打扰我们单身狗工作。"

温宁："当我稀罕呢。"

她说着看了一眼坐在喻佳对面的商默。

她原本是觉得保持距离倒也不必见了面连一个招呼也不打，但从她过来到现在，商默连头都没抬一下。

温宁就也懒得主动出声叫他。

她又转向喻佳："我去你车上待会儿啊。"

"去呗，"喻佳低头看剧本，"反正那是你男朋友公司的车。"

温宁就没再打扰她，转身走向喻佳的房车。

喻佳把刚才稍稍卡住的那段剧情琢磨完，抬起头："商老师，我看完了。"

商默仍低着头，没答话。

喻佳愣了下。

他们剧组这位咖位巨大的男主角平时是傲气，但你主动和他说话，他也不至于会不搭理你。

基本礼貌他还是有的。

难道是没听见？

"商老师？"喻佳又叫了声。

商默这次像是听见了，懒懒地抬起头："看完了是吧？"

喻佳点头："对，我们把剩下那部分内容对了？"

商默垂着眼皮，没什么精神地"嗯"了声。

温宁进到喻佳房车里，把空调开好，舒舒服服挑了个姿势躺下，然后打开网页想给他看看袖扣。

她从来没买过类似的东西，一时倒也不知道在哪儿买。

温宁搜索到几大珠宝品牌和奢侈品官网，一一逛了一圈，都没看到太满意的。

不过袖扣价格倒大多不贵，一般都是几千或数万。

温宁只看到一款贵的，二十多万，这个价格她倒是还能接受，但她不太能接受这款袖扣在黑色缟玛瑙外围镶了一大圈碎钻，光看官网的图片就能闪瞎眼。

温宁想了想，最后还是又点进微信，再次戳开了宁雪兰女士的对话框。

温宁："你们明天出发去法国是吧？"

温宁："你到了之后，要是逛街的话，能不能顺便帮我看看有没有好看点的袖扣？"

温宁："我想给他送礼物。"

发完这条，不知怎么，温宁忽然又想起那天他站在镜子前系温莎结的场景。

不然再给他买条领带？

不过领带她得自己给他挑。

可能是她以前乱七八糟的东西看多了，她总觉得领带这种东西多少带着那么一点点私密的意味。

本来就是只隔着薄薄一层衬衫，紧贴着人类最脆弱的脖子的配饰。

偶尔还能用作其他用途……

温宁脑中忽然又闪过男人单手扯松领带的场景。

算了……打住。

领带还是以后再说吧。

温宁红着脸退出微信，重新打开网页自己去继续看袖扣。

等外面天色完全暗下来后，宁雪兰女士的视频电话终于打了过来。

她穿着睡衣，看着像是在酒店房间的客厅。

"宝贝，东庭的包间给你订好了，你周五到了之后，跟服务员报姓氏和手机尾号就行。"

温宁："！"

太好啦！

他又不爱吵闹，要是东庭订不到包间，她还得另外找其他有包间的店。

但南城很多好吃的店都是环境一般的苍蝇小馆，也不知道他会不会不习惯。

"谢谢妈妈！"

"跟妈妈客气什么。"宁雪兰坐在沙发上，"还要给他买袖扣是吧？急着要吗？"

"不着急的，"温宁说，"你有空逛街就帮我看看。"

宁雪兰点头："行，那尽量在七夕前让你收到。"

温宁让她这么一提醒，才想起七夕不远了。

那正好可以当作是送他的情人节礼物。

宁雪兰又问："款式上呢，有没有什么具体要求？"

"款式简单点，深色更好，不要太花哨。"温宁想到今天看到的那款那一圈闪瞎眼的碎钻，又补充了一句，"要那种又贵又低调的。"

宁雪兰笑起来："你最后这个要求可不好达到。"

"预算可以高一点的。"温宁说，"反正你看到有合适的就都拍了照发给我，我自己给他挑。"

宁雪兰应下来，又问她："钱还够用吗？不够的话妈妈给你转点过去？"

温宁："够用的，不够我可以挣嘛，哪有要你们的钱去给男朋友买礼物的道理。"

"你要给谁买礼物？"一道男声忽然响起。

温宁："！"

手机屏幕里的宁女士大概也吓了一跳，倏然转过身。

温时远的脸出现在屏幕中。

"什么男朋友？你谈恋爱了？"他冷冷地问。

温宁缩了缩脖子："爸爸你刚才听错啦，我刚才说的是给朋友买礼物。"

"我还没到耳背的年纪。"温时远板着脸，"谈多久了？你们母女俩合起伙来瞒着我是吧？"

温宁忙摇头："没有的，刚谈没多久，正打算这两天告诉你呢。"

"你看我信吗？"温时远问。

温宁睁眼说瞎话："你信的！"

温时远："……"

"多大了？叫什么？做什么的？"温时远顿了顿，眉头皱紧，"算了，我和你妈过几天就回去，你带过来给我看看。"

温宁就知道可能是这个结果，她哭笑不得："爸爸，哪有刚谈恋爱就见家长的呀，以后有机会会让你见的。"

"把我女儿拐走了，我提前见一下不行？"温时远语气冰冷。

"不行。"温宁说，"你这么凶，把我男朋友吓跑了怎么办？"

温时远："……"

"这才刚谈，你这胳膊肘就要拐上天去了啊。"他说着转向宁雪兰："你管管你女儿。"

宁雪兰："宁宁都二十二岁了。"

温宁附和："就是嘛。"

"二十二岁怎么啦？"温时远不满地道，"二十二岁还小得很，读书晚一点大学都还没毕业呢。"

宁雪兰悠悠地接话："我二十二岁都已经和你领证了。"

温时远："……"

他又转回来，看向屏幕中的温宁："照片总有吧，叫什么名字先跟我说说，工作呢，做什么的？"

温宁脑袋都大了。

算了，还是让她妈去搞定吧。

"啊呀，钱导好像在叫我了，我先去工作了呀爸爸。"温宁语速飞快，"你和妈妈好好在外面玩，不用担心我，也不用提早回来的，拜拜。"

接下来两天温宁都在专心画稿。

她爸妈对她从没什么望女成凤的超高要求，平时都由着她咸鱼，但从小就会耳提面命地教导她要有责任心。

所以温宁从来只在不会影响到别人的事情上犯拖延症，接了这种和别人定好期限的稿子，她向来会尽快画好。

杜婉姝虽然说时间随她自己支配，但是温宁也没留在酒店画，仍然来了剧组，就窝在喻佳的房车上画稿。

这样剧组要是有什么特殊情况需要改剧本，她也能随时过去。

等到周五下午，临近他说好会过来接她的时间点，温宁就专心不下去了。

她把画笔放下，保存好画到一半的文件，喝了口气泡水，然后揉了揉有点发酸的脖子，关了电脑往床上一躺，拿起手机开始摸鱼。

温宁随手打开了论坛，原本是想吃点娱乐圈的瓜放松一下，结果刚一点进首页，就看到一个许久没想起过的名字高高挂在首页——

"江冽去澳洲分公司当副总裁了，这是江氏下一任继承人要换人的意思吗？"

温宁乍一看到"江冽"这个名字，忽然有一种"啊，原来这世界上还有这么个人存在"的恍惚感。

她准备回国的时候，宁女士和温教授还担心她有可能会碰上江冽，然后会

被江澍骚扰之类的。

温宁自己倒没担心过。

江澍家在北城，她人在南城，一南一北隔了这么远的距离，碰上的可能性几乎是零嘛。

温宁在首页转了一圈，发现一个瓜都没的吃，实在无聊便随手点进了江澍那个聊得正欢的帖子。

1L："笑了，江明成除非疯了才会把江科交给不务正业的江澍。"

3L："可江澍才二十四岁就已经是江氏高层了，江凛到现在都还没进江氏呢，算什么江家太子爷啊？"

5L："热知识：江明成虽然只生了一个儿子，但他当年还有两个兄弟，虽然他那俩兄弟都已经死了，但江明成那几个堂侄，也就是江澍那几个堂叔手上各有一小部分江氏的股票。江澍比他爸还废物，把江氏交到他手上，他还真不够他那几个堂叔玩的。"

7L："是江凛太低调了吗？你们不关心投资圈，不知道 CM 资本，但总该知道驰惟和克鑫吧，这两家公司都是 CM 投资的，而且江凛本人都有持股，他早不用江科太子爷身份给自己贴金了，人家现在就已经是大佬了啊。"

11L："是柳筱粉丝在帮着吹吧？江澍真有粉的话，会不知道他自己投资的公司都不太行吗？而且你们不会真觉得柳筱能嫁进江家吧？"

13L："江澍可能比江凛本人更盼着他能早点回江家吧，毕竟亲哥掌权总比堂叔掌权要好不是。"

温宁看到另一个名字，撇撇嘴，又退出了帖子。

没意思。

温宁退了论坛，又打开微博看了几分钟屏幕，又忍不住转头看一眼窗外。

其实他是说好六点来接她。

但现在才五点半。

还要半个小时他才能到。

温宁心不在焉地刷完了微博，不禁又偏头往外面看了一眼。

这一眼就看到一辆黑车缓缓驶近。

温宁愣了下，低头看了一眼时间。

五点四十分。

她又转头往外看过去，宾利车标显眼，车牌也是她前几次看到的那一块。

温宁连忙从床上坐起来，穿好鞋，走几步又退回来，对着镜子整理了下头发，确认好妆容没什么问题后，才三两步从房车上跑下去。

今天一天的戏份都在教学楼里面拍，喻佳的房车就停在教学楼前，温宁跑下去时，那辆黑色宾利也如之前一样，已经在教学楼门口停下。

她小跑过去，自己拉开后座车门，看见一周没见的男人坐在后座，穿着熟悉的白衬衫和西裤。

他抬眸朝她看过来，镜片后那双深邃的眼像是柔和了一瞬。

温宁弯腰上了车，也没像上周那样生疏，直接坐到他身边，也不顾司机就在前排，腻腻歪歪扑进他怀里。

江凛抬手，指尖穿过她柔软的发丝，轻轻在她脑袋上揉了揉。

"怎么提前来了啊？"小姑娘小猫似的在他胸口上蹭了蹭。

江凛上午提前处理好了那边的工作，下午临时换了趟早半个小时的航班。

她发间的香味儿萦绕在他鼻前，不再是分开时他家里那款的味道，是逸星定制款的香味儿。

"路况好。"

温宁抬起头，目光滑过男人明显的喉结和有着流畅线条的下颌，落到那张英俊的脸上："你要下去看看剧组拍戏的进度吗？"

江凛："不用。"

"那我们现在就去饭店？"温宁问他。

江凛的手还落在她发间，他低低地"嗯"了声。

"我订了个包厢，不会吵到你的。"温宁说着转向前排："徐叔，我们去市中心那个东庭，你知道不？"

司机老徐目不斜视地看着前方，手搭上方向盘："知道。"

"先等等。"男人带着习惯性命令口吻的声音从后座响起。

温宁还半靠在他怀里，闻言眨眨眼："还有什么事吗？"

江凛指腹一路顺着她白皙的脸颊缓缓落至她嘴角。

温宁感觉他目光也落到了她唇上。

车厢的气氛因为他这个动作忽然变得暧昧，温宁在他幽深的目光中无意识地屏住了呼吸。

可男人最终只是轻轻在她嘴角蹭了下。

"坐好。"他说，"把安全带系上。"

温宁："……"

"噢。"她乖乖坐回去，系好安全带。

正值周五下班高峰，路况不算好，不到二十分钟的路程，他们开了差不多四十分钟才到。

东庭在市中心附近一家商场的十九楼。

地下车库有专门的电梯直达。

电梯前有穿着东庭特制制服的男服务员接待。

温宁照着宁女士的吩咐，跟他报了姓氏和手机尾号，对方说完欢迎术语，抬手摁开电梯，朝他们比了个请进的手势，随后用对讲机向同事转达了客人到来的信息。

只是服务员在关上电梯门前，正好有另一组客人走到了电梯前。

是一男一女两个人。

男方看上去五十出头，中等身材；女方年轻许多，二十来岁，她手挽着男人手臂，长相漂亮，包裹在紧身连衣裙里的身材看上去也相当火辣。

温宁都忍不住多看了两眼。

看完她又不禁偏头看向旁边的男人，见他微垂着眸，根本没往那两个人那边看，于是满意地悄悄扬了扬嘴角。

中年男人进电梯前一直和挽着他手的女人说话，进了电梯，目光瞥见里面的高大男人时，他倏然愣了下。

他张了张嘴，一句"江总"已经到了嘴边，对方却先淡淡地往他这边瞥了眼。

"赵总。"江凛平静地开口。

服务员这时帮忙按了楼层，随后退出去。

电梯门也随即关上。

温宁又瞧了眼电梯另一侧的中年男人。

咦？居然还撞上他认识的人了吗？

赵总脸上扬起殷勤的笑容："江……"

"江边那个项目回头再说。"江凛打断他。

赵总又愣了下。

他确实有个新项目想找 CM 投资，只是他和江凛不熟，目前还在托人牵线，没想到对方消息居然这么灵通。

赵总瞥见他旁边破天荒带了个姑娘，自觉会意："您这是也带女伴过来东庭吃饭？"

所以怕自己提公事打扰他兴致？

他说着目光不住地往温宁身上打量。

这位年轻有为的江总在圈内是出了名地不近女色。

他之前还听朋友抱怨过，说若是想组局叫江总，就绝不能弄些有的没的乱七八糟的人或东西出现在江总眼前。

难不成是之前大家没摸准这位的脉？

江凛皱了下眉，身子往旁边一侧，挡住他视线，声音沉冷："女朋友。"

赵总立即收回了目光。

"女伴"这个词，对于他们圈内一部分人而言，某种意义上几乎等同于"玩物"，但"女朋友"这个词的分量就完全不一样了。

尤其是从江凛这种洁身自好的人口中说出来，分量肯定是要更重上一层。

所以并非江凛转性，而是CM，或者说江家很可能快要多个小老板娘了。

温宁本来听着这位比他大上一轮的赵总用"您"字称呼他还觉得怪怪的，被他这么一挡到身后，她的目光倒是又毫无阻拦地看见了进电梯后就站到了赵总身后的那个身材火辣的小姐姐。

然后她就看见对方正直勾勾地看着她旁边的男人。

温宁酸了下。

也没心情欣赏对方身材了。

她用指尖钩住男人食指指尖，轻轻晃了晃。

江凛转过身，低声问："怎么了？"

温宁："……"

没什么。

就是不想让她看你。

"我饿了。"温宁跟他撒娇。

江凛看她眼珠子瞎转，也不拆穿她："就到了。"

电梯运行速度飞快。

他话音刚落，电梯门就很给面子地打开了。

门外站着两个服务员小姐姐，应该是已经收到了下面那个服务员小哥哥的通知，两个人分别领着他们前往订好的包厢。

只是包厢都在大堂的另一边。

温宁被男人牵着手往前走的时候，就感觉身后好像还是有打量的目光朝他们落过来似的。

他们的包厢先到了。

进门时，温宁回头看了一眼，发现那个女人确实还盯着他。

她皱了皱鼻子，顺手关上了包厢门。

门外，赵总冷冷地瞥了眼旁边的女人："收起你那点小心思，人家和我不一样，瞧不上你的。"

包厢内，服务员拿了菜单递给江凛。

江凛朝紧挨着他的小姑娘轻轻抬了抬下巴："给她。"

服务员又把菜单转至温宁这边。

温宁没接，她单手托腮看着旁边男人："今天是我请你吃饭，你来点嘛。"

江凛接过菜单："想点什么都行？"

"都行。"温宁十分阔气地点了点头，"随便你点！"

但不知他是有意还是无意，温宁听着总觉得他点的几个菜好像全是她平时喜欢吃的。

点完菜，江凛把菜单递回去给她："看看还有什么想吃的。"

温宁想吃的他都已经点了，她把菜单从头到尾看一遍，最后只多加了道冷饮。

服务员退出去。

温宁把她刚倒好的茶端起来，忽然听见男人问："能吃冰了？"

她愣了下。

"能的。"温宁反应过来，耳尖泛起点红，"我一般就五天。"

他目光似乎往她耳朵上扫了下，但没再开口。

温宁在他目光中想起了上周末的亲密，耳尖于是更红了几分，她端起杯子喝了口茶。

这边好像换了适合夏天的果茶，尝起来带了点柠檬酸。

温宁忽然又想起进门前的事，她不由得偏头看向他，酸酸地问："刚才赵总边上那个是他女儿？"

江凛目光移回来，对上她干净清澈的眼。

"他只有两个儿子。"

如果不是亲生女儿，哪怕是普通亲戚，刚才对方紧挨着那位赵总那股亲密劲儿都算是有些过界了。

"那总不可能是他老婆吧？"

"他老婆跟他年纪差不多大。"江凛看着她，"平时不是挺聪明？"

温宁听明白了他的暗示。

温宁沉默了下，又多吐槽了一句："而且居然还吃着碗里的，看着锅里的。"

江凛："不相干的人，有什么好在意的。"

温宁皱着小脸："那谁知道你和那位赵总熟不熟的啊。"

"不熟。"江凛轻笑了声。

温宁这才满意："我去趟洗手间。"

江凛看着她一路走进包间自带的洗手间，等到关门的声音传出来，他才低头拿起手机，给计远发了条信息过去。

"帮我给赵旭栋打个电话，他撞见我带宁宁出来吃饭了。"

他消息发得简短，计远却明白他在说什么。

很快回了一条消息过来："好的。"

吃完饭，温宁被男人牵着出了包厢，这次倒没再撞见赵总和他那个"吃着碗里的，看着锅里的"的婚外情对象。

只是进电梯时，温宁收到高中同学发来的微信。

对方想申请她所在大学的研究生，于是发微信过来向她咨询一些相关信息。

温宁习惯用全键盘，单手打字不太方便，但她又不爱发语音。

她在松开他的手用双手打字和不松开他的手发语音两个选项之间犹豫了一秒，果断选择了后者。

温宁一边回答同学的问题，一边被他牵着走到停车位置。

上车后，温宁想问下他接下来打算去哪儿，可同学刚好在这时候发了一连串消息过来。

温宁就没着急问。

等她回完消息，再回过神，宾利已经重新停止行驶。

温宁抬起头，看见此刻身处一个宽敞的私人车库中。

并不算陌生。

上周她才来过一次。

"去你家？"温宁捏着手机愣愣地问他。

江凛刚倾身过来想帮她解安全带，闻言动作稍顿，手臂和安全带一起半禁锢住她。

"不然你想去哪儿？"他问。

温宁就只是单纯想和他待在一块儿，去哪儿倒是无所谓。

可是他又没提前告诉她这周还是会带她回家。

"我没带换洗的衣服。"她小声说。

虽然他家里多的是睡衣给她换，她身上的衣服可以和上次一样在他家再烘干，虽然他也说过她在穿着上不用迁就他的喜好，但每天把自己打扮得漂漂亮亮的，她自己看着也开心嘛。

"要不然我们先回酒店一趟？"

江凛垂眼解开她的安全带："明天给你买。"

"那行。"

有了上次的经验打底，温宁这次再跟他回家就完全没什么紧张感了。

在玄关换好他拿出来的拖鞋，温宁听见他低声问："看电视还是做别的？"

这会儿时间确实还早。

温宁想了想，说："想去你家阳台看看。"

上周六晚上雷雨交加，他当时没让她出去。周日她姨妈痛，没什么精神，一整天都腻腻歪歪窝在他怀里。

她还挺想看看南城最贵楼盘之一的夜景的。

"要喝什么？"江凛牵着她往里走。

温宁回想了下他冰箱里的饮料种类："芬达吧。"

江凛脚步微顿，回过头看她："少喝点碳酸饮料。"

温宁："那你还给我准备。"

江凛："……"

温宁头一次看他被她堵得无言，嘴角止不住往上翘。

"鲜奶？"江凛问她。

温宁脸上的笑意越发明显，语气却故作勉强："也行吧。"

"吃的要吗？"江凛继续牵着她往厨房走。

温宁脚步轻快地跟在男人身侧："什么吃的啊，你这次还给我准备了零食吗？"

"阿姨给你准备了点牛肉。"江凛说。

温宁："是做排骨的那个阿姨吗？"

"是。"

"当然要！"

进了厨房，男人拉着她走到水池前，像上周一样，仔仔细细带着她洗了遍手，随后才打开冰箱。

他先拿了小绿瓶鲜奶和啤酒出来，又顺手拿了放在下一层的一个保鲜盒。

保鲜盒上贴了张便签，写着"加热味道更好"。

温宁看着男人随手撕了便签，将其扔进垃圾桶，随后拿起装牛肉的保鲜盒放进微波炉。

动作娴熟，明显他不是初次使用这类电器。

江凛设定好时间。

他转身靠在台边："要等会儿。"

温宁不介意要等会儿，只好奇地问他："你会做饭？"

"会。"江凛说。

他居然真的会做饭？

她重新拉住他的手，仰头一脸期待地看着他。

江凛："……"

这姑娘想什么真的全写在脸上。

"我水平一般。"

温宁轻轻晃了晃他的手："那我也想吃。"

"明天给你做。"江凛说。

热好菜，温宁跟他一起去阳台。

阳台空间十分开阔，宛如空中楼阁，脚下是将南城分隔成两半的大江，以及江边两岸的万家灯火。

视野确实相当好。

温宁从阳台一头转到另一头，最后回到中间的黑色小圆桌旁坐下，兴奋地道："你这里好像也能看到我家！"

坐在小圆桌另一边的男人拎起桌上的啤酒罐。

阳台没开灯，被霓虹隐约映亮的夜空和身后客厅里透过来的光线模糊照亮了他半边线条流畅的侧脸。

他用食指钩住啤酒拉环，拉开，微仰头喝了一口，表情依旧是沉静的。

"是吗？"他说。

温宁点点头："应该是。等明天白天我再出来看看。"

江凛把冰啤酒重新放桌上，帮她打开保鲜盒。

麻辣牛肉的香味儿扑鼻，温宁瞬间顾不上他这里能不能看到她家了。

她戴上一次性手套，试了一片牛肉，眼睛倏然亮起来，跟他指指牛肉："这个牛肉好好吃，你要不要试试？"

江凛摇头："你吃吧。"

温宁也不勉强他。

她低头又拿了片牛肉，听见他低声问："明天想做什么？"

温宁其实还挺宅的，大部分时候都是在家画画玩手机，出门也多是为了吃东西。

"不知道。"她抬起头，冲他笑了下，"你安排吧，反正和你待一块儿就行。"

夜色中，她看见男人像是也笑了下。

他抬手轻轻碰了碰她被江风吹得微微发凉的脸颊，声音因为压得低，听起

来十分温柔："跟我说说你以前的事。"

"以前？"温宁还拿着片麻辣牛肉，"多久以前？"

江凛收回手，低声道："都行。"

温宁把牛肉送进嘴里，想了想，脑海中还真冒出一件记忆挺深刻的事。

"我初一的时候，有次就在你家这附近坐公交车。那会儿这个楼盘还没建，那天天气好热，我上车的时候被晒得晕晕乎乎的，随手投币后就想往里走，结果被司机大叔叫住。"

"他说，你刚往这里扔了什么。"

"硬币啊，我说。"

"司机大叔指指投币箱说，你自己看看。"

温宁顿了顿，跟他卖关子："你猜我往里面扔了什么？"

"什么？"江凛说。

温宁："酸枣糕。我那阵儿特别爱吃，就那种绿色小包装的，我往里面扔了一把，投币箱又是透明的，特别显眼。前排的大叔阿姨全看着我笑，佳佳那天跟我一起搭车，她是一路笑回去的，前几年还不时拿这事儿来嘲笑我。"

"说起来我都好久没吃过酸枣糕了。"温宁随口感慨一句。

她本来想接着说明天看能不能让外卖送点过来，就听他淡声接道："明天给你买。"

温宁就又笑得眉眼弯弯的。

她吃着麻辣牛肉，想起什么就和他说什么。

男人大部分时候都静静地听着，偶尔回她一两句。

温宁说得口渴，本来想喝口牛奶，结果目光不经意刚好落在他那罐啤酒上。

她悄咪咪地抬起头，见他目光正对着前方的夜景，没看她，就忍不住偷偷把手伸了过去。

她刚拿起冰凉的啤酒罐子，他就忽然转过头。

温宁动作一顿。

他视线淡淡地落在她还拿着"犯罪证据"的手上。

温宁无辜地对他眨巴了下眼睛："我拿错了。"

男人看了一眼她手边的瓶装鲜奶，目光又落回她脸上，似笑非笑地看着她。

他没说话，但意思很明显。

温宁耍赖没成功，就试图跟他撒娇："我就是想喝啤酒嘛。"

江凛静静地看了她两秒："别多喝。"

温宁就着他喝过的瓶口，仰头喝了一大口。

味道不如上次他喂她的酒冲，不算难喝，但也实在算不上好喝。

温宁毫无兴致地把啤酒罐重新放回他那边，拿起她自己的小绿瓶鲜奶喝了一口。

她再伸手去拿牛肉的时候，手腕忽然被他攥住。

"再吃容易不消化。"江凛说。

温宁在回来前才跟他吃了晚饭，刚才还没察觉，被他一提醒，发现是有些撑。

"好吧。"

江凛仍攥着她手腕："带你下去走走？"

温宁这两次都是跟他从地下车库直接上来，还不知道楼下是什么模样："行。"

被他牵着往外走的时候，温宁忽然又想起来问他："那你呢？"

江凛侧过头："嗯？"

"你不和我说说你以前的事吗？"温宁说。

"没什么好说的。"江凛顿了顿，语气浅淡，"就是学习和工作。"

想对抗江明成并非易事。

前面那些年他没有一刻敢松懈。

温宁仰头看着旁边高大英俊的男人："不可能吧，就没有漂亮妹子追你吗？"

"有。"江凛说。

温宁停下脚步。

江凛也停下来。

"噢。"温宁继续往前走，隔了几秒才状似无意地问，"那你就一个都没考虑过吗？"

语气里明显带着几分没藏好的酸。

江凛一只手牵着她，一只手打开大门："不相干的人不值得我花费时间。"

博汇位于寸土寸金的市中心附近，小区绿化面积却仍然不小，只是不知是时间已经略晚，还是他挑了僻静的地方，一路走来，除了到处巡逻的保安之外，并没有碰上什么人。

天色太暗，路灯昏黄，其实也看不出多少景色。

当作散步却很舒服。

等再上楼回到他家，已经临近十一点。

去洗澡前，温宁问他："睡衣还是放在之前的抽屉里吗？"

"不是。"江凛说。

温宁："那放在哪儿啊？"

"给你空了个柜子。"他说。

再次被他牵着走进衣帽间，温宁才发现他不仅仅只是给她空了一个柜子。

衣帽间左中右三面，他好像把中间那一整块最大面积的衣柜全给她空了出来。

几件暖色系的睡衣空空荡荡地挂在冷色系的衣柜里，属于她的东西稍稍侵占了一点原本完全属于他的空间。

就好像她即将变成这里的女主人似的。

温宁稍稍有些失神。

耳旁忽然又响起他的声音："其他东西还在原来的位置。"

温宁回过神，反应过来他说的"其他东西"应该是指内衣裤，耳尖稍微红了一点。

她抿抿唇，终于又开始有点紧张："那我先去洗澡啦。"

江凛目光投向她泛红的耳尖，垂在一侧的指尖轻轻蜷了下，最后只低声道："我去隔壁。"

温宁下午要见他，其实中午就特意在酒店洗了个头发，但出门吃了饭，她晚上还是又顺便洗了一次。

再一次在他浴室里磨蹭了四五十分钟才出去。

温宁觉得他应该早洗完了，可卧室里不见他人影，她揉了揉半干的头发，踩着拖鞋出了主卧。

隔壁客卧的门开着，温宁敲了敲门，没听见回答，她自己走进去，也没找到他人。

卧室里的浴室门也是开着的，地面半干半湿。

温宁一路找到客厅，才看见男人坐在深灰色沙发上。

他今晚换了身黑色居家服，修长的指尖拎着一罐啤酒。

察觉到她的到来，他将啤酒罐往沙发前的茶几上一放，铝罐发出清脆的声响，手臂收与放之间充满了力量感。

他朝她招手："过来。"

温宁走过去，跨坐在他腿上。

江凛在她身上重新闻到了属于他的味道，他用刚刚拿过冰啤酒的手捏了捏她后颈，示意她抬头。

落在后颈的大手很凉，温宁被冰得下意识地想缩缩脖子。

后颈却被他禁锢住，随后男人偏头吻了上来。

这是他们分开近一周再见面后的第一个吻。

温宁有时候觉得他身上有种明显的矛盾感。

说话会习惯性地带着命令口吻，对她却又好像有无限的纵容。

他会体贴地给她准备一切她需要和喜欢的东西，在像接吻这种亲密的接触中却又很喜欢占据绝对的主导地位，又霸道又强势。

但今晚这个吻却很温柔。

吮吻她唇瓣的动作是轻的。

舌尖抵进来后，同她唇舌交缠的动作也很轻。

温宁又在他嘴里尝到了啤酒的麦芽香味儿，不知是没有了那股冲劲儿，还是这股麦芽香气还同时沾染了属于他的气息。

尝起来远比晚上的酒要让人沉醉。

因为他吻得轻缓，不像之前强势得让她喘不过来气，所以这个吻持续了很长一段时间。

温宁感觉从心到身好像都软得像是要化开，整个人只能勉强挂在他怀里。

不知过了多久，男人稍稍退开。

温宁将头抵在他肩膀上轻喘，感觉到他温热的指尖将她掉落到颊侧的头发顺至耳后。

然后他轻轻吻了吻她额头和脸颊，手仍有一下没一下地触碰着她后颈和耳垂。

等到她呼吸稍稍平缓，温宁才听见他低声开口："晚上自己睡主卧？"

从他刚才开始吻她，或者说从他晚上准她喝酒开始，温宁就隐隐感觉他今天可能不会对她做什么。

她靠在他肩膀上，声音听着闷闷的："你上周说家里没准备是骗我的吧？"

江凛落在她后颈的指尖稍稍停了一瞬，他隔了几秒才开口："等你再大一点。"

温宁仍低头靠在他肩膀上，撇撇嘴："那我只有年纪会长大了，胸不会。"

江凛呼吸乱了一拍。

他闭了闭眼，语带警告地叫了她一声："温宁！"

温宁其实也不是一定要和他做点什么。

就是觉得她都跟他回家两次了，他这样就显得她在他面前真的没什么吸引力似的。

她垂着脑袋，正好可以看见他穿的和上次的西装裤同色的家居裤，脸于是烫了几分。

他并不是一点反应都没有的。

"本来就是嘛。"温宁心里有种说不出是挫败还是委屈的感觉，她忍不住故意道，"还是说哥哥你有某方面的难言之隐？"

"温宁，"江凛一字一顿地叫她，声音压低，"你是不是真的欠收拾？"

温宁现在才不怕他："那你倒是收拾我啊。"

事实证明，就算不动真格的，他收拾她也是绰绰有余。

温宁今晚又换了条新睡裙。

他一次性给她准备了十几条睡裙。

今晚这条是藕粉色的，面料舒服，裙摆长至脚踝，此刻她坐下来，长长的裙摆就铺散开来，遮住了男人半截修长有力的手臂。

他这次没逼她看，却开始逼她说话。

男人空着的另一只手轻轻捏住她耳垂，声音又恢复了平静。

"今天在剧组做了什么？"

温宁注意力全被他的手夺走，勉强分出点心神听他说话："没……没什么。"

"没和他多说话？"他靠在她耳边问。

温宁没明白："谁？"

"你的前绯闻对象。"江凛说。

温宁愣了下，隔了几秒才反应过来："你说商——"

那个名字她只念了一个字，剩下那个字就在他倏然加重的动作中变成破碎的音节。

温宁后知后觉地感觉他好像在吃醋，她靠在颈窝跟他求饶，声音带着点委屈的哭腔："我……我和他根本不熟。"

男人却没放过她。

温宁终于知道他上周算是手下留情了的。

"叫我。"他在她耳边说。

温宁有些受不住，难耐地低头在他肩膀上咬了一口。

他动作没停，语气却放软了："宁宁乖，叫我。"

他语气太过温柔，和动作形成了明显的反差，这种矛盾感让温宁脚尖蜷起，她趴在他肩膀上，呜咽着叫他："哥哥。"

江凛不再逼她。

只是他一沉默下来，客厅里就只剩下她喉咙里溢出来的挠人心的声响。

江凛空着的那手从她后颈绕到前面，捂住她的嘴。

小姑娘很快在他怀里颤成一团。

江凛平缓了下呼吸，松开捂在她嘴上的手，轻轻拍了拍她后背。

等她在他怀里平复下来，他才用那只手碰了碰她脸颊，压低声音问："自己去洗澡？"

温宁闻见了他手上的味道，本来就已经红透的脸更烫了几分。

她埋头在他肩膀上，没说话。

江凛也没催她。

隔了片刻，怀里才传出来一道闷闷的声音。

"不公平。"

江凛："嗯？"

温宁将头抵在他肩膀上，小声控诉："我连你腹肌都没看过。"

她一只手还揪着他家居服腰部的位置，此刻手稍稍下移，揪住了他的衣摆。

下一瞬，男人那只大手便攥住了她的手腕。

温宁感觉他像是想拉开她的手，可动作停了一瞬后，却又带着她转去了另一个方向。

房间里的恒温设备好像失了效。

温宁觉得热。

她把头搭在他肩上，感觉他颈间也出了点汗，她嘴唇不小心碰上去，能尝到一点咸味。

温宁听见他呼吸明显乱了节奏。

她想看看此刻的他。

客厅灯光有些晃眼，温宁眯了下眼，才看清男人此刻微皱着眉，薄唇紧抿，额间也有细汗。

是和平时不太一样的一副模样。

温宁还想细看，男人空着的那只手却轻撂住她脖颈，半强迫地逼她低下头。

在头顶响起的声音和刚才他那张脸一样性感。

"不是想看吗？"他说。

温宁这晚还是和他一起睡在了他的主卧。

房间的灯已经被关上，她半趴在男人怀里。睡前他们俩各自又去洗了次澡，身上带着同款沐浴露的香味儿，有种难分彼此的亲密。

她把头靠在他胸口上，红着脸小声跟他撒娇："我手酸。"

江凛在黑暗中找到她纤细的手腕，轻轻帮她揉了揉。

"还有——"温宁继续小声跟他控诉，"我说的是想看腹肌。"

男人声音已重归平静："你确定？"

"确定啊。"温宁说，"我当时说的是'我连你腹肌都没看过'。"

"前一句呢？"江凛说。

温宁："……"

温宁回想了下。

前一句她说的好像是"不公平"。

行吧。

作为半个文字工作者，温宁觉得他这个字眼抠得确实没一点毛病。

"但是我还是想看腹肌。"她说着又揪住他衣摆。

江凛握在她腕间的手指稍稍收紧："老实点。"

温宁的手动不了，她只好小声反驳："我不老实你又能拿我怎么样啊？"

江凛捏了捏她手腕："刚刚谁在我怀里叫成那样？"

不知怎么，可能是他的声音太好听了吧，她莫名觉得他用这种冷静的语气讲这种话居然还挺蛊惑人的。

她的脸又热了几分，手老实不动了，嘴上却不肯承认："反正不是我。"

江凛轻笑了声，抬手把她脑袋又往怀里摁了摁："睡吧。"

温宁轻轻"嗯"了声。

她闭上眼，可又没睡意，今晚和他在客厅的画面在脑中反复出现，弄得她又开始脸红心跳。

温宁于是又跟他说话来转移注意力："你明早给我做早饭吗？"

"嗯。"江凛说。

温宁继续问："那中午呢？"

"也做。"

"晚上呢？"

"小话痨。"

温宁第二天醒来时，男人已经不在床上了。

她在半睡半醒间还记得昨晚是和他睡在一张床上，本能地伸手想去抱他，手却落了个空。

心跟着往下坠了一瞬。

温宁迅速清醒过来。

房间里还是一片昏暗，旁边却没了人。

温宁把手机摸过来看了一眼时间。

已经是早上八点了。

她打开窗帘，让屋外的阳光照进来，心里头犹存着刚才迷糊时那点空落落的感觉，她下了床，趿着拖鞋就想去找他。

她一路往外走，衣帽间和洗手间里都没看到他。

温宁打开主卧门，一走出去，就看见男人正朝她这个方向走过来。

他穿了身她没见过的黑色运动装，许是刚运动完，黑发湿着，脸、脖子和充满力量感的手臂和小腿都挂着细细的汗珠。

有种和平时截然不同的、神采奕奕的感觉。

江凛脚步略顿了顿，门口的小姑娘已经三两步扑过来，熟练地挂到他身上。

他用手托住她，把人抱好，手却克制地没再动。

"也不嫌脏。"江凛说。

他满身的汗，她也扑过来。

温宁趴在他肩膀上，闻言皱着鼻子嗅了嗅。

"不难闻呀。"

她感觉他多少有点洁癖，垃圾会及时清理，由着她弄乱他的东西，却随后会不自觉地去恢复平整。

就连第一次碰她，他也是在洗手间里仔仔细细洗过手的，昨晚也是在洗澡后。

现在她就挂他怀里，只感觉他浑身都热腾腾的。

反正没什么难闻的味道。

"洗漱没？"江凛问她。

温宁摇摇头："还没有，看到你不在我就出来找你了。"

江凛抱着她走回主卧："早饭想吃什么？"

"你做什么我就吃什么。"温宁说。

江凛抱她进了洗手间，把她放在洗手台上坐好，手轻轻碰了碰她脸颊："洗漱的东西也都在原地，我先去隔壁冲个澡。"

温宁："好。"

温宁洗漱也磨蹭，等她慢吞吞地做完护肤再去主卧时，就听到半开放式厨房那边隐约有声响传来。

她脚步一转，径直去了厨房。

男人已经换回了家居服，头发也吹干了，正垂首站在流理台前切番茄。

他切菜也是慢条斯理的，洗净的青菜摆得齐整，砧板和台面上也都很整洁。

像是听见了她脚步声，他没回头，低声问她："饿不饿？"

"不饿。"温宁走去他旁边，"要不要我帮忙呀？"

"不用。"江凛把切好的番茄放进玻璃碗中，偏头看她，"还要十分钟，你去餐厅玩会儿手机？"

温宁摇摇头。

手机什么时候不能玩啊，大佬做饭可是难得一见。

"我陪着你啊。"

十分钟后，两碗番茄鸡蛋面和一盘时蔬炒虾仁出炉。

温宁想伸手去帮忙端面，手腕却被一只大手攥住。

"烫。"江凛抬抬下巴，"去餐厅等我。"

温宁乖乖去了餐厅等着被投喂。

江凛很快把面和菜都端过去。

温宁夹了一筷子面，吹了吹，吃进去。

江凛没动筷子，表情平淡地看着她："不好吃就让人另外送早餐过来。"

他会做的确实不多，多是在留学时期时学的。他不喜欢和不熟悉的人同住一个屋檐下，更不喜欢一举一动都被江明成请来的阿姨报告给江明成，所以他在成年后就把人打发走了。

只是那时他抽不出多少空闲时间，所以学了几样好做的菜。

那时他也想不到有一天会在家中给她做饭。

温宁冲他摇摇头。

等嘴里的面咽下去，她眼眸晶亮地看着他说："好吃的。"

温宁也不是安慰他。

这碗面的味道虽然不是特别吸引人，但不知道是不是她给他自带了一大层滤镜，反正是那种很家常的好吃。

温宁把一整碗面都吃完了。

吃完早饭，她帮着他一起把碗和锅放进洗碗机。

江凛关上洗碗机，拉着她走到洗手池边，从后面半拥着她，帮她清洗手上刚刚沾上的一点油污。

"想出去吗？"他问。

"今天最高温好像有三十八度，外面肯定好热啊。"温宁看着他修长手指轻轻从她指尖滑过，"你以前周末都做什么呀？"

"加班。"江凛说。

温宁微讶："每周都加班吗，没点别的活动？"

江凛垂眸帮她冲洗干净手上的泡沫，淡声接道："偶尔打高尔夫或去骑马。"

前者其实也是应酬意味居多。

温宁回过头看他："骑马？"

江凛见她眼睛又微微亮起来："想去？"

"想的。"温宁说。

主要是想看他穿骑装。

"但是三十八度出门感觉都要被晒化的。"温宁皱起脸，"马场应该在室外的吧？"

江凛关了水龙头，扯了一旁的纸帮她把手擦干："以后带你去。"

因为身高差距大，温宁转头看他时也得维持着微微仰头的姿势，有点累，见手已经被擦干，就索性在他怀里转了个身，腻歪地抱住他的腰："那我们今天就不出去了吧。"

天气太热，一切室外活动都不合适。

去室内不过是换个地方和他待在一起。

而且在家的话，她还可以和他亲亲抱抱；在外面的话，温宁只感觉他比在家里更克制，除了教室吻她和在会所喂她酒那两次外，他极少对她做什么过于亲密的动作。

刚才吃面的时候，她把头发松松地挽了起来，此刻掉了一缕黑发在颊侧，衬得那张漂亮的小脸越发显得又无辜又乖巧，欺骗性十足。

江凛擦干净自己的手，轻轻碰了碰她脸颊："那我让人送衣服过来给你挑。"

温宁这才想起他昨天说要给她买衣服。

"不出去就不用了吧。"

她连睡衣都换不过来，还有好几条新的没穿呢。

"而且我也不想让人过来打扰咱们。"

她就周末这么一点和他相处的时间。

江凛嘴角翘了下："小黏人精。"

温宁："……"

他说得好像只有她想单独和他待着似的。

她看着男人就贴在她颊边的冷白色修长的手指，忍不住不满地张嘴轻轻在上面咬了一口。

江凛指尖瞬间碰到她温软的小舌尖。

他手停顿了一秒，才缓缓抽出来："那我让他们发图片过来给你挑？"

温宁跟他撒娇："你帮我挑。"

"好。"江凛说。

上午挑好的衣服，晚上就被全数送来了博汇，主要因为其中一条裙子没有温宁的尺码，所以商家临时从邻市调货，不然下午就能送来。

衣服送到的时候，温宁刚吃完他做的晚饭，正好可以借试衣服消消食。

温宁在洗手间试一件，就跑去给坐在衣帽间里的男人看。

一连换了四五条裙子，从他那儿得到的答案全都只有"好看"两个字。

温宁自己其实也觉得是好看的。

他眼光很好，其中有两条是看图片她会直接滑走的那种，但他都挑了，结果穿上身效果居然意外地不错。

但她还是小声朝他抱怨道："你都说好看，那我要怎么选啊？"

"不用选，"江凛抬手帮她整理了下领口，"都是给你的。"

温宁："……"

送来的裙子起码有二三十条。

"我穿不了那么多。"温宁自己衣服就不少，"酒店的衣帽间也不够放的。"

温宁站着他坐着，她难得比他高上一点点。

但即便男人穿着家居服，坐姿随意，那股气场仍在，尤其是他在家里都不戴眼镜。

他语气一如既往地平静："留一半放家里，衣帽间不是都给你空出来了？"

温宁眨巴了下眼睛。

她注意到他说的是"家里"，而不是"他家"。

不知怎么，温宁觉得他用的这一个简简单单的词比他一连给她买了几十条大牌衣裙都更让她开心。

她嘴角翘了翘："也行吧。"

试完最后一条时，温宁在脱衣服时遇到了点麻烦，她从洗手间探出个脑袋，看向仍坐在衣帽间里等她的男人。

"哥哥。"

江凛抬眸。

"你过来下。"温宁说。

江凛站起身，走至洗手间门口，低声问："怎么了？"

"裙子好像哪里被钩到了，"温宁转过身，"你帮我看看呀。"

她身上穿的是一条黑色连衣裙，背后拉链大开，原本就白皙的肌肤让连衣裙纯正的黑衬得越发白晃晃眼，蝴蝶骨纤细漂亮。

温宁人在洗手间里面，他在外面，见他没反应，她忍不住又问了句："钩到哪里了呀？"

江凛往前踏了一步。

温宁看着高大的男人出现在镜中，出现在她身后。

上周在这面镜子前发生的事情忽然尽数闪现在她脑海中，她后知后觉地红了脸。

"还没看到吗？"她小声问。

江凛抬起手："我看看。"

也不知道她刚才怎么弄的，胸衣搭扣竟然钩住了连衣裙里面的一根细线。

江凛轻轻把线和搭扣分开，黑线离开搭扣，他指尖却停了一瞬。

温宁感觉他温热的呼吸打在她背上，手停的位置也有些微妙，她耳尖泛起了红。

隔了可能是几秒。

男人手指离开，声音很低："好了。"

温宁："噢。"

可能是衣服试了太多件，她出了点汗，目光瞥过他洗手间的浴缸，她终于想起来问他："我能用你的浴缸泡澡吗？"

反正恒温覆盖范围也包括浴室，泡澡应该不会太热的吧。

热她就只泡一小会儿，她主要还是对他这个大浴缸感兴趣。

江凛微垂着眼："等下帮你放水。"

温宁转过身，揪住他衣摆，故意轻声问他："哥哥你要不要和我一起泡？"

男人略带警告式地捏了捏她耳垂："安分点。"

温宁："……"

不泡算了。

三十分钟后，温宁如愿以偿地躺进了他家浴缸里。

他将水温调得刚刚好，泡着不冷不热挺舒服的。温宁靠在浴缸壁上，本来想看一集动漫打发时间，最后指尖一转，却又打开了微信。

她戳开喻佳的对话框，低头打字。

温宁："你们收工了没有啊？"

喻佳回得挺快："收工倒是收工了。"

喻佳："但是你大晚上的怎么有空给我发微信？"

温宁叹了口气："我在他浴缸里泡澡呢。"

喻佳："？"

喻佳："沈总没和你一起？"

喻佳："你不是一直想画个浴缸游戏吗，不跟他体验一下真实版？"

温宁继续叹气："别说了。"

温宁："我都问他要不要跟我一起泡了。"

温宁："结果他亲自给我放好水，调好水温。"

温宁："就！出！去！了！"

温宁："我都怀疑他可能不喜欢我的。"

其实正好相反。

温宁能感觉到他好像真的很喜欢她。

就是不知道为什么一再克制。

手机又响了下。

温宁以为是喻佳回了她消息，可屏幕上最后一条消息还是她刚才发出去的。

她退出喻佳的对话框，看到微信主页上，某人暗不拉几的头像跳到了最上方。

男朋友："别泡太久。"

温宁嘴角翘了翘，低头回他："你又不跟我一起泡，还管那么多。"

温宁："美女的事你少管 .jpg"

发完她看着他头像边的备注，忍不住戳进去给他改了个新的。

手机很快又响了下。

这次他的消息只有三个字。

哥哥："欠收拾。"

《秘密》的拍摄进度比预期中的顺利许多。

温宁当初写原著的时候，一卡壳就会找喻佳聊天，让喻佳帮着一起顺剧情顺人设，整个剧组除了她、杜婉姝和钱正义之外，不会再有第四个人比喻佳更熟悉这部作品了。

喻佳在演戏上又确实有天赋，因而在剧组待一个多月，经过了新人磨炼期后，她现在再跟剧组一众前辈对戏，已经少有最开始那种接不上戏，或者被压制得厉害的情况，时而还有让钱正义都拍手叫绝的精彩表现。

温宁听统筹阿姨说，剧组预计能在八月上旬拍完所有校园戏份，指不定还能在九月左右就提前杀青。

但可能是运气也有守恒定律，戏拍得顺，其他方面就可能会多少出现点不顺。

八月四日是杜婉姝生日，钱正义一早就定下晚上请剧组的人吃饭，统筹阿姨也早早就特地把这一晚空出来，没排夜戏。

下午喻佳拍完自己的戏份回到房车上时，温宁正在她房车里画画。

温宁之前接的商稿早都已经交稿，稿酬都已经收到了，这次她就是在剧组看他们拍戏，一时兴起给喻佳演的女主角又画了张人设图，还有一张男女主角并排坐在操场台阶上的背影图。

喻佳凑到她旁边坐下："还没画完呢？"

"马上。"温宁含糊地回了一句，又顺手拿了两包酸枣糕递给她和她的助理李思涵。

喻佳知道这种小零食其实加了不少糖，不过她一看见包装纸就想到当年初中时跟温宁天天跑小卖部买酸枣糕和辣条的日子，还是忍不住接了过来。

南城夏天太热，她体重还没长回来，吃一两片也不打紧。

"又是沈总给你买的？"

温宁目光还盯着屏幕，想看看还有什么细节需要修，闻言回道："我自己买的，他不准我多吃。"

"沈总还管你吃零食啊，"喻佳撕开包装纸，"那他前两周还给你买？"

温宁："管的。"

温宁觉得他这方面和她爸挺像的，会主动给她买垃圾食品，买完又管着不让她多吃。

可能是年纪稍微大点的就会不自觉地自带了几分爹系男友的属性？

温宁想着，嘴角不由得耷拉下来。

这半个月他忙得不可开交，在全国到处出差，接连两个周末都只抽空过来陪了她一天。

他没空来看她，还要管着她吃零食。

温宁觉得酸枣糕这东西和螺蛳粉一样，想不起来吃还好，一旦想吃，接下来一段时间就会天天都想吃。

反正他人现在远在几百千米之外，也管不到她。

确认没什么想改的地方，温宁把刚画好的图保存好，偏头问："画好了，你们要看看不？"

"当然啊。"喻佳说。

温宁把屏幕转过来，先给她们两看了一眼背影图，然后又把先画好的喻佳单人人设图调出来。

"佳佳这张太好看了！"李思涵夸道。

温宁拆了小包酸枣糕，毫不谦虚地接话："那也不看是谁画的。"

喻佳反驳道："主要还是我人好看好吧。"

李思涵："……"

她失笑道："仙女画手画仙女，效果当然好。"

"还是思涵姐会说话。"温宁又往李思涵手上塞了包酸枣糕，顺便又瞥了喻佳一眼："你学学。"

喻佳："你怎么不跟着学学？"

"那我以后又不用面对记者。"温宁说。

喻佳撩撩头发："那我确实好看也没办法，我要当着记者面说我自己不好看，不更要被骂？"

两个人随口斗了几句嘴。

李思涵已经习惯了，慢吞吞地吃着酸枣糕。

"单人的那张发我！"喻佳转移了话题。

温宁点点头："不过这张等官宣的时候我帮你发吧，你自己发上次我给你画的那张。"

喻佳知道温宁的账号已经快接近二百万粉丝了，粉丝活跃度也高，她主动帮自己发人设图，就相当于主动帮自己拉热度。

她也没客气："行。"

外面忽然起了喧哗声。

温宁从窗户往外看过去，看见教学楼走廊上站满了人，全穿着一中校服。

校园部分的戏份已经快拍至尾声了，这几天都常有大批大批群演进来扮演学生，剧组里分外热闹。

不过钱正义为了在细节方面做到位，请来的大多都是一中初中部和高中部刚毕业的学生，里面有不少人是商默的粉丝。

他们刚来的第一天，商默随便打个哈欠，都有小姑娘忍不住尖叫。

"怎么了？是商默又做什么了？"

"可能是钱导跟他们说了要请他们喝饮料吧。"喻佳猜道，"我们刚刚下来的时候，钱导就说了等下要请群演喝饮料。"

李思涵提醒道："那应该快收工了，你们准备一下。"

钱正义订的饭店离剧组不近，温宁前两年去过一次，人均消费不低，但胜在环境清幽，私密性好。

去饭店的路上，温宁把刚才画的那张背影图 po 到微博上了。

就我没猫了吗："无聊画了下小谢和棠棠。"

微博一发出去，评论数涨得比以前要迅速不少。

"啊啊啊啊啊，是我哥哥！"

"我老公的背影都那么帅！"

"《秘密》什么时候拍完啊？好想看我哥穿校服的样子。"

"呜呜呜,想小谢和棠棠了,太太你真的不考虑给他们另写一版 HE 番外吗?"

温宁看着前面一排几乎不是头像是商默本人,就是 ID 和商默有关,感觉自己多少有必要解释一下。

她挑了最上面那位"商默女朋友"回复:"不好意思啊,今天画的不是商老师,就是纸片人小谢。"

"商默女朋友"很快回复她:"呜呜呜,居然不是吗?我看背影挺像我哥的。那太太还会再画我哥吗?上次那张谢杭真的绝了!"

温宁不知怎么,忽然回想起那天晚上在沙发上,她浑身无力地坐男人怀里,被他逼问着有没有和商默多说话。

她脸上微热,又多给这位"商默女朋友"回复一条:"非工作情况下应该都不会再画三次元男明星啦,不然男朋友要吃醋。"

子评论区里,她的粉丝也慢吞吞地开始回复。

"有被甜到,呜呜呜。"

"太太给小谢和棠棠发刀,自己倒是时不时给我们发狗粮,这就很过分了。"

"秀恩爱别光用文字秀啊,有本事像这样画给我们看啊。"

温宁嘴角扬起个小弧度,随手又多回了一条:"不给你们看……"

二十分钟后,汽车抵达饭店。

饭店临近城郊,面积不小,院落中有专门停车的地方。

《秘密》至今还没官宣女主演,一来是为了保持神秘感;二来对喻佳这种纯新人来说,在作品没播出之前,过早的曝光对她来说未必是件好事,因而即便饭店私密性不差,喻佳今晚也没跟剧组的车,坐的是鼎盛给她配置的保姆车。

温宁和李思涵陪着她一起。

不过钱正义这种名导虽然不缺钱,但也不可能像某人那样财大气粗,到哪儿都包场。

保姆车刚停好,另一辆银色汽车就停靠在相邻车位上。

李思涵已经打开了车门,她先下了车,喻佳跟着她下去的那一瞬,银色汽车的车门打开,一个矮胖的中年男人从里面走下来。

喻佳脚步一顿。

对方朝她看过来,目光瞬间变得黏腻恶心:"喻佳啊,真是好久没见了。"

温宁还没下车,听到声音还以为是喻佳碰到了认识的人。

"谁啊？"她说着想把脑袋探出去。

喻佳伸手又把她脑袋摁了回去。

让温宁看一眼这种人，她都怕脏了温宁的眼睛。

"一条狗。"

中年男人脸色立即变得铁青。

喻佳却没搭理他，把李思涵重新推上车，她自己也跟着上去，重重把车门一关。

鼎盛配的保姆车都配了防窥膜，从外面看不到里面，但喻佳还是能从里面看见对方目光仍落在他们车上。

她皱眉跟前排司机道："李叔，麻烦换个位置停车。"

温宁偏头打量了下她脸色，不由得问："碰见谁了，脸色这么难看？"

"熊春胜。"喻佳冷脸回道。

温宁脸色也冷下来。

熊春胜是瑞慈传媒的老板，当年想占喻佳便宜没成功，还被喻佳踹了一脚。

瑞慈和鼎盛不能比，但在圈内也算有点话语权，熊春胜一连欺负了喻佳两三年。

这几年小项目不肯用喻佳，大项目她够不上。

要不是《秘密》意外被钱正义看上，温宁都不知道她什么时候才能出头。

喻佳碰上这事儿的时候，温宁人在国外回不来。

温宁现在光听这名字都还气得不行："你刚把我摁回来做什么？我也想踹他很久了。"

喻佳倒是把情绪又调节好了："他算什么东西，也配让你踹？别脏了脚。"

温宁："……"

李思涵担忧地看了喻佳一眼，也没好意思在车上多问。

车外，熊春胜还死死地盯着正在倒车的保姆车。

直到从另一侧下车的夏鹏叫了他一声："老熊，看什么呢？"

保姆车开走了。

熊春胜收回目光："碰到喻佳了。"

"就那个当年不肯接你房卡还踹了你一脚的那姑娘？"夏鹏对这个名字还有点印象。

"是啊。"熊春胜想起刚才那惊鸿一瞥，"她倒是更漂亮了。算起来，她今年也才刚毕业，哪儿的钱来这儿吃饭？"

夏鹏也是圈内著名的制作人，消息比他更灵通些："听说钱正义今晚带着剧组在这边给老婆庆生，她会不会进了老钱的剧组？"

熊春胜神色阴郁，嗤笑一声："也有可能。凭她那张脸，她只要放下身段，想要什么资源不成。我当她多清高呢，原来只是看不上我们瑞慈的项目。"

"那倒也不见得。"夏鹏反驳道，"老钱那性格你又不是不知道，在他剧组塞人可没那么容易。"

熊春胜沉默了两秒："没后台当然更好。"

夏鹏没听清他的话："你说什么？"

"没什么。"熊春胜道，"你和钱正义合作过吧？既然碰上了，咱们不应该过去敬杯酒吗？"

司机换了个地方重新停好车。

主创单独在一个包间。到了包厢门口，喻佳见温宁还气呼呼地鼓着脸，不由得笑着在她脸上掐了一把。

"好啦，别气了，不然等会儿杜老师还以为你不是来给她过生日的，而是来砸场子的。"

温宁："……"

真要打架，温宁知道她这细胳膊细腿的也打不赢谁，但也确实不好这样子去帮杜婉姝过生日。

她平复了下呼吸，勉强扯了下嘴角。

饭店菜色确实不错。

但温宁下午吃了不少零食，加上已经气得半饱，菜上来后，她就只随便吃了几口。

包厢里其他人热热闹闹地聊着天。

温宁不由得低头把手机摸出来，找她大半天没吱过声的男朋友抱怨："没胃口。"

温宁："不开心 .jpg"

发出去没两秒，手机就响了声。

哥哥："怎么了？"

温宁心情终于好了点："你忙完啦？"

哥哥："暂时。"

温宁刚想打字，就听见有敲门声响起。

不知是谁走进来，有个陌生的声音笑着对钱正义说："听说钱导给杜老师在这儿庆生，我们过来蹭杯酒喝。"

像是跟钱正义认识的人。

手机又响起来。

温宁就没抬头。

哥哥："中午不还盼着晚上这顿饭吗？"

哥哥："不舒服？"

包厢空间很开阔，门口像是有服务员进来帮那两个人加了凳子。

温宁中午跟他打电话的时候，就提过晚上要帮杜婉姝庆生，当时她确实是期待的。

她低头打字："没有不舒服。"

陌生的男声响起："你们剧组的女主演这次捂得可够紧的啊，到底是哪个啊，方不方便让我们俩瞧瞧？"

温宁手机又振了下。

哥哥："那怎么不开心？"

温宁听见吴制片笑着接话："看可以，但是得给我们继续保密啊。来，喻佳，跟启光的夏总和瑞慈的熊总打个招呼。"

她打字的动作一顿，倏然抬起头。

瑞慈的熊总，熊春胜？

温宁没见过熊春胜，但看过他的照片，就是对面稍矮些的那个中年男人，对方目光像是正落在她旁边的喻佳身上。

她转过头，看见喻佳脸色果然又冷了下来。

喻佳没开口。

熊春胜倒是一脸笑意地很快接道："原来你们剧组的女主演是喻佳啊。"

吴制片一愣："熊总认识喻佳？"

温宁没想到熊春胜居然还有脸找过来，她捏着手机的指尖收紧，低头快速打字，气得都没顾上不在他面前说脏话："因为碰上了一个傻子。"

傻子的声音继续响起："认识，之前我因为一点小事还得罪了喻小姐，也不知道她是不是还在记仇。"

温宁继续打字："瑞慈的老板熊春胜，你认识不？"

哥哥："算不上，他认识我。"

温宁懂了。

大概就是熊春胜还不够格被他认识的意思。

坐在对面的熊春胜接着道："这样吧，我敬喻小姐一杯酒，就当是为当年的事赔罪了。"

温宁这时刚好又收到他一条消息。

哥哥："他惹你了？"

不知怎么，隔着屏幕，温宁都能感觉他情绪像是变了。

温宁："没有。"

温宁觉得剧组的事情估计也瞒不过他，于是简单道："他以前搞坏佳佳资源，这会儿还跑我们包厢来恶心我们。"

喻佳冷冷地道："敬酒就不必了。"

"那不行，谁都知道钱导的女主演就是未来的影后，这酒必须得敬。"熊春胜接着道。

喻佳："……"

照她以前的脾气，她可能早就直接把手边的酒泼出去了，但以前她就一个人，被欺负也是她一个人的事，现在她人在剧组拍戏，多少有点不想给剧组添不必要的麻烦，签了鼎盛之后还没给公司挣一分钱，也不想让公司没事儿去帮她处理以前的烂摊子。

她想着要不忍一下算了，剧组这么多人在场，熊春胜最多也只敢这样口头恶心她几句。

温宁就坐喻佳旁边，余光瞥见她握在酒杯上的指尖已经泛白，心头更是一阵儿火起。

她感觉自己拳头都快硬了，指尖飞快地打着字："我要是等下没忍住当众打人或者泼人酒了，你不会批评我的吧？"

哥哥："打人不行。"

温宁："……"

他接着又发来一条。

哥哥："酒想泼就泼。"

温宁跟他确认："真的？"

哥哥："等一分钟。"

熊春胜这时又催了一句："喻小姐这是不打算给我面子？"

温宁觉得她一分钟都等不了了。

熊春胜这句劝酒的话终于也让其他不知情的人感觉到了他的几分恶意，席上原本热络的气氛也已经冷下来。

吴制片沉着脸。

虽说每个圈子都有傻子，但他们这个圈子里的傻子就是格外多，因而娱乐圈在大众眼中的名声才这样差。

熊春胜敢这样肆无忌惮，大约是觉得钱正义再有名也不过是位导演，应该还不知道喻佳已经签进了他们鼎盛。

吴制片可看不得他们公司的艺人被欺负。

更何况还有小温编剧这层关系在。

吴制片刚想开口，就听见"砰"的一声响。

是有人把手机扣在了桌上，其实声响并不大，只是熊春胜把场子冷了下来，正好此刻没人说话，这一声才特别明显。

下一秒，吴制片就看见坐对面的那位小温编剧站了起来。

"熊总是吧？"温宁面无表情地说，"佳佳不能喝酒，我陪你喝。"

吴制片："！"

上次绯闻的事，那位江总已经不太满意了，这次要再让温宁在自己眼皮子底下吃点亏……

吴制片心头蓦地一凛，瞬间如临大敌。

熊春胜却一无所觉。

温宁刚刚大部分时候都低着头，熊春胜又一直盯着喻佳，此刻才注意到她的长相。

"你陪我喝？"他声音中多了点兴味。

喻佳在桌下拽了温宁一把。

一直低头玩手机的商默也抬起头，脸色沉沉的。

温宁安抚似的拍了拍喻佳的手，也没搭理熊春胜，目光在桌上扫过一圈。

桌上酒不多，大家喝得也不多。

温宁视线投向附近那瓶只空了少许的红酒。

她伸手把酒瓶拿过来，慢慢往红酒杯里倒满酒。

熊春胜说不出是惊讶，还是兴奋："这么多你喝得完吗？"

温宁当然喝不完。

她看见包厢门这时又从外面被推开。

有两个保镖进了包厢。

好像是当初她和商默的绯闻出来后，被安排到一中的那批保镖中的两个，个个都又高又壮，非常好认。

搁在桌上的手机这时又响了声。

温宁低头看见他给她发了两个字。

哥哥："行了。"

温宁端着杯子走到对面。

熊春胜没注意自己身后多了人，目光上上下下在她身上打量。

温宁停在他面前。

熊春胜刚要端起酒杯，就见对面那姑娘手臂高高举起，随后冰凉的液体由他头顶浇下来。

店里的红酒杯不小，满满一杯酒，他头发被淋得半湿，衣服和浅色的裤子上全是酒渍。

温宁晃了晃空杯子，这才阴阳怪气地回了一句："不好意思啊，手滑，这杯酒就当我给熊总赔罪了，熊总不会不给我面子吧？"

熊春胜脸色骤变："你——"

他说着还抬起了手。

可下一秒，熊春胜刚抬起的手就被刚进门的保镖死死地攥住。

吴制片这时也凑到熊春胜耳边，不知对他说了句什么话。

温宁看见熊春胜脸色像是扭曲了一瞬，随后硬生生转成了一个笑容。

"没事，一杯酒而已。"熊春胜笑着朝她说。

温宁刚才半点没留情，一整杯酒是兜头朝熊春胜身上淋下去的，要不是红酒瓶口太窄，她之前甚至还想把整瓶酒都倒在他身上。

熊春胜一身狼狈，自然不再多留。

夏鹏慢他一步起身，目光惊疑地看了一眼温宁。

能让熊春胜硬生生咽下这口气，这姑娘也不知是什么背景。

夏鹏看了一眼匆匆走出包厢的熊春胜，一脸歉然地对钱正义道："他就说跟我过来蹭杯酒，我也没想到他一来就为难你们女主演，打扰你帮杜老师庆生，回头我找时间再专程跟你道个歉。"

温宁刚才怒气攻心，这时才恍然想起这是杜婉姝的生日饭局。

夏鹏一出去，两个保镖也跟着出了门。

温宁蔫不唧儿地走到杜婉姝面前："杜老师，对不起啊，我刚才没忍住，要不今晚这顿饭我来请吧，就当是给您赔罪了。"

刚才情况变化太快，杜婉姝到现在才反应过来。

闻言她失笑道："要你道什么歉，又不是你主动挑事，要怪也怪老钱随便什么人都放进来，你们来帮我庆生，倒是害得你们心情不好了。"

钱正义点头："是是，我的错。"

温宁还是有点愧疚。

杜婉姝拍拍她的手，语气温和："多大点事，让服务员收拾下就好，又不影响咱们吃饭，你也快坐回去。"

"好吧。"温宁说。

温宁刚坐回自己的位置，又被喻佳瞪了一眼。

"你胆子怎么这么大？"喻佳压低声音说。

温宁小声回她："我请示过了的。"

"什么请示？"喻佳没明白。

温宁解释："请示了你老板，我男朋友。"

她说着把手机屏幕重新解锁，给喻佳看了一眼刚才的聊天记录。

喻佳："……"

"没见过沈总这样宠女朋友的。"喻佳既好笑又无奈，又有点说不出的感动，"他就这么由着你胡来啊？"

"哪有胡来，"温宁嘴角微翘，"他这不是叫保镖进来了嘛。"

喻佳："……"

行，这口狗粮她干了。

温宁又凑过去问她："有没有解气一点？"

"太解气了。"喻佳说。

"狐假虎威的感觉还挺好的。"温宁顿了顿，又有点唏嘘，"也不知道姓熊的当初拿权势压你的时候想没想到会有今天。"

喻佳："谁知道呢，管他怎样呢。"

温宁觉得她说得太对了，于是也懒得再想这件事，她低头戳开软键盘，给由着她胡来的男朋友回消息："我泼完了。"

温宁："乖巧.jpg"

哥哥："现在有胃口吃饭了？"

温宁："猫咪点头.jpg"

温宁："我都气饿了，等下试试这里的菜，要是还是和以前一样好吃的话，下次我们一起来。"

哥哥："嗯。"

哥哥："我开个视频会议。"

温宁："好吧。"

温宁："那你也记得吃饭，等忙完告诉我。"

哥哥："好。"

第 八 章
小骗子

直到吃完饭回到酒店，温宁也没收到他消息。

温宁估摸着应该是他还没开完视频会议，就没主动打扰他。

怕喻佳心情还受晚上的事情影响，温宁拉着她和李思涵到自己房间里去吃零食。

喻佳和李思涵常来她房间，熟门熟路地在沙发上坐下。

温宁抱了一堆零食过来，辣条、酸枣糕、各式梅子和薯片都有。

不过薯片温宁自己不爱吃，油炸食品她都不爱，是前段时间她给李副导家两个小姐妹花买了备着的。

李思涵趁机委婉地问喻佳："佳佳，你和瑞慈的熊总认识吗？"

今晚主创包间里坐的都不是多嘴之人，李思涵不跟她们在一个包间，还不知道温宁泼熊春胜酒的事。

喻佳跟她相处了一段时间，知道她并不是因为私心想来打探自己的私事，只是艺人和团队很多时候是一体的，团队对艺人知根知底，才不会在艺人出事时乱了阵脚。

当年的事喻佳做得坦坦荡荡，自然也没什么好隐瞒的，于是连带今晚的事一起简单和她说了下。

"熊春胜在圈内是出了名地心眼小。"李思涵皱了皱眉，"红姐知道这事儿吗？"

喻佳摇头。

常红过来签她时，她刚进组没太久，一心想着好好拍戏，完全把熊春胜这个人忘到了九霄云外。

"红姐现在应该还在回国的飞机上。"李思涵询问她意见，"等她回来我跟她说一下，好让她有个底？"

喻佳点头："行。"

剧组第二天上午有戏，喻佳也没多待，随便聊到十点半，她就打算回去洗澡。

她刚站起身，习惯随手刷刷微博和论坛的李思涵却突然叫住她。

"佳佳你等等。"

李思涵神色凝重地把手机递给她。

喻佳接过手机，重新坐回沙发上，温宁也凑了个脑袋过来。

手机屏幕上赫然是一个回复数已然不少的帖子——

"不明白《秘密》怎么选了个这么垃圾的女主角，钱正义终于也开始向资本妥协了。"

主楼先配了一张喻佳的高清照片。

"料保真。《秘密》女主演叫喻佳，戏剧学院刚毕业的，长得是挺漂亮，就是人品不行。

大二的时候，老师介绍她去某个剧组试镜女二，导演看在她老师的面子上，又看她漂亮，就拍板答应了。可她不甘心只演女二，在剧组饭局上主动勾引投资商，有当时饭局的照片为证。

投资商和老婆很恩爱，看不上她，老师也看不上她这种行径，所以大学后面几年，她连一个机会都没捞着。

最近她不知搭上了哪位老板，居然一跃成了《秘密》女主角。

也可惜《秘密》的书粉，你们的棠棠让这么一个女的演了。还有商神也惨，好在《秘密》纯洁得连个吻戏都没有，不然还真怕商神被染上什么奇怪的病。"

最底下附了一张所谓的饭局照片。

《秘密》开拍后，热度一直不低，但女主角的扮演者却始终和片名一样，是个不为众人所知的秘密。

开拍前倒还有明星团队和营销号想蹭热度，但自打柳筱轰轰烈烈造势自己会饰演《秘密》的重要角色，最后又灰溜溜进组《信号》后，便再没团队敢明目张胆贴上来。

这还是第一次有人用这么笃定的语气，而且还"有图有真相"地爆料《秘密》女主角呢。

加上最后两句煽动性极强的话把《秘密》书粉和商默的粉丝都拉了进来，所以帖子刚发没多久，热度就已经很是可观。

1L："真的假的？"

3L："这张脸我有印象啊，之前艺考的时候上过新闻的，我前段时间还在想明明这么漂亮，怎么就一点消息都没有了。"

5L："喻佳确实是戏剧学院刚毕业的。我朋友就在戏剧学院，说喻佳是他们学校公认的校花，但她在校期间一直蛮低调的，没接广告，没拍戏，也没搞什么社交账号，具体是什么原因就不知道了。"

6L："等等，那张饭局的照片就是大家坐在一起吃饭的照片啊，能证明什么？"

7L："回楼上，你没发现照片里除了喻佳之外，其他全都是《清宫》剧组的人吗？当时饭局里有喻佳，后来开拍的时候却没有她，这不就证明了喻佳确实被踢出剧组了吗？"

10L："所以她到底搭上了哪个投资商？"

15L："现在的电影全是资源咖的天下，你们不会真觉得普通人能当钱正义的女主角吧？而且男主还是商神，啧啧啧，这位到底什么来头？"

23L："有一说一，你们所谓的商神被钱正义看中时也是个全无名气的素人吧，钱正义一向爱用新人不是大家都知道的事吗？"

26L："主楼那张照片也太美了吧，圈内好久没出过这种顶级浓颜系大美人了。"

30L："LZ这两张照片都是网上首发吧？我是《清宫》主演粉，都没见过这张饭局照片，我觉得LZ应该真的是业内人士。"

32L："没见过饭局照片的＋1……"

36L："钱正义以前用过素人，不代表这次也是啊，毕竟以前的商神可没传出过任何傍富婆的消息。"

40L："就一张本人照片和一张普通吃饭的照片加一段话就能给女生泼脏水了？？这居然也有人信。"

41L："楼上是《秘密》女主角的水军来了？"

50L："我业内朋友说，喻佳确实通过了《清宫》女二的试镜，后来又被踢出剧组了。"

…………

都说说谎的高境界是有真有假。

这帖子里的内容真假参半，而且真的那部分内容相对容易考证，连带着其他内容的可信度也跟着高了起来，加上帖子里明显有人在"带节奏"，帖子越往后越吵成一团，回帖内容也越来越过分。

温宁才看了前面一部分，就已经气得眼睛都红了。

她伸手挡住手机屏幕："别看了。"

李思涵知道入圈后，这些辱骂以后会只多不少，所有艺人都要经历这么一遭，但她也没料到后面的内容会这么不堪入目。

她也不太忍心，于是把手机从喻佳手上抽出来："我先看看有没有营销号转发，只是一个帖子的话，应该问题还不大。"

"不用看了。"喻佳反倒是三个人中最冷静的，"瑞慈养了那么多营销号，又不是白养的。"

温宁光顾着生气了，闻言一愣："你意思是这帖子是熊春胜在背后搞的鬼？"

喻佳点点头："那张饭局照片一般人也拿不到，拿得到的也基本不知道我是《秘密》的女主演。"

温宁想起刚才李思涵说熊春胜是出了名地心眼小："会不会是因为今晚我泼他酒了？"

熊春胜不敢对她反击，但又咽不下这口气，所以把气转到了喻佳身上？

她今晚是不是太冲动了一点啊？

喻佳看她忽然一脸愧疚，伸手在她脸上捏了把："别多想。熊春胜欺负了我两三年，就算你今晚不泼他酒，他知道我有个这么好的出头机会，难道就会轻易放过我了？"

"可是红姐这时候还在飞机上，"李思涵皱着眉，"公司公关这时候也早下班了。"

常红前几天带手下另一个艺人飞去国外谈一个高奢品牌的代言，晚上才刚上了回国的飞机。

温宁抿抿唇："我给你们沈总打电话。"

她把自己手机拿出来，打开通话记录，戳开最上面的号码拨过去。

等了片刻，那边却传来"您拨打的号码暂时无法接通"的提示。

温宁再打一遍，还是如此。

"打不通。"温宁皱起脸。

喻佳站起身："别急，我们先去找钱导。"

她虽然不太想麻烦别人，但她现在确实是《秘密》的女主演，电影已经拍了大半，她和电影就是一荣俱荣、一损俱损的关系。

温宁也不执着于给男朋友打电话了："还有吴制片，他应该能联系上鼎盛的公关。"

《秘密》主创都住在一层楼，找人非常方便。

好在钱正义和吴制片都还没睡下。

吴制片早得了沈明川和江凛的双重交代，对和温宁有关的事半点不敢轻忽，得知消息去钱正义房间后，第一时间先给沈明川打了个电话。

但电话一直没人接。

吴制片只好先自己紧急联系鼎盛的公关团队。

杜婉姝也没睡下，给他们泡了茶，又陪他们一起跟鼎盛的公关开视频会议。

鼎盛公关很快定下了紧急应对策略：撤热搜；钱正义出面澄清女主角选角之事；鼎盛官方出声明。

会议结束前，温宁忍不住插了句嘴："我也可以帮忙澄清的。"

鼎盛的公关经理不知她就是《秘密》原著作者，闻言稍愣。

吴制片倒是知道，也知道她能出面肯定更好，但是江凛把这姑娘当宝贝似的，他可不敢把她也牵扯进来。

喻佳更不想把她牵扯进来："你跟着蹚什么浑水。"

"我看不惯网上那些吃烂钱的水军，顺便帮我们棠棠澄清一下。"温宁瞥她眼，"你管我呢。"

她说完不给喻佳再反应的机会，冲着视频里的鼎盛的公关经理道："我是《秘密》原著作者。"

在温宁他们开会期间，"《秘密》女主喻佳"这一话题迅速空降热搜高位。

点进去，热门全是瑞慈手下的营销号和其他一些收钱办事的营销号在名为"搬运"论坛帖子，实则只挑对喻佳不利的部分带节奏。

微博不比论坛，多的是不懂娱乐圈这些弯弯绕绕的路人，在单单只看热搜和营销通稿的情况下，确实更容易受影响。

尤其是一部分《秘密》书粉和商默的粉丝，已经在自己微博开始了对这次选角的激情辱骂。

喻佳目前还只有个用了多年的微博生活号，并没有用大名开通账号，但她大名的广场实时已经完全不能看了。

但这波发酵并没有持续太久。

三十分钟后，已经被推至第一的"《秘密》女主喻佳"这一话题迅速在热搜榜上消失。

这是鼎盛公关部门第一步策略。

撤热搜虽然肯定会引起一部分人反弹，但是也是防止事情继续发酵最干净迅速的手段。

热搜一撤，果然有水军揪住这一点，在论坛和微博带节奏说"热搜不是想撤就能撤的，喻佳背后肯定有老板"。

但热搜刚撤下，《秘密》导演钱正义就更新了一条微博。

钱正义："《秘密》女主角起用新人是我在看完原著后就做下的决定，爱用有实力的新人也是我多年的习惯。《秘密》筹备期间，工作人员和我前前后后看了上百人的试镜，喻佳是其中最适合演向棠棠的女演员，没有之一，这是我、杜老师还有制片人及主创团队其他所有人的一致认知。"

之前针对喻佳的舆论大有往不利于她的方向一面倒的趋势，主要是因为喻佳是纯素人，完全没有粉丝。

没有粉丝，自然也不会有人太真情实感地去帮她反驳以及对抗中伤她的势力。

但钱正义的粉丝却不少，路人好感度更是远远好过于那一堆名字都相似的营销号。

他出面澄清并支持喻佳，立刻引起了一大部分路人倒戈。

但质疑声仍然不少。

可很快有人发现，就在钱正义这条微博发出去不到一分钟的时间里，鼎盛官博也发了一封律师函。

律师函严词斥责今晚的不实谣言对鼎盛旗下艺人喻佳造成了严重的名誉损害，鼎盛将会对此保留追究一切法律责任的权利。

"鼎盛旗下艺人喻佳"几个字在律师函中写得明明白白，舆论再一次炸锅。

这下说什么的都有。

有人说鼎盛是《秘密》的投资商，旗下艺人演女主角再正常不过。

也有人说普通人能一开始就签在鼎盛这样的大公司，这本身就是一件不正常的事，这不正好说明她确实搭上了什么大老板嘛。

鼎盛毕竟是圈内最大公司，又背靠沈氏集团，很快有人发现有部分胆小心虚的营销号已经默默删了刚才"搬运"的微博，试图想要当作无事发生。

隔了没多久，又有人发现《秘密》的原著作者发了篇长文——

就我没猫了吗："关注我时间稍久的粉丝应该都知道我有一个长得巨漂亮的闺密，《秘密》一开始是我打算写给她的生日贺礼，棠棠最初的人设和相貌都是参照她的性格和模样做的设定。

"后来，大纲做好，我发现这个故事的结局没办法圆满，不适合用来当生日贺礼，就另外给她定做了一个超大的人形娃娃做礼物，一度导致她收货的时候，被同学误以为买了那什么娃娃，险些社死，这件事我也在微博里提过。

"我闺密不像我一样咸鱼没目标，她十四岁就决定要当演员；十八岁成功考进戏剧学院；十九岁那年，因为拿下了院内一个比赛的第一名，她从老师那儿得到了一个巨好的试镜机会。

"试镜前半个月，她跟我聊天的所有内容全是在分析角色。

"可试镜成功也不代表就等于能成功进组。进组前的一次饭局，她没接投资商递来的房卡，在对方试图动手动脚时，她还踹了对方一脚，因此被踢出剧组。

"之后两三年她一直被对方搅乱，再也没能接到个像样的资源。

"没戏可拍，她就把空闲时间都用来监督我写《秘密》，因为《秘密》不再是她的生日贺礼，结局也不算圆满，我就重新给棠棠做了人设和样貌设定，但我闺密眼睛实在太漂亮了，身高也是我的梦中身高，所以最后棠棠的眼睛和身高还是保留了最初的设定。

"你们也知道我有多懒，要不是她一直监督我，陪着我顺剧情顺人设，《秘密》我不知道要拖多久才能写完。

"追过《秘密》连载的粉丝应该都知道我当时有这么一个'魔鬼监工'。

"后来《秘密》有幸被钱导和杜老师看中，我当时就想不会再有人比她更适合饰演棠棠，也不可能再有别的女演员比她更熟悉这部作品了，所以我跟钱导和杜老师要了个棠棠的试镜名额，这个要求最后还白纸黑字写在了我的合同里。

"虽然她对《秘密》已经熟到不能再熟，可准备试镜前，她还是反反复复看了数遍小说，反反复复跟我分析棠棠的人设，连觉都不让我好好睡。

"功夫不负有心人，她也一如我所料，在所有试镜的女演员中脱颖而出。

"《秘密》女主角选角没有任何黑幕。

"棠棠这个角色，喻佳拿得堂堂正正。

"她也没有联系过任何投资商，以前没有，以后更不会有。"

对于绝大部分网友来说，喻佳就是今晚凭空冒出来的一个人。

大家几乎全都对她一无所知。

这也是为什么一开始节奏能被带得那么成功，之后哪怕是钱正义和鼎盛双双出面澄清，效果都不算特别好的原因。

一张白纸上当然是最初抹上的那一笔最令人印象深刻。

但在《秘密》原著作者"就我没猫了吗"的微博中，喻佳却不再是凭空冒出来的人。这篇长文中，几乎每一段话都能在"就我没猫了吗"以前的微博中找到佐证。

找不到的，比如之前没提过的"试镜名额"，长文底下还单独拍了合同原文作为证据。

舆论到此，终于迎来了一个大幅度的反转。

最初爆料喻佳是《秘密》女主角的论坛中出现了一个新帖，热度迅速上涨——

"大家看了没猫太太那篇长文没有，所以《秘密》女主角就是被误会了吧？"

1L："看了，第一次看没猫太太语气这么严肃正经。"

3L："港真，没猫太太这篇长文可信度高多了。她微博从刚开通的时候就频繁提过她这个闺密，长文里提的内容在微博里几乎都能找到，好些都是在写《秘密》之前发的，除非她有未卜先知的能力，不然这些就都是真的啊。"

5L："别了吧，没猫太太现在已经这么咸鱼了，她要是能未卜先知，肯定买几张彩票躺着等挣钱了，以后更别想让她勤快更新了，我还等着她画《秘密》的漫画呢。"

11L："笑了，造谣的人大概没想到喻佳就是没猫太太的闺密，也没想到没猫太太话痨到什么小事都在微博上说，她微博数现在好像都已经有两万多条了吧。"

25L："在这里我也终于敢说啦，隔壁主楼那张喻佳小姐姐的照片不就是向棠棠本人吗？我第一次看见这么贴角色的演员，我这个书粉要哭了。"

35L："商神转发了没猫太太的微博啦！"

36L："等我有钱了我一定要买个会把话说完的层主。"

37L："商神就很高冷地说了五个字：试镜我在场。"

40L："商神的不少粉丝今晚都被带节奏了吧，不知道她们现在有没有去给喻佳小姐姐道歉。"

45L："商神的粉丝想道歉也没地方道吧，喻佳小姐姐连微博都还没开一个。本颜粉已经迫不及待了，呜呜呜。"

51L："说起来商神微博高冷得很，好少和人互动，尤其是异性，这都第二次和没猫太太互动了吧，而且他刚才都没转发钱导的微博，感觉男主角和原著作者什么的也有点好嗑。"

53L："@51L 放过没猫太太吧，她才一百多万粉丝，我们本事也一般，不够给商神添乱，你们忘了前段时间的小温编剧了吗？"

55L："别乱嗑 CP，没猫太太不是单身啊，她今天下午还在微博上说非工作情况下不会再画商神，不然男朋友要吃醋的。"

61L："没猫太太自打谈恋爱之后更博次数直线下降，谈恋爱难道还能改变人的话痨属性吗？本母胎 solo 就很疑惑。"

63L："@61L 话痨属性应该是改不了，只是可能谈恋爱以前对着你们话痨，谈恋爱后就只对着男朋友话痨去了吧。"

64L："够了够了，本单身狗已经在酸了。"

温宁趴在卧室的电脑桌前，和喻佳、李思涵一起刷论坛，看到这个帖子内容这么和谐，她原本是舒了口气的，但没想到后面的内容越来越歪。

喻佳看着鼻子有点酸，不禁靠过去抱她一下："谢谢你啊，宁宁。"

温宁伸手把她脑袋推开："肉麻死了！我有男朋友的。"

"你男朋友反正又不在。"喻佳继续抱住她。

温宁："……"

"你今晚就别看私信了。"喻佳叮嘱她。

温宁这时候站出来帮她说话，当然不可能所有反响都是积极正面的，只是舆论已经逆转过来，她评论区下也有粉丝帮着说话，但广场上和外人看不到的私信却多了不少辱骂内容。

温宁没来得及说话，门铃这时忽然响了起来。

这一层让他们剧组包了下来，电梯要刷卡，就连楼梯都有保安看守，外人根本上不来。

一猜可能是剧组的人，温宁就直接起身出去开门。

门慢慢打开，露出外面高大男人的模样，还是那副熟悉的银框眼镜，平驳领单排扣西装没见什么褶皱，连领带结都是端端正正打好的，像是匆匆从什么正式场合赶过来的。

温宁怔了下。

有那么一瞬间还以为自己看错了。

她揉了揉眼睛，面前的人并没有消失。

"不认识了？"江凛看着面前发愣的小姑娘，张开手臂。

温宁回过神，跳起来熟练地往他身上挂，心底还有些不可置信："你不是在隔壁省出差嘛，怎么过来了啊？"

江凛扶住她腰，将怀里的人抱好："你都在饭局上泼人酒了，我不该过来看看？"

温宁："……"

怎么一副过来跟她算账的意思？

温宁挂在他身上，小声反驳："是你准我泼的，而且你之前还说过，只要我不闹出绯闻，在剧组闹翻天都可以的。"

江凛空出一只手，把她小脸转过来，仔细打量了下："没吃亏吧？"

听着又不像是要算账了。

"没吃亏。"温宁看着他，"你不是叫了两个保镖进来嘛，我能吃什么亏。"

"没吃亏就行。"江凛一只手抱住她，一只手拉上旁边的行李走进去。

"我是没吃亏，但是好像害得佳佳被黑了。"温宁说到这儿，撇了撇嘴，半是抱怨半是撒娇的语气，"而且我给你打电话都没打通。"

"路上信号不好。"江凛关上门，"你朋友的事沈周亲自在处理了。"

温宁听见他这句话终于彻底放下心了，她重新把脑袋靠回他肩膀上："那就好。"

喻佳和李思涵也以为是剧组的人过来找她们说今晚的事，都从温宁卧室走了出来。

她们一走到客厅，就看见温宁被一个气场强大的男人抱着走进来。

男人穿着一身正式的黑西装，身形高大，肩宽腿长，衬得怀里穿着白裙子的小姑娘越发显得娇小。

喻佳也愣了下才反应过来："沈总。"

温宁差点忘了房间里还有人在，她私下怎么跟他腻歪都不嫌过，现在当着别人的面，她多少有点不好意思。

单单喻佳在还好，她对李思涵还是不算太熟悉。

温宁在他怀里稍稍挣扎了一下，男人的手却牢牢扣在她腰上，他没放她下来。

江凛冲喻佳微微颔首。

喻佳白天才听温宁说过他在隔壁省会出差，要周六才会来南城见她，此刻见他深夜出现，猜他应该是对晚上的事不放心，所以过来看看。

算算时间，估计是答应让温宁泼酒之后不久，他就从隔壁省会出发了，才能在这个点到达。

喻佳心里又生出点愧疚："不好意思啊沈总，害宁宁跟着我被骂了。"

江凛低头看趴在他肩窝的小姑娘："怎么回事？"

"没事啦。"温宁见到他已经足够惊喜，哪里还在意那些小事。

江凛重新抬眸看向喻佳："你说。"

喻佳："就是宁宁用作者号帮我辟谣，就有些键盘侠跑去广场和她私信里骂她。"

江凛神色稍沉："她的事我会处理，你去给沈周打个电话说一下你和熊春胜的事，后续的事情沈周会亲自跟进。"

"谢谢沈总，我这就去给他打电话。"喻佳说，"那我们就不打扰你和宁宁了。"

温宁回过头。

喻佳冲她眨眨眼，然后拉上李思涵快速出了房门。

房门被从外面带上的声音很快传过来。

江凛轻轻拍了拍怀里小姑娘的腰："先下来。"

现在房间里只剩他们两个人，温宁又不想下去了，趴在他肩膀上撒娇："不想动，刚刚我想下去你又不让。"

他将声音压低，像是在哄她："我先脱个西装。"

温宁这才想起他临时赶过来，坐一路车应该也很疲累，忙从他怀里跳下来。

男人低头解开西装扣子，脱下西装外套，顺手将外套搭在一旁沙发的扶手上，随后骨节分明的右手高高抬起，指尖压住领口的温莎结，修长的手指被深色暗纹领带衬得越发冷白，他稍稍用力左右拉扯几下，原本规整的领带结瞬间变得松散凌乱。

不管看多少遍，温宁还是觉得他单手解领带这个动作是真的超级欲。

江凛略偏了下头，松开领带，指尖上移，解开了白衬衫领口的两粒扣子。他在沙发上坐下，把眼镜取下搁在茶几上，朝她抬抬下巴："过来。"

温宁从他刚才单手扯领带的动作中回过神，走过去坐到他腿上，手指钩住他领带，目光顺着领带上的暗纹一路缓缓往上，从被解开的领扣到凸起的喉结，再到男人微微偏薄的双唇。

她拽着他领带稍稍靠近。

唇即将贴上的一瞬，男人忽然叫她："宁宁。"

温宁眨巴了下眼睛。

江凛目光越过她，看着乱成一团的茶几："哪儿来这么多零食？"

温宁："……"

她回过头，看见茶几上那一大堆忘了收的零食，全是妈见打的垃圾食品，其中酸枣糕的小包装纸也绿得惹眼。

温宁转回来，无辜地看着他："佳佳和思涵姐带来吃的。"

江凛看了她片刻："小骗子。"

温宁埋头在他怀里蹭了蹭，试图靠撒娇蒙混过关："哥哥我好想你啊！"

事实证明这招确实好用。

男人没再管她偷吃零食的事，修长的指尖略略抬起，轻轻顺了顺她脸侧的黑发，转移了话题："微博给我看一眼。"

温宁手机正好之前丢沙发上了，她伸手摸过来，忽然又想起至今还不知道他到底知不知道她微博号。

主要是她怕问了反而会提醒他。

她把小手缩回来："没什么好看的啦。"

江凛手指落到她脸上，轻轻碰了碰："怕什么？"

温宁："？"

"你微博里不能给我看的东西不是都已经删了。"江凛说。

温宁："？？"

"哥哥你在说什么？我听不懂。"温宁装傻。

"宁宁，"江凛手指微微往上，指尖在她眼尾蹭了蹭，看她眼珠子乱转，嘴角稍微翘了下，"网络是有记忆的。"

温宁："……"

不知怎么，确定网上的小马甲被他知道，温宁忽然有种脱了衣服在他面前裸奔了好久而不自知的感觉。

"你偷看我微博。"温宁皱着脸控诉他。

江凛："别人能看我不能？"

温宁鼻子还皱着："别人又不知道我真实身份。"

"你剧组那位男主角不是知道？"江凛将指尖落到她下巴上，把她小脸掰正，让她目光与他对视。

温宁"啊"了声，想起商默确实知道："他是意外，反正不是我告诉他的。"

江凛对上她那双干净漂亮的眼："那别人是你男朋友吗？"

温宁："……"

也对。

当初是想追他，怕影响他对她的印象，她才不让他看到那些图片。

但图片里某些内容她都早真真实实和他一起体验过了，现在应该是没什么不能让他看的吧？

毕竟她当众泼人酒，他都那么纵容她。

但温宁还是没立即把手机递给他："就是些无聊键盘侠乱发的话，没什么好看的。"

他大老远过来一趟，温宁不想让他看这些不开心的内容。

"乖，"江凛哄她，"手机给我。"

温宁一点都经不住他用这样的语气和她说话，乖乖把手机解锁，刚想打开微博，就看到好几通他的未接来电。

她从钱正义那边开完会回来，本来是想坐在沙发上写长微博的，但手机到底没有电脑打字方便，所以她又回了卧室，手机顺手丢在沙发上忘了拿进去。

可能是因为手机声音之前关小了，她们三个人居然没一个人听见手机响。

"咦，你给我回电话了啊？"

江凛收到她的来电提醒后，给她回了几通电话都没人接，他就给吴桓打了个电话，从吴桓那儿得知她在帮忙处理她朋友的事，当时已经离酒店不远了，他就没再打过来。

他轻轻"嗯"了声。

"我都没听到。"温宁说着打开微博递给他，"你看了不许生气啊。"

江凛没应她，接过手机扫了两眼，脸色迅速沉下来，他握在手机两侧的指尖收紧，隔了片刻才低声问她："把你账号、密码暂时告诉计远行吗？"

温宁没明白："告诉他做什么？"

"网络不是法外之地。"江凛沉声说。

温宁这下懂了："你是说告他们？"

温时远是南大法学院的教授，虽然教的是刑诉，但他对其他方面的法律也都有钻研，温宁从小受他熏陶，不说多么懂法学，基本的法律常识还是有的。

"这种情况都不严重。"

除了瑞慈手下一个营销号带了她节奏，转发数不少之外，其他都只是在私人微博里或者发私信骂她。

"基本都远够不上刑事的程度，一般只能走民事，最多只能让他们道个歉，不划算。"

"怎么不划算？"男人语气微凉，可能是眼镜取下来的缘故，浓黑的眸色看着也比平时更显冷然，"寄到公司或学校的法院传票、被起诉所影响的心情、应诉需要花费的时间，这些都是代价。"

温宁说："但我们也要费时力费钱的呀。"

"我不缺钱。"江凛说。

温宁："……"

"我不缺钱"果然是这世界上最动听的话！

尤其是从他嘴里说出来！

温宁刚才下意识地从她自己的角度考量起诉的事，此刻才反应过来他手下

305

养着一大群人，完全不需要他亲自费时费力。

而费这点钱对他来说也确实只是九牛一毛。

"不该看的，计远他们不会看。"男人又低声开口。

温宁被骂当然不可能不生气，不计较只是觉得不划算，也嫌麻烦，听他这么说，她就点点头，把手机从他那儿拿回来："我把账号、密码发给你。"

把账号、密码发给他后，温宁就靠在他怀里，手指揪着他领带，听他给计远打电话。

男人声音低低沉沉地响在她耳边，莫名让她有种安心的感觉。

不知怎么，温宁忽然生出了一种前所未有的感觉——

她从见他第一眼就喜欢他，觉得这个男人的一切，他的模样、他的手、他的声音、他的性格等，都像是按照她的喜好生成的一般。

她喜欢和他贴贴抱抱，喜欢和他做一切亲密的事。

但她性格向来就咸鱼，"未来规划"这种事好像永远和她不搭边。

可今晚他不辞辛苦从邻省赶回来，替她收拾烂摊子，帮她撑腰，温宁此刻靠在他宽厚的肩膀上，忽然觉得这个男人是可以值得她依靠的。

忽然觉得……自己就这样和他过一辈子好像也不错。

江凛挂断电话，就感觉怀里的小姑娘在他胸口上蹭了蹭。

"哥哥。"她软声叫他。

江凛碰了碰她脸颊："怎么了？"

"没什么。"温宁又在他手上蹭了蹭。

江凛就没再说话，静静抱了她片刻。

还是温宁脑海里过着今晚的事，忍不住又先开口："我今晚是不是太冲动了？"

"泼人酒之前知道先问我，就还不算太冲动。"江凛说。

"可是——"温宁趴在他肩膀上，声音闷闷的，"要不是我泼酒，佳佳今晚不一定会被黑成这样。"

男人又轻轻摸了摸她脑袋，像是安抚，声音还是一贯的冷静："你朋友和熊春胜的矛盾迟早要爆发，宜早不宜迟，后续公关要是能处理好，这次对她来说未必是件坏事。"

温宁转过脸看他："真的吗？"

"真的。"江凛帮她把蹭得乱糟糟的黑发顺至耳后，"你今晚帮她开了个很好的头。"

"你这算是夸我吗？"温宁问。

"是。"江凛看她眼睛从沮丧瞬间变得亮晶晶的，翘了翘嘴角，"我家宁宁很棒。"

他也没料到熊春胜会这样迫不及待。

等他在路上开完会，得知消息后，她发的那篇长文已经开始在扭转舆论了。

温宁嘴角也忍不住往上翘了翘，翘完不由得又回到原位，闷声闷气地道："可今晚毕竟是杜老师的生日宴，我那时候太生气了，泼完酒才想起来。"

"我让人给她和钱正义补了份礼物送过去。"江凛说。

温宁愣了下："已经送过去了吗？"

江凛点头："嗯。"

出了这样的事，她剧组的人肯定不可能早睡，他倒也不怕打扰他们。

温宁平时话多得不行，这一瞬却忽然有点语塞，就好像心里一下被塞得满满的，反而不知道该跟他说什么好。

她以为他纵容她泼酒，就是叫两个保镖进来护着她。

可他为此临时从外地赶回来，她所有想到的、没想到的，他都一一帮她处理好了。

以他的身份，今晚的事随便跟钱正义夫妇打个招呼就能轻轻揭过，补送礼物完全是站在她的立场考虑才会去做的事。

温宁把脑袋又埋回他肩膀上，眼睛莫名有些发涩："你还骗我说你要开视频会议。"

"没骗你，"江凛说，"在路上开的。"

温宁靠在他肩膀上，有片刻没说话。

他就也静静抱着她。

隔了一会儿，温宁才想起来问他："你明早要赶回去吗？"

"陪你吃了早餐再走。"江凛说。

"那你今晚睡哪儿？"温宁问他。

男人像略偏了偏头，唇贴近她耳边，声音微微压低："你想我睡哪儿？"

"想你跟我一起睡。"温宁又在他肩膀上贴了贴，跟他撒娇。

话音刚落，温宁就感觉他温热的大手转至她颈上，拇指落在她下巴上，强势又不失温柔地让她抬起头。

然后他偏头吻了上来。

温宁有时候会想，平日相处时他是不是多少有些克制住性格中的强势，因为绝大部分时候他好像对她都是无比纵容。

但接吻，或者是有其他亲密行为的时候，感性、冲动和索求占据上风，压

过理智一头，他霸道的一面就显露无疑。

温宁舌尖发麻，嘴里满是他的气息，空气像是也被他尽数吞走。

喘不过来气的时候，他会稍稍退开，给她一点喘息空间，然后再吻过来。

温宁被亲得晕晕乎乎。

但也知道他这远算不上失控。

只有那么一瞬，那只温热的大手不知是不受控还是无意识，探进上衣衣摆，但也就那么短暂的一瞬，他吻她的力度稍微重了几分，手却克制地停在原处，没再有任何动作。

结束后，温宁将头抵在他颈边小口喘着气。

男人另一只手有一下没一下地摸着她脑袋，不知是等她呼吸平缓过来，还是等他自己的呼吸恢复稳定。

然后温宁听见他低声问："手是放在这里？"

温宁大脑还有些空白，没明白他的意思，怔怔地"啊"了声。

"你微博那张图。"江凛说。

温宁低下头。

她今天穿了件合身的薄针织短上衣，差不多都能看清布料下那只大手的形状。

他说的应该是她之前画过的一张图。

温宁觉得自己可能真的学艺不精。

她原本觉得那张图她画得还挺有张力，可此刻和这一幕的冲击力一比，就显得真的弱极了。

她低着头，还能看见他衬衫、领带都已经被她揪得发皱。

再往下，皮带扣泛着金属光泽，剪裁良好的西装裤也不如之前平整。

"本来还要再往上一点的。"她耳尖又红起来，小声说，"但是我不敢画。"

江凛指尖的力度不受控地紧了一瞬："你还有不敢的？"

"当然啊。"温宁趴在他肩膀上，"我要是画了，到时候因为传播那什么罪进去了，你就没有女朋友了。"

江凛看着她再次红透的耳尖："想着谁画的？"

"没想着谁啊，就是些纸片人，漫画里的、小说里的都有。"温宁觉得她看的那些东西他应该都没看过，不知道也很正常，就小声跟他仔细解释了两句，"就是我觉得那些人物在一起很配，但是作者没写到，也没有别的画手画，我就只好自己动手了。"

温宁没听见他开口，正想着要不要再跟他多解释两句，忽然就听他低声问：

"那套只画了手的原创图呢？"

"也没谁。"她语气虚了几分。

江凛把她的头抬起，让她跟他对视："真没有？"

"没有。"温宁摇摇头。

"温宁。"江凛叫她名字。

温宁心虚地缩了缩脖子。

今晚他一直叫她"宁宁"，这还是第一次连名带姓叫她。

"你撒谎眼珠子会乱转。"江凛平静地看着她。

温宁："……"

"想谁了？"

他语气也平静，但温宁不知怎么，现在却能明显感觉出来他情绪变低了。

温宁不想让他不开心，还是解释了："画的时候真的没有想着谁啦，但是——"

她说到一半又停下来。

"但是什么？"江凛追问。

温宁把他放在她下巴上的手拽开，又把脑袋埋回他脖子上，脸再次红起来，声音小小的："但是我去鼎盛开会那天，有偷偷脑补拿你的手当那套图的原型。"

把这件事说出来的害羞程度比温宁预想中的还高，她脚趾已经在抠一座大别墅了，却听见他呼吸明显乱了一拍。

然后那只始终克制的手终于往上挪了几分。

温宁被他从洗手间抱回卧室时，已经接近凌晨一点。

她还了无睡意，就趴在他怀里，由着他像上次一样帮她轻揉着手腕，刚刚在里面被他帮忙吹干的头发柔软地垂在瓷白的颈边。

刚才在浴室里的场景不受控地不停在脑海里回放，温宁的脸又红起来，她趴在他胸口上哼哼唧唧地道："有本事你就跟我试那套原创图啊。"

她没好意思抬头，但感觉男人又轻轻揉了下她脑袋。

"别着急。"他说。

温宁："？"

"谁着急呢？"

他没说话。

温宁鼓了鼓脸颊，趴在他胸口上继续碎碎念："真要试了，感觉爽的应该也

是你吧。"

江凛给她揉手的动作稍稍一顿。

温宁还有些气呼呼的，一时没察觉，继续小声道："我肯定是要疼的。"

她手现在还酸着呢。

江凛彻底停了动作。

温宁终于察觉了，但还是小声又补了一句："而且谁知道你技术好不好呢。"

话音刚落，就被他带着在床上翻了个身。

头顶灯光明亮，温宁一侧头，就刚好看见她手腕被一只大手扣住摁在床上。

逸星的床品也是白色的。

此刻的画面就宛如那套图第一张图重现。

温宁无辜地眨下了眼睛："哥哥我错了。"

男人没说话。

他松开她手腕，五指张开，手覆在她手上，手背上的筋隐约凸起，满满的力量感。

很好，第二张图重现。

温宁又眨了下眼睛："不然让服务员送过来？"

江凛没什么表情地看着她："直接试不是更爽？"

他语气比平时冷上两分，眼神还是一如既往地深邃幽暗，还是让人辨别不太出来他的情绪。

但不知怎么，温宁心里却莫名笃定——

"你舍不得。"她看着他眼睛。

江凛闭了闭眼，低头堵住了她的嘴。

温宁一只手搂住他脖颈，另一只手跟他十指相扣。

这个吻其实比之前客厅里的要温柔一些，持续时间也要短一些。

只是结束时，他轻轻咬了咬她唇瓣，隔着很近的距离低声叫她："温宁。"

温宁被他吻得浑身发软，眼角也泛着点水汽。

她难得没说话。

男人低头亲了亲她眼角。

"你就不能乖一点吗？"他说。

翌日一早，温宁跟他在酒店房间吃完早餐也没空多待，稍稍收拾了下就跟他一起下去地下车库。

去邻省跟去剧组不同路，江凛没空再送她，只把她送到喻佳的保姆车前。

温宁上了车，转身面向又穿好一身正装的男人，手指揪住他指尖，仰头眼巴巴地看着他："你周五还是会过来看我的吧？"

江凛由着她钩住他手指，空着的另一只手帮她把丸子头旁的碎发捋至耳后："会。"

"那我走啦。"

喻佳早上还有戏，温宁不好耽误她太多时间，依依不舍地松开手，又忍不住多补了一句："你到了记得告诉我。"

江凛空下来的手在西裤一侧轻轻蜷了下，他低低地"嗯"了声。

温宁关上门，从车窗看见男人仍在原地停了片刻，直到她们这辆保姆车缓缓启动，他才转身走向自己的车。

最终消失在她视线里。

温宁收回目光，脑袋靠到喻佳肩膀上："佳佳，我觉得我真的栽了。"

"你不是看他第一眼就栽了吗？"喻佳反问。

温宁没心情和平时一样跟她斗嘴。

"就是彻底栽了的意思。"她垂着眼睛，"你知道吗？他昨天匆匆赶过来，还记得让人帮我给杜老师他们补了份赔礼。"

喻佳也没料到他会这般周到，连这种细枝末节的小事都帮温宁顾及到了："沈总对你确实没的说。"

"是吧？"温宁附和一句。

说完温宁又觉得不能再聊他了，再聊下去，她怕是想旷工跟他一块儿走了。

温宁转移了话题："你昨晚给沈助理打电话了吧，他怎么说的？"

喻佳："他说他知道了，让我等着。"

"等着什么啊，他就说了这一句吗？"温宁问。

"是啊。"喻佳想了想，还是觉得那天自己对他的那个形容最合适，"你也知道他架子挺大。"

温宁"扑哧"笑了声，坐直身体："我上微博看看。"

喻佳凑过来跟她一起看。

温宁怕网上还有些残留的乱七八糟的言论，把她脑袋推回去："别偷看我玩手机。"

"稀罕呢。"喻佳收回目光。

温宁打开微博后，忽然又想起件事。

她退到主页，点进微信，戳开某人的头像。

温宁："你微博账号呢？"

温宁："偷看我微博这么久，你别告诉我你没有。"

隔了一秒。

男人发了张图片过来。

温宁点开的那一瞬，差点还以为他随便找了个僵尸号给她发过来。

头像没有，微博 ID 都还是系统生成，就是"用户"后加了一串数字。

温宁点进微博都没搜到这个用户。

温宁重新打开微信："你给我发条私信。"

哥哥："发了。"

温宁在一堆新私信里很快找到了他。

私信里除了零星还有几个键盘侠过来骂她之外，大部分是粉丝跟她表白，都是长长的一大段话。

他的消息就夹杂在其中。

这个人就只给她发了一个句号。

温宁撇撇嘴，点开他头像，微博 0 条，粉丝 0 个。

关注 1 个：就我没猫了吗。

温宁嘴角又往上翘了翘。

算了，原谅他了。

温宁给他点了个关注，让他粉丝数也变成了"1"。

早上听他打电话，像是上午在路上要准备下午的工作会议，她就没再发消息过去打扰他，刷了刷微博，又转去论坛看了两眼。

除了她那条长文的转、赞、评还在增加之外，微博实时和论坛首页都已经没什么人在讨论昨晚的事了。

温宁大致能明白他昨晚说"宜早不宜迟"是什么意思了。

喻佳现在还是新人，关注度有限，大部分路人就算在热搜上看到这个不认识的名字，不是无聊到一定程度，都还不一定会点进去。

《秘密》虽然勉强算是热销小说，电影也有钱正义和商默的热度加持，但毕竟电影还在拍摄阶段，知名度多少也有限。

现在爆出来，关注这件事的最多可能就是几百万人。

如果等电影上映期间，或者上映后，关注这件事的可能就是几千万人甚至上亿人。

尤其是上映期间，舆论会更容易引爆，公关难度也会相应增加。

网友多的是听了一嘴谣言就跑了的，并不一定会关注后续，哪怕是后续真的成功澄清了，还可以被泼上一盆"自导自演炒作电影"的脏水。

温宁没刷到相关内容，稍稍松口气，打算退出论坛，手指不经意间往下一滑，论坛首页瞬间被刷新，一个帖子跳进她眼中——

"姜茜如发微博帮喻佳澄清了！！"

主楼附了张姜茜如微博截图。

姜茜如："喻佳是我近几年最喜欢的学生之一，有天分却不浮躁，能沉得下心在学校认真学习。当年的事她完全没做错，更没有辜负过我们的期待。"

姜茜如就是当年帮喻佳牵线的那位老师。

喻佳一向不怎么爱麻烦别人，昨晚甚至都不愿意让她牵扯进来，自然没去找姜茜如帮忙。

大概是姜茜如醒后得知消息，主动帮她澄清的。

温宁戳戳喻佳肩膀，把手机递过去给她看。

喻佳盯着屏幕。

过了片刻，温宁听见她轻轻抽了下鼻子，低声道："我给姜老师打个电话。"

这天下午，温宁还没等到鼎盛的第二波反击，就先等到了一波道歉。

计远那边上午已经拿她账号取完证。

她不是喻佳那种准公众人物，他手下的律师没有大张旗鼓公开发律师函点一大堆人的名，好像是单独给那群人在微博一一发了律师函。

没什么立场的那一波已经都飞速给她道歉了。

在私信骂她的，是通过私信道歉；在自己微博主页骂她的，则是删了辱骂微博，在微博首页@她道歉。

剩下固执的大约就真的要跟律师在法院见了。

不管这些人是不是真心道歉，反正温宁确实是觉得出了口恶气，晚上忍不住点了一堆烧烤外卖庆祝。

她还拍了照片给某人发过去。

然后她那位大忙人男朋友百忙之中抽空回了她一句："怎么又吃垃圾食品？"

温宁给他发了个贴贴的小表情包过去。

是一只白色小猫咪在另一只大猫咪身上蹭蹭。

隔了三分钟。

手机又响了声。

哥哥："别多吃。"

舆论真正开始爆炸，是从这晚八点开始的。

起因是一个叫"许雅贝"的博主在微博发长文控诉瑞慈剥削艺人，瑞慈老板熊春胜借剥削合同逼迫她陪他上床。

除了长长的文字叙述之外，她还晒了一张合同细节，和十七张微信聊天记录。

许雅贝不像喻佳完全是素人，她之前演过一个有姓名的女配角，也上过几档综艺，微博粉丝有两三百万。

微博更是黄 V 认证过的瑞慈艺人。

许雅贝在长文中称熊春胜给她那个有姓名的女配角是让她先尝到一点成名的甜头，之后就开始搞黄她的资源和工作机会，她要想重新获得资源，就要陪他上床，而瑞慈合同给新艺人的分成极低，没工作机会基本养不活自己，去找其他工作或解约就要面临一大笔赔不起的违约金。

合同细节证明了她这个说法。

而微信聊天记录就相对更加劲爆。

除了一些污言秽语之外，熊春胜在微信中还曾拿"一个科班出身"的女生来给许雅贝当反例。

说对方给脸不要脸，被他搅乱得两年都接不到一个资源。

网友吃瓜吃到这儿，忽然发现和昨晚的瓜串联起来了。

"科班出身""长得比圈内大部分女明星都好看"，加上《清宫》就是瑞慈的戏——

这说的不就是喻佳吗？

所以喻佳没联系过什么投资商，还踹了对方一脚完全是真事啊？

但喻佳都已经不是这个瓜的重点了，重点是熊春胜还在微信中给许雅贝举了一个"正面例子"，说谁谁对他卑躬屈膝，现在都是圈内一线女明星了。

许雅贝给这个人名打了码，但不妨碍一众网友的吃瓜热情。

一线女明星圈内可真不多，加上资源和瑞慈挂钩这一条件，就更是少之又少了。

一批网友在线求许雅贝把码去掉。

另一批网友已经开始自力更生，自主去考证到底哪些一线女明星是靠瑞慈的资源火起来的。

这一晚网上空前热闹。

网友把一线和准一线女明星都扒拉了个遍。

无数女明星团队估计一晚上都没敢睡觉，连夜出来辟谣的团队一个接一个。

许雅贝像是也没有要连累别人的意思，网友要她把码去掉，她没搭理，但有人带大名去询问被打码是不是谁谁谁，她都会一一帮忙否认。

最后没被否认的，只剩下《清宫》的那位后来顶替了喻佳的女二祝珂琰。

可疑的是，火都烧到门口了，祝珂琰团队却没像其他女星团队一样及时出来辟谣。

网友就这件事热热闹闹讨论到第二天仍未停，结果在次日下午，意外等来了北城警方出的官方通报——熊某胜因为涉嫌强制猥亵、侮辱罪被依法刑事拘留。

比起许雅贝的雷神之锤，这可谓是一锤定音。

当天下午四点，许久没出来营业的《秘密》官博终于官宣了女主演——

电影《秘密》："每个人心中都有秘密。欢迎我们堂堂正正的向棠棠@喻佳。"

随后，《秘密》女主演喻佳发了开通微博后的第一条微博。

喻佳："大家好，我是堂堂正正拿到向棠棠一角的喻佳。"

配图是和当初商默官宣时风格类似的一张向棠棠的人设图。

几乎在同一时间，《秘密》原著作者也更新了一条微博。

就我没猫了吗："欢迎我家棠棠@喻佳。"

舆论从前天发酵至今，喻佳从中确实挣得不少关注度，虽然一开始是负面的，但事态反转之后，她就大大拉了一波好感和同情分。

加上她颜值确实能打——当年她素颜参加艺考的视频其实就有出圈过，只是如今是信息爆炸时代，明星消失几个月甚至一年就会被遗忘，她一个素人沉寂了四年，早被人忘到了九霄云外。

但祸兮福所倚，因为这件事，当年的视频又被翻了出来，出圈程度更是比当年高上数百倍。

光是凭颜值，她这次就圈了不少粉丝。

此刻喻佳账号一开，微博粉丝数就开始不停疯涨。

喻佳微博粉丝数疯涨的同时，温宁那条微博下的评论数也在快速增长。

肥肠鱼："啊啊啊啊啊，这就是棠棠本棠了吧。"

想喝可乐："呜呜呜，太太说得没错，小姐妹果然是神仙颜值。"

香锅配大米饭："太太！喻佳小姐姐第一个关注的就是你啊！"

商神家的小甜心："笑死，商老师只有一张人设图，喻佳有两张，没猫太太果然对姐妹偏心。"

温宁正在剧组等着男朋友过来接，闲得没事，就挑着前排的评论慢慢回复。

就我没猫了吗："是吧？"

就我没猫了吗："我觉得主要还是我画得好！"

就我没猫了吗："知道啦，我回关她了。"

温宁回完第三条，顺手想回第四条一句"商神不是有你们偏心嘛"，但想起某人还挺介意商默这个跟她根本不算熟的前绯闻对象，就及时收回了手。

只是指尖不小心又点开了前排第三条评论的子评论区。

温宁就看见"香锅配大米饭"飞速又回了她一条——

香锅配大米饭："太太！！我刚刚去看了一眼你的关注列表，你被买关注了！你快去看，你关注列表的第二个人是个僵尸号！"

喻佳拍完她下午最后一场戏，走到教室后门，就看见温宁坐在走廊一把椅子上笑得前仰后合。

她拉了另一把椅子过来，在温宁旁边坐下："看什么呢，笑这么开心？"

温宁把手机递过去给她看："我粉丝把他认成僵尸号了，哈哈哈！"

"谁？"喻佳低头看了一眼，猜道，"沈总？"

温宁点点头，把手机又拿回来，低头打字回复"香锅配大米饭"："没关系，我今天心情好，就让他买关注吧，大发慈悲不取关他好了。"

喻佳瞥见她这条回复："……"

"沈总以后要是认证了就好玩了。"

温宁从手机上抬起头："他那么不爱高调，应该不会认证的吧，要认证早认证了，而且现在不挺好的嘛，反正他只关注我一个，也只有我一个粉丝。"

喻佳："……"

行吧，聊天的尽头永远都是她被发狗粮。

喻佳转移了话题，和她说正事："沈总今天过来接你是吧？"

"对。"温宁点头，"在路上了。"

"我请你们吃晚饭吧。"喻佳说。

温宁又偏头看她："你没事儿请我们吃什么晚饭？"

喻佳："你们俩帮了我这么大个忙，请你们吃顿饭不是应该的吗？"

"那你现在是鼎盛的艺人，他帮忙处理这件事不也是应该的吗？"温宁也反问回去。

喻佳说是说不过她的，于是直接问："我就想请你们吃饭，去还是不去？"

温宁："……"

温宁知道她性格，不让她请顿饭她怕是要于心难安。

"去去去。"温宁说，"喻佳大美女请吃饭，我们哪儿敢不去，不然你粉丝要说我们不识抬举的。"

喻佳瞪了她一眼，瞪完又忍不住笑起来。

温宁手机屏幕还停留在微博界面，她顺手点开喻佳主页："我看看你现在粉丝多少了。哇！都三十万了，刚才看还只二十多万呢，这涨粉速度比我当初不知道快了多少倍，这顿饭你确实是该请的，请完再顺便给我多签几个名，等你涨到几千万粉丝，成了超级大明星的时候，我再拿去卖。"

"话这么多，"喻佳不禁吐槽她，"也不知道沈总怎么受得了你。"

温宁瞥她眼："他也许就喜欢我话多呢，你羡慕啊，羡慕你自己也找一个去。"

喻佳："……"

喻佳开始后悔要请他们吃饭了，她预计今晚这一整顿饭都要被塞狗粮，可能菜都吃不下。

早知道自己还不如换个别的什么谢法。

"不找，我要搞事业，谢谢。"

喻佳今天的戏份已经拍完，剧组晚上没夜戏，两个人也就没在教学楼多待，一起回了喻佳的房车。

温宁坐在前面沙发上，继续刷着微博等男朋友来接，喻佳在后面换衣服。

刷了圈首页，温宁又点进评论区。

就这么一会儿工夫，刚才那条"被买关注"的评论下又多了不少新评论。

温宁发现当代网友可能个个是福尔摩斯转世，居然随随便便从"买关注不可能只买一个"就推测出那个"僵尸号"很有可能是她男朋友。

还说她刚才那条回复满满都是藏不住的秀恩爱语气。

温宁："？"

她那条回复怎么就秀恩爱了？

温宁退回去看了看那条回复，就很普普通通平平常常嘛，她又戳开某人那个宛如僵尸号的微博看了一眼，粉丝数居然已经变成了十个。

手机这时响了声。

哥哥："到了。"

温宁顾不上看到底是谁关注他了，抬头往外看了一眼，果然看到那辆黑色宾利停在教学楼前。

"佳佳。"温宁退了微博，冲后面换衣服的喻佳道，"他到了，我坐他的车过

317

去啊。"

喻佳随手把T恤套上："去吧。"

温宁其实昨天早上才跟他分开，但不知怎么，就感觉像是许久没见似的。

她拉开宾利车门，一上车，就像之前一样腻腻歪歪钻进男人怀里。

反正司机徐叔和他一样话不多，没事儿也不会往后座看。

只是这次她刚一扑进男人怀里，就忽然听见前排有人轻轻咳了一声。

温宁抬起头，看见有一阵儿未见的那位沈助理坐在副驾驶，正回头笑看着他们。

她脸热了下，刚想坐直身，可刚刚她扑进他怀里的时候，男人就搂住了她的腰，此刻顺势又将她搂回了怀里。

温宁听见他声音在头顶淡淡地响起："当他不存在就好了。"

沈明川："？"

温宁还是不太好意思，主要是她跟这位沈助理也不太熟悉，而且等下要去吃饭，她也不好把他衬衫弄皱。

"你先松开，我有事和你说。"

江凛松开手。

温宁坐直身体。

江凛抬手帮她把刚才蹭乱的头发理了下。

沈明川这下觉得自己在这两个人面前确实好像不存在似的。

他又咳了一声。

江凛没搭理他，垂眸看着旁边红着脸的小姑娘："什么事？"

"佳佳说晚上想请我们吃顿饭，谢谢我们这次帮她。"温宁仰头看着他，"我已经帮你答应了。"

江凛"嗯"了声。

"等等。"前排的沈明川插话，"她最该请的不是我吗？"

温宁："……"

这件事完全是他在跟进，确实该请他的。

不过这位沈助理也确实没个助理样，可能是私下和他关系真的很好吧。

温宁把目光从面前的男人身上移开，转向沈明川："她不知道你来了，我问问她。"

温宁把手机拿出来，给喻佳发消息过去："沈助理来了，你要不要一块儿请他？"

喻佳回得很快："请请请，太好了！"

温宁："？"

温宁："你和沈助理什么时候关系变这么好了，他一来你这么开心？"

喻佳："没有。"

喻佳："只是高兴能多一个人陪我一起当电灯泡。"

温宁："……"

喻佳还在舆论中心，虽然现在出门也不一定能被认出来，但他们这顿饭也没去外面吃，就定在逸星三十三楼的中餐厅。

温宁他们的车先到达，在地下车库略等了喻佳片刻，随后和她一块儿坐电梯上楼。

进了包厢，温宁先直接问服务员："你们夏老师傅今天来店里了没有？有酸梅汤供应吗？"

夏老师傅是跟随逸星创店的第一任总厨，早已退休多年，只是这位老爷子好像闲不住，偶尔会过来煮一锅酸梅汤，顺便研究下新菜。

能不能喝上全凭运气。

温宁有幸喝过一次，味道超绝，至今她都念念不忘。

"不好意思，夏老师傅今天没来。"服务员说。

温宁对这个答案早有预料，也没多失望："好吧，那杨枝甘露是有的吧？"

"有的。"服务员道。

点好菜，等上菜期间，温宁越过旁边的男人，看向他旁边那位架子挺大的沈助理。

"沈助理。"她好奇地问道，"许雅贝爆料是你们安排的吗？"

"算不上。"沈明川点了瓶逸星的店酒，刚刚服务员已经送了进来，帮忙开了瓶，他垂眸给自己和江凛各倒了杯酒，"许雅贝早就有鱼死网破的打算，只是凑巧，不过那篇文章是我们这边写的。"

温宁心想难怪条理分明，一击即中。

喻佳顺口也问了他一句："那你在电话里说让我等着，是等什么？"

沈明川把酒杯推到江凛面前，也没给她两个女生倒酒，他顺手放下酒瓶："底线低的人不会只干一件脏事，瑞慈和他问题多的是，没凑巧碰上这件，也能抓到其他小辫子，也不知道他哪儿来的胆子动我们鼎盛的人。"

他说这句话的时候，脸上笑意还明显，语气却偏凉。

喻佳莫名觉得这位沈助理此刻还挺有苏感，可能是因为他真的挺会摆架子，那张脸也是真的好看。

"可惜强制猥亵就算定罪了多半也判不了多久。"温宁捧着脸接道。

沈明川拿起酒杯："那可不一定。"

温宁听他话中有话："他还有其他罪名吗？"

"不知道。"沈明川冲她笑了下，"兴许警方能审出其他罪名呢。"

温宁："……"

人反正都进警局了，温宁也就懒得再多问。

"行吧，反正这件事到这里也算是彻底解决啦，恭喜我们佳佳摆脱了一尊瘟神。"

吃完饭，沈明川偏头看向江凛："上去喝一杯？"

南城这家逸星和北城那边一样，酒店内部也开设了一间酒吧。

"我跟你去吧。"接话的却是喻佳。

温宁偏头问旁边的男人："你要去喝酒吗？"

江凛伸手抽了张纸巾，把她嘴角的一点油渍擦去，也没看沈明川："不去。"

沈明川："……"

温宁也不想去。

差不多两天没见，她比较想跟他单独待着。

而且她也不怎么能喝酒。

温宁看向喻佳："那佳佳你跟沈助理一起去喝？"

逸星内部的酒吧安全性一向很高，沈助理架子虽然大，但看着也挺靠谱的；喻佳酒量好，又有分寸。

最关键的是，他们剧组主创全都住逸星，就在酒吧楼上几层。

没什么好不放心的。

"嗯。"喻佳点了下头，"你和沈总先回去吧。"

"那你有事就给我或者思涵姐打电话啊。"温宁交代道。

温宁跟他回家，两个人要搭电梯往下，酒吧则在三十五层，是要乘电梯上行。

往下的电梯先到，等温宁和江凛进了电梯，喻佳才瞥了旁边的人一眼，不可思议地道："你怎么能这么没眼力见儿？"

要不是听温宁说他跟沈总是发小，私下关系确实好，她真的觉得他哪儿哪儿看着都不像个当助理的。

沈明川："？"

沈明川："我怎么就没眼力见儿了？"

"宁宁和沈总就周末能见上面。"喻佳说，"你天天跟沈总一块儿上班，什么时候约他喝酒不行，非得今天约？"

沈明川："……"

沈明川这段时间也忙得不可开交，上次见江凛还是上次来南城的时候，差不多都快有一个月了。

但这些事情暂时也没办法跟她解释，他只好背下这口锅。

"行，我没眼力见儿。"沈明川气笑了，"那喻小姐你就很有眼力见儿了？我怎么着也算是鼎盛的——"

他顿了顿："高层吧，你说怼就怼？"

喻佳："……"

那可不。

架子都要比你们沈总本人还大了。

"不好意思沈助理，我一时没注意口吻。"喻佳觉得她刚才是疯了，才会觉得这个男人有苏感。

沈明川像是还得理不饶人似的："而且你一个女孩子，没事儿说什么跟男人去喝酒，也不怕我误会？"

喻佳："……"

"我是看你帮了我一个大忙，怕你被所有人拒绝面子下不来，但凡你刚才有点眼力见儿，我也用不着说这句话。"喻佳忍不住翻了个白眼，"而且女孩子怎么了，都什么年代了，沈助理莫非还有性别歧视？"

"性别歧视没有，"沈明川似笑非笑地打量她一眼，"歧视说话不算话的人倒是真的。"

他朝打开的电梯门抬抬下巴："怎么样，敢不敢跟我上去？"

喻佳："有什么不敢的，你还不一定喝得过我呢。"

温宁跟他刚一回到家，就发现她这个月的例假又提前来了。

好在他家里给她准备的东西已经非常齐全。

温宁早早洗完澡，走回卧室，看到男人也已经洗了澡，一身黑色家居服，半靠在床头，像是在等她。

她从他那边爬上床，钻进他怀里。

江凛搂住她细瘦的腰身，带着她躺下去，让她靠得更舒服一点，手探进去，像上次一样帮她焐住小腹。

"疼吗？"

温宁趴在他胸口上："不疼，不过我晚上吃冰了，明天估计要疼的。"

"上个月不是十一号来的吗？"江凛问她。

他算过还有好几天，所以晚上就没管她吃冰。

温宁："我经常不准的。"

怀里的小姑娘把妆卸了，看着乖巧感更足，声音听着蔫蔫的。

江凛空着的另一只手摸了摸她微凉的脸颊："给你找位中医再调一下？"

温宁立即把脑袋摇成了拨浪鼓："不要，中药可太难喝了。"

"喝一小段时间的药，不比每次都要疼好吗？"江凛把一缕沾在她脸上的黑发帮她拨开。

"才不会。"温宁继续摇头，"我又不是每次都疼，疼也只疼半天，也就是一点点疼，忍一下就过去了，不能忍吃粒止痛药也行，反正怎么样都比吃中药好，而且还不一定调得好呢。"

她说着想起当初喝中药的那段时间，小脸无意识地皱成一团。

江凛把手移至她皱紧的眉头，轻轻抚平："就这么怕苦？"

"反正我不喝中药。"温宁靠在他胸口上，手贴着他家居服，隐约能感觉到他腹肌的纹理。

说起来，每次那什么都是他主导，她每次都被弄得晕晕乎乎的，好像还没认真摸过他的腹肌。

温宁用手揪住他睡衣下摆，眼巴巴地看向他："腹肌给看吗？"

江凛呼吸乱了一拍，空着的那只手不轻不重地拍了下她："不舒服还这么不老实？"

"哪有不老实。"温宁不承认，"你女朋友的特权大礼包里面连看腹肌都不包括吗？"

"温宁。"江凛叫她。

温宁："……"

他想哄她的时候就叫"宁宁"，一惹他，他又改回叫"温宁"了。

"叫我做什么？"

"你安分点，过几天我让人给你送酸梅汤。"江凛说。

"什么酸梅汤？"温宁顿了顿，眼睛忽然亮起来，"逸星的吗？你跟逸星什么高层认识吗？"

江凛："认识陆董事长。"

"安分点是吧？"

温宁立即从他身上爬起来，径直挪到大床的另一边，跟他中间隔出一道泾渭分明的距离。

宽得中间都够再躺两个人了。

"这样够了吗？"温宁一脸真诚地问他。

江凛："……"

温宁屁股已经坐到了床沿上，隐约像是还残留着刚才的一点触感，但她此刻满脑子都是酸梅汤，没注意。

她坐着倒能看清他表情了。

男人将头靠在垫高的枕头上，静静看着她。

温宁到现在也没办法时时猜透他心思。

想起前几次要不是她撒娇，他都不肯跟她睡一张床，温宁眨眨眼："要是还不够的话，我去睡客卧？"

江凛："……"

江凛朝她伸手："过来。"

温宁"噢"了声，爬过去又靠回他怀里："不是让我安分点吗？"

江凛："……"

"别乱摸就行。"

"行吧。"温宁嘴角翘了翘。

酸梅汤和跟他一起睡能都要的话，当然是最好不过的了。

温宁乖乖巧巧地趴在他身上，忽然想起下周六就是七夕情人节。

"你下周会过来陪我过七夕吗？"温宁问他。

江凛伸手重新焐住她小腹："会，想怎么过？"

温宁想了想："下周有部我感兴趣的电影要上映，不然我请你看电影吧？"

而且过节嘛，还是要有点仪式感的。

想起他不爱吵闹，温宁又十分豪气地多加了一句："放心，我到时给你包下一整个情侣厅，不让人吵到你。"

江凛另一只手有一下没一下地摸着她脑袋，声音隐约带笑："你挣的钱够花吗？"

"当然够啊。"被他这么问，像是有点被他小看的感觉，温宁不太服气地又接了一句，"我给我老公花的钱比这多多了。"

她有那么点挑衅的意思。

但男人却没接她的话。

温宁本来想用手指戳戳他腹肌，但突然想起酸梅汤，就停下动作，改成扯了扯他家居服下摆。

"你为什么不问我老公是谁？"

"是哪个纸片人？"他语气冷静。

温宁："……"

就知道骗不过他。

"没劲儿。"温宁又揪揪他衣服，"那看电影的事你答不答应嘛。"

江凛："你定好时间告诉我。"

时间还早，温宁也不着急睡觉，她把手机拿出来，另外换了个姿势舒舒服服地背靠在他怀里，继续看这几天在看的一部古装剧。

他对电视剧没兴趣，没陪她一起看，却也没让她戴耳机，说是对耳朵不好，只一只手抱着她，还是有一下没一下地撸猫似的摸她脑袋，另一只手拿着手机看外网的财经新闻。

温宁很喜欢这种感觉。

和被荷尔蒙吸引，跟他做尽亲密之事那种内心盈满的喜悦不同。

是一种说不出的温馨感。

手机屏幕上的剧情在慢慢推进，温宁看着看着就小声嘀咕了一句："女主角在这里没骗男主角真的是太拉好感了。"

落在她头发上的手像是稍稍顿了一瞬，男人声音在她头顶响起："什么？"

温宁把电视剧暂停，偏头跟他说："我没和你说话，我刚刚在说电视剧啦。"

刚才那段剧情处理得还算符合温宁心意的，于是她顺口跟他分享："就是女主角帮男主角哥哥给男主角换血解毒，差不多相当于以命换命，男主角哥哥交代女主角不要告诉男主角，我还以为女主角真的会瞒着男主角，就像大部分电视剧套路那样，后面误会一重接一重，没想到女主角直接就坦白了，这段就处理得很拉好感。"

话音落后，温宁感觉男人眸光似乎轻闪了下，那双深潭似的眼像是终于有了波动。

但也只是极短的一瞬。

温宁不知道是不是灯光的原因，还是她看错了，她也没在意："你要跟我一起看吗？"

"你自己看吧。"江凛重新摸了摸她脑袋。

温宁点点头，重新点开屏幕，继续看下去。

沉浸在剧情中，温宁没注意到旁边的人指尖停在手机屏幕上方，页面上的内容一直没再动过，最后屏幕慢慢暗下来。

她更没注意时间，直到又听见他声音响起。

"不早了，睡觉吧。"

温宁这才看了一眼时间："才十一点，明明就还很早啊。"

"特殊时期，你还敢熬夜。"江凛看着她。

温宁偏过头，眼巴巴地看向他："我再看一集？"

"酸梅汤你不想要了？"江凛说。

温宁："？"

"你刚刚只说让我不准摸你的。"

"现在多加了一个条件。"男人语气平静。

温宁忽然想到了那句"最终解释权归商家所有"："……"

"奸诈的资本家。"

奸诈的资本家无情地抽走了她手里的手机，关掉了她的电视剧，打开飞行模式，把她手机随手丢到床头柜上，然后抱着她躺下来，关了房间里的灯。

温宁气呼呼地低头在他肩膀上咬了一口。

江凛由着她咬完，才在黑暗中轻轻亲了亲她额头："乖，睡觉。"

温宁："……"

温宁觉得自己可太好哄了，他一放软语气和她说话，她就气不起来了。

她抱住男人劲瘦的腰身，乖乖闭上眼。

可能是这个怀抱太过令人安心，也可能是鼻间满是他身上好闻的味道，关灯前，温宁明明还不困，闭上眼没多久，就感觉睡意慢慢袭来。

半睡半醒间，她听见男人叫了她一声。

"宁宁。"

温宁迷迷糊糊间下意识地在他胸口蹭了蹭，双手抱他更紧，一副十足的依赖姿态，声音带着含糊的睡意："怎么啦哥哥？"

抱着她的男人沉默了许久，然后他又亲了亲她额头。

"没事儿，睡吧。"

因为例假加天气炎热，温宁这周末也哪儿都没去，剧组也没什么事情找她，她就安分地跟他在家里待了两天。

周一剧组拍完了在一中的最后一场戏，周二休息半天，下午直接转场去新拍摄地。

新拍摄地就在南城城北。

最后这一阶段主要是分开拍男女主角家庭戏份和一些零零散散的其他戏份。

因为男女主角家庭戏份是分开的，剧组也拆成 A、B 两组分开拍摄，由于喻佳是新人，她这边的戏份也更重，所以她的戏份是在 A 组，由总导演钱正义亲自拍摄。

温宁当然也跟着 A 组。

但其实两组距离离得很近，就隔着一条街道。

A 组这边是城北的一个老职工小区，鼎盛帮忙联系的，非职工和家属轻易进不来，里面的住户也被嘱托过不要偷拍偷传，能最大程度保证少些路透。

B 组在斜对面，是前几年绕着一个人工湖新建的高档小区，也轻易进不去，剧组从中租了一栋临湖别墅当作谢杭的家。

温宁例假在周三已经彻底结束。

周四上午到剧组后，温宁就忍不住给某人发微信。

温宁："哥哥！"

温宁："我例假结束了！"

隔了半小时才收到他回复。

哥哥："嗯。"

温宁看着这冷冷淡淡的一个"嗯"字，开始怀疑自己是不是暗示得不够明显。

温宁："呜呜呜，今天南城好热啊！"

温宁："你女朋友要被晒化了！"

这次又等了半小时。

不过这次回过来的是电话。

温宁接通电话后，先甜甜地叫了他一声："哥哥。"

又用更甜的语气问他："你忙完啦，累不累呀？"

"休息十分钟。"江凛说。

温宁继续暗示他："太阳好大，剧组好热啊！"

"我没记错的话——"电话那头的男人顿了顿，"今天一天都是室内戏，你晒不到太阳。"

温宁："……"

冷酷无情就是他本人了。

温宁不暗示了。

温宁直接问他："我的酸梅汤呢？"

他像是笑了声："在做了。"

温宁没想到今天就能喝到，她兴奋地问："真的吗？什么时候能做好啊？"

"下午给你送。"江凛说，"让逸星那边多准备了一些，你可以分给剧组的人。"

温宁语气甜得比刚才真情实意许多："哥哥你真好！"

"你不许多喝，最多两瓶。"江凛叮嘱了一句。

温宁："……"

她想收回刚才那句话。

温宁心里想着他远在外地，就算她真的多喝了他也管不到，于是嘴上乖乖巧巧地答应道："好的哥哥。"

酸梅汤是下午五点半送到的。

剧组结束下午最后一场戏，钱正义刚把喻佳叫过来看刚才拍摄的内容，剧组里闹闹嚷嚷。

温宁就在这时听见有工作人员在身后叫她。

"小温老师，"工作人员指指外面，"沈总给你送东西来了。"

温宁："！"

她立刻站起来。

"应该是逸星的酸梅汤。"温宁一边往外走，一边跟附近的李思涵和工作人员说，"他说准备了很多，大家都有份的，你们谁有空可以出去帮忙拿上来分一下。思涵姐，佳佳那份你帮我一起出去拿吗？"

李思涵点点头，跟她一起站起来。

向棠棠的"家"在一楼，这边是老旧小区，绿化和封闭性都一般，温宁一出了楼栋，就看见外面停了一辆冷链车。

冷链车后门大开，冷气明显。

里面看着应该全是装瓶包装好的酸梅汤。

冷链车门旁站着一个穿着逸星制服的小哥哥，手上还提着一个带着逸星标志的包装袋，脸上保持着标准的微笑。

温宁伸手从特制的容器里拿了一瓶冰冰凉凉的酸梅汤出来，然后又拿了一瓶。

装酸梅汤的玻璃瓶不算大，一瓶大概就四百毫升的样子。

温宁觉得两瓶应该是不够喝的，她单手抱住两瓶，手伸到第二瓶瓶身上时，又忽然停住。

因为她在点菜时多问了服务员一句话，他就让人送了一车酸梅汤过来。

她却食言而肥，故意骗他……

是不是不太好？

算了。不然先喝完这两瓶再说？

要是她还喝得下，就再过来拿。

反正他帮她给剧组请客，东西从来都是只多不少的。

温宁又默默把手收回来，正打算抱着酸梅汤回室内去，就看见旁边一直在充当微笑木头人的那个逸星小哥哥终于动了。

"温小姐，"他叫住她，把手上的袋子递过来，"这是沈总托我给您的。"

温宁盯着他手上的袋子稍稍一愣："这又是什么？"

"是沈总让夏老先生给您准备的晚餐。"小哥哥说。

剧组出来好些工作人员，分酸梅汤的事不用温宁管。

温宁就把自己那两瓶酸梅汤塞进袋子里，回去楼栋内部后，她也没着急先吃东西。

她先找了个相对僻静的地方给他打电话。

这个时间点，他可能会稍微有点空。

温宁拨通电话。

那边果然很快接起。

温宁仍是满心惊喜，没等他开口，就先兴奋地道："你还让夏老师傅给我做晚饭了啊，怎么没早跟我说？"

夏老师傅偶尔还会去逸星做一做酸梅汤，但已经基本不给外人做饭了。

他亲自准备的一顿晚饭，可比酸梅汤还要难得太多了。

电话那头的男人不紧不慢地道："这是对你言而有信的奖励。"

温宁想起刚才那个一直微笑看着她的逸星小哥哥。

"你的意思是，如果我刚才当着逸星那个小哥哥的面多拿了一瓶酸梅汤的话——"温宁顿了顿，"我就会拿不到这顿晚饭？"

江凛："有可能。"

温宁嘴角翘着："我才不信。"

她才不信他都让人把饭做好带过来了，会真的舍得不给她吃。

"那你下次可以试试。"江凛说。

温宁："……"

"你们资本家套路就真的很多。"温宁仗着他人不在跟前，小声吐槽他。

玩不过玩不过。

资本家像是轻笑了声："先去吃饭吧，不然菜要冷了。"

A组晚上有夜戏，吃完晚饭，温宁仍跟大家一起留在剧组。

B组那边今天倒是提前收工了，李副导家那对小姐妹从对面过来找她玩，两个小姑娘搬着小板凳坐在她边上。

"宁宁姐，那个酸梅汤也太好喝了吧，听说是逸星那位夏老师傅做的，是不是真的呀？"姐姐捧着脸问她。

温宁点点头："是的。"

妹妹接话："沈总对你也太好了吧。"

"就是啊，导致我现在再看娱乐圈那些营业假糖真的索然无味。"姐姐叹气。

妹妹也跟着叹气："沈总又帅又有钱，还对宁宁姐你这么好，我觉得我再嗑下去，以后可能要找不到男朋友了。"

温宁还没来得及接话，就听见李副导的声音从后面响起，语气冷冷的："谁要找男朋友啊？"

温宁顺口帮她们俩解围："她们在帮我想下一部小说的台词。"

李副导老人精了，明显没信，但还是顺着这个台阶下了，他抬手隔空点点姐妹花："天天跟在你们小温姐姐后面，也不知道跟她好好学学，她刚大学毕业就这么厉害了，你们俩就尽想着玩。"

温宁知道这对姐妹花高考成绩都挺不错的，两个人都成功考进了一所有名的985高校。

不然李副导也不会答应让她们在剧组一玩就是几个月。

温宁上高中时可没有这个成绩。

她就语文和英语好，文科勉强过得去，数理化那些常年在及格线徘徊。

好在她是艺术生。

温宁摆摆手："她们俩成绩可比我好太多了，以后肯定比我厉害。"

李副导像绝大部分国内家长，孩子被夸了，脸上笑容已经藏不住了，嘴上还要谦虚："她们俩以后要有你一半厉害就行了。"

刚好那边有工作人员在叫他。

李副导一边抬脚，一边交代姐妹花："你们俩老实点，别吵着你们小温姐姐。"

等他一走，温宁和小姐妹花齐齐松了口气。

另外一个工作人员这时从外面走进来，往温宁面前递过来一个包裹："小温老师，你有个快递。"

温宁猜测应该是宁女士的快递到了。

她接过来一看，果然是。

"宁宁姐，你买什么了啊？"姐姐好奇地问。

温宁："礼物。"

"什么礼物？给沈总的吗？"妹妹一脸八卦地看着她，"我们能看看吗？"

姐姐在她脑袋上敲了下："你是不是傻，给沈总的礼物当然得沈总第一个看啊。"

"对啊。"妹妹说。

温宁也觉得姐姐说得挺对。

所以她即便对那对袖扣的实物很好奇，但也忍住没在剧组当众拆包裹，一直等到剧组收工，她回到酒店自己的房间，才拿剪刀拆开箱子。

一对黑色圆形袖扣静静躺在包装盒中。

之所以这么晚才收到，是因为宁女士一直也没能挑到让她满意的袖扣，贵一点的，她不是嫌过于高调，就是嫌不好看；便宜一点的，她又觉得跟他气质不相衬。

她前段时间就像个跟客户要求"五彩斑斓的黑"的那种无理取闹的甲方。

要不是她是宁女士亲生的，宁女士估计都要撂挑子不干了。

最终这对袖扣是宁女士托朋友帮她从某个奢侈品牌定制的，配色和材质都由她亲自挑选。

一端的主材质是黑宝石——她始终觉得黑色是最衬他的颜色之一，而且和他那一排的白衬衫搭配也正好。

另一端就是简单的白K金，做成仿纽扣的样式，温宁还让设计师帮忙在上面各刻了字母。

也不算太贵，但定制款就胜在独一无二。

白K金那端的字母温宁本来是想刻他名字的。

但是他名字有三个字母，袖扣却只有两颗，去掉姓氏的话，MC两个字母凑在一起老觉得看着像是指代综艺节目的固定嘉宾。

温宁最后就让设计师帮忙刻了她名字。

反正是她送他的礼物。

刻她名字也没毛病的吧！

周六温宁差点起晚。

主要是新拍摄地距酒店比原来多出三十分钟的车程，温宁起床时间也不得不跟着往前提半小时。

她前一天晚上熬夜看小说，早上关掉了四个闹钟，一直到第五个，也是最后一个闹钟响起时，才勉强爬起来，洗漱完连妆都没来得及化就直接出门。

下楼上了喻佳的保姆车，温宁继续倒头就睡，直到到达剧组，才被喻佳推醒。

"醒醒，到剧组了。"喻佳叫她，"口水流了我一肩膀。"

温宁还没完全从昏沉的睡意中清醒过来，呆呆地揉了下眼睛，隔了几秒才反应过来。

她看了一眼喻佳干干净净的衣服："你不要在思涵姐面前造我的谣，我睡觉从不流口水的。"

"你怎么妆也不化一个，"喻佳瞧她一眼，"今天不是情人节吗，沈总不是要来接你？"

"不急，他上午有工作，下午才能赶过来。"温宁打了个哈欠，"我有黑眼圈吗？"

"要约会你还敢熬夜。"喻佳仔细打量她，"黑眼圈倒是没有，你要实在困的话去房车上再睡一觉。"

温宁："不用。"

没黑眼圈她就放心了。

平时请假和摸鱼都算了，人都来剧组了，在房车里睡觉就不太好了。

"我去你车上再洗个脸。"

房车就停在楼栋前面，整个剧组都还在准备，离开始拍摄还有段时间，温宁洗完脸也没着急下去，她解锁了屏幕，打开安安静静的微信。

朋友圈里一堆晒礼物晒七夕红包的。

而她男朋友连句"情人节快乐"都没给她发。

不过上次她生日，他也是等到给她送礼物的时候，才亲口跟她说了一句"生日快乐"。

温宁发现他好像做什么事都不疾不徐，像是胸有成竹，又像是轻轻松松就可以掌控一切。

简而言之，他就是控场感十足。

反正下午他要来接她吃饭，到时候要还是一点表现都没有的话，她再算账也不迟。

上午第一场戏拍得算是这段日子里最不顺的一场。

有一个小细节反复拍了数次，钱正义始终都不满意。

上午九点三十分，又一次喊 cut 之后，钱正义把喻佳和演她父亲的演员叫过来说戏。

温宁百无聊赖地坐在后排又打了个大大的哈欠，忽然听见有人叫她。

"小温老师。"

温宁一回过头，一束香槟玫瑰就递到了她面前。

"沈总让人给你送来的花。"

这个工作人员在剧组是出了名地嗓门大，他这一句话说完，剧组在忙的、不在忙的，一下都朝温宁看了过来。

可能是某位大老板人不在，余威犹在，大家倒也不敢明着打趣她，但个个脸上都带着又暧昧又八卦的笑。

温宁自觉脸皮也不算太厚，忙从工作人员手里接过花束——这束花不大，刚刚好够她一只手抱住。

她指指门口："我先出去一下。"

然后迅速抱着花溜了。

温宁把花抱去了喻佳房车上。

她把花搁在桌上，拿起手机重新打开微信。

他不着急跟她说"情人节快乐"，温宁觉得这挺像他风格，给她送花倒是有点出乎她意料。

温宁低头给他发消息："怎么忽然给我送花呀？"

发完后，温宁估摸着一时半会儿可能还收不到他回复，就把手机放下，重新把那束粉白玫瑰在桌上摆正。

房车里空间小，有淡淡的玫瑰花香扑面而来。

手机这时响了下。

温宁重新低头，意外看见他居然及时回了消息。

哥哥："公司有女同事收花。"

温宁："那你公司女同事还收到了什么别的东西吗？"

如果有类似于男朋友惊喜空降这种的话。

她也想拥有同款！

哥哥："等一下。"

温宁收到这个简短的回复，以为他又要开始忙，怕耽误晚上的约会，她也不敢再打扰他。

温宁："好的。"

一个半小时后。

在又一次拍戏间歇中，那个大嗓门的工作人员再一次进来，给温宁递过来一个爱马仕包装袋。

温宁再一次收获了剧组所有人的目光洗礼。

温宁："？？"

他说等一下，难道不是等一下回她，而是让她等同款礼物吗？

温宁把袋子也拎去了喻佳房车，在里面拆开看了下，送过来的是个 birkin 包。

款式有点偏成熟，倒也不是不好看，反正不是她的品味，也不是他的品味。

就不太适合她。

他亲自给她挑东西，一般都会照着她的喜好挑的。

温宁把包包放一边，给他戳了一个表情包过去："猫猫疑惑 .jpg"

消息石沉大海。

温宁没等到他回复，却先后又等到了一条钻石手链，和另一个包包。

温宁也顾不上打不打扰他了，她把东西全拿回房车上，给他拨了个电话过去。

铃声响了几下，倒是很快被接通了。

温宁忙问他："你怎么给我送这么多东西啊？"

她之前就只是随口一问，也没有问他要同款礼物的意思，除非真的有男朋友惊喜空降这种同款。

"很多吗？"他在电话里问。

温宁给他一一数了下："一上午我都收到四样了。"

"我在开会。"不知道他是从会场出去了，还是仍在会议现场，那边格外安静，只有他稍稍压低的声音通过手机传过来，听着分外动听，"除了花，其他都是计远帮忙照着安排的。"

温宁就觉得剩下那三样东西都不是他的品味，她摸摸耳朵："没有别的了吧？"

"应该还有一样在路上。"江凛说。

温宁："那别给我送了，赶紧送回去吧。"

她对别人的同款确实兴趣不大，比起这些，她更喜欢他亲自给她挑的那些小东西。

"你确定？"男人声音像是多了点笑意，"那我叫逸星的人回去了。"

"等等！"温宁感觉她刚才应该没听错，"你是不是又让逸星的人给我送饭啦？"

这个肯定是他早早就亲自安排了的。

"饭就不用送回去了！"

温宁给他打完这个电话后，除了逸星的工作人员中午过来送餐之外，终于不再有其他东西送来剧组了。

但剧组工作人员一整天看她的眼神都带点打趣的意味。

李副导家那对小姐妹花只差没尖叫了，连杜婉妹都笑着跟她说没想到沈总还挺会疼女朋友的。

温宁在众人打趣中度过了略显漫长的一下午，等到四点五十分，她左手抱着那束玫瑰，右手拎着三个大包小包一从楼栋出去，就看见他的车停在外面。

她刚往那边多走了两步，驾驶位的门就打开了，司机老徐走下车，说是要帮她拿手上的东西。

温宁摇摇头："谢谢徐叔，不重的，就几步路，我自己拿就好。"

老徐也没勉强，过去帮她拉开了后座的车门。

快一周没见的男人就坐在里面，他今天难得又穿了件黑衬衫，包裹在黑色西装裤中的大长腿交叠，银框眼镜微微有光反射，看着就像是大佬本佬。

大佬本佬伸手过来接她手上的东西。

温宁这次没拒绝，把右手上几个大包小包一股脑塞到他手上，左手的花倒还是自己抱着。

她上车坐好。

老徐帮忙关上车门。

温宁把花束放在他们中间，在房车上放了大半天，玫瑰花都有些蔫了。

她自己一边系上安全带，一边偏头跟旁边的男人说："那几样东西你都退回去吧。"

江凛把手里的大包小包放到后面："给了你就是你的东西，你不喜欢可以转送给朋友。"

"那不要。"温宁摇头拒绝，"你送我的东西，我才不要转送给别人。"

要送朋友东西，她可以自己买的。

回到驾驶位的老徐："……"

刚刚不让他帮忙拿礼物估计也是同一个原因。

江凛轻笑了声："那先放家里收着，你哪天有兴趣，再随便拿出来用。"

温宁："……"

这句话也很大佬本佬了。

不过温宁很喜欢他用这种随意的口吻跟她说"家里"二字，而且东西他不肯退回去，她又不想转送给其他人，好像也没有别的选择了。

"行吧。"

吃饭的地方是在南城城南的一家私房菜馆。

进店的时候，除了服务员之外，依旧没有一个其他客人，不过这家店本来就是做包席预约的，一天只接待一桌客人，算是南城最难订的饭店之一了。

去年为了迎接她回家，宁女士早早托人帮忙才订到一个位置，结果她坐的飞机因恶劣天气延误，最后变成了宁女士和温时远先生的双人甜蜜约会。

她只吃到了一点他们打包回家的剩菜。

上两周温宁和他聊天的时候，随口提了一下这件事，他当时没说什么，临到今天，才告诉她订了这家饭店。

饭店空间不大，中式装修，做的是传统川菜，可能是因为今天一桌只有他们两位客人，所以饭店中间只摆了一张木质的双人小桌。

落座后，温宁发现木桌中间摆放的花瓶上的画挺有意思，她就没着急和他说话，看了花瓶片刻，又不禁伸手轻轻碰了碰。

温宁正打算收回手，手腕忽然被对面男人攥住。

温热的触感落上来，因为有稍许意外，她心跳跟着乱了一拍。

没等温宁抬头去看他，就见男人垂头往她手腕上戴上了一条银色手链。

这条手链就很是他的风格了。

款式简单又不失设计感，就是她一直跟宁女士要求的贵且低调的那种感觉。

只是他这个人做什么事都习惯不紧不慢，动作的缓慢将生疏感压得几乎不露端倪，反而因此增加了肢体接触的时长。

明明更亲密的事都做过不少，温宁还是感觉手腕被他碰过的地方都一一烫起来。

直到他终于给她戴好手链。

温宁看见手链 S 扣连接处缀着一个小小的、大写的"N"。

这应该才是他今天真正给她准备的礼物。

温宁心里好像又晃开了一瓶可乐似的，绵绵密密不停冒着开心的小泡泡，她揪住他手指指尖，不让他手离开。

江凛缓缓抬眸看她。

"怎么办？"温宁另一只手捧着脸，"我没给你准备礼物。"

"不用你准备。"江凛说，"而且你不是要请我看电影吗？"

他表情看不出失望，也看不出一丝不虞。

温宁没谈过恋爱，但身边不少朋友、同学谈过，他们会时不时和恋人有或大或小的争吵，厉害的一年还能分手个两三次。

她和面前这个人在一起有一个多月了，别说是争吵了，好像连一次不愉快都没有过。

除了不准她招惹他，会稍微管着她吃垃圾食品和熬夜之外，他好像对她有无限的耐心和纵容。

"请你看电影又不算礼物的。"温宁问他，"真不用准备吗？情人节不给你准备礼物是不是不太好呀？"

男人反握住她的手，表情依旧不变："不用，你陪着我就行。"

温宁心里开心的小泡泡冒得更加厉害。

"哥哥。"她叫了他一声。

江凛："嗯？"

"我发现你挺会的。"温宁说。

江凛："挺会？"

温宁："……"

行吧，大佬估计没空天天像她一样泡在网上。

"放到当前的语境里，就是挺会谈恋爱的意思。"温宁跟他解释完，又故作狐疑地望着他，"你之前真没谈过恋爱吗？"

"没有。"江凛说。

温宁嘴角翘了翘，继续追问："也没有碰到过什么喜欢的人？"

"也没有。"江凛耐心回答她。

温宁嘴角翘的弧度又大了几分："噢。"

江凛淡淡地看着她："满意了？"

"还行吧。"温宁笑。

"那我让服务员上菜了？"江凛问她。

"上上上。"小姑娘迅速松开他的手，"我早就盼着吃他们家的菜了。"

江凛："……"

吃完饭，温宁跟他坐车回市中心。

她包场的电影院就在他家附近。

温宁很喜欢他今晚送的手链，上车后，手一动，就能看见那个银色的、小小的字母"N"跟着晃动。

她看看手链，又转过去用他车里的镜子照照锁骨上的项链。

温宁今天把他送的项链也戴了出来。

她性格有些大大咧咧，手机这种东西经常摔，以前下雨出门，她带一把伞就弄丢一把，怕项链磕碰坏了，或者是丢了，就很少戴。

但今天毕竟大小算个节日。

"手链和项链看着还挺搭的。"温宁转回头和他说。

江凛手越过来，拉住戴着手链的小手低头把玩："同一个设计师。"

"那难怪了。"温宁顺势在他手心轻轻挠了挠，"那这样算，你一个礼物都没有，还是好亏的样子。"

男人忽然抬起头，目光越过镜片静静落在她身上。

温宁："……"

他应该没发现她偷偷准备了礼物吧？

她是不是不该表现得这么明显？

"怎么不说话呀？"温宁问他。

"不亏。"江凛握住她，不让她乱动，"反正你人是我的。"

"谁是你的啊。"温宁随口反驳他，嘴角却又止不住翘起来，"你可真会算账，两个礼物就想把我换过去。"

江凛嘴角不禁跟着翘了翘："那你想要多少？"

温宁才不跳坑里呢："以后再说吧。"

情人节的车流比平时缓慢，路上随处可见抱着玫瑰的漂亮小姐姐和高高飘起的粉色心形气球。

过了四十分钟，汽车才驶达商场地下车库。

下车后，温宁主动把手伸过去给他牵。

她虽然包了场，但入场前，他们要先经过商场的重重人流，他长得这么招人，她可不想又给自己多添几个情敌。

还是要宣示好主权的。

这家商场是前几年新修的，地下车库灯光还算明亮，但也有一些光线稍微暗淡的角落。

温宁低头看见男人牵住她的手，也没发现暗处正有人看着他们。

车库某个角落，张韵走了两步，发现柳筱还愣在原地，又折返。

"发什么愣？"张韵看着她半隐在棒球帽下的脸，"你怎么一副见了鬼的表情？"

柳筱被她这么一说，瞬间起了一身鸡皮疙瘩，她抬手颤抖着指了指："韵姐，你看那姑娘像不像温宁？"

她是跟了江冽有一段时间之后，才知道他那个白月光名叫温宁，照片也是从江冽手机里看到的。

她还拍下给张韵看过。

对方虽然是素人，但确实长得漂亮，有股照片都压不住的灵动劲儿。

模样几乎和不远处那姑娘一模一样。

问完后，不知怎么，柳筱生怕张韵回她一句"哪儿来的姑娘"。

好在张韵往那边看了一眼，点头道："确实有点像。"

只是她关注点明显和柳筱不一样，只听张韵像是自言自语道："她旁边那男人是谁？"

柳筱这才把注意力转移到小姑娘旁边的男人身上。

虽然只见过一面，但对方那等长相和气场，她完全不可能忘记。

柳筱心中那股怪异感更明显了："那是江凛，江冽的哥哥。"

这就是江凛那个女朋友？怎么会和温宁长得一模一样？

"江家那位太子爷？"张韵眼睛里闪出一点光。

柳筱愣愣地看着高大男人牵着娇小的女生一路走进电梯，然后听见旁边沉默了许久的张韵又忽然开口。

"我记得你上次说你去《秘密》剧组探班，被吴制片拦了下来，说是有事找你，结果问了一件很无关紧要的事？"

柳筱没明白："是啊，你问这个做什么？"

张韵却没答她："你还说过江冽两次去《秘密》剧组都没能进去。"

"对啊，第一次不知道是为什么，第二次是因为碰到了他哥，他好像挺怕他哥的——"柳筱忽然顿住。

上次他们在一中门口看见江凛的车。

刚才那姑娘当时也会在车上吗？

不过那时好像是白天，太阳还很大，不像现在。

张韵像没注意她话没说完，继续问："《秘密》剧组是不是正好有个编剧姓温，就上次和商默传绯闻的那个？"

江凛那个女朋友好像就是《秘密》剧组的人。

柳筱后背瞬间一凉："你……你这是在猜什么？"

"没什么。"张韵打量了她几眼，"我猜什么不重要，重要的是江家这位太子爷好像也喜欢这一款。"

柳筱："……"

不不不，她觉得挺重要的。

"江冽被送去澳洲，明眼人都知道他应该是不可能继承江家的产业了，而且他连《秘密》剧组一个配角都拿不下——"张韵顿了顿，"你要不要考虑换个人跟？"

第 九 章
难舍难分

情人节撞上周末，商场人流量不小。

温宁和他从 B2 进电梯时，还只有他们两个人。

电梯一在 B1 停靠，瞬间就从外面涌进来一大波客人。

温宁都有些后悔带他出来看电影了，他爱清净，又多少有点洁癖，肯定不喜欢这种人挤人的情况。

但是场子都包好了，不去又很亏。

温宁就把他拉到角落，她面对他站着。

这样其他人应该就碰不到他了。

但不知是不是这个姿势有点像她平时撒娇要他抱的情景，男人许是会错意，伸手搂住她腰，把她往怀里带了带。

除了在剧组之外，这好像还是他们第一次在公众场合拥抱。

温宁耳朵热了下，但电梯空间狭小，大家都离得近，声音压低了也可能会被听见，她也不好跟他解释。

只好干脆直接把脑袋埋进他怀里。

电梯刚好又在一楼停靠，已经有些满的电梯又挤进来几个人，甚至一度响起了超载声。

旁边一个男生被外面进来的人挤得差点撞上温宁。

江凛一只手护住怀里的小姑娘，伸出另一只手挡了下。

男生低头刚好看见他手上的表，脚步硬生生一扭，毫不留情地踩在了同伴脚上，借此稳稳地跟他的手隔开了一厘米的距离。

赔不起赔不起。

他哥们儿的脚踩坏了反正也没什么事。

温宁靠在他怀里，对这一幕一无所知。

幸亏电梯一路再往上，都是出电梯的人更多，空间慢慢又变得宽裕，等电梯停靠在电影院所在的十楼时，里面的人已经所剩无几。

影院入口就在电梯出口对面，温宁一出去就看见影院等候区坐着一个穿蓝衬衫的男人，正在低头看手机。

"那是不是计远啊？"

江凛目光往那边一瞥："是。"

"你要不要跟他去打个招呼？"温宁问他。

"不用，"江凛说，"下班时间。"

温宁一想也是。

下班了谁还想见自己老板。

计远又不像沈助理一样跟他是发小。

温宁左右瞧了几眼，指指其中一家店："我想去买奶茶，你要不要先进影厅等我？"

她目光移开，就没看见影院等候区的计远忽然站起身，冲江凛这边点了点头。

江凛平静地收回目光："我陪你去。"

"要排队的。"温宁提醒他。

男人像是并不在意，淡淡地"嗯"了声。

好在奶茶店可以扫码线上点单，排队的都是等杯的人，站得比较分散，并没有刚才在电梯里那种人挤人的情况。

温宁熟门熟路地迅速扫了码，又抬头问面前男人："哥哥你喝奶茶吗？我请你呀。"

江凛眼底多了几分笑意："不用。"

温宁也不勉强："行，那你等下要是渴了可以喝我那杯。"

她三两下点好单，看见小程序上提示前面还有八个人在等单，忍不住又四处张望了下。

然后看见了一家绝味鸭脖。

"我想去买点绝味鸭脖。"温宁抬手指指那边。

看电影就要吃卤味才更有滋味，只是以前来影院怕影响别人，她都不好带进去吃，但包场就没关系啦。

温宁仰头看他："哥哥你在这儿帮我等下单，我买完马上回来。"

小姑娘今天扎了个丸子头，不知是不是刚刚在他怀里蹭的，额前碎发稍稍有些乱。

江凛抬手把她颊侧的碎发捋至耳后："我帮你买？"

"我自己去吧，"温宁说，"我还没想好吃什么。"

奶茶店一角，两个女生低声耳语。

"呜呜呜，你快看，那对情侣颜值好高啊！"

"哇！真的高，终于看到美女配帅哥了，帅哥气场好大佬啊，小姐姐也好甜，配一脸。"

"你说我们要不要偷拍一张？"

"拍拍拍，咦，小姐姐怎么走……"

后者拿起手机，话还未说完，忽然感觉到一道视线冷冷地扫了过来，她心里一颤，下意识地放下了手机。

随后还拉着同伴往里面躲了躲。

"怎么不拍了啊？"

"你没看到大佬看到我们了啊。妈呀，这个气场真的可怕，你要敢拍你自己去。"

"我不敢。"

"唉——明明帮小姐姐将头发的时候还挺温柔的。"

"这样一说好像有点好嗑。"

…………

绝味鸭脖店附近还有一家周黑鸭。

温宁买完绝味鸭脖，就又顺便买了点周黑鸭。

她拎着两个袋子往奶茶店折返，半路路过一家小吃店时，一个穿白T恤的男生正好快步从里面走出来。

对方低头看手机，没看路。

温宁肩膀被他撞了一下。

"对不起对不起。"白T恤停下脚步，看清她模样时，眼睛一亮，"小姐姐……"

温宁没注意他，目光一直看向奶茶店门口的高大男人。

他这时刚从店员手里接过她的奶茶，转身从奶茶店出来，一身黑衬得他整个人气场又强又冷，拿在手里的那杯黄色杨枝甘露就显得十分违和。

"没事。"温宁连头也没抬，只匆匆瞥见对方穿了件海贼王周边白 T 恤，她随口回了一句，便朝男人小跑过去。

白 T 恤看着她一路跑向一个高大男人，脖子这时忽然被人从后面钩住。

"发什么愣啊，我叫你好几声你都没反应，电影快开场了。"

温宁跑到男人面前，差点没刹住。

江凛伸手扶了下她，目光掠过她，投向她身后已经转身离开的男生。

温宁伸手去接他手里的杨枝甘露："这么快就做好啦。"

"他和你说什么了？"江凛收回目光，帮她接过她手里还在晃悠的另外两个袋子。

"谁？"温宁把吸管插进去，"刚刚撞我的那个吗？好像是跟我说对不起来着。"

江凛低头看了一眼她肩膀："疼不疼？"

"还好，就轻轻撞了下。"温宁喝了口杨枝甘露。

江凛目光仍落在她肩膀上："带湿巾了是吧？"

"嗯，带了，你要湿巾吗？"温宁一只手拿着杯子，一只手去打开挎包。

拉链一拉开，里面先露出黑色绒盒的一角。

温宁："！"

忘了礼物就装在包里。

不过女孩子包包里什么奇奇怪怪的东西都有可能会装一点，有个黑盒子也很正常的吧？

温宁故作淡定地拿了整包湿巾出来递给他。

江凛打开包装，先抽了一张出来，轻轻擦了擦她肩膀。

温宁咬着吸管一愣："？"

等等，他刚刚不会是在吃醋吧？

这个人吃醋怎么也能吃得这么不动声色的。

她都差点没注意。

"他真的只跟我说了对不起。"温宁嘴角翘着。

不过对方好像是还有别的话要和她说的样子，被她打断了。

男人没接话，表情依旧不露半点痕迹，他慢条斯理地帮她擦完肩膀，又抽了另一张湿巾出来，不急不缓地擦了遍手。

随后将两张湿巾丢至一旁的垃圾桶里。

"湿巾给你放回去？"江凛低头帮她去打开挎包。

温宁想起礼物还在包里，忙拒绝道："我自己来就好。"

这么一打岔，温宁也就没继续再说刚才那个无关紧要的小插曲。

她把手伸过去给他牵："我们进影厅吧。"

今年七夕挂在暑期档的尾巴，影院里放映的倒也不全是爱情片，温宁这次挑的就是部剧情片。

她挺喜欢这部片子导演之前的一部作品，看了预告就放心包了场，可导演这次水平大降，预告大概是把正片中仅有的几处精彩地方都剪了出来。

开头无聊到温宁连买好的卤味都没心情吃。

整个厅里就只有他们两个人，温宁也不怕说话会打扰到别人，她把手里的杨枝甘露往旁边男人的面前递了递。

"要试试吗？"

江凛就着她的手喝了一口。

温宁借着电影光线观察了下他的表情——没什么表情。

"好喝吗？"她只好直接问。

江凛："还行。"

"敷衍。"温宁把杯子拿回来。

她盯着屏幕又努力坚持了十分钟，还是没发现一个有趣的点，终于忍不住吐槽道："好无聊啊，为什么能把电影拍得这么无聊啊！"

江凛看她小脸皱成一团："回去？"

"我花钱包场了的，"温宁不开心，"现在就回去不是好亏？"

江凛："我十倍补给你。"

温宁提醒他："那亏的就是你了，挣的还是影院。"

"不亏。"男人在昏暗的光线里看着她，"我空出一晚上不工作，不是为了让你不开心的。"

温宁："……"

他两个小时能挣的钱，不知道比她包一个情侣场看一场电影要多多少倍，电影好看就算了，电影不好看，那确实是继续待着才更亏。

还不如跟他回家呢。

"算了，不用你补，主要还是我太信任导演，挑错了片子，也不关影院的事。"温宁说着把饮料放下，从座位上站起来，站到他面前，"走之前，我先给你变个魔术。"

江凛轻轻挑了下眉。

"哥哥。"温宁叫他。

江凛："嗯？"

"你先闭上眼睛。"温宁说。

男人静静看着她。

影厅暗淡的光线笼在他脸上，衬得那张英俊的脸越发棱角分明。

温宁不知怎么，被他看得莫名脸热。

"宁宁。"他忽然叫了她一声。

温宁："怎么啦？"

江凛定定地望着她："这里有监控。"

温宁："？"

"哥哥，你不要满脑子都是些乱七八糟的东西好吧？"

男人没说话，但是嘴角略往上翘了下，看她的眼神像是在说"你居然也好意思说别人满脑子都是些乱七八糟的东西"。

温宁脸更热了，她把话题拉回来："你快点把眼睛闭上啦。"

江凛闭上眼。

温宁轻轻把包包打开，包装盒也打开。

"你伸手。"温宁轻声和他说。

男人朝她伸出一只手。

"左手也伸出来。"温宁继续跟他提要求。

他又耐心又纵容地把左手也抬起。

温宁把两颗袖扣拿出来，在他两只手上一边放了一颗。

"可以睁眼啦。"

江凛睁开眼，看到电影光线流转间，手上被她刚放上去的东西闪出细微的光泽。

"袖扣？"

"是啊。"温宁本来也是打算看电影的时候把礼物给他的，毕竟吃饭的地方是他订的，影厅才是她的场子，"电影不好看，你温柔体贴的女朋友就给你变了个礼物出来当补偿，厉害吧？"

江凛："厉害。"

温宁继续借着细微的光线观察他的表情："那你喜不喜欢啊？"

"很喜欢。"男人答她。

不知是光线还是什么的缘故，他那双眼终于不像望不见底的深潭，而是像被风吹起波澜的湖泊，有浅浅的笑意在里面漾开。

温宁嘴角翘了翘。

不枉她费了这么多心思。

"那先收起来，我们回家？"

江凛手指略略收紧，指腹摩挲了下手上那对袖扣，发现银色那一端似乎暗藏玄机。

"刻字了？"

温宁："……"

温宁差点忘了袖扣上还刻着她名字。

她当初让设计师刻她名字的时候还挺理直气壮，此刻送到他手上，她又开始莫名心虚。

毕竟他给她定制的礼物，都是刻她名字的。

见他垂眸像是打算细看，温宁忙道："回去再看吧，这里这么黑，别掉了。"

江凛已经摸出右手那颗刻的隐约是个大写字母"N"。

这姑娘藏不住心思，他猜到她准备了礼物，陪着她演了一晚上的戏，但没想到她会送袖扣，更没想到她会在送给他的袖扣上刻她名字。

他没说话，温宁越发心虚，她把盒子递过去："先把袖扣装进来吧。"

男人还是没接她的话，他把右手上那颗袖扣放至左手，空出来的右手抬起，搂住她的腰，稍稍一使力。

温宁瞬间跌进他怀里。

她疑惑地开口："哥——"

她刚说了一个字，男人就忽然吻了上来。

温宁嘴唇因为说话微微张着，正好方便他舌尖轻而易举地探进来，属于他的气息和一点杨枝甘露的味道一同被喂进她嘴里。

非常短暂又深入的一个吻。

温宁都还有些没反应过来，他已经退出去，隔着很近的距离静静看着她。

口腔中仍残留着他刚才吻她的触感，温宁想起他提醒她的话，耳尖冒起点红："你不是说这里有监控？"

江凛将手落到她唇边："不管。"

温宁："……"

温宁的心跳因为他刚才的动作还在飞快加速，她忍不住小声吐槽他："只许州官放火，不许百姓点灯。"

男人轻笑了声，指腹在她嘴角流连："回去再点。"

"你还是先把袖扣收好吧。"温宁红着脸把话题拉回来，又把手上盒子递过去，"我好不容易定做的，可别弄掉了。"

　　江凛接过她手上的盒子，将袖扣放进去。

　　温宁怕他等下回车上会打开看，毕竟车上还有老徐在，她就又伸手把他手上的盒子拿回来："我先帮你收着吧，到家再给你。"

　　江凛手上瞬间一空，他抬眸看向怀里的小姑娘："你确定还会再给我？"

　　温宁："？"

　　"你怎么能这么怀疑我？"温宁瞪他，"我是那么小气的人吗？"

　　"不是。"江凛看着她，"怕你会不好意思。"

　　温宁不承认："谁会不好意思了。"

　　为了证明自己没有不好意思，一回到家，刚在玄关换完鞋，温宁就从包里拿出黑色绒盒递到他面前。

　　"喏，给你。"

　　江凛把手上的包装袋和她那两袋零食搁到旁边的柜面上，接过绒盒打开。

　　里面静静躺着一对黑色袖扣。

　　他垂眸将袖扣翻了个面，银色那端终于露出全貌。

　　上面的"W""N"两个字母被头顶明亮的灯光照得有些晃眼。

　　字母像是她亲自写的，和她微博上的风格很像。

　　温宁看他始终不说话，心里不禁又开始七上八下。

　　他心思一向都藏得深，这样不说话，也没有任何表情的时候，她反正是半分也猜不出来。

　　"你要是不想要的话，可以还给我的。"

　　男人终于略略抬眸看她，像是被她的话逗笑了，嘴角略翘了下："你送出去的礼物还想再收回去？"

　　温宁皱皱鼻子："那不是怕你不喜欢嘛。"

　　江凛抬手捏了捏她脸颊："不是告诉过你很喜欢吗？"

　　"真的？"温宁跟他确认。

　　江凛："真的。"

　　温宁得到肯定答复又开心起来，还开始得寸进尺地跟他提要求："那你要不要戴上试试？"

　　江凛"嗯"了一声，将绒盒重新盖好，顺手拎起她那两袋零食，空出来一只手牵她。

　　温宁见他不疾不徐地先帮她把她的卤味放到了冰箱里，随后才带着她进了衣帽间。

他今天这件黑色衬衫并非法式袖口，要戴袖扣还得先换件法式衬衫。

男人站到衣帽间前，松开她的手，将绒盒放到柜面上，从衣柜里面挑出一件白色法式衬衫。

温宁看他举步像是要走向对面的洗手间，不由得小声嘀咕了一句："现在换个衣服还有必要避着我吗？"

江凛脚步一顿，转回头看她："你说什么？"

温宁忙摇头："没什么，你快去换吧。"

江凛看了她两秒，忽然嘴角又微微翘了下。

"确实没必要。"他说。

温宁："……"

温宁发现他应该是真的很喜欢这个礼物，今晚笑的次数好像有点多。

男人重新把衬衫挂回去，然后就站在衣柜边抬手解起了黑衬衫的扣子，从第二粒扣子开始缓缓向下，一粒接一粒，依旧是他惯有的慢条斯理的节奏。

块状分明的腹肌逐渐显露。

冷白色修长的大手将衬衫衣摆从裤腰中抽出来，于是人鱼线也露出了一小截，剩下那一截引人遐想地没入被皮带收紧的黑色西装裤中。

温宁觉得衬衫可能是人类历史上最伟大的发明之一了。

好像没有其他衣服会像衬衫这样，能在一瞬间完成从禁欲到欲两个极端之间的转换。

温宁走神的这一瞬，男人已经把脱下来的黑衬衫搁在一侧，重新取下那件白衬衫穿上。

他解扣子是从上往下，系扣子是从下往上。

系到顺数第二粒的时候，他停止系扣，手往下落，忽然解开了皮带。

温宁看着露出来的那一点内裤边缘，心跳莫名快了一拍："你……你解皮带做什么？"

"衬衫不用扎进去？"江凛笑着看她一眼，"你以为我要做什么？"

温宁："……"

温宁不想加深自己"满脑子都是些乱七八糟的东西"的人设，才不承认自己想歪了，于是干巴巴地辩解："我又没穿过衬衫，我哪儿知道。"

江凛没再逗她，把衬衫穿好，随后系上了最上面那粒扣子。

温宁心里倏然轻轻动了下。

她只是随口让他试戴一下礼物，但他没有一丝敷衍之意。

男人身上的法式衬衫穿得一丝不苟，整洁到只要戴好袖扣，加件西装外套，出门前再换双鞋，就是能出入所有正式场合的打扮。

他打开一旁的绒盒，忽然又抬眸看她。

"你帮我戴？"江凛问她。

温宁记得选款式的时候，设计师提醒过她子弹式或鲸尾袖扣会更方便戴一些，她选的这款配戴起来会相对麻烦，可能需要人帮忙。

她朝他走过去，接过袖扣："我不太会。"

说来也奇怪，温宁画画还行，但在其他方面基本都手指挺不灵活的，化妆当初她就学了好久，扎头发至今也只会马尾和丸子头，复杂一点的发型就需要喻佳或她妈妈帮她。

"不难，"江凛看着她卷翘的睫毛，声音压低，"我教你。"

他抬起手腕，手指握住袖边："银色那边从扣眼中穿进去就行。"

温宁低着脑袋，笨拙地用刻有她名字首字母的那一端缓慢地穿过他衬衫袖口的四层扣眼。

她从来不知道帮人戴饰品也是这样亲密的一件事。

她的指尖会碰到他的手腕，他的呼吸缠在她的发顶。

确实很容易。

但温宁把两个袖扣都帮他戴上后，心底还是生出了满满的成就感。

那天在机场第一次见他整理袖扣时，她万万没想到，有一天他会戴上刻有她名字的袖扣。

温宁帮他整理了下袖口，看着"W""N"两个字母在他袖口若隐若现，想起他晚上在车上说的那句话，她不甘示弱地道："戴上我的袖扣，你以后就是我的人了。"

"再说一遍。"江凛声音在她头顶响起。

温宁听这话隐约像是有跟她一样不承认的意思，于是抬起头："怎么，你不会想不认账吧？"

"没有不认账。"男人看着她，眸色幽深，"乖，再说一遍。"

温宁虽然没太明白他意思，但经不住他哄，乖乖又说了一遍："戴上我的袖扣，你以后就是我的人了。"

话音刚落，男人忽然抬手捏住她下巴，然后低头吻了上来。

他眼镜在进门的时候就已经取了下来，不像之前在电影院，和她中间还有一层小小的阻隔。

温宁一直觉得他做什么事情都有条不紊，只有在接吻或有其他亲密行为时，他才会露出强势的、侵占性比较强的一面。

今晚尤其是这样的。

温宁一开始还能踮脚配合他。

很快就腿软地只能勉强挂在他身上了。

许是觉得这样不舒服，男人搂住她的腰，把她抱了起来。

温宁以为他会把她放坐在衣帽间的柜面上，可男人只是低头又吻了吻她，随后直接把她抱进了洗手间。

她被他放在了洗漱台上。

就像她第一次来这栋房子那天晚上一样。

江凛双手虚环着她，打开了她背后的水龙头。

温宁回过头，从镜中看见了自己被他吻得越发红润的唇，和微微泛着水汽的眼。

还有他正在水流下清洗的骨节分明的那双手。

像是在演奏着某个前奏。

温宁大脑因为刚才的吻还有些空白，恍恍惚惚地想，她今天好像也没主动招他吧。

水龙头关上。

片刻后，安静的洗手间又响起了另一种细微的水声。

温宁用手紧攥着他那件整洁的白衬衫，指尖发白，她感觉自己所有感觉都悬于他手上。

温宁脚尖难耐地蜷起来，听见他低声叫她名字。

"宁宁。"

她声音都是碎的，也说不出话来回应他。

温宁低着头，看见他白衬衫的法式袖口被打湿，刻有她名字的袖扣和他修长手指一样，都染上了莹润的水光。

然后她听见男人低声在她耳边说："你记住你今晚说的话。"

温宁最后被他从浴室抱出来时，已经接近凌晨。

其实和前几次一样，他们这次也远没做到最后，但不知是她昨晚熬夜了，还是男人刚才帮她在浴室吹头发的动作太温柔，一回到床上，温宁就有些昏昏欲睡。

可她又莫名有点舍不得睡。

温宁跟他面对面侧躺，她靠在他怀里小声和他说话："我的鸭脖还没吃。"

"给你放冰箱里了。"江凛说。

温宁记得他进衣帽间前，是先把她的绝味鸭脖和周黑鸭都放冰箱里了的，她当时没多想，此刻却觉得他这个行为多少有点问题。

"你为什么一进门就先把我的零食放冰箱里了，你是不是早有预谋？"

"不是你要点灯？"江凛反问她。

影厅里那个快速又深入的吻忽然浮现于她脑海中。

温宁脸又热了下，义正词严地反驳他："我没有，我只是谴责你双标，你一边提醒我影厅里有监控，一边主动在影厅里亲我，并没有说我要点灯的意思。"

抱着她的男人轻笑了声："那你就当我是早有预谋。"

温宁这才满意，她嘴角也翘了下，忽又想起那束花和那几个"同款礼物"还留在玄关："花明天会完全蔫了吧？"

"喜欢明天再给你买。"江凛说。

温宁摇摇头："算了，买来也就只能放一两天，又不能吃，就很浪费。"

江凛："……"

他轻轻又笑了声："小吃货。"

温宁感觉他今晚好像心情是真的很好。

是因为收到她的袖扣吗？

那要不再多给他挑几个礼物？

"你今天没跟我说情人节快乐。"温宁提醒他。

江凛："情人节快乐。"

"情人节快乐。"

温宁眼皮变得越发沉重，她将头靠到他肩膀上蹭蹭："哥哥。"

江凛"嗯"了声。

"我们剧组快要杀青了。"温宁闻着他身上和她一样的沐浴露味道，有种说不出的安心。

江凛轻轻摸了摸她脑袋："杀青后搬过来跟我住？"

温宁又小幅度地摇摇头："不行的，我爸妈要回来了。我爸要知道我这么快就跟你同居，肯定要打断我的腿，到时候你女朋友就没腿了。"

江凛："……"

"不过要是杀青早的话。"温宁在他手上又蹭蹭，"我可以偷偷跑来跟你住几天。"

"好。"江凛说。

"哥哥。"

"嗯。"

温宁迷迷糊糊间还想起件事:"我爸爸挺想见你的。"

江凛轻抚她脑袋的动作稍稍一顿,隔了片刻才又低声应了一句:"好。"

说完他等了片刻,怀里的人却没再答话,呼吸像是也平缓下来。

江凛略往后退了一点,看见她眼睛闭着,长长的睫毛低低地覆盖下来,睡颜恬静乖巧。

比醒着的时候安分多了。

江凛轻轻把她脸上的头发往后顺了顺,低头在她唇上轻轻亲了下。

这姑娘也不知是不是刚一睡着就梦见了什么吃的,张嘴在他唇上咬了一口。

搁在床头柜上的手机这时响了声。

怀里的小姑娘许是被吵到,她咕哝一声,松开了牙齿。

江凛重新退开点距离,伸手把手机拿了过来。

他先把手机调成了静音,才打开刚才那条消息。

计远:"晚上和梦的刘副总约柳筱和她经纪人在十二层的餐厅谈代言,柳筱到达车库的时间跟您和温小姐一致,我看了监控,她们应该看到您和温小姐了。"

江凛:"你帮忙处理一下,今晚影厅的监控也帮忙删了。"

计远:"好。"

江凛指尖顿了顿:"删之前先备份发给我。"

天气仍然酷热,温宁第二天就哪儿也没去,在他家里又宅了一天。晚上和他挑了部电影看完,洗澡躺上床时刚到十一点。

温宁手机还没玩几分钟,就像上次一样被男人抽走丢到了床头柜上。

灯关上,卧室瞬间陷入一片昏暗。

温宁被男人摁进怀里,她不满地戳了戳他腹肌,哼哼唧唧地小声道:"这不一样。"

"什么不一样?"江凛攥住她乱动的手。

温宁的手被他握紧动不了,她只好在黑暗里撇撇嘴:"书里的霸总都是强制那个,现实的霸总只有强制早睡。"

江凛:"……"

这姑娘到底看了多少乱七八糟的东西。

江凛顿了顿,"你喜欢那种?"

"那倒没有,"温宁摇头拒绝,"我才不喜欢。"

江凛轻笑了声，摸了摸她脑袋："睡吧。"

温宁轻轻"哼"了声，却还是乖乖闭上了眼睛。

早睡是早睡了，温宁第二天也没能早起。

醒来是因为她迷迷糊糊间感觉到一只微凉的大手在轻抚她脸颊。

温宁隐约闻见了熟悉的气息，下意识地在那只大手上蹭了蹭，声音含混软糯："哥哥。"

"嗯。"江凛坐在床边应了一声，低声问她，"起床吗？"

温宁脸贴在他手上不动了："好困，不想起。"

"那你继续睡，我等下让司机过来送你去剧组？"江凛问她。

他手不知是不是刚洗过，凉凉的，很舒服，温宁把脸在上面贴了片刻，睡意消散了些，但仍旧不太想睁眼，下意识地跟他撒娇："不要。"

她想要他送。

"那现在起床？"江凛哄她，"给你的礼物送到了。"

温宁终于睁开眼："礼物？"

什么礼物？怎么又有礼物？

江凛："我开窗帘？"

温宁含糊地"嗯"了声，继续把脸在他手上贴着。

室内忽然变亮了，有些晃眼。

温宁干脆把脸埋到了男人手上。

江凛垂眸，只看见一颗睡得乱糟糟的小脑袋，他伸手揉了揉："还不起？"

温宁想看礼物的念头战胜了睡意："起吧。"

她抬起头。

江凛朝床头抬抬下巴。

温宁揉揉眼睛，看见床头柜上除了她的手机之外，还摆了个黑色绒盒。

她拽着男人的手从床上坐起来，打开盒子。

里面是一只小黑猫。

确切地说，是一只小黑猫胸针。

由无数颗黑钻镶嵌而成，中间嵌了两颗祖母绿当作猫眼，栩栩如生。

温宁眨巴了下眼睛，慢吞吞地转头看他："怎么忽然又给我送礼物？"

"不是说了要十倍补偿你包场费吗？"江凛说。

温宁又偏头看了一眼那只精致可爱的小黑猫胸针："你管这叫十倍？"

她包个场都没花到一万。

男人只是又轻轻捏了捏她脸颊："喜欢吗？"

温宁诚实地点头："喜欢。"

"那就行了。"江凛说。

温宁想了想，没再拒绝，反正她也已经打算再给他送一对袖扣了。

虽然她肯定送不了这么贵的。

但这只小黑猫就真的超可爱。

温宁把盖子合上，朝他朝手："你抱我去洗漱。"

吃完早饭，江凛送温宁去《秘密》剧组后，先回了趟公司，近一个多月频繁出差，堆积了些不算紧急的文件需要他签字。

上午九点半，金色的日光透过巨大的落地玻璃窗照进办公室，堪堪停在办公桌前一米的位置。

偌大的办公室静得只剩下"沙沙"的纸张翻动声。

直到五分钟后，有敲门声响起。

江凛："进来。"

计远走进去，在办公桌前站定："柳筱那边说想亲自见您一面。"

温小姐的身份不是什么绝密，《秘密》剧组柳筱和她经纪人虽然插不进去手，但《信号》剧组是有人见过温小姐的，加上"小温编剧"这个名称还上过热搜，柳筱又见过江总本人，只要有心，多少能拼凑出部分真相。

所以周六晚上看到监控后，计远就没想过要瞒。

要堵住消息的话，可能不知道哪里不小心就露了一个小口子，不如大大方方地跟对方谈条件。

只是他没明白柳筱那边为什么要和江总面谈，难道还有别的什么他不知道的事？

江凛抬起头："怎么回事？"

"她们说有点关于温小姐的事，想跟您面谈。"计远说。

江凛笔尖顿住，看了一眼手上的腕表："让她们一个小时内到。"

计远点头应下，随后从办公室退出，回到自己位置上，给柳筱那边打了个电话。

不知是不是对方恰好在附近，约莫二十分钟后，计远就接到对方回电，说已经到了大厦停车场外。

谨慎起见，计远亲自下去接人。

在地下车库 D 区看见柳筱独自从车上下来时，计远心底忽然浮现起一点怪异感。

柳筱至今应该还是江洌女朋友，也算是个女明星，过来见完全不熟悉的男朋友哥哥，不需要带上经纪人避嫌吗？

也不能怪计远多想。

前几年这种情况其实没少发生。

合作公司的女员工、酒局上被拉来作陪的女明星，有些心思活络的也想方设法地来过这栋大厦。

只是能进公司大门的都少之又少，能进江总办公室的更是一个都没有。

计远解锁手机，打开了录音功能，才迎上去。

把柳筱接上楼后，刚一进公司，计远就迎面碰上一个同事。

对方脚步停住，扫了眼柳筱，一脸八卦地冲他眨眨眼："我们小老板娘吗？"

计远："……"

江总虽然不爱在公司讲私事，但温小姐一两次打电话过来的时候，他正好在跟同事开会。

近一个多月他在周末加班的次数也直线下降。

他谈恋爱的事在公司已经不是秘密了。

计远冷冷地瞥了他一眼："江二少爷的女朋友。"

同事："……"

柳筱看见对方听完这个答案，像是完全没兴趣再多看她一眼，脚底抹油似的，火速从门口出去了。

"请吧，柳小姐。"计远声音响起。

柳筱回过神，跟在他后面，一路走到江凛办公室门口。

计远敲了敲门。

隔了几秒，里面传出一声"进来"。

计远拧开门。

柳筱跟在他身后进去。

办公室另一面是巨大的落地玻璃窗，办公桌前的男人一身笔挺的黑西装，法式衬衫袖口上戴着一对很有质感的袖扣，一端是黑色，一端是银色，各自在明亮的光线下闪耀出不同的细碎光泽。

听见他们进来的动静，男人连头也没抬，声音像那天在饭店门口初见那次一样冷淡。

"有话就说。"

柳筱指尖蜷起，攥紧了挎包链条。

让她过来跟江凛面谈是她经纪人张韵的主意，张韵说江凛肯定不会像江洌那么好搞定，让她想办法借这次机会跟江凛多接触，争取先拿到他私人联系方式。

柳筱咬了咬唇："我能跟您单独谈谈吗？"

"不能。"男人依旧连头也没抬，声调也没什么起伏。

柳筱："……"

计远原本还在想自己是该留下还是出去，闻言自然不再犹豫，抬脚走到了办公桌后，站在江凛身后。

他停下脚步后，办公室再度安静下来。

又只剩下了文件翻动的声音。

柳筱又咬了咬唇，感觉手心开始冒汗。

"你还有五分钟。"男人声音再次响起。

柳筱愣了下。

计远帮忙解释了一句："柳小姐有什么事情，可以在五分钟内讲完，我们等下还有事。"

柳筱怔怔地"噢"了声，她捏紧了包包链条，隔了几秒，她咬了咬牙，像是终于下定了什么决心："温小姐的事情我可以帮忙保密，但是我有个条件。"

"说。"江凛低头继续签字。

"条件就是——"柳筱顿了顿，"我希望温小姐还活着的事，江洌永远也不会知道。"

正在检查录音是不是还在继续的计远："？？"

江凛笔尖停顿，终于抬头看了她一眼："不可能。"

柳筱又是一愣。

她从头到尾都没想过要换人跟。她看江凛第一眼，就知道这位江大少爷一不是她能搞定的，二也不是她喜欢的类型，全都是张韵的一厢情愿。

但答应过来跟他面谈，她也有她的私心。

柳筱知道江洌不管对她多好，都是因为她有一两分像温宁，但她还是无法抑制地栽进了那个温柔陷阱里。

只是她没明白这个要求为什么会被拒绝。

"为什么？"柳筱说完感觉这种质疑语气并不合适，忙又补了一句，"我是说，在这件事上，我和您的利益应该是一致的。"

江凛语气没变："她迟早要见我家人。"

柳筱这次听明白了他的意思。

那位温小姐迟早要嫁进江家，不可能瞒江泓一世。

"那在您和温小姐定下来前，"柳筱换了个条件，"我希望他不会知道温小姐还活着。"

温宁周一回剧组，就看见钱正义、李副导和统筹阿姨等几人在开小会。

之后这一天统筹阿姨肉眼可见地忙了起来，就连吃饭都拿着电脑。

当天晚上回酒店后，温宁收到了新的通告单。

按原本的拍摄进度，剧组预计能在九月左右杀青；照新的这份，杀青时间估计还能提前三四天。

不过剩下的戏份本来也不多了，这样排下来，一天也只是比原来稍微忙上少许。

温宁捏着通告单看了片刻，随后把它搁在一旁，先去洗了澡。

洗完回到卧室后，她看了一眼时间，算着此刻某人应该已经忙完了，就拨了个视频通话过去。

响铃没多久，视频被接通。

温宁拿起通告单，纸张发出细微的"哗啦"声："我今晚收到新的通告单了。"

电话那头的男人像是在车上，原本分明的轮廓被暗淡的光线模糊了几分，反而越发显得英俊。

他没什么情绪地"嗯"了声。

温宁直接开门见山问他："你是不是假公济私让我们剧组加快进度拍摄啦？"

"是。"江凛说。

温宁没想到他会这么干脆地承认，她嘴角翘起，小声吐槽："无良资本家。"

"提前放假不好吗？"男人语气平淡，"奖金还能加倍。"

温宁把通告单丢到床头柜上，轻轻"咦"了声："奖金加倍，我也有吗？"

"你想要十倍都有。"江凛说。

温宁抱着抱枕在床上滚了一圈，嘴角笑意扩大，她趴在床上跟他说话："那你要说话算话。"

"好。"江凛问她，"提前杀青你就搬过来？"

温宁眨眨眼："我那天就随便说说，又没说提前杀青了就一定会搬过去的。"

"谁刚刚说要说话算话的？"江凛隔着屏幕淡淡地看着她。

温宁跟他耍赖："反正不是我。"

"你不是要看我的保险柜？"男人忽然问。

温宁从床上又坐起来，睡衣领口歪歪地挂在肩膀上，惊喜地问他："我搬过去你就愿意给我看了？"

江凛目光在小姑娘雪白肩膀上落了一秒，又移开："嗯。"

温宁对那个保险柜的好奇心又被勾了起来，她眼珠子转了转，问他："那我先答应你杀青就搬过去，这周末能不能先给我看啊？"

"不能。"

温宁："……"

"真的不能吗？"温宁跟他撒娇，"你女朋友都没有一点预支福利的权利吗？"

"不能。"江凛还是像刚才那样看着她，"怕你又说话不算话。"

温宁："……"

他怎么这么记仇？

而且吊胃口什么的真的最讨厌了。

温宁蔫蔫地重新趴回床上："你好烦啊！"

不知是大家都盼着放假，还是剧组磨合至今，演员之间的默契度和熟稔度都已经达到最佳，虽然拍摄进度变得稍稍紧凑了，可接下来这几天，剧组的拍摄依旧相当顺利。

预计能在八月二十五日结束全部戏份的拍摄。

不过李副导家的小姐妹花没陪着剧组一起拍摄到最后，她们九月初要开学，所以二十三号就提前回去了。

温宁给两个小姑娘各画了幅画当礼物，姐妹俩也一起回赠了她一个礼物，是一个漂亮的小姻缘符，说是她们在寺庙里诚心帮她求的。

八月二十五日，A、B两组再度会合，在谢杭家的别墅拍摄最后两场戏。

当天下午三点半，《秘密》最后一场戏顺利结束拍摄。

温宁还是像上次在榆城一样，给喻佳订了鲜花和一个小蛋糕，只是这次剧组的大蛋糕不用她管，剧组的老板也就是她男朋友给订了一个大的多层蛋糕送了过来。

一大一小两个蛋糕摆在别墅后院的木质长桌上。

剧组所有工作人员及还在剧组的所有演员排成三排，站在长桌后面拍大合照。

大合照后面会用于宣传，温宁不想露脸，就跟同样不太想露面的杜婉姝一同站在一旁看着他拍。

　　摄影师一连照了几张。

　　结束后，站在喻佳和商默中间，位于全剧组最 C 位的钱正义这时朝她们招招手："杜老师和小温也过来一起拍一张吧，不放出去，就发咱们群里当纪念。"

　　温宁也觉得这段日子确实很值得纪念。

　　她的第一部作品就有幸碰到了这样好的一个团队，每一个人都认真对待这部作品或自己的角色，每一个情节都被认真还原出来，甚至更为细化。

　　她很期待最后的成品上映。

　　她还在剧组里追到了她喜欢的人，也是在剧组里第一次和他拥抱亲吻，在这里收过他的花，也在这里通过微信和电话，被他陪伴着度过了许多日与夜。

　　日后她再想起这段经历，回忆应该会满满都是甜的。

　　温宁被杜婉姝拉着走到人群中间，喻佳把她拉到身边。

　　摄影师调好设备，自己也匆匆跑回队伍中。

　　温宁对着镜头俗气地比了个耶——

　　《秘密》剧组正式杀青。

　　分吃蛋糕时，温宁收到宁雪兰女士发来的微信。

　　宁女士："你的袖扣做好了。"

　　宁女士："我们等下去帮你拿。"

　　情人节那晚，温宁见他收礼物后还挺开心，第二天又让宁女士帮忙订了一对袖扣，材质差不多，这次做的是方形的。

　　温宁："这么快？"

　　宁女士："帮你赶工了。"

　　温宁："你们不是今天就要飞美国去舅舅家吗，还有空过去拿吗？"

　　温宁："没空让他们邮回来也是一样的。"

　　宁女士："应该有空。"

　　温宁："辛苦啦。"

　　温宁："等回来给你捏肩。"

　　等剧组瓜分完蛋糕，器材收得七七八八，临近下午五点的时候，温宁才等到某人来接她。

　　晚上还有个杀青宴，也是他请客。

　　温宁不用立即跟剧组的人分别就没有太舍不得，收到他信息，她跟喻佳和杜婉姝各打了个招呼后，就直接出了别墅。

黑色宾利静静停在别墅门口。

温宁拉开左后车门。

上车后，往他怀里扑到一半，温宁又生生停下来。

她往副驾驶位瞥了一眼。

空的。

"你不是说沈助理今晚也会过来吗？"温宁问他。

江凛目光落到她脸上："他有事，晚点会直接去会所。"

"噢。"

沈助理不在车上，但老徐还在呢。

过了乍一见面的那股冲动劲儿，温宁也就不好意思当着别人面往他怀里
扑了。

她在隔他几厘米的位置上坐下，手却忍不住挪过去，借着黑色短裙裙摆遮
挡，悄咪咪地钩住旁边男人垂落在一侧的食指指尖。

江凛目光稍稍往下，落在那只细白小手上。

他没说话，由着她一点点地又钩住他的中指指尖。

温宁难得也没说话，她小指悄悄又在他掌心轻轻挠了下。

手心一阵轻痒，江凛终于握住她乱动的手，抬眸看向前排："徐叔，麻烦帮
我去对面小区买杯奶茶。"

"好嘞。"老徐头也没回，"还是照温小姐的口味买是吧？"

江凛："是。"

老徐开门下了车。

车厢中瞬间只剩他们二人。

温宁嘴角翘了翘，直接挪到他旁边，黑色裙摆下的雪白大腿紧贴着男人黑
西裤裤腿。

想了想，她干脆直接跨坐到他腿上。

江凛搂住她细软的腰，让她坐得舒服些，另一只手碰了碰她脸颊："今天怎
么这么黏人？"

他白衬衫最上方的扣子没扣，露出一截冷白色锁骨。

温宁伸出一根细细的手指戳了戳，顺口答他："这不是你最后一次来接
我嘛。"

话音刚落，她就感觉男人隔着裙子不轻不重地拍了她一下。

"乱说什么。"语气是罕见的严肃。

温宁抬起头，看见他神情也是难得一见的严肃。

她愣了下，慢半拍反应过来刚才那句话是有点不太吉利。

就像是诅咒他们一方要出事，或者双方马上要分开似的。

温宁心虚地缩了缩脖子："我是说这是你最后一次来剧组接我，口误，下次不会了。"

男人脸色并没有好转："你还想有下次？"

"没有下次啦。"温宁揪了揪他衬衫扣子。

男人没接话，轻轻叹了口气，而后抬手摸了摸她脑袋，动作比刚才不知道温柔多少倍。

脸色也缓和了下来。

温宁好像还是第一次听他叹气。

在她印象中，他好像一直高高在上，一直控场感十足，"无奈"这种词好像永远和他不会有什么关系。

但他动作一温柔下来，温宁就忽然开始觉得委屈。

这也是她第一次见他真跟她生气。

温宁继续揪着他衬衫扣子，垂着眼不看他："你刚才好凶。"

江凛用手轻轻碰了碰她微垂的眼尾，语气温和下来："对不起。"

温宁没想到他会道歉。

毕竟确实是她说错话在先。

于是那股来得快的委屈感消失得也快，温宁在他手心上蹭蹭："原谅你啦。"

"这么好哄？"男人低声问。

温宁："那当然，我一直很好哄啊。"

男人没接话，他手还有一下没一下地轻抚着她脸颊，目光静静落在她脸上。

隔了几秒，他才叫了她一声："宁宁。"

温宁隔着镜片对上那双深潭般的眼。

她还是没法从中辨别出他的情绪，但能在那双眼中看见自己的倒影。

"你也要说话算话。"他说。

温宁："？"

温宁没明白他怎么又把话题扯到这件事情上了。

"我什么时候说话不算话了，"温宁不满地看着他，"我上周末不是都搬了大半的行李去你那儿了吗？"

江凛："……"

江凛低低地又叹了口气，捏了捏她脸颊："算话就好。"

杀青宴订在北郊一家会所。

说是会所，倒更像是度假村，成群的别墅坐落在青山绿水间，格外雅致。

他们今晚吃饭的地方在其中最大的一栋别墅，上下共两层，热食冷食都有，别墅前坪的泳池边还支了几个烧烤架，有师傅专门帮忙烤串，有兴趣的还可以自己动手。

有点像泳池派对。

温宁等几人在路上堵了会儿车，到达时，别墅里已经有不少人，一大部分工作人员和钱正义夫妇都到了，正聚在一楼吃东西聊天。

倒是还没看见喻佳。

江凛冲钱正义微微点头，随后便拉着身后还在左顾右盼的小姑娘上了二楼。

二楼没放食物，更像是休闲区。

温宁乍一眼望去，就看见有KTV设备、桌游区、VR游戏区等，甚至还有个调酒的吧台。

每个区域间没有太明显的分隔，却又显得井然有序。

因为没有食物，二楼人不多，只有寥寥几个工作人员在等着调酒师帮忙调酒，看见他们，忙——热情打招呼。

温宁看调酒师动作熟练流畅，一看就超会的样子，忙拽了拽旁边男人的手："我也想喝。"

他这次倒不拦她，牵着她走到吧台，对调酒师道："给她调杯度数低的。"

等她的酒调好，刚刚坐在吧台的剧组工作人员都早已下楼，不知是原本就是上楼拿酒的，还是因为他们上来了。

是后者的话，温宁也能理解。

毕竟老板基本上就约等于老板，当着老板的面，总归玩起来没那么自在。

何况吃的都在楼下呢！

江凛拉着她去沙发上坐下，又吩咐服务员给她拿些食物上来。

温宁坐在他身边，拿起酒杯扶着吸管喝了一口。

味道居然还可以。

跟上次在北城逸星喝的那杯差不多。

她一边又喝了一小口，一边低头拿出手机给喻佳发了条微信："你怎么还没到？"

喻佳回得很快："到门口了。"

温宁："我跟他在楼上。"

喻佳："我们也打算上楼去。我在门口碰到沈助理了，他说让我们上去聊聊电影后续的工作。"

温宁："沈助理怎么跟他老板一样工作狂，杀青宴还拉着你们加班聊工作。"

喻佳："可能就是你们家沈总吩咐的。"

温宁："我帮你骂他。"

喻佳："你舍得？"

温宁："这有什么舍不得的。"

喻佳："算了。"

喻佳："老板娘以后再给我撑腰吧，今晚抽个时间把会开了，总比回头又让大家都再另外挑个时间跑去鼎盛好。"

温宁："不要乱叫好吧，谁是你们老板娘了。"

喻佳："这不是迟早的事嘛。"

喻佳："我们上来了。"

温宁嘴角还翘着，她收起手机，偏头看旁边的男人："你让沈助理今晚找大家开会了？"

男人垂着眼在往空玻璃杯中倒酒，琥珀色酒液轻晃，拿着酒瓶的那只手让灯光衬得越发白皙修长，反而比自带昂贵身价的酒瓶看着更像艺术品。

"没有，《秘密》的项目是他在管。"

说话间，沈助理已经领了剧组主创上来。

他没来他们这边，而是带着大家去了他们斜对面的长桌旁坐下。

温宁又问旁边的男人："我用过去开会吗？"

"后续的工作你不是不用参加了吗？"江凛把酒瓶放低，抬眸看她，"你有兴趣就去听听。"

温宁摇头："我才不想加班，我只要知道大致进度就行。"

余光瞥见正在落座的李副导，温宁忽然又想起件事。

"对了，我有个东西给你看。"她说着低头打开包包翻了翻，"咦，怎么不见了？我明明就放在包里的啊。"

江凛："什么东西？"

"一个姻缘符，李副导女儿送我的。"温宁低头继续翻找，"说是她们亲自帮我们从寺庙里求的，忽然找不到了。"

江凛握着酒杯的手倏然一紧。

温宁又翻了翻，还是没看见："怎么会不见了？"

江凛指尖松开："不见就不见了。"

温宁："？"

温宁有点不高兴了，停止翻找的动作，抬头看他："你这是什么意思？"

"喜欢的话——"江凛抬手轻抚她微皱的眉头，"我过两天陪你去求。"

他好像越来越会哄她了。

温宁嘴角不自觉地又翘起来："行吧。"

"不过毕竟是别人送的礼物。"温宁还是低头不死心地又翻了翻包包，李副导小姐妹花给的姻缘符是红色的，但她翻遍了包包，除了口红之外，没见其他一丝红色，"会不会掉在你车上啊？"

江凛："不会。"

他语气听着十分笃定。温宁回想了下，她上次见那个姻缘符还是在杀青前："完了，那可能是掉在剧组了，估计找不到了，我跟她们俩说一声吧。"

温宁低头打开微信，给小姐妹花拉了个小群。

温宁："你们送的姻缘符被我不小心弄丢了。"

温宁："对不起 .jpg"

发完温宁把手机丢在一边，低头把杯里剩下的酒喝完。

"我还想再喝一杯。"她眼巴巴地看向旁边的男人。

江凛朝服务员招了招手，吩咐她去让调酒师再调一杯相同的过来。

搁在桌上的手机这时一连响了几声。

温宁拿起手机，看见妹妹李君慧给她回了条消息，却又在刚才撤回了，不知发了什么内容。

对话框里只剩姐姐李君慈的消息。

李君慈："没事啦。"

李君慈："又不值钱。"

温宁："你们在哪儿求的啊？"

李君慈："就你们南城那座最有名的寺。"

李君慈："我一下想不起名字了。"

李君慧："南钟寺。"

李君慧："宁宁姐，你也要去求符吗？"

温宁："对啊，他说再亲自带我去求　个。"

李君慈："沈总居然要带宁宁姐你去求姻缘符吗？"

李君慈："羡慕了。"

李君慧："那就好。"

温宁："猫猫疑惑 .jpg"

温宁："什么叫那就好？"

温宁："还有你刚刚撤回什么了啊？"

温宁："是什么不能让我知道的秘密吗？"

李君慧："给我们姻缘符的小和尚说符要好好保存，掉了会不太好，我刚刚说的就是这个，姐姐说既然掉了就别让你知道了，就让我撤回了。"

李君慧："不过沈总要带你亲自去求那就没事了。"

李君慧："你们亲自求，肯定比我们代求要更诚心啦。"

温宁其实也不是太信这些，主要是和她们解释一句。

陆续有服务员在往上面送食物，这次送了一大盘热腾腾的烤串上来，温宁随便给她们回一句"要吃东西了"，就锁了手机开始吃烧烤。

那边主创开完短会，却也没着急下去。

不知是谁开了一旁的 KTV 设备，有低低的男声唱起了歌，居然还挺好听。

"白如白牙，热情被吞噬，香槟早挥得很彻底。"

温宁抬起头，看见唱歌的人居然是商默。

他穿着件谢杭常穿的白 T 恤，低头拿着话筒。小说里她刚好也写过谢杭唱歌的情节，乍一看像是电影还没杀青似的。

"在看什么？"旁边男人的声音忽然在她耳边响起，比歌声离得近上许多。

温宁收回目光，她把吃完的烤串签子放下，侧头看旁边的人："你跟我去唱歌吗？"

她上次唱歌还是两个人刚在一起，他请剧组吃饭那次，现在听商默唱歌自己忽然有点心痒。

江凛抽了张纸，给她擦干净嘴角不小心沾上的油渍："你自己去吧。"

温宁也觉得他不像是对这种活动有兴趣的性格，也没勉强，只顺口又多问了句："那你这次有什么想听的歌吗？"

"唱你喜欢的就行。"江凛把纸巾扔进一旁的垃圾桶。

温宁点点头，刚要起身，却又被男人拉着坐回来。

"怎么啦？"她愣愣地望向他。

男人表情还是一如既往地平静："等他唱完再去。"

温宁："……"

温宁这次不用猜都知他心思，她也没拆穿，只笑容狡黠："好呀。"

一直等这首歌唱完，男人才松开她的手。

温宁走到喻佳边上，拉着她一起走到点歌台，开始点歌。

"你拉我过来做什么？"喻佳问。

温宁："合唱啊。我看你也没喝酒，怎么问这种傻问题？"

"你不用给你家沈总唱个什么小情歌？"喻佳说。

"你又不是不知道，"温宁翻着点歌页面，"我一个悲剧美学爱好者，平时都是听苦情歌比较多的。"

喻佳："你不是会唱《Super Star》？"

温宁："……"

"太腻歪了，不要，何况歌词也不合适。"

说完她就刚好翻到SHE。

温宁点开："算了，就唱《Super Star》吧。"

"刚还说腻歪。"喻佳翻了个白眼。

温宁："这不是可以唱给你嘛，我们未来的喻大明星。"

"可以啊，宁宁。"喻佳说，"谈个恋爱嘴变甜了。"

温宁："乱说，我一直这么嘴甜的。"

《Super Star》熟悉的前奏响起，温宁拿起话筒。

江凛坐在沙发上，目光始终投向不远处的点歌台。

小姑娘背对着他坐在高脚凳上，雪白的小腿轻轻晃着，摇头晃脑地开始唱——

"笑，就歌颂，一皱眉头就心痛

我没空理会我，只感受你的感受……"

旁边沙发忽然稍稍一沉。

江凛不用偏头都知道是谁。

会所里敢连招呼也不打就直接往他边上坐的，也就两个人，一个正在点歌台附近唱歌，另一个只剩下沈明川。

沈明川慢吞吞地倒了杯酒，这才开口："你还不打算告诉她？"

江凛静静看着点歌台那边，没说话。

沈明川像是习惯了他这种不接话的破性格，自顾自地继续道："别说我没提醒你啊，出了剧组，你要再想瞒得这么密不透风就没那么容易了。你又不是什么无名小卒，再不爱露面，认识你的人总归也不少，这也就是温宁低调，要是她把你照片往微博、朋友圈发上几次，你可能早就被认出来了。"

江凛顺手拿起酒杯，目光仍看着点歌台那边："今晚告诉她。"

沈明川眉梢轻轻一挑，拿酒杯轻轻碰了碰他酒杯："那祝你好运！"

坐在高脚凳上的小姑娘不知怎么，这时忽然回头看他一眼，脸上的笑容和唱歌的声音都甜得要命。

"手不是手,是温柔的宇宙,我这颗小星球,就在你手中转动……"

江凛拿着酒杯的指尖稍稍一紧。

温宁和喻佳一起随便唱了两首歌过过瘾就没再继续唱,她走回沙发这里,重新在男人身边坐下,伸手去拿她的酒杯。

江凛抬手挡了下:"再喝就醉了。"

这两位光明正大发狗粮,沈明川没眼看,轻轻"啧"了声:"不打扰你们了,我去找喻佳聊她接下来的工作。"

温宁顺口问了句:"你们接下来给她安排了什么工作啊?"

"几个电影剧本。"沈明川把杯里剩下的酒一口喝完,"让她自己挑。"

鼎盛的电影本子一向没有差的,温宁就没再多问。

见沈助理起身离开,她又伸手去拿酒杯,旁边的男人这次直接握住了她的手。

"这不是有你在嘛。"温宁还挺喜欢这款调酒的。

江凛瞥她一眼:"你想当着这么多人的面醉酒?"

温宁:"……"

温宁忽然想起上次醉酒,她直接攥住他的手说"好硬"。

那时还是他们第二次见面,她连他名字都不知道。

现在他们的关系早已今非昔比,真要喝醉了,她指不定会说出什么更羞耻的虎狼之词。

她以后还怎么见剧组的人。

算了算了。

主创陆续回了一楼。

二楼再次安静下来,只剩下沈助理和喻佳坐在调酒台边,不知是不是还在继续聊工作。

温宁看见商默居然也还没下去。

他独自站在阳台边,身上的白T恤被夏夜晚风吹得向后鼓起。

温宁跟他确实不算熟,瞥了一眼就收回目光。

楼下不知是谁起了头,忽然大合唱起了《朋友》。

"朋友一生一起走,那些日子不再有,一句话,一杯酒……"

温宁抱住旁边男人的腰,把脑袋埋进他怀里:"我好不喜欢这样煽情的场景啊!"

男人摸了摸她脑袋，动作很轻。

"还会再见面的。"他说。

温宁闷闷地"嗯"了声。

"回家吗？"江凛问她。

温宁知道整个会所今晚又都被他包了下来，剧组工作人员玩累了可以直接在这边休息。

但她答应过他今晚就搬去他家，一直住到她爸妈回来为止。

温宁又闷闷地"嗯"了声。

温宁起身，牵着他先去跟喻佳打了声招呼，然后又下楼去跟钱正义和杜婉姝夫妇说了一声。

转道去逸星拿完剩下的行李，温宁和他一起回了博汇。

进屋换好鞋，江凛把行李箱靠在玄关墙上，看向一旁情绪仍不算高的小姑娘："还不高兴？"

"没有。"温宁否认。

否认完，她又朝他伸出手："走不动了。"

江凛把她抱起来："没不高兴还这么黏人？"

温宁挂在他身上，手环住他脖子："我就是有点累了。"

拿在手上的手机这时响了起来。

温宁低头看了一眼，是宁女士打来的电话。

她接起："妈妈，你们不是要上飞机了吗，怎么这时候给我打电话？"

宁雪兰的声音从手机那端传来："宁宁，妈妈跟你说件事，你听了先别着急啊。"

温宁指尖一紧："什么事？"

宁雪兰："你舅舅今天碰到抢劫的了，受了点伤。"

温宁心里倏然一沉。

宁雪兰许是知道她会担心，毫无停顿地接着说下一句："你舅妈说不严重，你别担心。我们等下就上飞机，刚好也可以过去帮着照顾一下。"

"是伤到哪里了啊？"温宁还是不放心，"要不我也买张机票过去？"

宁雪兰："好像说是伤到手臂和后背，应该问题不大。你就别过来了，你过来了，你舅妈还要操心你。"

温宁想说她早不用人操心了，但在家长眼中，她一直还是没长大的孩子，她一过去，她舅妈肯定多少要分点心来顾着她。

"那行吧，你们路上注意安全，我先给舅妈打个电话。"

等她挂断电话，江凛才开口："怎么了？"

温宁心里沉沉的，趴在他肩膀上蹭了蹭："我舅舅碰上抢劫的了，受了点伤。"

江凛扣在她腰上的手稍稍一紧："严重吗？"

"说是不严重。"温宁说，"你抱我去沙发，我先给我舅妈打个电话。"

江凛"嗯"了声，走过去，将她在沙发上放下。

温宁给舅妈蒋岚打了个电话过去。

响了许久那边才接听。

"怎么这时候打电话过来啊？"蒋岚声音带点疲惫。

温宁忙问："舅舅怎么样啦？"

"不是交代你爸妈别告诉你嘛，"蒋岚说，"他们怎么还是让你知道了。"

"您还说呢，"温宁皱皱鼻子，"这么大的事您还瞒着我。"

蒋岚："不是什么大事，就一点皮肉伤。"

"真的吗？"温宁跟她确认。

"真的，不信我让你舅舅亲口跟你说。"

温宁捏着手机等着。

几秒后，宁青松的声音响起："你爸妈也真是的，这么晚了还让你跟着操心。"

听见他声音，温宁鼻子莫名酸了下："您没事吧？"

宁青松："你听我声音像有事吗？"

"你们都打算瞒着我受伤的事情，"温宁说，"那谁知道会不会隐瞒伤情啊。"

"那要不我给你弹个视频？"宁青松说。

温宁："行啊。"

宁青松挂断电话后又弹了个视频过来。

温宁接通后，看见他单手举着手机，被子盖得严实，只能看见露在外面的肩膀上裹着纱布。

"现在放心了？"宁青松问。

温宁看那厚厚的纱布也知道伤肯定没他们说得那么轻，她鼻子又酸了下："放什么心？挡得严严实实的，我能看到什么。"

宁青松笑了一下："都大姑娘了，舅舅肯定要注意点。"

隔着屏幕，温宁也没办法仔细观察他脸色。

但她知道估计也问不出什么，这样反而会影响他养伤。

"那您先好好休息，我爸妈明天就会过去了。"

通话挂断，温宁肩膀塌下来。

江凛抬手抚了抚她皱紧的眉头："还担心？"

温宁攥住他的手，顺势坐在他怀里，又在他脖子上蹭了蹭："嗯，怕他们瞒着伤情。"

江凛轻轻摸了摸她脑袋："哪个医院？我找人过去帮你看看。"

温宁从蒋岚那儿问来医院告诉了他。

她靠在男人怀里，听他不知给谁打了个电话，那边说要等上十分钟。

十分钟本来连微博的首页可能都刷不完，但温宁此刻却觉得有些难熬。

她趴在他肩膀上，闷闷地道："我舅舅舅妈没要孩子，一直拿我当亲生女儿看待的。要是舅舅的伤真的严重的话，我还是得过去一趟，这几天就不能陪你了。"

男人的手还在轻抚着她脑袋，像是安抚。

"我陪你去。"他说。

温宁心里忽然稍稍定了下。

十分钟后，那边回了电话过来。

江凛开了扬声。

对方言简意赅地给了她答案。

宁青松手臂和后背各一道刀伤，不算轻，但也确实都是皮肉伤，并没有伤及内脏。

温宁终于大大松了口气。

江凛看着她："放心了？"

温宁点点头，又摇了摇头。

对方都动刀了，宁青松没伤及要害是因为运气好，刚好碰上巡逻的警察。

可那边枪支都是可以合法拥有的。

"国内治安还是要好很多的。"温宁闷闷地靠在他怀里，"我想让舅舅他们回国，但又怕我劝了，他们因为我回来最后又后悔。"

"那就想办法让他们别后悔。"江凛说。

温宁抬起头："欸？"

江凛："工作和其他方面的条件我都可以帮忙安排。"

温宁终于又笑起来："我舅舅舅妈很厉害的，回来肯定是各大公司抢着要。"

江凛："那到时你帮我抢他们。"

温宁抬抬下巴："那还要看你那时候对我还好不好。"

江凛静静看着她。

小姑娘眼尾还红着，脸上虽然带着笑，却仍有几分未完全褪去的惶惑。

下午她无意识地脱口而出的那句话，那个遗失的姻缘符，和她此刻的状态，好像都在提醒他，今晚并不是一个合适的时机。

江凛抬手轻抚她脸颊："不早了，洗澡睡觉？"

"不想睡。"温宁摇摇头，多少还是有点后怕，"现在睡我怕做噩梦。"

江凛轻轻碰了碰她眼尾："那做点别的？"

温宁眨了下眼睛："做什么？"

男人静静看了她两秒，忽然吻住了她。

是一个很轻缓温柔的吻，带着明显的安抚意味。

温宁被他抱在怀里轻吻，能明显感觉到他的呼吸、他的气息、他的心跳，还有他的体温。

这一切都让她无比安心。

过了许久，男人才稍稍退开。

温宁睁开眼睛看他。

江凛看见她眼里氤氲着一层水汽，惶惑消失了。

"要我继续吗？"他低声问。

温宁指尖还揪着他的衬衫，她点点头："要。"

江凛抱起她，一路走进主卫。

温宁还以为他会像之前一样将她放在洗漱台上，男人却径直将她抱进了被玻璃单独隔开的淋浴间。

花洒打开，热水兜头淋下，打湿了她，也打湿了他身上昂贵的定制衬衫和西裤。

白衬衫遇水迅速变透明，隐约能看出衬衫下的紧致腹肌。

配上他一脸平淡的模样，又性感又勾人。

他今天穿得随意些，温宁没领带可扯，就拽了拽他白衬衫的扣子。

她什么也没说，男人却会意地低下头，重新开始吻她。

往常这种时候他总是又强硬又霸道，喜欢掌控绝对的主导权，喜欢逼她看他怎么对她，或逼她看着他。

今天却从头到尾都温柔。

温宁无端想起今晚她看着他唱的那句歌词。

她此刻所有的感觉，都在随着那只温柔的手转动。

温宁也是第一次知道，原来慢也可以这样磨人。

他衬衫还没脱，温宁有些站不住，攥住他腰侧的衬衫当支撑，头靠在他怀里。

不知是水温热，还是他体温高，湿透了的衬衫烫红了她脸颊。

"哥哥。"温宁叫他。

江凛动作仍缓慢温柔，声音也是："再叫一声。"

温宁意识模糊地摇摇头，难耐地咬了咬他衬衫扣子，声音含糊，夹杂着细喘，又像是撒娇。

"你快一点。"

这个澡洗得格外漫长，温宁浑身发软，好不容易等花洒停下，她以为是结束，却被他抱着放坐在外面熟悉的洗漱台上。

温宁愣了一瞬，下一秒，却见向来高高在上的男人忽然在她面前弯腰俯首。

"哥哥，你……"

许久他们才回到卧室。

温宁一被他放到床上，就忍不住把空调被一下扯过来，从头到尾盖住了自己。

江凛本打算躺上床哄她睡觉，见状便先在她身侧坐下。

"别闷着自己。"

闷闷的声音从里面传出来："你怎么——"

说了三个字又停下。

"怎么什么？"江凛问她。

温宁听他声音似乎还带着几分笑意，于是把被子往下扯了扯，只露了一双眼睛出来，瞪他一眼。

看着更像是嗔怒，一点威慑力都没有。

"你居然——"温宁说了三个字又再次顿住。

"居然什么？"江凛从容不迫地看着她。

温宁："……"

温宁觉得自己虽然爱脸红，但那只是不可控的生理反应，她的脸皮其实也不算太薄，可今晚他所做的事实在太出乎她预料。

她不是不知道，只是没想到他会做。

温宁说不出口，只好又瞪了他一眼。

江凛还是第一次见她害羞成这样。

她露在外面的耳尖红透了，一双眼睛瞪得大大的，乌黑干净的眼珠子轻转，显得又灵动又可爱。

他伸手捏了捏她耳垂，感觉小姑娘又轻轻颤了下。

"不舒服吗？"江凛问她。

温宁："？"

他表情平淡，语气也冷静，问出来的却是这种问题。

温宁耳朵更烫了，她把被子又往上一拉，挡住她的视线，也隔绝他的。

"你好烦啊！"

"骂上瘾了是吧？"他声音从旁边传过来。

温宁闷在里面，凶巴巴地道："你有意见吗？"

"没有，"江凛勾了勾唇，"你想骂就骂。"

温宁又把被子拉下来一点点，声音小小的："你这样好声好气也没用，我是不会像你那样做的。"

江凛失笑道："不用你做这些。"

都说男人在床上的话最不可信。

但温宁却对他有种莫名的信任感。

可能是因为他今晚确实什么都没要求过她，一直是他在温柔地取悦她。

其实不止今晚。

他们在一起也有一小段时间了，不算太频繁的数次亲密中，也大多是他在取悦她，他自己克制隐忍的时候居多。

温宁大半张脸闷在被子里，发烫："那你想要我做什么？"

男人轻轻碰了碰她脸颊，声音很低："你陪在我身边就行。"

温宁心里那瓶小可乐又晃了晃，喜悦的小泡泡往外冒个不停，她把被子又往下拉了拉，露出整张红透的小脸。

"我有点困了，你今晚跟我睡吗？"

江凛"嗯"了声，起身转去另一侧上了床。

温宁卷着被子滚到他怀里。

"不热吗？"江凛看着怀里的这一小团。

温宁："热。"

她扯了下被子，发现没扯动，于是眼巴巴地看向他："出不来了。"

江凛把小女朋友从被子里解救出来。

小姑娘把被子扔到一边，细白的小手缠上来，又黏人地抱住了他。

"哥哥晚安。"

江凛抬手关了灯："晚安。"

温宁在他怀里迷迷糊糊睡过去，可能是他身上的气息太过令人安心，她虽然睡得不太踏实，却也没做噩梦。

晚上闹得有点晚，温宁这一觉一直睡到次日下午三点半，她才醒过来。

卧室窗帘还没拉开，男人已经不在床上。温宁睁开眼，看见他坐在卧室一侧的沙发上，腿上放着台笔记本电脑，屏幕光线模糊照亮了他流畅分明的下颌线条。

不知在看什么，他显得专注认真。

温宁盯了他一会儿，才出声叫他："哥哥。"

江凛抬起头："醒了？"

他合上笔记本，走到床边，摁下电动窗帘的开关。

屋外的阳光从整面落地窗中投射进来，温宁眯了眯眼，看见他在她旁边坐下。

"饿不饿，现在起床？"江凛问她。

温宁摇摇头，可能是睡梦中饿过头了，她现在一点饿的感觉都没有，反而睡得有点犯懒："不饿，也不想起。"

江凛把她睡到脸颊上的头发拨开，看见上面留了两条小小的睡印："你手机响了一天。"

温宁"咦"了一声，但是不想动，就跟他撒娇："你帮我拿过来。"

江凛从床头柜上拿了手机给她。

温宁往旁边移了移，把脑袋舒舒服服地靠在他腿上，才解锁了手机屏幕。

微信多了一个新的小群，已经有上百条消息。

小群里就四个人，除了她和喻佳，剩下两个人都是初中和她们关系还可以的朋友，毕业后都留在了大学所在地工作。

温宁跳转到最开始的消息。

田飞菲："我和陆诗羽这周都休年假，昨晚回了南城。你们俩是不是也都回来了，一起约顿饭？"

田飞菲："@温宁 @喻佳。"

喻佳上午十一点才回。

喻佳："昨晚喝醉了。"

喻佳："约啊，我正好这两天有空 @田飞菲。"

田飞菲："OK.jpg"

田飞菲："宁宁呢？"

田飞菲："她不是一向手机不离手的嘛，居然一直没回消息，不会还在睡吧？"

田飞菲："@温宁。"

喻佳："那可说不定。"

喻佳："她不知道下午能不能起。"

田飞菲："她没和你在一块儿吗？"

田飞菲："怎么听着像宁宁有情况似的。"

陆诗羽："有情况？"

喻佳："我不知道。"

喻佳："你们等见了面问她本人吧。"

喻佳："她应该能抽点空出来陪你们的。"

后面大多是在聊晚上聚餐地点。

等到下午她还没回消息，田飞菲和陆诗羽又在群里八卦了她几句，但喻佳嘴严，什么也没说。

最新消息是她们已经定好地方，打算先见面再一起等她，不行就明天再和她多约一顿。

喻佳都已经准备出发了。

温宁有一年多没见她们了，看完迅速回了一条："我晚上有空的！"

发出去后，她急急忙忙从床上坐起来。

"慢点，"江凛伸手扶了她一下，"着什么急。"

温宁一边坐在床边穿拖鞋，一边和他说："哥哥，我晚上出去一趟啊。"

江凛扶在她腰间的手顿了一下："去哪儿？"

"有两个初中同学回来了，"温宁穿好拖鞋站起来，"约我和佳佳一起吃顿饭。"

"初中同学？"江凛收回手，"也是艺术生？"

"是啊。"温宁点点头，又抬头看向他，"你干吗问我是不是艺术生，不该问我是男同学还是女同学吗？"

"男同学你不会不问我就答应。"男人态度淡定。

她轻轻"哼"了声："谁说的，约我的就是两个男生。"

说完也不等他接话，她就急匆匆跑去衣帽间随便拿了条裙子，又急匆匆跑进了主卫。

江凛看着她背影，嘴角翘了翘，不知想到了什么，极浅的笑意又消失了。

他回过头，朝保险柜的位置看了一眼。

温宁洗了澡换好衣服，简单化了下妆，就拎起了昨晚放在桌上的小包："哥哥，那我先出去了啊。"

"急什么。"江凛靠在桌边，伸手拉住她，"先吃点东西，吃完我送你过去。"

温宁抽出手："不吃啦，也不用你送，我们就约在西江路那家帅胖子家菜馆，很近的，你在阳台都能看到。佳佳快到了，会在门口顺路接我。"

江凛空下来的手垂落下来，他指尖轻轻蜷了蜷，起身跟在她身后，看她脚步轻快地往外走。

小姑娘今天穿的是那条她自己买的露腰的小黑裙，走动间，裙摆轻扬，腰间皮肤雪白晃眼。

她一路还哼着歌。

听调子有点像昨晚在会所唱的那首。

到了玄关，温宁换好鞋，刚一起身，就听见男人声音缓缓在她头顶响起。

"就这么开心？"

她愣愣地抬起头。

从看到群消息起，她就沉浸在要见小姐妹的快乐中，此刻才恍然想起他是加了一周多的班，才空出来这么几天假期陪她的。

男人抬手帮她整理了下头发和衣领，眸光依旧沉静深邃，看不出有没有不开心。

他好像也没有等她答复的意思，抬手替她开了房门："去吧。"

房门一打开，温宁心里却忽然涌起不舍，她钩住他食指指尖："我吃完饭就回来，你在家等我吗？"

江凛"嗯"了声："快吃完了告诉我。"

温宁眸光微亮："你要去接我呀？"

江凛："嗯。"

温宁还有些舍不得放手，她看着面前的高大男人，柔软的家居服和落在额前的碎发稍稍柔和了他身上那股逼人的气场与压迫感。

想起他昨晚为了哄她做的事情，她红着脸晃晃他手指："你低头。"

江凛低下头。

温宁踮脚在他脸上亲了下，终于松手："我走啦，你在家等我啊。"

温宁说完转身正要出去，男人一直握在门把上的那只手忽然将门往里一带，空着的另一只手搂住她的腰，将她抵在门背上。

重新关上的厚重门板隔绝了室内细密的亲吻声。

五分钟后，温宁才戴上一顶棒球帽，下电梯出了小区。

喻佳已经在小区外等了几分钟，她这次是私人行程，就没让李思涵或鼎盛司机开车，自己开了公司安排给她的保姆车过来。

温宁一上车，喻佳就一眼看见了她红得不自然的唇色。

"啧，"喻佳瞥她眼，"就这么难舍难分？"

温宁耳尖热了下，没搭理她。

她把棒球帽取下来开始重新补口红。

刚刚接吻完，男人仍将她扣在门边，眸色深重，温热的指腹抵在她唇上流连。

像是下一秒手指就要抵进她齿关，就像第一次她去他家那晚一样。

温宁靠在门板上，因为他之前的亲吻，也因为猜不出他下一步的行动，所以心跳得飞快。

最终男人只是轻轻擦了擦她嘴角的水渍，就放过了她。

"脸红成这样。"喻佳上下打量她，"你跟沈总昨晚做什么了？身上也看不出什么痕迹啊。"

温宁："……"

她脑中忽然晃过昨晚镜前那一幕，脸于是红得越发厉害。

温宁偏过头，冲她翻了个白眼："收收你满脑子的废料。"

"没做什么，那你今天这么晚才起？"喻佳不信。

温宁把口红补好，这才随口和她说了下宁青松受伤的事。

喻佳逢年过节都在温宁家过，完全是拿宁雪兰和温时远当亲人看待，也常常能碰上宁青松和蒋岚，两个人对她也很不错。

她脸上那点打趣的笑意散得一干二净，手心都因为后怕起了点薄汗："还好宁叔叔没事，你昨晚怎么没和我说？"

"杀青宴不就要开开心心的嘛，确定不严重，我就没打扰你了。"温宁把口红收进包包，"对了，你昨晚怎么还喝醉了？"

喻佳握在方向盘上的指尖顿了下，忽然叹了口气："别提了，我昨晚和沈周睡了。"

"等等，"温宁惊得口红都没拿稳，掉到脚边，轱辘几下不知滚到了哪里，"你说什么？你和沈助理睡了？怎么回事？？"

喻佳又叹了口气："就我俩都有点喝多了。"

温宁眼睛仍睁得大大的："思涵姐呢，没管你？"

"思涵姐以为我没喝多呢。"喻佳脸上闪过点懊恼，"你也知道我喝多了看起来就跟没事人似的。"

温宁还有点没反应过来，语无伦次地道："那……你和沈助理？你们？"

"我们没什么啊。成年男女，睡了一觉也没什么吧。"喻佳收起那点懊恼，"反正他长得也不差，嗯……昨晚体验也不差。"

温宁："……"

"那沈助理什么反应？"

"鬼知道他，我早上说会给他看我的体检报告，让他也发一份他的给我，如果确定双方都没什么问题，这事就当没发生过，他居然脸黑了一早上。"喻佳说着又有点烦躁，"昨晚又不是我逼他的，我长相、身材也都不差，他又不亏，不知道他脸黑什么。"

温宁缓了缓："所以你们不打算发展下去？"

"当然啊，我事业才刚起步，谈什么恋爱！"喻佳想也没想就道，"他也就脸长得好看，那副大架子谁受得了。唉——要不是那张脸确实好看，我估计我昨晚就算喝多了，可能也不会一时失足。而且签约的时候，他就和我说过这几年最好别谈恋爱的。"

温宁想起在北城鼎盛那晚，她们在酒吧碰上他和沈助理。

喻佳当时好像就觉得沈助理长得比他好看。

"不说他了。"喻佳随口换了个话题，"你不是说沈总要给你看那个宝贝保险柜吗，里面装什么了？"

温宁："！"

"我完全忘了。"

昨天舅舅的事情一出来，她哪里还顾得上别的，后面……

后面就更顾不上了。

"你慢慢开车。"温宁把手机拿出来，"我问问他。"

温宁戳开他头像："你保险柜忘看了。"

温宁："猫猫大哭 .jpg"

手机很快响了声。

哥哥："回家再看。"

温宁的好奇心又被勾起来："我和小姐妹好久没见面了，吃顿饭总要两三个小时的，你保险柜里到底装了什么？"

温宁："你女朋友有没有提前被剧透的小权利啊？"

手机又安静下来。

温宁心痒痒的。

她用指尖戳了戳他头像。

也不知道他一个人在家还有什么可忙的，居然也不及时回她消息。

过了约有一分钟，对话框里才跳出条新消息。

哥哥："一个五岁小朋友送的礼物。"

温宁拿着手机愣了下。

这个答案可完完全全出乎她意料。

温宁："五岁小朋友送的礼物？"

温宁："你还放保险柜？"

温宁："哥哥你该不会在外面有什么私生子吧？"

哥哥："瞎猜什么。"

温宁："本来就是嘛。"

温宁："五岁小朋友送的礼物能贵重到哪儿去，你居然宝贝到放进保险柜里，还神神秘秘不肯给我看，不是你亲生的这解释不通啊。"

哥哥："你给我生？"

温宁："……"

温宁的脸倏然一热。

不知怎么，她都能想象出他说这话时那副平淡的语气和模样。

温宁："你想得美。"

"私生子"倒确实是她随口跟他开的玩笑。

他这个人看着又冷淡又距离感十足，但其实护短护得厉害，从上次纵着她泼酒就能知道，他是不可能会让放在心上的人没名没份的。

温宁正想再问问，车子却已经停了下来。

喻佳解开安全带："下车吧。"

温宁就没再多说，只随手多回了一句："我到啦，回家再说。"

帅胖子家菜馆在西江路的小吃街上，是南城著名的苍蝇馆子之一，环境出了名地一般，菜也是出了名地一绝。

田飞菲和陆诗羽早早就过来排队了，刚刚才等到位置。

温宁和喻佳一进门，就吸引了一堆目光。

喻佳下车前也戴了顶棒球帽，她前段时间的风波早已过去，常红和鼎盛那边的意见都是建议她在作品正式上映前，不要有太多不必要的曝光，所以她微博开通后就再没营业过，目前她出门还不至于被人认出来。

店里绝大部分客人都是冲着食物来的，随便看她们两眼，大多又继续低头聊天吃饭了。

田飞菲和陆诗羽坐的桌子在角落，一看见她们进门，两个人就一直兴奋地冲她们挥手。

等她们落座，田飞菲打量她们两眼，酸酸地道："你们俩怎么越长越漂亮了。"

喻佳："没办法，天生丽质。"

温宁同时道："基因好，没办法。"

田飞菲和陆诗羽一同朝她们翻了个白眼，又一起笑起来，完全没有久未见面的生疏。

陆诗羽推推温宁肩膀："那一桌总在往你们俩这边看，不知道是不是打算过来要微信。"

"管他们呢，反正这么多年也没见谁要成功过。"田飞菲随口接了一句，又看向温宁："哦，不对，宁宁是不是被成功要微信了？"

温宁从包装里拿出筷子，又用筷子把碗上的包装戳开："没有。"

"还瞒着我们呢。"陆诗羽接话，"看喻佳今天那意思，你就是谈恋爱了。"

温宁和她们的关系虽然没有喻佳那么近，倒也没想瞒她们。

田飞菲和陆诗羽近两个月都在忙，她也忙着谈恋爱，没怎么联系，她又不爱在朋友圈说私事。

温宁："是恋爱了，但是是我主动要的他微信。"

陆诗羽瞬间一脸惊讶："真的假的啊，哪路大神啊？我以为能搞定宁宁已经很厉害了，没想到还是你主动的。"

"佳佳说就在附近接的你，是不是你男朋友就住附近啊，叫他出来一起吃？"田飞菲也很好奇。

温宁想了想，摇摇头："算了吧，他有点洁癖，又爱清净，下次有机会让他请你们。"

田飞菲和陆诗羽还再想问，服务员这时过来问她们要不要点单。

两个人在外地就惦记着南城本地这一口吃的，瞬间把八卦之心暂时都抛在了脑后。

点好菜，温宁听见服务员说起码还要半小时才能上菜，开始后悔没有在家吃点东西再出来了。

她摸了摸肚子，把包包放下："你们帮我注意一下包，我去外面买点热卤。"

喻佳："我陪你一起去？"

"就隔壁的隔壁那家。"温宁指指门外，"我自己去就行了，你们先聊着。"

"行，有事叫我。"喻佳道。

温宁拿起手机出了门。

那家热卤店温宁以前吃过几次，她熟门熟路地拿了不锈钢盆，从荤菜区和素菜区各挑了一堆东西。

店主各自称好，温宁扫码付了钱。

她挑的东西有点多，店主把菜放卤锅里重新加热，加调料拌匀后，最后分了三个大盒子才装下。

　　温宁拎好包装袋，闻见这家店特制辣油混合着卤香味儿一同钻出来，直扑鼻端。

　　她摸了摸肚子，正打算快步折返时，旁边一个人差点撞了过来，带着一身难闻的酒味。

　　温宁下意识地往后退了一大步。

　　那人穿了件粉色的 T 恤，看见她却是眼前一亮，醉醺醺地道："小姐姐，能加个微信不？"

　　温宁懒得搭理，正想绕开他，哪知这人又拦了过来。

　　她皱起脸，往后退了一大步。

　　和粉 T 恤同行的另一个男生这时忙过来一把将他拉离温宁身边："你发什么酒疯呢！"

　　温宁瞥见他穿了件海贼王的周边白 T 恤，图案看着有点眼熟。

　　"我没发酒疯，我很清醒啊，我就是看小姐姐可爱，想跟她要个微信。"粉 T 恤说。

　　温宁没兴趣多听，转身正想回饭店。

　　下一秒，对方接下来的一句话倏然把她定在了原地。

　　"再可爱也不是你能惦记的，那是江凛女朋友。"

苏拾五

著

下 册

xin yuan

北京联合出版公司
Beijing United Publishing Co.,Ltd.

第十章
哥哥

xin yuan

温宁在原地愣了一秒才转过身，一脸疑惑地问："你刚刚说我是谁女朋友？"

宋扬先把还在发酒疯的粉 T 恤塞到其他同伴怀里，交代他们先把这个醉鬼带走，然后才又一脸歉然地看向温宁："对不起啊，他失恋喝醉了，刚刚不是故意要拦你的，我代他向你道歉。"

温宁仔细打量了下面前的人，确实是一张极其陌生的脸，她完全想不起曾经有在哪儿见过。

可从刚才对方那句话来看，分明又是认得她的。

或者是认错人了？

温宁愣愣地问他："你认识我？"

"你不记得我也正常，前不久我们在商场打过一次照面。"宋扬看着面前的姑娘。

对方还是那副灵动漂亮到能让他一眼就心动的长相，他不可能认错，只可惜对方已经名花有主。

想到那个高大男人，宋扬压下了不该有的绮思："就情人节那天，我在炸鸡店门口撞了你一下，你可能没注意到我。"

温宁又瞥了眼他白 T 恤上的图案。

难怪她觉得眼熟。

那天她一心只想着跑到某人身边，连面前这人的脸都没注意，只在擦身而过时匆匆扫了眼他 T 恤上的图案。

"你刚刚说我是谁女朋友？"温宁回忆了下他刚才的发音，"jianglin？"

宋扬被她问得一愣："啊，江总不是你男朋友吗？我那天看到你跑到他面前，他抱了你一下，又给你擦肩膀，后来还牵着你去了电影院。"

温宁："你是说那天抱我牵我的人叫 jianglin？哪个 jianglin？"

"CM 资本的创始人江凛啊。"宋扬被她问蒙了。

温宁感觉自己好像听到了全世界最荒谬的话似的："CM 资本的江凛，江科那位大少爷？"

宋扬："是啊。"

温宁拎着包装袋的指尖倏然发紧："怎么可能，你会不会认错人了？"

"虽然只能算是我单方面认识江总，但他是我偶像，我就算认错你，也不可能认错江总的。"宋扬虽然没明白她此刻为何是这样的反应，但还是耐心地跟她解释，"两个月前有个经济论坛在南城举办，我被老师安排过去当志愿者，江总座位上的名牌还是我亲自放的，他就坐在第一排，我不可能记错他的样貌。我还拍了照片，你要看一下吗？"

其实当初老师交代过不准私拍照片，但他实在没忍住偷偷拍了一张，只是从没给其他人看过。

温宁接过他递来的手机。

英俊冷肃的男人一身熟悉的黑色正装，白衬衫袖口露出一截，坐姿闲散，左手修长的手指搭在右手袖扣上，身前长桌上的名牌赫然是"江凛"。

"宋扬，你还不走吗？"身后的同伴忽然远远叫了他一声。

宋扬回过头应了一声，再回头时就发现面前的姑娘黑发被晚风吹得有点乱，不知是不是光线不好，她脸色好像一瞬间比刚才苍白了不少。

"你还有什么要问的吗？"宋扬温声问她。

温宁回过神，摇摇头，把手机递给他："没有了，谢谢。"

她声音很轻，像是被风一吹就能碎似的，宋扬还想说什么，不远处的同伴又催了一声。

"那我走了啊。"宋扬定定地看了面前的姑娘一眼，压下那点心思，头也没回地跑开了。

临西街就位于市中心附近，一到晚上就尤为热闹。

街面上人来人往，熙熙攘攘，有脚步匆匆刚下班的白领，有神情轻松嬉笑大闹的年轻男女，也有亲密牵手拥抱的情侣。

温宁站在路边，沉甸甸的三大盒热卤坠得手指生疼泛红，她像是没察觉似的，心底还是觉得对方刚才那番话实在太过荒谬，脑海中却不由自主浮现出一堆自己没曾细究过的细节。

他从来不准她叫他名字。

他也从来不关心和过问《秘密》的拍摄进度，每次来剧组都只是来见她、接她，经常连车都不下。

汤辰如造访那次，吴制片匆忙赶来，让汤辰如接的那通来自"江凛"的电话，以及汤辰如接完电话后倏然大变的态度。

她请他吃饭那天，在电梯里，那位赵总脱口而出却又被他冷静打断的那个"江"字，指的真的是"江边那个项目"吗？

还是"江总"呢？

吴制片还有沈助理好像也偶有一两次在她面前说了一个"jiang"，又忽然停住。

难怪他从来不肯真的碰她。

还有第一次去他家那晚，她第一次站到那整面镜前，他在她耳边低声说"你就不怕我是骗你的"。

她以为那是恋人间的亲密耳语，是他作为年长及强势的一方对她的提醒和最后的确认。

他当时是以什么心态问她这句话的，又是用什么眼光来看她的呢？看傻子一样的眼光吗？

"小姑娘，麻烦让一让！"路边有个阿姨推了辆小推车经过，大声提醒她在挡路。

温宁回过神。

不知怎么，她的脑中忽然又浮现出他昨晚那样温柔哄她的情景，浮现出高高在上的男人在她面前俯首的姿态。

这些也都是假的吗？

温宁拿起手机。

她不能全凭陌生人的一面之词就擅自给他定罪，总得听听他怎么说。

点开通讯录时，有那么一瞬间，温宁觉得她指尖像是在轻轻颤动，就像昨晚听见宁青松受伤的消息后，她给她舅妈拨通电话时那般。

细白的手指在那个熟悉的号码上悬空了片刻，温宁还是摁了下去。

铃声没响几下，电话就被接通。

男人低沉熟悉的声音从手机中传过来，竟然听着有几分柔和："怎么这时候给我打电话，快吃完了？"

温宁觉得从刚才到现在，她一直还算冷静，听见他声音的这一刻，不知道为什么，她好像忽然冷静不了了。

在北城逸星酒吧那晚，她跟喻佳吐槽他的那段话，他当时是全听见了吧。

"骗我很好玩吗？小时候骗我一次不够，现在还要骗我第二次。"温宁顿了顿，一字一顿地叫出那个名字，"江凛。"

温宁握在手机上的指尖因为用力而开始泛白。

心底有个声音像是在说："你反驳啊。只要你反驳，我就信你，不信什么根本不认识的陌生人。"

但是在她叫完那个名字后，电话那端陷入了死一般的沉寂。

他那么处变不惊的一个人，差点被人当面认出都能冷静转圜，不可能被她问蒙。

唯一的可能只能是——他确实是江凛。

温宁心底最后一丝希望破灭，她没再犹豫，抬手挂断电话。

那边的男人像是终于开口说了什么，声音却因为突然中断的信号戛然而止。

温宁眼神空空地盯着屏幕，然后打开了微信。

他那个黑得不那么纯粹的头像还被她置顶在微信界面的最上方，最后一条消息是她下车前发过去的。

"我到啦，回家再说。"

现在看来却显得格外讽刺。

刚才那个号码重新打了过来，温宁再次挂断。

她点开他的微信对话框，单手打了三个字："分手吧。"

指尖往右，点击"发送"。

消息发送过去后，温宁忽然又撤了回来。

他连身份都是假的，她哪儿来的男朋友，又有什么手好分的。

温宁点开他头像，直接删了他微信。

熟悉的号码又打过来，温宁再次挂断，顺便把他手机号码也拉黑了。

拉黑完，她点进微博，把那个被粉丝认成僵尸号的微博也拉黑了。

温宁站在热闹的街面上，又恍惚了一瞬。

这一个多月里，他们只有周末才能见面，长则两天，短则半天，分离长，相聚短，于是不多的一点相处时间好像大多在耳鬓厮磨，拥抱接吻，手机偶尔只是她窝在他怀里补番看剧时才拿出来用一用。

现在她才恍然发现，原来他们之间的联系方式就这三样。

全部拉黑删完，都用不了一分钟啊。

温宁重新回到帅胖子家菜馆。

"怎么买这么久，我都打算——"喻佳话说到一半，在她走到桌前，看清她脸色时倏然一顿，"怎么了？你的脸色怎么这么白？"

温宁把提在手上的热卤放在桌上，没答她的话，却是看向田飞菲和陆诗羽："飞菲、诗羽，不好意思啊，我有点事，今晚就不陪你们吃饭了，回头有空我请你们。"

她说完转身就走。

田飞菲和陆诗羽愣了下。

喻佳拎起包："你们吃着，我跟过去看看。"

温宁出了门，听见身后追过来的脚步声，也没意外。

喻佳追上她才慢下脚步："怎么了？是发生什么事了吗？"

"没什么。"温宁垂眼看着脚下的路，"我就是忽然想吃螺蛳粉了，你跟我一起去吗？"

喻佳担忧地看了她一眼，见她暂时不想说，也没追问："巷口那家吗？"

"是啊，"温宁仍低着头，"好久没吃了。"

"走吧。"喻佳拉着她，避开人群。

螺蛳粉店生意也好，只剩一张桌子。

老板忙得根本脱不开身，得自己去柜面点单。

"你想吃什么？我去帮你点。"喻佳问她。

温宁："小份螺蛳粉加煎蛋鸡爪，再多加一份酸笋，要特辣。"

"你一天没吃饭，就别点特辣了吧，对肠胃不好。"喻佳劝她，"点个微辣行不？"

温宁抬起头："你也要管我吃东西吗？"

喻佳听着这个"也"字，揣摩了两秒，试探着问："你是不是和沈总吵架了？"

温宁脸上难得没什么表情："他不是什么沈总。"

喻佳一愣："啊？"

"他不是沈明川，"温宁面无表情地道，"他是江凛。"

田飞菲和陆诗羽是等温宁和喻佳的身影都已经消失在门口后，才发现温宁的黑色小挎包和黑色棒球帽都落下了。

陆诗羽拿起两样东西追出去，门外的小吃街越入夜越热闹，人群摩肩擦踵，已经找不到温宁和喻佳的背影。

她只好拿着东西又折返。

回到座位上，陆诗羽给温宁和喻佳各打了一个电话，都没人接。

"可能在路上。"田飞菲道，"等下再打吧，或者宁宁发现包包不见了，会回来找的。"

"宁宁到底怎么了，怎么就出去买个热卤，回来脸色就这么难看？"陆诗羽担忧地问。

田飞菲也一头雾水："家里出什么事了，还是和男朋友吵架了？"

"看她也不着急，应该不是出什么事了。"陆诗羽心思更细腻点，"倒真像是跟男朋友吵架了。"

"我还是第一次看宁宁表情这么难看。"田飞菲说，"宁宁这种长相、性格都甜的顶级小甜妹，居然也有狗男人舍得让她难过，我拳头都硬了。"

服务员终于慢吞吞地端了盘菜送过来。

陆诗羽叹了口气："先吃吧，吃完再打个电话问问到底是怎么回事。"

"好不容易能聚一下。"田飞菲也叹了口气。

两个人慢吞吞地开吃。

隔壁一张大桌空下来，服务员叫了等位的人进来，却只有两男一女，年纪不大，看着都是一副学生模样。

穿着浅蓝色T恤的男生嗓门大，在公众场合也没有要压着的意思，饭店面积不大，几乎所有客人都能听见他说话。

更别提就坐在他们旁边的田飞菲和陆诗羽，隔壁桌的对话完全听得一清二楚。

"这群家伙怎么这么慢，我们排了老半天队了，他们慢悠悠地还在打电玩。"蓝T恤说。

"谁让咱们玩游戏输了。"黑T恤男生接话，"看群消息，他们都到路口了。"

"我看看。"蓝T恤忽然又"靠"了声，"李林那家伙说路口停了辆黑色宾利慕尚。"

桌上唯一一位穿着白色连衣裙的姑娘接话："乐乐说车主是个大帅哥啊，我们要不也出去看看？"

"要去你去。"蓝T恤轻嗤了一声，"从宾利上下来的男的就算长得像头猪，她都会觉得是个大帅哥吧。"

"酸不酸啊你。"连衣裙反驳道。

黑T恤慢吞吞地接了句话："等等，他们说宾利车主好像是要进咱们这家店，已经到门口了。"

田飞菲和陆诗羽被这番对话勾起好奇心，齐齐抬头朝门口看过去——

从门口走进来的男人分外高大，略显斯文的银框眼镜都压不住周身那一股压迫感极强的气场，锃亮的黑皮鞋一尘不染，踩在店内略显脏乱的瓷砖地面上，显得分外格格不入，黑西裤裤线笔挺，白衬衫肩线服帖。

不知是不是故意的，衬衫两边的袖子挽起的高度稍不一致，总算勉强给这一身分外严肃的打扮增添了几分随意。

陆诗羽怔了下。她感觉"大帅哥"这个词完全不足以形容进来的这个男人，非要形容的话，大概"大佬"更合适一些，就是那种分分钟能挣上亿的大佬。

连店里的服务员都愣了下，感觉对方实在不像是会来他们店里吃饭的人。

田飞菲轻轻拿手肘撞了撞陆诗羽："我怎么觉得他在看我们这边。"

"做什么梦呢。"陆诗羽还是有自知之明的，要是温宁和喻佳还在，倒还有可能，"他——"

陆诗羽话音一顿，因为她发现对方确实在看他们这边。

不只在看，他还朝她们走了过来。

直到男人走近，陆诗羽才发现他看的不是她们两个人中的任何一个，而是温宁落下来，被她们搁在桌上的那个黑色小挎包和棒球帽。

男人在她们桌边停下："请问你们是温宁的同学吗？"

他语气听着分外客气，但可能是音质偏冷，气场也尤其冷肃，并没有显得比刚才更好接近。

陆诗羽："对，请问您是？"问出这个问题时，她心里其实已经隐约有了答案。

"我是温宁男朋友。"江凛说。

陆诗羽和田飞菲对视一眼，迅速领会了对方的心思——难怪能让温宁主动要微信。

"宁宁人呢？"男人声音重新响起。

田飞菲回神，忙答道："宁宁走了。"

江凛瞥了眼桌上的黑色小挎包和棒球帽，这顶帽子还是她下午出门前，他亲自给她戴上的。

陆诗羽没等他问，会意地解释道："宁宁走得急，包包和帽子都落下了。"

她和田诗羽都猜温宁是和男朋友吵架了，此刻见对方立即找过来，又一眼能认出温宁的东西，想来对温宁也是上心的。

陆诗羽顿了顿，又多补充了一句："宁宁走的时候，脸色很难看。"虽然不太礼貌，但她说这些话的时候，并没敢跟温宁这位男朋友对视。对方压迫感太强，比她公司大老板的气场不知足多少。

　　因为半低着头，陆诗羽看到男人垂在一侧的手在后一句话说完时倏然收紧，手背青筋凸起，但他语气听上去却好像仍是平静的："你们知道她去哪里了吗？"

　　田飞菲接道："宁宁没说。"

　　"那能麻烦你们帮我给她打个电话吗？"江凛问。

　　手机响起来的时候，温宁那碗特辣的螺蛳粉刚端上桌，红油漂满汤面，香味儿扑鼻而来。她瞥了眼屏幕上的来电人：田飞菲。

　　温宁拿筷子的动作顿了下，心里很快闪过一阵失望。

　　察觉到这个念头，她又怔了一瞬。

　　既然身份都被她意外知晓了，日理万机的江总想必也没什么心思再陪她演戏了吧。

　　温宁接起电话。

　　田飞菲在那边说："你的包包和帽子落在店里了。"

　　温宁这才发现少了东西："你们先帮我看一下，我晚点过去找你们拿。"

　　"好的。"田飞菲应了声，"你男朋友找过来了，他说有话想和你说。"

　　温宁又怔了下，来不及拒绝，那边田飞菲应该是已经把电话递了过去，男人熟悉低沉的声音贴在她耳边响起。

　　"宁宁，我——"

　　再一次从他嘴里听见这个称呼，温宁鼻子倏然一酸，她忍了下来。自己已经像个傻子一样被他骗了这么久，再为了他哭可就太不划算了。

　　温宁冷淡地打断他："麻烦江总把手机还给我朋友。"

　　"宁宁。"江凛又叫了她一声。

　　温宁没给他继续往下说的机会："还有，我没有男朋友，就算有过——"她停顿了一秒，"那个人也不叫江凛，和你没有半分钱关系。"说完，温宁挂断电话，长摁电源键，径直关了手机。

　　喻佳担忧地看着她。

　　"看着我干吗？"温宁说，"你不吃吗？"

　　"你跟我换一碗吧。"喻佳说。

　　"不换。"温宁拿起筷子。

喻佳看着她垂着头，夹起一筷子粉吃进嘴里，眼睛一眨，有透明的泪滴掉落在沾着点油污的木桌上。

"佳佳。"

喻佳听见她声音终于带出哭腔。

"今天的粉怎么这么辣？"

帅胖子家菜馆。

陆诗羽和田飞菲的凳子完全被移到了一块儿，两个人脑袋凑到一处，陆诗羽推推田飞菲肩膀，声音压得极低："你刚才不是说你拳头硬了吗？"

田飞菲："……"

"你当我没说。"田飞菲瞥了眼站到一侧接电话的高大男人，声音也压低了，"这位气场这么大佬，宁宁怎么敢主动去跟他要微信的，还敢跟他谈恋爱，她胆子怎么这么大。"

话音刚落，就见男人已经两步走回她们桌边，把她手机递了回来。

田飞菲一愣："就打完啦？"

陆诗羽悄悄扯了扯她衣摆，示意她闭嘴——看来宁宁不只敢跟这位大佬谈恋爱，还敢挂他电话。

田飞菲及时闭上嘴，不知是不是错觉，总感觉宁宁这个男朋友接完电话后，气场更加沉冷可怕了。

陆诗羽帮她接过手机，想了想，还是又多嘴说了一句："宁宁脾气很好的，你多哄哄，她可能就不生气了。"

站在桌边的男人低垂着眼，银框眼镜的镜片有些反光，让人看不清他的眼神：

"谢谢。"

陆诗羽只听他低声说了这么一句，不知是谢她这句话，还是谢她们刚才帮忙给温宁打电话。

说完他转身像是打算离开。

"您等等。"田诗羽叫住他，说完才反应过来自己下意识地连敬语都用上了。

江凛脚步一停，转回身。

"宁宁的包包和帽子——"田飞菲指指桌上东西，话音忽然一顿。田飞菲刚才是想着喻佳是从他家把温宁接过来的，说不准两个人已经同居了，他可以顺便把温宁的包和帽子带回去。但她忽然又想起温宁还在跟他吵架，看样子吵得还挺严重，万一正在闹分手，这时候把温宁的东西给他好像也不太合适。

江凛目光落向桌边那两样的东西。隔了片刻，他才开口。

389

"她证件都在包里——"男人修长的手抬起，指尖轻抚过包身，那只手在饭店劣质灯光的照耀下冷白如玉。他话音顿了一秒，转而拿起了旁边那顶棒球帽："就麻烦你们先帮忙照看一下。"

田飞菲还有些没回神，愣愣地看着男人大步转身离去，骨节分明的手指钩着一顶和他气质全然不符的，一看就属于女孩子的棒球帽。

直到男人身影消失在门口，隔壁桌才又恢复热闹。

穿白色连衣裙的女生感慨："真的好帅啊！"

"别看了，"黑 T 恤说，"没听见人家是来找女朋友的吗。"

蓝 T 恤插话："你们注没注意到他手上的表，百达翡丽吧，这款起码要七位数，万恶的有钱人！"

连衣裙一脸嫌弃："你声音小点，人家听得见。"

田飞菲："……"

陆诗羽："……"

喻佳是在她们一顿饭快吃到一半时，独自进店里的。

田飞菲往她身后瞄了好几眼："宁宁呢？"

"在我车上。"喻佳看了一眼温宁刚才的位置，"宁宁的包呢？"

"在这儿呢。"陆诗羽从身侧把包拎起来，递过去给她。菜上齐后，她们怕不小心有油溅到温宁包上，就把包收到了旁边的椅子上。

"不是说还有顶棒球帽吗？"喻佳问。

田飞菲接话："帽子被宁宁男朋友拿走了。"

喻佳微讶："啊？他把宁宁帽子拿走了？"

"是啊。"田飞菲其实也没明白，"我以为他和宁宁住一起，本来是想问他要不要帮宁宁把包包和帽子带回去的，结果他说宁宁的证件都在包里，让我们帮忙保管，但是又把宁宁的帽子带走了，不知什么意思。"

喻佳从陆诗羽手中接过温宁的包。她也不明白江凛到底什么意思，说他这一段时间完全是假意骗温宁的吧，他却又在身份被拆穿后迅速找了过来。温宁的证件确实在这个包里面，江凛要是把包带走，说不定能逼温宁去见他一面。但温宁从小被宠着长大，向来吃软不吃硬，他这样做只会把温宁越逼越远。也不知道他是不是完全摸准了温宁的性格。当然，前提是他对温宁确实有那么几分真心。

"宁宁是和他吵架了吗？"田飞菲又问。

喻佳回过神："比吵架严重多了。"

陆诗羽"啊"了声:"闹分手啊?"

喻佳:"……"

比闹分手也严重多了。

温宁情绪不稳定,其实也没有和她解释得太清楚。

但这中间毕竟涉及身份欺瞒,已经不是普通情侣吵架的范畴,她不确定温宁想不想让更多的人知道这件事。

喻佳:"我也不清楚,等哪天宁宁自己想说了,你们问她本人吧。"

田飞菲和陆诗羽就都没再问。

喻佳朝门口抬抬下巴:"那我先走了啊,宁宁一个人在车上,我不放心。"

"快去吧。"陆诗羽道。

喻佳回到车上时,温宁正百无聊赖地刷着微博,见车门打开,她偏头看了一眼。

喻佳看见她眼睛还是红红肿肿的。她在驾驶位坐好,把手上的包包放进温宁怀里。

"棒球帽呢?"温宁问。

"她们说被沈——"喻佳顿了下,发现自己居然一时改不过来口,"被江凛拿走了。"

温宁怔了下。

下午跟他在门口接完吻,她小口喘着气,男人指腹在她唇边流连许久,最终轻轻在她嘴角擦了擦。

温宁的心像是也跟着被轻轻碰了下似的,她推了推他:"我真得下去了。"

"不补个口红?"男人低声问她。

温宁脸还热得厉害:"佳佳还在楼下等我。"

他静静看了她片刻:"那戴顶帽子。"

他从衣帽间给她取了顶帽子过来,亲手帮她戴上,帮她整理好头发和衣服,最后帮她开了门。

"你说他什么意思啊?"喻佳还是忍不住问了句。

温宁垂着眼:"管他什么意思。"

她已经不想再猜他心思了。连他身份都是假的,她以前自以为猜对的那些心思又能有几样是真的。她行李都在他家,不在乎再多一顶棒球帽。那些东西,连同那些想起来却已经不会再像以前一样让她开心的回忆,她本来也就都不想要了。

"回家吧。"温宁说。

汽车一路驶离市中心，最后驶入温宁所住小区的地下车库。

进入小区前，两个人一个目视前方看路，一个低头看手机，没人回头，也就没看见马路对面静静停着一辆黑色宾利。

温宁有阵儿没回家住了，也没来得及叫阿姨过来帮忙打扫。这个时间点已经没有家政可叫了，两个人回家后，第一件事情就是搞卫生。好在家里的衣服、日用品都是齐全的，即便温宁行李没带回来，也并不缺东西。等两个人最终搞完卫生洗完澡躺上床，也已经过了凌晨。

温宁还以为发生了那么大一件事，她晚上会辗转反侧睡不着，但是可能是搞卫生确确实实是个大体力活，她躺上床，连话都没能和喻佳说几句，就已经昏昏沉沉陷入了睡眠。

第二天上午醒来时，喻佳已经不在床上。

温宁半梦半醒地抱着枕头蹭了蹭，迷迷糊糊间，总感觉会有人走到床边，用低沉好听的声音问她："醒了？"然后在她撒娇之后，或者给她拿手机，或者抱她起来去主卫洗漱。

但不知哪儿来的光线刺眼，温宁睡意消散，睁开眼睛，入目的是又熟悉又陌生的场景。

温宁恍惚了几秒，才想起昨晚和喻佳一起回家了。

晚上可能是她们俩太累，都忘了拉遮光窗帘，外面明晃晃的日光照进来，室内一片透亮。

温宁抱着枕头坐起来，可能是迷蒙的睡意还没完全褪去，半梦半醒间记起的那些温馨画面像是还残存在心口。

她轻轻晃了晃脑袋，不想再想那些回忆，也不敢仔细去想那些记忆中的画面究竟几分真几分假。

温宁拿起手机看了一眼时间，已经是上午十一点。

她没有再睡懒觉，从床上爬起来，打开主卧门，外面立即有香味儿传进来。

温宁走到厨房边，探了半个脑袋进去。

喻佳正穿着围裙在里面切菜，炉灶上砂锅里像是煲了牛肉，正发出"咕嘟咕嘟"的响声。

"好久没吃你做的饭了。"温宁说。

喻佳头也没回："这不是下一份工作没定之前，我还得在你家住一段时间嘛，就当是抵个房租了。"

"那一顿饭可不够的。"温宁说。

喻佳："未来一线女明星亲自下厨给你做饭，你就知足吧。"

温宁笑嘻嘻地道："那麻烦喻大明星快点，我希望等我洗漱出来的时候，饭菜都已经摆上桌了。"

等温宁洗漱完出来，喻佳还真做好饭了。

两个人一起把菜从厨房端出来时，喻佳刚才随手搁在餐桌上的手机忽然响了起来，来电人显示的是"沈周"。

喻佳把手上的红烧牛腩往桌上一放，想着趁温宁没看见之前快速挂断电话，但还是晚了一步。

"你挂他电话做什么？"温宁把手上的辣椒炒肉放到桌上。

喻佳瞥了眼她神情，倒不再像昨天那样安静苍白，表面上看着和往日已经没什么差别了，她沉默了下："他老板骗我姐妹，我还不能挂他电话了？"

温宁拉开椅子坐下："你现在还当他真是什么沈助理啊。"

喻佳顺手拉椅子的动作一顿。她从昨晚到现在一直在担心温宁的情绪，根本想都没想起过沈周这号人物，此刻被温宁这么一提醒，脑中顿时醍醐灌顶。

"你是说——"喻佳顿住，一脸不可置信。

温宁接上她的话："他才是真正的沈明川吧。"

喻佳在她对面坐下，冷笑一声："难怪架子这么大，难怪昨天早上他脸色这么黑，堂堂沈家太子爷被我这么一个刚入行的新人睡了确实挺亏的。"

"你不亏就行了。"温宁夹了一筷子辣椒炒肉。

喻佳："……"是亲姐妹了。

"我倒是不亏，但他以后会不会给我穿小鞋？"喻佳想了下，"你说我要不跟鼎盛解约？"

姓沈的狗男人陪着江凛那个狗男人一起骗她姐妹，她以后还要给鼎盛挣钱，想想也挺难受的。

"你赔得起违约金吗？"温宁继续夹辣椒炒肉。

喻佳："……"

"赔不起。"

温宁："你合同我让我爸帮你看过了，没什么陷阱和漏洞，你好好在鼎盛待着呗，有合同在，他应该也为难不了你，要是违约的话，我们家虽然比不上他们钱多，但我爸学生多啊，有的是人帮忙打官司。"

喻佳随便点点头。

温宁虽然今天已经看着像没事人似的，但温宁有多喜欢江凛，她完全看在眼里，哪能说放下就完全放下。

喻佳转移了话题："你睡觉的时候，飞菲给我发消息了，说她们今晚跟另外几个同学约了吃饭唱歌，说都是跟我们还算熟的，问我们俩有空的话，要不要一起过去。"

"行啊。"温宁正好想找点事做。

"那下午你想做什么？"喻佳又问，"我陪你去。"

温宁垂着眼，正好看见肩膀上的黑发："去染头发吧。"

吃完饭，温宁就和喻佳去了附近那家大理发店，给她做发型的还是相熟的Tony老师，叫林俨，也是店里的小老板之一，年龄成谜。

温宁十几岁第一次陪宁女士来这边剪头发时，他就长现在这一副斯斯文文的模样，现在从一家店开到南城遍地连锁，模样还是一点没变。

"怎么又要染头发，染得这么频繁对发质不好。"林俨道。

温宁挑了把椅子坐下，熟门熟路地拿起他们家的自制色卡："有你这么做生意的吗？"

林俨笑眯眯地站在她身后："上次你不是说看上一个男人，追上没？"

温宁翻色卡的动作一顿："没追上。"

"那男人是瞎的吗？"林俨说。

温宁继续翻色卡："是挺瞎的。"不只眼瞎，心也瞎。

她翻了一圈，看什么颜色都不太有兴致，就把色卡往后面一递："林叔，你帮我随便挑一个颜色吧。"

染发花了点时间，温宁和喻佳没能赶上田飞菲他们的晚饭，就在店里吃了，林俨请的客。

染好头发，两个人赶去市中心。

这边不知是谁请客，订的是南城市中心最好的一家KTV。

两个人到达包厢外面时，里面已经开唱，听着很是热闹。

温宁一进去，就看见包厢内除了田飞菲下午在群里说的几个同学外，还多了两个有点陌生的面孔。

花了几秒钟工夫，温宁才想起其中一个是他们班上挺讨嫌的男同学，叫蔡利，另一个她就完全没印象了。

两个人一进来，包厢里静了一瞬。

好些人齐齐跟她们打招呼，田飞菲和陆诗羽就坐在沙发中间，一见她们，就招手让她们过去。

温宁和喻佳坐到她们边上。

田飞菲凑过来，压低声音道："蔡利不是我们叫的，不知道他从哪儿知道我们在这边唱 K，带着他朋友主动过来的，同学一场，我们也不好赶人。"

这时一首歌刚好唱完，在点歌台前的男同学没等后面的伴奏放完，就切到了下一首。

温宁听到熟悉的伴奏声响起来。

"《分手快乐》。"男同学拿着麦喊道，"谁点的歌啊？"

有人答："静静点的吧，她好像出去了。"

"那有人唱吗？没人唱我就切了啊。"点歌台前的男同学又问。

温宁拿起沙发中间那个话筒："我唱吧。"

陆诗羽和田飞菲对视一眼，看来是还没和好啊。

一中艺术班分得挺细，包厢里多是温宁的同班同学。喻佳上高中时经常去温宁班上找她，和大部分人都认识，但相熟的也只有田飞菲和陆诗羽。

喻佳有一搭没一搭地和田飞菲以及陆诗羽聊着天，等听见温宁唱副歌改词时，心里忽然微微一动。

沈周从鼎盛总裁助理变成她姐妹男朋友助理，再变成她昨晚的临时床伴，最后摇身一变成了她老板本人。喻佳微信里还留着这号人，她没想好要不要删。

等到温宁唱第二段副歌的时候，她就顺手拿起手机录了一段发到了朋友圈，配文："祝我姐妹分手快乐。"

五分钟后，临时回公司加班的江凛收到了沈明川转发过来的视频。

视频中，小姑娘的头发柔软地垂在肩膀上，侧脸在昏暗的灯光下越显精致，旁边坐了个面容陌生的年轻男孩子，而她嘴角像是带着点不明显的笑意，声音温软——

"分手快乐，祝我快乐，我可以找到更好的，

不想过冬，厌倦沉重，就飞去热带的岛屿游泳，

分手快乐，我很快乐，挥别错的才能和对的相逢。"

江凛："……"

一首歌唱完，温宁把话筒放下。

包厢里除了两个不速之客之外，其他人和她都还算熟，坐她旁边的男同学叫李林，此刻随口打趣道："温宁怎么一进来就唱《分手快乐》啊，还改词了，不会真的刚分手吧？"

温宁低头往桌上一看，也不知是谁买的食物，除了罐装鸡尾酒之外，剩下的饮料居然全是气泡水，买了好几种口味，摆得整整齐齐，像极了某人冰箱冷藏柜放饮料的那一层。

温宁一下就没了喝饮料的心情，她毫无兴致地随手拿了一包零食："也不算

吧，就是眼瞎看错了一个男人。"

李林知道她对二次元的男人兴趣远大于三次元真人，见她说得随意，只当她是在开玩笑，笑着接道："旧的不去，新的不来，挺好啊，我们小校花还怕找不到好男人嘛。"

当年学校起哄评选校花，温宁意外跟喻佳平票，结果她们俩就被同学玩笑似的"大校花小校花"这么叫了好些年。

温宁拆完才发现她拿的是包黄瓜味儿的薯片，她其实不爱吃油炸类又偏干的零食，但此刻塞进嘴里的薯片咬着嘎嘣脆，莫名有种解气的感觉。

她吃完一片，慢吞吞地回道："是啊，旧的不去，新的不来，你们给我介绍新的呗。"

刚刚在点歌台的男生叫范浩，此刻也坐过来，手搭在李林肩膀上："我没人可介绍，我那群狗朋友一个都配不上我们小校花。"

包厢一角，蔡利推了推旁边的人，压低声音道："刘金洋，温宁好像刚失恋，你今天表白正好啊，失恋的时候人的心理防线是最脆弱的，这是你趁虚而入的最好时机。"

刘金洋往温宁那边看了一眼，没接他的话。

蔡利又推了他一把："今天要不是我厚着脸皮带你来，你连见她的机会都没有，兄弟我都这么帮你了，你还不敢主动一次？"

他说着，余光却是瞥向了温宁旁边的喻佳。要不是听说喻佳今天也来，他才不会过来用热脸贴这些人的冷屁股呢。

蔡利继续怂恿道："等下你告白完，我再帮你起个哄，她当着这么多同学的面肯定不好意思拒绝你，就算不答应，起码你也能加她个微信，有个联系方式以后也能慢慢追。"

刘金洋收回视线："你让我再想想。"

他们说话声低，包厢又响着音乐声，其他人都没听见这番交谈。

沙发正中，还在继续着刚才的话题。

乐静静从外面打完电话回来，正好听见大家不知怎么商量起给许久未见的温宁介绍对象的事。

她挤开李林，一屁股坐到温宁旁边："宁宁，我给你介绍呗，三次元男人有什么好，给你介绍几个新二次元男神。"

温宁终于真起了点兴趣："真的假的，什么新男神？"

"我公司新游戏，还在内测。"乐静静眼巴巴地看着她，"你下一个帮我看看画风，顺便也看看人设和剧情行不？"

"可以啊静静，原来你打的是这么个主意。"李林说。

温宁虽然在二次元披了一堆马甲，但熟悉的朋友还是能认出她画风，不过他们同样也清楚她不喜欢在二次元暴露身份，所以都一同帮她捂着小马甲。

比如此刻包厢里有蔡利和一个陌生人在，李林这话就说得相对隐晦。

乐静静抱着温宁手臂："那谁让我有宁宁这么好的同学呢。"

温宁是真的挺有兴趣的，她把手机拿出来："怎么下？"

乐静静发了个链接过来，温宁在她的指导下下好游戏，登录进去。

乐静静公司内测的是个乙女向手游，带点东方玄幻的背景。

温宁一开始走剧情，就发现第一个出现的男主角就是经典到永不过时的霸总，黑西装、白衬衫，还戴了副眼镜。

温宁："……"

温宁的兴致忽然低了一点："怎么是银框眼镜啊？"

乐静静解释："本来是想画金丝的，但因为这个角色人设偏内敛，感觉不像会戴金丝这种有点骚气的颜色，而且其他同类游戏已经有好些受欢迎的金丝眼镜霸总了，我们公司就最终定了银框。"

"金丝受欢迎就说明有受众嘛。"温宁垂眼看着屏幕上的虚拟纸片人，"反正你们做的人设跟别的公司不一样，怕什么，不然换无框也行啊，银框多难看。"

"啊？"乐静静愣了下，"你觉得银框难看吗？"

温宁指尖在屏幕上停了一瞬，冷静下来："我个人觉得难看而已，你们不用太考虑我这个意见。"

"除了眼镜呢？"乐静静问。

温宁："好看的。"画风确实不错，反正比有的人好看多了。

乐静静继续问："初步人设你觉得怎么样？后面可能还会有一点点反差，但大致就是冷酷霸总了。"

温宁："……"

"我个人也讨厌这款。"

"我也不喜欢。"乐静静说，"但小姑娘们喜欢嘛。"

温宁："……"

乐静静："你继续走剧情啊，第二个男主是我的菜。"

"第二个男主？"温宁问，"做什么的啊？"

乐静静："一个搞深夜食堂的大帅哥。"

温宁想起游戏的背景："非人类？"

"对的，我就不剧透了，你自己玩。"乐静静说。

温宁就低着头认真玩起了游戏。

其他人也没再打扰她们，各自继续聊天吃东西唱歌。

乐静静公司这款新游戏的画风、人设和剧情确实都不错，温宁从昨晚开始，终于第一次得以完全撇开杂念，沉浸地做一件事。

她玩游戏一投入进去，就没注意时间，也没注意其他动静，直到听见有人叫了她一声。

温宁抬起头，看见蔡利和另外那个男生隔着茶几站在她面前，另外那个男生手里还拿着一束红玫瑰。

虽然不是香槟玫瑰，但前不久刚过去的情人节那天的记忆还是倏然如潮水般全涌回了温宁脑海中。

她想起他说送她花是因为看见公司有女同事收花，她当时以为他是觉得别人女朋友有花收，她也应该要有。想起他在餐厅慢条斯理地给她戴手链。想起手链上的字母"N"，她手动一下，字母就会跟着晃晃悠悠。这条手链她昨天没戴出来，和行李一样，都留在了他家。想起他收到袖扣时罕见的笑意。想起他在影厅吻她。想起回家后他在她面前换衬衫。想起他教她给他戴袖扣。想起他抱她进了主卫……

温宁把视线从红玫瑰上移开，连问他是谁的兴致都没有了，淡淡地回了一句："有事吗？"

刘金洋张了张嘴，憋红了脸，最终才结结巴巴地道："温宁，我……我从高一就……就喜欢你，你……你能当……当我女朋友吗？"

温宁刚想开口拒绝，却被蔡利抢先一步。

蔡利知道温宁一开口多半是要拒绝，所以一早就想好了要打断她，他开始鼓掌带头道："答应他，答应他……"

他原本以为所有人都喜欢凑这种热闹，会跟着他一起起哄，谁知包厢里其他人都冷冷地看着他，没一个出声，显得他活像个跳梁小丑。

蔡利尴尬地停下来，却又不甘心，只好开始往刘金洋身上贴金加砝码："这是我发小，也是一中的，跟咱们同级，不过他不是艺术班的，成绩常年在年级前二十，以前经常来我们班玩，不知道温宁你还记不记得他。他现在是 A 大金融系毕业的高才生，毕业后差点就进了 CM……"

温宁听得已经有点不耐烦了，出于同学一场才没打断，直到听到某个关键词："CM？"

蔡利以为她是终于起了点兴趣："就是 CM 资本啊，南城最好，也是全国最好的投资公司之一，以前只做风投，现在私募也做，就是江科集团那位太子爷江凛创办的。"

温宁心里那股烦躁之意越发明显。她都跑来跟高中同学聚会了，本来该跟他八竿子都打不到一块儿去的，怎么还能听见这个名字，阴魂不散了是吧？

"所以他到底进了 CM 吗？"喻佳冷冷地接了一句。

蔡利尴尬地闭了下嘴："他进了 CM 的终面，就差一点，不过现在就在南城第二好的……"

"抱歉，"温宁懒得再听下去，"我现在没有谈恋爱的想法。"

刘金洋的脸色从紧张变成刚才的尴尬，再变成现在的失望，他张了张嘴，刚想说什么，又被蔡利打断："没事啊，都是同一级的，那也就相当于是同学了。同学一场，你跟他加个微信呗，就当是朋友也行啊。"蔡利顿了顿，"温宁，你不会连这个面子都不给老同学吧？"

喻佳的脸色彻底冷下来："蔡利你……"

温宁拉了拉她的手。不知怎么，她反倒不怎么生气，就是烦躁，烦躁的对象也不针对面前这两位。这两位还影响不到她的心情，但她也懒得再留情面。

"跟我告白的同学那么多，我一个个给面子，"温宁淡声道，"给得过来吗？"

蔡利知道她说的是实话。光是高中，就他知道的想追温宁和追过温宁的，就已经数不胜数。

但他还是不甘心，刘金洋拿不到温宁的联系方式，他也就没办法接近喻佳，喻佳不比温宁，不好糊弄，脾气也不算太好，像刘金洋手中那束带刺的玫瑰，所以他只能曲线救国。

蔡利没想到温宁今天也会这么不留余地。越是实话就越难反驳，蔡利最后只憋出一句："温宁你这就没意思了。"

温宁连看都懒得看他："你们用当众表白和同学身份道德绑架我就有意思了？"

蔡利："……"

乐静静早就想开口了，只是喻佳和温宁都回怼得漂亮，她就忍住了，但没想到蔡利还越说越离谱，此刻不由得道："没意思的是你吧，蔡利。"

"就是。"田飞菲接道，"我们好不容易能聚一次，怎么就有人这么不长眼破坏气氛呢。"

李林也见不得他们欺负女生："蔡利，你要是不想好好跟大家玩就出去。"今晚的包厢是他订的，他说话就没客气。

李林原本以为话都说得这么明白了，蔡利应该会识趣走人，哪知蔡利哑口无言片刻，干笑两声："我就跟温宁开个玩笑，你们怎么还都当真了。"说完他居然又拉着刘金洋坐回了角落里。

李林："？？？"这脸皮可真够厚的。但他都赶人了，对方也不肯走，到底同学一场，总不能真叫保安过来把人拉走。而且无缘无故的，保安也不敢随便对客人动手。

乐静静也瞠目结舌，她呆了两秒，转过头看向温宁："算了，宁宁，咱们别理他们，就跟刚才一样，当他们不存在就是了。"

但温宁不知是吃了整包薯片，还是心里那股躁意强烈到压不下去，她下意识地想找点喝的，可眼前除了酒，就只有那一排气泡水。

温宁看了那排气泡水两秒，直接从旁边另外一排鸡尾酒中随便拿了一罐，仰头喝了起来。

喻佳也没拦她，只拍了拍她后背："慢点喝。"

温宁喝完手上这一罐，又开了一罐新的。

乐静静这才看出点不对，她看了一眼喻佳："宁宁酒量不是不行吗，这么喝没问题吗？"

"没事，"喻佳说，"让她喝吧。"醉一场总比什么都憋在心里好。

包厢角落。

刘金洋被蔡利拉着坐下时，脸上还一阵儿红一阵儿白的。他虽然默许了蔡利的一些行为，但脸皮还赶不上蔡利："你还拉我坐下做什么，李林都明着赶人了，我们还不走吗？"

蔡利没好气："你爱走走呗，你走了你觉得你这辈子还有什么机会再见到温宁吗？"

刘金洋瞥了眼又喝完一罐鸡尾酒的温宁，起身的动作又停下，他张了张嘴，刚想说什么，却见包厢的门忽然被推开。他的眼睛倏然睁大："江……江总。"

蔡利："什么江总？"

"江凛，他怎么会来这里？"刘金洋指指门口。

蔡利这才看见门外走进来一个高大男人，一身正式的西裤衬衫，气场格外迫人。

陆诗羽坐得离他们这边近些。之前包厢里音乐声大，这两个人又压低声音说话，她一句也没听清，但这几句她倒是都听见了。

陆诗羽抬头看向门口，又看见了温宁的男朋友。

她昨天就知道对方肯定很有钱，毕竟开的是宾利慕尚，又自带一股分分钟能挣一两亿的大佬气场，但她没料到温宁的男朋友居然就是江家那位向来低调的大少爷。

包厢里其他人也看见了江凛。

李林愣了下，看对方这一身打扮，还以为是他走错了包间。可能是错觉，他感觉对方进来时好像看了他一眼，那目光像夹杂了一堆冰碴子似的。

乐静静看了看包厢门口的男人，又看了一眼手机屏幕上的卡牌：银框眼镜，一丝不苟的白衬衫，笔挺的黑西裤。她揉了揉眼睛，纸片人成精了吗这是？

江凛的目光却是直直地投向沙发正中间的小姑娘。

他进来后，所有人都抬头看向了他，只有她慢吞吞地环视了众人，最后才抬起头，目光冷冷地投向他。

江凛在她这双眼睛里看到过亮晶晶的爱慕，看到过水汽氤氲的媚色，也看到过灵动的笑意，唯独没看到过她此刻的冷淡陌生。她看他像是在看一个陌生人。

江凛脚步倏然顿了一秒。

包厢此刻的光线比沈明川发给他的视频要稍亮少许，江凛看见她头发不再是纯粹的黑色，而是一种偏浅的棕色。

短短一天，她连头发都染了，就么着急跟他彻底划清楚界限吗？

江凛抬脚走到她面前茶几边上，目光始终落在她脸上："宁宁，跟我聊聊好吗？"

沙发上的小姑娘缓慢地眨巴了下眼睛，眼里的冷淡之色像是少了些。她从沙发上站起来，不知是不是起身太急，她跟跄了一步。

江凛伸手扶了她一下。他刚想收回手，小姑娘却顺势缠了上来，几步走到他面前，另一只细白的小手搂住他的腰。

江凛闻见她身上有浅淡的酒味儿，难怪她还愿意抱他。

江凛将手悬在她腰后，想落下去，最终却没动。他抬眸看向喻佳："她喝酒了？"

喻佳跟温宁认识快十年了，还从没见她这样伤心过，喻佳其实真的不太想搭理江凛。但是从自己发那条朋友圈到此刻都还没到一个小时，江凛却这么快就找到了他们包厢，喻佳实在不明白他到底是什么意思。

"喝了两罐鸡尾酒。"喻佳冷淡地应付了一句，刚想叫温宁过来，就见温宁在男人胸前蹭了蹭，声音因为带着含糊的醉意，越发像撒娇："你怎么不抱我？"

喻佳："……"完了，明天酒醒，温宁要后悔死。

江凛僵了一秒，垂眸看见她穿的白色露腰短上衣和黑色工装长裤，和留在他家里的那套有点像。他的手终于落到她腰上，把怀里的姑娘抱了起来。

她大约是醉得厉害，忘了昨天不愉快的发现，还像从前一样，熟练地把手挂在他脖子上，双腿也缠上来，脑袋埋在他肩膀上蹭了蹭。

包厢里静了一秒，只剩下没人唱歌的伴奏声在静静流淌。

"宁宁。"喻佳开口。

温宁趴在男人肩膀上："我怎么听见佳佳在叫我，哥哥，她也来你家了吗？"

江凛："……"小醉鬼。

小醉鬼左右看看，就是不知道还能回头："没看见她呀，听错了吧？"

江凛稳稳地抱着她，看向喻佳："我送你们回去。"

喻佳："……"看温宁醉酒的程度，估计是已经没剩多少意识了，跟醉鬼是没办法讲道理的了。

"行吧。"喻佳说完又看了一眼还张口结舌的其他人，"那我跟宁宁先回去了，回头有空咱们再约。"

包厢门打开。

众人才看见门口还站了个中年男人和几个服务员。

抱着温宁的男人在门口停了下："这包厢所有花销都记我账上，你等下送点吃的进来。"

中年男人忙摆手，态度殷勤："哪能让江总你花钱。"

包厢门再次关上。

田飞菲这时才慢了好几个半拍地反应过来："怎么感觉这位大佬今天气场更强了。"

乐静静手机屏幕还停留在那张卡牌上。

她记得刚才那个男人叫温宁"宁宁"，也记得温宁给自己在游戏里改的昵称就是"宁宁"，说这样会更有代入感一点。

乐静静都快以为纸片人成精的猜想是真的了，直到听到田飞菲的这句话：

"飞菲，你认识啊？"

田飞菲点头："宁宁男朋友啊。"

乐静静："！"好家伙，她还在玩乙女游戏，温宁都已经开始玩"真人版霸道总裁爱上我"了。

范浩之前在点歌，没听全温宁和李林的对话，闻言不解："宁宁男朋友？宁宁哪儿来的男朋友，她刚不还让我们给她介绍男朋友来着？"

"吵架来着。"田飞菲道，"昨天吵的。昨天跟我们约饭的时候，还是喻佳把她从这位大佬家里接出来的，还说让大佬哪天请我们吃饭，她出去买个热卤的工夫不知怎么就吵架了。昨天他就去我们吃饭的店里找过宁宁一回，我们昨天不是约的在帅胖子吃饭嘛，你们不知道，他一进去的时候，服务员都愣住了。"

乐静静点点头："能理解。"太能理解了。

"温宁这也不瞎啊，这哪儿瞎了。"李林叹口气，"我们小校花终于还是被狗男人拐走了。"

陆诗羽这时插话道："宁宁手机好像又落下了，我给她送……"

话没说完，门再次被推开，喻佳走进来："宁宁手机落下来了。"

陆诗羽把手机递过去。

"走了啊。"喻佳接过手机。

"等等。"陆诗羽叫住她，"先别急，给我们介绍下宁宁男朋友到底是哪位大佬啊。"

喻佳见陆诗羽冲她挤眉弄眼，心下了然。她瞥了眼仍坐在角落里的蔡利和刘金洋，这两个人的脸色一个比一个难看。

喻佳现在虽然看江凛不顺眼，但更看不上这种道德绑架女生的人，她顺着陆诗羽的意思接话："你问蔡利和刘金洋啊，他们刚才不是一直在吹 CM 吗？应该认得吧。"

陆诗羽眨眨眼："该不会就是 CM 那位传说中的江总吧。"

蔡利这时终于从沙发上站起来："喻佳，你帮我给温宁道个歉啊，我刚真是跟她开玩笑的。"

陆诗羽淡淡地瞥他一眼："哟，现在知道道歉了啊。"

喻佳懒得再搭理他，拿起手机冲其他人挥挥手："真走了啊，宁宁还在外面等我呢。"

江凛一路往电梯走，两侧包厢时而有挡不住的歌声传出来，怀里的小姑娘却一直乖乖巧巧地趴在他肩膀上，不吵也不闹，安静得都有点不像她。

喻佳拿着手机追上来，摁开电梯门。

这一趟电梯刚好没有其他客人，江凛站在前方，温宁靠在他肩膀上，抬眸看了一眼站在他后面的喻佳。像是终于又认出她来了，温宁低低地叫了她一声："佳佳。"

喻佳忙靠近一点，低声问她："怎么了？有没有不舒服？"

温宁缓慢地眨了下眼睛，隔了几秒才开口："我刚才怎么好像看见江凛那个浑蛋了。"

江凛："……"

喻佳："……"你不只看见他了，还非要他抱着你呢。

温宁说完这句，却又趴回男人肩膀上，没再继续说话了。

喻佳感觉她还醉得不清醒，就没回话，只时刻关注着她状态。

一直到电梯停靠在负一楼，电梯门打开，江凛抱着她往外走，刚跨出电梯一步，就听见她慢吞吞地说了一句："他为什么要骗我呢？"

江凛脚步稍稍一顿。

怀里的小姑娘不知道是在问喻佳，还是在自言自语，又重复了一遍："他为什么要骗我呢？"这一句已经明显带着点哽咽的哭腔。

很快，江凛就感觉到肩膀上被什么温热的东西打湿了，耳边传来细小的哽咽声。

他脚步彻底停下来，搂在她腰上的手收紧，心脏像是也随着越来越明显的哭声在一阵阵发紧。

江凛空出一只手，抬起小姑娘下巴，看见她眼眶里满是泪水。

这姑娘看着大大咧咧，其实共情能力很强，看电视剧电影经常哭，但情绪一般来得快去得快，后一秒如果有搞笑剧情，她也能立即跟着笑出来。但她从没因为自己伤心难过而哭过。在此之前，江凛也只见过她微微红过两次眼眶：一次是她误以为他和汤辰如传绯闻，一次是前天晚上听说她舅舅受伤了。

但不知是此刻她正在醉酒，情绪无法自控，还是他真害她伤心了，江凛还是第一次看她哭得这样厉害。

他抬手去帮她擦眼泪，却根本擦不干。江凛闭了闭眼，低头亲了亲她眼角，嘴里满是泪水咸涩的滋味，最终还有点发苦。"宁宁，"他低声哄她，"别哭了。"

"让她痛痛快快哭一场吧。"喻佳认识温宁这么多年，又何尝见她这样哭过，喻佳顿了顿，忍不住阴阳怪气地补了一句，"哭完她应该就能彻底放下了。"

喻佳抬起头，面前抱着温宁的男人眸光全隐在玻璃镜片后，表情看着居然还是平静的。这段位，难怪温宁被他骗得团团转还不自知。

但他今晚也不是全程都这样冷静。向来不动声色的男人刚才在乍一听见温宁哭声的时候，脸上还是明显露出了某种类似于心疼的情绪。

宾利就停在出口附近。

老徐隔着不远的距离，看见江凛怀里抱着个娇小的姑娘出来，就忙下车帮忙开了车门。

江凛站在右后车门外，想把怀里的小姑娘放在座位上。可不知是不是她这一个多月习惯了常被他这样抱着，她醉酒了认不出人，细软的双手却像是本能地缠在他颈上不肯放，江凛索性就直接抱着她上了车。

右后车门拉开到接近九十度，男人轻松抱着怀里的小姑娘上了右后座。车门关上前，喻佳瞥见他像是低头在她发顶亲了亲，她脚步一转，最后还是上了副驾驶的位置。

喻佳关上车门，系好安全带，看见隔壁同样已经系好安全带的司机并没有立即开车，不知是不是在等候吩咐。

车厢里静了一瞬，只剩温宁的哭声。她也不是号啕大哭，只偶尔小声哽咽几下，听着反而越发惹人心疼。

喻佳回头看了一眼，后座的男人正规律地轻抚着温宁后背，像是在无声地哄她。

温宁家离市中心不远，老徐中途下车买解酒药耽误了点工夫，最后到达时也不过花了二十分钟。

喻佳在前面开门，等江凛把人抱进来，她才淡淡地说了句："行了，都送到了，江总快把宁宁放下吧。"

也不是她愿意让江凛把温宁送上来，主要是温宁醉得厉害，上车的时候就抱着他不肯放，还是江凛哄了好久她才醉醺醺地坐回后座另一个位置，一下车又缠了上来，再次抱着他不肯放。而且鼎盛那边有温宁的地址，江凛想知道是轻而易举，也没什么好瞒的。

江凛低头叫了怀里的小姑娘一声："宁宁，到家了。"

温宁哭累了就一直安安静静地趴在他肩膀上，此刻缓慢地眨了下眼睛，却是叫了喻佳一声："佳佳。"她皱了皱哭得发红的鼻子，"我难受。"

"哪里难受？"江凛问她。

没来得及说话的喻佳："……"

温宁皱着脸："想吐。"她说完挣扎着想从他怀里下来。

喻佳这下没空腹诽了，忙拿了个垃圾桶过来。

江凛扣在她腰上的手收紧了一瞬，终于还是慢慢松开了。

温宁根本站不稳，一从他怀里下来，就蹲了下来。喻佳把垃圾桶放到她面前。

江凛站在原地，看着小姑娘蹲在地上，蜷起来好像只有小小一团，细白的手捂着胃，已经染成别的颜色的头发随着她低头呕吐的动作垂落在一侧。

江凛半蹲下身，抬手将她头发收拢，单手束住，另一只手轻缓地拍着她后背。

温宁吐完才慢慢抬起头，她感觉有人在帮她擦嘴，动作有种说不出的温柔。

温宁朝那人看过去。

江凛垂眸对上她哭得红肿的眼，眼神呆呆的，不像平日那样灵动，看他又开始像在看陌生人。

两秒后，温宁回过头看向喻佳："佳佳。"

喻佳："怎么了？"

温宁抽了抽鼻子："我们家里为什么会有不认识的男人？"她一巴掌拍开那只还在帮她擦脸的手，"你快把他赶走。"

江凛："……"

温宁次日一醒来，就感觉到一阵明显的头疼，她揉了揉太阳穴，抱着枕头蹭了蹭，听见喻佳的声音在旁边响起："醒了？"

温宁含糊地"嗯"了声。

"那我把窗帘拉开了啊？"喻佳问。

温宁又"嗯"了声。

明亮的阳光从窗外照进来，温宁稍稍清醒，从又涨又疼的大脑中扒拉出一点信息："我昨晚是不是喝醉了？"

喻佳："是啊，你完全不记得了？"

温宁还趴在枕头上，闭着眼努力回想了下，声音带着含糊的小鼻音："就记得我喝了两大罐酒，后面就什么都不记得了，你送我回来的吗？"

"不是。"喻佳顿了顿，还是没瞒她，"江凛送你回来的。"

温宁剩下的那点睡意全被惊跑了，她倏然睁开眼："谁送我回来的？"

喻佳同情地看着她："江凛。"

温宁抱着枕头从床上坐起来："为什么会是他送我回来？"

喻佳："你唱《分手快乐》的时候，我录了一小段视频发到了朋友圈，可能是沈明川看见了把视频转发给他，然后他就找了过来，到的时候你刚好喝醉。"

温宁心里已经涌现起一点不太好的预感："然后呢？"

喻佳伸手压了压她脑袋上的呆毛，语气越发同情："然后你当着大家的面扑到他怀里，问他为什么不抱你。"

温宁捂住脸，这是什么人类大型社死现场："你把我尸体火化了吧，不用埋了，全撒海里。"

喻佳继续道："你抱着他不肯下来，我只好跟他一起送你回家，我车现在还留在KTV下面的车库里。到电梯的时候，你终于又认得我了，叫了我一声，说你好像看见江凛那个浑蛋了，问我他为什么要骗你，然后抱着他哭了一路。"

温宁："你给我买张去火星的票吧。"她没脸留在地球了。

"到家之后，你说你难受想吐，差点吐了他一身。"喻佳说。

温宁可能是已经心如死灰了，听到这儿居然还有点不满："为什么是差点？"

喻佳沉默了片刻，脑中闪过昨晚的场景，忽然问："你不是说他有点洁癖吗？"

温宁点头："何止是有点。"他还不喜欢他在家的时候让家政阿姨来搞卫生，所以往往她弄乱或弄脏某个地方，都是他亲自收拾。他这个人做什么事情都不疾不徐的，偏偏还有一身柔软家居服都压不住的冷感，做起家务来还自带一股霸总本本的气场。

喻佳看她一眼："但他昨晚就半蹲在客厅，一只手拢住你的头发，一只手轻拍你后背，一直陪着你吐完，我站旁边都插不上手。"

温宁抱着枕头的手不自觉地收紧，柔软的枕头被挤压成一团。

"我觉得——"喻佳想起昨晚的种种情景，"他好像是真的喜欢你的。"

温宁垂下眼："我之前也觉得他是真的喜欢我。"她沉默了片刻，指尖揪住枕头边缘，"可喜欢这种虚无缥缈的东西，谁又能说得准？他骗我却是不争的事实。"

喻佳只是把昨晚所见所想诚实地和她说一下，并没有劝她的意思，见她情绪低落下来，又把话题拉回来："你吐完之后……"

"等等，"温宁打断她，"怎么还有然后？"

"然后你看了他几秒，忽然回头问我家里为什么会有陌生男人，还一巴掌拍开了他帮你擦脸的那只手。"喻佳又摸了下她脑袋，觉得又同情她又莫名有点好笑，"拍完你还让我赶快赶他出去。"

温宁面无表情："拍得好。"

喻佳："你想开点，昨晚这情况不就像你临时找了个工具人送你回家，送完就一脚把他踹开吗？"

温宁目光呆滞地又躺回床上，撇撇嘴："想送我回家的工具人多的是呢，我为什么要找他？"

"说的也是。"喻佳不再刺激她，附和了一句，"那你就当昨晚什么都没发生。"

温宁拿枕头捂住脸："我以后再也不多喝酒了。"

"以后的事以后再说。"喻佳推推她，"十点半了，先起来喝点粥，我刚熬好的。"

温宁把脑袋闷在枕头里，还想着喻佳刚才说的事，心头五味杂陈："不想吃。"

"快起来。"喻佳继续推她，"你昨晚喝了那么多酒，再不吃东西对肠胃不好，吃完中午我陪你去陈记吃牛蛙。"

温宁把枕头扯下来："我们好久没去陈记吃牛蛙了。"

"去吗？"喻佳问她。

不惦记还好，一被提醒温宁就真想吃了，她重新坐起来："去。"

喻佳点点头："让你起来喝我熬的粥你不起，一说去陈记吃牛蛙你就起得这么积极，我的粥就这么没吸引力是吧？"

温宁整理了下睡得乱七八糟的头发："这能比吗？佳佳你还是要有点自知之明的。"

"那你别喝了。"喻佳说。

"姐妹一场，虽然你的粥跟陈记的牛蛙没的比，但我还是要给个面子的。"温宁下床穿鞋，"吃完牛蛙我们去逛街吧，我没什么衣服穿了。"

"行。"喻佳说。

在陈记吃完牛蛙，温宁和喻佳打车去昨晚的KTV取了车，随后直奔市中心一家大商场。

逛了一整个下午，两个人都收获颇丰，只是难免双腿酸痛，双手都被大包小包占据。两个人提的东西都又多又重，不方便去楼上找吃的，温宁提议先回地下车库，把东西放上车。

可一回到车上，屁股一贴上柔软的座椅，温宁就一步都不想动了，她懒懒地靠在椅背上："不然我们回家叫外卖吧？"

"行啊。"喻佳本来就是陪她出来散心的。

温宁拿出手机："那我们叫徐姨家的小龙虾吧，也有段日子没吃了。"

徐姨是温宁家附近的一个夜宵店老板，店名就叫徐姨夜宵馆。温宁是熟客，每年暑假都跟家人、朋友隔三岔五去吃，只是他们家是自家配送，并不跟外卖平台合作，得自己打电话下订单。

到家后，两个人把大包小包随手放在客厅，一起瘫在沙发上。

没等太久，晚饭就送上了门。

温宁这才起身洗了手，一边打开电视，一边开始拆包装盒。

喻佳去厨房，从冰箱里拿了一瓶苏打水、一瓶气泡水，和一盒冻好的提子出来。她把提子倒进玻璃杯里，又开了气泡水倒进去，随即把杯子往温宁那边一推。

温宁看见气泡水的那一瞬是拒绝的。只是玻璃杯中，绿色的提子已经沉底，透明的气泡水还在欢快地往上不停蹿着小泡泡，颜色清新得非常诱人。算了，男人她可以不要，但气泡水是无辜的。

温宁端起杯子喝了一口，冰冰凉凉的饮料裹挟着一点提子的清香，还有小气泡在口中迅速炸开，气泡水和夏天果然是最配的！

晚饭吃一半时，温宁忽然又想吃西瓜，她取下一次性手套，擦擦手："我想叫个西瓜，你还有什么想吃的水果吗？家里提子还有吗，要不要补货？"

喻佳拍《秘密》瘦了好几斤，这段时间不用太控制饮食，闻言也凑上来："我看看。"

两个人一起又叫了个水果外卖。

快吃完时，温宁接到电话。送这单的是个小姐姐，在电话里着急忙慌跟她解释说刚才不小心把西瓜摔了，得临时再回去买一份，会迟几分钟，问温宁能不能先点个提前送达。温宁想吃西瓜倒不差这几分钟，于是答应下来。

吃完晚饭，喻佳起身开始收拾茶几。

"先再歇会儿嘛，"温宁半躺在沙发上不想动，"等下我跟你一起收拾。"

"你坐着吧。"喻佳这几天在吃食上很放纵，吃完却不敢像她再这么放纵，"我正好活动一下。"

温宁就心安理得地舒舒服服地继续躺着了："那我不管啦。"

喻佳还没收拾好茶几，温宁正好又接到外卖小姐姐的电话，说是人已经到楼下了，麻烦她等下帮忙开个门。

门铃响起，喻佳过去开门。因为刚听到温宁接电话，她就没多想，直接拉开房门。

温宁还盼着她的西瓜，下一秒，却见刚把门打开一个小口的喻佳忽然又急又快地重新关上了门，"砰"的一声重响在屋内像是绕了一圈才止歇。

温宁躺不下去了，忙起身走去："怎么了？门外是谁？"

喻佳板着一张漂亮的脸："沈明川。"

温宁愣了下："江凛？"

喻佳："……"这两个狗男人。

"不是，"喻佳索性换了个称呼，"沈周。"

温宁还是有点蒙："他怎么来了，来找你的？"

"不知道。"喻佳说。她看清门口的人是沈明川后就重重关上了门。

门铃这时又响了声，外卖小姐姐的声音隔着门板传来："您好，您的水果外卖到了。"

温宁："……"

温宁拉开门。门口的外卖小姐姐急急忙忙把袋子往她们手里一塞："不好意思，迟到了，祝您用餐愉快。"温宁连一句"谢谢"还没来得及说，她已经风一样地跑走了，只留下一串脚步声。

温宁这才抬头看向门口的沈周——真正的沈明川本人。他和江凛差不多高，懒懒地靠在她家门边，衬得她家门口这一小片空间都像是逼仄了几分。

"我当初给鼎盛留地址，"温宁冷淡地看着他，"并不是为了让沈总今天不请自来的吧。"

沈明川："……"

他摸了摸刚才差点被门撞上的鼻子，笑道："这不是怕提前通知，温小姐会不让我进门嘛。"

温宁："……"

不请自来难道她就会让他进门了吗？不过听这口气，沈明川居然不是来找喻佳，而是来找她的吗？毕竟喻佳的合同还签在鼎盛，温宁也不好太不客气，况且骗她的主要是另一个人。

"沈总没什么正事就请回吧。"

沈明川看她一眼："你不想知道江凛当年为什么打烂你送的礼物吗？"

温宁不由得怔了下，她和这位真正的沈总几乎没什么交集，她猜到他可能是为江凛而来，但没想到他一开口，提的居然会是这么一件陈年旧事。

喻佳听到"江凛"二字，就知道沈明川不是来找她的，怕沈明川接下来的话她不方便听，她就转回客厅继续收拾。

温宁站在门口，指尖摁着门把："不想。"关于他的事情，她都不想知道了。温宁脸色越发淡下来，说完就想关门。

沈明川却也没伸手拦。直到门即将关上的一瞬，温宁听见他声音从门缝中传进来："他不是不想要，而是留不住。"

温宁关门的动作倏地一顿，重新打开门。

沈明川还像刚才一样靠在门口，连姿势都没变过，双手抱臂，神情闲散，就好像笃定她又会把门打开一样。

温宁下意识地又想把门关上，可握在门把上的手好像没听使唤。他那样的人，也会有留不住什么东西的时候吗？

沈明川这才不紧不慢地又问了一句："我方便进去吗？"

温宁看着门口的男人。她和喻佳之前都觉得他完全没个助理的样子，架

410

子大得厉害，和他"老板"相处也没有分寸。可此刻看来，他在扮演沈周期间确实有收敛。面前锋芒毕露、气场大开的男人，才是沈家下一任掌权人原本的模样。

温宁往后退了一步："进来吧。"

"鞋就不用换了，我们等下打算拖地。"来者是客，温宁又指指沙发，"沈总坐那边吧，我去给你倒杯水。"

温宁说完走进厨房。

家里的一次性杯子没有了，她不爱喝没味道的纯净水，所以冰箱里全是饮料。温宁看了一圈，最后给他拿了瓶喻佳常喝的苏打水。一拿出来，温宁不知怎么，忽然又想起江凛第二次去剧组的时候，她给他拿的就是这一款，那时她还以为他才是沈明川。

温宁指尖顿了顿，还是把苏打水拿出来，走回客厅，搁在沈明川面前，自己在另一张沙发上坐下："沈总有话就快说吧，不早了。"

沈明川却看了一眼正在收拾茶几的喻佳。

喻佳本来打算把茶几上最后一点东西收完就走。沈明川接下来要说的话肯定会涉及江凛的隐私，她没打算听，也没兴趣听，但被这么催促似的看上一眼，喻佳心里那点火气又压不住了。喻佳没好气地道："沈总不用看我，我还不至于这么没眼色，收完这个盒子，我就下去丢垃圾。"

沈明川又瞥她一眼。她今天穿了牛仔短裤，短裤下一双雪白长腿又细又直，他还清楚地记得这双腿前天晚上是怎么钩在他腰上的。

"垃圾你放门口，我帮你带下去。"

喻佳："可不敢劳烦沈总。"

沈明川："我一两句话说不完。"

"放心，"喻佳没看他，把垃圾袋的束绳抽紧，"我在楼下转转，你们没聊完之前我不会上来。"

沈明川："这么晚了，你穿成这样下去转什么？"

"沈总管天管地，还管别人穿什么衣服？"喻佳好笑，"我穿这样怎么了？"

"我不管你穿什么衣服。"沈明川说，"但你现在是鼎盛旗下的艺人，要是出点什么事，你家人找上门，麻烦的是公司。"

喻佳系抽绳的动作一顿，抬起头，目光冷冷地落在他身上："沈总是担心我家人找上门，还是担心我出什么事不能给你们挣钱啊？"

"记得你还要给公司挣钱就好。"沈明川说。

喻佳没什么表情地点点头："行，您是老板您说了算。"她没再搭理他，把垃圾放到门口，看了一眼抿着唇的温宁，指指主卧："我去卧室，有什么事就叫我。"

主卧门"砰"的一声关上。

沈明川看着关上的房门，扯扯衬衫领口的扣子，心头像是有股躁意压不下去。他想起温宁刚才在他面前放了瓶水，伸手想去拿，却抓了个空。

沈明川收回视线，这才发现那瓶水不知什么时候又被江凛家那姑娘拿回自己面前了。她的目光也冷冷淡淡的："沈总估计也看不上我家的水，就有事说事吧。"

沈明川："……"

沈明川平缓了下呼吸。

"你见过江凛父母吧，"对上温宁，他情绪又很快恢复稳定，"对他们还有没有印象？"

温宁摇摇头。

"江叔叔性格和江凛完全不一样，江冽倒是有几分像他，只是江冽只学了点皮毛，江叔叔别的方面没什么本事——"沈明川顿了顿，"虽然这样说好像不太合适。"他嘴上说着不太合适，脸上神情却明显没当回事，像是对江凛这位父亲并没有多少尊重之意。

温宁看他确实不像一两句话就能说完的样子，于是随手扯了个抱枕过来抱着。

"江叔叔别的本事没有，但谈恋爱却很在行，一向怜香惜玉，他历任前任就没有一个说他不好的。"沈明川又停了下，"但是郑阿姨，就是江凛的妈妈，和他是联姻。他当初是被江凛爷爷摁头娶的郑阿姨，他不敢反抗江老爷子，就把逆反心理转向了郑阿姨。郑阿姨当年听说也是被父母宠着长大的，也不高兴拿热脸贴他，两个人完成任务似的生下江凛，就开始各玩各的。"

沈明川懒懒地靠在椅背上，像是在回忆："直到郑家碰了不该碰的线，江老爷子及时察觉苗头，及早停了所有和郑家合作的项目，但江叔叔怜香惜玉的毛病又犯了，郑家破产，郑阿姨父亲入狱，他不但不肯离婚，还处处妥帖地帮着郑阿姨安置好了她所有家人。这对夫妻在婚后第四年谈起了恋爱，第五年生下江冽。"

"江凛和他弟弟同父同母，但他们俩一个是联姻的结果，一个是——"沈明川没再继续说，脸上倒是露出了嘲讽的笑容。

温宁指尖揪紧抱枕的边缘，低声接上他的话："一个是爱情的结晶。"

恐怕还不止如此。前一个孩子出生后，夫妻俩都在各玩各的，也就意味着这个孩子见证了他们彼此互相背叛的那一段时光。他可能会像一根刺一样，横亘在他们中间，不断提醒他们那段不堪的过去。

沈明川神情冷冷地沉默了片刻，才重新开口，但他似乎并没有任何要煽情的意思，语气非常轻描淡写："我十岁那年去江家玩，和江凛一起听到郑阿姨和江叔叔吵架，说为什么老爷子要这么早就定下继承的人选，郑阿姨质问江叔叔为什么不帮江凛争取一下。江凛十一岁那年，可能就是你去他家玩的那个暑假前，得了一场重感冒，高烧到近四十度，家里的保姆给他爸妈打电话，但那天江凛和同学吵了一架，江叔叔和郑阿姨双双赶去了江凛的学校，最后是家里的保姆送江凛去的医院。"

怀里的抱枕被揪成一团，温宁垂着眼："他爷爷呢？"

"他爷爷那时在国外出差。"沈明川说。

温宁摇摇头，声音很轻："不是，我是说他爷爷——"她顿了顿，后面的话不知怎么，有些问不出口。

沈明川却会意："他爷爷很看重他，把他当继承人培养，但同时也对他相当严格，不允许他有一点不该有的爱好，而且因为早早定了继承人选，江老爷子出于补偿心理，在其他方面就会更宠着顺着江凛。我早年送江凛的玩具，最后经常都会出现在江凛手上，后来我就不给他送玩具了，改成叫他去我家里玩。"

温宁揪着枕头的指尖因为用力而微微泛白。

沈明川继续道："那天在逸星酒吧，我听你说你那只什么猫是单独只送给了他是吧？"

"是，我当时就只买到一只。"温宁说。

"那就对了。"沈明川接道，"打碎了，他才有可能把你的礼物留下来。"

温宁鼻子倏然一酸，她勉强忍下这股情绪："是他让你来跟我说这些的吗？"

"不是，是我自己过来的，不过来之前，我和他说了一声。我不来，他今天也会来一趟自己告诉你的。"沈明川停顿片刻，"只是我不希望由他亲口来说。"

温宁垂着头没接话。

沈明川和她不熟，拿不准她的心思，但他该说的已经差不多都说了。他沉默两秒，又多补了一句："江凛从小骄傲，创业最难的时候都没开口要我帮忙，我和你说这些，只是帮他解释一下原因，你也不用同情或怜悯他，他不需要这些。"

说完，沈明川从沙发上起身，走到紧闭的主卧门前敲了敲："喻佳，出来，我们聊聊。"

喻佳打开门："我和沈总您没什么好聊的吧？"

"聊你接下来的工作。"沈明川说。

喻佳："我一个普通艺人，用不着沈总您亲自和我聊工作吧，有什么事让红姐吩咐一声就是了。"

"那就聊你前天晚上和我……的事。"沈明川说。

喻佳："前天晚上的事，我们不是也已经说清楚了吗？就当什么都没发生。我当时也不知道您的身份，要是知道我哪怕醉死了，当时也不会去您房间的。您要是觉得亏了，那我只能以后努力多给您挣点钱了。"

沈明川被气笑了。

喻佳却没再管他，越过他往沙发上看了一眼，见温宁脑袋垂得低低的，脸几乎埋在抱枕上，也不知道是不是在哭。她忙推开挡在门口的沈明川，几步走到沙发前："宁宁，怎么了，他跟你说什么了？"

"没事。"温宁摇摇头，"佳佳，我想一个人待一会儿。"

喻佳听她声音倒不像是有哭腔，沉默了片刻："行，那我下去一趟，我带着手机，你有事给我打电话啊。"

温宁闷闷地应了声："好，谢谢。"

喻佳站起身，看了一眼沈明川："沈总不是要聊吗？出去吧。"

温宁的脸还埋在抱枕里，她听见脚步声远去，接着不远处传来"咔嗒"一声关门的轻响，随后室内完全安静下来，似是喻佳和沈明川都已经出去。沈明川那句"打碎了，他才有可能把你的礼物留下来"却仍像是魔咒一般不停在她脑海中回响。

当年她太小，只隐约记得她当初很喜欢江家那个大哥哥，喜欢到甚至愿意把自己也很喜欢的那只小瓷猫送给他。可能就是因为当年她很喜欢他，也很喜欢那只小瓷猫，所以在见到他砸猫的那一瞬，她才会记忆那么深刻，才会误会他这么多年。

原来亲眼所见之事也会有不为人所知的隐情，那他骗她呢？

博汇中心。

江凛打开指纹锁，踏进门的一瞬，玄关的感应灯亮起，照亮了一侧柜台上一只黑色的猫耳发箍，是它的主人那天不知怎么马虎落下的。好几天了，江凛破天荒地也没帮她收回卧室，任它这么随意放着，就好像它的主人随时会出现，重新拿起它戴在头上一般。

江凛把西装外套搭在手上，也没像平时一样取下手表。他一路走至衣帽间，目光在投向中间那一排色彩丰富的衣裙时，稍稍顿了一秒。

他把西装挂好，随即走回卧室，弯腰打开了她一直想看的保险柜，里面赫然放着一只小小的黑色瓷猫。

江凛至今都还清楚地记得，她到江家那天是个万里无云的晴天。

去机场接机的黑色汽车停在江家老宅门口。司机先下车，打开后座，陌生的老人从车上抱着一个小姑娘走下来。她从小个子就不高，比同龄人矮上一截，看上去只有四岁出头，柔软的头发在脑袋上扎成一个小小的丸子头，脸上的婴儿肥远比现在要明显许多，白嫩嫩的一小只被爷爷抱在怀里，十分可爱。

但江凛只看了一眼，就收回了目光。他听到过江明成打电话，知道两家有个口头上的婚约，而他因为年龄不合适，或者还有其他什么原因，被排除在人选之外。那个小姑娘将来有可能会是江洌的未婚妻。

江凛垂着眼，却不知小姑娘怎么就从爷爷怀里下来，忽然一路颠颠地跑向他。

快到他腿边的时候，她脚步还跟跄了下。

江凛伸手想去扶她，她已经抱着他裤腿稳住了自己。小姑娘抬头看过来，眼睛笑得半弯，像形状漂亮的小月牙，被太阳照得亮晶晶的，口齿清晰，只是仍带点小奶音。"哥哥。"她仰头叫他。

江凛僵了一瞬。他向来不讨小孩喜欢，但面前的小姑娘不知怎么丝毫不怕生，更不怕他。

她攥着他裤腿："是你会陪我玩吗？"

江凛沉默了片刻："不是。"他在暑假期间也被江明成安排了满满的课程，要不是有客人到来，他此刻应该正在跟家庭教师上课。

温宁瘪了瘪嘴。

江明成在一旁淡淡地道："既然宁宁想让你陪她玩，你今天就先不用上课了。"

他说着转向温宁，态度瞬间温和："宁宁，哥哥骗你的，他会陪你玩。"

"真的吗？"小姑娘立马又高兴了起来。

"那边还有个哥哥，也会陪你一起玩。"江明成指指站在一侧歪头好奇打量她的江洌。

温宁瞥了眼江洌，没什么兴趣地收回了目光，白嫩嫩的小手高高举起，牵住了江凛的手。

"宁宁，"温崇走过来，"你还没叫人呢。"

温宁这才在爷爷的指引下一一叫人，最后轮到江洌的时候，她敷衍地叫了一句，小脸立即又转回来，仰头看向江凛："哥哥，我们去玩吧。"

从踏入江家的第一步，她就像个小尾巴一样，一直跟在他身后，就连中午吃饭，她都要跟他挨着坐，直到她被爷爷抱去客房午睡。

　　江凛回了楼上自己的房间写作业。

　　他知道江明成的性格，说让他今天不用上课，不等于课程取消，今天落下的课程，他需要在后面一一尽数补上。江凛需要把后面几天的作业提前做完，不然他可能会一连几天都得不到片刻闲暇。但他难得有些不专心，只做了两个小时，他就忍不住下了楼。

　　去午睡的小姑娘果然早已经起床，正和江洌并排坐在餐桌旁吃下午茶。大人们不知是不是出于想让他们从小多点相处机会的心思，并没有参与，只远远坐在客厅看着。

　　江凛也没走近。他不远不近地看着她对着江洌笑，看着她小声跟江洌说话，看着她把盘子里的水果胡萝卜全给了江洌，就像中午给他排骨一样。

　　江凛看了片刻，正想转过身，重新回楼上写作业，小姑娘却像是察觉到什么似的，抬头朝他这边看过来。她的笑容立刻灿烂起来，她从桌上跳下来，一路跑到他腿边，像上午一样搂住他裤腿，手上还带着一点脏兮兮的油渍。

　　江凛却并没有想要拉开她的手的意图，他自己都有点意外。

　　"哥哥你吃鸡翅吗？"她仰着头问。

　　江凛："不吃。"

　　"为什么啊？"小温宁不解，"鸡翅那么好吃。"

　　"胡萝卜也好吃吗？"江凛问完，自己先愣了下。

　　小姑娘却先鬼鬼祟祟地偷偷往后看了一眼，然后拽拽他衣摆："哥哥你低头。"

　　江凛低下头。她凑到他耳边，小声道："胡萝卜超级难吃，所以我刚才才偷偷骗他帮我吃掉，他好笨啊。"

　　江凛："……"

　　江洌咬着一根胡萝卜，往这边看了一眼："温宁你快过来吃，吃完我带你去玩滑梯。"

　　小温宁头也没回："不去，我要跟哥哥玩。"

　　江洌："我房间里有玩具，他房间里没有，只有书，你去我房间里玩。"

　　"不去，"小温宁皱皱鼻子，"我就要和哥哥玩。"

　　江洌从小到大就没怎么受过委屈，"哇"的一声就哭了出来。

　　郑瑜听到哭声，忙跑过来哄他。可郑瑜再偏心，也没办法跟一个还懵懵懂懂的五岁小姑娘讲道理，没办法让她像自己一样也偏爱自己的小儿子。

　　在江家待了一周，小温宁就黏了他一周。他在房间看书，她就抱着她的小玩具坐在他床上玩。

但她从来安静不到五分钟，玩了一会儿，就会从床上跳下来，走到他腿边："哥哥你在看什么啊？"

江凛："奥数。"

"奥数是什么？"小温宁好奇地问他，"故事书吗？"

江凛不知道怎么跟她解释什么是奥数，最终点点头："是吧。"

"那你给我讲故事吧。"小姑娘要求道。

江凛："……"

江凛那天拿着奥数教材，给她讲了一下午的故事。

回程前一天，江明成和温崇带着他们出去逛街，半路碰上小摊贩推着车卖瓷器，说是他纯手工自制的。

江明成从不给他买玩具，江冽看不上这种粗制滥造的东西，但小温宁很喜欢。

瓷器摊上小老虎、小狮子等动物都各剩好几个，她唯独只喜欢小猫，刚好摊子上还剩下唯一一个，江明成出钱给她买了。

江冽一见她有，吵着也要。但小温宁不是他，江明成再纵容也不会准他抢客人的东西。江冽哭了一路。

小温宁一只手费力地提着她的小瓷猫，另一只伸过来要他牵。江凛把她的手，和她的手上的小瓷猫都接过来。

小温宁又拽了拽他衣摆，江凛弯下腰。她再次凑到他耳边："他怎么那么大的人了还爱哭呀，好没用啊。"

小温宁年纪小，逛不了太久，在外面吃完中饭，江明成就带着他们又回了江家老宅。

那天午觉，她是抱着她的小瓷猫在他床上睡的。

她那时候就已经有睡着了喜欢抱着怀里的人和东西乱蹭的习惯，小瓷猫做工粗糙，她一蹭，鼻尖就红了一小块。江凛把那只小瓷猫从她怀里拿出来，小姑娘在睡梦中咕哝一声，抱着他的手臂继续睡。

可能是因为第二天要走，晚上临睡前她也黏着他不放。

温崇打趣她："宁宁这么喜欢哥哥，将来要不要嫁给哥哥啊？"

"嫁给哥哥？"小姑娘眨巴了下眼睛。

温崇："就是和哥哥以后一直住在一起。"

小温宁头一点："那我要嫁给哥哥。"

温崇把她从客厅沙发上抱起来，手指刮了刮她鼻尖："可惜等哥哥长大了，你也还会是个小不点。"

小温宁明显无法明白这句话的意思。

"咱们睡觉去吧，明天中午的飞机，不能起太晚，你要舍不得哥哥，以后再过来玩，或者让他去咱们家里玩。"温崇抱着她，"宁宁跟哥哥说再见。"

小姑娘朝他打了个哈欠："哥哥再见。"

次日一早，她就抱着她的小瓷猫敲响了他房间的门。

江凛已经起床写作业了。他拉开门，小姑娘蹿进来，先把她的小瓷猫放到他床上，随后自己爬上去，小短腿在床边晃悠："哥哥，我等下要走啦。"

江凛坐回位置上，重新拿起笔，书上的字却突然变得模糊，一个字都看不进眼里。"嗯。"他说。

"你会去我家找我玩吗？"她根本不知道他们两家隔得有多远。

江凛抬起头："不知道。"去不去从来不会由他决定。

"不知道是什么意思啊？"小温宁歪着脑袋问。

江凛："不去的意思。"由江明成决定，那他肯定就去不了。

小温宁瘪嘴："为什么啊？"

江凛没说话。

她开始掰着小手碎碎念："我家楼下有好多滑梯，你可以跟我一起玩的。我爸爸做菜也好吃，爷爷做菜也好吃，不过我妈妈做菜不好吃。"

江凛："……"

"我还有好多好多好多玩具。"小姑娘看着他，"你真的不去我家找我玩吗？"

江凛沉默了两秒："不去。"

小姑娘一副要哭的样子，她鼻子皱了皱，忽然看见放在旁边的小瓷猫。她拿小瓷猫歪头看了几秒，伸手抱着朝他递过来："那我把猫猫送你，你去我家找我玩吗？"

江凛看见她一脸的不舍，但他还是伸手把她的小瓷猫接了过来。"好。"他说。

小温宁立即又笑了起来。"那说好了啊。"她从他床上跳下来，扑到他腿边，"哥哥你跟我拉钩。"小姑娘伸出细细的一根手指，钩住了他食指指尖。

手机忽然响了声，江凛从回忆中回过神，他把保险柜中的小瓷猫拿出来。

那天下午知道他身份前，她在微信里问他五岁小朋友送的礼物能贵重到哪儿去，怎么他会宝贝到放进保险柜。

五岁小朋友送的礼物是不贵重，但对当时年纪尚小的江凛来说，这不仅仅是一份礼物，还是他当时人生中得到的第一份，也是唯一一份毫无理由的偏爱。

第十一章
心软

温宁把脸闷在抱枕上许久，直到透不过气，才重新抬起头。

她抱着抱枕在沙发上平躺下来，从一旁拿起手机，解锁屏幕后，下意识打开微信，主界面上的置顶被取消后，其他消息框早顶了上来，但不知为何看上去总像是缺了点什么。

温宁指尖稍稍一停。

这两天她一拿起手机就下意识打开微信的情况已经不是第一次了。

认识他——或者说是从机场再次遇见他之后的这两个多月里，她习惯了时刻打开微信，一点小事情都跟他分享。

哪怕他常常并不能及时回复她的消息。

可习惯有时候也是一件很可怕的事情，尤其是当这个习惯并不能再给你带来快乐。

她前两天打开微信，一看到主界面，就感觉莫名的心烦，连朋友圈都没心思看，就匆匆退了出去，转而去做其他事情分散注意力。

可今天再习惯性地打开微信，温宁却忽然想起了删除他之前，他们在微信里的最后一段对话。

她在车上被喻佳提醒出门前忘了看他的保险柜，于是发消息问他保险柜里放了什么，问他自己作为女朋友有没有提前被剧透的权利。

他说里面放的是一个五岁小朋友送的礼物。

她当时还觉得奇怪。

五岁小朋友送的礼物能贵重到哪儿去，也值得他宝贝到放进保险柜？

此刻她再想起此事，却不由得心念微动。

是她想的那样东西吗？

他居然将那份礼物保存了十几年吗？

他那天想给她看保险柜，是不是意味着，他想要跟她坦白身份呢？

他连续两天晚上都想来找她，应该是有话要和她说吧？

她要不要给他一个解释的机会？

温宁退出微信界面，点开通讯录里的黑名单。

那个熟悉的号码还静静地躺在里面。

温宁指尖落上去，又停住不动。

不管他有多少苦衷，都不是他骗得她团团转的理由。但她听一下也没关系吧，听一下又不代表她就要原谅他。

温宁在两个选项中反复横跳，一直也没能下定决心。

直到手机铃声忽然响起，来电的界面覆盖了黑名单的界面。

那是一个陌生的南城本地号码。

温宁心里轻轻一动。

那会是他吗？

她看着屏幕上的号码，指尖依然没动。

铃声响了一遍又一遍，直到不知是因为无人接听自动挂断，还是那边主动挂断，才戛然而止。

温宁抿抿唇。

下一秒，手机铃声又重新响起。来电显示还是刚才那个号码。

直到对方不厌其烦地拨来第三遍，温宁才终于按了接通键。

陌生的中年男声从里面传出："是温小姐吗？"

温宁悬着心轻轻落了回去，说不出是失望，还是松了口气。然后她听见对方说了第二句话："我是江总的司机。"

温宁一脸疑惑。

江凛的这个司机话很少，不知是因为性格使然，还是因为老板喜静。

她一下都没能听出他的声音。

"徐叔，您找我有什么事吗？"

"江总托我给您送样东西。"徐司机说。

温宁指尖又揪住抱枕边缘："什么东西？"

徐司机说："他没跟我说里面具体是什么东西，只说跟您提'保险柜'三个字，您就会懂。"

温宁又揪了揪抱枕，没说话。

"我现在就在您家楼下，您要是方便的话，我现在给您送上去行吗？"徐司机问。

温宁沉默片刻："就您一个人吗？"

"对。"徐司机说，"就我一个人，江总没和我一起。"

温宁并不想见他。可真听到他没跟着一起来，心里又像是忽然空了一下。

但温宁也不想为难徐司机："那您给我送上来吧。"

门铃声很快响起。

温宁把被她揪得皱成一团的抱枕放回沙发，起身走到门口，先打开猫眼看了眼。

确认门口是徐司机，也确认门口只有徐司机后，她才打开门。

徐司机给她递上一个黑色木盒。

温宁接过来："谢谢，麻烦您了。"

徐司机没有立即走："我能冒昧跟温小姐您多说两句话吗？"

"您说，您叫我温宁就好。"温宁说。

徐司机说："我给江总开了六七年的车，还从来没见他像这两个月这么开心过。"

温宁抱着盒子没接话。

徐司机继续道："我空长了你们几十岁，也勉强能算比你们多点生活方面的阅历，有些事情错过了可能就是一辈子，我不知道江总是怎么惹温小姐你不开心了，他如果做错了什么，你生气也是应该的，但起码两个人要把话说开，才能避免一些不必要的误会。"

温宁能听出他的好意，她没说好，也没说不好，只道："谢谢徐叔。"

徐司机摆摆手："温小姐不嫌我烦就好了，那我就先走了。"

"嗯。"温宁点头，"您路上小心。"

回到客厅，温宁在沙发上坐下，打开木盒。

饶是已经有心理准备，在看到盒中物件的一瞬，温宁还是倏然睁大眼，心里满是惊讶。

她以为会在盒中看到一些碎瓷片，但里面是一只几乎完好无损的黑色小瓷猫。

温宁轻轻拿出来，在光线下仔细看了许久，才发现一些不太明显的修补痕迹。

手中的瓷猫好像忽然添了些重量。

她心里也说不出是什么滋味。

在打开木盒之前，温宁都不太记得这只小瓷猫是什么样子了。

记忆中只有小少年在她面前摔瓷猫的模糊画面。

想来应该是当年她对他的喜欢，远胜于手上这个小玩具，所以才会对当年那股委屈又气恼的情绪一记就是那么多年。

但当年她也就五岁，能对他有多好，值得他把她送的这么一个不值钱的小东西修补好再珍藏那么多年。

唯一的可能是，当年那个小少年在那个家里受到的偏心对待，远比她想的还严重。

温宁鼻子一酸。

心里好像有股莫名的情绪驱使，等她反应过来的时候，她已经打开黑名单，将他号码放了出来。

几乎就在下一秒，手机铃声随之响起。

温宁有些猝不及防，指尖没注意按了接通键。

男人低低的声音从里面传出来，像是难得有几分不确定："宁宁？"

屏幕上"哥哥"两个字异常显眼。

温宁听见这个称呼怔了怔，鼻子莫名酸得越发厉害。

她瞥了眼面前的小瓷猫，隔了几秒，终于还是把手机拿起来，贴在耳边。

"今天有没有头疼？"男人在电话中低声问她。

温宁愣了下才反应过来他应该是在问她宿醉过后的反应。

昨晚的事情她虽然全记不起来了，但上午光听喻佳描述，她已经很是窒息，于是心头酸涩之余，又不免陡然生出气恼："你管我头不头疼呢，还有你怎么会突然打电话过来，你是不是算准了我拿到盒子里的东西，就一定会把你从黑名单里拉出来？"

江凛说："就是刚好试试。"

他的声音听着仍然平静，但平静底下藏着多少暗涌恐怕只有他自己清楚。

温宁反正不懂。她也不想再猜他的心思，开门见山地道："你有什么想跟我说的，就趁我还没后悔接这个电话前，赶紧说吧。"

"电话里说不清楚。"男人声音压得有些低，"见面说好不好？"

他说话向来习惯性带命令语气。

这还是温宁第一次听到他用这种类似于商量的语气说话。

她默了下："你在哪儿？"

"你家楼下。"江凛说。

也不知是不是被他骗的那股气一直没发出来，温宁感觉自己现在像个一戳就炸的小气球。

"徐叔说你没跟着他一起过来的，你又骗我。"

她的手已经落到挂断的位置。

"没骗你。"男人的声音及时从电话里传出来。

温宁指尖一顿，听见他继续在电话里说："我自己开车过来的。"

温宁："……"

大约从她的沉默中察觉到她的怀疑，他又缓声补了一句："不信我可以给你调监控。"

温宁重新冷静下来。

"我能上来吗？"男人低声问。

温宁想也没想："不能。"

温宁把抱枕扯过来，揪了揪抱枕边缘，没说话。

男人并没有在这个话题上继续纠结，重新用那种商量式的语气问她："那你下来好不好？"

温宁目光不经意间又瞥到了茶几上的小瓷猫。她安静几秒："你等我五分钟。"

挂断电话，温宁把木盒关上，起身去了主卧。

温宁让他等几分钟，本来是想补个妆，但站到镜子前，又改了主意。

她现在没心情补妆。

楼下的男人也不值得她花心思为他打扮，显得她多看重他似的。

温宁把头发随便梳了下，穿了双拖鞋，拿着手机给喻佳发了条消息，慢吞吞地出了门。

一从电梯出去，温宁就看见男人站在楼栋大厅里等她。

她还是一身熟悉的白衬衫和西裤，也仍戴着那副接吻时曾紧贴过她皮肤的银框眼镜。

不算昨晚醉酒后那场她毫无意识的会面，其实她也就两天没见他，却无端有种恍如隔世的感觉。

温宁脚步倏然一顿。

她停下来，男人却往前走了两步，站在她面前。

温宁在他身上闻到了一点淡淡的烟草味。

423

"你抽烟了？"她仰起脸，望向他。

江凛垂眸，目光落到她的脸上："没想到会打通你的电话。"

他也没想到她还愿意下来。

温宁："……"

她不知道他还会抽烟，也没见过他亲自开车。

他之前还说要带她去骑马。

这一个多月他们见面相处的时间不多，温宁其实还有好多事情想和他一起做，但他骗了她。

面前的小姑娘重新垂下头没再看他，细白的手垂落在一侧。

江凛目光落上去，手指蜷了蜷，最终收回西裤口袋，他轻声道："车上烟味还没散完，带我在小区逛逛？我们边走边说？"

温宁："……"

谁要带他逛逛？

而且等下走远了他们还得再回来，平白要多跟他相处一段时间。

"就去车上说吧，不早了，说完我还得早点睡觉呢。"

他的车没停在地下车库，停在楼栋一侧的一个车位上。

不知他是有意还是无意，温宁过去时，发现他这个位置正好能看见她家客厅和主卧的窗户。

温宁习惯性地拉开左后车门，上去坐好时，才想起他今天是自己开车，但她也懒得再换位置，径直在左后座坐下。

男人帮她关上车门，绕去右侧，拉开右后车门。

他身高腿长，一坐上车，后座原本宽敞的空间立即变得逼仄起来。

两侧的车门都被关上，车厢内只剩下没散尽的淡淡的烟草味与他的气息裹挟在一处，将她笼罩于其中。

温宁忽然后悔没选散步了。

散步起码她可以和他拉开距离。

温宁伸出手，把后座中间的扶手箱放了下来。扶手箱落下时的一声轻响，打断了车厢内的沉默。

江凛微微垂眸。

当初换这辆车就是因为她，可从前嫌扶手箱碍事的小姑娘如今却亲手把扶手箱放下来，在她和他中间隔开一道分界线。

车厢又重新安静下来。

旁边男人沉默地看着她，没开口说话。

"不是有话要说吗？快点。"温宁催他。

江凛："你想知道什么？"

"不是你要跟我解释吗？"温宁又耷毛了，终于转头瞪他，"怎么还来问我？"

江凛目光仍落在她的身上，他沉默两秒："不知从哪儿开始解释。"

温宁："……"

他居然也有不知道的时候。

她默了默，又重新垂头不看他："那就先说说你还有没有别的事情瞒着我。"

"你生日那天……"男人的声音在车厢里缓缓响起，他稍稍停了一瞬，"江冽带着柳筱去过 Infrared，被我拦在了门外。"

温宁想起他那天中途接过一个电话，随后便出去了一趟。她又转过头："所以你那天接的不是计远的电话，出去那一会儿也不是处理工作？"

江凛："是计远的电话。"

他只否认了前一个问题，那想必就是出去那一会儿拦的江冽。

她"前婚约对象"带着和她相似的"替身"去吃饭，差点撞上她和他哥哥约会……

她这是差点就见证了一个修罗场吗？

虽然这个前婚约对象也未必多喜欢她。

"还有没？"温宁仍旧不看他。

"柳筱来找过我。"

温宁倏然转头望向他："她找你做什么？怎么，你也想和你弟弟一样玩什么替身白月光的套路？"

"不是，别生气。"

男人看着她，眸光全掩在镜片下，他继续道："她来找我谈条件。"

温宁："谈什么条件？"

"她撞见过我们，想借此让我继续瞒着江冽你没出事的事情。"江凛说。

温宁："……"

柳筱演技不行，但长得确实不错，怎么眼睛这么瞎？她看上谁不好啊。

"等等。"温宁问他，"她什么时候撞见过我们？"

"情人节，你请我看电影那晚，她在停车场。"江凛顿了顿，"计远那天不是去看电影的。"

温宁："……"

温宁冷着脸点点头："他是去帮你处理意外情况的。"

为了骗她，他可真是处心积虑。

"你知道我是怎么知道你身份的吗？"

江凛摇头。

他确实不知道哪一个环节出错了。

她那天就在他家楼下不远的地方吃饭，同学都是艺术生，认识他的可能性不大，就算认识他，她手机里也没他照片，基本不可能暴露。

"你还记得情人节那天在炸鸡店门口撞我的那个男生吗？"温宁问他。

江凛颔首。

"他是你粉丝，也是两个月前你参加的一个经济论坛的志愿者，我那天出去吃饭，刚好又碰见他了。"温宁说。

江凛："……"

两个月前南城那个国际经济论坛规模不小，与会嘉宾他和计远都未必记得全，自然不可能认识会场的志愿者。

温宁见他沉默，心头压着的那股火气又冒出来了。

"为了骗我你这么费尽心思，你是不是以为你能算无遗策？"说到第二句话时，已经带出点哭腔，温宁倏然哽住。

她那天有多盼着回家见到他，在意外得知他的真实身份后，就有多震惊、多难过。

她这两天甚至都不敢细想，怕这场恋爱从头到尾都是场骗局，怕她是个彻头彻尾的笑话。

江凛看她眼眶倏然又红了起来，不自觉地伸出手。

"你别碰我。"温宁拍开他的手。

清脆的响声在车厢内响起，温宁看见他手背后微微红了一点。

她心头下意识冒出点愧疚，但也就一瞬。

他骗了她两个多月，她打他一下怎么了，又不是打脸。

温宁深深吐了口气，压下这股不该有的情绪，以及其他一些糅杂在心头的复杂情绪。

"你继续说吧。"她勉强冷静下来。

江凛的手在半空僵了一瞬，才缓缓收回，他闭了闭眼："当年和江洌一起上热搜的女明星是我安排的。"

温宁蓦地一愣："你说什么？那个人是你安排的？"

"算是。"江凛说。

他那时和江明成闹得很僵，又忙于工作，并不知道两家重提了婚约之事。

江明成出于对已逝旧友的尊重，压着江洌不准他早恋，江洌别的本事没学到，把江敬元的坏毛病学了十成十，他不敢明着对抗老爷子，但读书期间，身边来来去去的女生就没断过。

只是他那时年轻，手段远比现在简单粗暴。

他也没想到，甚至没等他安排后续，江洌已经跟那个女明星闹上了热搜。

温宁心里的震惊情绪已经远远压过其他。

没记错的话，她和江洌"相亲"是在她大一那年圣诞节回国期间。

江洌和女明星热吻上热搜，是在一个多月后，她出国旅游遭遇泥石流期间。

温宁偏头看着他："你为什么这么做，而且我那时候刚满十八岁没多久，你不会早对我图谋不轨了吧？"

男人目光隔着镜片对上她的视线："当年和你相亲的只会是我。"

温宁："……"

"说得好像是你想和我相亲，我就一定会去似的。"她嘀咕了一句。

"你说什么？"江凛没听清。

"没什么。"温宁又收回目光，不再看他，"还有吗？"

江凛："暂时想不起了。"

温宁垂着眼："那在机场见面前你就已经认识我了？长大后，你什么时候见过我吗？"

她肯定是没见过他的，他完全是她喜欢的类型，要是见过，她不可能一点印象也没有。

"挺多次，你想听哪一次？"男人回他。

"挺多次？"

江凛："以前偶尔会开车去你们学校门口。"

"我高中的时候吗？"温宁越发蒙了，"去看我？"

江凛点头。

温宁："……"

温宁以为自己已经不会再惊讶了，但他好像总有本事超出她的预想。

"我那时候都没成年。"温宁转头瞪他，"你去看我干吗？江凛你是变态吗？"

江凛："……"

他觉得自己好像确实有点变态，终于从她嘴里听到他的名字，哪怕是在骂他，他居然都觉得很顺耳。

男人静静地看着她没说话，越发像个变态。

温宁往车门挪了挪："然后呢？"

"然后你出国了。"江凛说。

温宁："你之后没再见过我了？"

江凛："……"

她出国这几年，刚好也是他最忙的几年。

"见过一次。"

温宁眨眨眼："什么时候？"

江凛默了下。

"不说就算了。"温宁想离开。

江凛叹了口气："你出事获救那天。"

"你去美国看我了？"温宁问。

"不是。"

温宁又是一怔："那是……"

那时她爸妈放寒假，去美国陪她，碰上她有假期，就一起去另外一个国家旅游。

因为遭遇泥石流，他们在当地耽搁了一段时间，获救之后，她因为有考试，他们一家都没在当地多待，几乎立即赶去了机场。

他不太可能在当地见到她，除非他早到了。

温宁心头浮起一个荒谬的猜想。

"你不是去见我的，你是……"她又停了下，"去救我的？"

"没赶上。"江凛说。

她爸爸妈妈在双方业内都挺有名，所以国内有相关新闻报道，只是没提及她。

他当时忙于工作，得知消息晚了些，确认她也被困，赶过去的时候，那边的救援工作已经快结束了。

温宁心里是满满的惊讶。

"不可能。我不信。"温宁怔怔地看着他，"我那天穿了什么衣服？"

男人看着她目光忽然变得悠远了些，像是在回忆："穿了件长款的白色棉衣，衣服和脸上都有泥点子。"

脸上满是获救后的喜悦，她像只漂亮的小花猫。

温宁指尖攥紧了皮质座椅。

因为是外国人，他们不是当地新闻拍摄的重点，加上迅速离开，也没参与后续采访。

她从头到尾没在新闻中出现过，不然江洌也不会那么容易被骗。

他真的……不顾危险赶去事故现场找过她？

温宁愣愣地看着他，已经说不出心里是什么感受："那当初在机场遇见，你为什么一开始要当作不认识我？"

她记得他只看了她一眼，就径直从她旁边走了过去。

是她先叫住他，他才停下的。

"你不记得了？"江凛问她。

温宁眨眨眼："记得什么？"

男人又沉默了片刻："你那时看到我砸烂你的瓷猫，哭着跟我说你以后再也不想见到我了。"

温宁指尖倏然又收紧几分。

她曾经还和他说过这样的话吗？

温宁愣愣地坐在车里，直到男人温热的大手再次落在她的脸上，直到听见他低声哄她说别哭。

她才恍然发现自己又哭了。

温宁这次没拍开他的手，心里满是杂乱的情绪，她分不出哪种更多些，也想不起还有没有什么别的问题想问他。脑中只剩下最后，也是最想问他的那一个。

"你为什么要骗我？"

江凛帮她擦泪的动作稍稍一顿。视线模糊了男人的面容，温宁看不清他的表情，即便看清了她也永远猜不透。

"是从机场见我开始，就打算骗我吗？"

"不是。"江凛终于回她。

要是从一开始她就打算骗她，他不会借用别人的身份，还会把这个局做得更完美。

"在酒吧，我听见你骂我了。"

温宁眼泪好像止不住似的。她之前忍着不想哭，是怕他连喜欢也是骗她的，那她还为了他哭就太不划算了。

"你明明不是故意砸烂我的瓷猫。"温宁哽咽着说道，"你可以跟我解释的。"

"宁宁。"江凛指腹落在她的眼尾，轻轻叫了她一声。

时至今日，他偶尔还会梦见她当年哭着和他说那句话时的场景。

那是他这辈子最无力的时刻，也是他和江家对抗的所有动力，所以当初创业最难的那段时间，他时常会开车停在一中门口，也不一定要见她。但偶尔运气好，他也能撞见她挽着同学的胳膊，笑容灿烂地从校门口走出来。

他那时就希望她永远这么无忧无虑。可现在是他害她这样伤心难过。

在机场相遇之前，他从没想过有朝一日，她还会再一次主动走到他面前。

投资其实本身就是一种博弈。

他习惯了风险，习惯了理智快速地在一众选项中挑出最优项。但她不是冰冷的、可以操控的数字，她是他失而复得的宝贝。

温宁视线被泪水模糊，听见他声音低低在耳边响起："我也不是永远都能理智的。"

温宁一回家，就看见喻佳坐在客厅沙发上，也不知和沈明川聊完多久了。

温宁走过去，在她旁边坐下。

喻佳见她眼眶通红，明显又哭过，忙问："江凛和你说什么了？他又惹你了？"

温宁顺手把抱枕扯过来，叹了口气："不算吧，总之一言难尽，晚点再和你说。你呢，和沈明川聊得怎么样？"

"也是一言难尽。"喻佳也叹了口气，"你要不要先去洗个澡，然后把眼睛敷一下，不然怕要肿到明天。"

温宁抱着抱枕："不想动，我先躺会儿。"

"……行吧。"

喻佳陪她一起在沙发上躺着，两人都满腹心事，也都没再说话。

直到门口传来开锁的声音。

温宁心头一跳，和喻佳对视一眼。

不等她们多想，下一秒，门就被从外面打开，一个看不出年纪的漂亮女人从门口走进来，后面跟着一个高大儒雅的男人。

"你们两个居然都在家。"女人笑着说。

温宁呆了下。

"爸爸妈你们怎么回来了？"她把抱枕一丢，从沙发上站起来，直接跑过去扑到宁雪兰怀里，"你们不是要大后天才回来吗？"

宁雪兰被她扑得往后退了一步，温时远在后面扶了她一把。

"你爸爸学校有点事，你舅妈又是个操心的性格，我们留在那里她反而没办法专心照顾你舅舅，就提前回来了。"

"你眼睛怎么这么红？"温时远站在宁雪兰身后，刚好看见她眼眶红肿，"怎么了，跟你那个男朋友吵架了，难怪我们不在家，你也老实待在家里。"

温宁："……"

他怎么哪壶不开提哪壶？

"眼睛很红，我看看？"宁雪兰接话。

温宁没退开，脸在她的肩膀上蹭了蹭："没什么，妈妈我好想你啊，我今晚跟你睡吧。"

"这么大人了还撒娇？"宁雪兰失笑。

温时远板着脸："这么大人了还要跟你妈睡。"

温宁抬起头看他："你都带我妈出去玩了两三个月，把她借我一天也舍不得吗？温教授你要不要这么小气啊，而且你们提前回来，我都没找人帮你们打扫卫生，你要是不想自己搞卫生到大半夜，今晚还得求我收留你呢。"

"你这房子谁买的？"温时远问她。

温宁理直气壮地道："房产证上写了我的名字，现在就是我的。"

温时远："……"

"好啦，先坐下说。"宁雪兰劝架，又回头看温时远："温老师，你先去对面把我们给宁宁和佳佳买的礼物拿过来。"

温时远转身出了门。

温宁这才松开手，拉着宁雪兰往沙发走，又问她："你们晚饭吃了没啊，要不我给你们叫个外卖？"

宁雪兰："在飞机上吃了。"

"那您先坐，我去给您洗个水果。"温宁松开手。

宁雪兰在沙发上坐下，看了一眼喻佳，又伸手摸了摸喻佳手腕："佳佳怎么瘦了这么多？拍戏很辛苦吗？"

"是挺辛苦的，不过也很开心。"喻佳笑着回她。

宁雪兰："开心就好，这几天让你温叔叔多给你煲点汤，多补一补应该就能长回来了，太瘦了也不行，对身体不好。"

"知道的，谢谢阿姨。"喻佳说。

宁雪兰又伸手指指厨房："她怎么啦？"

喻佳轻轻叹口气："一两句话说不完，您晚上陪她睡，然后跟她聊聊吧。"

"行。"宁雪兰点头。

喻佳："那我也去帮宁宁洗水果。"

"随便洗点就行，这么晚了也吃不了什么。"宁雪兰交代。

因为爸妈提前回家，温宁暂时把满腹心事全抛在了脑后。

宁雪兰和温时远在外面旅游了数月，去每个地方都给她们两人挑了当地的特色礼物。

温宁和喻佳光是看礼物都花了大半个小时。

直到夜深，四人结束交谈，温宁在主卧洗完澡，回到卧室床上躺下，目光瞥见被她搁在书桌上的黑色木盒，才倏然想起今晚车上那番对话。

宁雪兰还没洗完澡，温宁抱着抱枕，长长的眼睫低垂着。

她后来在他车上哭了好久。

他说完那句话，就没怎么开口，只是低声哄她别哭。

直到哭完，温宁才听到他又叫了她一声。

"宁宁。"他问她，"你记不记得你还欠我两个谢礼？"

温宁泪眼模糊地抬头瞪他："你不会妄想着凭那个两个破谢礼，就要我原谅你吧？"

"没有，换一个让我弥补的机会好不好？"

他声音压得很低，无端温柔，仍落在她脸上的指腹也带着熟悉的触感与温度。

温宁沉默片刻，推开他的手，拉开车门："再说吧。"

推门的声音响起，宁雪兰从门口进来，温宁回过神。

宁雪兰在她身边躺下："发生什么事了，愿意跟妈妈说说吗？"

温宁平躺下，抱着她的手臂，略过沈明川说的那些旧事，以及一些不好意思说的内容，大致和她讲了下这段时间发生的事。

说完，她又瞥了眼桌上的木盒，声音轻轻地："妈妈，你说我要原谅他吗？"

她感觉他好像是真的喜欢她的，可他欺骗她，她也不敢再相信自己的感觉，更没办法立即百分百相信他今晚的解释。

他的心思她一点都猜不出，她又怎么敢断定他不会再一次骗她。

宁雪兰却忽然道："你给他订的那对袖扣我忘了拿出来给你了。"

温宁："……"

"不着急。"

反正现在那对袖口也派不上用场了。

"他对你应该还不错吧？"宁雪兰说。

"不错什么啊。"温宁撇撇嘴，又有点意外，"您说这话的意思是，我应该原谅他吗？"

"不是。"宁雪兰却是给了个否定的答案，"我的意思是，你不用着急做决定，就像你订第一对袖扣时，也没想到自己短时间内会再给他订第二对，你既然问的是要不要原谅他，就说明在你心里，他不是完全不可原谅的，那你就等他证明给你看，等他证明他还值不值得你原谅，值不值得你再给他一次机会。"

温宁眨了下眼睛。

好像是这个道理。骗人的又不是她，她着什么急呢？

宁雪兰继续道："而且你现在也恢复了单身状态，要是碰上其他条件不错的男生，也可以考虑一下的。"

温宁："……"

"你爸爸学校不是开始打篮球比赛了吗？这两年招进来一大群打篮球的男生，听说去年还招了个国青主力，长得比漫画男主还帅，好像叫陈什么来着。你有兴趣的话，让他带你去看看他们训练，看看有没有看得顺眼的。"宁雪兰说。

温宁："还在读大学啊，那不是比我小？算了，我对弟弟没兴趣，而且真是大帅哥的话，说不定早有女朋友了。"

"也是，那等妈妈看到合适的，再给你介绍。"

温宁第二天是被宁雪兰叫醒的，她也没听清宁女士说了什么，抱着枕头蹭了蹭，将醒未醒时，声音带着鼻音："妈妈我不想起。"

宁雪兰的声音终于清晰了些："你爸爸要做炒米粉，你确定不起来吗？"

"做什么？"温宁闭着眼睛问她。

宁雪兰："炒米粉，不是念叨了几个月说想吃吗？佳佳都起来看剧本了，你还睡懒觉。"

"那她又不是第一天比我勤快。"温宁眼睛还睁不开。

"那你继续睡。"宁雪兰说，"我让你爸爸不做你那份。"

温宁："……"

温宁确实惦记炒米粉好几个月了。

南城不少饭店和小摊子都有卖炒米粉的，但不知道是不是她给温教授加了滤镜的缘故，反正她觉得哪家都没有温时远做得好吃。

最终对食物的渴望还是战胜了想继续睡觉的欲望，温宁揉着眼睛慢吞吞坐起来："我要多点豆芽。"

"行，你快去洗漱吧，我去跟他说。"宁雪兰说。

温宁洗漱完，温时远也已经炒好米粉了。

餐桌上摆了四盘色泽漂亮的米粉，四杯豆浆，中间还放着一盘青菜和一盘水果，简单又温馨。

温宁跟喻佳在同一边坐下，豆浆都顾不上喝，直接拿筷子夹了一大筷子米粉送进嘴里。

她家里炒的都是细细的圆米粉，煮的时间刚刚好，软烂适中，配着清脆的

豆芽一起，吃着格外香。

温宁吃完嘴里这一大口，抬头看向对面的温时远："爸爸明早我还要吃炒米粉。"

"想吃你今晚就自己睡。"温时远头也没抬。

温宁："……"

"行行行，今晚就把你老婆还给你，小气巴拉的。"

温时远转头看宁雪兰："雪兰，管管你女儿，越来越没大没小了。"

宁雪兰笑道："要管你自己管，我舍不得管。"

温时远："……"

吃完早饭，温宁和喻佳帮着一起把碗盘放进洗碗机。

收拾好，喻佳进了卫生间，温宁这时听见门铃声响了。

宁雪兰把新切好的果盘端到客厅茶几，回头看温宁："宁宁，你今天有客人要来吗？"

"没有啊。"温宁也觉得奇怪。

温时远也凉凉地瞥她一眼："不会是你那个男朋友吧？"

温宁："……"

应该不会吧，他昨晚都没直接上来，肯定不会没经允许来敲她的门的。

难不成又是沈明川？

不过她看温教授这副模样，应该还没从宁女士那儿得知她被骗的事，不然肯定不会这么淡定。

"我去看看。"

温宁走到门口，打开猫眼瞧了下，忙打开门："红姐，您怎么过来了？来找佳佳吗？"

外面站着的是喻佳的经纪人常红。

常红点点头："有点急事找她，就不请自来了，小温老师你在更好，正好帮我劝劝她。"

温宁拿拖鞋给她换："怎么啦？"

"她……"常红踏进屋门，才发现室内不止温宁和喻佳。

温宁见常红看向父母，介绍道："这是我爸妈。"她介绍完，又指指常红，给两位家长介绍："这是佳佳经纪人，姓常。"

常红："冒昧造访，不好意思啊。"

"没事，您就是佳佳经纪人啊。"宁雪兰笑着跟她打招呼，"我们家佳佳以后就托您多照顾了。"

"应该的。"常红说。

"那你们聊。"宁雪兰看了眼温时远，"温老师我们回对面收拾房间？"

温时远站起身，冲常红点点头。

温宁一边带着常红往里走，一边跟宁雪兰道："妈妈那等下我们再去帮你收拾。"

"我叫了阿姨，马上就到了，不用你们帮忙。"宁雪兰说，"你记得给人家倒水。"

温宁带着常红在沙发上坐下，又转去厨房给常红倒水。

她下意识打开橱柜，才发现里面不知何时多了一袋一次性纸杯。

她和喻佳这两天买了不少东西，每次都忘了买一次性杯子，还是两位家长靠谱。

"红姐，您喝凉水还是温水？"

"温的吧，谢谢小温老师。"

温宁倒好水端过来时，喻佳刚好也从卫生间出来："红姐您怎么来了？"

"你还说呢。"常红接过温宁手中的水，"公司给你安排了谭柳智下部戏女主的面试机会，你为什么不去？"

温宁一愣，转头看喻佳："你疯啦？"

谭柳智虽然不像钱正义一样，手握不少主流奖杯，但也算名导之一，他主攻商业片和类型片，一向是年度票房冠军的有力竞争者。

"没疯。"喻佳倒是淡定，"我没说不去啊，我只是说先想想。"

常红："这还用想？"

"这还用想？"温宁和她同时开口。

喻佳："……"

常红继续道："而且这部戏试镜会有动作戏，你什么底子都没有，就算沈总那边安排了人教你，没半个月以上，你连个招式都不一定练得会。"

喻佳还没说话，温宁就道："她会去的，她不去，我明天就帮您押着她过去。"

常红见喻佳也没反驳的意思，试探着又问了句："真的？"

"红姐，我跟宁宁聊聊。"喻佳也没拒绝，"中午之前给您答复行吗？"

常红："行，你要答应的话，下午正好可以和我一起过去。"

把常红送出门，温宁又回到客厅沙发，在喻佳旁边坐下："这么好的机会，你犹豫什么啊？要是因为担心我的话，我爸妈都已经回来了，而且……"

温宁顿了顿，大致把昨晚的事和她说了下。

"他应该有可能不全是骗我的，但我也暂时没办法那么快就完全相信他，还得慢慢来。"

喻佳听完稍稍放下心："这只是一半原因。"

温宁："还有一半原因呢？"

"谭柳智这几年的片子票房都是三十亿起步，我一个新人……"喻佳停了几秒，"我不想沈明川是因为那晚我和他上床了，所以拿这个试镜机会给我当补偿。"

她那晚只是喝多了，并没有太醉，只是酒意把沈明川那张脸对她的诱惑力从百分之十扩大到了百分百。

但双方都是成年人，她并不觉得他需要补偿她什么。

"你是不是钻牛角尖了啊，佳佳？"温宁看着她，"红姐不是说这是公司给你的试镜机会吗？而且沈明川堂堂沈家太子爷，马上就要接管沈氏总部的下一任沈家掌权人，他真要给你补偿，不至于就给你一个试镜机会，还要你苦兮兮去练武，那他也太小气了吧。"

喻佳："……"

她跟沈明川说不到两句就火药味十足，昨天可能是被他气到了，听温宁这么一说，好像确实是这么回事。

"就算真是，你怕什么啊。"温宁继续道，"反正只是一个试镜的机会，真要拿到了女主这个角色，也是你凭自己本事争取的，回头你拿到片酬，甩他一半，也给他补偿回去呗。"

喻佳："你说得对。"

"那还等什么，我去给你收拾行李。"温宁拉她起来。

得知喻佳要走，宁雪兰过来往她行李箱里塞了一堆干货："还想说让你温叔叔煲点汤给你补补，好在你自己也会做饭，回头抽空自己炖了喝啊，有空了就随时回来。"

喻佳鼻子微酸："谢谢阿姨。"

"宁宁你也不用担心。"宁雪兰低头继续往喻佳行李箱里放东西，"我过两天就带她出去散心。"

下午把喻佳送去机场后，温宁和两位家长顺便一起去逛超市。

大约是已经从宁女士口中得知了她这段时间发生的事，温教授今天难得没管她吃垃圾食品，还偷偷给她往购物车里多扔了几包鸡爪。

回到家，温宁舒舒服服地躺在沙发上。

两位家长在厨房做饭。

温宁其实过去装作要帮忙，但没待一分钟就被温教授赶了出来，不知是嫌她碍事，还是嫌弃她打扰他和宁女士独处了。

桌上摆着切好的西瓜，温宁叉了一小块咬住，手机刚好在这时响起。

来电人：哥哥。

温宁咬西瓜的动作顿了顿。

一看见这个称呼，一想起某个人，她好像心神都瞬间被扰乱，连西瓜都没那么甜了。

温宁指尖稍动，把电话挂断，顺手再次把这个号拖进黑名单。

西瓜清甜的汁水在口中爆开，世界终于清净了。

一分钟后，温宁又收到了一条短信。

来自一个陌生号码，其实也不算是陌生号码，那是宁女士当初发给她的那个号码，也是吴制片人当初拿过来给汤辰如接听的那个号码，是那个……尾数是她生日的号码。

"又拉黑我了？"

温宁又叉了块西瓜吃掉。

可能是看在尾数的面子上吧，她没再拉黑，还把这个号码改个名字存进了通讯录。

温宁："对啊，你有意见吗？"

骗子："没有。"

温宁："我要出去散散心。"

骗子："去哪儿？"

他现在回消息倒是积极了。

温宁："你管我去哪儿？"

温宁："总之你这段时间都不要打扰我。"

骗子："多久？"

温宁："不知道，至少半个月吧，不可能缩短，只可能延长，具体看我心情。"

宁女士行动力一向很强。

她说带温宁去散心，第二天就订好了住的地方，第三天一早就带温宁出发了。

宁雪兰刚经历了一场长时间的旅行，也没带她去太远的地方，目的地就是南城郊外的一家民宿。

民宿坐落在青山绿水间，老板是一对夫妻，男老板也煮得一手好粉，汤底也是一绝，但汤粉只有早餐时供应，且只在早上九点前供应。

温宁为了这口吃的，暂时过上了早睡早起的规律生活。

早上她吃完粉，民宿老板经常会出门去山腰的湖边钓鱼，宁雪兰这时就会带着她一块儿去附近找个阴凉的地方写生。

但大多时候是宁女士在认真画画，温宁在一旁看小说、漫画或电影，或者玩乐静静公司那个乙女游戏。

这个游戏剧情比温宁预想中要有意思得多，几个男主人设也都不错，除了银框眼镜那位。

她难得到现在都没玩腻。

在山上优哉游哉地待了一周，直到温宁在微博上又一次刷到粉丝催她画《秘密》的漫画，她才稍微有点良心发现，开始勉强动了下笔。

《秘密》漫画的改编权温宁一直没卖。

各大公司的画手兴许有比她厉害得多的，但不会有人比她更了解自己的作品，她从一开始就打算自己画《秘密》的漫画，只是长篇漫画工程量远比小说要大。

想象是美好的，摸鱼是快乐的。

所以《秘密》的电影都已经拍完了，但温宁一直拖到现在，才开始动笔——只是直到下山前，这次良心发现最终也没能支撑她画完第一话的其中一页。

温宁和宁女士只在山上待了半个月，就打算回去了。一来是"独守空房"的温教授一天能给老婆打八个电话，二来是喻佳快要去试镜了，温宁打算过去陪陪她。

下山后，温宁在家当了两天小电灯泡，然后就飞去了北城。

喻佳还在接受训练，李思涵开车去机场接她。上车后，温宁被李思涵带着一路直奔喻佳训练的地方。

温宁被李思涵带进房间时，喻佳正在练回旋踢。

喻佳是典型可盐可甜的长相。眉眼化得英气些，再扎个高马尾，就显得很潇洒。

喻佳已经练了半个月，回旋踢有模有样，力度也够。

温宁乍一眼看去，只看见一双大长腿。

她站在原地愣了一秒。

喻佳练完一个才停下来和温宁说话。她指指墙边的椅子："我要六点才能结束，你先坐着等我吧。"

离六点还有半个多小时，温宁点点头。

她和李思涵在墙边坐下，看喻佳继续训练。

这个动作在她看来已经是相当漂亮，但喻佳和教练好像都不太满意。

温宁在墙边坐了半个小时，喻佳就一遍遍重复着同一个动作练了半个小时。

腿再长再好看，温宁都看困了。温宁偏头看向李思涵："她这半个月每天都是这样训练吗？"

"对啊。"李思涵说。

温宁："……"

温宁知道喻佳努力，但演戏是她喜欢的事情，练这种武打动作又不是，这种持续且重复的动作并不会给人带来任何乐趣。

喻佳居然也能一坚持就是半个月。

大概是跟努力的人在一起，总会不自觉被传染，温宁终于又良心发现了一点点。反正她现在也没有男人要追，也不用挣钱给他买礼物，也没什么重要的事要做，不然就把漫画画一画吧，就当打发时间也行。

温宁打开微博，更新了一条新内容。

就我没猫了吗："立个 flag（指故事中让人能够预测到之后发展，又往往不会实现的事），一个月内画完《秘密》第一话（倒了我就来删了这一条）。"

发出去后，温宁刷新一下，打算看看评论。

"不如您现在就删了吧，我当没看到这条，这样我就不会失望了。"

"立个 flag，没猫太太一定会删了这条微博。"

"一看内容我心里一喜，再一看头像，没猫太太啊，算了，她一年内能画完第一话我就谢天谢地了。"

温宁："……"

这些都是假粉丝吧。

她又往下拉了拉。

"太太您自打谈恋爱后，连微博都不发了，这种一立必倒的 flag 您还是删了吧。"

温宁不服气地回了一条："没谈恋爱了，现在闲得很，我这个月就把第一话画出来给你们看！"

喻佳这时终于训练完了，温宁收起手机，给她递了条毛巾："我觉得你明天试镜一定会顺利的。"

"对我这么有信心啊？"喻佳挑了下眉。

温宁点头。

谭柳智这次拍的是男人戏，是经典的警匪题材，喻佳要试的是一个亦正亦邪的女杀手，算是镶边女主。

但谭柳智的镶边女主对演艺圈的人来说也是个机会，竞争绝对不小，好在他这次不打算用大花（已有较高成就的女明星）。

"演戏比你有经验的打戏肯定没你好看，打戏比你好看的……"温宁顿了顿，"没有大花来试镜的话，打戏不会有比你更好看的了。"

"冲你这最后一句话，姐妹今晚请你吃大餐。"喻佳把毛巾搭到一边。

温宁看她满头大汗："大餐留着明天吃吧，今晚先回去好好休息下，随便叫个外卖就行。"

喻佳跟她也没什么好客气的："行。"

喻佳现在住的地方是鼎盛安排的一套两居室，就在公司附近。

晚上没其他事，李思涵送她们回去后，就回家了。

吃完晚饭，喻佳在客厅转了几圈，才走到沙发前，在温宁边上坐下。

她顺手打开微博，昨天《秘密》官博更了条视频，常红让她换大号转发，现在一打开，首页出现的都是大号上关注的人。包括温宁在内，全是《秘密》剧组相关人员。

"咦，你终于打算画《秘密》了啊。"喻佳一眼就看到了她那条微博。

温宁点头："反正也没事做。"

"等等……"喻佳仔细看了眼，发现她看见的并不是温宁那条原微博。

"商默好像给你点了个赞。"

温宁："……"

温宁暂时还没上微博。

"不过钱导、杜老师和李副导他们都给你点赞了。"喻佳又往下刷了刷。

温宁："那可能是看大家都点赞了，顺手点一下吧。"

"但商默也不像是会顺手给人点赞的性格，而且他基本不怎么在微博跟异性互动，你好像是最多的一个。"喻佳抬头看她，"宁宁，他不会对你有点什么意思吧？"

温宁立即摇头："不会吧，他都不怎么和我说话的。"

"也是。"喻佳回想了下，之前拍戏时，他们这位男主演一直都很高冷，一收工，除了钱正义夫妇，谁都不怎么搭理，包括温宁在内。

"那可能真是顺手吧。"喻佳点开她那条微博看了眼，"不过好像有不少人顺着他那个点赞摸过来了，居然还有人嗑你们俩CP。"

"谁啊，别害我啊。"她可不想再被骂了。

"就一两条，别慌。"喻佳说。

没等温宁凑过去看，她的手机这时响了起来。

说曹操曹操到——这条消息居然是商默发给她的。

温宁心里一跳："商默给我发微信了。"

"啊？"喻佳靠过来。

温宁点开。

商默："冷笑话大全……"

他居然发了个网站链接。

温宁没来得及回复，手机又振动了下。

商默："发错了。"

温宁："……难怪。"

商默："错都错了，你帮我看一下。"

温宁："看什么？"

商默："链接。"

商默："看哪条好笑。"

温宁："……"

商默："哄人用的。"

商默："不知道你们女生喜欢什么。"

温宁和喻佳对视一眼。

这……好像有点信息量啊。

商默发了两个红包。

温宁发了个问号过去。

商默："谢礼。"

温宁没点红包，点开了链接，往下翻了几条，就看见那个经典的冷笑话。

虽然她已经看过很多遍，还是忍不住笑倒在喻佳肩膀上。

温宁截图发过去："这个吧。"

商默发了个问号过来。

温宁："你不是问哪个好笑吗？"

商默："……"

商默："这个好笑？"

温宁："这个不好笑吗？"

商默："算了。"

商默："当我没问。"

温宁："……"

她反正也是无聊，看在同事一场的分上，才顺手帮忙挑一下，他不领情就算了。

商默："红包领了。"

温宁："不用啦。"

商默："……"

商默："你爱要不要。"

喻佳："……"

"行了，我确定他对你一点意思都没有。"

温宁深有同感地点点头。

喻佳明天要试镜，晚上本来打算再看看那几页临时剧本，然后拉上温宁揣摩下人设，但此刻多少有点紧张，不太能定下心。

喻佳顺手又打开了论坛，打算随看点什么先缓缓。点进首页，她愣了下，推推温宁："宁宁，江凛微博开认证了？"

温宁也愣了："啊？"

喻佳把手机递过去，温宁只见上面的帖子标题是"啊，江凛居然开微博了，而且还关注了没猫太太，这又是什么奇怪的事。"

1L："真的假的？"

3L："居然是真的！CM资本创始人江凛，这位大佬终于不再低调了吗？"

5L："看他弟弟那张脸，我就一直很盼着他露脸多年了。"

6L："等等，没猫太太是谁？"

8L："@6L，是一个画手兼作者啦，《秘密》原著就是她写的。"

10L："《秘密》就是钱导和商神他们拍的那部？居然还有原著吗？"

13L："真的呀，而且大佬微博开通后，就只关注了没猫太太一个人，他们什么关系啊？"

15L："会不会是手滑点错了，感觉真的不像一个世界的人啊。"

17L："微博新号会推送一大堆账号让关注，也不是完全没可能手滑点错。"

18L："但是这位大佬还点赞了没猫太太今晚最新那条微博，不太可能是手滑点了关注，又再点个赞吧？"

温宁一脸疑惑的表情。

小说再出圈也肯定不能和商默这种家喻户晓的明星相比，很多人不知道这部小说，温宁倒也不奇怪。她奇怪的是，某人不是一向低调吗？他忽然开通微博认证做什么？

温宁打开微博，进入粉丝列表，瞬间看见他的账号。

头像和微信头像是同一个。

账号已经有上万粉丝，不知道是不是还有其他人在帮他引流，她退出再点开，就这么一会儿的工夫，就看到他又多了一千粉丝。

她之前取关了他那个"僵尸号"，现在这个号粉丝这么多，也不方便再通过粉丝分辨这个究竟是不是他那个旧账号。

温宁点进他的主页：微博数 0 条，点赞 1 条，他点赞的就是她晚上发的那条微博。

她让他不要打扰她，他倒是真的一连半个多月一次都没找过她。

温宁撇撇嘴，点进自己的主页，从她的粉丝里找到他的账号，指尖在屏幕上停了一秒，最后还是点向了移除粉丝。

喻佳瞥见她的动作，又往下刷了刷帖子。

30L："好像又取关了，可能真的是手滑。"

33L："但是赞还在啊，取关不可能不把赞一起取消吧？"

35L："怎么感觉吃个瓜吃出点扑朔迷离的味道来了。"

37L："啊啊啊啊认证都开通了，大佬发条微博吧，最好是发个照片什么的。"

40L："@37L 你想什么呢。"

45L："前两个月有幸在南城经济论坛当过志愿者，真人超帅，不负责任地说一句，吊打他弟弟一百个来回没问题，气场和气质都超绝，。"

47L："@45L 真的吗？他弟弟已经很帅了，是真的话，我就在这儿宣布他是我新老公了。"

50L："所以大佬和这位没猫太太到底什么关系？"

53L："偷偷爆个料，大佬这不是新号，也不存在手滑关注错的可能，这不是他这个账号第一次关注没猫太太了。"

55L："等等，@53L 你要爆料就说清楚点啊，到底什么情况？"

57L："不是新号 +1。"

60L："这个瓜到底还能不能吃明白了？"

70L："算了我来当个好人吧。"

"之前没猫太太说自己谈恋爱后，粉丝列表很快就多了一个僵尸号，粉丝还以为她是被买关注了，特意发评论提醒了没猫太太，没猫太太当时还回复道心情好随他留着。

"但粉丝发现那个新号只关注了没猫太太一个人，粉丝也只有没猫太太一个，不像是买关注的僵尸号，好些粉丝就猜这个看似僵尸号的新号会不会是她男朋友，有很小一部分粉丝当时还好奇关注了这个僵尸号。

"今天没猫太太说自己没在谈恋爱了，有粉丝去看僵尸号，发现那个账号唯一的关注被清空了，粉丝列表里也没有了没猫太太。

"然后有人吃瓜慢上一步，想点开僵尸号去看关注列表的时候，发现那个僵尸号居然摇身一变成了某投资大佬。

"没猫太太又重新出现在他关注列表，然后不久后又消失了。

"我吃到的详细瓜就是这样，两人具体什么关系，我也不清楚。"

75L："啊僵尸号那条回复我有印象，居然就是大佬现在这个号吗？"

77L："我特意去看了下，没猫太太那条回复语气好甜啊，我能明白粉丝为什么会觉得那个号就是她男朋友了。"

80L："报！大佬那条点赞还是没有取消，所以应该不是手滑。"

85L："居然觉得有点甜是怎么回事？投资大佬和甜萌画手，这种感觉有点好嗑。"

87L："所以这是大佬单方面被分手了？"

88L："别乱猜了你们，没猫太太什么都没承认过，别到时候又有人骂她。"

90L："一般专门搞个认证微博号，不都要发条微博吗？怎么感觉这位大佬认证完就没什么动静了，感觉认证一下就像是给没猫太太点个赞似的。"

喻佳不由得笑着瞥了温宁一眼，把手机又往她面前递了递："你移除粉丝也没用了，论坛已经有人开始觉得你们甜了？"

温宁："……"

这届网友怎么回事？

喻佳轻轻"啧"了一声："江凛这操作就……"

"就什么啊？"温宁问。

喻佳想了想措辞："……就很不像江凛，不像他会做出来的事情。"

温宁："……"

这事确实不像他做的。

南城，CM资本。

计远敲门进去时，办公桌前的男人一身黑色西装，正低头翻阅手中的文件，听见动静，也没有抬头。

偌大的办公室只有纸张翻动的声音。

"老板。"计远叫了声。

男人言简意赅地道："说。"

计远："您微博认证后，不少杂志打电话过来询问您是否有意接受采访。"

"都回绝。"江凛头也没抬。

"好。"计远应了声，"还有……"

他又犹豫着停下来。

"别吞吞吐吐。"江凛仍低头看文件。

计远默了一秒，才继续道："还有温小姐又把您移出关注列表了。"

纸张翻动的声音终于一停，整个办公室像是连空气都安静了一秒。

江凛手指在半空停了半响，才带着纸张一同落下来。

他跟她说他不可能永远理智。但他好像绝大部分的不理智与她有关。

江凛已经想不起方才为何会让计远去帮他申请认证了，可能是因为不想再看到她的名字总是和别的男人一并被提起。哪怕只是在网上。

计远小心翼翼地又补了一句："我刚才想顺便帮您把关注添加回去，然后……"

"然后什么？"江凛终于抬头。

计远对上他深邃的目光，低下头："发现关注不了，温小姐可能把您拉黑了。"

江凛："……"

江凛抬手扯松了束缚在领口的领带，蓦地低笑一声，也不知是不是被气笑的。

"算了，随她去吧。"

喻佳吃完姐妹的瓜，紧张的心情都缓解了不少。她把手机放下，偏头问温宁："帮我再顺下人设？"

温宁现在一看到手机，就满脑子都是某人，也顺手把手机放下："好。"

她们顺完人设，喻佳先去洗澡。

温宁随手拿起手机，指尖落到微博图标上，又停住。

手机铃声这时刚好响起。来电显示的是钱导。

温宁一看见钱正义这通来电，才恍然想起那天她心里一片混乱，也忘了问他是不是伙同全剧组一起在骗她。但她此刻冷静下来想，应该没有。

倒不是温宁觉得他舍不得让别人一起骗她，只是越多人知道他的身份，漏洞就越多，越不利于他控场，估计也就吴制片知道吧。

不过钱正义这时候给她打电话做什么？

温宁接通。

"小温还没睡吧？"钱正义在电话里问道。

温宁："没睡，钱导您找我有事？"

"是这样，你知道克鑫吗？"钱正义问她。

温宁："知道。"

这几年发展非常迅速的一家互联网公司。但不知怎么，温宁总感觉这个公司的名字好像在特殊的地方看过似的。

"他们公司最近做了一个新的漫画平台，他们工作人员想问问你有没有兴趣在他们那边连载《秘密》的漫画，但是发私信和邮件给你，你都没回复。"钱正义说，"就找到我这边来了，你要是有兴趣的话，我把他们工作人员的微信推给你。"

温宁其实没什么兴趣。她下午跟粉丝放完狠话，这会儿就已经后悔了，觉得她这个月还真不一定能画完。

打游戏看剧多开心啊，她画什么漫画呢？

不过对方都找到钱正义了，她感觉多少还是要给点面子的。

"您推过来吧。"温宁又补充了一句，"不过我只能先跟他们聊聊，不确保能答应。"

钱正义："没事，你随便聊聊，按你的想法来就是了。"

挂掉电话，温宁加了钱正义推过来的微信。

点开微信的一瞬，温宁就觉得她不是太想和对方聊了。

因为对方昵称叫克鑫小江。

这人姓什么不好，非要姓江。

克鑫小江："没猫老师好。"

克鑫小江："我是克鑫的工作人员小江。"

克鑫小江："老师你《秘密》漫画有没有想好在哪个平台连载？"

克鑫小江："要是没有的话，要不要考虑下我们克鑫。"

克鑫小江："条件都好说的。"

温宁觉得自己也不能迁怒所有姓江的，想了想，婉拒道："暂时还没考虑，我第一话都没画好呢，而且我几个月也不一定能画完一话。"

克鑫小江："没关系的。"

克鑫小江："连载速度和进度我们都可以随您安排。"

温宁："……"

还有这种好事？

温宁："我也不打算跟粉丝收费。"

克鑫小江："也可以。"

温宁："……"

温宁："画得不顺利，我还可能就不画了。"

克鑫小江安静了十几秒。

克鑫小江："也没关系。"

温宁："你可以做决定吗？"

温宁其实想问的是你们疯了吗？

要不是这个微信号是钱正义推来的，她可能早觉得对方是在诈骗了。

克鑫小江："领导就在我旁边。"

克鑫小江："我们是新平台，引流暂时比挣钱更重要。"

克鑫小江："我们这边给您列了一份大致的签约条件，您有兴趣的话，我可以现在发给您看看。"

温宁不知怎么，总觉得哪里不对劲。

她打开网页搜索了下克鑫。

两分钟后，温宁关掉了网页。

她就说这个公司她一定在某个特殊的地方看过，原来是在某个论坛帖子里看见别人吹他们家的投资人。

温宁："不用了。"

温宁："不好意思，我不打算考虑克鑫。"

克鑫小江又沉默了几秒。

可能是因为她前后态度转变得过于明显。

克鑫小江："我能冒昧问下原因吗？"

温宁："和你们公司本身没什么关系。"

温宁："纯粹看你们投资人不高兴。"

克鑫小江终于安静下来。

温宁撇撇嘴。

她就说天上怎么可能有馅饼掉下来，而且某人不只是他们的投资人，好像还是他们家的大股东之一。

温宁退出微信，躺在沙发上玩了一会儿游戏。

她以为和克鑫小江的对话已经结束，可十五分钟后，那个微信号又发了条消息过来。

克鑫小江："看我不高兴不是更应该跟克鑫签约吗？"

温宁迅速打字："江凛？"

克鑫小江："是我。"

温宁从沙发上坐起来，抿着唇："不是让你这段时间不要来打扰我吗？"

克鑫小江："十八天了。"

温宁怔了下，才反应过来他是说距她上次说让他不要打扰她，已经过去十八天了。

温宁："十八天怎么啦？我说的是最短半个月。"

温宁："是你让克鑫的人找我签约的？"

克鑫小江："他们早就有这个想法。"

克鑫小江："你要相信自己。"

看到他这两句话，温宁感觉心里那点不爽好像轻了少许，像是被顺了下毛似的。

温宁："我当然相信自己啊。我就是不相信你而已。"

温宁："还有你刚才跟我说的那句话是什么意思？"

温宁："什么叫我看你不高兴不是更应该跟克鑫签约吗？"

克鑫小江："看我不高兴不是更该坑我，让我少挣钱吗？"

克鑫小江："签约费可以提高。"

克鑫小江："条件也可以尽量提得苛刻些。"

温宁："……"

温宁一边觉得他明显在套路她，一边又觉得他说得居然有点道理。

温宁："我要坑你，也用不着为难别人。"

克鑫小江："现在是我亲自在和你对接。"

克鑫小江："你为难不到别人。"

温宁："……"

手机又响了下。

"克鑫小江"把克鑫列的签约条件发了过来。

温宁打开看了一眼。各方面其实都远高过她的预期。

温宁想着他刚才的话，试探着打字："签约费我要再高一倍。"

克鑫小江："只高一倍？"

温宁："三倍？"

克鑫小江："行。"

温宁："……"

他钱多啊。但被他这么手把手教着怎么坑他自己，她又莫名觉得有点高兴。

温宁一一把其他条件也都顺着加高。

他居然也一一应了下来。

克鑫小江："还有其他要求吗"

温宁："暂时没了吧。"

克鑫小江："明天让人把合同发给你。"

温宁："我随便说说而已。我又没要签。"

克鑫小江："那你也可以先看看合同。"

温宁："明天再说吧。"

温宁看见喻佳从卫生间出来，又补了一句："我要去洗澡了。"

对话框上面显示着"对方正在输入"倏然消失。

温宁唇角翘了翘，退出了微信界面。

温宁次日起了个大早，和李思涵一起陪着喻佳去试镜。

她昨天夸喻佳的话也不全是夸张。现在资本都在挣快钱，打戏全靠慢镜头，轻轻松松就能把钱挣了，愿意下苦功夫钻研的人越来越少。

新一辈小花打戏好看的确实不多，而且喻佳刚在钱正义剧组认认真真拍了三个月戏，教戏的是名导，对戏的不是圈内素有口碑的前辈，就是商默这种天才。

演技早比当初试镜《秘密》时要好上很多倍。

喻佳的试镜比温宁预想中还要顺利。

她们一行三人离开试镜场地，还没到达中午吃饭的餐厅，就接到了谭柳智工作人员的电话，说喻佳试镜成功通过。

三人在外面吃完一顿庆祝大餐，温宁陪着喻佳回家休息。

试镜通过只是开始，她前面的训练只能勉强应付试镜那个场景，真要演这个角色，半个月的训练可远远不够。

回家后，刚在坐下没多久，喻佳就靠着沙发睡着了。

温宁把手机调成静音模式，刚想着是继续玩游戏，还是找点什么东西来看，"克鑫小江"就给在微信上她发了份合同。

温宁："你是……"

克鑫小江："我是小江本人。"

他可能是怕这句话会让她误解，对方又补了句："不是江总。"

温宁："……"

温宁把合同下载后，粗粗看了遍，内容和她昨晚跟他提的完全一致。

只是法律条文看得让人不免头大，温宁干脆把合同转给了温教授。

半个小时后，温教授回复了她"这个公司疯了？"

温教授果然是她亲爹，反应和她昨晚一模一样。

温宁："江凛是投资人兼股东。"

温教授："你后续要和他对接吗？"

温宁："不用吧。"

温宁："人家日理万机，哪儿有空天天搭理我？"

温教授："那你签吧。"

温宁："可以签吗？"

温教授："他骗了你几个月，他弟弟当年跟你相亲，还跟别的女明星闹上热搜，你多挣他点钱怎么了？"

温教授："白纸黑字写明了，也不用怕他反悔。而且你的漫画自带热度，《秘密》电影最晚明年也会上映，他们绝对不会亏，他们这些搞投资的精着呢。"

温教授："你以为都像你一样傻乎乎的，签完离他远一点。"

温宁："你骂我傻？我截图给妈妈看了啊。"

温教授撤回了一条消息。

温宁抱着手机笑倒在沙发上。

她顺便躺着给小江回消息了："好的。"

克鑫小江："老师您的意思是，答应签约？"

温宁："嗯。"

克鑫小江："我们公司在北城，您看您明天方便过来面签吗？"

温宁："方便的，我就在北城。"

克鑫小江五分钟后才回她。

克鑫小江："既然您现在就在北城，方便今天下午就过来签约吗？我们可以派车过去接您。"

温宁："要这么着急吗？"

克鑫小江："早签完我们大家都安心。"

克鑫小江："我们派车去接您？"

喻佳这时不知怎么醒了，站起来稍稍活动了下。

温宁抬起头，问她："你下午还睡不？"

"不睡了吧。"喻佳说，"越睡越懒。"

温宁："那你陪我去签个约吧。"

克鑫小江真名叫江家鸣。

克鑫是家新公司，当年本就是一群年轻人一起创办的，江家鸣年纪不算大，但在克鑫职位也不低，其实算是漫画平台这边的负责人。

江家鸣亲自到地下车库接她们上去。

温宁拉着喻佳的手，一路被江家鸣带着上楼，到了会议室门口。

江家鸣打开会议室大门那一刻，温宁目光瞬间撞进一双熟悉又平静的眼眸中。

不知怎么，她居然一点也不觉得意外。

男人今天穿了套藏青色的正装，双手随意地搭在会议桌上，右手轻抚在衬衫左边的袖扣上。黑色袖扣在灯光下闪耀着一点细碎光泽。

他居然还好意思戴她送的袖扣。

温宁平静地移开视线，转头看向江家鸣："签约需要无关人员在场吗？"

江家鸣看了眼会议室内部。里面除了老板，就只剩下他们的投资人。

无关人员只能是他了。

"那我走？"江家鸣问。

温宁："……"

她跟江凛置气归置气，倒也确实没想要为难其他人。

温宁走进会议室："算了，反正我签完就走了。"

只是他那个位置有点烦人。

江家鸣说合同是克鑫老板阎冲亲自跟她签。

她要坐在阎冲的对面，就得坐在某人旁边，她要坐在阎冲旁边，就只能坐在他的对面。

这还是间小会议室，她再避也避不到哪里去。温宁索性在阎冲对面坐下。

她忽略掉一直落在她身上的视线，仔细对了遍纸质合同，在阎冲已经签好名的合同上签上自己的名字。

温宁把自己那份合同收好："要是阎总没别的事，我就回去了。"

阎冲也很年轻，看着跟她旁边那位差不多大。

闻言，他抬眸看了眼她旁边的男人，似有询问之意。

温宁才懒得等他说话，径直站起来。她刚要抬脚走出去，她的手腕忽然被一只从旁伸过来的大手攥住。

温热的触感顺着手腕像是一路传至心头，温宁心跳瞬间快了一拍，脚步稍停。

"宁宁。"男人出声叫她。

喻佳一直在旁边另一个座位坐着，此刻指指门口："我到外面等你。"

温宁抿抿唇，没说话，一时也没想好要不要当着别人的面甩开那只手。

喻佳出了门。阎冲和江家鸣也跟着出了门。

会议室的门重新被关上。

温宁缓缓转过头："还不松手？"

江凛松了手。

"陪我聊聊？"他低声问。

温宁："我和你有什么好聊的？"她说着还是坐了下来。

江凛目光落到她的脸上："哪天回去？"

"你管我哪天回呢？"温宁没看他，指间捏着合同的边缘。

"下周末南城会降温。"男人忽然说道。

温宁一愣，终于又转头看了他一眼："你跟我说这个干吗？"

他总不至于现在就提醒她加衣服吧？

"你不是想去骑马吗？"江凛看着她，"下周末带你去马场？"

温宁又是一怔。

她现在再回想这件事，总感觉像是过了好久似的，但其实明明不到一个月。她也完全没有了当时雀跃期盼的心情。

温宁重新低下头。她本来想拒绝，可沉默两秒，又道："好呀。"

"那我下周六早上去接你？"江凛问她。

温宁："不用你接，会人有送我过去。"

喻佳还要为新戏继续训练，鼎盛还给她在公司一部正在拍的电影里安排了一个客串角色，暂时回不了南城。

温宁在北城又陪了她两天，才启程回家。

25 日，周六。

温宁上午 9 点 30 分被电话铃声吵醒，慢吞吞摸过来手机，隔了几秒才接通，眼睛还睁不开。

"我到了。"电话里的人说。

温宁嗯了声。

"你出发了没？"他又低声问。

温宁听着他的声音，稍微睁开眼，继续嗯了声："在半路了。"

"宁宁。"电话那头的男人叫了她一声，"你刚睡醒的时候，说话会有点鼻音，和平时语气不同。"

温宁："……"

她的声音有什么不同的？

她现在再也不会在将醒未醒的时候，抱着他撒娇了。

温宁抱着空调被坐起来："我在车上又睡着了。"

"车上这么安静？"江凛问她。

温宁："是啊，你给我的地址不是已经在郊外了吗？出了市区当然就安静了。"

"好，那我等你。"

温宁想和他去骑马，是以前的事，现在早没了那种期待的心情。

长达两个多月的欺骗，让她对他的信任出现了明显的裂缝，虽然他现在表现得确实很像喜欢她，可她也不敢全然相信。而且被骗了这么久，她心里仍残留着一些没能发泄出去的小怨气。所以她那天才会松口答应他。

她想让他也尝尝被骗的滋味。

温宁知道以他的本事，不可能猜不出来她现在在说谎，可他语气仍旧听不出有什么变化。

她忽然又觉得有点没意思。

"算了，我就是在家，就是刚睡醒，我那天答应跟你一起去马场就是骗你的。"

电话那头倏然沉默下来。

温宁心里突然冒出点愧疚感。可她只是骗他白跑一趟，尚且已经愧疚不安。他怎么就能心安理得地一连骗她两个多月？

想到这儿，温宁心里那点愧疚感荡然无存："被骗的滋味好受吗？我被你骗了两个多月。"

"宁宁。"男人隔了几秒才又低低地叫她一声，"明天又要升温。"

温宁："升温又怎么了？"

"近半个月都不会再有今天这样的好天气。"江凛缓声道，"我今天都会在马场等你，你随时可以过来。"

温宁感觉自己像是一拳打在了棉花上："你爱等就等吧，反正我是不会去的，我继续睡了。"

挂了电话，温宁重新躺下来。

宁女士和温教授这周末一个有工作，一个要开会，昨天下午就都去了外省，没人管她，她昨晚熬夜到凌晨三点才睡。

此刻明明应该很困的，她闭上眼却又没了睡意，总感觉一闭上眼像是就能

看到某人一个人孤零零地坐在空荡荡的马场等她。但他怎么可能一个人？

他出行有司机，马场自会有人招待他。

骗人的滋味原来并不好受。

他呢？他愧疚过吗？

温宁烦躁地掀开被子，起身洗漱完，换衣服下楼。

大家长不在家，没人给她做饭，她只能自己去外面找吃的。

温宁去的是小区外的一家粉店，粉面这种东西，外卖也能叫，只是味道差很多，不然她才懒得下来。

今天温度确实降下来不少，吹着凉风，她感觉分外舒服。

温宁跟老板点了个辣椒炒肉和酸辣鸡杂双拼的炒码，又加了个煎蛋。

这个时间点人已经不多了，老板熟练地做碗、下粉、加码，一碗粉做好也就一分多钟。

温宁端着碗找个位置坐下，拿着筷子吃了一口。

这家店的老板每次给的分量都特别足，吃完一碗粉，温宁有些撑。

她在小区里慢悠悠晃了一圈才上楼。

刚一回到家，手机响了两声。

温宁打开一看，是某人给她发了两张图片，一张是绿意盎然的空旷草坪，一张是马场里一大排神气的马。

温宁瞥了眼，就又随手把手机屏幕锁屏了，去厨房拿了盒宁女士昨天洗好的水果，进了书房，在书桌前坐下，打开电脑。

她这一画就是大半天。

不知是早上吃得太饱，还是又被某人影响了心情，温宁中午差点忘了吃东西，还是接到宁女士提醒她中午记得要准时吃饭的微信，她才随便点了个外卖应付一下。

她大致画完时，外面天色已经几乎完全暗了下来。

温宁一瞬间还以为已经是晚上，居然一点没觉得饿，低头看了眼屏幕右下角时间，发现才五点。

天怎么这么黑？

手机这时忽然又响起来。

宁女士给她打了个电话过来。

温宁接通。

"宁宁，家里是不是下大暴雨了？"宁女士的声音从电话里传过来，"你帮妈妈去对面看看我们的衣服有没有收，没收帮我收一下，窗户也帮妈妈关一下。"

温宁又往外面看了一眼。

天色暗得厉害，但没下雨。

"没下啊。"

"没下吗？"宁雪兰语气疑惑，"我看你李阿姨在朋友圈发了视频，那个雨大的哦。"

温宁捏着手机手指倏地发紧。

宁女士口中的李阿姨是她的朋友，以前来过家里，温宁见过几回。

"李阿姨家是住在城南那边吗？"温宁捏紧手机问。

宁女士："是啊，怎么忽然问这个？"

"没什么。"温宁看着窗外，"就是觉得奇怪，城南下大暴雨了，咱们家这边怎么一点雨都没有，不过这边天色也很暗，估计快要下了。"

他说的那个马场好像在城南。

"那你也帮妈妈过去看看吧。"宁女士在电话里说。

温宁应下来："好的，我现在就过去看看。"

温宁挂了电话，走去对面，宁女士果然有几件衣服忘了取，她把阳台上的衣服一一取下来挂进衣帽间，关好窗户，又回到家里。

等她一走进卧室，外面的倾盆大雨霎时间就落了下来。

温宁站在室内，都能听到室外一片风雨飘摇声，豆大的雨点砸得窗户噼啪作响。

温宁盯着窗外，最终还是重新在电脑前坐下来修图。

她修了快一个小时，也没听到外面雨声有丝毫要停下来的迹象，反而好像还有越下越大的趋势。

温宁中午只随便吃了点，这样大的雨也根本没法叫外卖。

好在上次家里还备了点螺蛳粉，温宁站起身，打算去煮粉。

走了两步，她又折回来，拿起手机，给某个号码拨了个电话过去。

电话接通。

男人熟悉的声音伴随着雨声一并传过来。

"宁宁？"他语气终于隐约露出点意外，也就一瞬，"吃晚饭了没？"

温宁默了下，没答他的问题，只问："你还在马场？"

"嗯。"江凛说，"还在。"

温宁："那你今晚打算怎么办？"

"别担心。"他声调不急不缓，带着安抚人心的味道，"这边有住宿的地方。"

温宁："……"

"谁担心你了？"

温宁直接挂断了电话。

吃掉一碗螺蛳粉，温宁继续修图。

温宁把图片保存好，关了电脑，回到客厅又随便看了几集电视，这次挑的剧有点无聊，昨晚她也没睡好，困意早早来袭。

她关了电视，洗完澡就躺在床上，沉沉地陷入睡眠。

温宁再次醒来又是因为一阵手机铃声。

打电话的人很有耐心，铃声响了一遍又一遍，格外扰人。

温宁半梦半醒间，把手机摸索过来，一接通电话，喻佳的声音传了过来："宁宁，江凛出车祸了你知道吗？"

温宁像是倏然被兜头浇了盆冷水，困意顿消，抱着被子猛地坐起来："你说什么？"

"听沈明川说江凛昨晚出了车祸。"喻佳又补了一句，语带安抚，"你别急，他说应该不严重，就是车子撞了下护栏。"

医院。

沈明川踏入顶楼高级病房时，江凛已经从病床上坐了起来。

"没事？"沈明川问他。

"没事。"江凛掀开被子，"只是昨晚雨下得太大了，就干脆留下来，顺便观察下有没有脑震荡。"

沈明川拉了张椅子在病床边坐下："就你一个人受伤，徐叔没事？"

"昨天我自己开车。"江凛说。

沈明川："怎么还自己开车了？"

"想带她去马场玩。"江凛拿起旁边的杯子，倒了两杯水。

沈明川眉梢微微一挑："还没哄好啊，这都有一个月了吧，你当时不听我劝，我叫你早点跟她坦白的。"

江凛递了杯水给他："我以为你现在该懂了。"

"懂什么？"沈明川毫不客气地接过病患手中的水杯。

杯中水面轻轻晃悠，江凛稍稍出神片刻，才缓声答他："你是沈周，喻佳会跟你恋爱，会抱着你撒娇，可你告诉她你是沈明川，你们的关系会就此了断，她可能一辈子都不会原谅你。"

"喻佳怕是根本不知道撒娇两个字怎么写。"沈明川神色懒散，嗤笑一声，"而且她想和我谈恋爱，我就要跟她谈吗？"

"不要只知道劝我。"江凛劝他。

沈明川转了话题："那你昨晚也没必要非得回来，多重要的工作，值得你亲自冒雨开车回来啊？"

江凛一口喝下杯中水，把杯子放到一边："也不全是为了工作。"

"那是为了什么？"沈明川好奇地问道。

"对了。"江凛却是转了话题，"你别和喻佳说。"

沈明川摸摸鼻子："晚了。"

江凛："……"

早前他跟沈明川打电话时，多少还有些头疼，都忘了交代这件事了。

手机这时刚好响了一声。

那是条短信。

小瓷猫："哪个医院？"

江凛手指停顿两秒，给她回了地址，然后他抬头看向还在慢悠悠喝水的沈明川："你走吧。"

沈明川："……"

温宁打车到了医院，一路直奔能上顶层的电梯。

到他说的病房门口，温宁都没顾得上敲门。

她拉开门，一脚踏进病房，就看见病床边坐着的男人穿着一身熟悉的衬衫西裤，齐整又一丝不苟，不像是住院，反而像是来开会的。

即便喻佳再三强调车祸不严重，可直到此刻，真的看到他完好无损地坐在她前面，还一副立即要出院的打扮，温宁那颗悬到嗓子眼的心才终于重重落下，其他情绪也终于后知后觉地冒出头。

说不上是急是慌是气还是后怕，温宁眼眶一红："你又骗我。"

"没骗你。"江凛起身走到她面前。

"没骗我你为什么这时候会在医院？我昨天打电话的时候，你明明说你会住在马场那边。"温宁红着眼瞪他。

"你打电话的时候，我确实打算住下来。"江凛低声跟她解释，"后来有个工作需要处理。"

温宁忍住鼻腔那股酸意："你命重要还是工作重要啊？"

"也不全是为了工作。"江凛说。

温宁："那还能为了什么？"

江凛看着面前的小姑娘，沉默两秒，还是轻声道："被骗的滋味确实不好受。"

她只骗了他一次，他尚且觉得不好受，可他骗了她两个多月。

他当初私心想先将她留在身边，想等有十足把握的时候再开口告诉她，却忘了设身处地替她着想。

江凛顿了顿："可你昨晚难得心软，当时雨又小了，我就想着回去兴许还有机会能见你一面。"

温宁："……"

他什么事都藏在心里。除了那次跟她解释，他还是第一次把心思这样完全摊开给她看。

"我有什么好见的，见我一面有那么重要吗？"温宁低下头，鼻子又开始发酸。

他听见男人低声在她头顶道："有。"

"沈明川不告诉佳佳，你是不是也不打算让我知道车祸的事？"温宁声音隐约带出点哭腔。

"别哭，宁宁。"男人指腹落到她的眼尾，声音压低，"我想带你出去玩，是想哄你开心，不是想让你哭，更不是想让你担心。"

温宁拍开他的手："我说了我没担心你。"

"好。"江凛顺着她的话哄她，"你没担心我。"

温宁："……"

她向来吃软不吃硬，此刻有气也发不出来了。

"你真的没事？"她小声问了句。

"没事。"男人嗓音温和，语调都有些不像他，"不等你的话，应该都已经出院了。"

他说得好像是她耽误了他出院似的。

"那我走了。"温宁说着转身要走，手腕却忽然被他拉住。

"饿不饿？"江凛低声问她，"计远下去买早餐了，陪我吃顿饭再走？"

温宁匆匆洗漱完，换好衣服就过来了，被他这么一提醒，还真有点饿了，但她为什么要陪他吃饭啊？

男人这时继续开口："附近有家很有名的粤式早茶店，我让他买了凤爪、豉汁排骨、金钱肚……"

温宁听见他报了一大串菜名，转过身："我是看在早餐的面子上，不是看你的面子。"

江凛唇角终于轻轻勾了下："好。"

计远很快送了早餐上来。

把早餐一一摆好，他就识趣地退了出去。

病房单独有个客厅，里面家具一应俱全。

温宁拉开一张椅子坐下，也没搭理拉开她旁边椅子坐下的男人。她拆了筷子，夹了块排骨。

南城人喜欢生炒，和粤菜路子完全不同，所以温宁觉得粤菜厨师非常神奇，不知道为什么他们就能把肉做得这么嫩。

江凛拿着筷子却没动，垂眸看着旁边小姑娘腮帮子一鼓一鼓地吃排骨。看见她嘴角沾了排骨的汁水，他习惯性伸手扯了张纸巾帮她擦。

察觉到唇边的轻柔触感，温宁终于抬起头瞥了他一眼："我现在跟你什么关系都没有，你不要随便动手动脚啊。"

江凛收回手："分手那条消息，你后来撤回了。"

温宁："……"

他居然看到了。

"我撤回是因为跟我谈恋爱的人叫的是另一个名字，我和你江凛又没什么手好分手的。"温宁重新低下头，夹了块金钱肚。

江凛手指垂在一侧，轻轻蜷了下。

"宁宁。"他隔了几秒才轻声开口，"你说话不算话。"

温宁忽然想起杀青那天，他最后一次去剧组接她，他们在车上的那番对话。

她那时懵懵懂懂，以为他那句"你要说话算话"指的是她搬去他家这件事。

她现在想来，他当时指的应该是她那句"我一直很好哄啊"。

"我为什么要对一个骗子说话算话？"温宁夹了个蒸凤爪。

男人没再开口，但那道无法忽视的目光一直落在她的脸上。

温宁吃得都有些不自在了。

"我们现在什么关系都没有。"温宁又强调了一遍，"你也不要老盯着我。"

病房客厅安静了一秒，然后温宁听见他不急不缓地说："那可能做不到。"

温宁："……"

第二天，宁女士先回家，从外地给温宁带了点小特产过来。

温宁拆着特产包装，听见宁女士问她："十一想不想出去？"

"你们不要休息下吗？"温宁往嘴里塞了块糕点，甜得她眉头一皱，"这个糕点怎么这么甜啊？"

"甜吗？当地人说不甜我才买的啊。"宁女士也试了一块，"确实有点，我都觉得甜，你肯定吃不来。"

"他们当地人说不甜，就跟我们说不辣似的。"温宁勉强把这一块咽下，喝了口水，又问她一遍，"你们十一不用好好休息一下的吗？"

"换个地方休息。"宁女士说，"我看了天气，十一七天南城就没有一天低于 35 摄氏度的，我们去个凉快点的地方，再挑个民宿住几天，这次把你爸也带上。"

温宁点头："行的。"

只要有网，她在哪儿都一样。

宁女士指指门："那妈妈先回对面洗澡了。"

"好。"

温宁刚好这时听见手机响了声。

骗子："十一有空吗？"

温宁："……"

他想约她都不知道赶早。

温宁口腔中还满是那股甜到齁的味道，拉开抽屉，拿了包鸡爪出来，拆开，咬了一口，香辣味瞬间驱散了甜味。

温宁这才慢吞吞地给他回消息："没空。"

骗子："出去旅游？"

温宁："算是吧。"

骗子："十一过完就回？"

温宁："我什么时候回关你什么事？我跟你又不熟。"

接下来几天，温宁的漫画还是一笔没动。

9 月 30 日温教授没课，为了避开出行高峰期，他们 29 号下午就从南城出发了。

10 月 1 日，乐静静的公司正式在各大平台上线，开服时间定在上午九点。

温宁九点多才起来吃早饭，吃完已经快十点了，她坐在民宿摇椅上慢慢吃着两位家长洗好的水果。

正好闲着没事，她就打开微博，编辑了一条新内容："给大家介绍一下。

"这是朋友公司的新游戏，今天已经正式公测啦，人设、剧情、画风都是我喜欢的，大家有兴趣可以一起来玩一下。"

配图是温宁先挑了几张游戏里她喜欢的图片。

"啊，我刚下载了！我和太太在玩一个游戏！"

"……太太是不喜欢许总吗？为什么没有一张许总？"

"这个画风好棒啊，我去看看。"

"太太你还记得大明湖畔的《秘密》漫画吗？"

"没猫太太你要不把你那 flag 微博先删了吧，摇摇欲坠了已经。"

"我这就去下！"

"谈过恋爱的没猫太太果然不一样了，后面那三张同人这扑面而来的性张力啊啊啊！"

继续吃水果。

临近十二点，乐静静给她发了微信。

乐静静："宁宁你帮我们打广告怎么都没和我说一声？"

乐静静："你那条微博出圈了。转发快过万了！而且转发数还在迅速上涨。"

温宁把手机放下就没再上过微博了。

她发这条微博一来确实算是帮乐静静忙，二来这个游戏她也是真的觉得不错，想给粉丝推荐一下。

温宁回想了下那条平平无奇的内容，怎么就出圈了呢？

乐静静还在微信轰炸她。

乐静静："还是我们组长看到和我说我才知道的。"

乐静静："我们组长说要给我加奖金！下次回南城请你吃饭！"

温宁："什么情况？怎么就忽然出圈了？"

乐静静："你对你自己的画画水平是不是有什么认知错误？要不是请不起你，我们公司恨不得早高薪把你请过来了好吧。"

温宁："……"

她虽然经常跟粉丝和喻佳开玩笑说那是她画得好，但她其实还真不觉得她的水平有多高。

可能是因为她从小参照物就是大神级别的宁女士。

她学了十几年，至今可能也不如宁女士几十分之一的水准。

还好她并没有对自己有多大的期望，能养活自己，娱乐自己就可以了。

温宁和乐静静又随便聊了几句，然后才打开微博。

她最新那条微博转发已经过万了。

消息区一堆提醒，粉丝数也涨了不少。

温宁粗粗扫了下，转发的人大多是夸游戏画风。

温宁没有多在意，听见宁女士叫她吃饭，就锁了手机，从晃晃悠悠的摇椅上站了起来。

整个国庆假期，温宁那条微博的转发数都在持续上涨。

一开始，是她这条微博多少帮游戏引了点流，但游戏正式公测开服，肯定有比她这条微博不知厉害多少倍的正式推广方式，到后来，大多是游戏玩家不知道从哪里摸过来转发她的图，算是游戏又反过来给她增添了热度。

不过热度一高，评论区和转发区自然也不可能再像之前那样和谐，有几个人上蹿下跳地质疑她收钱打广告就大大方方打，别还要打着什么朋友公司的幌子。

结果这个杠精不只被她家粉丝怼了回去，就连游戏官博也在她的评论区现身回了一条："我们可请不起没猫老师。"

温宁看到的时候还愣了下。

问了乐静静，她说这事和她一个小员工没什么关系，可能是因为这条微博热度太高，公司顺便跟温宁联动了下。

温宁就没再多想，那几个被官方打脸的杠精也再没出现。

温宁后面几天在画《秘密》漫画，她多少有点怕画不好会辜负大家的期待。但是她狠话都放出去了，flag真的倒了就太打脸了，而且她拿了克鑫那么多钱，总归要先画出来一话交差的。

温宁沉下心来画《秘密》，之后几天都没再管那条微博。

直到十一假期过完，温宁和两位家长回到南城后的第三天，她又收到乐静静发来的微信。

乐静静："你们家江总是不是要投资我们公司？"

温宁倏然一愣。

温宁："谁要投资你们公司？"

乐静静："你男朋友江凛啊。"

温宁："乐静静同学，注意一下你的用词。他不是我男朋友，也不是什么我们家江总。"

乐静静："啊？你们还没和好啊。"

乐静静："我看那天你当着我们所有人的面撒娇要他抱，还以为你们就是吵了一架。"

温宁："……"

温宁："如果你能忘记那天的事，我会很感激你的。"

乐静静："哈哈，我忘了也没用啊，大家都记得呢。"

乐静静："你不知道他进来把你抱走后，蔡利和刘金洋两人的脸色有多难看，蔡利死命吹刘金洋差点进了CM，结果你男朋友就是CM老板。难怪你不喜

462

欢许总。"

许总就是乐静静公司那个游戏里的霸总。

温宁："他不是我男朋友。"

乐静静："好好好，他不是你男朋友。他到底要不要投资我们公司？"

温宁："我不知道啊。我跟他又不熟。"

结束跟乐静静的聊天，温宁本来打算继续画《秘密》，但没办法再进入状态。

他怎么会突然要投资乐静静所在的公司？不至于和她那条微博有关吧？

她虽然拉黑了他，但她那条微博他要是想看，当然轻易就能看到，但她应该也没那么大的面子啊。

温宁拿起手机，纠结半晌，终于还是败给好奇心，主动发了条信息给他。

温宁："你要投资鲸游？"

鲸游是乐静静所在公司的名字。

消息发过去，她却并没有收到回复。

温宁戳了戳手机短信界面，轻轻哼了声。

他说什么要她给他个弥补的机会，他居然还敢不及时回她的消息？

温宁刚想把手机丢到一边，就听见铃声忽然响了起来，不是短信提示音，是电话铃声。

他回了个电话过来。

温宁："……"

他有什么话不能在短信上说吗？

温宁抿抿唇，接通电话。

她现在都不想再猜他的心思，直接把刚才的疑惑问了出来。

男人低沉的声音透过手机落到她耳边："想听听你声音。"

温宁摸摸耳朵："那你听到了，快回答我的问题，回完我还要继续忙呢。"

"在谈。"江凛言简意赅地说道。

他还真打算投资鲸游啊。

"你怎么会突然想投资鲸游啊？"温宁问。

江凛："有潜力。"

温宁虽然觉得她肯定没那么大面子，但听他答得这么官方，又有点不爽："就这个原因？"

"不止。"江凛说。

温宁追问："那还有什么原因？"

"你说呢？"他反问她。

温宁开始警惕："你想干吗？你不会想对我的新老公们做点什么吧？"

"不做什么，就是想了解一下我的……"男人顿了顿，像是在思考接下来的措辞，"情敌们。"

温宁耳朵又热了下。

这个男人好像越来越会了。

"我要忙去了，挂了。"

"宁宁。"江凛叫住她。

温宁趴在桌子上，闷声闷气地道："还有什么事啊？"

"15号南城又会降温。"江凛低声说。

温宁装没听懂："降温又怎么啦？"

但男人没像她预料中那样，直接问出上一次的问题。

"我给你挑了匹白色的小马。"他缓声开口，"还给你做了一套马术服，那天会有个国宴厨师过去做菜……"

他一项一项地给她列条件，语调不疾不徐，最后才低声问她："15号早上我去你家接你？"

温宁："……"

温宁怀疑他根本不是想听她的声音，就是又想套路她，甚至把谈判的一些小技巧用到了她身上。但是白色小马、马术服和国宴厨师听着就有点诱人。

温宁心里的小天平，开始摇摇晃晃。

许是猜出她在犹豫，他又缓缓补了一句："我们和鲸游谈得还算顺利，你有什么想要他们画的吗？"

温宁心里已经在摇摇晃晃的小天平因为一端多了一个小砝码，沉沉坠下去，另一端高高翘起。

温宁嘴角翘起："看我那天的心情吧。"

CM和鲸游大约是真的谈得很顺利，没几天网上就有消息传出来，温宁一向不关注这方面的新闻，这次会知道，还是因为喻佳给她发了个帖子，说是李思涵看到的。

温宁戳开她发来的链接："我看到网上说CM好像要投资鲸游，所以没猫太太最新那条微博里说的朋友原来指的是CM那位大佬吗？"

主楼："众所周知，那位大佬微博认证快一个月了，粉丝数马上要破百万，主页里仍然空空荡荡只有一条给没猫太太的点赞，是真爱了。"

主楼还附了一张她那条微博的截图，"朋友公司"四个字用红色圈了出来。

1L："好甜啊。"

3L："等等，CM 那位大佬说的是江凛吗？他和没猫太太有什么关系？这是什么瓜？我错过了什么吗？"

4L："冷知识：江冽微博关注了大佬，但是大佬甚至都没有回关他弟弟。"

5L："但是关注还是 0，没有再把没猫太太加回来。"

6L："看之前那个帖子的分析，很有可能是两人吵架了，又移除了他，太太好勇啊。"

7L："一个点赞而已，这位什么没猫太太要不要一直贴着金融圈大佬炒啊。"

8L："@7L，笑死，谁贴谁啊，你先让大佬把他微博里唯一那条点赞取消了啊，这么久了他本人没发现，他手下的人不可能都没发现吧，上面不都说了江冽都关注他了吗？而且这个号可是认证前后关注过没猫太太两次的，两次没猫太太都是他唯一关注的人。"

9L："是投资大佬和小画手的 CP 不好嗑吗？理杠精做什么。"

10L："没猫太太好久没发微博了，她上次一谈恋爱就很久不更新，我有个大胆的猜测，他们是不是已经复合了？"

11L："我说平时没猫太太只是玩游戏随便分享或吐槽下进度，这次怎么一本正经地发了个推荐微博，原来是帮男朋友投资的公司做推荐啊。"

12L："没猫太太那条微博下之前不是有几个杠精一直在说她收钱打广告吗？后来被游戏官博出来打脸说他们请不起没猫太太，准老板的唯一关注对象，确实请不起。"

…………

温宁看着这个帖子，满脑子都是她没有跟他复合，也不是帮他推荐。

接下来几天，温宁都在家慢吞吞地继续画《秘密》，第一话前前后后改了好几版，最后也不知道是不是某人运气还行，她居然赶在 15 号前一天晚上终于把第一话完成了。

她也不算特别满意，但已经是她目前能力范围内画出来最好的一版了。

温宁 flag 是 17 号立的，这次提前完成任务，把稿子传去克鑫新平台上后，她扬眉吐气地发了条新微博。

就我没猫了吗：《秘密》第一话画完啦！地址戳下面链接！是谁说我的 flag 一定会倒的来着？！

温宁提前在评论区感受到了宛如过年的气氛。

"居然真的画完了，这还是我认识的没猫太太吗？"

"我这就火速去看。"

"太太是打算在克鑫新平台连载吗？会不会收费呀？"

温宁顺手回了下："不收费的，因为更新肯定会非常非常慢。"

这个粉丝也立即回复了她一条："求您收费吧！只要您能更新勤快点！"

温宁："……"

温宁又刷了会儿微博，就把手机丢在一边，揉了揉有些发酸的肩膀，起身去洗澡。

从浴室吹完头发出来，温宁拿着手机躺平到床上，正犹豫着是玩下游戏，还是看看漫画，手机就跳出条新短信。

骗子："明早八点半我到你楼下接你？"

温宁轻轻哼了声。

温宁低头打字："我又没说明天一定会跟你去。"

骗子："八点半你是不是起不来？"

骗子："改成九点去接你？"

温宁："……"

他那群粉丝知道这位大佬这么自说自话的吗？

温宁："九点我也起不来。"

骗子："明天给你带早餐。夏老师傅新研究的卷饼。"

温宁："我不喜欢那种煎得很酥很脆的饼。"

骗子："软饼皮。里面放了酱牛肉。"

骗子："酸梅汤给你多带几瓶。"

温宁："……"

之前他管着她不让她多喝，现在想哄她跟他去骑马，倒知道给她多带几瓶了。

手机又响了起来。

骗子："明早打电话叫你？"

温宁抿抿唇，迟疑两秒："不用你叫，我自己定闹钟。"

温宁第二天早上被闹钟吵醒，困倦地爬起来洗漱，又慢吞吞地坐到梳妆台前开始抹护肤品。

等到手机响起，她才发现已经九点了。

温宁接通某人的电话。

"起来没？"他声音低低地传过来。

"起来啦。"温宁听见他声音，不知道怎么又有点气，"你不要催我。"

他等下她怎么了？

466

"你慢慢来。"男人顿了顿，"只是早餐冷了可能会没那么好吃。"

温宁："……"

"五分钟就下去。"

温宁挂断电话，看了看镜子里的自己，嘴角居然是带着点笑意的。她有什么好开心的啊？

温宁把嘴角压下去，犹豫着要不要再化个简单的妆，想起骑马也算运动，估计今天是要出不少汗的，就打消了化妆的念头，又仔细涂了遍防晒霜，才慢吞吞下了楼。

温宁一走出小区大门，就看到那辆许久没见的黑色宾利静静地停在小区门外。

等她的男人斜倚在车身上，还是一身衬衫西裤，只是今天衬衫不那么正式，西裤也是浅灰色的休闲款，稍稍中和了他那身冷淡的气场。

他今天没戴眼镜，单手插在裤兜里，眼皮低低地垂着。

车打眼，人更打眼。

附近不少人驻足，男人看他的车，女人在看他。

离他不远处，更是站了几个漂亮小姐姐，你推我，我推你，目光就没离开过他。

有一个被推着往他那边走了几步，像是要去搭讪。

温宁脚步一停。

这人是来接她的，还是来招蜂引蝶的啊？以前他接她，不是坐在车里不下来的吗？

她一停，微垂着头的男人却不知怎么像是察觉到什么似的，稍稍抬起头，目光直直落到她身上。

温宁看见他直起身，大步朝她走过来。

想过去搭讪的那位漂亮小姐姐大约是看出来了什么，一脸失望地退回到朋友身边。

"怎么不走了？"男人停在她面前。

温宁："这不是……"

她下意识想说"这不是怕打扰到你的桃花吗"，但说了三个字，又倏然反应过来这句话酸得有点明显。

"这不是什么？"江凛垂眸问她。

温宁撇开视线："这不是有点困嘛，停下来缓缓。"

江凛："……"

467

她一撒谎就自己先心虚。

江凛也没拆穿她："走吧，早餐在车上。"

"哦。"温宁乖乖跟上。

到了车旁，她习惯性想去拉左后门，男人却先一步打开了副驾驶的门。

温宁看见驾驶位是空的，仰头看他："徐叔没来，你今天自己开车？"

江凛嗯了声，抬抬下巴："你的早餐在座椅上。"

温宁瞬间懒得管谁开车了，拎起副驾驶座上的早餐，弯腰坐上去。

男人关上副驾驶的门，绕到另一侧上车。

温宁有些不习惯在驾驶位看到他，不自觉地往右后座看了一眼，结果发现后座好像是少了点什么。

"你后座的扶手箱呢？"

男人正低头系安全带："拆了。"

温宁："……"

温宁低下头拆早餐，不再搭理他。

也不知是不是刚送来没多久，早餐还热着，柔软的饼皮包裹着酱香浓郁的牛肉，一口咬下去唇齿生香，但温宁还从没看过他亲自开车，等车开始行驶，她吃着早餐，目光就不由得悄悄往旁边挪过去。

男人骨节分明的手搭在方向盘上，侧脸线条分外流畅。

可能是车子的方向盘太好看了吧，温宁觉得这一幕似乎分外赏心悦目，稍稍出了下神。

"看我做什么？"他声音忽然在安静的车厢中响起。

"没什么。"温宁给自己找补，"就是对你开车的技术有点不放心，毕竟你前不久才出了车祸。"

男人目视前方，也不知信没信她，声音平静："那你继续看。"

温宁："……"

温宁收回视线："你想得美。"

温宁这次真的不准备搭理他了。

直到吃完早餐，她也没再和他说话，把裹着饼皮的纸折好，收进包装袋里，放到一旁。

刚才一心吃早餐的时候，温宁还没察觉，此刻一闲下来，就感觉和他独处的不自在了。

周围若有若无萦绕着他的气息，余光一瞥就能看见他衬衫袖子不知何时被挽了起来，露出一截力量感十足的小臂。

温宁索性闭上眼，但许是早上起得有些早了，她本来只是不想看他，结果闭上眼没多久，就不知不觉睡着了。

她再次醒来时，车子已经停在一幢建筑前。

温宁揉了揉眼睛："到了吗？"

旁边男人低低嗯了声。

"你怎么不叫醒我呀？"温宁迷迷糊糊间一时也忘了他们之间的那些不愉快，说话时下意识循着他的声音朝他看过去，瞬间撞进了男人那双黑眸中。

那双往日总显得格外深邃的眼中满是柔和，专注又温柔。

温宁心跳倏然快了一拍。

"不着急。"他低声说。

温宁不自在地把目光瞥开："你不急我急。"

她是来骑马的，不是来睡觉的，在家里睡不是更舒服。

说完她就解了安全带，拉开车门，下车。

她"砰"的一声关上车门。

江凛坐在驾驶位上，不知怎么，轻笑了声，才解开安全带，跟着她下了车。

温宁跟他一起走进那栋建筑。

入目的是个装修得富丽堂皇的大厅，空间开阔，只是除了一个过来迎接他们的中年男人，并不见其他服务人员或客人，想来应该是个私人马场。

"江总来了啊，东西都给您安排好了。"中年男人态度殷勤，"翟总今天也过来了。"

江凛点点头："我们自己进去就行。"

"好的，您有任何需要随时吩咐。"

他们穿过大堂，顺着蜿蜒的楼梯拾级而上，二楼一侧是休闲区，温宁被男人带着进入对面的走廊，这一侧有点类似酒店格局，有一小排房间，可能是休息室。

温宁刚跟他踏入走廊，第一间房门开着，一个高大的男人从内走出来，穿了一身黑色的马术服。

看见他们，男人脚步一顿。

温宁目光在他的衣服上落了一瞬，稍稍亮起。

真好看，她的衣服也是黑色的吗？

穿着马术服的男人主动开口："你今天怎么也过来了？"

江凛朝旁边小姑娘抬抬下巴："带她过来玩。"他又指指对面的男人给温宁介绍："我朋友，翟少寒。"

他大概就是刚才楼下中年男人口中的那位翟总了。

温宁冲他笑着打了个招呼。

翟少寒目光移到她身上，丝毫没有之前在酒店碰见的赵总目光中的轻佻，只是礼貌打量一眼，又迅速离开，他再看向江凛时，目光却多了几分与他严肃外表不同的打趣之意："女朋友？"

温宁："……"

她就知道会被误会。

旁边男人隔了一两秒才开口。

"在等她给我恢复名分。"他说。

温宁："……"

他这句话虽简短，信息量却很大。

翟少寒倒是瞬间会意："本来想着难得碰上，中午一起吃饭，那还是不打扰你们了。"

江凛随口嗯了声："下次，你今天一个人来的？"

翟少寒冲门口抬抬下巴："带我弟弟来的。"

江凛点点头："那我先带她进去了。"

温宁跟在他身后继续往里走到第三间房门口，男人拿出钥匙开门，她听见翟总声音响起："少宁，还没好吗？"

"快啦快啦，哥，你别催我，这个靴子怎么这么不好穿？"清朗的男声从屋内传出来，听着年纪不大的样子。

"进去吧。"旁边男人忽然开口。

温宁点点头，跟着他进了门。

里面是个小套间，主卧里还带了个小衣帽间，男人从衣柜里拿了套衣服递过来："试试？"

温宁目光落在他手上的马术服上："是红色的啊。"

"不喜欢红色？"江凛想起她刚才目光亮晶晶地盯着翟少寒的衣服，"下次再给你做套黑色的。"

温宁："……"

下次她不一定再跟他过来呢。

"红色的也行吧。"

她伸手接过来。

温宁抱着衣服进卫生间换衣服。

南城天气向来变幻莫测，前一天还是 30 摄氏度，今天最高温就只有 15 摄氏度左右了。

温宁换好衣服，外面的男人也已经换好了衣服。

目光落到他身上的一瞬，温宁脚步倏然一顿。

这间休息室装修得不如楼下夸张，主色调是简单的黑白灰，素白的墙边，男人长身而立，正垂头漫不经心地把玩着手里的黑色皮鞭。

他没像她和那位翟总一样穿白色马裤，从头至脚，都是一身黑。

一双修长笔直的腿被黑裤黑靴包裹于其中，骑士服本该是优雅的存在，却被他穿出了一身凛然的压迫感。荷尔蒙扑面而来，有种说不出的侵略性。

非要形容的话，大概就是，温宁再次感觉到了那种顶级 Alpha 该有的气场，比机场初见时更盛。

温宁恍然想起，最初想和他来骑马，就是想看他穿骑士服。

察觉到她出来，男人黑眸轻抬，随手将手中马鞭往旁边桌上一放，走至她身边。

温宁还愣愣地移不开目光。

"帽子怎么不戴上？"他低声问她，声音有着和气场不符的温柔。

温宁回过神："不太好戴，你不是也没戴吗？"

"我不是第一次骑。"江凛目光落到她身上。

温宁撇撇嘴："那我也不是第一次。"

"之前骑过？"他问。

温宁："……"

"我坐在马上，被别人牵着走的那种算吗？"她顿了顿，理不直气也壮地补了一句，"反正我觉得算。"

他要敢说不算，她就直接回家。但男人没接她的话，唇角稍稍牵起，冷肃感被冲散些许，接过她手中的帽子，垂眸仔细帮她戴好，动作也温柔。

"还挺合身的。"他这才不紧不慢地接了句话。

温宁："……"

到了马厩，温宁被他带着停在一个单独的小隔间前，里面有一黑一白两匹马。

白色那匹个头稍小，应该就是他给她挑的那一匹。

如果单独看见这匹小白马，温宁大概也会觉得它挺神气，但和旁边那匹高大矫健的黑马站在一处，小白马瞬间只剩下可爱这一个形容词了。

"黑马是你的？"温宁仰头问旁边男人。

江凛点头。

温宁怀疑他是故意的。，但她目光不由自主地再次落到了那匹毛发顺亮的黑马身上。

"想骑黑马？"江凛问她。

温宁："可以吗？"

男人目光由上往下打量她一眼："你一个人暂时骑不了它。"

温宁："……"

温宁确定他是故意的。

什么叫一个人骑不了啊，得两个人同骑才行是吧？

温宁才不想被他套路："它既然是你的马，会听你的话吗？"

"还算听。"江凛说。

温宁抬手一指黑马："那我骑上去，你在前面给我牵马。"

"好。"

温宁跟他进入马厩，踩着马镫上了马。

男人走至马前。他从休息室出来前，戴了副手套，皮质的黑手套包裹在修长的手指上，有明显的力量感。

他套牵住缰绳，黑马在主人的牵引下，缓缓步出马厩。

屋外不知何时又出了点太阳，金光透过云层洒落下来。

温宁坐在马背上，居高临下地看着身前的男人，看他高大的背影，看他包裹在长靴中的长腿，看日光在他黑发上镀上一层浅浅的金边，看他缓步前行，看他甘愿为她牵马。

草坪空旷悠远，温宁随着黑马慢吞吞前行，有片刻没开口说话。

直到远方有两匹马疾驰而来，距离有些远，温宁看不清是不是那位翟总和他弟弟，却感觉到那种速度带来的兴奋感。

"好酷啊！"她感慨道。

前方的男人脚步稍停，回头看她。黑马也跟着主人一起停下。

"想不想也这么酷？"他问。

温宁："……"

她觉得不被他套路，好像不太可能了。

从她答应他过来的那一刻起，或者更早，她就已经被套路了。

温宁居高临下地看着他："你能有他们那么快吗？"

男人轻轻抬了抬下巴："试试？"

温宁看了看不远处飞驰的两匹骏马，犹豫片刻。

"那你上来吧。"她停了下，又强调，"但不准做别的。"

男人一手持着缰绳，一手轻抚了下黑马，随后才不疾不徐地走至马镫旁边，翻身上马。

温热的触感从背后传递过来，温宁瞬间被男人熟悉的气息包裹。

她身子稍稍一僵。

这还是他们分手后，她第一次清醒着跟他距离这样近。

"宁宁。"江凛的声音从她头顶响起，他开口时像是有温热的呼吸打在她的发端，"放松点。"

温宁嘴硬，屁股往前挪了挪："我很放松啊。"

男人没再开口。

他们在原地停了一瞬，然后那只包裹在黑色皮质手套中的手一扯缰绳，黑马开始缓步前行。

温宁有些猝不及防，往后撞进他的怀里。

"……"

难怪他刚才根本不反驳她的要求。

他扶了下她的腰，只是克制地接触了一秒，温宁却觉得那一片像是有电流经过。

"坐稳了，宁宁。"

黑马开始跑动，但速度仍不快。

温宁注意力仍无法从贴在她后面的温热触感上移开，腰上也还是有细细麻麻的小电流流过。

"你这也好意思叫快啊？"她语气挑衅地说道。

身后的男人还是八风不动的语气，丝毫不被她这点小伎俩所影响："慢慢来，你先适应一下。"

听出他确实在为她着想，温宁轻轻哼了一声，却也没再反驳他。

他带着她小跑了一段距离，才开始逐渐加速。

迎面吹在脸上的风越来越猛烈，两侧景物向后掠的速度也越来越快，因为刚刚适应了一会儿，温宁没感觉到不舒服，终于切身感受到了那种速度飙升带来的兴奋感。

直到黑马再次停下，温宁才听见男人在身后问她："好玩吗？"

"好……"肾上腺素的飙升让她再次暂时忘了他们间的不愉快，也没注意到两人之间的距离，她习惯性地循着他的声音回头看他，没说完的话却因为她的双唇意外贴上男人柔软唇角戛然而止。

温宁倏然愣住。

经过刚才一番跑动，男人的呼吸尚且还算平稳。

这一刻，温宁却感觉到他呼吸明显乱了。

他抬手落到她的后颈处，像是想像以往一样半强迫式地将她更近地压向他。

温宁瞬间回过神，头一偏，再次拉开了他们间的距离，唇上却仍残存着刚才的触感，这种感觉并不陌生。

他们之间有过许多次亲吻，她也曾经为他深深战栗过。

"我想回去了。"温宁垂下头。

江凛闭了闭眼，强迫自己冷静下来："不想再跑两圈了吗？前面有条小溪，厨师准备午饭也需要一点时间。"

温宁揪着马鞍，隔了几秒才开口："那再跑两圈吧。"

他们在小溪边再次碰上了翟少寒，他弟弟不在他边上，不知跑哪儿去了。

翟少寒拉着缰绳跑到他们边上："既然碰上了就比一圈？以前你总是仗着马好赢我们，这次难得你带了个人。"

江凛没直接答他，而是低头问怀里的小姑娘："怕不怕？"

温宁头也没回："我怕什么？要怕也是你怕。"

江凛勾了勾唇，看向翟少寒："那比吧。"

"行。"翟少寒一指前方，"谁先到起点谁赢，输了给你送瓶酒。"

"酒就不用了。"江凛说，"把你们家厨师借我一天。"

温宁："……"

翟少寒目光在温宁身上停了一秒，笑了下："行。"

温宁原本以为他带着她，在速度上肯定是要吃亏的，可刚开始比，黑马就几乎一直和翟少寒身下的棕马并驾齐驱。

临近起点时，黑马意外地再次加速，最终险胜翟少寒。

翟少寒轻轻"啧"了声，抬头摸了摸他们身下这匹黑马："过两天借我骑骑？"

"行。"江凛应下，"厨师记得借我。"

翟少寒："什么时候要，跟我说一声，不打扰你们了。"

棕马快速跑开。

温宁也低头摸了摸黑马："你好厉害呀。"

"不是我厉害？"身后的男人忽然开口。

温宁回过头，轻飘飘地瞥他一眼："当然不是，翟总刚才不说了嘛，你以前赢他们也是靠这匹马，你这个人怎么还跟马抢功劳呢？"

江凛微微垂眸。

身前的小姑娘被正红色马术服勒得越发细瘦，因为刚刚运动过，脸上泛着健康的红色，那双向来灵动的眼睛亮晶晶的，里面有藏不住的笑意。

"好久没见你这么开心了。"他轻声道。

温宁被他一提醒，情绪又稍稍低落下来，声音轻轻的："你知道就好。"

"宁宁。"江凛抬手帮她整理了下从帽子里钻出的头发，"对不起。"

温宁垂下眼睛。

这是他第二次跟她道歉，远比上次要郑重，语气也不再是一贯的平静。

她没接话。

江凛手指顿了顿，指腹落在她的脸上："能原谅哥哥吗？"

温宁心跳快得厉害。

她清楚地知道这不只是因为刚才的运动，和刚才那场刺激的比赛比，眼前这个男人才是她心跳加快的根源。

他曾经孤独地喜欢了她许多年。他对她的喜欢可能也不是作假，但他确实骗了她。

温宁还没办法完全确定，也还不想这么轻易就原谅他，但她这次没拍开他的手。她重新抬起眼，目光撞进他不再遮掩歉意的双眸中："看你的表现吧。"

骑马出了汗，回到休息室后，温宁进浴室换下马术服，简单冲了下澡，随后换上自己的衣服，跟着男人一同去餐厅。

他应该也是洗了澡的，走动间，偶尔距离拉近的一瞬，温宁能闻到他身上有和她相同沐浴露的味道，就像以前她周末在他家住那时一样，有种难分彼此的亲密感。

温宁脚步不自觉停了一停。

"怎么了？"旁边男人也停下来问她。

温宁摇摇头："没什么。"

餐厅就在二楼。

温宁和他在长桌面对面落座。

中午的菜是一道上的，据厨师的说法，菜肴刚出锅的时候，镬气最足，味道也最佳，一道道单独且缓慢地品尝，也不会与其他菜肴互相影响，能更好地享受到这道美食应有的味道。可是这样，他们就吃得比较慢。

要不是温宁知道有些厨师确实在这方面有讲究，她又要觉得这是他的套路之一了，不过他的套路说不定就是故意请个讲究的大厨呢。

第一道是汤，温宁低头拿勺子慢慢舀着喝时，只觉大腿内侧和屁股都有一点点发烫。

可能是刚刚骑马的时候在马鞍上磨的，洗澡的时候她就发现皮肤有点发红，但骑马时，隔着布料与她皮肤相摩擦的也不只是马鞍。

后来速度加快，她整个人就一直向后紧贴在他的怀里，他的手隔着皮质黑手套落在她的腰间护着她时，她也没有再阻止。

黑马每一次跃动，紧贴着的布料就开始相互摩擦，肌肤也随之升起热意。

"脸怎么这么红？"男人声音忽然响起。

温宁拿勺子的手顿了一秒，她把脑中那些乱七八糟的画面挥出去，没抬头看他，随口找了个理由："这个汤有点烫。"

厨房在另一端，只有他们两人的餐厅静了几秒。

温宁没抬头也能感觉到他目光仍静静地落在她身上。

也不知道他是不是没信她的话，又过了一两秒，他说："慢点喝。"

温宁没再乱想，认真吃东西。

只是这顿饭吃到一半，原本只是微微发烫的肌肤开始泛起点细微的疼痛和痒意。

随着时间推移，疼痛越发明显，间或夹杂的痒意也越发难忍。

终于吃完了，对面的男人缓缓抬眸看她："去休息室睡个午觉，下午带你去附近转转？"

温宁忍着不适，摇摇头："我想回家了。"

江凛放筷子的动作稍稍一顿："晚上还有一顿饭，菜谱和中午的不同。"

温宁有点心动。

中午这顿饭就已经好吃到超出她的预料了，但不舒服的位置有些敏感，以他们现在的关系，她告诉他也不合适。

这附近看着也不像有医院或者药店。

"下次吧。"温宁再次摇头。

江凛看了她两秒。

温宁反正也猜不出他的心思，就没管他怎么想，又重复了一遍："我想回去了。"

"好。"江凛把筷子放下。

去休息室拿了包，温宁跟着他下楼。

她今天穿了条牛仔裤，走动时，紧贴在皮肤上的牛仔布料磨得皮肤更加不适。

她好不容易上了车，男人偏头看过来，压低的声音听着有种和他气场不符的温柔感："不舒服？"

温宁："……"

他这是看出什么了吗？

"没有。"她忙摇摇头，随口瞎掰，"就是有点犯困。"

他又凝视她两秒："困了就在车上睡会儿。"

温宁其实并未感觉到困，但为了圆这个谎，还是闭上了眼睛。

车子像是开始行驶了，她没有感觉到丝毫颠簸感，可能是玩了大半天，她闭上眼没多久，还是昏昏沉沉地睡了过去。

不知过了多久，温宁听见有低沉好听的男声在她耳边叫她："宁宁。"

有人轻轻推了推她肩膀："到家了。"

温宁迷迷糊糊睁开眼，入目的是男人轮廓分明的脸，距离有点近，气息扑在她的脸上。

熟悉的感觉和腿间的疼意让她从困意中迅速清醒过来。

"醒了？"江凛重新拉开距离。

温宁这才看见车已经停在她家小区的地下车库了。

她家小区其实安保挺严的，也不知道这个人每次是怎么随随便便进出的。但她现在也没心思管这些，只想回家先看看伤处。

"我下车啦。"温宁推开车门。

她听见驾驶位的男人只低低嗯了声。

他就这么让她下车？

之前到达马场的时候，她也是在睡觉，他还说不急呢，回来怎么就这么着急叫醒她的？

她难得给他一次约她的机会，他就不想和她多待几分钟吗？而且他都不打算送她上去的吗？

虽然她也不见得会答应。但答不答应是她的事，问都不问就是他的问题了。

温宁越想越气，那点仅剩的困意都被气跑了。

她进了电梯，一连戳了关门键好几下。

她还不高兴跟他多待一会儿呢。

到家后，温宁把东西放下，第一时间先去卫生间看了下伤处，比洗澡时红得更明显了，但暂时也看不出什么。

出来后，温宁换了条宽松舒服的睡裤，到客厅沙发上躺下，拿起手机。

一解锁屏幕，温宁就稍稍愣了下。

他们从马场出发时，不到两点半，现在已经四点了。

马场距她家车程四五十分钟，今早他们也就花了差不多一个小时，估计还是因为她在车上多睡了会儿。

也就是说，他刚才很可能已经在车上静静地陪她大半个小时了。

温宁这次倒也没觉得愧疚。

他什么都不说，总不能什么都靠她来猜，而且他也确实没开口说要送她上来。

温宁轻轻哼了声，点开外卖软件，打算让人送点药膏过来。

她点开后，才恍然想起她连要买什么药都不知道。

温宁退出外卖软件，又进入搜索软件查了下。

她搜出来的结果乱七八糟的，好些还互相矛盾，看着没一个可信的。

要不去她趟医院？

正犹豫，温宁忽然听见手机铃声响了起来。

屏幕上切入了来电的界面，某个熟悉的号码出现在她眼前。

刚刚都不送她，他这时候又给她打什么电话？

温宁带着疑惑接通了电话。

男人声音从里面传出来："宁宁，给我开下门。"

温宁倏地一怔。

"你在哪儿？"她心里冒出个答案，"我家门口吗？"

江凛嗯了声。

温宁也不知心里是什么感觉，像是心跳快了一拍："你来我家门口做什么？"

"给你买了药。"他低声说，"出来拿一下？"

温宁："……"

他果然看出来了。

伤处正难受，温宁就也顾不上和他生气，起身过去，在猫眼里先悄悄看了一眼。

再好看的人，在猫眼里看着果然都有点奇奇怪怪的。

温宁拉开门，看见他站在门口，还是分开时那副打扮，只是手上多了个药房的包装袋。

那是个连锁药房，他们小区门外就有一家。

"给我吧。"她伸出手。

江凛把药递给她。

温宁手指不可避免地和男人修长的手指触碰了一瞬，她迅速收回来，手指背在身后蜷了蜷。

"药送到了，你回去吧，我就不送你下去了，拜拜。"

"宁宁。"男人叫住她，"不请我进去喝杯水吗？"

温宁："……"

她就知道他没安好心。

她瞥他一眼："你车上不是有矿泉水嘛。"

没等他再开口，温宁的手机先一步响了起来。

电话是温教授打来的。

温宁接通电话，看在他及时给她送药的分上，倒也没狠心直接把他关在门外，就站在门口接电话。

"宁宁。"温教授在电话里问，"你回家了没？晚饭在不在家里吃？"

"在的，我刚回来。"温宁看着面前的男人，他像是丝毫没有要走的意思，高高大大一只戳在她家门口。

她忙对着电话问了一句："爸爸你从学校回来了吗？"

"回了啊。"温时远说，"都已经到楼下了。"

温宁："……"

温时远还在电话里继续问："我买了条鲈鱼，你晚上想吃清蒸鲈鱼，还是酸菜鱼？"

"爸爸你看着做就行。"温宁故意装作打哈欠，"我玩得有点困，想先睡一觉，爸爸你做好饭了再叫我啊。"

挂断电话，温宁推推门口的男人："我爸爸要回来了，你赶紧走。"

温宁想起温教授说已经到楼下，又怕他们刚好在电梯口碰上，忙又把他拽进来："算了，你先进来躲躲。"

温宁把门关上："鞋就不用换了，反正你等下就走。"

门铃这时忽然响起。

温宁心里重重一跳。

"宁宁。"果然是温时远在外面。

温宁拽在男人腕间的手还没松，她索性继续拉着他往卧室走："你去我卧室里躲躲。"

江凛垂眸看了眼搂在他腕上那细白的小手，顺着她的力度跟着她往里走。

温宁把他拉进卧室。

屋外温时远声音又响起来："宁宁，你睡了吗？"

温宁赶忙松开手，走出卧室时，不忘叮嘱面前的男人一句："你在我卧室不许出来，也不许乱动我东西啊。"说完她顺手带上了卧室门。

腕间倏然一空，江凛抬起另一只手，轻轻碰了碰刚才被她握过的地方。

隔了片刻，他才缓缓转过身。

上次他只来过客厅，这还是第一次进她的卧室。

这个姑娘不爱收拾东西，卧室里一团乱，但生活气息很浓。

他几乎能想象出她早上是如何掀开被子起床，又是如何坐到化妆台前化妆。

可能是接到他的电话不耐烦，或者着急下去吃早餐，发箍被随手往桌上一丢，有一角就悬在桌边，将掉未掉。

江凛忽然想起她落在家里那个发箍。

他走近，化妆台边她身上的味道更明显些。

江凛拿起发箍，帮她放好。

她和家人的对话这时隐约从外面传进来。

"我还买了只童子鸡，你要不要先吃点再睡？"那是她爸爸的声音。

她的声音随后响起："我好困啊，爸爸，等起来再吃吧。"

"行，你妈妈今天也不在家，我们两个吃不了太多菜，那我晚点再做，做个酸菜鱼，时间久点，你能多睡会儿。"

"谢谢爸爸，您辛苦了。"

"今天嘴怎么这甜？"

"我嘴一直这么甜的啊。"

"我还不知道你，你就对着你妈嘴甜。"

江凛嘴角勾了勾。

在机场再遇时，他一对上那她双仍旧如小时候般清澈干净的眼睛，就猜她应该是在家人的宠爱下长大的。

她拥有很多很多爱，却还愿意再一次主动走到他身边。

温宁搞定大家长，再进卧室，就看见男人懒懒地倚在她梳妆台上。

听见动静，他略略抬眸。

温宁瞬间撞进他的眼中。

那双眼睛不再像幽冷的深潭，像一汪温柔的湖泊。

她脚步顿了下，隔了几秒，才有点不自在地撇开视线："你没动我的东西吧？"

"动了。"江凛说。

温宁："……"

动了他还挺好意思承认？

"你发箍要掉了，我帮你放回去了。"男人又不紧不慢补一句。

温宁瞥瞥他身后的梳妆台。

她其实不记得屋里走前是什么模样了，狐疑地又问他："就发箍，没动别的？"

"没有。"江凛说。

"行吧。"温宁勉强信他。

主要是她只在外面和温教授说了几句话，这么会儿工夫，他也做不了什么。

温宁走到床尾，在离他还有一小段距离的位置停下："我爸爸进去了，你快点回去吧。"

男人忽然直起身，大步走到她面前，侵略感十足的气息瞬间将她笼罩。

温宁不自觉往后退了一步："你干吗？"

"为什么让我躲着？我不能见你爸爸吗？"江凛低声问她。

温宁不可置信地看向江凛："你骗了他的宝贝女儿，居然还敢见他？"

"迟早要见的。"江凛说。

温宁："……"

"谁说你迟早要见我爸爸？"温宁懒得搭理他了，伸手推推他，"我要擦药了，你快走吧。"

这一下却没能推动他。

男人像一座大山一样将她困在他和床尾中间，目光稍稍往下落了落："让我看看伤？"

温宁："……"

他想看什么？

温宁红着脸瞪他："想都别想。"

"你自己不方便擦药。"江凛提醒她。

温宁："……"

好像是不太方便。

"谁说我不方便擦的？"温宁嘴硬，"就算我真不方便擦，我不能找别人帮忙吗？你快点走啦。"

"喻佳在北城，你妈妈也不在家。"江凛这次终于拆穿她，"你能找谁？"

温宁又瞪了他一眼："你偷听我讲话。"

男人还是那副八风不动的模样，并没有被她把话题岔开，平静地道："不好好擦药，明天可能更严重。"

温宁怀疑他在危言耸听，但又怕他说的是真的。

她犹豫了下。

江凛稍稍靠近一步，哄她："乖，让我看看？"

温宁好久没听他用这样的语气哄她了。

不知道是她实在太吃这一招，还是她真的被他的危言耸听吓唬到了，等她反应过来时，她已经被他抱着放在了床上。

温宁趴在枕头上，从脖颈到耳朵再到脸，全红了。

"你要擦药就快点啊，别磨磨蹭蹭的。"

江凛看着那大片刺眼的红痕，指尖稍稍蜷了下："抱歉，是哥哥疏忽了。"

他以为定制的马裤可以保护她，忘了她皮肤远比他娇嫩。

"现在是道歉的时候吗？"温宁脸埋到枕头里，声音闷闷的，继续催他，"江凛你快点啊，再不快点你就出去，我自己擦。"

她视线被隔绝，看不到他，只隐约感觉那道目光仍落在她的伤处。

卧室里静了一瞬。

温宁不由得偏了下头，犹豫着要不要回头看看，就看见一只骨节分明的手伸过来，拿起了床头柜上的药膏和棉签。

手机刚好也在这时响了起来。

温宁心头一跳。

电话是宁女士打过来的，温宁指尖一碰，不小心接通了电话，宁女士的声音隐约从里面传出来："宁宁，你……"

几乎是同一时间，微凉的药膏落到她的 伤处。

温宁轻轻倒吸了口气。

这个浑蛋早不擦晚不擦，怎么偏偏赶上这个时候？

宁女士大约是听见了，忙问："怎么啦？"

"没事。"温宁脸烫得越发厉害，"刚刚不小心撞了下腿。"

"注意着点啊。"宁女士叮嘱她，又问，"我看中了一条还不错的裙子，挺适合你的，要不要给你买下来啊？"

温宁感觉那根棉签停了下来，只是停的位置仍在她的伤处。

她咬了咬唇："妈妈你看着买就行，我今天出去玩了半天，好困的，我先睡个觉啊。"

"那你快睡吧。"宁女士道。

温宁挂断电话，忍不住转过身轻轻踹了某个浑蛋一下："你刚刚是不是故意的啊，电话打过来你就开始给我擦药。"

"我不知道你会这么快接通。"男人表情不变，空着的那只手攥住她细瘦的脚踝，"别乱动，会蹭到伤口。"

他单手轻轻松松固定住她乱动的脚踝，就着她的腿半抬的动作，开始重新帮她擦药。

这个姿势远比刚才更羞耻。

温宁不由得又扯了抱枕过来蒙住脸，闷声闷气地道："你快点啊。"

男人没出声。

温宁什么也看不见，只感觉沾着药膏的棉签一点点从伤处擦过，动作比方才又轻了不少。

不知是不是他稍稍靠近少许，会有温热的气息从伤处一扫而过。

温宁脚尖蜷缩了下，感觉被他涂个药也宛如折磨。

早知道她还不如忍一下，反正宁女士明天就回来了。

不知过了多久，温宁终于听见他声音再次响起："好了。"

温宁把抱枕拿下来。

面前的男人长臂一伸，将棉签和药膏放回床头柜，手臂肌肉线条流畅又漂亮。

他目光却还是低低地落在她的伤处。

"往哪儿看呢？"温宁红着脸扯了被子过来，盖好后，坐起来推他，"你可以走……"

一句话没说完，因为骤然坐起的动作，不知道伤处哪里被蹭到，一股疼意瞬间传过来，温宁没能坐稳，整个人倏然往后倒去。

江凛忙伸手去扶她，动作太急，另一只手支撑点没落好，撑了个空。

他揽着怀里小姑娘的腰，和她一起跌在了她的床上。

距离瞬间只剩不到一厘米。

小姑娘小脸红扑扑的，头发因为刚才她埋在枕头上的动作，也乱得有些可爱，眼睛水润透亮。

江凛伸手拨开她颊边的头发。

那天下午送她出门，他没想到要一连等上近两个月才能等到今天这再一次的亲近。

"宁宁。"他指腹轻轻地在她脸上流连，隔了几秒才轻声开口，"我很想你。"

温宁正想推他，闻言动作倏然停下。

他刚刚说了什么？

这个人什么事都藏在心里，连一句他喜欢她，都是当初她一点点追问出来的。

温宁还是第一次听他主动说这种类似于情话的话。

男人指腹流连到她的唇角，他微垂着眼："哥哥能亲你吗？"

他说话时，温热的气息也落在她的唇上，唤起了身体潜藏的某些熟悉的记忆。

温宁稍稍怔了下。

男人却没再等她答案，低头靠了过来。

温宁心尖轻轻颤了一下。

原本就极近的距离一刹那再次拉近，男人双唇即将贴上的一瞬，手机铃声倏然再次响起。

温宁蓦地回神。

她头一撇，江凛只吻到了她耳边柔软的发丝。

等卧室重归于安静，里面再次只剩下温宁一人时，她才又重新趴在床上，把脑袋整个埋进了柔软的枕头里，脸一寸寸彻底红透。

她刚才，怎么差点就没把持住？

平时不讲情话的男人一讲起情话来杀伤力实在有点大，他确实太犯规了。

这好像也不能怪她，都是他的错，都是江凛那个浑蛋的错！

她得感谢刚才及时打电话过来的快递小哥。

温宁从枕头上抬起脑袋，把手机摸过来，红着脸进入某个橙色软件，给快递小哥打了个五星好评。

她给完好评，刚打算放下手机，一条短信这时就跳了出来。

骗子："晚上记得再擦次药。"

骗子："要我过来吗？"

温宁："……"

温宁："想都不要想！"

温宁发完这条消息，还是觉得不解气。

她还没原谅他呢，他居然就想着要亲她了。

温宁动动手指，把他这仅剩的一个号码也拉黑了。

两分钟后，手机又响了声。

克鑫小江："又拉黑我了？"

温宁："……"

温宁："江凛？"

克鑫小江："嗯。"

温宁："你为什么又在用别人的号？"

克鑫小江："这个号现在是我的了。"

温宁："……"

什么叫这个号现在是他的了？

他就是无良资本家，居然连别人的微信号也抢。

无良资本家不只抢别人的微信号，他还改了别人微信昵称和微信头像。

"克鑫小江"改成一个单独的"江"字，头像则换成和他自己的微信号一样的图片。

乍一看见这个熟悉的一片黑的头像，温宁指尖无意识地停顿了下来。

手机这时忽然又响了起来。

"江"给她发了个视频通话过来。

温宁抿抿唇，犹豫几秒，最终还是接通了。

男人像是在车里，昏暗的光线笼在他英俊的眉眼上，略微压低的声音传过来："怎么又不高兴了？"

温宁："……"

"你还好意思问？！"

江凛目光直直落过来，像是在看视频里的她。

略顿了两秒，他开口道："你没拒绝。"

"那我更没答应！"温宁继续夯毛。

温宁想起刚刚差点和他接吻，脸又重新热起来。

她没等他再开口说话，这个人套路一个接一个，她根本玩不过他。她对着手机道："接下来一个月你都不要再找我了，我觉得我们需要再冷静一下。"

电话那头沉默了一瞬。

暗淡的光线让她看不清男人的表情。

"真要一个月？"他低声问道。

"就一个月，一天都不能少。"温宁强调，"你别讨价还价，再讨价还价一次，我就再加十天。"

男人看着屏幕："但是夏师傅答应这周末给我们做顿家宴。"

家宴？

今天的饼就太好吃了。

家宴的话……

不行，夏师傅做得再好吃她也不能再被他套路。

温宁压住心里摇摇晃晃的小天平："不去！"

"真不去？"江凛问她。

"不去不去不去。"温宁大腿还在疼，但也不好在床上滚来滚去，趴在枕头上，气呼呼地道，"再说连这个号也拉黑。"

怕自己反悔，她说完就挂了通话，可心里还惦记着他说的家宴。

这事都怪他，他要不妄想亲她，她还可以愉快地跟他一起吃饭的。

温宁又开始生气。

她打开企鹅软件，和克鑫谈好后，她跟江家鸣就转到这边对接了，微信一直没再聊过。

温宁戳开企鹅软件里的克鑫小江。

温宁："富贵不能淫，贫贱不能移，威武不能屈。"

克鑫小江发了黑人问号的表情。

克鑫小江："老师您发错了？"

温宁："江总啊。"

江家鸣在克鑫也是可以被称作江总的。

克鑫小江："您叫我小江就好。叫江总我总觉得是在叫……你懂的。"

她不懂！她为什么要懂？

温宁："小江啊，你不能轻易向恶势力屈服。"

克鑫小江："……"

克鑫小江："老师您还好吗？"

温宁："好得很。"

温宁："如果您能不再把微信号借给别人的话，我会更好，也会很感激您。"

克鑫小江："原来老师你是在说这件事啊。"

温宁："是啊，你不要因为他是你们的投资人，就什么无理要求都答应他，该反抗的时候还是要反抗的。"

克鑫小江："江总没和您说？"

温宁："……"

温宁："他和我说什么？我和他又不熟。"

克鑫小江："当初我和学长一起创业，没一个人看好我们，是江总给了我们第一笔投资，没有他，就没有今天的克鑫。所以别说是一个微信号了，他要十个我们都愿意给的。"

温宁："……"

算了，他没救了。

不过现在家喻户晓的克鑫当初居然都没人看好吗？

这样说来，他好像还挺厉害的。

晚上洗完澡，温宁尝试着自己又擦了次药。

她把棉签换成卫生棉球，对着落地镜，虽然有点羞耻，但也顺利地擦完了，这事并没有想象中那么难。

可能是药管用，第二天痛感和痒意都轻了不少，温宁就没再求助已经从外地回来的宁女士。

一连六天，某人都没再找过她。

直到又一个周五到来，温宁洗澡躺平后，接到他发来的一条微信。

那是一张图片。

温宁没敢点开大图。

他发过来的东西多半是等着她跳的陷阱。

温宁："不是让你别找我嘛。"

温宁看这个"江"字不太爽，想着反正这个微信号已经完全送给他了，就顺手又给他改了个备注。

她改完一看，瞬间神清气爽。

不过看到他下一条消息，她瞬间又稍稍不爽了。

浑蛋："明天家宴的菜单。"

温宁："……"

温宁指尖停在图片上面。

她要不要打开看一眼？

看看也不等于她明天就要跟他去，但是她看了不去好像更痛苦。

温宁："不去不去。再发拉黑了啊。"

第二天是周六，温教授休息，上午去菜市场买了不少菜。

临近中午，温宁打开对面的门，一进客厅就闻到一阵阵香味。

在厨房帮忙的宁女士听见动静，朝她招招手："宁宁，你爸爸今天又买了童子鸡，就在餐厅的桌子上。"

温宁忙去厨房，拿了双筷子回到餐桌边，夹了一块童子鸡塞进嘴里。

他们家附近这家童子鸡是先卤后炸，再加特质辣油和其他调料一起拌匀做成的。

老板火候把握得相当好，童子鸡表皮微微起皱，此刻已经吸饱了汤汁，格外香。

温教授还在炒菜，头也没回，却在她伸着筷子又去夹第二块的时候及时开口："别多吃，等下还得吃饭。"

"我再吃个鸡翅就不吃啦。"温宁夹了个鸡翅。

回到客厅，温宁一边吃着鸡翅，一边闻着厨房里的香味，心里还在天人交战。

温教授做饭也很好吃的，童子鸡也好，夏师傅的家宴也没什么好惦记的，但是温教授的饭她天天可以吃，童子鸡也随时可以买，夏师傅的家宴却机会难得。

江凛好烦人，怎么这么烦人。

温宁把鸡翅骨头丢掉，不然把一个月期限再给他减少几天吧。

她犹豫间，手机铃声忽然响了。

那是南城本地的陌生号码。

温宁这几天在网上买了点零食，估摸着是快递小哥的电话，她滑向接听键。

陌生的男声从里面传出来："温小姐，您的餐到了，麻烦您开下门。"

温宁："我没叫餐啊。"

"我是逸星的工作人员。"对方语气礼貌地道，"是江总让我过来给您送餐的。"

她从沙发上站起来："麻烦你等下，我在对面。"

温宁趿着拖鞋，火速过去开门。

穿着逸星制服的工作人员站在门口，给她递过来一个大大的包装袋，微笑道："江总让我祝您用餐愉快。"

温宁嘴角翘起："那麻烦你帮我谢谢他，也谢谢你。"

袋子还挺重。

温宁关上房门，刚打算两只手抱起，就看见温教授站在餐厅淡淡地看着她。

"逸星的包装袋。"温教授语气严肃，"谁给你送的？"

温宁也不知道他听没听到，老实道："朋友送的。"

"这个朋友姓江？"温时远问。

他果然听到了。

温宁乖巧点头。

"不是叫你离他远点吗？"温时远道。

温宁："离他远着呢，他想请我吃饭我没答应，他就让人送过来了，逸星那边的夏师傅亲自做的，不吃白不吃嘛。"

"夏师傅？"宁雪兰端着碗从里面出来。

温宁一看救星来了，忙道："是啊，妈妈，你要不要试试？"

"行，等下试试。"宁雪兰说。

"那你们俩吃外卖吧。"温教授在椅子上坐下，"我做的菜我自己吃。"

"别啊。"温宁抱着袋子走过来，在他旁边拆开，第一个盒子刚巧也是鸡肉，她也没再着急拆别的，先一脸乖巧地夹了一块鸡肉放进温教授的碗里，"爸爸您先吃。"

温时远："……"

温时远拿起筷子，面无表情地把鸡肉吃了。

温宁松了口气，这才把其他的包装盒拆开，在两个家长对面坐下。

温时远瞥了她翘着一直压不下来的嘴角："这周末我要去 N 市开会，你们俩跟我一起去。"

他去 N 市干吗？

温宁吃着夏师傅做的鸡肉，抬起头。

"会场就在逸星 N 市的温泉酒店附近。"温时远没再动包装盒里的菜，"你们过去住几天，顺便泡泡温泉。"

温宁眼睛一亮。

下周末就是十月底了，也差不多可以去泡温泉了。

她忙点头道："去去去！"

见她答应得这么爽快，温时远脸色总算好看点："那就这么定下了。"

温时远这次参加的会议为期两天，10 月 29 日开始，30 日结束。

28 日下午，也就是周四下午，温宁就和两个家长一起从南城出发，傍晚到达逸星在 N 市的温泉酒店。

温教授没住会议主办方安排的酒店，和母女俩一起住在逸星。

逸星这家温泉酒店是江南庭院风格。

温时远订了个大院落，里面还有一大一小两个院子，温宁住那间小的。

周五温时远去开会，温宁就和宁女士花一天时间逛了逛 N 市几个景点和附近的小吃街，直到晚上九点才回酒店。

占用了宁女士一天的时间，温宁跟早开完会回来的温教授打了个招呼，就十分知趣地回了自己的小院子。

N 市正在大降温，气温最高也就 10 摄氏度左右。

逛了一天，温宁也乏了，回到院子就打算先泡个温泉。

虽然小院子里只有她一个人，但温泉到底是露天的，什么都不穿直接进去泡还是有点羞耻。

她就穿了件小浴袍才下了池子。

温热的泉水驱散身体的疲乏，温宁惬意地靠在池壁上玩游戏，正和老公之一约会，手机铃声就忽然响起，来电的界面跳出来。

那又是个南城本地陌生号码。

温宁接通。

"温小姐，我是逸星工作人员，来给您送餐的。"对方在电话里说。

他们怎么又来给她送餐？

温宁眨眨眼："江凛让你送的？"

"是江总让我们送的。"逸星工作人员说，"您在家吗？能不能开下门？"

温宁有点想问问他送了什么，但想了想又作罢，她又吃不到，问了等于白问。

"我不在家。"温宁说。

逸星工作人员又礼貌地问道："那您什么时候回来，我们可以晚些时候再做一份给您送过来。"

他又给她送了什么东西啊？

温宁越发好奇了。

她脚尖踢踢水面，还是没问。

她知道是什么，可能会更想吃。

"我这两天都不在南城。"温宁说，"你送过去给他本人吧。"

挂断电话，温宁最终还是忍下好奇，打算继续玩游戏。

还没玩两分钟，手机又跳出一条微信消息。

浑蛋："不在南城？"

温宁撇嘴。

她要不要这么快就告诉他？

温宁："不是让你别找我嘛。"

"浑蛋"发来一个视频通话请求。

温宁迟疑两秒，刚想着要不要看在他一连两周给她送吃的的分上，勉强接通一下，指尖落上去时，才想起自己还在泡温泉。

她指尖一滑，点了拒接键。

"浑蛋"又发来一个语音通话请求。

温宁这次勉强接了。

"去哪儿了？"男人的声音低低地传过来。

温宁往温泉里缩了缩，只留了脑袋和肩膀在外面："你管我去哪儿？"

"逸星工作人员按了好几次门铃，对面也没反应，说明你爸妈应该也没在家。"他不紧不慢地分析着。

温宁指尖划过水面："那又怎么样呀？"

男人顿了顿，继续道："N市这两天有个刑诉方面的交流会。"

温宁："……"

"你这么厉害。"温宁指尖又在水面划了两下，带出点轻响，"那你再猜猜我现在在做什么？"

那边安静了几秒。

"会场在逸星的温泉酒店附近。"江凛低声问她，"你过去泡温泉了？"

温宁："……"

温宁直接把通话挂了。

一个月只过了一半，她为什么要搭理他？

她全缩进去，又有些热，又冒出水面。

她垂首，看见自己被打湿的浴袍紧贴在身上，温泉水汽缭绕，水中的景象若隐若现。

温宁眼珠子转了转，重新打开微信，戳开某个浑蛋的对话框。

不能只有她天天被他套路，她总得扳回一局。

温宁："你这么厉害？"

浑蛋："……"

温宁："不如你再猜猜我现在穿没穿衣服？"

第 十 二 章
告白

晚上九点半，南城金融中心还一片灯火通明。

A座最高层，江凛办公室的灯也亮着。

他背靠在办公椅上，盯着屏幕上的对话框看了几秒，倏然将手机反扣在办公桌上，脑中却还是挥之不去的她那句"不如你再猜猜我现在穿没穿衣服"。

江凛握在手机上的手指收紧了一瞬，手背青筋微凸。

片刻后，他松开手，摁了摁眉心，又不由得失笑。

他今晚在逸星有个饭局，店里刚好有新菜推出，他吃完就又挑了几个菜，让酒店的人晚些时候做好打包送去给她当夜宵，自己回来公司加班，倒没想到她不在南城，也没想到她会这样来撩拨他。

江凛没动反扣在桌面上的手机，抬手了摁了下一旁的内线电话："计远。"

计远声音传出来："您有什么吩咐？"

"N市那个会议帮我应下，再帮我订过去的机票。"

温宁舒舒服服地泡了温泉，又难得在某人那里扳回一局，这一晚睡得格外好。

本来这次就是带她出来玩的，两个家长并没有太管束她，因而也没人来叫她起床。

温宁这一觉睡到第二天上午十点才醒。

醒后，温宁趴在枕头上，摸过手机，迷迷糊糊地半眯着眼睛关掉飞行模式，手机里瞬间跳出来一条微信消息。

某个浑蛋给她分享了一个位置。

看清他发来的位置后，温宁那点睡意都被惊跑了。

温宁蓦地从床上坐起来，给他回消息。

温宁："你怎么会在我们酒店？"

几秒后，手机弹出一个语音通话请求。

温宁指尖在屏幕上面悬了悬。

他今天怎么又不发视频通话了？

管他呢，反正他发了视频通话她也不会接。

温宁还没从他那儿问出想要的答案，就勉强接通了他的语音通话请求，又问他一遍："你怎么会在我们酒店？你来我们酒店做什么？"

"N市今天除了你爸参加的交流会，还有一个金融方面的会议。"男人声音低低地响起。

"哦。"温宁得到答案，不想理他了，"那你开你的会吧，我挂了。"

"宁宁。"男人叫她。

温宁："……"

她就知道他不是来开会这么简单。

"还有什么事啊？"

"酒店附近有家很不错的私房菜馆。"江凛说。

"是吗？"温宁跟他装傻，"在哪儿呀？你把地址发给我，我带我爸妈去吃。"

江凛："菜馆不对外开放。"

温宁："……"

"下午开完会我带去你？"江凛低声问道。

"不去。"温宁拒绝诱惑，"我说一个月就一个月。"

江凛："不算在一个月内，今天算特例。"

温宁没明白："你这是什么意思？"

"今天不算在一个月期限内的意思，你今天出来跟我吃顿饭，你的一个月期限可以再往后延一天。"男人顿了顿，慢条斯理地继续帮她分析利弊，"吃一顿晚饭只要两三个小时，两三个小时换一天，很划算不是吗？"

他又来了，和上次一样。

温宁明知道他在套路她，但还是觉得他说的有道理。

主要是他挑的饭店就没有不好吃的。

她要不要答应呢？

吃顿饭她好像也不亏。

大约是没等到她的回答，男人又继续补充道："你想不见我，什么时候都可以不见，但你难得来N市一趟。"

温宁："……"

她在N市没有亲戚朋友，确实难得来一趟。

温宁想了想："延迟一天不够，起码得三天。"

这还是他上次教她的。

三个小时换三天，这样才差不多。

"好。"他应下来，"你住哪间，我下午六点去接你？"

温宁抱着被子又躺下来，嘴角不自觉地扬起个小弧度："不用你接，我们在酒店门口见吧。"

挂掉通话，温宁洗漱后钻进隔壁院子。

温教授早已经去开会了，宁女士坐在沙发上看电视。

温宁在她旁边坐下："妈妈，我有朋友过来，晚上我跟他一起吃饭，就不和你们吃啦。"

宁雪兰瞥她一眼："姓江的朋友？"

温宁也没瞒她，点点头。

宁雪兰把她的头发捌到耳后，语气轻飘飘地道："太便宜他了。"

"也没有。"温宁说，"我就是给他个机会请我吃顿饭，还没打算今天就原谅他。"

"那就好。"宁雪兰说。

下午六点，温宁慢吞吞地走出酒店大门。

夜幕已经悄悄降临，男人站在门口繁茂的大树下，路灯在他颀长的身影上笼了一层茸茸的边。

不知是不是刚从会场出来，他今天穿得格外正式，熨烫得没有一丝褶皱的平驳领单排扣黑西装，白衬衫端正地扣到了最上方一粒扣子，简洁大方的领带夹泛着一点金属光泽。

他微垂着眼，右手摸着法式衬衫的袖扣。

两秒后，他抬手看了眼腕表。

三秒后，他抬眸朝她的方向看过来。

温宁脚步顿了顿，从最后一节台阶上跳下来。

男人大步走至她身前，垂眸打量她一眼，低声说："怎么穿这么少？"

温宁："……"

他会不会聊天啊？

她今天穿了件长款卫衣加打底裤，都没露腿，哪里少了？

温宁瞥他一眼："美女的事你少管。"

江凛："……"

"饭店很近，开车过去反而不方便，要走一小段路。"

"走就走呗。"温宁无所谓地道。

男人看了她两秒，像是妥协："那走吧。"

真跟在他身后走了没多久，温美女就开始后悔了。

外面怎么这么冷啊？可刚才她跟他说了狠话，现在再说要回去加衣服，又有点丢脸。

她现在又不会再像以前那样肆无忌惮地跟他耍赖。

温宁硬着头皮又跟他走了一段路，可是越走越冷。

她往后退了一步，在他身后搓了搓手，试图御寒，但是并没有什么用。

身前的男人这时却忽然停下。他脱下西装外套，转身走到她面前。

"你干吗啊？"温宁觉得自己好像有点明知故问。

江凛没接话，抬手把西装外套披在她的身上。

外套上带着他的体温和他的味道和他落在驳领上的手一起，将她团团笼罩于其中，像在拥抱她。

男人这才缓声开口："有点热，你帮我穿一下。"

温宁："……"

有时候说谎好像也不见得全是为了伤害。

"手伸进去。"他低声说。

温宁难得没跟他戗，乖乖地把手伸进衣袖。

他西装的袖子比她的胳膊长不少。温宁指尖缩在里面轻轻蜷了蜷，感觉冰凉的手指在迅速回温。

据说单排两粒扣的西装向来都只扣上面第一粒扣子，温宁也从没见他扣过第二粒。

今天是第一次。

男人垂着眼，细致地帮她把驳领拢好，又低头将西装外套的两粒扣子一一帮她扣好。

带着他体温的外套抵御住了外来的寒风。

温宁抿抿唇。

男人扣好第二粒扣子，指尖停顿了一秒，终于又松开。

"走吧。"他说。

温宁哦了声，跟在他旁边继续往前走。

这条路不热闹，但也不算冷清。

旁边的男人从来都是气质比长相更绝，是那种远远一望，你哪怕还看不清他的脸，都会不由自主地就被他吸引。

温宁看见常有路人驻足或偏过头来看他，也看见夜风吹起了他单薄的衬衫。

"你不冷吗？"温宁小声问他。

江凛："不冷。"

温宁还是有点担心。她虽然还没想好要不要原谅他，但是也不想因为她一时任性，害他感冒。

温宁垂着眼，看见男人垂落在一侧的修长手指被夜灯衬得越发白皙，不知道他是不是冷的。

她也没多想，努力把手从西装袖子里伸出来，轻轻拽了下他的指尖。

江凛脚步倏然一顿。

温宁也蓦地回神，察觉到自己刚才鬼使神差做了什么，迅速收回手。

男人微微偏头看向她，目光隐在镜片之后，幽深又难懂。

温宁撇开视线："你别多想，我是看你把外套借给我穿了，想试试你手指是不是冷的而已。"

"那试出来了吗？"江凛低声问。

温宁："……"

温宁露在他西装袖口外的手忽然被一只尚算温热的大手攥住。

她心跳倏然重重地快了一拍，不由得愣愣地抬眸看向他。

"这样呢？"男人声音压得很低，五官在夜色中显得尤其好看。

温宁心跳快得有些让她发慌。她都不记得第一次跟他牵手，心跳有没有这么快。

温宁愣了两秒，抽回手，指尖缩回西装袖子里，视线也重新撇开："行了，知道你不冷了。"说完不等他再次开口，她自己继续朝前走去。

"就快到了。"男人声音在她身后缓缓响起。

温宁没回头："那你走快点，我有点饿了。"

他们一进入饭店，一阵融融暖意就扑面而来。

老板热情地迎他们进去。

可能是不对外接待客人，店里空间不算大，但布置得格外温馨。

落座前，温宁把西装外套脱下，递给他："喏，还你。"

男人接过去，却把西装放在她旁边的座位上了。

"就放这儿吧。"他又拉开她旁边的座椅，"你回去还要穿的。"

温宁："……"

江凛转头又对老板说道："把那道汤换到最前面上。"

"好，您二位先坐。"老板应下。

店里并没有服务人员，老板送上茶水过来，跟他们说了一声，又回厨房忙去了。

温宁端着暖暖的茶杯，想了想，还是开口问江凛："你那个助理跟来没有？姓计的那个。"顿了下，她又问，"他真是你的助理吧？"

"是。"江凛点头，"他跟来了，怎么了？"

"让他帮你再送件外套来啊。"温宁垂着眼喝茶，不看他。

餐厅安静了片刻。

温宁心想他要是说"别担心"之类的话，她要怎么反驳才好，可隔了几秒，对面的人只低低应道："好。"声音像是隐约带着点笑意。

算了，看在他今晚借她衣服，还顾全了她面子的分上，她暂时不跟他计较了。

没多久，老板就把汤送了过来。

江凛盛了一碗放到她面前。

温宁低头喝第一口的时候，就十分庆幸今天自己没有拒绝他。

这个男人可太会挑饭馆了，这个汤真好喝。

温宁一顿饭吃得认真，也没注意到计远什么时候来的。

他们吃完准备走的时候，她还打算问一句，却见老板已经将西装收纳袋递过来。

男人从袋中取出藏青色的西服外套，打算穿上。

"等等。"温宁忽然脱下刚穿上身的那件衣服，"我穿这件吧。"

江凛偏头看她。

温宁指指手中这件西装："我这件和你身上衣服才是配套的，你难不成想混搭？"

江凛眉梢轻轻一挑，跟她换了衣服。

他穿衣服时，动作几不可察地顿了下。

这衣服被她穿了这么一会儿，明显沾了她身上的香味，他穿上也不知是不是一种折磨。

他这件藏青色的西装外套也大，温宁指尖缩在里面，空着的袖口轻轻晃动。

她跟在他身后蹦蹦跳跳走了两步。

"慢点走。"江凛回过头。

温宁记起他们在一起后，他第一次带她出去吃饭，他也阻止过她饭后蹦蹦跳跳走路，说是对胃不好。

温宁对今晚的晚饭很满意，乖乖慢下来，忽然又问他："收纳袋你没带出来？"

"计远会去拿。"男人回她。

温宁小声嘀咕："无良老板。"

他像是听见了，缓声接了句："算加班，有工资。"

回去的路，温宁感觉好像比来时要短。

逸星亮起的招牌就在不远处时，温宁听见旁边男人忽然叫了她一声："宁宁。"

温宁停了一下，又继续往前走："叫我干吗？"

"我下周一要出国，需要出差一段时间。"江凛说。

温宁脚步又顿了顿："出国就出国啊，告诉我做什么？我管你去哪儿呢。"

不知怎么，她忽然有点失落。明明她也不打算短时间内再见他的。

江凛也跟着停下来，目光落到她的脸上："要去大半个月。"

温宁："……"

温宁那点失落一扫而空。

温宁抬头瞪他："江凛你又套路我。"

"没有。"江凛说。

温宁不可置信地看着他："你还说你没有。"

亏她还觉得三个小时换三天延长不亏。

他要出国大半个月，本来也不可能见到她。原来今天是个连环套。

江凛看她像只炸毛的小猫，忍不住抬手轻轻帮她顺了顺被风吹乱的头发，低声道："就是想见你。"

他百般费心也想见她。

温宁想拍开他的手的动作倏然一顿，由着他指尖顺着发丝落到她的脸上，轻轻摩挲。

她愣愣地抬头看着面前的男人，撞进他专注的目光中。直到不远处一个严肃的声音忽然传过来："温宁。"

这个声音怎么这么像温教授?

温宁循着声音转回头,看见温教授正站在酒店门口,也不知来了多久,看到多少。

旁边还站了个年轻男人,是他的学生,温宁见过几次。

江凛顺她的目光看过去,缓缓收回手。

温宁外套都不记得还他了:"你不用送我啦,自己回房间去吧,我走啦。"她说完就往大家长那边走去,却听见身后有脚步声跟上来。

温宁回过头:"你跟上来做什么?"

"既然碰见了。"男人的表情又恢复一贯的冷静,"不打个招呼不礼貌。"

温宁:"……"

她知道温教授对于他骗她这件事,至今都没消气。可他们见了面他连招呼都不打,温教授肯定会更生气的。

他们怎么就那么巧撞上温教授了呢?

温宁耷拉着脑袋,慢吞吞地挪到温教授面前,乖巧地叫道:"爸爸。"

江凛在她旁边站定,跟温时远打招呼:"温叔叔。"

"当不起江总这一声温叔叔。"温时远没看温宁,只偏头对旁边的年轻男人道:"谢景,帮我送你师妹进去。"

谢景应了声"好",又看向温宁:"师妹,我送你进去吧。"

温宁眼巴巴地看向温时远。

温时远这次没心软:"先进去。"

江凛看她一副可怜巴巴的小模样,也轻声补了句:"别担心,先进去吧。"

温宁一步三回头地跟在谢景后面慢吞吞地进了酒店。

回到院子里后,她也没去自己那边,直接去了另一边的院子。

宁女士还在看电视。

温宁坐到她的旁边,抱住她的手:"妈妈。"

"怎么啦?"宁雪兰问她,"一回来就撒娇。"

温宁可怜巴巴地看着她:"我和江凛一起回来的时候,刚好在门口撞见爸爸跟谢师兄。"

"你谢师兄过来送东西。"宁雪兰说。

温宁:"我不是说这个,我是说爸爸现在和江凛在外面说话,我担心……"

话没说完,她就见温时远从外面走了进来。

"担心什么?"温时远板着脸。

温宁眨眨眼:"担心您啊,他们那些搞投资的一肚子坏水。"

温时远知道她多半是在哄他，脸色却还是缓了下来："怎么？我们搞法律的就玩不过他们搞投资的？"

"那怎么会？"温宁吹彩虹屁，"您比他厉害多了。"

温时远："……"

温宁观察着温时远的脸色："您和他说什么了啊？怎么这么快就回来了？"

温时远瞥了眼她身上那件西服："不然呢？我跟他有很多话说？"

温宁看他这个态度，知道她多半是问不出什么来了，只能看宁女士以后能不能帮忙问出点儿什么。

不过宁女士看似态度温和很多，其实现在对江凛的印象也不见得多好，不一定会帮她。

温宁在心里轻轻叹了口气。

算了，谁让他骗了她呢。

温宁跟两个家长随便又聊了几句，才回到自己院里。

在沙发上躺下后，她忙给某人发了条微信过去。

温宁："我爸和你说什么了？"

浑蛋："没什么。"

温宁撇撇嘴："你又瞒我。"

浑蛋："答应了他不说，不能失信。"

温宁："……"

他不说算了。

温宁打算今晚再泡泡温泉，换衣服时，才发现他的西装外套忘了还他，而且他今晚连环套路她的账，她还没跟他算完呢。

温宁换好昨天的小装备，又缩进温泉里。

她眼珠子转了转，重新点开他头像。

温宁："你西装还在我这儿。"

浑蛋："我过去拿？"

温宁："我和我爸妈住在一个大院子里，你不方便来，而且……"

温宁："我在泡温泉呢 ."

温宁觉得这样还不够，干脆拨了个语音通话过去。

江凛接到通话请求时，刚打开笔记本电脑。

他过来开会是临时加的行程，下午的工作都推到了今晚。

他手指滑向接通键。

小姑娘声音从里面传出来："哥哥。"

江凛握住手机的指尖倏然一紧。

"你要去出差大半个月是吧？"她声音甜得像诱人的蜜。

江凛知道她肯定不是这么快就打算原谅他，猜她多半又揣了什么坏主意，却还是顺着她的话答道："对。"

"那我送你个礼物吧。"她说。

江凛忽地有些后悔没录音。

虽然她是装的，但下次再想听她用这种甜甜软软的语气和他说话，也不知是什么时候了。

"什么？"他问。

"你等着。"

最后这一句，她似乎已经不打算装了，恢复跟他分开后一贯敷衍他的语气，然后挂断了通话。

江凛垂眸看着手机界面又退回到她的对话框，一眼又瞥到她刚才那句"那我去泡温泉了"。

江凛闭了闭眼。

下一秒，手机振动了一下

江凛睁开眼，看见她的对话框里多了条新消息。

那是一张照片。

缩略图其实已经能大致看出照片的内容。

江凛点开了大图。

水汽缭绕的温泉里，一双雪白纤长的腿和半截细嫩的手臂若隐若现，指尖像是刚轻轻拨动了下温泉，水面上有细微的波纹。

她倒是知道保护自己。

照片既没露脸，那双雪白的小腿她甚至只照到了膝盖以下的位置，但已经足够"报复"他了。

江凛闭上眼，再次将手机反扣在桌面上。

从 N 市回南城后，温宁在家里待了两天，又飞去北城找喻佳玩。

喻佳刚拍完公司安排给她的客串角色，常红给她放了两天假，温宁到机场时，是她亲自开车过来接的。

温宁在 N 市只待了三天，感觉温泉还没泡过瘾，加上前段时间刚从克鑫或者说从某人那儿"骗"了一大笔钱，这次过来干脆也没去喻佳的住处，订了家

看上去不错的温泉酒店，请喻佳一起去泡温泉。

两人从机场一路直抵酒店。

这一晚，她们刚好撞上北城下雪。

雪花洋洋洒洒地落下来时，温宁和喻佳刚进餐厅不久。

南城一年能下一场雪就不错了，温宁作为南方姑娘，虽然怕冷得厉害，看到下雪还是兴奋不已，吃饭都有点坐不住。

一吃完饭，她就拉着喻佳出去堆雪人，难得还拍了些照片。

最后手都被冻僵了，两人才意犹未尽地回了房间。

温宁现在是个不缺钱的小富婆，房间都是挑贵的订，她们这间房有个很大的私人温泉。

两人在外面都被冻得不轻，回来后稍稍缓缓，就一起下了温泉。

温宁舒舒服服地缩在温泉里，把刚才拍的照片挑了几张发到微博，发好后，她想了想，又挑了几张发到朋友圈。

她朋友圈里也是南方人居多，照片一发，就招来不少同学的羡慕。

乐静静更是在下面"啊啊"了两行，最后才加上一句"我也想去看雪"。

温宁回复她："来啊，我和佳佳在北城等你。"

乐静静："加班狗不配出去玩。"

温宁随手又回复了几个其他同学的留言，正打算退出，却看见有新回复提醒。

浑蛋："去北城了？"

温宁："……"

他怎么又知道？

他知道有什么用，她又不打算理他。而且他不是在国外出差吗？他没事看什么朋友圈？

温宁撇撇嘴，退出微信界面。

她发朋友圈也不避着喻佳，喻佳就在她旁边大大方方地看着，此刻才随口问了句："江凛？"

"是啊。"温宁回道。

喻佳问："还没原谅他呢？"

"当然没那么快。"温宁回了一句，嘴角却不由自主地勾了勾。

喻佳点头："说得对，别那么轻易原谅他。"

温宁也点点头："嗯，对了，你和沈明川现在什么情况？"

"没什么。"喻佳一脸淡定，"就是前两天我和他又睡了一次。"

温宁："……"

她是怎么把"又睡了一次"和"没什么"放到一起的？

"这还叫没什么？"她满脸不理解的表情。

喻佳还是无所谓的表情："反正又不是第一次了啊。"

温宁："……"

她不太懂。

毕竟她和某人一直都没进展到最后，这超纲了。

温宁缓了缓："到底怎么回事？"

"我客串的电影不是还有另一个投资商吗？我杀青前几天，导演叫上几个主演和我一起去吃饭，我们到那儿之后，才知道是另一家投资商的一个副总来了……"喻佳顿了顿，脸上终于露出点嫌弃的表情："不是所有导演都像钱导一样，一心就在电影上的，那位什么杨副总就那种典型的油腻中年老男人，但电影女主名气大，我虽然是个无名小卒，但毕竟是鼎盛旗下的艺人，又是红姐在带，他也不敢真做什么，就说点荤段子嘴上占占便宜。"

"你怎么没跟我说啊。"温宁小脸也沉了下来。

喻佳："说了也只是平白让你跟着生气，而且沈明川那天不知怎么过来了，他推开门，那位杨副总立即换了张殷勤的笑脸，但沈明川看也没看他，你知道他架子多大的。"

温宁确实能想象出沈明川当时是什么模样。

喻佳继续说："他当时门也没进，就靠在门口瞥了眼导演，说我们公司的女演员是进你组里拍戏的，不是陪酒的，导演一脸尴尬的表情。他冷着脸借口公司那边有事找我商量，把我叫走了，我跟他回了他住的酒店房间，本来想谢谢他来着，结果一关门，他就看了我一眼说'你怼我的时候时候不是挺厉害吗？刚才在桌上怎么一声不吭？'，那语气要多阴阳怪气，就有多阴阳怪气，我没忍住又和他吵了起来。"

温宁想起那天沈明川去她家，他们俩也是一言不合就开始吵。

"吵着吵着，不知怎么就……"喻佳终于捂了下脸。

温宁会意，顺着她的话接下去："就吵到床上了是吧？"

"是啊。"喻佳松开手，脸上又恢复了淡定。

温宁瞥了眼她的神情："所以你没打算跟他谈恋爱？"

"谈什么谈？我努力那么多年，不是为了谈恋爱的，如果他是沈周，等我事业稳定下来了，还可以考虑一下，但他是沈明川……"喻佳顿了顿，"你不知道我第二天去剧组时，剧组的人对我的态度都和之前不一样了。"

温宁："沈明川呢？他什么说法？"

"那晚太累，我被他从浴室抱回来后就睡着了，半夜醒来想着一晚不回剧组不太好，我就先走了。"喻佳说。

温宁知道她的性格："你没叫醒他？"

"给他留了条微信消息，到现在都没回我。"喻佳轻轻"啧"了声，"也不知道这位少爷什么毛病，又不是我逼他跟我睡第二次的。"

温宁："……"

温宁思考几秒："佳佳，我觉得我帮不到你。"

她和沈明川的相处模式太超纲了。她真的不懂。

"不用你帮，反正也没多大事，你上次不是说了嘛，我不亏就行。"喻佳在水下踢踢她，"不说他了，倒是你，《秘密》第二话什么时候画啊？"

温宁："……"

"你怎么也开始催更了？"

"这不是你自己在微博上告诉大家，我就是你当初写《秘密》时的监工吗？你粉丝都跑来给我发私信，让我继续监督你画漫画。"喻佳笑道。

温宁："你当没看见就好。"

"不行，我也想看第二话呢。"喻佳瞥她，"不然等下泡完你就开始画吧。"

温宁："……"

"你是魔鬼吗？"

温宁在北城待了三天，等喻佳又开始忙碌，她才又飞回南城了。

她一回去，南城就提前入冬，气温一夜之间骤降至 10 摄氏度以下。

好在两个家长知道她怕冷，当初装修时，两边的房子都装了暖气。

接下来一段时间，温宁都窝在家里，能不出门就不出门。

两个家长都在家的话，她就去对面蹭饭，不在家，她就叫外卖。

南城一冷就爱下雨，这时候出门可太难受了。

一直过了月中，天气才又重新回暖。

17 日下午，温宁躺在自家阳台的懒人沙发上，舒舒服服地晒着久违的太阳，看了几集动漫，又开始玩游戏。

她刚玩一会儿，有条微信跳了出来。

浑蛋："落地了。"

温宁指尖戳戳那个黑色的头像。

他回来关她什么事？

温宁没理他，继续玩游戏。

十分钟后，"浑蛋"发来了一个视频通话请求。

温宁看了几秒。

算了，看在天气这么好的分上，她勉强接一下吧。

久未见面的男人出现在屏幕中，他像是已经上了车，是那辆宾利熟悉的后座。

他还是一副西装领带的打扮。

只是眉宇间难得带着一丝疲累之色。

温宁语气不自觉地变好了些："不是要你别找我的嘛。"

手机那端的男人隔着屏幕望向她："现在是下午 4 点 31 分了，宁宁。"

"4 点 31 分怎么啦？"温宁一下没反应过来。

江凛目光仍落在她的脸上："一个月期限是你上个月 15 号 4 点 30 分定的，加上延期的三天，现在已经超过一分钟了。"

温宁："……"

温宁自己都不记得那天是几点几分说的，而且他要不要精确到分钟啊？

"超就超呗。"

"那你什么时候把我从黑名单放出来？"江凛问她。

温宁提醒他："我只说你一个月内不要找我，又没说一个月过了就会把你从黑名单放出来。"

反正她不放他出来，他不也有办法抢了别人的号来跟她联系嘛。

男人也没在这个话题上纠缠，转而目光定定地看着屏幕问她："那明天中午出来跟我吃饭？我在城西订了家饭馆。"

温宁扯过抱枕，终于有点兴趣了："城西哪家啊？"

江凛给她报了个店名。

温宁愣了下："我怎么都没听过。"她狐疑地看向屏幕那边的男人，"你不会又骗我吧？"

"也不对外开放。"他说。

温宁："……"

"我还给你带了礼物。"电话那头的男人声音微微压低，像是诱哄，"明天十一点我去你楼下接你？"

温宁犹豫几秒，还是对他选的饭店很心动，而且两个家长这两天都不在家，明天叫外卖的话，不如……

"礼物就不用了，毕竟我现在跟你也不熟，勉强跟你吃顿饭倒是可以。"

次日上午 11 点，温宁一从小区出来，就看见那辆熟悉的宾利停在上次的地方。

但某人这次倒没下车招蜂引蝶，等她走近时，他才从驾驶座那边下来，帮她打开副驾驶座的门。

温宁还是不大习惯看见他坐在驾驶座上，她一边扣安全带，一边随口问他："徐叔是被你开除了吗？"

"没有。"江凛也系上安全带。

温宁："那你最近怎么都自己开车？"

男人的手搭上方向盘，他偏头看她："你说呢？"

温宁："……"

她才不说。

这个人说话做事到处都是坑，她又玩不过他，不搭理才是最好的应对之策。

温宁低头拿出手机，不理他了。

一两秒后，她听见他重新开口，只是换了个话题："礼物真的不要？"

温宁头也没抬："不要，你好好开你的车，别打扰我玩游戏。"

江凛："……"

宾利一路在城市中平缓地行驶着。

三十分钟后，两人到达目的地。

这个的餐馆不是上次 N 市那种温馨的家庭菜馆，是一幢独栋小楼，前面有个种满了花花草草的漂亮庭院。

因为天气好，店主在征求他们——主要是温宁的同意后，帮他们把餐桌放在了院子里。

不知是这个漂亮小院子给这顿饭增加了点滤镜，还是温宁终归最爱南城本地的口味，这一顿饭她吃得比 N 市那顿还满意。

直到吃完饭，温宁跟在他后面出了院子。

面前的男人不知怎么忽然停下脚步，温宁低着脑袋没注意，一头撞进他的怀里。

江凛伸手扶了扶她，手在她细瘦的腰上停顿了一瞬。

温宁鼻间满是男人身上熟悉的气息，就连他手腕落的位置与力度她似乎也是熟悉的。

她怔了两秒，瞪他："不是说了让你不要随便动手动脚的吗？手再不拿开扣分了啊。"

男人眉梢轻挑了下，像是难得露出了一丝意外之色："我还有分可扣？"

温宁："……"

他怎么那么爱抓字眼？

"没有。"她自己动手把他的手拍开，"早负分了。"

江凛缓缓收回手，低声叫她："宁宁，南钟寺就在附近。"

温宁："……"

刚才在路上，她一直低头玩游戏，根本没注意他车开到了哪里，这家店居然在南钟寺附近吗？

敢情今天这又是连环套？

温宁又愣了下，都忘了立即和他拉开距离了。

"在附近又怎么样？"

江凛垂眸，看着几乎还贴在他怀里的小姑娘，她身上的香味若有若无在他鼻间萦绕。

"答应过陪你去求签的。"

温宁："……"

温宁回过神，退开一步："我又没说现在还想跟你去求签。"

也不知是不是猜到会被拒绝，男人脸上看不出一点失望之色，表情还是一如既往地冷静。

"那去寺里随便逛逛。"他声音压低，"今天天气这么好，南钟山的枫叶应该也红了。"

南钟山不只有枫树，还种了许多桂树。

虽然桂树应该已经过了花期，但山下有家奶茶店有款桂花口味的奶茶。

"我想喝奶茶。"温宁下巴轻轻一抬，"店就在南钟寺下，顺便跟你去逛逛吧。"

江凛唇角轻轻勾了下："那走吧。"

南钟山的枫叶确实红了，漫山遍野都是绚烂似火的颜色。

山间空气清新，温宁手中的奶茶还有若有似无的桂花香味飘散出来，就似桂花还没过季一般。

温宁跟在他身旁，一路慢慢往山上走。

南钟寺就坐落在南钟山山顶。

这座寺庙在省内本就小有名气，天气又难得放晴，寺内客人络绎不绝。

入寺就是一股香火味。

温宁不太信这些，对寺内建筑的兴趣远大于寺庙本身——毕竟画古风的时候，建筑也不能全凭想象。

南钟寺有一定的年头了，寺内建筑很有历史感，常看常新。

温宁跟在他的身后时而左瞧瞧，时而右看看，也没注意到稍稍比她快一步的男人说是带她来逛逛，进来后却一路往前，目的地似乎非常明确。

她跟在他身后进入了一处殿堂。

温宁虽然并不信佛，但南钟山和南钟寺都是南城的知名景点，她来的次数不算少，对寺内各殿都还算熟悉。

这里就是求符的地方。

南钟寺求符远比求签程序简单，只要往功德箱里塞钱，二十块就可以求一个符。

当然，钱越多，就代表心越诚。

除了姻缘符，其他如平安符、事业符等等也都有。

温宁已经随他走进殿内，此刻倏然停下。

大约是察觉到她的动作，走在她前面的男人也停下了脚步，回过头看她。

"我又没答应跟你来求符。"温宁略略压低声音道。

江凛垂眸看着她："我自己求。"

温宁："……"

"你一个人求什么姻缘符？"她抬头瞥他一眼，"求你遇到什么漂亮小姐姐吗？"

殿内光线比外面暗许多，衬得男人那双眼越发幽深。他的目光隔着镜片落在她的脸上："求某个小姑娘早点原谅我。"

温宁："……"

温宁因为他这句话，在原地稍稍愣了片刻。

等她再回神时，男人已经过去求符了。

温宁走过去后，正好听见负责求符的小沙弥颤着声问他："您是不是付错了，确定是要付两百万元吗？"

等等，他付了多少钱？

男人一脸冷静地颔首。

小沙弥看着年纪不是很大，大约是修为没到，佛心不够，得到确定答案后，嘴角瞬间咧出一个大大的笑容。

察觉到自己笑了之后，他又努力压下去，故作老成地冲江凛行了个佛礼："那麻烦施主稍等片刻，我请方丈来帮您开光。"

温宁以为他要请方丈，正好可以乘机探探旁边这个人是发烧了还是脑子坏掉了。

结果小沙弥只是拿用来收款的那个手机发了条消息出去。

温宁："……"

这也正常，毕竟现在还有一堆佛学大师在微博上十分活跃。

时代在进步，只要心中有佛，不需要拘泥于外物。

方丈大师很快赶了过来。

温宁这二十多年，来南钟寺的次数不少，却还是第一次见到寺内的方丈。

方丈大师五六十岁的样子，看上去就比小沙弥不知稳重多少倍，脑袋光得差不多能当镜子，一派得道高僧的模样。

温宁听方丈对男人讲了一堆她听不懂的佛语，最后将一个据说是已经开好光的姻缘符递给了他。

她单看外表，反正和李君慈、李君慧姐妹送她的那一个是一模一样的。

南钟寺的符也是出了名的。

这么多人过来求，灵不灵先不说，主要是符做得都挺精致的，符纸用绣花小布袋装着，二十块钱一个绝对不亏。

李家姐妹送她的那个，她就觉得挺好看的。

当然，前提是那个符只花了二十块，而不是两百万元。

温宁虽不信佛，但毕竟佛教是一种源远流长、历史悠久的文化，她多少还有点敬畏之心，从殿内出去后，她一直忍到出了南钟寺大门一小段距离，才突然快走几步，挡在男人面前站定。

"你低头。"

男人罕见地稍稍怔了下，却是顺着她的意思低下头。

温宁伸手摸了摸他的额头，又摸了摸自己的。

"也没发烧啊。"温宁瞪他，"你是不是钱多啊？"

江凛看她又开始像只炸毛的小猫，嘴角几不可察地勾了下："还好。"

"我怎么不知道你还信这些？"温宁继续瞪他。

江凛："万一有用呢。"

温宁："……"

她转开头，想想还是觉得很不划算，不由得小声嘀咕："我看不只钱多人还傻吧，花这么多钱求个虚无缥缈的符，还不如直接求我呢。"

话音刚落，她的手腕忽然被一只温热的大手握住。

今日气温不低，他们一路爬山，刚才又在寺里逛了一圈，男人手上的温度比平时要高上不少。乍一被握上的时候，温宁几乎觉得手腕像是被烫了下。

她怔怔地抬头看他。

男人却垂着眼，抬起她的手，把刚才求的符放到了她的手心。

温宁察觉到他的动作，又愣愣地低下头。符上被绣了精巧的花纹，还是挺漂亮的。

温宁看见他连符带她的手一起包住，小小的姻缘符布料紧贴在她的手心，而她的手背紧贴在他手心。

然后温宁听见他低声在她头顶开口："那哥哥求你。"

下午四点半南钟寺的游客仍络绎不绝。

寺庙入口人来人往，大门再宽敞也有限，进进出出的游客不免碰到。郑瑜穿着一身精致套装，挽着姐妹李夫人的手，小心地避开往来的游客，但时而还是会有人不小心蹭到她。

也不知这些人身上干不干净，郑瑜眉头皱紧，有些后悔不该来这一趟。

她这次来南城，原本是来给李夫人过生日的。

昨晚参加完李夫人的生日宴会后，她想起江凘至今还一个人在人生地不熟的澳洲，又想着南钟寺的符一向有名，她就多留了一晚，今日叫上李夫人一同过来，想帮江凘求个平安符。

事业符她现在已经不奢求了。

去求符的时候，她听殿内的人正在兴奋地讨论，说刚才有个英俊的年轻男人带了个小姑娘过来求姻缘符，付了两百万块，这心可够诚的，那姑娘可真够有福气的。

郑瑜也过去，支付了三百万元给江凘求了个平安符。

殿内讨论的话题于是又变成了她。

只是今天南钟寺人确实有点多，南钟寺就一点不好——都没有给贵客单独开条 VIP 通道。

再次避开进出的人群，郑瑜皱紧了眉头。好在终于到了门口，她轻轻舒了口气。

外面的游客仍不少，但空间到底开阔了许多，不像里头那样拥挤。

衣服上也不知沾没沾灰，郑瑜伸手拍了拍，只是刚一出大门，旁边的李夫人这时忽然推了推她："哎，你看看，那不是你们家江凘吗？他也会来南钟寺这种地方吗？还带了个姑娘，这个姑娘是谁啊，你们家这是决定跟哪家联姻了？怎么也没见你和我说一声？"

郑瑜顺着李夫人指的方向看过去，整个人倏然僵住了。

"怎么会是她？"郑瑜喃喃道。

李夫人听见了这一句："谁啊？你认识的吗？是你认识的那还好啊，起码算门当户对，也应该是知根知底，不像我家那个，成天跟小明星瞎混……"

她说到这儿，蓦地又住了嘴。

因为她想起江夫人那个宝贝小儿子也成天跟女明星瞎混。

李夫人跟郑瑜往来多年，多少也清楚江家这些年的情况，就是因为清楚，她反而更费解。

要是她儿子有江凛一半的本事，她做梦都要笑醒，郑瑜怎么能放着大儿子不管，把那个没本事的小儿子当宝贝疙瘩。

现在江家那些堂叔虎视眈眈，她那个老公和小儿子也没什么本事抗衡，她这个江家夫人的位置将来可能不保，到时候估计才会后悔。

后悔了她也不想着弥补，还一门心思地偏心小儿子。

好在自己的儿子虽然混账了点，但在经商上面也算有点本事，跟自己关系也亲近，自己不用担心将来会被人从李家赶出去。

李夫人想着，又偏头看了眼郑瑜。

李夫人见她脸色都苍白了些，神情说不出地复杂。

这个姑娘到底是谁啊？

李夫人又往那边瞥了眼。

这姑娘长得确实灵动漂亮，也不知江凛跟她说了什么，她像是发了几秒愣，然后倏然把小手从男人手里抽了出来，红着脸快步往山下走去。

江凛唇角像是轻轻勾了下，随后大步追了上去。

江家这个大儿子居然也会笑，李夫人想。

一直到南钟山下，温宁都觉得握过姻缘符的手心隐约像还在发烫，被他握过的手背也是。

南钟山不算高，但一上一下也需要两三个小时。

此刻约莫已经过下午五点，太阳早已落山，冬日的暮色开始慢慢笼罩这座城市，不远处的小吃街飘来一阵阵诱人的香味。

南钟山下这条小吃街在南城也相当有名，有好几家店都是温宁爱吃的，此刻一闻见这阵香味，她就有点犯馋，而且走了一下午的路，她也确实有点饿了。

温宁打算去小吃街吃晚餐，并且不太想带某人。

她偏头瞥他一眼，抬手指指前面："我要去前面的小吃街吃晚饭，你自己回去吧。"

江凛目光在她细白的小手上落了一瞬。

小姑娘另一只手还牢牢地护在她的小挎包上，就好像里面真有什么引人觊觑的宝贝似的。

"我陪你去。"

温宁一愣。

"你确定？"她又指指前面的街道，"你看看这条街的环境，你确定以你那个洁癖程度，受得了？"

"也还好。"江凛说。

温宁提醒他："我是打算过去吃臭豆腐和螺蛳粉的，臭豆腐你肯定知道，螺蛳粉也差不多一样臭的。"

他现在又不是她男朋友，她才不会迁就他。

江凛伸手牵过面前那只小手，拉着她继续往前走："走吧。"

不知是因为在下山又多运动了一段时间，还是某种让人心跳加速的错觉，温宁只觉握在她腕上那只手近乎灼热，烫得她心都跟着一软。

温宁愣了下，又瞪他："说了你不准动手动脚，会被扣分的，你还想不想好好表现了？"

江凛适时松开她的手："抱歉，没忍住。"

温宁："……"

他也有忍不住的时候？

温宁瞥瞥他，只看见他脸上是一如既往的平静，根本看不出什么歉意，也看不出有什么忍不住的。

她懒得再搭理他。

温宁快步走到臭豆腐摊前，跟老板要了一份臭豆腐。

老板刚好炸出来一锅，动作熟练地给她装了一份。

温宁拿着筷子夹了一块塞进嘴里，豆腐的每一个缝隙吸满了老板特制的汤汁。

吃完一块豆腐，温宁还觉得手腕在发烫。

想起他又不经她同意牵她，她脚步稍稍一顿。

江凛跟着停下来："怎么了？"

温宁眨眨眼，夹了一块臭豆腐递到他面前："你要不要试试？"

江凛垂眸看了看她手上的东西："你吃吧。"

"哥哥。"温宁叫他。

江凛看面前小姑娘眼神狡黠，猜她心里现在肯定憋着什么坏水，但再次听见这个久违的称呼，他垂在一侧的指尖还是轻轻蜷了下。

"你有没听过一首歌叫《假快乐》？"温宁问他。

江凛顺着她的意思诚实答道："没有。"

温宁手还夹着那块臭豆腐："全名叫《你不是真正的快乐》，里面有句歌词是'我站在你左侧，却像隔着银河'，我觉得形容的就是我们现在这种情况，你都不肯吃我给你的东西，那……"

她话还没说完，面前的男人忽然再次攥住她的手腕，随即他微微俯首，就着她刚刚吃过的筷子，吃掉了那一块臭豆腐。

如果她没看错的话，男人那双好看的唇还碰到了她的筷子。

"满意了？"江凛重新抬起头，手却仍没松开。

温宁的脸也开始发烫："……"

温宁抽回手："还行吧。"

她没想到他会真吃的。

虽然全程他都面无表情，但她估计他多半不怎么喜欢这个味道。

温宁怔怔地端着小碗继续往前走，下意识顺手又夹了一块臭豆腐塞进嘴里，吃进去的时候，才想起刚刚他的嘴唇碰过这双筷子，耳朵也跟着热了起来。

察觉后，她又觉得人的生理反应有时候真的有点莫名其妙。

现在他们不过是共用一双筷子而已，她有什么好脸红心跳的啊？可她还是控制不住。

那他为什么又能做到喜怒不形于色呢？

开心就是开心，不开心就是不开心，在外人面前尚且算了，在亲近的人面前为什么也习惯时时隐藏呢？是因为小时候高兴了不会有人陪着他一起开心，难过了也并不会有人哄他吗？

温宁胡思乱想着，直到闻见烤鱿鱼的香气，她才回过神。

南钟山下这家烤鱿鱼店有好些年头了，温宁读小学的时候，老板就推着车子在这边摆摊，现在已经有了自己的小店。

温宁要了五串烤鱿鱼和一串烤鸡翅。

没等她付钱，旁边的男人已经帮她付了款。

温宁瞥他一眼，慢吞吞地收回手机，也没说什么。

老板烤好鱿鱼和鸡翅后，给她装在纸桶中递过来。

温宁好久没吃了，迫不及待拿了一串烤鱿鱼出来。鱿鱼裹满了老板秘制的调料，香辣入味。

温宁吃了一串半，才想起旁边还有个人。

男人身形颀长，自带一股矜贵的气场，与热闹凌乱的小吃街格格不入。

周围的路人频频朝他注目。

温宁不知怎么，忽然觉得眼前这一幕比他刚才在南钟山上那一番作为更让她触动。

可能是因为两百万块对他来说，不过就是九牛一毛，但陪她来逛小吃街，需要他克服洁癖与喜静的习惯。

就好像她把向来高高在上的人拽下了平凡的人间，温宁心里悄悄软了下，把吃了半串的烤鱿鱼往他面前递了递："你要试试吗？"

她本来也就问一下，并不觉得他会对这些路边小店里的东西感兴趣。刚才的臭豆腐都是她逼他吃的。可下一秒，男人再次握住她的手，吃掉了剩下那一半的烤鱿鱼。

温宁："……"

她清亮的眼稍稍睁圆："你居然吃烤鱿鱼吗？"

"总要适应。"江凛松开她的手。

温宁有点没明白："适应什么？"

"你的口味。"江凛说。

温宁："……"

她的口味要他来适应做什么？

温宁收回手，又不想搭理他了。

她把签子丢进附近的垃圾桶里，去拿第三串烤鱿鱼的时候，唇角却不自觉地往上翘了翘。

鱿鱼店不远处就是奶茶店。

温宁又过去点了杯奶茶，一边喝一边走进了一家泡菜店。

各式素菜被泡在透明的坛子里，温宁把手上的奶茶和没吃完的烤串全塞进旁边男人手中。

她尤其喜欢吃这种泡菜里的笋和蘑菇，脆脆的，两样都夹得格外多。

最后老板用调料和辣椒油给她拌匀递过来的时候，又是一大盒。

温宁一路买一路吃，没吃完的就往旁边某人手上一塞，等走到螺蛳粉店门口时，她已经吃饱了。

螺蛳粉酸爽的香气不停地往外钻。

温宁瞥瞥面前的男人，他站在门口，眉头都没皱一下，只轻轻抬了抬下巴："不是要吃这个？"

温宁确实挺想吃的。

这家店的螺蛳粉在她的南城螺蛳粉排行榜里一直是前三的水准。

温宁摸了摸肚子："吃不下了。"

"那下次再陪你来。"江凛说。

温宁："……"

温宁瞪他一眼："谁说下次还要跟你一起来了？"

男人却没接她这句话，只是问她："还继续逛吗？"

"不逛了吧。"温宁说。

她又吃不下了。

江凛："那回去？"

温宁点点头，往前走了几步，她又停下。

"怎么了？"江凛问她。

温宁："脚有点酸。"

她爬了一下午山，本来就有点累，刚才一心顾着吃东西还没察觉，此刻终于感觉脚酸得厉害。

温宁停在原地，眼巴巴地看着他："不然我在这里先歇会儿，你自己过去把车子开到附近吧。"

江凛微微垂眸。

这个姑娘很久没在他面前露出现在这副可怜巴巴、乖巧得没有一点攻击性的模样了。

江凛往前走一步，略略弯下腰。

温宁稍稍一怔："你……你要背我？"

江凛回头看她："不是腿酸吗？上来。"

她被他抱过无数次，但好像还从来没被他背过。

不知是不是这个宽厚的背影看上去还像以往某些时候一样，让她备感安心，温宁抿抿唇，还是走过去，趴到了他的背上。

男人轻轻松松地背起她开始往前走。

温宁趴在他背上，嘴角不自觉地又往上扬了扬。

街面上早已热闹起来，食客人来人往。这条路暂时还望不到头，但前方好像是明亮的。

"哥哥。"温宁忽然轻轻叫他一声。

江凛脚步倏然一顿。

温宁趴在他的背上，看着他轮廓分明的侧脸，低声问："我还能再相信你吗？"

周围的热闹声像是倏忽远去。

温宁看见他回过头，隔着镜片，那双眼还是一如既往地深邃难懂，但语气是前所未有地认真和郑重。

"我不想第三次失去你。"

从南钟山回来后，温宁一周都没再见过他。

倒不是她在那之后一直没再给他机会约她，而是他从国外回来后，就只在南城待了一天，之后又飞去北城出差。

进入 11 月下旬，南城温度一路直降，最高气温只有六七摄氏度。

温宁非常怕冷，这段时间窝在家里连门都没敢出。

25 日下午，温宁窝在暖融融的书房里，开始画《秘密》第二话，画到一半，手机响了声。

温宁解锁屏幕，看见某人给她发了条微信。

浑蛋："我后天回。"

温宁："……"

他什么时候回跟她有什么关系？

他跟工作谈恋爱好了，忙成这样，要什么女朋友？

温宁不怎么高兴地点开那个黑乎乎的头像，随手把手机丢到书桌一边，没搭理他，继续画画。

可画着画着，她不知怎么就把周老师的脸画成了他的。

等反应过来的时候，温宁盯着那张脸愣了好几秒，又赶紧擦掉，但刚刚画好的内容却还是一清二楚地映在她的脑中。

她好像还是画不好他。

温宁沮丧地把笔放下，保存好文件，关掉电脑，出门去对面蹭饭。

温教授今晚做了一大桌子菜。

被美食治愈后，温宁又回去继续画画。

画完，她照例把这张图发给了乐静静。

乐静静同学在微信上又给她吹了一大通彩虹屁。

温宁还顺手把图片发到了微博，又从粉丝那儿收获了一堆夸奖，数据也噌噌上涨。

温宁瞬间又开心了。

洗洗躺平后，温宁只看了会儿小说，就关灯睡觉了，许是因为一下午加一晚上都在认真画画，她又开始做乱七八糟的梦。

次日一早，扰人清梦的铃声响起来的时候，温宁下意识还以为是闹钟。

她被吵得皱起眉头咕哝几句，伸手迷迷糊糊地摸到手机，不小心碰到了接听键。

手机被她随手放在耳边没管，温宁打算继续睡，耳边却传来一道陌生的女声："你是温宁吗？"

温宁："……"

谁啊，在她耳边叽叽喳喳的？

她被吵得困意又少了一半，这次清楚听见那个女声又从旁边的手机里传出来："我是江凛的妈妈。"

温宁："……"

她说她是谁？

下午1点50分，温宁慢吞吞地走进市中心一家咖啡馆。

门口接待的服务员微笑着问她几位。

温宁回道："郑女士约我来的。"

"您姓温对吧？"服务员问她。

温宁点点头。

"郑女士早跟我们订了个包间，她还没到，吩咐您到了让我先带您过去。"服务员跟温宁比了个请的手势。

温宁跟着她上二楼，去了一间宽敞的包间。

她落座后，服务员又问她需不需要先点东西。

温宁向来不爱喝咖啡，摇摇头："谢谢，等她来了再说吧。"

服务员关上门出去了。

温宁拿出手机，解锁屏幕，右上方显示的时间是13点53分。

离约好的时间还有7分钟，温宁也没点吃的，百无聊赖地打开微博，打算随便看看打发时间。

她刷了刷首页，又点进游戏超话看了看，时间很快到了14点整。

门口依然毫无动静。

温宁没指望郑瑜早到，却也没想到她居然会迟到。

温宁撇撇嘴。

这位郑女士看来不如她大儿子有时间观念。

早上郑瑜打电话约她下午两点见面的时候，她还睡得昏昏沉沉的，稀里糊涂就答应了下来。

等后来清醒，她倒也没后悔。

温宁还挺好奇这位郑女士找她所为何事。

今天温教授和宁女士有事，温宁也没拿这件小事打扰他们。

　　她上午就早早打车过来，在附近一家很喜欢的餐厅解决了午饭，随后又在商场随便逛了逛，给宁女士和温教授各挑了一条丝巾和一支钢笔。

　　把东西在商场寄存好，她提前十分钟过来了。

　　她没想到现在离约好的时间点都已经过了十分钟，对方还没来。

　　温宁百无聊赖地刷着微博。

　　郑瑜约她的事，温宁也没和他说。毕竟她都不知道这位郑女士约她的原因，而且他现在一心只有他的工作，她才懒得找他。

　　外面的门再次被打开，郑女士终于姗姗来迟。

　　温宁抬头看过去。

　　她当年去江家时只有五岁，除了江凛她还有个模糊的印象，江家其他人她都不记得了，包括从门口进来的这位郑女士。

　　郑女士保养得很好，手上拎着一个鳄鱼皮的包包，姿态优雅地在她面前坐下："抱歉，我来迟了一点。"

　　她嘴上说着抱歉，脸上却看不出一丝歉意。

　　温宁忽然觉得自己今天也够无聊的。

　　她在家宅着不舒服吗？不过她出来吃了想吃的东西，还给两位家长买到了礼物，就也不算白来吧。

　　温宁开门见山地问："您找我有什么事吗？"

　　"不急。"郑瑜接过服务员递来的单子，"先点喝的吧，想喝什么？这家店里的招牌摩卡不错。"

　　温宁还没来得及说话，就见郑女士说着直接看向服务员："就给她来杯摩卡吧。"

　　温宁："……"

　　郑瑜又点了几样甜点。

　　等服务员出去准备，她仔细打量面前的人："长得倒比小时候更漂亮了。"

　　温宁觉得她看过来的眼神让她有点不舒服，几不可察地皱皱眉，看在对方算长辈的分上，礼貌回道："谢谢阿姨。"

　　郑瑜又随口寒暄了几句。

　　温宁见她半天不进入正题，这下真后悔了。

　　服务员再次敲门进来，把刚才点好的东西一一给她们摆上餐桌。

　　郑瑜交代服务员别让人打扰，这才继续开口："其实早就想见你一面了，但是老爷子一直不让我们来打扰你。"

　　温宁不知她什么意思，只冲她笑笑。

她无聊地端起面前的咖啡，打算喝一口试试。

郑瑜搅了搅咖啡："这次刚好来南城有事，就想着还是见你一面，毕竟总该替我们家江冽给你道个歉。"

听见"江冽"的名字，温宁什么胃口都没有了。她又把杯子放下："事情都过去了。"

郑瑜忽然抬起头："那你能不能考虑再给他一次机会？"

温宁一瞬间还以为自己听错了："您说什么？"

郑瑜慢悠悠地喝了口咖啡："当初热搜那件事，他是被那个女明星设计的，只是他爷爷拦着不让我们跟你解释。"

温宁有点想笑："您是说，当初是那个女明星设计您儿子把他的手搂在她的腰上，抱着她亲了一两分钟？"

郑瑜那张保养极好的脸上终于露出了一丝尴尬之色："他那天喝醉了，认错人了。温宁，江冽是真的喜欢你，误以为你出事后，他一度非常难过。"

温宁平静地反问她："难过到一个接一个换女朋友？"

"他那是误以为你出事了，后面的女朋友都是照着你的样子找的，这不正好说明他忘不了你吗？"

"假如……"温宁顿了顿，尽量礼貌地又重复了一遍，"我是说假如您丈夫误以为您去世了，马上就开始把一个又一个像您的人娶回家当下一任江太太，您真的会觉得他这是对您旧情难忘吗？"

郑瑜被她不轻不重地堵了下，脸色稍稍冷了下来："倒是比小时候更伶牙俐齿了，所以你确定不可能再给江冽机会是吗？"

温宁："我长大后和江冽只见过两面，基本算陌生人，也算不上给不给机会。"

"是算不上给不给机会，"郑瑜盯着她，"还是你们家另有人选呢？"

温宁一愣："您这是什么意思？"

郑瑜多打量了几眼面前的姑娘。

哪怕她是这副愣愣的模样，都是漂亮的，而且是那种毫无攻击性、最讨男人喜欢的清纯至极的漂亮。难怪她能勾得自己两个儿子都围着她转。

郑瑜把手上的勺子去回杯子里："我什么意思你不清楚？你现在不是在和江凛谈恋爱吗？"

温宁又是一愣。

她忽然想起早上迷迷糊糊接到对方电话时，郑瑜当时好像自称江凛的妈妈。

只是她当时没太醒睡，一时不知道自己是不是记错了，乍一见面，这位郑女士又开口闭口全是江洌，她就以为对方是因为江洌来找她的。

"您怎么会知道？"

温宁确信不可能是江凛那边透露的消息。

以他的性格，他要是主动让家里人知道，就绝对能保证他家的人不会贸然来打扰她，要是他暂时还不想让家里人知道，那江家的人多半也探不到什么消息。除非像上次身份暴露那样，发生了偶然事件。

果然，郑瑜接下来道："那天我刚好也去了南钟寺，是你让他花两百万块给你求符的吧？"

温宁之前听她提江洌，只觉得荒谬好笑，并没有多少其他情绪，直至此刻，才倏然有种夹杂着凉意的愤怒直往头顶冲。

"所以……"她顿了顿，感觉这话说出来自己都觉得不可置信，面前的人却做得出来，"您明明知道我在和江凛谈恋爱，却还要劝我再给您小儿子一次机会？"

郑瑜也愣了下，没明白她为什么忽然问这个问题。她不是该担心害怕自己不赞成吗？

那天逛完南钟寺后，她次日临时有事，又回了北城。

这一周她找人在南城查过，但江凛那边她从来插不进去手，什么也查不到，但其实也不用查。

江凛对她这个亲妈都不见得会笑一下。

温家的条件只能说比普通家庭好上一点，跟江家有着云泥之别，能跟江家有婚约，都是托温老爷子和他们家老爷子有交情的福，怎么可能说不要就不要？

当初她就觉得奇怪，现在想来可能是这家人早就看中了江凛吧。

"这不是因为你和江洌有过婚约吗？"郑瑜见她说完，面前的姑娘立即张了张嘴，像是想解释，又打断她的话，"你别急，虽然你和我小儿子有过婚约，现在又和我大儿子谈恋爱，我也没说要拆散你们，不过，我有个条件，你得劝江凛回家继承家业，这不也正是你想要的吗？"

温宁："……"

她说了这么大一圈，原来是为了这个。

温宁记得她之前在网上某个帖子里看过，好像是说江家几个堂叔虎视眈眈，江洌和他爸一个比一个废物，江凛要是不回去，江洌就算拿到了继承权，怕是也守不住。

温宁气极反笑："您问过他想不想要吗？"

面前这个姑娘的反应再次出乎郑瑜的意料，她皱了皱眉："江家那么大的家业，和他自己那个小破公司，不用想都知道该怎么选。"

CM 蜚声业内，绝不是什么小破公司。

只怕是这位郑女士眼里除了江冽，就只剩她自己和她在江家的地位了吧。

"您问过他想要什么吗？"温宁又问了一遍。

郑瑜莫名其妙，但她知道江凛越是不让他们查，就说明越喜欢面前这个姑娘，她勉强忍着脾气："你可能也知道，江凛觉得我们小时候有点偏心他弟弟，跟我们不太亲，你以后嫁过来……"

"所以……"温宁打断她的话，"您觉得他跟您不亲，是他的问题？"

郑瑜也有点不耐烦了："你问这些做什么？就算他和我不亲，我也是他亲妈，但你放心，我说了不拆散你们就不会拆散，只要你帮我们劝他回家就行，而且你帮我们，不也是在帮你自己吗？"

温宁冷着脸："我不会帮您的。"

郑瑜这次彻底惊讶了，下意识脱口问道："为什么？"

她选江凛不就是因为江凛才是江家下一任继承人吗？

"没有为什么。"温宁又顿了下。

她以为那天听到沈明川那番话，她已经能想象他小时候在家里是何种待遇，但现在看来，她还是太天真了。

有些人根本不配当父母。

温宁看着面前的人，感觉心里像是有股压不住的火："如果非要说个原因，也简单，他是我男朋友，我为什么要不顾他本人的喜好去帮您呢？你们不偏心他，那只好我来偏心他了。"

郑瑜现在要对自己儿子小心翼翼也就罢了，一个还不知道能不能嫁到他们家的小辈居然也敢这样和她说话。她脸色也彻底沉下来："你……"

只是她刚说了一个字，门就被人大力从外面推开，一道冰冷至极的男声响起："妈。"

郑瑜倏地一僵。

温宁愣愣看着门口的男人。

他穿了一件黑色大衣，不知是不是因为这个，一身肃冷的气场像是比往日明显了数倍，脸色也分外阴沉。

他怎么来了？他……是不是听到了什么？

郑瑜顺着声音回头，看见她那个向来和她不亲的大儿子径直走到温宁座位边，随即目光才落到她这一端。

他叫她一声妈，看向她这边的视线却毫无温度，声音也是。

"下不为例。"他说。

郑瑜手攥紧了一侧的鳄鱼皮包。

他不是还在北城出差吗？他怎么会提前回来的？

江凛却没再看她，伸手拉起了旁边的姑娘："跟我走。"

温宁还有些愣怔，乖乖地任他拉起，跟着他一路出了咖啡馆。

宾利平缓地行驶在宽阔的路面上。

温宁稍稍偏过头，悄悄瞥了眼终于又坐回右后座的男人。

他脸上疲色像是比上次见面时更明显，镜片下，那双向来深邃的眼正闭着。

刚才拉着她出了咖啡馆后，他只说了两句话，一句是让她上车，另一句是吩咐前排的徐司机先回去。

上车她懂，回去是回哪儿？他们是回他家，还是回他的公司？他们总不至于会是回她家吧？

温宁不由得又悄悄瞥了一眼。

男人眼睛还闭着。

温宁犹豫着要不要下车，不管是跟他回家，还是跟他回公司，以他们现在的关系，好像都不太合适。

可他刚才从咖啡馆出来时，脸色确实有点难看。

他向来喜怒不形于色的。

他是不是真听到了什么啊？

温宁回想了下郑瑜刚才那些话。

她作为局外人，听着尚且心口泛凉，愤怒难忍，他又会怎么想呢？

汽车忽然停下，让温宁回过神。

她抬头一看，发现宾利已经停在了一个熟悉的私人车库。

他们回了博汇。

男人低沉的嗓音响起，已经没有了进咖啡馆时的冷意："徐叔您先回去吧。"

温宁偏过头，看见他的眼仍旧闭着。

徐司机应了一声，下车关上车门，从车库里走出来。

温宁回过头，看见车库的闸门缓缓关上。

几乎是同一时间，熟悉的气息倏然朝她侵袭而来，团团地将她包裹其中。

温宁回过头，看见男人不知何时解开了安全带，朝她靠了过来。

镜片之下，那双幽深的眼早已睁开。

温宁下意识想往后退，可想起他刚才的脸色，动作又缓了缓，由着他靠近，也由着他将手落到她的脸上。

江凛把她颊边的头发披到耳后。

他们分开后，她把头发重新染色，剪短到齐肩位置，现在好像长了不少。

"抱歉，哥哥来迟了，她有没有跟你说什么难听的话？"

"没有吧。"温宁回想了下。

男人的指腹又落在她脸上，他却没有立即接话。

温宁还是猜不透他的心思，但此刻的距离实在过近，近到温宁能感觉到他温热的鼻息，近到……他再靠过来一点，就能吻她。

温宁抿抿唇，刚想打破沉默，面前的男人忽然再次开口："宁宁，我听见了。"

温宁搭在皮质座椅上的手倏然收紧："你听见什么了？你……你别在意她的话。"

她干巴巴地安慰了一句，又停下来。

她不知道现在那位郑女士对他还有多大影响，但如果是宁女士对她不好的话，她可能一辈子都不会释怀的。

江凛指尖抚过温宁皱成一团的小脸："她的话不重要，只要没欺负你就行。"

他早不是当年心怀渴求又无能为力的小孩了。

"啊？"男人离得太近，温宁有点无法思考，呆呆地看着他，"那你听见什么了？"

"我听见……"江凛对上她的视线，"你说我是你男朋友。"

温宁："……"

她好像说过，但她那时候是被郑瑜气得不行，没有细想。

温宁有点心虚地道："我那是气话，你也不要在意。"

"说他们不偏心我，你来偏心我，也是气话吗？"男人又逼近了一点，离她只有不到一厘米的距离。

温宁不自觉地想往后退，但身后就是座椅，她根本退无可退。

大脑再次空白，她一下不知怎么回他，垂下眼，不再看他，试图理清思维。

小姑娘卷翘的睫毛轻颤，指尖也攥紧毛衣，像是很紧张。

江凛目光稍稍往下，由她那双漂亮的眼睛一寸寸落到她的唇上。

上车后，他就一直在闭眼调整情绪，不想吓到她，也不想因为某些不受控的行为，再度将她推远，但好像并不是太管用。

在她面前，他的自制力向来都要大打折扣。

江凛没再等她接话，低下头，这个吻克制地落在她的唇角上。

柔软的触感裹挟着温热的气息落下来，温宁感觉唇角像是被烫了下似的，半抵在她鼻尖的银框眼镜却又是微凉的。

两种截然不同的触感让温宁骤然醒神，她下意识地像上次一样立即偏开头。

"我还没想好。"

柔软的发丝划过脸颊后，江凛双唇再次落空。

他看着脑袋快缩到车门边的小姑娘，闭了闭眼，压下那股情绪。

"好。"江凛松开手，"哥哥等你慢慢想。"

熟悉的清爽气息瞬间退开，温宁好像又能重新思考了，郑瑜此前那番话也悉数在她的脑海中重现。

沈明川那晚说，跟她说那些旧事，不是为了让她同情或怜悯他，他不需要同情和怜悯。

她确信她对他不是同情或怜悯，而是心疼。

她在咖啡馆脱口而出的话也不是气话，而是她那一瞬间最真实的想法。

可他现在过得很好，比绝大多数人好，高高在上，心性强大，又有什么需要她心疼和偏心的呢？

无非是因为她还喜欢他。

她还像以前一样，很喜欢他。

"算了。"

温宁转回头，伸手扯住他的领带。

江凛往回退的动作稍顿，他罕见地怔了下。

"什么算了？"

温宁目光落到他的身上。

许是南城今天气温太低，他在西装外套外面还穿了件黑色大衣，气场比平日更冷，也好像更帅了。

这个男人还是对她有着吸引力。

"不想了。"

下一秒，温宁解开安全带，扯着他的领带靠近过去，双唇贴了上去。

男人只怔了一瞬，就和从前一样，从她这儿要回了主动权。

和从前不同的是，这个吻似乎比之前任何一次都要凶猛霸道。

被拆了的扶手箱让后座两个位置之间毫无阻隔。

碍事的银框眼镜被他取下，不知道被他搁在了哪里。

温宁后背重重地靠回后座靠倚，男人抬手捏住她的下颌，半强迫地逼她张开嘴，舌尖抵进来，裹挟着熟悉的、他的气息。

有那么一瞬间，温宁感觉面前的人像是想将她拆吃入腹，他甚至没像从前一样，多少注意下力度。

温宁有些吃痛，溢出来的那点声音却又被他吞了回去。

这个男人永远理智又冷静，总是让人摸不透他的想法。这还是她第一次在他身上感受到某种接近于失控的情绪。

大脑很快因为缺氧而无暇思考。

车厢内的温度像在节节攀升。温宁只觉得热。

他的手是热的，胸膛是热的，吻也是热的。

身体好像有细细麻麻的电流经过，心脏像是在温泉水里泡着，又热又胀，像是也软成了一摊水。

温宁的手一开始环在他的脖颈上，后来又无力地垂落，软软地搭在他的肩膀上，再后来又揪紧了他的大衣，越来越被动地承受着他的吻。

车厢里偶有一丝呜咽声响起。

最后临近结束时，温宁都快躺在座椅上了。

江凛稍稍退开，给她一点呼吸的空间，目光扫过她凌乱的毛衣，他再次闭了闭眼，压下眸中的暗色。

他半抱起怀里的小姑娘，让她重新在后座坐好。

小姑娘头发被蹭得乱糟糟的，眼里一片湿意，唇色泛着诱人的红色，唇角还有一点浅浅的水渍。

江凛的手落上去，指腹轻轻擦过，隔着极近的距离，他低声问她："原谅我了？"

温宁还喘得厉害，缓了片刻才开口："不全算吧，先给你个试用期，看你表现再说。"

江凛嘴角勾出点极浅的笑意："多久？怎么转正？"

温宁缓缓眨了下眼睛，想了想："没有期限，能不能转正全看我心情。"

"这么苛刻？"

温宁看见男人眉梢轻轻挑了下，那双黑眸里也带着少许笑意，她不用猜，也能知道他此刻的心情。

她故意皱皱眉头："那你要有意见，也可以不答应的。"

"没有。"江凛低头咬了咬她的唇瓣，又轻轻吻住她。

小姑娘乖巧地靠在椅背上，由着他缓缓吻她。

隔了片刻，她的眼睛里再次泛起点水光，江凛才稍稍退开点距离，指腹仍停在她的唇角轻抚："跟我上去？"

温宁还有些没从刚才的亲吻中缓过神，缓慢地眨了眨眼。

"你三个月没回家了。"江凛看着她。

温宁这才想起今天是 26 号。

8 月 26 号下午，她从这里出去的。

出门的时候，她怀着满腔不舍，想着早点吃完饭回来陪他。可这一走，她直到今天，才再次回到这个地方。

他骗了她两个多月。

她让他重新追了她三个月，好像也不太亏。

许是没听见她的答复，男人又缓声开口："上次出国给你准备的礼物就在家里，晚上我给你做饭？"

他声音压得低，听着莫名温柔。

温宁好久没吃他做的菜了。

她也向来经不住他这么哄她。

温宁下意识想点头，理智又及时回笼，摇摇脑袋："不行，我爸爸说今晚要给我做干锅手撕鸡。"

江凛："……"

江凛抬手捏了捏她的脸颊："现在手撕鸡都比我重要了？"

"那当然了。"温宁理直气壮地点头，又伸出一根细细的手指戳戳他的肩膀。

他的大衣刚才好像被她揪皱了一点。

"给你个机会送我回家呀。"温宁停了停，一字一顿道，"准男朋友。"

听见她这个称呼，江凛唇角又极浅地勾了下。

他直起身，垂眸帮她整理好凌乱的衣服和乱糟糟的头发，又伸手在她脸上捏了捏："走吧，小吃货。"

宾利重新驶出博汇。

温宁先让他去了趟附近商场，她下车取了礼物，随后两人才转道回她所住的小区。

进入地下车库时，温宁这次没睡着，清楚地看见保安问也没问，直接就对他的车放行。

这是什么情况？

温宁偏过头，狐疑地看向他："说吧，你是不是收买我们小区的保安小哥哥了，他们平时可不会那么轻易就让外来车辆进来的。"

驾驶位上的男人仍看着前方的路，骨节分明的手指搭在方向盘上，分外好看：“不是外来车辆。”

“什么叫不是外来车辆？”温宁愣了愣，脑中莫名跳出一个答案，“你该不会在我们小区有房子吧？”

“是有一套。”江凛说。

温宁：“……”

以前也没听他说过，难道是最近才买的？

他为了追她买的？

温宁目光又缓缓落回他的身上。

“哥哥。”她顿了顿，“我觉得你好像有点变态。”

宾利停止行驶。

“这个楼盘是翟少寒家的，开盘前他就送了我一套。”驾驶位上的男人顿了顿，偏过头，似笑非笑地看向她，目光和他第一次吻完她，发现她把他的衬衫揪皱了时一样，“我怎么就有点变态了？”

温宁：“……”

只要她不承认，就没人知道她刚才自作多情了。

温宁开始瞎扯：“那你在博汇的房子都不怎么住，居然还在我们家小区有一套房，这不就是很变态嘛。”

说完，她又觉得这个解释太苍白，于是她开始转移话题：：“哥哥你房子在哪一栋呀？”

江凛抬抬下巴：“和你同一栋。”

温宁看看他指向不远处的电梯口，又惊讶地望向他：“居然和我同一栋吗？”

那看来他们确实还有点缘分。

人海茫茫，她却能在机场再次遇见他。朋友送他的房子居然也和她房子在同一栋。

温宁问他：“哪一层呀？”

“顶层。”江凛说。

“哪一边？”温宁继续好奇地问他，“我这边，还是我爸妈那边？”

这一栋都是一梯两户的格局。

江凛看着她：“顶层都是我的。”

温宁：“……”

这个小区虽然比不上博汇，但也不便宜，这个人自己有钱就算了，朋友居然随随便便就给他送了一层楼。

江凛抬手帮她把碎发掖回耳后："快装修好了，过些天跟我去看看？"

温宁："……"

温宁捕捉到这句话中的关键词："什么叫快装修好了，你是什么时候开始装的？"

江凛的手稍稍往旁边移了少许，指腹在她的脸颊轻轻摩挲："8月28号。"

他本想等坦白身份后，让她亲自挑装修风格和家具的。

温宁："……"

他虽然不是因为她在这边买了房子，但明显是因为她才开始装修的。那他刚才还取笑她。

温宁不想搭理他了，把他的手推开，去拉车门："我要回去了。"

江凛拉住她："宁宁。"

温宁开门的动作稍顿："还有什么事呀？"

"时间还早。"江凛握住她的手，"再陪我聊聊？"

温宁松开手："聊什么啊？"

江凛指腹在小姑娘细嫩的掌心摩挲，目光落到她的脸上："明天我过来接你出去吃饭？"

温宁终于又有点兴趣了："去哪儿吃？"

"还是城西。"江凛说。

温宁手心有点痒，细细的手指钩住男人食指指尖，不让他动，继续问他："不会又是什么不对外开放的私人小馆吧？"

男人点点头。

"你从哪儿知道这么多店的啊？"温宁纳闷地问道。

上次城西那家小店，她一个土生土长的南城人都从来没听过。

他在吃的上面虽说不会亏待自己，但他一心扑在工作上，连给她发消息都是抽空，实在不像有闲心到处搜罗美食的人。

江凛垂眸看着她钩在他食指上的细白手指："跟翟少寒打听的，他弟弟爱吃。"

翟少寒的弟弟？

温宁回想了一下。

她那天一开始只听见他的声音，后来是远远看见他和翟总一起骑马，没太看清具体模样，应该是个十七八岁的少年，但不得不说，对方挑饭馆的水平确实一流。

"明天还有点工作。"江凛目光又落回她的脸上，"下午四点半过来接你？"

温宁歪着脑袋想了下："行吧。"

温宁上楼没多久，温时远也买完菜回来了。

宁雪兰去外省帮朋友的画展做宣传，今晚只有他们父女两人在家。

温宁溜达进厨房帮忙。

没几分钟，她就被温教授以碍手碍脚为由，从厨房赶了出来。

温宁撇撇嘴，顺了一截黄瓜出来。

不用她帮就不用她帮，她还乐得轻松呢。

温宁一边吃着黄瓜，一边打开电视。

她看了三集动漫后，温教授的两菜一汤也做好了。

温宁洗洗手，帮忙拿了两副碗筷出来，跟大家长面对面在餐桌边落座。

干锅手撕鸡的香味直扑鼻端。

温宁忍不住夹了一块。

"先喝汤。"温时远出声。

温宁吃完这一小块手撕鸡，哦了声，乖乖盛了碗汤。

汤是用炖鸡的汤加上各式菌菇熬成的，非常鲜。

温宁喝完一小碗，才想起下午买的东西。她抬起头："爸爸，我今天给你买了支钢笔，还给妈妈买了条丝巾。"

温时远刚喝完汤，闻言盛饭的动作一顿："说吧，又有什么事要求我？"

温宁撇撇嘴："爸爸你怎么能这么想我呢？我就不能是单纯地想给你们买东西吗？"

"行。"温教授嘴角翘了翘，打开桌上的小电饭煲盛饭，"那吃完拿给我看看。"

温宁也盛了碗饭。

除了手撕鸡，另一道菜是辣椒炒肉。

这个时节，本地辣椒差不多都没了，不知道大家长今天是从哪儿又买到了一点，吃着又香又辣。

温宁吃着吃着忽又想起另一件事，筷子顿了顿："爸爸，我有件事想和您说。"

温时远抬起头，一脸"我就知道你今天肯定有事"的表情："说吧。"

温宁："……"

温宁忙先跟他解释："这件事和我给你们买礼物没有关系，礼物我先买的，事情是后发生的。"

"你先说。"温教授看着并不信她的话。

温宁拿着筷子，抿抿唇，可怜巴巴地看向他："那什么……我和那位姓江的朋友复合了。"

　　她跟他说试用期是开玩笑的，感情哪有什么试用期？

　　她就是喜欢他，所以也没打算瞒着两位家长。

　　温时远面无表情地点点头："所以特意买了东西来哄我们？"

　　"真的不是。"温宁抬起空着的手，"我发誓，东西真的是在和他复合前就买好的，不然您以后可以再不给我做手撕鸡。"

　　温时远："你那位姓江的朋友不是有本事让逸星那位夏师傅给你做菜吗？我给不给你做手撕鸡又有什么关系？"

　　"那当然关系大了。"温宁忙说，"夏师傅再厉害，在我心里当然也是比不上您的，您做的手撕鸡和辣椒炒肉是最好吃的。"

　　温教授嘴角终于没忍住又勾了下："你也就心虚的时候嘴最甜了。"

　　"哪儿有？"温宁不满地道，"我明明一直嘴甜。"

　　温时远瞥她一眼。她确实从小就嘴甜。

　　"你爱谁和复合就和谁复合，回头别再跟我们哭就是了。"

　　"我哪儿有跟你们哭？那我当您这是答应了啊，那我……"温宁停了停，又眼巴巴地看向他，"明天晚上跟他去约会？"

　　温时远板着脸："我说不准你难道就不去了？"

　　"爸爸。"温宁跟他撒娇。

　　温时远脸板不下去了，默了两秒："九点门禁前要回来。"

　　温宁脑袋重重一点，又觉得不对："等等，爸爸，咱们家什么时候有门禁了？"

　　"就从今天开始。"温时远说。

　　温宁："……"

　　宁女士不在家，温宁吃完晚饭也没着急回对面，她小尾巴一样，跟在温教授后面，帮着他把锅碗一一放进洗碗机。

　　放完后，温宁还想问问有没有别的事情需要她帮忙的，结果她又被温教授赶出了厨房。

　　"去帮我开电视。"温时远吩咐她。

　　温宁乖巧应下。

　　回到客厅，她打开电视。

　　五分钟后，温时远端着一盘水果走到客厅，把盘子放在她面前。

　　温宁瞥了眼面前的果盘。

她其实知道的，他们家温教授凶巴巴地赶她出厨房，绝大多数时候是舍不得让她干活。

温宁鼻子倏然酸了下，靠过去一点，抱住温时远的手臂："爸爸你真好。"

"平时给你洗盘水果也没见你夸我。"温时远不解地看她一眼，"我不都答应让你明天去约会了吗？"

温宁摇摇头："和这个没关系，就是突然觉得能有你和宁女士这样的父母，肯定是我之前攒了八辈子的福气。"

温时远："……"

这个姑娘之前虽然嘴甜，但也不会跟他们说这样肉麻的话。

"怎么了？"温时远打量了下她。

温宁又摇摇头："没什么。"她顿了顿，声音稍稍低下来，"就是觉得并不是所有人都配当父母。"

温时远若有所思地看着她，把果盘又往她面前推了推："别人是不可控的，做好你能做的就行。"

郑瑜以前是怎么对他，她改变不了，郑瑜以后会怎么对他，她也控制不了，最多她以后勉强再对他更好一点吧。

温宁拿了颗草莓。

温时远见她不再皱眉，大约是想通了，这才转了话题："我的笔呢？"

"啊，差点又忘了！"温宁拿着草莓指指门口，"等等啊，我这就过去给你拿。"

回去对面拿了钢笔和丝巾过来，温宁坐在客厅又陪着温时远看了会儿电视，这才回了对面。

洗完澡，温宁胡乱吹了吹头发。

出了浴室，她本来想直接在床上躺着，但目光瞥见书桌时，她脚步倏然一转。

温宁走到书桌前，打开上面的柜子。里面静静放着一个小黑盒。

温宁把小黑盒拿下来，打开，里面的小瓷猫露了出来。

那晚她听完他的解释，回来和宁女士聊着聊着就睡着了，可能当时心里还气他骗她，每看一眼这只瓷猫，心里就多一分烦躁。

温宁第二天就把这个小东西收了起来。

现在她再看，这只黑色的小瓷猫做工明显有些粗糙，也有点丑。

以她现在的眼光，她根本看不上这个小东西。

他什么好东西没见过，就这么一个便宜的小瓷器，他居然珍藏了十几年。

温宁把小瓷猫摆在书桌上。

她多瞧了几眼，又觉得，它好像丑得有点可爱。

温宁躺回床上，点开微信，给小瓷猫的主人发了个视频通话请求。

视频很快被接通。

那边镜头晃了下，温宁看见男人像是坐在一张办公椅上，仍戴着那副银框眼镜，衬衫领口的扣子随意地解开了两颗，背后是一大片落地窗。

他不像在博汇。

"你这是在哪儿啊？"温宁趴在枕头上问他。

闻言，男人把摄像头缓缓转了一圈。

一间办公室的全貌也缓缓出现在她眼前。

"在公司。"他的声音先响起，随后镜头才又对准他本人。

温宁："……"

这个男人之前拿假身份骗她。她还一直以为鼎盛是他的公司，只去过鼎盛。

"我都没去过你公司。"温宁小声跟他抱怨。

男人目光隔着屏幕静静地落到她的脸上："想来随时跟我说。"

"可以吗？"温宁双脚跷起来轻轻晃了晃，"不会有什么不方便的吗？"

"有什么不方便的？"江凛反问她。

温宁手撑在床上有点累，又坐起来，一边抱着枕头靠在床头，一边说："比如说会不会打扰你们工作之类的，再比如说……"她顿了顿，重新把手机拿好，看着屏幕中的男人问，"你公司万一有什么不方便让我见的漂亮小姐姐呢？"

江凛眉梢轻轻一挑："那你不是更该过来看看？"

温宁轻轻哼了声："你都知道我要过去，那等到你们公司的时候，你肯定早就把人藏好了。"

"你可以现在来突袭。"他声音忽然稍稍压低，就像往日诱哄她时那样。

温宁嘴角翘了翘："你想得美。"她揪了揪抱枕，又问他，"你要加班到什么时候呀？"

江凛抬手看了下表："十一点。"

温宁："……"

那也还好。

十一点对以前的她来说，经常是夜生活刚开始，她能看小说、玩游戏到后半夜才睡。

她跟他在一起那两个月，作息倒是被他强制性地调回来一点。

那这样算起来，十一点好像又有点晚，以前这个时间点他都要管着她睡觉了。

算了，她不打扰他了。

"那你先忙吧。"温宁本来想立即挂断视频电话，目光却不经意地瞥到刚被她重新放回桌上的小瓷猫。她指尖稍顿，又轻轻叫他一声，"哥哥。"

江凛："嗯？"

温宁静静地看了桌上的小瓷猫几秒："我当时要是没跟你说那句话就好了。"

她这句话说得没头没尾的，手机那头的男人却像是明白了她的意思。

银框眼镜下那双黑眸隔着屏幕落到她的脸上，有些专注。

"你以后陪着我就好。"他说。

温宁记得他好像之前也和她说过类似的话。

她那时懵懵懂懂的，还觉得他挺会说情话。

这次她好像终于懂了。

次日下午，临出门前，温宁在游戏里刚好抽到一张想要的卡，心情还不错，就在家花了点时间化个妆才下楼跟他会合。

这次的饭店比上两次稍大些，装修也更有格调。

大厅里面只摆着一张桌子，服务员领他们进来后，立即退了出去，就像那次他带她去 Infared 一样。

温宁偏头看向牵着她往里走的男人："你怎么又包场啊？"

他现在又没什么身份需要隐藏，就连小吃街都陪她去了。

"清净。"江凛拉着她走到桌边，拉开椅子。

温宁正打算坐下，却见男人自己先她一步落座。

刚一原谅他，她待遇就这么直线下降了吗？他连椅子都不帮她拉了？

温宁念头刚转完，手上的包就被他接过，随手放在桌上，随即被他半搂着她的腰，拉着坐到了他的腿上。

温宁："……"

他这又是哪一出？

侧坐着其实不太舒服，温宁干脆换成跨坐在他的腿上，指尖戳了戳他的肩膀："说什么包场是为了清净，我看你是不怀好意吧？"

江凛表情没变："这就叫不怀好意了？"

温宁："不然呢。"

他以前很少在外面跟她有太多亲密的接触。

她左右看看，最后又转回来面向他，手搭在他的肩膀上，"上次在电影院，

我还什么都没做呢，你就提醒我有监控了。"

她提起上次的电影院，江凛目光不由得稍稍下移，落到她的唇上。

这个姑娘今天难得又化了妆出来见他，唇色是漂亮柔和的红色。

"监控已经关了。"

温宁："……"

他不会真打算在这儿做什么吧？

温宁又戳戳他的肩膀，笔挺的黑西装被她戳出一个小小的细印，很快又恢复过来。

"服务员随时可能进来的。"她提醒他。

"没我吩咐，他们不会进来。"江凛说。

温宁："……"

温宁瞪他："那你还说你没有不……"

话没说完，落在她腰上的大手上移，以一种温柔又不容抗拒的力度扣住她的后颈，同一时间，面前的男人忽然靠过来。

温宁没说完的话，被他倏然落上来的吻封回了嘴里。

她猝不及防，心跳蓦地快了一拍。

银框眼镜的边框在她鼻梁上轻轻蹭了下。

男人抬起手，一边缓缓吻着她唇瓣，一边慢条斯理地取下眼镜，像是随手搁在了面前的桌上。

温宁听见清脆的一声细响。

她心跳好像也跟着重了一拍。

昨天在他身上感受到的近乎失控的感觉似乎是她的错觉，面前的男人今天又恢复了以往那种仿佛能掌控全局的冷静，也掌控她。

温热的大手穿过她的发丝，在她颈后的皮肤上细细轻抚。

明明不是什么敏感地方，温宁仍觉有细小的电流顺着他指尖碰过的地方直往身体里钻。

她不自觉地闭上眼，感觉到齿关被他轻松抵开，舌尖裹挟着熟悉的气息抵进来，轻扫过上腭，又勾缠住她的舌尖。

这个吻比昨天温柔许多，但不知怎么，温宁心脏却越发胀软得厉害。

后背一阵发麻，在他怀里都像是坐不稳，她下意识地揪着他西装的驳领，布料不轻不重地戳了下她手心。

舌尖也像是被他不轻不重地咬了下，又被放开。

他的衣服可能又要被她弄皱了。温宁迷迷糊糊地靠在他怀里想。

这个吻持续了好几分钟。

结束后，温宁靠在他肩上细细喘气。

那只仍在她颈后轻慢触碰的温热大手忽然稍稍往上，仍穿过她的发丝，落在她左边耳垂上，轻轻捻了捻。

温宁在他怀里颤了下。

男人温热的大手仍继续轻碰着她的耳垂，唇似乎也落了下来，在她的耳郭上轻轻贴了贴，声音微低，沉沉地顺着她耳朵钻进去："耳朵怎么还这么不经碰？"

温宁心尖像是都跟着颤了下。

她有些难耐，忍不住偏头在他的脖子上轻轻咬了下。

牙齿咬上来，江凛落在她耳垂上的指腹顿了顿，轻笑了一声："还真像只小猫似的。"

温宁感觉他胸腔随着他这声笑轻振了下。

男人像是仍近贴着她的耳朵，气息打在耳郭上，耳垂也被他有一下没一下地碰着。

直到她感觉有什么微凉的，不同于他指腹的东西缓缓夹上了她的耳垂，先是左耳，再是右耳。

温宁："……"

温宁抬起头："你给我戴了什么？"

男人没直接答她，而是问："带镜子了吗？"

"带了。"

温宁转头从包里拿出一面小镜子，找准角度，看见自己两边耳朵都泛着明显的红色，刚被他碰过的左耳尤其红，两边耳垂上各戴着一只小猫样式的耳钉，精致又可爱。

细看的话，她隐约还能在图案中看出一个大写的 N 字。

她小时候怕疼，也没打过耳洞，不知他这个耳夹是让人怎么做的，夹在耳朵上居然也没有一点痛感。

"喜欢吗？"男人忽然又出声问道。

温宁在镜子里瞧见自己嘴角明显翘起了一个小弧度，勉强压下来，朝他抬抬下巴："还行吧。"

江凛嘴角也勾了下。

温宁还想说点什么，就听见他一阵铃声响起。

男人拿出手机，温宁垂眸间不经意瞥见来电显示上面写着"宋总"二字。

"我出去接个工作电话？"江凛指尖落向屏幕，抬眸看她。

温宁嘴角那点笑意倏地消失，攥在镜子上的手也瞬间收紧。

"真的是工作电话吗？"她脱口问道。

昨天她才想好要原谅他，现在气氛也正好，温宁其实也不想问这么扫兴的问题，但是这一幕太像她生日那天了。

他也是包场请她吃饭，也是亲自给她戴上礼物，也是中途说要出去接个工作电话。

温宁垂下眼。

她是不是想得有点简单了。破镜重圆哪有那么容易？

曾经碎过的裂痕会时不时像现在这样冒出来，提醒她他曾经欺骗过她的事实。

铃声戛然而止。

男人也没立即回答她的话。

餐厅一瞬间变得落针可闻，静得温宁心往下沉。

下一秒，她手中的镜子却忽然被他拿走，再次随手丢到了桌面上，而后她的手被他握住，食指指腹被他带着落向了他手机的某个位置。

温宁低头，看见他屏幕上是录指纹的界面。

"你干吗？"

"录指纹。"江凛终于开口。

温宁："我是问你录指纹干吗？"

江凛略略抬眸，目光落到她的脸上，仍然深邃难懂，语调却好像是温和的："手机你可以随便看，以后再有其他怀疑我的地方，都可以像刚才那样直接问我，出去接电话是怕你听着无聊。"

温宁抿抿唇："那你也没问过我，怎么知道我会无聊？"

"好。"江凛声音轻缓，"下次哥哥也先问你。"

他手机屏幕上她的指纹越来越完整。

"那我的手机不会随便给你看的。"温宁说。

江凛抬起空着的那只手，把她刚才在他肩上蹭乱的头发掖到耳后："不用你给我看。"

她不信任他的原因在他，是他在弥补她。

这次也是换他走向她。

指纹录好，江凛把手机递给她。

温宁接过来，也说不出心里是什么感觉，低声问："工作电话挂断了不要紧吗？"

"不着急。"江凛说。

温宁垂眸看着他的手机屏幕。

两秒后，她再跟他确认一遍："那我真看了啊？"

"看。"他说。

温宁指尖落向他屏幕。

他手机里的东西不多，被他分门别类放好，一个娱乐的软件都没有。

不对，还是有一个的。

某个大眼软件，和微信单独放在一个类别里。

温宁点开那个单独的小分类，点开他的微信。

主界面只有一个对话框，头像再熟悉不过——那是她的微信。

她看见通讯录里也只有她一个人的时候，竟然也不意外。

这应该是克鑫小江那个号，本来就是他从别人那儿"抢"来跟她联系的。

"难怪随便我看。"温宁仍坐在他的腿上，皱皱眉头，"里面就我一个联系人。"

"还有一个号。"江凛重新握住她的手，带着她的指尖落向右下角的"我"，顿了顿，声音稍轻，"你知道的。"

温宁被他带着切换到他自己的账号。

男人的手收回去，被他握过的手指却像仍残留着那股温热的触感，温宁指尖蜷了蜷。

她还没来得及看清主界面，就先不小心点进了一个对话框——那是和她的聊天界面。

温宁至今都清楚地记得删除他之前，她发的最后一条消息是"分手吧"，随后又撤回，但在他这边，这不是最后一条消息。

在她撤回的那条消息下，还多了一条她不曾看过的消息。

J："骗你不是为了好玩，是怕你知道我的身份后不愿意再见到我，也只有身份是骗你的，其他都不是，宁宁，我是真的爱你。"

上面时间显示是：8月26日，下午6点06分。

距她撤回那条消息只隔了两分钟。

消息下面是系统提示——"你还不是他（她）的好友，请发送好友验证请求"。

温宁摁在屏幕上的手指倏地僵住。

那次他在微博高调认证身份，喻佳说那不像江凛的行事风格。

这条信息也很不像江凛的行事风格。

沈明川说江凛从小就骄傲，创业最难时也不曾开口让他帮忙。

温宁也知道他惯于隐藏情绪，什么事都喜欢放在心里，可在这条她不曾看过的信息里，他放下骄傲跟她说骗她是怕她知道身份后不想再看见他，他还抛开习惯跟她说他是真的爱她。

温宁鼻子倏然一酸。

"你故意的是不是？你总是挖坑给我跳。"她的声音带上了哭腔。

"不是。"江凛心头发紧，稍稍靠近，轻轻吻了吻小姑娘再次泛红的眼眶，"我不想再惹你哭。"

温宁抬手环住他的脖颈，声音仍带着闷闷的哭腔："你亲口跟我说一遍那句话，你说一遍，我就真的原谅你。"

她真正介意的并不是他是不是拿别人的身份骗她，真正介意的从来都是他到底是不是真的喜欢她。

男人的手搂在她的腰间，他像是又亲了亲她的耳侧。然后温宁听见他声音低低地落在她耳边："宁宁，我是真的爱你。"

第十三章
宠溺

温宁鼻间越发酸涩，但在听见他亲口说出这句话后，这段时间心里某些闷胀发沉的东西终于尽数消失。

她心里倏然一轻。

"好。"温宁环在他脖颈上的手一点点收紧，脸埋在他的肩上，"我原谅你了。"

江凛抬手轻轻摸了摸她的脑袋，压低声音哄她："那不哭了好不好？"

温宁抽抽鼻子："谁哭了？"

"好。"江凛顺着她的意思道，"你没哭。"

"我当然没哭。"温宁趴在他的肩膀上又反驳一遍。

男人没再说话，那只手却轻缓又有节奏地在后背轻拍，似是安抚。

温宁也没再开口。

她好像也不必想得太悲观。

他这么厉害，连碎成数块的小瓷猫都能找人修补得几乎完好如初，只要他愿意，他们这条小裂缝，应该也不会变成他们之间的一根刺吧。

起码她现在再想起来，已经不再纯粹是欺骗，还有那条她错过的微信和他刚才在她耳边低声说的那句话。

缓过这阵情绪，温宁在某人这件价值不菲的手工定制西装上蹭蹭湿润的眼角，才抬起头。

她重新看了那条消息几秒钟，目光才缓缓往上移。

温宁刚刚就看见他给她的备注了，只是被下面那条消息吸引了注意力。

"这个备注又是怎么回事？"温宁看着面前的男人，不满地鼓了鼓脸颊，"什么叫小野猫？"

江凛见她情绪像是终于恢复过来，心里一松，他朝她伸出手："手机先给我。"

温宁小手立即一缩，不肯把手机给他，还警惕地看着他："你要手机做什么？你不要妄想着改了就可以当不存在。"

"不改。"江凛垂着眼，索性和刚才一样握住她的手，带着她点开右上角，轻松通过关键词找到了她当初发来的那张照片。

照片中，小姑娘歪着脑袋看向镜中的镜头，头发呈淡金色，黑色连衣裙勾勒出她的身形，露在外面的一截腰白得晃眼。

温宁："……"

温宁看了几秒才想起这是当初染发后，在商场逛街时，发给他的那张照片。

"你给我看这张照片做什么？"温宁不解地问他。

江凛朝手机屏幕抬抬下巴："这不挺像小野猫的嘛。"

温宁："……"

温宁盯着照片。

她完全没看出哪里野了。

温宁指尖戳戳他的肩膀："这就叫野了啊？"

江凛握住她的手，空着的另一只手轻轻捏了捏她的脸颊："那你还想怎么野？"

温宁："……"

她发现不是他没见过世面，而是她顺着他的话给自己挖了个坑。

温宁不接话了，开始转移话题，把手机递回去："给你个机会再改个备注。"

江凛接过手机。

温宁低头看见男人低头点开她的备注，眼皮垂下来，遮住了那双深潭般的眼，轮廓分明的脸上不见什么表情。

他的指尖落上去，他只是删掉了其中一个字，随即保存，将手机又递过来。

"小野猫"变成了"小猫"。

"就这个？"温宁不太满意地看向他。

江凛目光落回她的脸上，点点头："不满意你可以自己再改。"

温宁重新接过手机。

不知怎么，她忽然又想起刚刚她咬他时，男人在她耳边轻笑着说的那句"还真像只小猫似的"，带着一股纵容的宠溺感。

算了，比起"女朋友""宝贝"之类大众的称呼，这个昵称自带一段独属于他们的记忆。

她仿佛终于隐约回忆起当年那个孤单的小少年从她手中接过小瓷猫时的画面。

就这个吧，她以后带着那只小瓷猫一起陪着他。

温宁退回到微信主界面。

她的对话框被置顶，往下看着像是沈明川的，最新一条消息也是在三天前了。

其他的消息框就更不用说，第一页最下面一条都是一个月以前的了。

"怎么都没什么消息？"温宁抬眸看向他，"你是不是提前删了一堆东西才给我看的？"

江凛："指纹不都给你录了？你以后可以随时检查。"

"那谁知道你会不会又删了呢？"温宁说。

"不会。"

男人语气仍旧平静，温宁却莫名听出了几分笃定的意味。

可能是因为抛开他用别人身份骗她这件事，在一起那两个月，甚至是她追他的那段时间里，他对她确实都好得无可挑剔，答应她的事情，也从无食言。

"先勉强相信你吧。"温宁说着退出微信。

她翻了翻他手机里其他分类，除了专业软件，就是新闻软件。

这个男人怎么这么无趣？

温宁连他的微博也懒得打开了，估计里面也不会有什么内容，她把手机递回去："没意思。"

江凛却没直接接过去，连手机带她的手一起握住，温热的大手包裹住她的手。

温宁心跳快了一拍。

"宁宁。"江凛低声叫她，"都原谅我了，也该把我加回来了吧？"

温宁："……"

她完全忘了要把他的微信加回来，还有他两个手机号和微博号也还在她的黑名单里。

"行吧。"

温宁抽出手，打开他的微信二维码，又拿出自己手机，扫码加上。

她的微信主界面上终于又跳出了一个熟悉的对话框。

里面只有一条系统消息："你已添加了 J，现在可以开始聊天了。"

温宁心情又低落了，抿抿唇："聊天记录都没有了。"

"我这儿还有。"

江凛扣在她背上的手稍稍收紧，温宁胸口瞬间往他宽厚的胸膛上又贴近几分，听见他低声继续道："以后也会有新的。"

也是，以后他们还会有新的聊天记录。

那就当今天是个全新的开始吧。

温宁正想退出微信界面，指尖又停顿住："对了，你头像到底是什么？黑乎乎的。"

江凛垂眸看了眼她手上的屏幕："你那只瓷猫。"

温宁没想到会是这个答案。

她愣了愣，盯着屏幕看了半天，反正是没看出猫在哪里。

也不知是他拍照技术太差，还是这张照片是在光线极暗的情况下拍的，那只瓷猫本就是黑的，就与黑暗融成了一体，但温宁心里忽然轻轻一动："那你公司名……？"

"也是。"他说。

温宁其实前些天在网上搜索过他和 CM 资本。

不少人大肆夸他，也有不少人在猜这个名字的含义，一个比一个猜得更高大上，结果却是她送他的一个不值钱的小玩具。

温宁也说不清现在心里是什么感受，就像是有只无形的手将那条小裂缝又合上了一小段。

她误会了他那么多年，他们也算是扯平了一点。

温宁退出微信界面，又把他两个手机号码从黑名单里放出来，随即点进微博。

将他认证过的号拖出来后，温宁才发现这个人竟然不知不觉就已经有二百万粉丝了。

她才只有二百多万粉丝。

温宁指尖又停住："不然微博就算了吧，你现在粉丝好多，太高调了，我就不关注你了吧？"

江凛目光在屏幕上停了一秒。

"我高调，别的男人就不高调了？"他语气淡淡的。

"什么别的男人啊？我关注的绝大部分是可爱小姐姐……"温宁顿了顿，忽然想起她还关注了《秘密》剧组的人，"你是说商默啊，你怎么还介意他？不是都说了我跟他不熟的嘛，而且大家都知道我关注他是因为他演了谢杭，又不会多想的。"

江凛："……"

这个姑娘一向聪明，也不知这次怎么这样迟钝。

她迟钝点也好。

"别人又不知道你和他不熟，你怎么知道他们不会多想？"

温宁眨眨眼。

他说的好像也是这么回事。

商默一向跟所有合作女明星界限划得清清楚楚，但他居然给她点赞，还转发过她的微博，要不是她知道商默对她确实爱搭不理的，她只怕也可能会多想了。

某人现在高调就高调吧，毕竟是她男朋友。

她关注他一下算了。

温宁指尖悬在"关注"上面，又停住，抬头看他："关注你可以，但你不准再给我点赞了。"

她经常在微博上放飞自我，其实不太希望其他圈子里的人关注她。

"就这么不想跟我扯上关系？"江凛捏了捏她的脸颊。

"哪儿有啊？"温宁跟他撒娇，"我不是都说了会关注你嘛，只要不点赞就行了，好不好吗？"

江凛仍落在她脸上的手指顿了一瞬。

他自认记忆力不错，但竟然想不起她上次这样跟他撒娇是什么时候，也可能是不敢想。

江凛目光稍稍往下，小姑娘细白的指尖还将落未落地悬在"关注"二字上。

他从她手上抽出手机，点下关注。

温宁："……"

"你干吗抢我手机？都说了不许给我点赞，我才关注你的。"

"你跟我撒娇，我哪次没答应？"男人嗓音低缓，把她手里另一个手机也抽走，跟她的手机一起随手丢到了餐桌上，发出两声清脆的响声。

他这是做什么？

温宁不明所以地循着声音转过头，刚看了眼被丢到餐桌上的两个手机，后颈就重新被一只大手扣住，半强迫式地逼着她转过头，随后裹挟着熟悉又温热气息的吻瞬间落到了她的唇上。

温宁愣了愣。

男人轻轻吮吻了下她唇瓣，又退开，扣在她后颈的大手仍带着几分不容她抗拒的力度，语调却是温柔的："乖，张嘴。"

温宁发现这个男人不管哪一面，都让她迷恋。

无论是他用那种习惯性的命令式语气或半强迫式的动作逼她，还是压低声音温柔哄她，都令她无法招架。

温宁好像再顾不上被他扔到一边的手机，乖顺地张开嘴，由着男人再次把舌尖探进来，同她唇齿交缠。

她的手软软地环在他的脖颈上，她也由着他掌控这个不如刚才那次温柔的吻。

直到他终于放过她。

温宁的头抵在他的肩膀上，她闭着眼微微喘气。

男人指腹仍有一下没一下地在她唇角摩挲。

隔了片刻，可能是她呼吸终于平稳之后，温宁才听见他低声开口："饿不饿？"

温宁这才想起他们今天是来吃饭的。

她抬起头："好像还好。"

江凛垂着眼，不疾不徐地帮她把蹭乱的头发整理好，才开口问她："那再等等？"

温宁还有点没从那种缺氧的感觉中完全缓过来，反应有点迟钝："等什么？"

男人指腹又落到她的唇边，幽深的眸光也是，嗓音不知是刚接过吻，还是压得低，莫名性感："等这里没那么红了，再让人进来。"

温宁："……"

这家店也是一道道上菜的，因为餐前耽搁了不少时间，他们这顿饭最后吃了差不多三个小时。

吃完最后一道清口的菜，温宁拿纸巾擦擦嘴。

她听见对面的男人又低声问她："是想下去走走，还坐是着再休息一会儿？"

大冷天的，她才不去外面吹风。

"坐会儿吧。"温宁说。

江凛朝她招招手："那过来。"

温宁："……"

对面就一个位置，过去只能像刚才一样坐在他的腿上。

他今天怎么这么爱抱她？

看在这顿饭的分上，她乖乖起身去对面，像饭前那样，又跨坐到他的腿上，但她还是很小声嘀咕了一句："还说我是黏人精呢。"

"什么？"男人嗓音落在她的耳边。

温宁忙摇摇头："没什么，叫我过来做什么呀？"

江凛目光落在她的脸上，嗓音压低："晚上跟我回家？"

温宁心尖轻轻颤了下。

他从来都是跟她说"回家"，而不是"回他家"。

温宁对上面前男人深邃的目光，下意识想答应，温教授的脸不知怎么忽然又在此刻蹿进了脑海。

"不行。"她摇摇头，"我们家现在有门禁了。"

"现在？"江凛停顿两秒，"你跟你家人说了？"

"当然啊。"温宁理所当然地道，"不然我难道每次跟你约会还要偷偷摸摸，或者是骗他们吗？"

她说着拿起手机看了眼时间，已经 8 点 01 分了。

温宁忽然又有点开心。

他不是爱算吗？他是不是也没算到她昨天回去就和家长坦白了，然后他们家大家长还立即给她立了个门禁？

温宁指尖戳戳他的肩膀："哥哥，你还有 59 分钟送我回家。"

江凛："……"

这姑娘真的没以前黏她了。

换了以前，碰上这种情况，她多半是要黏在他怀里抱怨两声，再撒个娇，此刻面前那张漂亮的小脸上却只有藏不住的高兴。

"不急。"江凛把她头发掖到耳后，"那明天中午我接你回家吃饭？"

"你做吗？"温宁问他。

男人像是还在认真帮她整理头发，于是说话时就带上了几分漫不经心："上次赛马赢了翟少寒，他不是答应要把厨师借我们一天吗？明天让他家厨师去家里给你做饭？"

温宁："……"

温宁发现这个男人就真的很有心机。

他每一句看似随便的话里，可能都藏着一个或大或小的坑。

她昨天问他是哪儿知道这么多店的，他大可以简单说是跟朋友打听的，只要不是跟什么漂亮小姐姐打听的，她也不会多问。但向来话不多的人，偏偏没等她细问，就仔细跟她解释了是跟翟少寒打听的，说是翟少寒弟弟爱吃。

翟少寒那位爱吃的弟弟挑出来的店至今为止都很好吃。

翟家有这么爱吃的一个人，能在翟家立足的厨师，想必一定也有不少的看家本事。

现在他跟她说翟家的厨师要去家里给她做饭，她拒绝得了吗？

温宁歪了歪脑袋："我想想啊。"

江凛略等了等："想好了吗？"

温宁故意装得一脸遗憾的表情："明天不行啊，明天我要陪我妈妈去看画展。"

面前的男人微垂着眼，也看不出有没有失望，或者说，还是那副什么情绪都看不出来的冷静模样。

"那你下周哪天有空？"他问她。

温宁："下周六吧。"

"周六上午十点去接你？"江凛问。

温宁往他怀里又靠了靠："换成下午四点半吧。"

江凛眼皮终于略略一抬，表情没变，目光却像是比刚才更深了几分："晚上不是有门禁？"

温宁的手搂住他脖颈，她凑到他耳边："下周六我爸妈都要出差。"

小姑娘软软地贴上来，故意压轻的嗓音裹着几分热气顺着他的耳朵像是直往心脏里钻。

江凛垂在一侧的手指稍稍收紧了一瞬。

下一秒，温宁却忽然松了手，轻轻巧巧地从他怀里站起来。

她看了眼时间，歪着脑袋看向他，笑容狡黠，显得格外灵动漂亮："哥哥你现在只剩 40 多分钟送我回家了。"

接下来这几天，温宁在家画了一点《秘密》，又做了一大堆别的事情，一周就这么一晃而过。

周六早上，她起早去对面吃了早饭。

温教授这周日在外省有个会议，宁女士刚好也想过去看个朋友，就答应陪他一同过去。

每次一到冬天，除非是去更温暖的城市，不然温宁就哪里都不愿意去，两人就没带她。

吃完早餐，温宁送两位家长出门。

临到门口，温时远手摁上门把手，却又回头看她一眼："你记得家里现在还有门禁吧？"

温宁忙乖巧点头。

"记得的。"说完她又冲大家长甜甜一笑，立即转移话题，"爸爸妈妈你们路上注意安全，到那边记得要加衣服，到了给我发信息。"

温时远："……"

她一心虚就转移话题。

宁雪兰冲丈夫抬抬下巴："你先出去等电梯吧，我再拿点东西。"

温时远剩下的话就没再说，转身开了门。

屋内瞬间只剩母女两人。

温宁一脸无辜地眨巴了下眼睛："妈妈你还有什么没拿？"

宁雪兰却没动，也没说话，只仔细打量着她，目光含笑。

温宁越发心虚。

"记得保护好自己。"宁雪兰终于开口了。

温宁："……"

她就知道瞒不过他们。

"会的。"她乖乖应下。

宁雪兰把她脸边的碎发掖到耳后。

这个动作江凛也喜欢做，但宁女士帮她掖头发，跟他帮她掖头发是全然不同的感觉。

江凛做，会让她心跳加速。宁女士这样做，总让她觉得自己好像还没长大，可以永远活在父母羽翼下，永远可以天真无忧。

"还是觉得太便宜他了。"宁雪兰说。

温宁点点头："我也觉得，我这么温柔懂事可爱漂亮。"

"小自恋鬼。"宁雪兰笑道。

温宁伸手抱住宁雪兰，可是她确实已经长大了。

"我知道自己在做什么的，他也真的对我很好，您放心跟爸爸出去玩吧。"温宁趴在她的肩膀上蹭了蹭，"再不出去等下爸爸又要怪我这么大还给你们当电灯泡了。"

宁雪兰拍拍她的背："行，有事就给我们打电话。"

送完两个家长进电梯，温宁又回自己卧室继续玩。

差不多到午饭时间，温宁打开外卖软件，还在犹豫着今天是吃麻辣香锅，还是冒菜火锅，手机里就跳出一条微信消息。

哥哥："让人给你送餐了。"

这是他自己的号。

自从那天温宁把这个微信号加回来后，原属于克鑫小江那个号就被他打入冷宫了。

温宁嘴角翘了翘，正想回他，来电铃声响了起来。那是南城本地的陌生号码。

温宁接通，对方在电话里说是逸星工作人员，已经到她门口，麻烦她出来取餐。

他通知得还真是及时。

温宁挂了电话，取餐进门。

她先打开包装盒，在餐桌边坐好，每一道菜都先尝了一口，才拿起手机发了个视频通话。

男人很快接通。

背景像是他的办公室。

温宁开口问他："怎么忽然给我送餐啊？"

"你爸妈不是出差去了吗？"他像是稍微移动了下手机，镜头中男人英俊的脸忽然被拉近，"你又不会做饭。"

"你又知道。"温宁撇撇嘴，"万一我天赋异禀，这几个月迅速学会做菜了呢。"

手机那端，江凛唇角像是极浅地勾了下，低声问她："那你学会了吗？"

温宁："……"

"没有。"她顿了顿，语气又开始变得理直气壮，"有人给我做饭，我为什么要学？"

"嗯。"江凛点点头，语气低缓，"你以后都不用学。"

温宁还挺满意他这个回答的，嘴角弧度加大，也不再继续馋他。

"你中午吃什么呀？"她低声问道。

"和你一样。"镜头又晃了下，屏幕上出现了几盒和她一模一样的菜，然后镜头又对准了他的脸上。

"你怎么又去加班了啊？"温宁问他。

江凛："提前处理好这部分工作，今晚和明天的时间就都能空出来陪你了。"

温宁脸上笑容又明显了几分，嘴上却道："我只是答应今天过去吃顿晚饭，又没说要留在你家过夜的。"

"你爸妈都不在家。"江凛顿了顿，"你一个人回去做什么？"

温宁手撑着下巴："能做的多了去了啊，比如说……"她顿了顿，故意气他，"和我的老公们约会啊。"

可手机那头的男人像是完全看不出任何吃醋的模样，表情依旧冷静，只是眉梢轻轻挑了下："和真人约会不好吗？"

温宁："……"

他的语气和表情都太平静了，平静得让温宁愣了下，才反应过来这个男人在调戏她。

温宁又懒得搭理他了。

"不好！"她红着脸气呼呼隔着屏幕瞪了他一眼，"我要吃饭了，挂了。"

下午四点，温宁慢吞吞下楼后，就看到那辆熟悉的黑色宾利已经静静停在地下车库的楼道口。

温宁其实还有点不太想理他。

她直接拉开门坐上副驾驶座，低着头没看他，刚打算系安全带，他递了一杯奶茶过来。

温宁先看了眼握在奶茶上的那只好看的手，才终于缓缓转过头去看手的主人。

进入 12 月份，南城天气越发寒冷。

他身上穿着黑色大衣和白毛衣，毛衣的柔软被冷硬的黑色完全压住，看着又酷又帅，气场十足。

温宁小心脏怦怦快跳了几下。

"怎么还买了奶茶啊？"她问。

江凛偏头，目光落到她的脸上："有个小姑娘一下午没理我了。"

小姑娘本人："……"

"不只你一个人工作忙，我也很忙的好不好？"她抬了抬下巴，勉强接过他手里的奶茶。

入手是一片温热。

温宁嘴角牵起，把吸管插进去。

好像是她以前在他家点过的一款，甜度也是。

他都还记得啊。

算了，她原谅他了。

"不生气了？"江凛看着她嘴角的小弧度。

温宁装傻："谁生气了？不是要去吃饭吗？快点走吧。"

宾利一路驶向博汇。

温宁路上喝着奶茶，并未多想，临到楼下，被他牵着步入电梯时，心里才莫名涌上一股紧张感。

倒不是因为今晚她可能会跟他发生点什么，而是类似于某种近乡情怯的心情。

他们在一起时，基本每个周末都是在这套房子里度过的。

这里面处处都承载着之前的甜蜜回忆，也是她近几个月压在心里不愿意回忆的。

出神间，温宁已经被男人拉着走到了门口。

她抿了抿唇，等他开门时，心里那股紧张感更甚。

男人与她十指交扣的手松开，却又没完全放开，他握着她的手抬高，将她的食指指尖按在指纹框里，指纹锁应声打开。

温宁稍稍一怔。

这么久了，他居然也没删掉她的指纹吗？

男人重新牵住她的手，空着的那只手推开门。

里面的景象终于撞入温宁眼中。

门口已经提前摆放好了一双女士拖鞋。

她上次从这里离开的时候，还是酷热的夏末，此刻却早已经进入寒冬。

门口现在摆着的一是双崭新的毛茸茸的小拖鞋。

温宁被他牵着进去。

江凛随手带上门，这才松开她的手。

温宁换好鞋，目光随意一瞥，就见玄关柜上正胡乱搁着一个发箍。

记忆中某个早已遗忘的片段忽然蹿回脑海。

那天她着急过去见田飞菲几人，洗漱完过来这边看了眼要搭哪双鞋时，顺手把发箍取了往上面一扔，走的时候也不记得有没有拿。

他除了有点洁癖，多少也还有点强迫症，放东西从来不会这么随意。

温宁愣愣地抬头看他："这个发箍怎么还在这里？"

男人正垂头慢条斯理地解手表，银框眼镜还没来得及取下，闻言他也往那处看了眼，眸光被低垂着的眼皮和有些反光的镜片掩住。

温宁没看清，只听见他说："它在等你回家。"

温宁鼻子莫名酸了下，把还剩了一小半的奶茶搁在柜子上，朝刚取下眼镜的男人伸出手。

"我不想走了。"

江凛走近一步，伸手抱住她。

小姑娘再次熟练地挂回他的怀里。

不知怎么，直到这一刻，直到带她回家，她再次愿意撒娇要他抱的这一刻，江凛才终于体会到某种失而复得的踏实感。

温宁被他抱着往里走。

他们一进入客厅，看见半开式厨房中有个忙碌身影时，温宁先是一愣——她这还是第一次在他家看见外人，随后才想起这应该就是翟少寒家的那个厨师。

温宁扯了扯他的大衣领子，小声抱怨："你怎么不告诉我家里还有人啊？"

江凛脚步稍顿："你不是知道吗？"

"我忘了嘛。"温宁继续揪他的大衣领子，"你怎么也不提醒我一下？"

江凛垂眸，看见小姑娘细嫩的耳垂迅速变红："他不会随便乱看，抱你去卧室？"

温宁忙点头，又把脸埋在他的肩上："那你快点。"

他们进了卧室，温宁却又怔了一瞬。

衣帽间，她留在他这里的衣服仍占据着中间那一大块区域。

卧房里，他那张当初被她征用的化妆桌上凌乱地摆着几样护肤品，沙发上还胡乱搭着一件夏天的睡衣。

那是她的睡衣。

除了门口给她换了双新的冬天拖鞋，卧房床上被子从空调被换成了稍厚的冬被，这套房子里的一切好像都停留在她走的那天下午时的模样。

这让她感觉，他们好像并没有分开三个多月，她好像真的只是出去吃了顿饭又回来了。

温宁鼻间又涌上一股酸涩感。

那天她决然地删掉他所有的联系方式，当时想的是这辈子都不要再原谅他了。

他这么聪明，她在他面前就像张白纸，不可能猜不出她的心思。

他还把她的东西都保持原样做什么？他看着不心烦吗？

她家里和他相关的东西只有他送回来的那只小瓷猫，和好前，她尚且不愿意多看一眼。

他是怎么在这间布满回忆，满是她生活痕迹的房子里住下去的？

"怎么都不收起来啊？"温宁趴在他的肩膀上闷闷地问。

江凛抱着她在沙发上坐下，目光扫过旁边那小睡裙，声音很轻："这不挺好的吗？"

温宁手仍环着他的脖子，在他的腿上找了舒服的姿势跨坐好，闻言在心里

立即接了句：哪里好了？

温宁瞥了他一眼："你强迫症好了？"

男人唇角略略牵了下："不是早被你治好了吗？"

"哪儿有？"温宁不服，"我以前弄乱点什么东西，你就会跟在后面帮我收好的。"

江凛目光落到她的脸上，稍稍又靠近些，声音压低："以后随你弄乱。"

他们之间距离太近，近到温宁都能感觉他说话时有温热的气息打在她的唇上，她的心跳漏了一拍，目光撞进他的黑眸中。

江凛正专注地看着她。

"你不帮我收了吗？"温宁不知怎么，也跟着他一起压低了声音，呼吸与他的气息交缠在一起。

男人目光稍稍往下移："以后也帮你收。"

他说这句话时，又靠近了几分，双唇像是擦过了她的唇瓣，又像是没有。

不知是不是回到了这间有过太亲密接触的屋子里的缘故，他还没真碰到她，温宁心尖就止不住地有些发颤。

温宁手指揪紧他大衣，忍不住轻轻叫了他一声："哥哥。"

"再叫一声。"

男人开口时，不知是呼吸，还是唇瓣，像是又轻轻擦过了她的下唇。

温宁："哥哥。"

"叫我什么？"他垂着眼，几乎贴着她的唇在问。

语气仍听不出什么情绪，却问得温宁心口发烫。

她看着男人近在咫尺的脸，抿了抿唇，才终于叫出他的名字："江凛。"

话音落下，不知不觉早扣上她后颈的大手倏然收紧。

男人也终于吻住了她。

他空着的另一只大手捏住她的下颌，强势地逼她张开嘴，男人舌尖长驱直入。

这并不算温柔的吻。

温宁再一次在他身上感觉到那种类似于失控的情绪。

可能是因为这间屋子对她而言，与别的地点意义完全不同，也可能是家里现在有外人在，哪怕对方肯定不会随便闯进来，也多少会让她比平时紧张几分。而在这种紧张的情绪下，她好像比平时更敏感。

她闭着眼，能清楚地感觉到他原本扣在她下巴上的手滑到她的后背上，狠狠收紧，将她重重地压进怀里，舌尖也狠狠地扫过她的上腭，又钩着她舌尖搅弄。

温宁很快呼吸不畅，环在他脖子上的手却也收紧，勉力承受着。

直到她嘴里残留的那点清甜的奶茶味被他卷走，与他的气息融在一起，又再喂回她的嘴里。

两人的气息再难分彼此。

直到她完全呼吸不过来，她才轻轻推了推他。

江凛稍稍退开。

温宁趴在他的肩膀上喘气，听见他的呼吸也重了。

男人的手有一下没一下地摸着她的头发，就像从前一样带点亲昵地触碰着她。

温宁听见他忽然开口："想过我吗？"

温宁知道他问的不是没见面的这一周，而是之前分开的那三个月。

"想你做什么？"

他抚在她发间的手像是顿了一下："真没想？"

温宁："……"

"想过的。"她没再否认。

男人的手又落回她的下颌，他半强迫地逼她重新抬起头，再次吻住她。

可是那三个月里，她想他并不是一件快乐的事情，会让她伤心难过。

现在回想起来，温宁还能记起那时的心情，所以等男人的舌尖再度探进来时，她轻轻咬了他一下。

江凛略略退出，指腹擦过她的唇瓣，像是笑了下："咬我怎么也不舍得用力？"

温宁暂时不想和他说话。

她张嘴又咬住他的上唇，随后又咬了咬下唇。

她还不解气，又学着他那副命令式的口吻："你张嘴。"

面前的男人顺着她的意思，第一次把主动权交给了她。

温宁的舌尖抵进去，钩着他的舌尖探回她的嘴里，然后又重新咬了下。

这个男人气质冷硬，心也硬，一骗她就是两个月，唇舌却是温热又柔软的。

温宁松开他的舌尖，低头咬了咬他的下巴。

继续又往下，轻咬住他喉结。

她听见他的呼吸瞬间重了一拍。

他家里也有暖气，刚才接吻时她嫌热，他早帮她把外套脱了，也脱了自己的大衣。

温宁稍稍低下头，隔着柔软的毛衣，一口咬上他的肩膀，这次她重重咬了上去。

他像是在教她："再重点。"

温宁咬完这一口，却也差不多解气了，抬起头："再重就要出血了。"

江凛垂眸看着她，语气平静："出血了更好。"

温宁："……"

"出血了有什么好？不小心就会留疤的。"

他看着也不像是有受虐倾向啊。

"在我身上留个印记不好吗？"

温宁听见心跳在怦怦乱响："那你以后就没办法换女朋友了。"

江凛指尖稍稍往下，重新扣住她的下颌。

"不会有别人。"

她在他心里早已藏了十几年。

虽然一开始无关爱情，只是他的一个慰藉，是他挣脱束缚的动力，但温宁这个名字，一笔一画，早深刻进了他骨子里。

要不是这姑娘娇气又怕疼，他更想在她身上留点属于他的印记。

"继续咬吗？"他问她。

温宁才不想咬了，重新坐好："咬什么？我又不是吸血鬼。"

江凛扣着她的下颌重新靠近："那就继续接吻。"

这次的吻温柔了许多。

温宁感受他嘴里若有似无的奶茶甜味，忽然又推了推他。

男人退开，低眸睨他："嗯？"

"我的奶茶还没喝完。"温宁说。

江凛盯着她唇："帮你去拿？"

面前的男人还是没什么表情，但唇色比平时红了许多，眸色浓黑，比奶茶吸引人多了。

温宁重新钩住他的脖子："算了。"

江凛又继续吻她。

安静的卧室中一时又只剩下细细的亲吻声。

直到温宁再次喘不过气，趴在他的肩膀上喘息。缓过来后，她又抬起头，低声问他："你刚才真打算给我去拿奶茶啊？"

男人淡淡地嗯了声，指腹在她的唇角轻轻摩挲着："拿过来喂你。"

温宁："……"

她就知道他没安什么好心。

温宁低头又咬住了他的唇。

这刚好方便了男人再次亲吻她。

温宁也不知道他们断断续续亲了多久，呼吸不过来了，她就趴在他的肩膀上和他说说话，然后又继续。

直到突兀的手机铃声响起。

彼时男人刚刚第二次把主动权让给她。

温宁试探着把舌尖探进他的嘴里，摸索着吻他。

江凛又稍稍后退，摸着她的耳朵教她："亲深一点。"

温宁耳尖发烫，心口也滚烫着发软，红着脸小声道："你管我呢，我想怎么亲就怎么亲。"

江凛唇角勾了下："那你继续。"

温宁继续亲他。

舌尖探进去后，她却不由自主地听他话，往里吻深了一点，然后被他的舌尖卷住。

这个男人根本习惯不了被动吧。

温宁心里刚转过这个念头，扰人的手机铃声这时候就响了起来。

他的手机就在他们旁边。

温宁睁开眼瞥了下，看见是个本地的陌生号码。

江凛也睁开眼了，修长好看的手指滑过屏幕，挂断了电话。

"不用接吗？万一是外卖或快递呢？"温宁贴在他的唇边问他。

"是外面的厨师。"他淡声接道。

温宁："……"

温宁一开始还记得外面有人，亲到后面根本完全忘了这件事。

江凛看她的脸一瞬间又红了几分："现在才害羞是不是晚了？"

"谁害羞了？"温宁不承认。

江凛也不继续拆穿她，只低声问："还亲吗？"

"几点了啊？他这时候打电话给你，是不是菜做好了？"温宁问。

"应该是。"江凛拨了拨她颊边的头发，"饿不饿？"

温宁："好像有点。"

明明她来的时候才喝了大半杯奶茶的。

"我们出去吗？"她轻声问。

江凛指腹落到她的脸颊上，声音也低："我先出去，等下叫你。"

温宁没明白："为什么啊？"

"你自己去卧室照下镜子就知道了。"江凛贴在她的耳边说完这句，就把她抱起放在沙发上，"乖乖等我。"

温宁："……"

温宁也不是第一次和他接吻，不用照镜子也大概知道自己现在是什么模样。

她捂了捂发烫的耳朵，在沙发上乖巧地坐着。

直到男人重新回来，温宁朝他伸出手。

"小黏人精。"江凛笑了声，伸手抱起她。

温宁被他抱出去时，厨房和客厅早不见翟家那个厨师的影子，想必已经回去了。

和外面饭店的精致创新不同，翟家厨师做的是一大桌子家常菜。

温宁跟他面对面坐下。

她先尝了口他盛的汤。

不知道汤温度过高，还是嘴里被他弄破了，入口她就被烫了下。

"慢点喝。"对面的男人提醒她。

温宁在桌下踢踢他："都怪你。"

"嗯？"江凛抬眸，像是怔了一下，目光落向她的唇上，又点点头，"怪我。"

温宁："……"

温宁不理他了。

直到她喝完汤，尝了一口面前的那盘小炒牛肉。

南城这边习惯生炒，不上浆，肉质嫩不嫩就全看厨师的刀工与火候的掌握程度。

这盘牛肉炒得又香又嫩还酸辣入味。

温宁不由得又在桌下踢踢他，不满地道："你那天骑马赢了，为什么只跟翟总借一天厨师啊？"

"好吃？"江凛抬眸问她。

温宁点头："好吃，所以才说你怎么就只借了一天嘛。"

"是一天，不是一顿，宁宁。"江凛深深地看着她，"只要你今晚留下来，明早的早餐、中餐和下午茶都是他给你做。"

温宁："……"

这个男人又套路她。

"我只答应你过来吃晚饭的。"

"确定不留宿？"江凛跟她确认，"他刚才还跟我确认了下明天的菜单。"

温宁："……"

"住一晚也可以，但我是看在早餐、中餐和下午茶的分上，和你没关系。"

江凛轻笑了下："好。"

温宁耳朵尖又烫了下。

他今天怎么又这么爱笑，但笑起来格外好看，尤其是配上他身上这件白毛衣。

她好像也不亏。

吃完饭，温宁帮着他一起把碗盘收进洗碗机。

随后男人牵着她走到流理台前，像从前一样，在身后半拥着她，细致耐心地帮她洗手。

修长的大手一寸一寸地带着水流轻抚着她的手指。

温宁心尖发软，忍不住回头看他。

男人恰好也垂眸看向她。

"吃水果吗？"他低声问道。

温宁问道："家里有什么？"

"草莓。"江凛道。

温宁点头："那就草莓吧。"

他洗水果也格外赏心悦目。

他不紧不慢地一颗颗清洗好，个大饱满的草莓在保鲜盒里被一排排放好，保鲜盒刚好够放两排，每一颗都仔细对齐。

"甜吗？"江凛问她。

温宁嘴里还吃着草莓，点点头，嗯了声。

男人手一转，将剩下一半送进自己嘴里。

温宁："……"

敢情这是让她帮忙试味呢？

她念头还没转完，面前的男人忽然单手抱起她，把她放坐在流理台面上，低头又吻了上来。

温宁眼睛稍稍睁大。

他今晚还没亲够啊。

草莓鲜甜的汁水在她口腔中炸开，又被男人的舌尖卷走，最后又重新喂回她的嘴里。

结束后，江凛抬手擦掉她唇边溢出的草莓汁水，鼻尖抵着小姑娘小巧的鼻尖，轻声问她："时间还早，要不要看电影？"

温宁心脏因为刚才的草莓味亲吻跳得飞快，隔了两秒，才点点头："看吧。"

拿好草莓，温宁跟他去了影音室。

她那次被他从剧组接回来，还没来得及进这个地方，因而这里看着倒是相当整洁。

他打开机器，温宁找了部悬疑电影。

之前她总觉得他的公司在北城，他又忙，他们总是聚少离多，每周只有周末一点可怜的相处时间，挑电影的时候，她就老挑轻松的，怕太重口味会影响他们相处的氛围，但谁知道他的公司就在南城。

她现在才懒得管破不破坏氛围，想看什么看什么。

这部电影是温宁在微博上看到别人推荐的，经典的暴风雪山庄模式，刚看了开头几分钟，她就忍不住在他怀里坐直，连手里的草莓都忘了吃。

电影节奏飞快，很快就进入第一段高能剧情，正播放到里面第一个角色被杀害时，一只大手忽然从后面伸过来，捂住了她的眼睛。

温宁："……"

"你干吗呀？"温宁不满地掰开挡着她视线的大手，回头瞪了某人一眼。

借着暗淡的光线，江凛看清她眼睛里的光。

"不怕？"他低声问。

温宁："这有什么好怕的？更血腥的，我都看过不知道多少呢。"

看完电影，温宁还有些意犹未尽。

"时间不早了。"江凛低沉的声音忽然从身后响起，"去洗澡睡觉？"

温宁回过头，目光再次撞进他的眼中。

她其实拿不准他今晚会不会对她做点什么。

她也不知道自己究竟有没有做好准备。

温宁抿抿唇，听见自己小声道："好啊。"

她这次也没让他抱。

坐了两个小时，她需要起来活动下。

江凛一路牵着她往主卧走去。

不知是不是潜意识里总觉得他会直接把她带进主卧，等他在衣帽间停下时，温宁稍稍愣了下，脚步来不及收，整个人撞进他的怀里。

男人扶了扶她，垂眸低声问："想泡澡，还淋浴？"

温宁："……"

温宁抬起头，男人那还是副平静的表情，她看不出，也猜不出这句话到底有没有什么隐藏的含义。

"淋浴吧。"

江凜下巴轻抬了下，声音仍旧很低，听着莫名温柔："冬天的睡衣给你买了几套，你自己挑喜欢的穿，其他的洗漱用品都在原处。"

温宁点点头："好。"

江凜松开抱着她的手，又轻轻碰了碰她的脸颊："我去隔壁，有事过去叫我。"

温宁："……"

男人转身，高大的背影很快消失了。

温宁在原地又愣了一秒，这是和好后，她第一次跟他回来，他对她做点什么很正常。

她以前那样撩他，他都能克制地坚守底线。

温宁压下胡思乱想，挑了套睡衣，抱着去主卧洗澡。

回卧房后，温宁看见男人已经在大床一侧半躺下，手上拿着本纸质书。

大约是听见动静，他把书合上，随手搁在床头柜上，朝她招手："过来。"

温宁走过去，一条腿半跪上他身侧的床面，借力爬上去。

江凜稍稍坐起身，手抬起，半露在外面的手臂线条漂亮，指尖从她发间穿过。

"怎么又不吹干头发？"他低声问。

温宁跟他撒娇："吹头发好累的。"

男人单手轻轻松松将她抱进怀里，抱着她重新回了主卧，将她放在洗漱台上，仔细帮她吹头发。

温宁从满墙的镜子中清楚地瞥见这一幕。

他的神情还是冷冷淡淡的，他穿着家居服，气场还是很足，给她吹头发的动作却是温柔的。

温宁钻进被子，又被他拉回怀里。

"困不困？"江凜低声问她，"现在睡觉？"

温宁还是猜不出他的心思，点了点头。

江凜伸手关了灯。

卧室瞬间陷入一片黑暗。

他静静抱着她没动。

他千方百计哄她回来，还真是为了跟她像以前一样盖个棉被睡觉啊？

温宁伸出一根手指，戳戳他的肩膀。

"哥哥。"

"嗯？"江凛终于出声。

温宁故意小声问他："你老实告诉我，你是不是真的不行？你要是真的不行的话，早点告诉我，我也好早点换个男朋友。"

江凛将她又往怀里带了带，空着的另一手捏了捏她的脸颊："别瞎猜。"

温宁："……"

温宁闭上了嘴。

"宁宁。"江凛又再次开口，"跟我说说话吧。"

温宁这还是第一次从他声音中听出明显的倦意。

她这次真的安分下来。

"说什么啊？"她轻声问。

男人像是又摸了摸她的脸颊，声音也低："随便说什么，像以前那样就好。"

温宁伸手回抱住他："《秘密》第二话我还没画好。"

"慢慢画，不急。"江凛说。

温宁："画这么慢没关系吗？"

"没有。"江凛声音低缓，"就算我不插手，克鑫也会答应你绝大部分条件，拉新是他们现在最重要的目标，不是说了吗？要相信你自己，你和《秘密》一开始就是他们最想争取的目标之一。"

"那就好。"温宁放下心，嘴角也翘了翘，"那我明早想吃汤粉。"

"好，明早让他给你做。"江凛应下。

"我还想吃你做的饭。"温宁说。

江凛："明晚给你做。"

"明晚我要回家了。"温宁提醒他，"我们家现在可是有门禁的。"

男人很轻地笑了下："那等你下次回来再做。"

温宁在他胸口轻轻蹭了蹭，小声说："我还想再和你去骑马。"

"等明年春天暖和了再带你去。"江凛说。

温宁顺着问他："那明年夏天呢？"

"夏天你想做什么？"江凛问。

温宁："还没想好。"

昏暗中，温宁感觉男人在她的额头轻轻吻了下，然后她听见他说："那我们慢慢想。"

次日早上，温宁迷迷糊糊一醒来，就感觉自己像是被什么东西紧紧箍着，不自觉挣了下，没挣脱，反而脑袋上似是落上来一只温热的大手。

随即有沉缓好听的男声低低落在她耳边："醒了？"

温宁还闻见了一股熟悉又清爽的气息。

她又稍稍清醒几分，想起了昨夜留宿的地方，明白自己此刻不是被什么箍着，应该是正被某人抱在怀里。

她嗯了声，半梦半醒间下意识在他胸口蹭了蹭，又叫他："哥哥。"

男人像是又轻轻摸了下她的脑袋："饿不饿？要不要起床吃早饭？"

温宁眼睛睁不开："我好困。"

"那再睡会儿。"他的动作停下来。

温宁的头贴在他的胸前，她能见听他胸腔里的心跳声，沉稳有力。

昨晚那点倦意像是她的错觉。

他刚才声音好像也恢复正常了？

温宁有点不确定，又问他："你醒多久啦？怎么没去锻炼？"

"没多久。"江凛低声说，"晚上再锻炼。"

温宁这次终于确定他的声音确实又恢复如常，但她困意也消了大半。

只是不知是不是因为在他怀里醒来的感觉还不错，她还不想起床，仍闭着眼，又在他胸口蹭了下，小声问他："赖床的感觉是不是还挺好的？"

她的脸紧紧贴在他的胸口，江凛垂眸也只能见一颗毛茸茸的小脑袋。

这个姑娘半梦半醒间，向来比绝大多数时候要黏人，说话会带点小鼻音，咬字不清，每一句话都像是在跟他撒娇。

"是挺好的。"

温宁嘴角扬了下，手环在他的腰上："那我们再睡会儿。"

温宁最终也没能拉着他一起赖床太久。

二十分钟后，温宁爬起床，被男人抱去洗手间。

江凛在洗漱台盆前放下她，顺手理了下她乱糟糟的头发："我去隔壁。"

温宁点点头，随手拉开下面第一格抽屉找发箍。

她记得她在第一个抽屉里放了一个的，但现在里面居然没看见。

温宁皱皱眉。

一只大手忽然伸过来，拉开第二格的抽屉，拿起里面的发箍，递给她。

温宁接过来戴上。

戴好后，她见男人还没动，又疑惑地转头看他："你怎么还没走？"

江凛没接话，目光落到她的脸上。

和机场再遇那天一样，她左边侧脸有一道小睡印，只是这次是在他的睡衣上印出来的。

江凛抬手，指腹落在那道睡印上："你家楼上那套房装了两个台盆。"

他这话接得没头没尾，温宁蒙了下，随后才反应过来他说的是他在她家小区顶楼那套房。

江凛指腹在她的脸颊上轻触，低声继续道："主卧帮你装了个化妆桌。"

其实这边他也提过给她换，但她那时很黏他，连带着也很喜欢用他那张书桌，没答应。

"本来想让你亲自挑的，你先将就一下。"江凛略顿了顿，"等下一套你再自己选。"

温宁："……"

胸口好像有温泉水慢慢漫上来，暖暖淹没着心脏，让她心里一阵阵发软。

这股热意也让她的脸和耳朵缓缓红了起来。

温宁装傻，转过头看向镜子："听不懂你在说什么。"

江凛盯着她泛红的脸："那等你想听懂的时候我再说。"

温宁："……"

温宁不由得推推他："你快去洗漱啦，等下不要耽误我吃早餐。"

等男人出门，温宁顺手把门关上，才捂了捂发烫的脸颊，然后开始刷牙。

温宁刷完牙，听见搁在一旁的手机响了声。

她去哪儿都手机不离身。

他也惯着她这个毛病，刚刚还是他帮她把手机带过来的。

温宁把牙刷放好，拿起手机。

微信消息是喻佳发来的。

喻佳："沈明川让我转告你，江凛下周四生日。"

温宁："……"

他下周四过生日？

温宁低头给她回微信："沈明川怎么又一大早就联系你？你们俩现在到底什么情况？"

喻佳："你昨晚不是去江凛家了吗？"

跟他和好的事，温宁也没瞒着喻佳，当晚就告诉她了。

喻佳的反应和宁女士一致，她总结起来就是六个字——太便宜江凛了。

喻佳："你怎么醒了？"

温宁回她："他昨天跟我盖被子聊天来着。"

喻佳："江凛是不是不行？你要不要考虑换个男朋友？"

温宁："不要转移话题。你先告诉我沈明川为什么一大早就联系你？"

手机略安静了几秒，才又响起。

喻佳："他没联系我。他现在就在我的床上。"

温宁发了两个问号。

喻佳："一言难尽，少儿不宜。"

温宁："……"

洗漱完，温宁看见男人已经坐在卧室的沙发上。

许是因为等下翟家厨师要来，他换了套休闲装，双腿交叠，坐姿随意，正低头看手机。

冬日暖阳从落地窗照进来，在他线条流畅又分明的下颌线上笼上一道小小的金边。

听见她的脚步声，男人将手机随手一放，朝她张开双臂。

温宁拿着手机走过去，坐进他的怀里。

江凛给她调整了个舒服的姿势，手扣住她的后颈，靠过去吻她。

温宁闻见了一股清爽的须后水味道，抵进她唇齿间的舌尖带着和她相同的牙膏香气，有种难分彼此的亲密感。

结束后，江凛只稍稍退开，指尖仍在她的发丝间轻抚，声音压低："翟家的厨师到了，想不想换衣服？"

温宁鼻尖轻抵着男人直挺的鼻梁，可能是因为刚跟他接完吻，身体也发软，她一点都不想动："懒得换。"

"那你在房间里待着。"江凛低声说。

温宁："他等下不还要继续留下来做午饭吗？"

"他要再下去买趟菜。"江凛说。

温宁蹭蹭他的鼻尖，小声说："那我不换了，不想穿内衣。"

吃完早饭，温宁跟他一起去影音室。

今天是周日，她追的一档美食综艺昨晚更新了。

看综艺其实不需要影音室，但这人之前也不知是怎么想的，客厅里连个电视机都没有，而且翟家的厨师马上会再上来做午饭，她没换衣服，在客厅待着也不方便。

手机铃声忽然突兀地响起。

温宁下意识循着声音望过去，瞥见他随手搁在一旁的手机屏幕亮起来，在昏暗的影音室里发出刺眼的光，连带着屏幕上"郑瑜"两个字似乎都有点刺眼了。

温宁都忘了吃草莓。

半抱着她的男人表情却并没有一丝变化，他随手接起电话，平淡地应了句"我问问她"，又随手挂断。

温宁看不出他的情绪，有些担心。

她抿抿唇："她找你什么事啊？"

江凛把手机放下，垂眸看向温宁："她说既然你和我在一起了，再骗江冽说你出事了不合适，问我能不能让江冽知道。"

温宁："……"

她倒是还一心向着小儿子。

"随便呗。"温宁无所谓地说，"骗江冽本来也不是我的意思，是他接我爸爸电话的时候产生了误会，后来你爷爷又顺势答应瞒住他，我其实无所谓的，我和他连熟人都算不上。"

暗淡的光线中，江凛目光静静地落在她的脸上，重复了她最后一句话："连熟人都算不上？"

温宁点头："长大后我就只见过他两面，比陌生人确实也好不了多少吧。"

不知他是不是对她这个答案很满意，温宁看见抱着她的男人像是极浅地笑了下。

温宁心里忽然涌起委屈："沈明川今早让佳佳转告我，说你周四生日，你生日也不告诉我。"

此刻她脸上露出委屈的模样，看得江凛心脏发紧。

"好多年不过，没想起来。"江凛轻声哄她，"不是故意不告诉你。"

听他这么说温宁那点委屈倏然又转变成心疼。

她趴到他的肩膀上蹭了蹭："还好我早就给你准备了礼物。"

"早给我准备的礼物？"江凛手有一下没一下地摸着她的脑袋，尾音低低扬起，像是难得有些意外。

温宁的脸埋在他肩膀上，她闻着他身上熟悉的气息。

她说的是那对袖扣。

"很早就给你做好了。"温宁下巴搁在他的肩膀上，声音轻轻的，"要是你没骗我，应该早收到了。"

江凛落在她发顶的手倏然一顿，喉间发涩："对不起。"

温宁又在他的肩膀上蹭了蹭，故意把语气放轻松："哥哥，你小学是不是没认真学？收礼物不是该跟我说谢谢吗？"

男人沉默了片刻。

随即，温宁感觉他的手落到她下颌上，头被他抬起来。

温宁目光跟他的视线对上。

男人扣在她腰上的手收紧，低声说："谢谢。"

他的眸光仍旧深邃，但温宁这次不用多猜多问，好像也有些明白他并不只是在谢谢她的礼物。

温教授和宁女士预计要晚上九点半才能到家。

温宁这晚如愿在博汇吃到某人亲手做的饭。

吃完晚餐，江凛送她回家。

车行至一半，温宁收到惠惠发来的微信。

惠惠："我奶奶今年又做萝卜干了。"

惠惠是温宁在微博认识的画手，后来熟悉后，温宁得知她住在南城近郊，家里在那边开了个小服装厂。

前两年南城漫展的时候，她和喻佳一起跟惠惠见了面，还去她家玩过一次。

惠惠的奶奶做的萝卜干是一绝，外面裹了层层红润的辣椒面，又香又脆。

温宁和喻佳都非常喜欢，可温宁此刻盯着惠惠的头像，心里忽然轻轻一动。

她低头跟惠惠认真聊起了天，车一路开进小区地下停车场，她也没注意。

直到男人沉沉的嗓音忽然在耳边响起："跟谁聊得这么认真？"

他开车从不爱听音乐。

温宁现在跟他坐在前排，偶尔会连上手机放她的歌单，但大部分时间，他车里总是安安静静的。

因而此刻他忽然一出声，惊得温宁心里一跳。

温宁倏然关了手机屏幕，偏头看向他，愣愣地啊了声："哥哥你说什么？"

江凛轻轻抬了抬下巴："跟谁聊得这么认真，到了都没发现？"

温宁抬起头，一瞬看见他们已经到了小区的地下车库。

温宁："……"

男人表情淡淡的，一点情绪都看不出来。

温宁指尖钩住他搭在方向盘上的手指，跟他撒娇："在跟一个小姐姐聊天啦，到了你怎么也不和我说一声？"

江凛目光在她细细的指尖上落了一秒。

"明天有空吗？"

温宁差点点头，忽然又反应过来，忙摇摇头。

"没有。"温宁晃晃手机，"小姐姐约我去她家里吃她奶奶做的萝卜干。"说完温宁又冲他皱了皱鼻子，补充一句，"你要约我也不知道趁早。"

江凛目光又在她轻颤的睫毛上落了一瞬："去几天？"

"两三天？"温宁抬头，眼巴巴地看向他，"要是你周四真的不打算过生日的话，也可能五天？周末回来陪你好不好？"

驾驶座上的男人静静地看着她没说话。

温宁指尖捏紧手机，心跳怦怦跳得毫无节奏。

她指尖钩着他的手指，轻轻晃了晃，继续撒娇："好不好吗？"

"记得给我打电话。"江凛终于开口了。

温宁松了口气："会的会的。"

12月9日，周四。

下午4点30分，沈明川进入南城金融中心A座，经由CM专用电梯一路上至顶层。

沈家太子爷不爱对外露面，CM资本却几乎人人都认得他。

沈明川一路畅通无阻地到了江凛办公室门口，随手敲了两下门，没等里面开口，自己就先打开了门。

他走到江凛办公桌前，自己拖了张椅子坐下。

"过来出差，计远跟我说你在公司，我还不信。"

江凛正在看文件，头也没抬。

他知道沈明川不是来出差的。

沈明川说话欠归欠，作为发小却是没话说，这些年每到这天，只要他不忙，都会过来找江凛一趟。

沈明川不跟他提生日，不带蛋糕，就是跟他随便吃顿饭，或找个地方喝点酒。

"计远在忙，渴了自己倒水喝。"

沈明川"啧"了声，自己起身过去倒了杯水，又悠悠地在他面前坐下。

"我上周末就让喻佳帮忙转告你们家小朋友了，怎么她今天居然没陪你吗？"沈明川把水杯放下，笑得幸灾乐祸，"让你骗别人那么久。"

门口这时又响起了敲门声。

"进来。"江凛说。

徐司机从外面走进来，恭谨地给他递过来一个小袋子："东西从温小姐家取来了。"

江凛终于抬头，抬手接过来。

徐司机没再多留。

等办公室的门又被关上，沈明川继续幸灾乐祸："我记得温宁以前很黏你啊，上车都要往你怀里扑，今天都不来陪你，一件礼物就给你打发了？"

江凛没搭理他，拿出袋中的东西，拆开包装，里面是一个眼熟的黑色绒盒。

江凛心里轻轻一动，打开盒子，看见里面果然是一对袖扣，选材、做工和配色等都和她送他的另一对十分相似。

只是这对是菱形的。

江凛垂眸，取下今日袖口上佩戴的袖扣，转而戴上这对。

沈明川没眼看："至于吗？一对袖扣而已，多贵重的你没见过，至于现在就着急忙慌地戴上吗？"

这副袖扣也和另一副相似，不太方便佩戴。

她也就亲手帮他戴过一次。

江凛慢条斯理地把袖扣戴好，才缓缓抬眸，平静地瞥他一眼："喻佳没给你送过礼物？"

"她是我什么人吗？"沈明川冷笑，"她送礼物，我还不见得收呢。"

江凛指腹轻轻抚过袖扣："你打算就这么一直不清不楚下去？"

沈明川又冷笑了一声："是我要不清不楚的吗？是她下了床就翻脸不认人，这个女人根本没有心。"

"你嘴里又能有什么好话？"江凛一针见血地说道。

沈明川："……"

"算了，不说她。"他敲敲江凛办公桌桌面，"一起吃顿晚饭？"

江凛点头："等我看完这份文件。"

十分钟能看完的文件，江凛看了半个小时。

五点下班，沈明川跟他上车去附近一家餐厅吃饭。

到的时候，他忽然想起还没带温宁来过。

江凛在这边有个固定包间。

计远提前打过电话，餐厅经理亲自来车库迎他们。

点好单，沈明川跟他随口聊江家最近的项目。

江凛听了两句，一侧的手机响了一声。

江凛拿起手机，那是微信提示音响了。

小猫："礼物收到没？"

江凛拍了张袖口的照片给她发过去。

小猫："你自己戴上了吗？我还想等我回来再帮你戴的。"

江凛："又不是第一次戴。"

小猫："也是。"

小猫："你是不是下班啦，吃饭没有？"

江凛："和沈明川在外面吃。"

江凛指尖顿了顿，想说店里的鱼不错，周末带她过来。

小姑娘已经又发了一连串的消息过来。

她打字速度向来快。

小猫："……"

小猫："沈明川来南城啦？"

小猫："那你今晚吃完饭还会和他继续在外面玩吗？"

江凛唇角轻轻勾了下："不玩。"

小猫："那你是还要回去加班吗？"

小猫："你虽然不过生日，但今天毕竟特殊，就也别加班了吧，早点回家休息啊。"

小猫："我等下空了跟你视频啊。"

江凛："好。"

小猫："那说好了啊。你不许又骗我，我等下随时可能发视频来查岗的。"

小猫："你要不在家的话，这一个月就都别想约我了。"

江凛："嗯。"

"你到底有没有在听我说话？"沈明川声音忽然大了几分。

江凛头也没抬："你继续说。"

沈明川："……"

博汇，温宁看到他说今天沈明川过来，一颗心就七上八下的。

直到他答应她会早点回家休息，她才稍稍放下心。

温宁放下手机，透过镜子，看到自己刚换上的衣服。

惠惠从小在家里的服装厂耳濡目染，学的就是服装设计，今年刚毕业，她也没找工作，早两年就打算自己做一个服装品牌。

她积攒了不少粉丝，家里有个厂子随便她折腾，现在网店已经开得有模有样了。

除了自己服装品牌的衣服，惠惠私下还会折腾些偏向自己喜好的二次元衣服。

温宁现在身上穿的这一套是她亲手画的草稿，惠惠帮她修改后，又让人这两天帮她连夜加工赶出来的。

她第一版画的其实更性感一点。但惠惠说她没胸，性感不起来，要她改成可爱点的。

温宁盯着面前的镜子，不知想到什么，耳朵倏然红了起来。

算了，他又不是第一天知道她没料。

这么折腾一番，温宁已经开始有点饿了。

这个男人当初怎么就脸不红心不跳地骗了她那么久的？

温宁溜去厨房，拉开其中一个橱柜。里面堆着满满的零食，都是他给她准备的。

身后的猫尾巴随着她下蹲的动作蹭到了地面上，温宁皱皱鼻子，捡起来。

这衣服真麻烦。

宁女士和佳佳说得没错，太便宜他了。

温宁一手拿着尾巴，一手艰难地挑挑拣拣，终于翻出一个盒装蛋糕。

吃完蛋糕，她打开冰箱，里面有盒草莓。

温宁也没敢多吃，吃两颗，又溜回了卧室。

温宁在他床上趴下——没办法，躺着尾巴会硌得慌。

她打开微信，又给他发消息："你吃完了没？什么时候回家呀？"

手机很快响了声。

哥哥："到楼下了。"

温宁："……"

他怎么就到楼下了？

他不是在跟沈明川吃饭吗？他怎么这么快？

温宁急急忙忙从床上爬起来，又去镜子前看了眼，刚刚偷溜出去吃东西，又在床上蹭了蹭，猫耳朵果然歪了。

她把猫耳朵扶正，也没时间仔细检查其他地方，又急急忙忙地溜回卧室。

他回来应该也不会立即就进卧室吧？

他每次在门口取手表，取领带、眼镜什么的，都要花上好几分钟。

她慌什么啊？

温宁半跪在他床上，想着回个消息问问他到家打算先干什么，可手心出了点汗，手机没拿稳，从掌心滑落，摔到床面上。

她弯腰去捡，结果把手机碰出去更远。她也没跪稳，半扑在床上。

江凛进来时，看到的正好是这一幕。

小姑娘细软的腰露了一大截，被身上那点不多的黑色布料衬得越发白皙。

她大约也是听见了脚步声，抬头怔怔地看过来，脑袋上的猫耳朵也跟着轻轻颤了下。

569

她向来不会撒谎，一心虚就爱转移话题，扯东扯西讲一大堆。

周日他送她回家时，她就不对劲。

江凛猜到她今天可能要给他准备什么惊喜，但没猜到她给他的惊喜是她自己。

他脚步倏然一顿。

温宁还没够到手机，就看见男人忽然出现在卧房。这跟她想象中的场景完全不一样。

男人在离床还有一米的距离停下，脸上仍看不出任何情绪。

温宁脑子有点短路，看着他眨了眨眼，不知怎么就冲他轻轻叫了一声："喵。"

下一秒，温宁看见床前男人的眼神终于变了。一刹那，满满都是银框眼镜也压不住的侵略感。

他仍站在原地没动，表情也仍然平静，目光落在她脸上，右手却抬起来，单手扯松了深色的暗纹领带。

温宁抿抿唇，感觉心跳好像停了一拍，又好像忽然跳得更快。

江凛终于动了，一步步走到床边，走至她这一侧的床头柜边。

温宁愣愣地从床上坐起来，一屁股坐到猫尾巴上，也没注意。

男人停在床头柜边，开始慢条斯理地继续解领带，解白衬衣最上方两粒扣子，解手表，最后解的是她今天送他的袖扣。

温宁终于知道他为什么会这么快就进卧室了，他在外面只脱了西装外套。

袖扣稍稍有些难解，男人动作却全程都不紧不慢，和极具侵占性的目光截然相反。

最后一粒袖扣解下，男人取下银框眼镜，不急不缓地把法式袖口慢慢挽起，露出肌肉线条漂亮的手臂。

骨节分明的手上青筋凸起，让人看得心口发热。

温宁下意识往床的另一侧缩了缩。

细白的脚腕却倏然被那只大手攥住，随即她整个人被拖回他这一侧，猫尾巴被压在尾椎骨下，因为拖曳的动作产生摩擦，身体里像是蹿起一阵细麻的电流。

"躲什么？"男人终于开口了。

温宁手指攥紧了身下的被子，目光对上那双完全不再遮掩侵占性的黑眸，心尖又颤了下，弱弱地说："我觉得你现在的表情像是想要吃了我。"

江凛居高临下地看着她："你穿成这样，不就是来给我吃的？"

温宁试图抽出脚，没抽动。

他的力度不至于弄疼她，却也没让她有丝毫挣扎的可能。

这个男人怎么忽然变得这么可怕。

"才不是。"她小声瞎扯，"这我就穿给你看一下，你不要多想。"

这个解释真的太过苍白。她都不信，他怎么可能信？

男人忽然松开她的脚踝。

温宁来不及收脚，他却忽然倾身靠过来，青筋微凸的左手撑在她的身侧。

距离一瞬被拉得极近，温宁呼吸停了一拍，看见他右手抬起，像是碰了下她头上的猫耳朵。

温宁听见他冷静地说："衣服等下就这么穿着？"

温宁："……"

男人温热的手缓缓下落，终于落到她的耳朵上："要我也穿着衣服吗？"

温宁："……"

他轻轻捏了捏她的耳垂，语气冷静得像是在给她解释专业知识："不是最喜欢看我穿衬衫？"

温宁紧张到快要不能呼吸了。

"算了。"

江凛伸手，轻松地将她从床上抱起。

温宁听见他声音低低地落在她的耳边，带着点和平时不太一样的沙哑质感。

"第一次。"他低声说。

温宁心尖还在发颤，明知这个男人现在浑身上下都透露着危险，却还是下意识地搂住他的脖子。

第十四章
喜欢

xi a guan

热水从花洒中细细密密落下来，玻璃单独隔出来的一方小空间里热气开始慢慢升腾。

温宁被男人抱在怀里，微微踮起脚，闭眼仰头承受着他的亲吻。

身后毛茸茸的尾巴被浸了水，重量增加不少，沉沉地坠在身后，让她根本无法专心。

温宁忍不住轻轻推了推他。

江凛稍稍退开："怎么了？"

"尾巴有点重。"温宁睁开眼，目光再次撞进他浓黑的眼中。

温宁听见他低声说："帮你取下来？"

温宁和缓下来的心跳倏然加快，她揪住他皮带上方的那粒衬衫扣子，几不可察地点点头。猫尾巴连同其他的束缚一起被取了下来。

温宁没抬头，也能感觉他落在她身上的目光。

她脚尖不在自地蜷了蜷。

男人还是一丝不苟的打扮，黑西裤被皮带束紧，衬衫只是解了最上方的两粒扣子，法式袖口稍稍被挽起。

衬衫被水打湿后，隐约露出了里面紧实的腹肌，反而更性感。

下巴忽然被他捏住，温宁被迫抬起头，目光再次撞进他的眼中。

洗完澡，温宁被他用大大的浴巾裹着，抱出淋浴间，放坐在洗漱台上。

台面瓷砖冰冷，激得温宁脚趾轻轻缩了下，这个场景和姿势太过熟悉，温宁心尖也跟着轻轻缩了下。

面前的男人浴袍也是黑色的，黑发搭在额前，因为眸中的侵略感不再遮掩，整个人带着肃冷的凌厉感。

温宁怔怔地看着他，心跳又再次加速。

下一秒，江凛的大手倏然朝她伸过来。

温宁放在冰冷洗漱台上的手指蓦地收紧。

那只手却擦着她的耳边径直往后。温宁也不由得往后看去，看见他拿起了吹风机。

他开始帮她吹头发。

他会细致地帮她吹干每一根发丝。

这种细致温柔，和他本人极具压迫感的气场有种截然相反的矛盾感。

时间一分一秒过去。

江凛还在耐心地帮她吹头发，直到每一根发丝都干了。

他将吹风机往旁边一搁，伸手抱起洗漱台上的小姑娘。

温宁有些猝不及防，忙手脚并用地挂在他身上，听见男人低低地在她耳边开口："今晚还很长，你又逃不了。"

温宁："……"

温宁跌落在柔软的大床上，目光再度撞进男人幽深的黑眸中。

他轻缓地碰了碰她的脸颊，像是在跟她做最后确认："确定想好了？"

温宁忍不住瞪他："你好烦啊。"

她没否认，在这时候就等于确认。

江凛眸中有暗色翻滚。

"那等下后悔也没用了。"他的语气听上去居然还是冷静的。

温宁指尖揪紧一侧的被子。

然后温宁听见他淡声开口："不舒服就咬我。"

床头柜上的表直到时针转至夜晚十点，室内悄然无声。

温宁趴在江凛怀里，连一根手指头都不想动。

江凛指腹顺着她的眼尾一寸一寸滑落到她的唇角。

温宁心跳一点点加快，然后她听见他低声问："去洗澡？"

温宁下意识点了点头，忽然又摇摇头："现在几点啦？"

他随手拿起一侧的腕表看了眼："10 点 15 分。怎么了？"

"我还给你准备了个蛋糕，不过现在还早，等下再吃吧。"温宁也一身的汗，但又不想动，她贴在他的肩膀上，跟他撒娇，"你抱我去洗。"

半个小时后。

温宁坐在餐桌边，捂住了脸。

江凛正在厨房给她煮面。

男人很快端了两碗面出来，小的那碗放在她面前，然后他拉开她旁边的座椅。

温宁瞥了眼他面前那碗同款面条："你也饿了吗？"

"晚上没吃多少。"江凛在她旁边坐下。

她用脚尖踢踢他："你是不是猜到我今天会过来？"

江凛偏头看她："你想听真话还是假话？"

温宁："……"

温宁撇开视线："我什么都不想听，我要吃面了。"

也不知是真的饿了，还是她现在对他有滤镜，温宁觉得这碗面条好吃得有点出乎意料。

吃完趁着他把碗放回厨房，温宁把蛋糕拿出来。

他们俩都不爱吃甜食，她只订了个小蛋糕。

温宁点好蜡烛，坐在刚才的位置上，偏头看向旁边的男人，也没祝他生日快乐，只问他："哥哥你要许个愿吗？"

自她那年哭着从他房门口跑开，江凛就再没在生日许过愿。

但没等他回答，小姑娘又自顾自地接着道："不然我来许愿吧。"

江凛抬抬下巴："好。"

"你为什么不问我为什么你过生日，却是我来许愿？"温宁问了他一个很绕的问题。

他顺着她的意思问道："为什么？"

"因为……"温宁顿了顿，牵住了他的手。

江凛反握住她的手，没让她继续乱动。

旁边小姑娘轻轻软软地说："因为你的出生，对我来说，是一件值得庆祝的事。"

江凛握在她手上的力度倏然加重。

温宁抿了抿唇。

"江凛。"温宁叫他的名字，"不管他们爱不爱你，但我爱你。"说完，温宁又不自在地抿抿唇。

餐厅安静了一瞬。

可能过了有半分钟，江凛终于开口："过来。"

温宁愣了下："啊？"

男人没等她继续反应过来，空着的那只手臂一伸，轻轻松松将她抱到了他的腿上。

下一秒，温宁被他重重搂进了怀里。

"许吧。"他说。

温宁又怔了下："啊？"

"不是要许愿吗？"江凛的手指落到她的脸上，帮她把刚才压到脸上的头发捊回耳后，

他指腹又回到她的脸上："只要你想要，只要我能做到，我都帮你实现。"

温宁与他视线相对。

男人表情已经完全恢复冷静，眼里也没有什么翻涌的情绪，只剩下一片柔和，还有爱意。

温宁心里软成一团："真的？"

男人点头："真的。"

"我想想啊。"温宁故意拖着调子。

江凛轻轻捏了捏她的脸颊："你可以慢慢想。"

温宁眼睛弯了弯："那我现在确实有个心愿想要你帮忙实现。"

"说吧。"江凛说。

温宁指尖揪住他的衣服："我希望你以后再想起今天是开心的，希望以后这一天对你来说也是值得庆祝的。"

江凛静静地看了她两秒，又重新将她搂回怀里。

"已经是了。"

温宁趴在他肩膀上蹭了蹭："那就好。"

江凛手轻轻抚摸她的头发："我刚才的话一直有效。"

"那你好亏。"她小声说。

她只是花钱买了个小蛋糕，说了几句好听的话而已。

"不亏，你人都是我的了。"男人声音低低地落在她的耳边。

温宁心跳莫名又漏了一拍。

"回卧室？"他低声问。

"蛋糕还没吃呢。"她小声说。

江凛一只手还在轻缓地触碰着她的脖颈，空着的那只手长臂一伸。

温宁回过头，看见他随便拿叉子叉了一小块蛋糕，递到了她的嘴边。

"我是说你没吃。"

今天又不是她生日。

江凛目光沉沉地看了她两秒："这样不就行了？"

他忽然靠过来吻住了她。

江凛捏了捏她的下巴，她不自觉地张开嘴。

他的舌尖抵进来，卷走她嘴里仅剩的那点奶油。

温宁轻轻推了推他。

江凛退开些许，唇几乎还贴着她的唇："怎么？"

"奶油味不适合你。"温宁小声说。

这一晚确实格外漫长。

温宁不记得后半夜具体是什么时候睡着的。

次日她迷迷糊糊地醒来，趴在男人的胸膛上，眼睛还有点睁不开，小声问他："几点啦？"

"两点。"他低声回道。

温宁稍稍清醒点："几点？"

"下午两点。"江凛回道。

这么晚了吗？

她委屈地道："我饿了。"

江凛摸了摸她绯红的耳朵，感觉小姑娘又在他怀里轻轻颤了下，声音压低："抱你去洗漱？"

温宁还不太想动："再躺几分钟。"

她重新闭上眼，又想起今天是周五。

"你今天不用去公司吗？"她问。

江凛指尖穿过她柔软的头发："晚点去。"

"晚点还要去啊？"温宁低低接了一句。

温宁刚想说那她等下回家好了，就听男人声音重新响起："要不要跟我一起过去？"

温宁："……"

温宁抬起头。

江凛的手落到她脸上，他垂眸看着她："昨晚我和沈明川吃饭的店就在附近，那里的鱼不错，晚上顺便带你去吃。"

温宁嘴角翘了翘，故作矜持地问："会不会不方便啊？"

"只看你方不方便。"江凛说。

温宁眨眨眼："……"

男人脸上还是不见什么表情，声音却极其温柔："还疼吗？"

温宁："……"

温宁脸倏然又红起来，忍不住又咬了他一下。

江凛由着她咬："我看看。"

等到洗漱完，温宁坐到餐厅吃饭，脸上的热度还没完全消散。

吃完饭，温宁跟他去公司。

博汇就在金融中心附近，从这里去他的公司，开车就几分钟的路程。

温宁一直想去他公司看看。那是他一手创办的公司，毕竟公司名字多少和她有点关系。

但真到了CM，被他牵着一路往里走，温宁忽然又有点后悔——因为她发现她好像不是来参观的，更像是来被人参观的。

直到进了他的办公室，所有好奇的目光都被关在门外，温宁才稍稍松口气。

她偏头看向旁边的男人，故意问他："你就没带过别的什么漂亮小姐姐来公司？怎么你们公司员工一个个都惊讶成这样？"

江凛瞥她一眼："我带谁来？"

"谁知道呢？"温宁边说边打量他的办公室，两面落地窗，相当宽敞，主色调还是黑白灰，"机场再见前，我那么多年没见过你了。我还没成年，你就创办CM了，谁知道你有没有带漂亮小姐姐来过？"

男人轻笑了声："现在知道了。"

温宁嘴角也勾了下，又压下来，继续装傻："我知道什么呀？"

江凛牵着她一路往里走，推开办公室内的一扇门。

温宁乍一看，还以为他办公室有条直通博汇的通道，里面这间屋子跟他在博汇的次卧几乎装修得差不多。

"休息室啊？"

江凛点头，低声问她："要不要再睡会儿？忙完我叫你。"

温宁刚起床不久，完全没困意。她回头又瞥瞥他的办公室，里面有一个宽敞又柔软的沙发。

"我在外面会打扰你吗？"

"不会。"江凛关上门，牵着她往回走，"只要你不觉得无聊。"

"不无聊啊，我怎么会无聊？"温宁顿了顿，又故意看他一眼，"我昨天正好抽了张新卡，可以和我老公约会。"

江凛脚步一顿，语气也听不出情绪："还没约够？"

温宁："……"

温宁总感觉他像是话中有话。

反正不管有没有，她一概装作没听懂，不接他的话，就不容易被他套路。

温宁松开他的手："我去沙发上躺着。"

在沙发上躺好后，温宁也没玩游戏。

她没拿耳机，开声音怕打扰他。

温宁随手点开微博，但有些心不在焉，总时不时抬头去看他。

男人坐在办公桌后，像是正在认真看文件。

忽然有敲门声响起。

江凛没抬头："进来。"

温宁："……"

他都不让她回避一下吗？

她忙从沙发上起来，拿着手机坐好。

计远和一个看着三十岁左右的男人进来了，男人合身的黑西装里面穿了件质地良好的花衬衫，领口松松垮垮地解了两三粒扣子，长相不是特别出挑，但气质还不错。

计远目不斜视地走到办公桌前，他旁边的男子却直直往她这边看过来。眼神里满是好奇的打量，就和刚才外面的人一样。

温宁平时出门，也没少被人看，但今天频繁被打量，却不是因为她本人，而是因为办公桌后的人，她多少有点不自在。

她指尖揪了揪手机吊坠，随即听见江凛叫她："宁宁。"

温宁往他那边看过去。

江凛抬抬下巴："先去休息室待会儿。"

温宁不知他们是不是要聊正事，乖巧地点了点头，忙拿着手机去了里面的休息室。

没等她关严休息室的门，男人低沉的声音又从外面传进来："还没看够？"

温宁关门的动作一顿。

随即是一个陌生的男声响起："能让铁树开花的姑娘，我可不得仔细瞧瞧？

藏得这么紧，今天怎么舍得带过来了？啧，你不知道，公司现在所有群都在说咱们江总今天牵着个漂亮的小姑娘一路进了他的办公室。"

对方语速飞快，此刻稍稍停了停。

温宁听到这儿，不免有点好奇，就没继续关门，悄悄站在门口偷听。

对方继续道："你谈恋爱的事情已经迅速传遍了整个公司，我们公司现在有一大半的小姐姐估计要伤心了，我等下得让行政给她们每个人订束花安慰一下。"

"你进来就是说废话的？"男人的声音终于又响了起来。

"也不是，主要是来看你的小女朋友的，还好我今天没……"

他话没说完好像被某人打断了："计远，你说。"

计远："陆总是来跟您讨论驰远那个项目的。"

外面终于开始聊起了正事，温宁轻轻把门带上。

休息室隔音效果不错，谈话声被全然隔绝在外，她瞬间什么也听不到了。

温宁又在门边站了会儿。

她跟他来了 CM，亲眼看见他一手创办的公司，看见他工作，听着他和公司的人聊天，她好像才终于有一种完全融入了他生活的踏实感。

温宁穿着外出的衣服，就没往他的床上躺，拿着手机躺在了沙发上。

里面听不到外面的声音，外面应该也听不到里面的声音。

温宁就放心地点开游戏。只是她今天有点神思不属。

温宁耐着性子慢吞吞地玩着游戏。

她随手打开微博，打算玩会儿微博打发时间，手机里就跳出条消息。

哥哥："出来。"

温宁瞬间退了微博界面。

她打开门，外面已经一片安静，不知道计远和陆总是不是已经不在他的办公室了。

温宁从门口探出个小脑袋。

办公桌后的男人这时正好把办公椅转过来，她的目光瞬间撞进了男人那双浓黑的眼中。

江凛轻笑了声："你这是做什么？"

"看看他们走了没有嘛。"温宁趴在门边回他。

江凛朝她招了招手："过来。"

温宁松开休息室的门把手，走到他边上，又跨坐在他的腿上。

江凛抱好她，把办公椅又转回去，面朝门口。

"刚才穿花衬衫的男人也是你们公司的人吗？"温宁问他。

江凛："我同学，也是公司的合伙人。"

温宁："我刚刚听到他说你谈恋爱的消息一传出去，你们公司有一半的女生要伤心了。"

她顿了顿，现在在公司，她怕把他的衬衫弄皱，就只揪了揪上面的纽扣，"这是怎么回事？"

男人看着她，表情淡定地道："他乱说的。"

"真的吗？"温宁不信。

江凛指腹落在她的脸颊上："不信你以后就常过来。"

温宁："……"

温宁轻轻哼了声："看我以后的心情吧。"

江凛捏了捏她的脸颊："行。"

温宁在他的手上贴了贴："你忙完啦？"

"没有。"江凛说。

温宁："……"

"那你就叫我过来做什么？"

"你说呢？"

男人眸色像是更黑了几分，一边说，指腹一边顺着她的脸颊一寸一寸地向下滑落至她的唇角。

温宁心跳一点点加快。

今天起床到现在，他还没亲过她。

他的指腹停在她唇角，他轻抚了两下，脸也靠近几分。

冬日的太阳透过落地窗照进来，他身后是一排书柜，上面放着许多文件夹。

温宁忽然想起这里是他的办公室，心跳得厉害。

"会不会有人进来？"她小声问。

江凛手指已经扣住了她的下巴："不会。"

男人说话时，呼出的气息打在她的唇上，温宁指尖不自觉揪住了他的西装外套，又松开。

他们堪堪贴近的一瞬，身后的内线电话突然响了起来。

温宁心跳重重地漏了一拍。

外面全是人的办公室果然就是比家里刺激好多啊。

她退开少许："你电话响了。"

江凛把她按回怀里："不用管。"

温宁瞬间贴上他的胸膛："万一有急事呢。"

"那你帮我接。"江凛抬抬下巴。

温宁："……"

疑惑归疑惑，温宁还是伸手去帮他拿电话，刚一碰到听筒，男人指腹又轻轻在她的脖颈上碰了下。

听筒差点没拿稳。

温宁回过头，不由得在他的下巴上轻轻咬了口。

江凛由着她咬，顺手接过她手中的听筒，声音微沉："不是说不要打扰我吗？"

"江总。"计远的声音从里面传过来，"您……"

他只来得及说一个字，办公室的门忽然被人重重推开。

温宁听见动静，下意识回过头，看清闯进来的人时，她倏然一愣。

江冽？他怎么来了？

江冽身后跟着江凛的秘书，温宁今天进来时，对方也在门口好奇地打量了下她，然后冲她甜甜笑了下。

此刻她穿着高跟鞋，一脸歉然地道："抱歉，江总，我们没拦住。"

"没事。"江凛淡声道，"出去吧。"

秘书姐姐颔首，随后退出去，帮忙关上门。

温宁是还有点没反应过来。

抱着她的男人没什么表情，像是江冽的意外闯入丝毫影响不了他的情绪。

最后是江冽先开口："你……"他可能来得急，稍微有点喘，往里走了几步，又顿了顿，脸上满是不可置信的表情，"你们这是什么情况？"

温宁这才终于完全回神。

在外人面前，她还是不好意思坐在他怀里的。

温宁打算从他的腿上下来，可她刚一动，男人搂在她腰上的手倏然收紧了力度。

她瞬间又被他重重地按回他怀里。

温宁："……"

"她没和你说清楚吗？"江凛声音平静地在她耳边响起。

温宁完全无法动弹，乖乖地坐在他的怀里。

她回过头，看向办公室中间的江冽。

江冽从澳洲赶回来，就是因为郑瑜前两天忽然给他打电话，说温宁其实没出事，现在还跟他哥在一起了。

江澄垂在一侧的手紧握成拳："哥，她是我的未婚妻。"

江凛表情仍没什么变化："她什么时候成你未婚妻了？"

江澄没来得及回答，就见办公桌后的男人又垂下眼，旁若无人地抬手将怀里小姑娘脸颊边的碎发掖至耳后，声音比刚才轻了几度："你什么时候成他未婚妻了？"

温宁："……"

他为什么又问她一遍？

温宁看了他一眼，又看向江澄："江二少爷，不知道您是不是贵人多忘事，我们两家的婚约从来没落定过，我当初也只是答应和你见面先相处一下试试。"她顿了顿，把问题抛回去，"我什么时候成你未婚妻了？"

江澄答不上来，感觉胸口里像是被什么堵住，憋得厉害。

他闭了闭眼，缓了下："所以那天在 Infraed 里的人就是温宁？"

江凛点头："是。"

江澄："……"

他当时说什么来着：你要不要把嫂子介绍给我认识一下。

温宁还用他介绍吗？

江澄也点了下头："那时你们就在一起了，所以你才特意回家，跟爷爷提议让我去澳洲？"

温宁再次转回去看他。

这又是怎么回事？

她记得当初江澄去澳洲的时候，论坛里还有人在讨论是不是江澄有望入主江科。原来让江澄去澳洲是他的意思？

男人漫不经心地点了下头："是。"

"所以《秘密》剧组里不是有人长得像温宁，温宁就在《秘密》剧组，难怪我和柳……"江澄顿了顿，本来想说他和柳筱，但在温宁面前提这个名字并不合适，"难怪我那次去《秘密》剧组，有工作人员一直在拦我，要是没撞上你，我是不是也进不去？"

温宁："……"

温宁转回去，盯住抱着她的男人："这又是怎么回事？"

他还瞒了她多少事？

江凛捏了捏她的脸颊，声音像是又轻了几度："你妈的意思。"

温宁想起来了，刚从国外回来的时候，宁女士好像特意给郑瑜打了个电话，请她让江澄别去打扰自己。

宁女士后来给她发微信，说江老爷子把这件事托付给江凛了，还给她发了他的手机号码。

她当时要是加了他，他会不会更早暴露？她估计也不会。她根本就玩不过这个男人。

温宁又瞪了他一眼，但江凛在办公室，她也不好现在找他算账。

她再次转过头看向江凛，补充了一句："我回国的时候，我妈特意打电话给郑女士，让你别来打扰我。"

江凛握成拳的手忽然松开。

他怔怔盯了温宁几秒："我能单独跟你聊聊吗？"

她揪了揪他的西装扣子，小声问他："我去和他聊聊？"

江凛又抬手拨了下她耳边的头发："你想和他聊？"

他眼神仍辨不出什么情绪，帮她拨头发的动作也轻，但扣在她腰上的手又收紧了几分。

温宁莫名感觉这句话是"你敢和他聊试试"。

她松开他的西装纽扣，钩住他的食指指尖，轻轻晃了晃，小声跟他撒娇："一次性说清楚也好的嘛，聊完我就回来陪你呀。"

江凛目光在她细白的手上看了一秒："楼下有间咖啡馆，给你二十分钟。"

温宁乖巧点头。

男人没再说话，扣在她腰上的手却也没动。

温宁："……"

温宁揪着他的手又轻轻晃了晃。

江凛终于松了手："二十分钟后，我下去接你。"

温宁从他怀里下来，跟江凛一起去了楼下的咖啡馆。

咖啡馆开在寸土寸金的金融中心，地方不大，没有包间，但今天是工作日，又没到下班的时间，店内客人不多。

温宁挑了个靠里的位置坐下。

服务员送了菜单上来。

江凛问对面的小姑娘："你喝什么？店里的摩卡还行。"

温宁："……"

他和郑瑜口味倒是一致。

"我自己看吧。"

点好单，温宁随口问江凛："你要和我说什么？"

江凛看了她几秒。

小姑娘正在揪手机上的挂件，长长的睫毛低低地垂着，手指细白，像是刚跟他一起待了不到几分钟，她就已经开始觉得无聊了。

他这几年换了好些女朋友，每一个都和她有点相似之处，每一个都漂亮，但没一个漂亮得这样灵动。

"我哥是真的喜欢你吗？"

温宁："……"

温宁没想到江冽找她聊天，开场白是这一句。她揪猫猫挂件的动作停了下，有点莫名其妙："你问这个做什么？"

"我知道我没立场反对你们什么，要是我哥真喜欢你，我也祝福你们，只是我小时候不懂事，经常抢他东西，我怕……"江冽稍稍顿了顿。

温宁终于慢吞吞抬头看了江冽一眼，接过江冽的话："你是怕他是因为我和你相过亲，所以故意和我在一起？"

江冽移开视线，目光看向桌上的鲜花："也不是，就是我哥这个人心思深，我爷爷现在都常说不知道他在想什么。你年纪小又单纯，我就是跟你确认一下。"

温宁继续揪她的挂件："心思深好啊，我就喜欢他心思深。"

江冽："……"

"那就好。"他又停了下，"虽然你可能不太需要，但我还是想正式跟你道歉，当年热搜的事，虽然是我喝醉酒了，但确实是我不对，后面我不知道你没出事，不然也不会换这么多女朋友，不管你信不信，我是真心喜欢你的，当时也是真的希望婚约能落实的。"

服务员刚好过来送咖啡。

温宁接过她那杯，拿起勺子轻轻碰了碰上面的拉花，然后才问江冽："当年我把那只小瓷猫送给你哥之后，你是不是立即过去找他要了？"

江冽不知道她怎么忽然问这个问题。

他无意识地搅了两下咖啡，才缓慢点了下头："是。"

温宁垂着眼。她其实已经完全不太记得当时的情景，甚至她幼时的记忆里就根本没江冽这个人，就连当时还是少少年的江凛，她也只是有点模糊的印象。

沈明川那晚也没和她说太多细节，但他现在这样聪明，小时候想必也差不到哪儿去，又是从小被江老爷子当继承人培养，多半可能会比同龄孩子心性要成熟些。

既然他是真的喜欢她送的东西，哪怕将来可能留不住，也不会在她还没走的时候，就砸烂她送的礼物。

唯一的可能就是，他当时已经要留不住那只小瓷猫了。

他记了她那么久，不只是因为当时五岁的她偏心过他，还因为她偏心他，他却被江洌逼着或者说被江家几个长辈一起逼着不得不砸烂了她送的礼物，还被她正好撞见。

他再聪明，当年也只有十一岁，当年也只是个无能为力的小孩子。

换成她，这种无力感怕是也会记一辈子，更何况他自小就骄傲。

"那你也能确定你是真的喜欢我……"温宁顿了顿，终于抬起头，"而不是因为我是你从他那儿成功抢走的唯一一样他真的在乎过的东西吗？"

虽然用"东西"来形容自己好像不太好，但温宁确实不知道她在这位江二少爷心里是不是就是这个定位。

江洌愣了下，随即苦笑："我忘了，你小时候就偏心我哥。"

温宁理所当然地点点头："他是我男朋友，是我喜欢的人，我当然偏心他。"

"我刚才就说过了。"江洌说，"你可能不信，但我真的很喜欢你。"

温宁一边继续拨弄着咖啡上的拉花，一边道："可你只要仔细看过当年的新闻，就会知道那场事故并没有遇难者。"

江洌像是又愣了下："可你出事是你爸亲口说的。"

"当初信号不太好，你听错了。"温宁说。

江洌："但没人跟我澄清是我听错了，反而一起瞒住了我。"

她回想了下，语气无所谓地道："好像是因为你当晚夜宿那个女明星家里，第二天又荣登热搜，然后你妈也生气了，就跟你爷爷说让你以后都别再来打扰我，至于你们家为什么选择继续瞒着你，我就不知道了。"

江洌捏着咖啡杯的手倏然一紧："……"

那应该是郑瑜的意思。

江明成不会把心思花在他身上，当时他哥选择自己创业，郑瑜就又开始做起了他能继承江科的美梦，他和温宁的婚约不成，正中她的下怀。

"这件事是我不对，我也没办法给自己找借口。"江洌顿了顿，又苦笑了下，"但你是不是对我要求太高了，你爸亲口说的话，我哥也不可能怀疑吧。"

温宁看着面前的咖啡，毫无想喝的欲望："我说他不会怀疑，你可能也不信，还是会觉得我偏心。"她抬起头，直直地看向江洌，"但是他当年去事故现场找我了。"

江洌握着杯壁的手又紧了几分："他去找你了？"

温宁点点头。

点完头，她忽然觉得跟江洌这样聊天很没意思。

她想江凛了。

温宁把勺子放下："你要是没别的要问的，现在换我来说了吧。"

江冽："你说。"

"如果你所谓的喜欢，有那么一分是真的，我希望你以后不要再照着我的样子找女朋友了……"温宁停顿了下。

这是她今天答应跟他聊天的主要原因，她实在不想再在热搜或八卦论坛和他扯到一起。

"非要找的话，麻烦你看在我爷爷和你爷爷算是故交的分上，看在我现在是你哥哥女朋友的分上，也低调点。"

温宁说完，也不打算多待，正想说她现在就回楼上，目光忽然瞥见一个高大的身影朝她这边走过来。

男人一身正装，气质凛然，店内寥寥几个客人都朝他看过去，他却步履不停，径直走到她的座位旁边。

他也没看江冽，只低垂着眼眸，目光落在她的脸上。

"账单我付了，聊完了吗？"他低声问。

温宁点点头。

"跟我走？"江凛朝她伸出手。

江冽看着面前的小姑娘把小手交到男人的手上，男人手指穿过她的指缝，与她十指相扣。

他牵着她起身，两人向外走去。

江冽看着一高一矮两个背影，只觉得莫名和谐，又莫名刺眼。

两人的背影消失在门口，江冽收回视线，一口喝完了杯子里的咖啡。

咖啡馆外。

温宁摁亮手机屏幕看了眼时间，又偏头看向旁边的男人："你早来了九分钟。"

江凛牵着她继续往前走："我哪次接你没早到？"

温宁："……"

他们回了 CM，她一路被他带着进了他的休息室。休息室的门被他反锁。

温宁心好像也跟着跳快了一拍。

"你锁门做什么？"

"做刚才没做完的事。"

她在他腿上坐好，没来得及说话，下唇忽然就被他咬住。

他的手机忽然响了。

江凛偏头瞥了眼，看见来电提醒上的名字后，眸中剩下的那点暗色瞬间散尽。

他接起电话。

"你说的那个女朋友就是温宁？"对方在电话里问道。

江凛继续帮她整理头发，漫不经心地嗯了声。

"你妈不说，你打算什么时候让我知道？"

江凛："结婚的时候总会让您知道。"

他接电话的动作太快，温宁刚刚也没看清是谁打来的，隐约能听到里面是个略显苍老的男声。

此刻听见他说"结婚"二字，她耳朵不由得动了动，贴得更近。

"什么时候带回来见我见见？"

江凛由着她偷听。

他的指尖还落在她的发尾，他微垂着眼："您要是想反对……"

他话没说完，就被那边打断："我什么时候说反对了，带她过来我见见，长大后我还没见过呢，就下周末吧，下周五你不是要回来开会吗？"

江凛："我先问问她。"

挂断电话，江凛把她脸颊边的头发掖她耳后。

"都听见了？"他问。

温宁点点头："你爷爷吗？"

江凛嗯了声："下周末想跟我过去吗？"

温宁又揪了揪他衬衫扣子，有点犹豫。

"不想去就不去。"江凛说。

温宁感觉江明成在他心里的地位应该多少比郑瑜夫妇要高上一些，起码江明成应该是真心待他的。

虽然方式不对。而且江明成还是她爷爷的朋友。

"不去会不会不太好？"

江凛垂眸看着她："遵循你自己的心意就好，其他的事情我来解决。"

温宁听见他这么说，瞬间安心了，但也没直接拒绝："那我先想想？"

江凛："嗯。"

温宁忽又想起今天刚见过的江浏，想起那天郑瑜那番话，问道："你是不打算回去继承江科吗？"

江凛继续随手拨弄着她的头发，语气极淡："为什么不回去？"

因为那个位置，除了她去他家的那一周，他小时候没有过一天轻松快乐的日子。

只是当年她哭着从他门口跑开的那天起，他就下定决心，以后要或不要什么，只能他自己来决定。

他要郑瑜和江敬元求着他回去，而不是觉得他坐上那个位置就等于亏欠了他们小儿子。

"那你以后是要回北城吗？"怀里的小姑娘声音明显低落了几分。

江凛眸色柔和下来："暂时不回。"

"哦。"温宁低头闷闷应了声。

暂时不回，就说明他迟早要回。

江凛轻轻碰了碰她的脸颊："我让人在北城留了几套房子，别墅和平层都有，相邻的那套也都让人一起留下来了。"

他怎么忽然换了话题？

温宁又微讶地抬起头。

男人指腹还在她的脸颊上轻抚，声音也低："以后暑假你爸妈可以过去陪你，周末或平时有空，我就陪你回来住。"

温宁："听不懂你在说什么。"

"还装听不懂？"江凛捏了捏她的脸颊。

温宁："……"

她才跟他和好多久，或者说，她跟他在一起才多久，他居然想这么远了吗？

温宁继续装傻："什么叫装不懂啊，我就是不懂。"

男人又亲昵地捏了捏她的脸颊："那再等等。"

吃完晚饭，温宁被他送回家。

上楼后，她直接去了对面。

宁女士和温教授并排坐在客厅沙发上，正在一起看电视。

应该是听见了开门的动静，两人一起回过头。

"爸爸妈妈我回来啦。"屋里暖意融融，温宁一边说，一边脱掉外套，随手挂在衣帽架上，她走到两位家长侧边的沙发上坐下。

温时远瞥她一眼："回来得挺早。"

温宁感觉温教授在说反话，她有点心虚："这不是还没到九点嘛。"

温时远没什么表情地点点头："你还知道咱们家有个九点的门禁。"

"当然知道啦。"温宁装出一副乖巧的模样，"前几天去朋友家玩，那不是您答应的嘛。"

温时远："今天怎么不继续玩了？"

"我都快一周没见你们了，你明天又要陪妈妈出差。"温宁冲大家长甜甜地笑了下，"我想着今天回来陪陪你们啊。"

"这么舍不得我们啊。"温时远不看电视，看着她，"那你明天跟我们一起去？"

温宁："……"

她下午才跟江凛说好明天去陪他呢。

"你们去的地方太冷了，等春天我再跟你们一起去玩。"

"那我留下来陪你？"温时远说。

"你陪妈妈就好啦。"温宁感觉要招架不住，目光转向救兵："妈妈你今天真漂亮。"

宁女士这才慢悠悠地瞥她一眼："我哪天不漂亮了？"

"今天格外漂亮嘛。"温宁说。

宁雪兰笑了下："想自己在家待着，就自己待着，不用理你爸，记得妈妈说过的话就好。"

温宁点头："记得的，我去洗手，然后给你们剥橙子。"

去厨房洗完手，温宁剥了个橙子。

"对了，爸爸妈妈，他爷爷说想见我。"

温时远："江老爷子？"

温宁点点头。

温时远接过她手中的橙子，把上面白色的细络仔细又清除了点，转手递给宁雪兰，这才慢吞吞接了一句："那你想去就去一趟。"

温宁："……"

温教授的态度终于松动了？

没等她多想，就听温教授又缓缓接了句："就当是帮你爷爷见见老朋友，这么多年，我们也没去拜访过，是不太应该。"

温宁："……"

温宁吃掉那几瓣橙子："我还没想好呢，决定了再告诉你们。"

陪两位家长看了一个多小时电视，温宁才回了她那边。

洗完澡，她半躺在床上，目光不经意间瞥见了书桌上的小瓷猫。

温宁心里忽然轻轻一动。

她打开微信，给某人发了个视频通话。

视频很快被接通。

温宁看见了他背后那个熟悉的文件柜。

"你怎么又在加班呀？"温宁问他。

江凛抬眸看了眼手机屏幕："你不是明天要陪我？"

温宁嘴角翘了翘："我有事跟你说。"

"什么事？"

温宁扯了个抱枕过来，抿了抿唇，才轻声道："我下周末跟你回北城。"

男人不知是没听清，还是有点意外："你说什么？"

"没听到算了。"温宁有点不好意思再讲一遍。

他的目光透过屏幕落到她的脸上，莫名柔和："我帮你订票。"

温宁："……"

这不还是听见了吗？他又问她做什么？

"头发又没吹干？"江凛突然又开口了。

温宁回神："差不多干啦，我反正又不立即睡。"

"别熬夜。"江凛提醒她。

温宁皱皱鼻子："自己大晚上跑回公司加班，还想管我不熬夜，你今晚要加到几点啊？"

"零点前能结束。"江凛说。

温宁："真的？"

"不信你过来监督？"江凛淡淡地看着屏幕，"我让徐叔去接你。"

温宁："……"

这个男人又想套路她。

"我才不去呢。"温宁抱着枕头，"我不跟你说了，我去玩会儿游戏。"

她再打扰他，估计到零点他还真不一定能结束。

挂掉视频电话，温宁却也没立即玩游戏。

她瞥瞥桌上的小瓷猫，又点开喻佳的对话框。

温宁："帮我个忙呗。"

温宁次日睡到九点才醒，摸过来手机，从飞行模式切回来，就有一条微信跳出来。

哥哥："醒了告诉我。"

发送时间是早上 7 点 02 分。

这个人是怎么做到睡得比她晚，起得又比她早的？

温宁趴在枕头上，给他回消息："醒了。"

哥哥："带早餐过去接你？"

温宁傻笑了下："嗯。"

回完这条，温宁把手机丢在一边，又闭上眼睛。

他过来要点时间，她眯五分钟再起吧。

这一眯，温宁直接再次睡着，直到被手机铃声吵醒。

她接起电话放在耳边，眼睛还有点睁不开："喂。"

"又睡着了？"

电话那头的男声低低地在她耳边响起，半梦半醒间，温宁下意识叫他："哥哥。"

江凛嗯了声："先起来吃早餐？"

"什么早餐啊？"温宁睡得有点迷糊。

江凛："我已经到你家楼下了。"

温宁稍稍清醒，想起之前的微信对话。

她还以为是在做梦。

"那你直接上来吧，我爸妈不在家。"

挂掉电话，温宁又在床上躺了片刻。

等到门铃声响起，她才揉揉眼睛，从床上爬起来，乱糟糟的头发也没理，就去给他开门。

反正她刚起床的模样，他也没少见。

她拉开门，高大的男人站在门口，一身凛然的气场，手上拿着冒热气的早餐。

温宁朝他伸出手。

江凛单手将她抱起。

温宁埋在他的肩膀上蹭了蹭："你今天还用加班吗？"

"不用。"江凛抱着她进门。

温宁问他："那我们等下做什么啊？"

"吃完带你去楼上看看。"江凛屈肘将门带上。

温宁："……"

他的房子装修好了？

吃完早餐，温宁跟他一起去了顶楼。

顶楼空间十分开阔，装修风格和博汇差不多，黑白灰的极简风格，博汇有的影音室、健身房和书房，这边也有，也有一面大镜子。但镜前的洗漱台是双

台盆。收纳柜和置物架也比那边多了不少。

男人低低的嗓音忽然在她耳边响起："有没有哪里不喜欢？我让他们再重新改。"

她偏头看向旁边的男人："你的房子，问我喜不喜欢做什么？"

江凛也垂眸看着她："只要你愿意，它可以随时变成你的。"

屋外的阳光落在男人身上，衬得他的目光分外柔和。

"我要你的房子做什么？"温宁嘴角勾起点小弧度，"是不是逛完啦？"

江凛也不是现在就非要跟她要答案，由着她继续装傻。

他嗯了声，朝她伸手："下去吧。"

温宁把手交给他："我们中午去哪儿吃啊？"

"城南。"江凛牵着她往外走去。

中午去城南吃完饭，温宁就和他回了博汇。

天气实在太好，温宁拉着他去阳台晒太阳。

但他阳台正好朝阳，躺在沙发上，温宁被太阳晃得有点睁不开眼，索性起身，直接跨坐在他的腿上，脸埋在他的肩膀上，太阳光线就只晒到她的背上。

"哥哥。"温宁叫他。

江凛手搂在她的腰上："嗯。"

"问你件事。"温宁指尖戳戳他的肩膀。

江凛："说。"

"从你家阳台能看到我家。"温宁趴在他的肩上，"你是不是因为这个才买的这套房。"

江凛："不是。"

"真的吗？"温宁有点不信。

江凛目光远远落向她家："你那时还没成年。"

"也对。"温宁被晒得有点犯困，"不然你就真的有点变态了。"

"哥哥。"温宁贴在他的颈窝上，"我们晚上吃什么？"

江凛轻轻摸了下她的脑袋，小姑娘头发被日光晒得有点热。

"我在家给你做？"他低声问。

温宁嘴角上翘："好啊。"

"想吃什么？"江凛问她。

温宁："那我想吃的你又不一定会做。"

"可以学。"江凛说。

温宁埋在他的怀里想了想："那吃酸菜鱼吧，不过附近超市里的酸菜味道比较一般，早知道我从我爸妈那里给你偷一包酸菜过来了。"

江凛唇角也极浅地往上牵了下。

晚饭过后，江凛本想陪她去影音室看电影，临进门前，却接到计远的电话。

他脚步稍顿。

挂断电话后，江凛抬手碰了碰旁边小姑娘的脸颊："临时有点工作要处理，明天再陪你看电影行吗？"

"行啊。"温宁倒也不是太想看，不然下午也不会拉着他去晒太阳了，只抬头问他，"是要回公司加班吗？"

"不用，就开个视频会议，过几份新文件，在书房处理就行。"江凛说。

她还能跟他一块儿在家里待着，只是不在一个房间而已，温宁就也没有太失落，点点头："那你先去忙吧。"

江凛看着小姑娘微微垂着的眼尾，顿了一秒："要跟我一起去书房吗？"

温宁眼睛一亮："可以吗？"

江凛："开会的时候你稍微安静点就行。"

"说得我好像话特别多似的。"温宁小小声嘀咕了一句，被他牵着去书房的时候，嘴角却是向上扬着的。

进书房后，江凛戴上眼镜坐到办公桌后，温宁在书房的沙发上躺下。

温宁一直觉得他这套房最好的一点不在于面积大、视野好，而是除了健身房，几乎每一间房子都有沙发。

视频会很快开始，温宁正漫不经心看小说。

她沉浸在剧情里后，就没太关注他，也没注意时间。

直到余光瞥见办公桌后的男人忽然起身，温宁才看了下时间。

已经过了九点，他们进书房有一个小时了。

高大的男人走到她旁边，也没坐下，单手撑在她脑后的沙发扶手上，微微倾下身。

他静静地看着她，没说话，只空着的另一只大手落到她脸颊上，轻轻碰了碰。

温宁目光隔着镜片撞进男人深邃的眼中。

沉默中，空气好像在逐渐升温，她被他看得莫名心跳有些加速。

温宁沉不住气，开口问他："你忙完啦？"

"还要二十分钟。"江凛指腹在她的脸颊上流连，"你先去洗澡？"

"……哦。"她乖乖应了声，"我看完这章就去。"

回到卧室躺下时，她靠在他的怀里小声问道："你周一又要出差吗？"

江凛有一下没一下轻抚她的头发："嗯。"

"哪天回啊？"温宁问她。

江凛："周四，有事给我打电话。"

温宁闷闷回了句："给你打电话有什么用？"

"你也可以跟我一起去。"江凛的手落到她的脸上。

"那我还是给你打电话吧。"她小声说。

温宁继续问他："周四我们不是要去北城吗？你来得及吗？"

"来得及。"江凛说。

温宁："那我们哪天去见你爷爷？"

"周五晚上。"

她揪了揪他的睡衣："你爷爷好相处吗？"

"别担心。"男人又轻轻摸了下她的脑袋，"他不会为难你，我也不会让他为难你。"

可能是他的声音和语气听起来太过让人安心，温宁半悬着的心放下来，她在男人胸口上蹭了蹭，终于感觉到困意袭来。

第十五章
求婚

周四下午，温宁和江凛抵达北城。

温宁向来怕冷，下了飞机就套了件厚厚的外套。

他们一出机场，接他们的车已经在外面候着了。

温宁上了车，取下毛茸茸的帽子，忽然想起来问他："对了，我们今晚住哪儿呀？"

江凛帮她整理了下头发："住逸星。"

温宁稍稍惊讶了下，眼睛随即亮起："是我们上次住过的那家吗？"

江凛点头。

"你订的什么房型啊？"温宁问。

江凛："我有间长住的行政套房。"

"行政套房是哪一层？"温宁随口换了话题。

江凛："39层。"

温宁找了些轻松的话题，有 搭没 搭地跟他在车上说了一路，到达逸星时，正好是下午五点。

酒店工作人员帮他们把行李送进屋后，便直接退了出去。

"宁宁。"江凛忽然叫了她一声。

温宁回过头："哎。"

江凛坐在沙发上，朝她伸出手。

温宁走过去，坐到他的腿上。

男人重重地把她往怀里一按。

温宁也抬手搂住他的脖子。

温宁贴在他的肩膀上："你上次也是住这间吗？"

江凛手轻抚着她的脑袋，低低嗯了声。

"吃完晚饭，我们再去楼上的酒吧坐坐吧。"温宁小声说。

江凛指尖稍顿："你还想去？"

他以为她不会愿意再去那个酒吧了。

温宁抬起脑袋，指尖戳戳他的肩膀："给你个机会，让你重新跟我自我介绍一下。"

江凛唇角极浅地勾了下："好。"

"我上次点的那款酒还蛮好喝的。"温宁又趴回他的肩膀上，"我今晚还想点。"

"换一款吧。"江凛说。

"啊？"温宁又抬起头，"为什么要换？"

江凛："你上次不是喝了半杯就醉了？还想再醉？"

温宁回想了下那天的情况："不是，我后来在你面前喝的那半杯不是我的，我当时太紧张了，喝了佳佳那杯。"

温宁从他怀里站起来："我饿了，我们去吃饭吧。"

吃完饭，温宁和他去了 36 楼的酒吧。

上次他和沈明川坐的那个卡座恰好空着，温宁就拉着他坐在了那里。

服务员很快将他们点好的东西送了过来。

温宁咬着吸管喝了一口酒，又瞥瞥他面前那杯。

江凛把杯子往旁边挪了挪："度数高。"

"小气。"温宁撇撇嘴，"我又没说要喝。"

温宁慢吞吞喝了口酒，然后端着杯子坐到了他的对面。

她托腮回想了下，然后定定地看向他："你没回我微信，你到底叫什么啊？"

江凛也定定地看了她几秒。

随后，他的指尖在桌面上轻叩两下："江凛。"

温宁笑了下，又把嘴角那点弧度压下来："没听清，你说你叫什么？"

江凛顺着她的意思，重复了一遍："江凛。"

"江凛是谁啊？"察觉到他的纵容，温宁捧着脸，嘴角不自觉地扬起来，"不认识，没听说过。"

男人的大手忽然伸过来，握住了她的手。

温宁目光撞进男人眼中，心跳莫名快了一拍。

"是你的江凛哥哥。"他说。

温宁笑着反握住他的手："好像有点印象了，江凛好像还是我男朋友。"

江凛轻笑了声："宁宁。"

"干吗呀？"温宁揪了揪他食指指尖。

"你男朋友让你坐回来。"江凛往旁边位置抬了抬下巴。

温宁："行吧。"

温宁端着杯子坐回他身边，缓缓又喝了口酒，然后问他："你明早几点开会？"

"九点。"江凛看她，"上午让人带你出去逛逛？"

温宁摇头："不要，太冷了，而且佳佳会来找我。"

"中午要我回来陪你吃饭吗？"江凛问她。

温宁再次摇头："我要跟佳佳吃。"

江凛："……"

温宁又偏头笑了下。

温宁把剩下那点酒喝完，道："我还想再点一杯。"

"点吧。"男人终于又开口，"慢点喝。"

温宁："……"

直到第二杯酒喝完，温宁跟他一起回了楼上。

进套房后，温宁又忍不住偏头看他："哥哥。"

江凛垂眸看她一眼："嗯？"

"那我先去洗澡了？"温宁指指主卧。

江凛松开她的手："去吧。"

温宁："……"

北方暖气足，温宁慢吞吞洗完澡，感觉热，吹头发的时候就打开了浴室的门。

温宁站在镜前胡乱吹了几下头发，就从镜子里看到男人走了进来，黑发微润着搭在额前，像是刚洗完澡。

温宁没回头看他。

江凛走到她身后，自然而然地接过了她手中的吹风机。

温宁倒没拒绝。

她还是很喜欢他帮她吹头发的，动作温柔又耐心。

温宁没跟他说话，江凛也没主动开口，浴室里一时间只剩下吹风机的嗡嗡声。

手下柔软的头发吹到七八成干，江凛才关了吹风机。

浴室瞬间彻底安静下来。

温宁头发被他吹得暖乎乎的，心里好像也有暖流流淌而过。

温宁在镜子里看到他慢条斯理地扯了张纸巾，清理了下洗漱台上掉落的头发。

"不吹了吗？"她问。

江凛将手上的纸巾丢进一旁垃圾桶，低低嗯了声。

温宁被他抱起来，放坐到洗漱台上，她双腿软得发颤，被冰凉的台面一激，脚尖再次蜷起来。

江凛静静地看了她几秒，终于低下头来吻她。

温宁有些坐不稳，手软软又搭上他脖颈。

吻了她片刻，江凛才稍稍退开，指尖轻轻碰了碰小姑娘还泛着水汽的眼角。

"想回卧室，还是在这儿？"他语气好像又温柔了下来。

温宁看着他："我想尝你刚才那杯酒。"

"那先回卧室。"江凛顺势抱起她，"我等下让人送上来。"

温宁第二天早上九点被闹钟吵醒，刚把手机从飞行模式切回来，就跳出一堆消息。

哥哥："醒了记得吃早餐。"

喻佳："我出发了。"

喻佳："还没醒呢？电话现在都还打不通？"

喻佳："我快到你们酒店了啊。"

温宁看到喻佳最后一条消息，剩下那点睡意一瞬散尽。她刚想给喻佳回拨电话，手机铃声先一步响了起来。

她接起。

"终于起了啊，我还以为你约我一大早过来，要放我鸽子呢。"喻佳的声音在手机里响起，"我已经在你们房间外面了。"

温宁揉揉眼睛："你等等啊，我这就去给你开门。"

起床趿上拖鞋，温宁衣服都没换，快步走到门口，打开门。

喻佳走进来，第一时间把手上的袋子递给她："幸不辱命。"

温宁接过去，轻轻放在一旁柜台上。

"我这一路别提多小心了，生怕给你碰到哪里。"喻佳一边把羽绒服脱下，一边感慨，"我带着银行卡的时候都没这么小心。"

温宁笑着拉起她往里走："辛苦啦，中午请你吃饭。"

"一顿饭可不够。"喻佳跟她在客厅沙发上坐下。

温宁想起了某人的那条微信。

"那先请你吃顿早饭。"温宁说。

喻佳瞥她一眼，看见她睡衣领口里的痕迹："你先换件衣服吧，难怪约我一早过来，自己还起不来。"

温宁："……"。

"说得你身上好像一点没有似的，沈明川不是昨晚又在你家？"

喻佳拍她的手："别动手动脚啊，看了要负责的，你可是有男朋友的人。"

"又不是没看过。"温宁不放。

两人笑着闹了一会儿，最后又躺回沙发上。

喻佳偏头问她："你怎么突然跟他回去见家长了，是有进一步打算吗？江凛跟你求婚了？"

"没有啊，求婚肯定会跟你说的。"温宁扯了个靠枕过来，"没什么进一步的打算，他也没正式跟我说过什么。"

"没正式说过是什么意思？"喻佳追问，"他有跟你透露过这方面的意愿？"

温宁抱着枕头："差不多吧，他说他在北城留了几套相连的房子，以后暑假我爸妈可以过来陪我，他平时周末陪我回去住，我跟他装傻说我听不懂。"

喻佳："是该装傻，他总归还是骗了你，这么早就原谅他已经很便宜他了，再让他早早娶到你不是更便宜他了。"

温宁嘴角扬着："是吧，我也觉得太便宜他了。"

"等等。"喻佳忽然又反应过来，"你说他在哪儿留了房子？"

温宁："北城啊。"

"他公司不是在南城吗？"喻佳问，"在北城留什么房子？"

温宁说："他会回来继承江科的。"

喻佳看着她："那不然你还是早点答应他吧。"

温宁："……"

"我以后忙起来，恐怕就没有时间回南城了。"喻佳语气真诚，"你嫁过来陪我吧。"

温宁把枕头蒙到她的脸上："有你这么出卖姐妹的吗？"

两人又笑着闹了一阵。

温宁先饿了，坐回沙发上，跟喻佳一起打电话叫酒店送餐上来。

洗漱回来，温宁半躺在沙发上。

温宁用手肘撞撞喻佳："你跟沈明川现在到底什么情况啊？"

"还那样啊。"喻佳无所谓地道，"一见面说不了两句就吵架。"

温宁点点头："吵不了几句就吵到床上去了是吧？"

喻佳："……"

"这不是事实吗？"温宁淡淡地反问她。

喻佳："行，你厉害。"

"那我当然厉害。"温宁骄傲地抬抬下巴。

喻佳忍不住笑了下。

温宁又问她："你打算跟他就这么下去啊？真不想跟他认真谈恋爱？"

"先这样吧，我暂时真没有恋爱的打算。"喻佳顿了顿，"况且他也没说要谈恋爱。"

温宁："那现在这样，你觉得开心吗？"

"还行吧。"喻佳说。

江凛回来的时候，喻佳早已回去准备新戏，温宁正半躺在沙发上看电视。

他在江科耽误了点时间，此刻离下午的会议只剩不到二十分钟，温宁怕弄皱他的衬衫，也没要他抱，只是在男人走到她旁边时，轻轻攥了攥他的手。

"回来啦。"

江凛低低嗯了声，在她旁边坐下，倒是主动伸手把她抱进怀里。

"累不累啊？"温宁问他。

温宁知道他工作忙，但还是第一次跟他出来，也算见识了他到底有多忙。

江凛把怀里的小姑娘又抱紧了几分，手指穿过她柔软的发丝："还好。"

"下午的会几点结束啊？"温宁靠在他的胸口问他。

江凛说："我只参加上半场，三点半就能结束。"

"结束后就去你家？"温宁继续问。

江凛轻轻嗯了声，又问她："等下跟我一起去开会？"

"啊？"温宁抬头，"我也可以去吗？"

江凛低低应了声："嗯。"

"我带你坐在后排，你要觉得无聊，我们也可以提前退场。"

"好啊。"温宁答应下来。

江凛又静静抱了她片刻，随后才起身换了一身西装，牵着她出了门。

下午的会议地点就在逸星五楼的大宴会厅。

温宁被他牵着一走到会场门口的签到处，主办方一行人就热情地迎了上来。

"江总。"打头的中年男人顿了顿，目光落到她的身上，"这位是……？"

江凛瞥了眼旁边的小姑娘："家属，姓温。"

温宁："……"

主办方的人对她的态度瞬间也变得热情起来。

有人下意识顺着他的话热络地跟她打招呼："温小姐好。"

打头的那位可能脑筋比别人转得要更快一些，笑眯眯地道："江太太好。"

温宁："……"

"太太的座位？"中年男人目光又转向江凛，带着几分询问之意。

江凛："我带她坐后面就行。"

寒暄过后，温宁终于入场，跟他一起在后排落座。

温宁这才瞪了旁边的男人一眼："我什么时候成你家属了？"

江凛随手帮她整理了下头发，又轻轻碰了碰她的眼尾："你难道不是？"

温宁："……"

"江总。"

忽然有陌生的男声在不远处响起，好像是有人过来跟他打招呼。

温宁松开他的手，捂了捂微烫的脸颊，乖巧地坐在一旁不再说话，看他淡淡地和来人微微颔首。

不知是知道他脾气，还是马上就要开场，对方并没多寒暄，随口自我介绍了几句，递过来一张名片，又略提了提自己正在做的项目，就没再打扰。

一连过来好几个人，温宁发现他就算跟她坐到后排也低调不了，完全不得闲。

直到克鑫老板阎冲和江家鸣走过来，两个人跟他们打招呼，阎冲在他们旁边的空座坐下。

江家鸣站在他身后。

会议快要开始了，他们等下就要回前排，坐不了两分钟。

温宁静静地听着阎冲和旁边男人说起了克鑫的新项目。

江家鸣这时叫了她一声："温老师。"

温宁回过头。

"你《秘密》第二话画完了没有？"江家鸣刚一问完，就看见江凛忽然回头淡淡地看了他一眼。

江家鸣忙继续道："我没有催更的意思，就是我们平台圣诞和元旦都有推广活动，您要是更新的话，能参加的活动会更多些。"

温宁多少还是有点愧疚："我还只画了一点点。"

江家鸣："那您慢慢画。"

别说是签约时就说好了条件，就算没约定，他也不敢催江凛的小女朋友啊。

"不着急。"

温宁："那就好。"

江家鸣："……"

阎冲和江家鸣回前面后，会议很快就开始了。

主持人上场发表开场演说，温宁戴上同传耳机，听见里面同传翻译的声音传出来。

温宁撞撞旁边男人的肩膀。

江凛偏过头。

在会场不好打扰别人，温宁就拿出手机，在里面打了行字。

"同传小姐姐的声音很好听。"

温宁递过去给他看了眼，又把手机收回来，补了一句，再递过去。

"但你不许认真听，我认真听就好了。"

江凛唇角牵了下，手越过扶手，在她面前摊开。

温宁看见他手心里是他的同传设备。

温宁："……"

她忘了他根本用不上这个。他是 CM 负责人，对这些内容肯定了解。

温宁把手机收回来，不再打扰他。

一个半小时很快就结束了。

后半场他们不参加，江凛牵着她提前退场。

江凛的手机忽然响了下，他看了眼，脚步稍顿。

温宁看他忽然停下："怎么啦？"

"江家的车到楼下了。"江凛看着她。

"这么快吗？"

"别紧张。"江凛握着她的手，语气淡淡的，"进我家门之前，你暂时还有反悔的机会。"

温宁摇摇头："我答应了就没打算反悔的。"

他准备的礼物还在楼上的房间里。

回到套房，温宁换好鞋就松开他的手："哥哥，我去主卧拿点东西，你在外面等我啊。"

江凛看小姑娘蹦蹦跳跳地跑走，也没跟过去。

门外忽然响起敲门声，江凛去开门。

计远站在门外，给他递了个包装袋过来："江总，东西送到了。"

过了两三分钟，温宁才从里面出来。

江凛站在客厅，看见她背了个小双肩包，手上还提着个纸袋。

他朝她手上的纸袋抬抬下巴："这是什么？"

"给你爷爷的礼物。"温宁晃了晃纸袋。

江凛："不是说我帮你准备了吗？"

温宁走过来，把手伸到他面前让他牵："我这份是我爸爸特意帮我准备的。"

江凛轻轻挑了下眉，牵住她的手，没再开口。

下楼出了酒店，温宁就看见门口停了一辆非常打眼的迈巴赫。

温宁只能认认车标，对具体车型就不熟悉了，偏了偏头，问旁边的男人："你们家的车？"

江凛眼里一瞬闪过温和之色。

这车停产多年，算江明成的宝贝车之一，没想到今天老爷子愿意派这辆车出来接人。

江凛嗯了声，牵着她走向那辆迈巴赫。

上了车，温宁把包包和纸袋都放到腿上一起抱着，解锁手机，打开游戏玩了会儿，以缓解紧张的情绪。

不久后，迈巴赫驶到了江家老宅。

车一停下，就有人过来帮她打开车门。

温宁下了车，看见有个矍铄的老人正站在门口候着。

温宁瞬间就认出了这个老人就是他的爷爷江明成。

温宁心里那点紧张之意一刹那到达了顶峰。

她抿了抿唇，垂在一侧的手这时忽然被一只温热的大手牵起。

温宁偏过头，看见旁边男人轮廓分明的侧脸，心里忽然又定了定。

江凛牵着她走到门口。

江明成此刻又多迎上来几步，目光落在温宁身上，打量了几眼："是宁宁吧，都长成大姑娘了，还记得我吗？我是你江爷爷。"

"江爷爷好。"温宁乖巧地打招呼，她知道她撒谎容易露馅，估计瞒不过江明成这种在商场浸淫多年的人，老老实实道，"我当时来的时候还太小了，不怎么记得了。"

江明成说："也是，我现在都是糟老头子，不记得也正常。"

"哪儿有？"温宁紧张归紧张，对上长辈嘴甜几乎是本能，"您看上去比电视里年轻好多。"

江明成笑了起来，脸上原有严肃之意一扫而空。

江凛插了句话："她怕冷，先进去说吧。"

江明成说："瞧我，高兴得都忘了，走走走，先进去。"

进门后，江明成引他们坐到客厅沙发上。

沙发前的茶几上摆了果盘和各式点心，还有一套青花瓷的茶具。

"宁宁喝茶吗？"江明成问她。

温宁点头："倒是能喝，但是尝不出好坏。"

"能喝就行，那我给你泡点茶。"江明成说。

泡好茶，江明成先递给温宁。

温宁乖乖接过去，道了声"谢谢"。

温宁喝完一杯茶，紧张的情绪稍缓，终于想起还带了礼物。

她把手边的纸袋给江明成递过去："江爷爷，这是我给您带的礼物。"

江明成瞥了江凛一眼："不是早跟江凛说了不用你带礼物吗？"

江凛垂眸看向旁边的小姑娘："她偷偷准备的，没跟我说。"

"不是什么贵重东西。"温宁甜甜地笑了下，"就是我爸爸前些天整理我爷爷旧物的时候，找到的一本我爷爷的旧书，上面刚好还有您的批注，我爸爸说放在我们家也是浪费，不如让我给您带过来。"

江明成又笑起来，从她手中接过纸袋："好好好，这个礼物我喜欢。"

温宁看见他立即从纸袋里把书拿出来，随意翻了翻，脸上隐约像是露出了一丝怀念之色。

"都这么多年了啊。"江明成轻轻感慨了一句，又抬头看向她，"当年也是我和你爷爷想错了，总觉得你们俩差了六岁，年龄上不合适，要早给你们定下，说不定你们还能一起长大。"

"现在也不迟嘛。"温宁偏头看了旁边的男人一眼，"这不正说明我和他有缘分吗？"

"也是，当年你爷爷跟我一南一北，要不是他刚好跟我有缘遇见，也不会成为好朋友，现在他跟我的约定倒也总算实现了。"江明成顿了顿，忽然换了话题，"离吃饭还有点时间，让江凛带你去逛逛吧，让江凛重新带你再认认地方，以后再来就还像小时候一样，当这是你自己家。"

温宁看他一直翻动手上的书籍，像是想仔细看看。她乖巧地点点头："行，那我们等下再来陪您。"

江凛牵着她起身。

走离沙发数步之后，他偏头问她："想先去哪儿逛？"

温宁仰头看他："去你房间行吗？"

"行。"

江凛牵着她去了他的房间。

温宁对他的房间也毫无印象。

温宁拉着他走进去，又把门关上："我还想着要怎么让你带我过来呢。"

江凛："想来我房间做什么？"

温宁松开他的手："因为我也有礼物要送给你啊。"

江凛稍稍怔了下。

他看见面前小姑娘把双肩包从身后取下，拉开拉链，从里面取出一个袋子，又从袋中取出一个被塑料保护膜包裹得严严实实的东西。

"是佳佳帮我包的。"温宁一边拆，一边说，"确实丑了点，但比较保险。"

薄膜一层层被拆开，隐约露出里面黑色瓷器的模样。

江凛垂在一侧的手倏然收紧。

隔了两秒，他才开口，声音有些发涩："你什么时候带来的？"

"佳佳周一回了趟南城，我特意让她帮忙提前带过来的。"温宁仰起下巴，得意地冲他一笑，"你这次是不是没猜出来？"

"是。"江凛缓缓松开手。

他知道她在行李箱里藏了东西，以为就是她刚才送江明成的那本书。

温宁把塑料保护膜随便卷了卷放在一侧的凳子上，打算等走的时候再带出去丢掉。

她拿着手上的东西看向面前的男人："我当时是在哪里送你的？"

江凛抬抬下巴："床上。"

"那反正你今晚也不在这儿睡。"温宁拿着东西在他床上坐下，"我就随便坐了啊。"

她歪着脑袋，像是回想了下，随即把手上那只修复过的黑色小瓷猫再次递到他面前："江凛哥哥，你会去我家玩吗？"

面前的画面忽然和儿时的记忆有一瞬的重叠。

江凛手指重新收紧："你想起来了？"

"没有。"温宁脚尖点点地面，"我猜的，我妈说我小时候如果特别喜欢谁就爱叫别人去我家玩，我想我当时要走了，肯定会想要你去我家找我玩的，我是不是猜对了？"

江凛定定地看了她几秒，没接她手上的小瓷猫，也没回答她此刻的问题，却道："不去。"

温宁愣了下才反应过来他是在回答她前一个问题，或者说，这是当年的小江凛给小时候的她的回答。

"你小时候这么难搞吗？"温宁皱皱鼻子。

她想了想，忽然又明白了什么，于是把手上的小瓷猫往他面前又递了递。

605

"那……"温宁试探着道，"我把瓷猫送给你，哥哥你以后会去我家找我玩吗？"

江凛又静静地看了她几秒。

"好。"他像小时候一样伸手接过那只小瓷猫，也像小时候一样应了她一声。

男人忽然一把扯起她，将她重重按进了怀里。

温宁感觉那只手紧得她腰间发疼。

"哥哥。"

江凛："嗯。"

温宁轻声在他怀里道："我以后天天都想看见你，以后也会一直一直陪着你的。"

她也希望他能一直陪着她，箍在她腰间的大手依旧紧得她生疼。

男人没像她期盼那样说他以后也会陪着她。

片刻后，温宁才听见他嗓音低低响起："总觉得你还小。"

温宁："……"

她没明白他怎么突然说这句话，下意识地想抬头看看他，刚一动脑袋就被男人按回怀里。

温宁听见他沉缓的声音继续在她耳边响起："也想计划得再周全些。但好像等不了了。"

温宁心里轻轻一动。

江凛终于松开她，没等温宁抬头看他，她还没来得及从他后腰上收回的手忽然被他攥住牵到了他的身前。

高大的男人半跪在她身前，随后她中指被套上了冰凉的东西。

温宁饶是从他刚才的话中已经察觉到了什么，真看到他把一只钻戒戴到她手上的时候，还是愣了一瞬。

"你怎么……"她有点语无伦次，"你什么时候买的？"

江凛垂着眼，缓缓将戒指推至她的中指尾端："你进去拿东西的时候，计远送过来的，前段时间一起订了好几款，想让你自己挑喜欢的，这款是最先做好的，不喜欢以后再换。"

温宁向来话多，此刻却难得语塞。

江凛终于抬眸。

"宁宁。"江凛轻声叫她，"你这次说话算话吗？"

温宁怔怔地看着他，感觉心脏怦怦快跳起来。

男人仍半跪在她的面前，骨节分明的大手抚过她的手指和上面的戒指，然后他低声问她："嫁给我，一辈子都陪着我？"

温宁鼻尖倏然一酸，眼眶也开始发热。

她皱皱鼻子："戒指都先给我戴上了，才来问我答不答应。"

"那你答应吗？"江凛轻声问她。

温宁攥住他的指尖，一点点反握住他的手，点点头："好，我一辈子都陪着你。"

江凛攥她手的力度又瞬间一紧。随即他站起身，将她再次重重按回怀里。

温宁听见他的声音低低落在她的耳侧："我一辈子都爱你。"

这个拥抱持续了好长一段时间。

温宁后知后觉反应过来答应江凛求婚意味着什么，抬起小手戳了戳男人的肩膀，小声叫他："哥哥。"

江凛搂在她腰间的手稍稍松开点力度，他垂眸看着她。

温宁仰起脑袋："我还能后悔吗？"

江凛空出一只手捏了捏她的耳垂："你说呢？"

温宁："……"

她虽然在问能不能后悔，眉梢眼角却满满都是笑意，语气也不由自主地带着一点撒娇的意味："可我早上才和佳佳说不会那么早答应你求婚的，下午就自己打脸了，佳佳就算了，我爸妈那边还不知道怎么说呢。"

江凛心里一片柔软，顺势将怀里小姑娘颊边的碎发拨到耳后："别担心，我来解决。"

"你解决什么呀？"温宁看着他，"本来你之前骗我，我爸爸妈妈对你就多少有点小意见了，现在你还要这么早就把他们的宝贝女儿拐走，他们肯定看你更不顺眼了。"

江凛轻笑了声："应该的。"

温宁感觉到他的胸腔随着这声笑轻轻振动了下，那双向来深邃的眼里也带着明显的笑意。他现在的心情好像和她的一样好。

"你知道就好。"温宁顿了顿，"那你爷爷呢，要和他说一声吗？"

江凛点头："等下就说。"

"他会不会反对啊？"温宁有点忐忑。

江凛："不会。"

温宁听他语气笃定，稍稍放下心，犹豫两秒，又多问了句："那你爸妈呢？"

江凛神情不变："不用管他们。"

"行吧。"

江凛指腹仍在她的脸侧轻抚，从她半弯的眼尾流连到她微翘的唇角。

"宁宁。"

温宁眨巴了下眼睛。

"饿不饿？"江凛指腹落在温宁泛着水光的唇角，"杨姨应该在准备晚饭了，你之前喜欢的菜她今天都会做，还有其他想吃的吗？"

"是小时候你高烧，送你去医院的那个阿姨吗？"

江凛点头："是。"

温宁抱着他："那你等下带我见见她吧。"

江凛又轻笑了声："好，现在过去？"

温宁的手还圈在他的腰上，她莫名有点舍不得松开，在男人的胸口又贴了贴："再抱会儿吧。"

又抱了一会儿，温宁才被男人牵着重新回到客厅。

江明成还在看书，听见动静回头："逛完……"

他的话音倏然顿住，目光像是落到她手上，脸上浮现出明显的意外之色。

温宁顺着他的目光也往自己手上看了眼。

"你们这是……？"江明成虽然已经猜到，但还是问了一句。

江凛牵着小姑娘往沙发那边走去："我刚刚跟宁宁求婚了。"

温宁耳朵尖红了红。

真听到这个答案，江明成还是有些意外。

江凛是他一手培养的。

江明成也算了解他的性格，向来冷静，做事周全。

江明成不意外江凛会跟温宁求婚，毕竟他早就说过随时可以带女朋友去领证，那时江明成甚至还不知道他口中的女朋友就是温宁。

他意外的是江凛会完全不知会他，在看似毫无准备的情况下跟温宁求婚。

在他印象中，这个大孙子从来没有这样冲动的时候。

可能人是年纪大了，容易心软，江明成现在偶尔也会想，当初是不是逼他太紧，导致现在他宁愿一个人留在外地创业，也不愿意回来接手家里的事业，但好在现在终于有人能陪着他了。

他和老友的约定也总算没有落空。

江明成看着坐到他面前的一对璧人，眼里浮起点笑意："是好事，跟宁宁爸妈说了没？什么时候约个时间我们两家见上一面？"

"还没有。"江凛说，"等回南城见面再告诉他们。"

江明成点头："是该这样。"

江明成想着大孙子再成熟稳重，也是头一回见家长，又多提点了几句，随后才道："对了，你去厨房让杨姨今晚再多加几道菜。"

江凛点头："嗯，我带宁宁过去见见她。"

温宁一直坐在他旁边装乖巧，江明成问到她，她才答话，此刻见男人朝她伸手，她就乖乖地把手伸过去，跟着他去了厨房。

杨阿姨看上去是个很和蔼的中年女人。

她正在厨房煲汤，听见动静转头，脸上笑意明显："大少爷终于带女朋友回家了。"

"是未婚妻。"江凛开口。

被他这么一提醒，温宁立即发现杨阿姨也注意到了她手上的钻戒。

杨阿姨脸上笑容愈深："求婚了啊，那今晚还得再多加几个菜。"

江凛偏头看着旁边的小姑娘："想吃什么？"

温宁想了想："上次的牛肉？"

杨阿姨笑道："牛肉做了，大少爷昨天就特意交代了要给你做牛肉和排骨，还有其他特别想吃的菜吗？"

温宁嘴角也翘起来："那没有啦，您看着做就行，反正您做的菜都好吃。"

最后杨阿姨做了一大桌子菜。

直到开饭，温宁也没看见郑瑜、江敬元和江冽。

反正餐厅里，江明成根本没提这三个人。温宁就更不会主动提他们来扫兴。

吃完饭，江明成习惯性地问道："今晚留下来住一晚？"

江明成也没指望他会答应，下意识地像以前一样等着一句冷冰冰的"不了"，可对面的年轻男人目光带着浅淡的柔和之意扫了眼他旁边的小姑娘："下次吧。"

送他们回去的车还是那辆迈巴赫，不过前后多了一辆护送的车，温宁猜测是因为临走前，江明成送了她一份见面礼。

装着见面礼的小袋子此刻就在她的手边，但前面开车的是江家司机，温宁虽然有点好奇，但也没直接在车上就拆礼物。

等两人回到逸星套房，温宁被男人牵着在沙发坐下，她才打开那个小袋子看了眼。

里面装着一个小礼盒和一个薄薄的红包。

温宁先拆了礼盒。

一打开礼盒里的绒盒，温宁有种眼睛都被晃了一下的感觉，里面是一条项链。

项链由上百颗明亮式切工和榄尖形切工的钻石镶嵌组合而成，下面缀着十

数颗色泽剔透的水滴形蓝宝石。

这条项链和江凛给她送的礼物全然不同。

他送她的东西，每一件都是按照她的喜好特别定制的，除了求婚戒指和那个胸针，其他几样都贵得很低调，日常戴出去也不会惹眼，但面前这条项链实在晃得眼睛疼。

温宁不由得偏头看向旁边男人，指向面前的项链："这是不是太贵重了？"

"不贵。"江凛顺着她手指看了眼，"就几千万。"

温宁："……"

他是怎么把"不贵"和"几千万"这两个词凑到一起去的。

有了项链打底，温宁再打开红包时就稍微淡定了一点。

薄薄的红包里放了张支票，她费力地数着后面的零。

温宁呆呆地看着那张支票。

"这也太多了。"温宁把支票塞回红包里，再次转头看向旁边男人，"不然你还是帮我还给你爷爷吧。"

江凛看她皱着小脸，伸手把她抱进怀里。

温宁在他的腿上调整了个舒服的姿势坐好。

"不多。"江凛轻声说。

温宁指尖戳戳他衬衫领口的扣子："哪里不多啦？"

江凛握住小姑娘细白的小手："给我未婚妻的见面礼，多贵重都是应该的。"

温宁再次从他口中听到这个称呼，嘴角牵起："未婚妻几个字你说得还挺顺口嘛。"

江凛又轻笑了声，空着的另一只手落在她的脸颊上，指腹轻抚着："什么时候跟我去领证？"

男人向来深邃的黑眸中带着明显的笑意。

温宁还是第一次见他这般情绪外露的模样，下意识想点头说什么时候都行，好在还有一丝理智。

温宁笑着轻轻哼了声："我爸妈你都还没搞定，就想哄我去领证了？"

江凛顺着她的话问："搞定他们你就跟我去领证？"

"我可没说呀。"温宁靠在他的怀里，脸上带着笑，乌黑的眼珠子转了转，"到时候看你表现，看我心情吧。"

江凛眼里笑意依旧明显："想要游艇吗？"

温宁："……"

"怎么忽然问这个？"

他们不是还在聊领证的事吗?

江凛的指腹仍在她脸颊上轻轻触碰。

这个姑娘物欲其实不高,给她个手机和平板电脑她就能高高兴兴玩个不停,他很多时候其实也不知道要怎么对她。

"先表现一下。"

温宁眨眨眼,嘴角翘起的弧度增大:"我要游艇做什么?"

"聘礼。"江凛捏捏她的脸颊,"等空了带你出海。"

不知道是因为他的动作,还是因为听见"聘礼"二字,温宁脸颊莫名烫了几分:"一个游艇就想骗我嫁过去啊。"

"再买架飞机?"江凛问她。

温宁靠在他怀里:"等搞定我爸妈再说吧。"

江凛揉揉她的脑袋:"嗯。"

"我们明天做什么呀?"温宁趴在他的肩膀上问他。

江凛:"想不想去滑雪?"

温宁有点心动,但还是摇摇头:"算了,太冷了。"

"那带你出去吃饭,晚上我们再换个地方住。"江凛说。

温宁:"行,不过我明天想先画画。"

"你的机器人男主?"江凛问。

温宁点了下脑袋:"是呀。"

江凛:"明天我陪你画。"

温宁的脸贴在他的颈边,他们什么也没做,她就这么絮絮叨叨地和他聊天,心里却满满当当的。

次日下午,她才知道,他说陪她画画,就是她坐在沙发上画画,他坐她旁边看着。

喻佳以前也经常看她画画,但此刻旁边换了人,换了道视线,温宁莫名有些静不下心。

她画了两笔,不由得又转过头,目光撞进男人深邃的眼中。

"你今天不用忙工作吗?"温宁问他。

江凛微微垂眸。

这个姑娘要画画,刚刚随便把头发松松扎了下,此刻一偏头,就有一小缕卷发散落下来。

江凛顺手帮她把发丝掖回耳后:"不急这一天。"

温宁唇角扬了扬:"那你慢慢看吧,无聊我可不管。"她说完转过头继续画画。

画完，温宁将笔放下，转了转有些酸疼的脖子，目光却再次撞进旁边男人的黑眸中。

那双向来深邃的眼睛好像也没那么难懂了，里面明显有柔和的爱意。

"画完了？"他低声问。

温宁心尖轻轻一动："我再改改。"

江凛看她重新把笔拿起来，小脸转回去。

这个姑娘平时絮絮叨叨的，画画的时候却能安安静静地坐几个小时，细密卷翘的睫毛低垂着，侧脸线条柔和漂亮，一脸认真。

温宁低头迅速改画。

改完，温宁把笔一放，扑进旁边男人的怀里："我画完啦。"

江凛搂住她，给她调整了个舒服点的姿势："以后多抽点时间陪你。"

他怎么忽然说这个？

温宁眨眨眼，疑惑地看向他。

江凛对上她的目光，低声道："还是第一次看你画画。"

温宁嘴角翘起："我画画有什么好看的呀？经常这样一坐就是好几个小时，你可以做好多事情。"

江凛也是第一次见她能安安静静坐这么久，抬手揉了揉怀里小姑娘的脑袋："累不累？"

"累。"温宁本来觉得还好，他这么一问，她就忍不住想跟他撒娇，"腰都坐酸了。"

江凛稍稍低头，靠过来吻住了她。

冬日傍晚，天色早已暗了下来。房间里只剩下细碎的亲吻声。

过了片刻，江凛克制地停下来。

温宁靠在他的怀里平复呼吸，感觉男人的指腹轻轻落在她湿润的唇角上。

"先带你吃饭。"

她红着脸从他怀里坐起来，半跪在沙发上："我先把画发微博。"

江凛直起身，垂眸帮她整理刚才被弄皱的衣服："还不准我给你点赞？"

温宁差点忘了这件事。

她看着面前细心帮她整理衣服的男人："你想点就点吧。"

去饭店的路上，温宁收到了喻佳和乐静静发来的微信，这两人都给她发了一个链接，还是同一个帖子："某位大佬又给没猫太太点赞了！"

1L："嗑到了嗑到了！"

2L："没猫太太在我心目中一直是二次元甜妹，和三次元男神怎么会扯上关系了？"

3L："虽然不知道是怎么扯上关系的，但谁又能拒绝甜妹呢呜呜呜~"

4L："哪位大佬啊？"

5L："@6L，江凛啊。"

…………

11L："等等，这位大佬不是一直是低调高冷人设吗？轻易不接受采访，怎么会给画手点赞？"

12L："这不是更好嗑了吗？一向低调高冷不接受采访也不怎么玩社交软件，只对没猫太太例外。"

13L："这两位到底什么关系啊？我都好奇死了。"

14L："是什么关系不知道，只知道大佬这个账号从开通以来就只关注和点赞过没猫太太一个人。"

15L："好奇的可以去看看旧帖，关键词搜大佬名字或没猫太太。"

…………

100L："补完旧帖回来了，这也太甜了。"

她退出论坛，点开微博。

那张画发出去后，她把手机丢在一边，准备和他出门，现在已经有数百条评论了。

温宁点开，顺着前排慢慢往下看。

"好看！"

"啊，和太太贴贴。"

"故事感好强啊，想看后续。"

"想看后续+1，太太，你现在也不谈恋爱了，应该有空画一画后续了吧？《秘密》第二话也安排一下？"

温宁指尖顿了顿，抿抿唇，点开这条评论回复道："谁说我现在没谈恋爱了，我还是有点忙的！"

温宁一路低头玩手机，也没注意汽车驶入了一家温泉酒店。

直到吃完晚饭，温宁被男人牵着步入他们入住的庭院，走进房间，看到后院冒着腾腾热气的汤池时，她才倏然反应过来。

温宁脚步瞬间停住："这就是你说的要带我换个地方住？"

江凛侧头看着她："不是喜欢泡温泉？"

温宁："……"

"不就是当初给你发了张照片吗？"温宁嘀嘀咕咕。

男人声音忽然响起："说什么？"

温宁才不想提醒他。

万一他忘了，今晚带她过来只是个巧合呢。

"没什么。"

不过在房间休息了片刻后，温宁和他一起下了池子。

在他们入住前，酒店就在房间里摆了欢迎入住水果，刚刚下池前，江凛帮她拿了盘车厘子过来。

温宁想通后，就舒舒服服地靠在池壁上，安心接受男人的投喂。

温宁惬意地眯了眯眼睛，脚尖在池底轻轻晃悠。

江凛一垂眸，就看见池面漾开一圈圈涟漪，小姑娘细白的双腿在池中若隐若现，跟当初她发给他的那张照片中的场景一样。

他已经把第五颗车厘子递到她的嘴边，手却稍稍顿住。

温宁嘴巴都张开了，却没等到车厘子，不由得微微睁圆眼睛朝他看过去。

男人这时忽然低头吻了上来，她微张着的嘴正好方便他舌尖长驱直入。

温宁不满地咬了咬他的舌尖。

温宁被他亲得有些缺氧，等到他终于停下来，才无力地靠在他的怀里，小口喘着气。

江凛将她抱进怀里。

温宁下意识攀住他的肩膀。

"宁宁。"江凛叫她。

温宁哼唧一声。

"你是不是该换称呼了？"江凛声音低缓温柔。

他想得美。

温宁咬了咬他肩膀。

"宁宁乖。"

不知道是被他这样的语气哄着，还是被逼无奈，温宁咬了咬唇，趴在他的肩膀上，轻声道："老公。"

温宁一觉睡到了次日。

宁青松和蒋岚今天的航班到南城，他们搭下午两点的飞机回南城，和两位家长会合，再一起迎接数月未见的舅舅舅妈。

飞机落地南城后，温宁被男人一路牵着到了两位家长面前。

温时远淡淡地颔首，宁雪兰倒是冲他温和地笑了笑，说："麻烦江总了。"

温宁知道宁女士向来是对关系疏远的人，才会这么客气。

她指尖揪住放了求婚戒指的包包带子，忽然感觉跟两位家长坦白这件事好像比她预想中要困难一点。

"应该的。"男人低沉的声音在她耳边响起。

温宁不由得又偏头去看他的神情。

他伸手帮她拢了拢被风吹乱的衣领，低声说："记得我说的话。"

温宁乖巧地点了下头。

可能是身份又变了，即使身处同一个城市，随时有机会见面，要跟他分开，她还是有些舍不得。她攥了攥男人的手："那你等下回去加班也要记得吃晚饭。"

江凛应下，随后才跟温时远和宁雪兰告辞。

温宁回到两位家长身边，眼巴巴地看着男人的背影慢慢远去。

"这么舍不得，要不你干脆跟着他走算了。"温教授的声音凉凉地响起。

温宁回过神，往大家长边上靠了靠，甜甜地道："爸爸妈妈我好想你们啊。"

温时远试图继续板着脸，嘴角却还是不自觉扬了扬。

"他跟你说什么了，要你记着他的话？"

温宁眨巴了下眼睛。

"没什么。"

飞机落地前，他在飞机上哄她起来的时候，跟她要她别着急把答应他求婚的事情告诉两位家长，他来想办法。

温宁慢吞吞地道："就是让我晚上不要熬夜。"

她这也不算撒谎，他确实还叮嘱了她晚上别熬夜。

温时远瞥她一眼，也不知信没信："走吧，你舅舅舅妈应该也要到了。"

接到宁青松和蒋岚后，温宁和两位家长一起带舅舅舅妈去到订好的饭店里吃饭。

吃完回家后，温宁又陪着舅舅舅妈叙旧，才回到自己那边。

洗完澡，她躺到宽松柔软的床上。

温宁转过身，给某人发了个视频通话过去。

江凛很快接通，看背景还是他的办公室。

"你还没忙完呀？"温宁有点心疼。

江凛嗯了声："洗完澡了？"

温宁点点头："你还要加班多久啊？不然我晚点再找你吧。"

"快了。"男人深邃的目光透过屏幕望过来,声音微低,"明天做什么?"

温宁手指揪了揪抱枕:"明天要陪舅舅舅妈出去玩。"

"去哪儿玩?"江凛问她。

温宁:"上午还不确定,下午应该会去爬南钟山。"

江凛:"那明天下午你电话保持通畅。"

温宁疑惑地眨眨眼:"保持通畅做什么?"

温宁趴在床上,雪白脚尖晃了晃,一边问他,一边不由得在心里瞎猜。

他怎么忽然要她保持电话通畅?

难不成他明天还打算去南钟山见她?她记得他下午才说过明天一整天都会很忙的。

手机那端的男人这时缓声开口:"让人给你送下午茶。"

温宁脚尖停止晃动:"好吧。"

这个答案其实也在意料之中。

温宁压下那点小失望:"那我不打扰你啦,你继续忙,我去看会儿小说。"

"用平板电脑看吧。"江凛说。

温宁稍稍愣了愣。

然后听见他低声道:"视频别挂,陪我加会儿班?"

温宁双脚又晃了晃,嘴角也勾起个小弧度:"行吧。"

次日南城难得是个晴天,南钟山又迎来络绎不绝的游客。

宁青松和蒋岚往年工作忙,每每回南城都是匆匆和他们聚上两天,又要赶回去,已经有多年没来过南钟山了。

现在两人已经双双辞了工作,打算不久后就回国定居,这次回来是来见见他们,顺便为创业探探行情,时间非常充裕,因而逛起久违的南钟山来,也不是不疾不徐的。

温宁陪着他们一起把南钟山下的景点逛了个遍,比平时多花了一个小时才到达山顶。

到了山顶,温宁继续陪着几位家长慢吞吞地逛南钟寺。

他们逛到一半,舅妈蒋岚不知哪儿来的兴致,忽然说想求符,温宁就跟着他们一起进入了熟悉的殿堂中。

大殿一侧的陈设与之前毫无二致,连小沙弥都与那天是同一人。

温宁瞬间回想起那天江凛在殿中求符时的情景,还有他出了南钟寺后,握着她手说的那句"那哥哥求你"也言犹在耳。

那个姻缘符现在被她收在床头柜的抽屉里。

她脚步顿住，心念稍动。

温宁和几位家长打了声招呼，就去了请符的那边。

小和尚似乎对她还有印象，看见她后，目光稍微停顿了片刻，才把其他客人要的姻缘符递过去。

温宁这次跟他请了七个平安符。

她把送几位家长的四个先拿出来放进棉衣口袋里，还剩下三个平安符，一个粉色，两个蓝色。

温宁把粉色的塞进包包里，打算这两天抽空给喻佳寄过去，剩下两个蓝的，一个留给自己，另一个给江凛。

逛完南钟寺，几位家长都走累了，打算先在外面找个凉亭坐一坐，休息片刻。

温宁出门时刚好接到逸星工作人员打来的电话。

对方说下午茶给她送了上来，只是东西有点多，问她能不能去东门接一下。

虽然南钟山每天会允许限量的外来车辆上山，但车子一般开不到这边来，露天停车坪就在东门附近。

温宁也不知道江凛这次送了多少东西。

别人都已经帮忙送上山了，她过去接一小段也没什么。

温宁应下来，跟站在旁边的几位家长道："爸妈、舅舅、舅妈，你们先去找地方坐，我去拿外卖啊。"

温时远狐疑地看她一眼："哪儿来的外卖？还有外卖送到山顶上来的？"

温宁想起他昨天的冷淡态度，稍微有一点点心虚。她冲大家长摆摆手："别人还在等我，等拿来了再告诉你啊。"

一路绕到东门，温宁下意识想找穿着逸星制服的小哥，却倏然看见一个熟悉的身影。

她脚步蓦地停住。

高大的男人穿着黑色大衣，站在院外一侧的大树下，在来来往往的人群中格外醒目。

他像是也刚好看见她，深邃的目光隔着镜片静静地望过来的一瞬，倏忽变得柔和起来。

视线和他撞上的一秒，温宁有种周围人群忽然虚化了的错觉，她想也没想，直接跑过去，扑进男人怀里。

江凛搂住跑过来的小姑娘，语调温和："下次慢点跑。"

鼻间满是他身上熟悉的气息，搂在她腰上的大手也带着真切的温度与触感，温宁小脸在他的大衣上贴了贴，才抬起头。

"你怎么来了啊？"温宁心里还是满满的不可置信。

他昨晚只说会让人给她送下午茶。

温宁仰着脑袋，半是控诉，半是撒娇："你又骗我。"

江凛抬手轻抚了下小姑娘因为跑动而微微泛红的脸颊："不确定能不能抽出空来。"

温宁在他胸前贴了贴，开始撒娇："哥哥我好想你啊"。

江凛搂在她腰上的手稍稍收紧。

"我也想你。"他低声说。

她根本没顾得上管周围的游客的目光，又在他胸口蹭了蹭，才重新抬头："吃的呢？"

"等下会有人给你送过去。"江凛说。

温宁："……"

温宁心里又酸又软，忽然又生出点冲动："你要不要跟我去见见他们，我现在就告诉他们好不好？我爸爸妈妈很疼我的，我撒撒娇他们应该会答应的。"

江凛对上小姑娘晶亮清澈的眼睛，心里也一片柔软，指腹不由得轻抚过她的眼尾："别急，再等几天，我先准备点东西。"

"你要准备什么呀？"温宁好奇地问道。

江凛："准备好了再给你看。"

"怎么又要卖关子？"温宁皱皱鼻子，继续跟他撒娇，"我不管，我现在就想知道。"

江凛指尖稍稍停顿，语气多了点宠溺与无奈的意味："我也还没完全想好。"

"那好吧。"温宁抱着他有点舍不得放开，"你是不是要下去了？"

江凛："嗯。"

"你后天确定要去出差了吗？"

江凛："嗯，会尽量在周末之前赶回来。"

她脸又在他的胸口贴了贴："那你也不用太着急赶回来，好好休息更重要，我要是想你了，就给你发视频。"

江凛扣在她腰上的手又紧了紧："好。"

江凛下去后，温宁领着逸星工作人员去了几位家长休息的凉亭里。

他这次让人送的东西确实不少，逸星来了两位工作人员，各提着两个包装袋，袋中的各式食盒摆满了亭中的小桌。

香气四处飘散。

等逸星工作人员离去，她就照着各位家长的喜好，殷勤地给他们把各自爱吃的食物放到他们面前。

蒋岚目光扫过桌面，其中一半的东西几乎都是温宁爱吃的，除此之外，饮料也没有一样凉的，送的全是热饮和甜汤，此刻正冒着热气。

"说起来我和青松还没见过宁宁男朋友。"蒋岚忽然开口，"宁宁要不这几天挑个时间带过来给我们见见？"

温宁刚拿了杯奶茶，闻言先又瞥了眼面色淡淡的温时远："我是想带他见见你们来着。"

"着什么急？"温时远不咸不淡地道，"她才多大，也没个定性，说不定过段时间就换男朋友了，她要是能和这个谈七八年稳定了再说吧。"

温宁："……"

"也不知道是谁当初一听说我谈恋爱，就立即想从国外回来见他。"温宁咕哝道，"现在又说不着急了。"

温时远："我那是怕你被不安好心的男人骗了，事实证明，我的担心也确实没错。"

"他就是稍微隐瞒了一点信息，并没有不安好心，对我还是很好的。"温宁帮男朋友辩解，"他也跟我道歉了，还重新追了我好几个月，而且我都见过他家家长了，他爷爷也没有半点为难我的。"

温时远老神在在地瞅她一眼："怎么，你意思是我为难他了？"

温宁："……"

温宁抱着奶茶坐到宁青松旁边，打算曲线救国："舅舅，您想不想见他，不然您帮我劝劝我爸吧。"

宁青松冲她温和一笑："我的想法和你爸爸差不多，你还小，见家长的事不着急。"

温宁转向蒋岚，抱着她的手臂撒娇："舅妈。"

蒋岚笑着摸摸她的脑袋："他们不感兴趣，舅妈感兴趣，来先跟舅妈说说他。"

即便蒋岚有兴趣见江凛，但其他三位家长意见不同，蒋岚也只好少数服从多数。

接下来几天，温宁时不时地跟温时远撒撒娇，试探一下他的态度，但温教授这次像是水火不侵，任她怎么试探，他都是那副不咸不淡的态度。他既不反对她和江凛谈恋爱，却也不打算现在就让她带江凛回来见家长。

温宁不由得有些气馁。

周四晚上，又一次试探失败后，她撇撇嘴，气呼呼地回了对面。

刚转出玄关，温宁就听见手机响了——江凛给她发了个视频通话。

现在才九点多，他今天这么早就忙完了吗？

温宁在沙发上坐下，接通视频，看见手机那端的男人也坐在沙发上，像是已经回到北城他在逸星的那处行政套房。

"怎么不高兴？"江凛忽然问。

她这么明显吗？

温宁揪了个抱枕过来抱住。

她在他面前向来也藏不住情绪，撒谎是没什么用的，但她不太想让他知道她父母暂时不想见他。

"跟你爸妈有关？"男人透过屏幕打量了她几秒，"或者说，跟你带我见家长有关？"

温宁："你怎么知道的啊？"

江凛："你今天一天都没出去，要是其他的事，你早跟我撒娇了。"

"好吧。"温宁揪了揪抱枕。

温宁："就是我爸爸觉得我还小，见家长的事暂时还不着急。"

"不是说让你别急，我来想办法吗？"江凛低声道。

"求婚的事我还没跟他们说呢，就是先试探了下我爸爸的态度。"温宁见他没什么表情，不由得问他，"你不介意吧？我爸爸其实也不反对我们在一起的。"

"不介意。"江凛说。

温宁："真的吗？"

电话那端的男人像是刚回到套房，单手扯松领带，随手又解了两粒衬衫扣子，神色依旧平淡，视线却好像是温和的："真的，以后我们要是生了个女儿，我看她男朋友只会更不顺眼。"

温宁松了口气。

第十六章
男朋友

xia quan

周五上午。

温时远上完一节课，刚走到办公室门口，就看见同事王教授朝这边走过来。

"正要找你呢。"王教授说。

温时远脚步一停："找我？什么事？"

王教授："受人所托，有人托我约你见面。"

温时远脸上浮起一丝疑惑之色："谁啊？还托你约我见面。"

"CM资本那位江总。"王教授。

温时远："……"

"江总找你做什么？"王教授也有些不解，"他不是跟咱们校长都打过交道，怎么托到我这儿来了？而且他能托到我这儿来，明明也可以直接找到你啊。"

温时远倒是能猜到对方为什么找王教授，而不是校长来当说客。

王教授和他同级，他哪怕不想见江凛，找个说辞应付一下也方便，换成校长，就不一样了。

温时远没回答王教授的第一个问题，只道："你让他直接打我电话吧。"

半个小时后。

温时远办公室的门被敲响。

"进来。"温时远抬起头。

办公室的门被人从外面推开，进来的年轻男人穿着一身熨烫齐整的黑西装，斯文的银框眼镜也压不住一身肃冷的上位者气场。

温时远看着走到近前的年轻男人，淡淡地抬抬下巴："坐吧，找我什么事？"

江凛在他办公桌前坐下，将拿在手上的黑色文件夹推过去："您先看看这些文件，有哪里不满意的，我可以再让人修改。"

温时远心下疑惑，接过文件夹，翻开后，只匆匆扫了几眼，捏在 A4 纸边缘的手指就倏然一紧。

他一一翻阅完所有文件，再抬头看向面前的人时，态度不复之前的平淡，目光中一片复杂之色。

江凛这时才又缓声开口："温叔叔，我前些天跟宁宁求婚了。"

要是看到这几份文件前，温时远听见这句话，只怕第一反应就是不答应。

可此刻，温时远压下心头复杂之意，问出来的第一句话是："她答应了？"

江凛点头。

温时远："……"

温时远心情瞬间更复杂了，板着脸点点头："长本事了，这么大的事，她半句也不跟我和她妈妈说。"

江凛："是我让她先别告诉您和阿姨的。"

温时远看面前的年轻男人又不爽了："你让她不说，她就乖乖瞒着我们，她倒是听你的话。"

"宁宁是怕您和阿姨知道后会不高兴。"江凛缓声跟他解释，"而且您和阿姨对她和我在一起不满意，主要原因在我，所以也该我想办法处理，我不希望她夹在中间为难。"

温时远态度稍微缓和下来，低头看了眼手上的文件，又重新抬起头："宁宁跟你在一起，并不是图这些东西。"

江凛颔首："我知道，是我主动想给她的，也是向您和阿姨表达我的诚意。"

温时远捏着文件："宁宁从小被我和她妈妈宠着长大，从没受过什么大委屈。"

"您放心。"江凛语气郑重，"您和阿姨不舍得让她做的事，我也一样不会让她做。"

温时远态度一松动，不免就想得要长远些："那生孩子呢？"

"她想生就生，不想生也随她。"

温时远："你家里人不会反对？"

"他们干涉不了我的决定。"江凛说。

上午十一点，温宁终于画完了《秘密》第二话，传上克鑫后，点开微博，在编辑框中打字"秘密第二话"刚打完这五个字，被她随意搁在书桌上的手机响了起来。

温宁偏头一看，眼睛一亮，她拿起手机接通，不等他开口便问道："你到南城啦？"

"到了有一会儿了。"江凛在电话里回她。

温宁："……"

温宁撇了撇嘴："你到了居然都不给我打电话。"

"处理了点事情。"江凛低声问她，"下午确定要出去？"

温宁瞬间更低落了，蔫蔫地趴在桌子上，细白的指尖随便戳了戳键盘，闷闷地嗯了声："下午要陪舅舅舅妈出去玩，然后再去吃饭。"

她倒也不是不想陪舅舅舅妈，就是好几天没见他了。

"下午到晚上都没空？"江凛问。

温宁道："是呀。"

电话那头的江凛低低地接了一句："那现在呢？"

温宁愣了下："现在？"

男人低缓的声音从手机里传过来："现在能下来一趟吗？"

"你在楼下？"

江凛嗯了声："在车库。"

"我现在就下去。"温宁那点失落瞬间一扫而空，立即从椅子站起来。

一到车库，温宁就看见那辆黑色宾利停在熟悉的位置。

他应该也看到了她，宾利左后座的车门忽然被打开。

温宁快步走过去，把自己的小手交到那只大手上，顺着他的力度，被他拉着钻进车内。

等到扑到男人怀里后，温宁才想起他今天坐的是后座，车上就肯定不止他们两人，她不太好意思地回过头，看见前排驾驶位却是空的。

"徐叔呢？"温宁又回过头问他。

江凛帮她整理了卜外套后面的帽子："让他先回去了。"

温宁："怎么让他回去了啊？"

江凛难得见她这副呆呆傻傻的模样，轻轻捏了捏她的小脸："你说呢？"

江凛扣住她的后颈，低头吻了上来。

回楼上的时候，温宁手里还多了杯奶茶，是江凛在路上顺便给她买的。

温宁开了指纹锁，溜进门才拿出吸管插进奶茶杯子中。

她吸了一大口，温热的奶茶滚过舌尖，然后慢吞吞地回到卧室，打算把刚才没发完那条微博发出去。

　　温宁就看见微博页面右上端那一大堆消息提醒。

　　这是怎么回事？

　　温宁把鼠标往下滑了滑，才发现她下楼前把那没打完的五个字发出去了。

　　评论里一片问号，还有些粉丝在担心她。

　　"秘密第二话怎么了？"

　　"太太怎么发了五个字就没下文了？"

　　"我还以为第二话发了，点开克鑫又没看到更新，摸不着头脑。"

　　"啊，太太，你没事吧？"

　　温宁随便刷了几条，忙又点开克鑫那边的网页看了眼。

　　《秘密》第二话她好像没上传成功，难怪大家都疑惑不已。

　　温宁把奶茶放下，重新编辑了条微博发出去。

　　就我没猫了吗："不好意思，刚才下去见男朋友啦。微博没编辑完就不小心发出去了，秘密第二话已经画好啦，我马上传上去。"

　　这条微博下面的评论区也很快热闹起来。

　　温宁一边喝着奶茶，一边慢吞吞地看着评论。

　　"火速去看。"

　　"万万没想到等来了狗粮。"

　　"看太太《秘密》的更新速度，和最近又直线下降的更博频率，我就知道太太肯定又谈恋爱了。"

　　温宁点开那条评论，正打算回复，就看见下面已经多了几条其他粉丝的回复。

　　"感觉太太不是又谈恋爱了，我猜应该还是之前那个。"

　　"同一个 +1。"

　　温宁："……"

　　这么明显吗？

　　第二天上午，温宁又陪着几位家长逛了小半天。

　　温宁一上午都没打扰他，只刚刚跟几位家长去饭店的时候，怕他忙得没空吃饭，发消息提醒他一句。

　　哥哥："吃了。还在外面？"

　　温宁："在回家的路上，都快到啦。"

　　温宁："不过下午要陪舅舅舅妈打麻将，没空去找你。你下午没别的事，是

624

打算在家休息是吧？"

哥哥："嗯。"

温宁："一会儿打麻将的时候，给你直播啊。"

哥哥："好。"

到家后，温宁溜达到温时远后面："爸爸。"

温时远一回过头，就看见她一副眼巴巴的小表情："说吧，又有什么事求我？"

温宁："……"

"没什么事求您。"温宁绾了下头发，"就是等下我们不是要打麻将吗？"

温时远淡淡地点头："然后呢？"

"然后我想打麻将的时候顺便给姓江的某个人打个电话。"温宁继续眼巴巴地看着他。

温时远："你陪你舅妈打麻将都不安心，还要边打麻将，边给他打电话？"

"不是。就是拨通电话放在一边，算我直播教他打麻将，不影响我陪舅妈的。"

温时远表情不变："哪儿有手机打电话教人打麻将的，像什么样子？"

"爸爸……"温宁开始试图撒娇。

温时远打断她："让他直接过来。"

温宁还以为自己听错了："爸爸您刚刚说什么了？"

温时远："没听见算了。"

温宁："我听见了！"

温宁眼睛亮亮地看着大家长："您刚刚说让我叫他过来是不是？"她说完还转向在不远处说话的宁雪兰和蒋岚："妈妈、舅妈，你们也都听见了是吧？"

蒋岚笑着接了句："听见了，要是他下午没事，就叫他来一趟吧，正好让舅妈见见。"

"欸。"温宁应了声，"我现在就去给他打电话。"

温宁回了对面给江凛打电话。

走了小半天，她也有些累，一进去先躺在了沙发上。

电话拨过去，很快被接通。

"哥哥。"

许是她声音中的欢欣太过明显，江凛像是听了出来："什么事这么高兴？"

"你下午确定没别的事吧？"温宁脚尖轻轻晃悠了下。

"没有。"江凛低声问，"怎么了？"

温宁："那你要不要来我家？我爸让你过来。"

"好。"电话那头，江凛应下来。

温宁："你多久能到啊？"

"半个小时。"江凛说。

温宁："那哥哥你到了给我打电话，我下去接你。"

挂断电话后，温宁又回到对面。

客厅里却只见宁青松、蒋岚和宁女士三人在聊天。

"我爸呢？"温宁问。

宁雪兰朝厨房位置抬抬下巴："在里面洗水果呢。"

温宁把手机往茶几上一放："我去里面帮忙。"

溜达进厨房后，温宁问道："爸爸还有别的什么要洗的吗？我来帮你。"

温时远瞅她一眼："平时也没见你这么积极。"

"我平时怎么就没这么积极了？"温宁不服气，"是您每次都嫌我碍手碍脚，不准我在厨房多待的。"

"你也知道你碍手碍脚的。"温时远开始洗苹果，"他喜欢吃什么水果？"

"他……"温宁歪头想了想，"他好像没什么特别喜欢吃的，家里有什么水果就每样都洗一点吧。"

"行了。"温时远应下，"嘱咐完就出去吧，不会亏了你男朋友，别在这儿碍手碍脚了。"

温宁轻轻哼了声："不要我帮忙算了。"

陪着舅舅舅妈聊了会儿天，温宁就接到江凛的电话，说他已经到了楼下。

"妈妈我下去接他。"温宁从沙发上站起来，趿着拖鞋就打算往外走。

"等等。"宁雪兰叫住她，"把外套穿上再出去。"

温宁哦了声，从衣帽架上扯下外套穿上。

一到车库，温宁正好看见江凛从宾利驾驶位上下来。

今天是他自己开车呀。

温宁迎了几步，走到他面前，打量了下他手上的几个袋子。

包装袋上没什么标志，她看不出是什么。

不过他前些天跟她视频的时候，问过几位家长的喜好。

温宁歪头问他："这就是你那天说要准备的东西？"

江凛牵过她的手，也低头看了眼手上的东西："算是其中一部分。"

温宁数了数，他手里提了四个袋子："什么叫算其中一部分，还有其他东西吗？"

江凛略略垂眸，对上她满是好奇的眼睛："以后再告诉你。"

他怎么又卖关子？

温宁皱皱鼻子，不过这会儿也不是问他这点小事的时候，先带他上楼才是要紧事。

温宁牵着他进了电梯。

等到门口的时候，温宁忽然想起她跟他去江家见他爷爷时，忐忑不已的心情。

温宁脚步停了停，偏头打量旁边的男人。

他还是一贯那副沉静的模样，看不出一丝情绪。

只是察觉到她停下来后，他侧头问道："怎么了？"

温宁晃晃他的手，直接问她："哥哥你紧张吗？"

江凛静静地看着她，也没否认："有点。"

温宁："你别担心，我爸爸妈妈人很好的。以后我家就是你家。"

江凛轻笑了声，握紧她的手："好。"

温宁嘴角往上扬了扬，抬起另一只手打开指纹锁，推开门："走，我带你回家。"

温宁带江凛进去后，才发现今天不只温教授莫名其妙松了口，连宁女士对他的态度都发生了一点变化。

舅妈蒋岚是最热络的。

等在沙发上坐好，蒋岚问道："我看你过来得挺快，是不是住得不远？"

江凛看向蒋岚："是不远，住在博汇。"

她笑着接道："那以后往来也方便。"

江凛点头，缓声接道："听宁宁说，您和宁叔叔打算回国创业，这方面我还算熟悉，有什么需要帮忙的，您尽管提。"

蒋岚没料到他会提及这件事，先愣了下，反应过来后脸上的笑容深了几分。

蒋岚瞥了眼面色淡淡的宁青松，用手肘不着痕迹地撞撞宁青松。

宁青松终于接了句话："你们公司是做 VC（风险投资）的？"

"现在 VC 和 PE（未在证券交易所公开上市交易的资产）都做。"江凛说。

二人聊了一会儿关于创业的问题，话题结束后，蒋岚问道："江凛会打麻将吗？"

江凛："打过两次。"

温宁还记着自己在温教授面前说打电话教他打麻将，忙又拽拽他的手指：

"那应该不算太会，你坐我旁边，我教你打吧。"

最后上桌的是温宁、温时远、宁青松和蒋岚。

几人打到下午四点，温时远起身，让宁雪兰接他的位置，他去厨房准备晚饭。

江凛略略抬眸："我去帮您吧。"

温时远再看他不顺眼，也不至于让他第一次上门就进厨房干活，闻言摆摆手："不用。"

温宁打起麻将来有点顾不上他，打了这么一会儿也过了手瘾，就乘机扯扯他的西装袖子："哥哥你要不要打几圈试试？"

"行。"江凛说。

温宁就跟他换了位置。

她坐在江凛旁边看了片刻，见他确实会打，而且运气明显比她好多了，就没乱指点。

吃完饭，江凛在客厅又跟宁青松和蒋岚聊了聊他们创业的事情，才提出告辞。

温宁瞥瞥对面的大家长："爸爸，我送送他啊。"

温时远看了眼家里这棵小白菜，没说话。

还是宁女士先点了头，随即她又看向江凛："以后有空就过来吃饭。"

出了门，温宁拉着江凛往电梯那边走，余光一瞥，她脚步又倏然停住。温宁回过头看了眼身后紧闭着的大门，牵着男人的手晃了晃："哥哥。"

"怎么了？"江凛也停下来，垂眸问她。

温宁朝他靠近几分，指指对面的门，声音压得低低的："你要不要去我那边坐坐？"

小姑娘一副偷偷摸摸的模样。

江凛眸中闪过一丝笑意，他轻轻抬了抬下巴："走吧。"

进了对面的房子，一关上门，温宁就往男人怀里钻。

江凛伸手搂住她，语气夹杂着一点浅淡的无奈："还让不让我换鞋了？"

"不换了。"温宁虽然跟他待了一下午，但当着几位家长的面，她也不能做太过亲密的动作，此刻一跟他贴在一起，就不想松开，"等下我随便拖下地就好了。"

江凛轻笑了声，单手抱起她，走到沙发边坐下。

温宁在他腿上坐好，又在他颈间蹭了蹭，才开口问他："你下午给我妈他们发了多少红包呀？"

"没多少。"江凛说。

"不然我补给你吧。"

要不是因为她，以他这手算牌的本事，他在牌桌上估计会所向无敌。

温宁也没等他答复，直接转账。

江凛手机顿时响了声。

他拿起手机，解锁屏幕。

温宁看着男人修长的手指点了下她刚才的消息，收了钱："你还真收啊？"

江凛一抬眸就见怀里的小姑娘眼睛睁得圆圆，轻轻捏了捏她的脸颊："后悔了？"

"那倒没有。"温宁摇头，"就是有点意外。"

他又不缺她这点钱。

江凛将手机放下："先习惯一下。"

"习惯什么？"温宁一愣。

江凛："万一你以后想掌管家里的财政权呢。"

温宁："……"

她还有些没反应过来，抱着她的男人又开口："宁宁，先起来一下。"

"干吗啊？"温宁愣愣问她。

江凛："拿钱包。"

温宁稍稍起身，她垂眸看着男人把钱包拿出来，从里面抽了张黑色的卡递过来给她。

温宁继续愣："给我？"

江凛嗯了声。

江凛眸色又柔和了几分："你也提前习惯一下。"

她的嘴角翘了翘："让我管财政大权，就给我一张卡啊？"

"等领证了，我的一切都是你的。"

"人也是我的吗？"她笑着问。

江凛贴上她的唇："人不早就是你的了吗？"

温宁送江凛进电梯后，仍感觉唇齿间仍留着他刚才吻她时的触感。

她不太好意思直接这样去见几个家长，就先回房间洗了澡，洗完才去了对面。

其他几位家长不知是不是回了房间，客厅里只剩宁雪兰在收拾茶几。

温宁走过去，一边帮着她收东西，一边试探着问道："妈妈，你知道爸爸今天为什么会答应让我带江凛回来吗？还有我觉得您对他的态度好像也不太一样了。"

宁雪兰抬眸："江凛没和你说？"

温宁一愣："和我说什么？"

没等宁雪兰开口回她，却见温时远从主卧走出来，不冷不淡地接了句："是我让他不要说的。"

她瞥瞥两位家长，有点不满："什么情况，你们俩这是背着我和我男朋友有什么小秘密了吗？"

温时远现在一看家里这棵小白菜就心情复杂："你以后会知道的。"

温宁："为什么要等以后啊？现在不能让我知道吗？"

"不能。"温时远收回目光，开始帮妻子收拾茶几。

温宁伸手扯了扯大家长的衣袖，试图撒娇："爸爸，你就告诉我吧。"

温教授这次好像是铁了心，态度比前几天不想让她带江凛回家时明显要坚决不少。

温宁尝试几次未果，见茶几也被收拾得差不多了，撇撇嘴："不说算了，我回去了。"

回到卧室，温宁把家居服外套脱下，躺到床上。

温宁在床上滚了两圈，趴在抱枕上，给某人发了个视频通话。

江凛刚洗完澡回到主卧，一接通就看见她穿着身毛茸茸的睡衣，微卷的发尾垂落在肩膀一侧。

"洗完澡了？"

温宁嗯了声，又脆生生地叫他："哥哥。"

"怎么了？"江凛问。

温宁揪了揪抱枕，看着他笑："我好爱你啊。"

江凛像是稍稍怔了下，温宁听见他低声道："我也爱你。"

温宁第二天早上醒来才想起忘了问几位家长，江凛到底给他们送了什么礼物。

他也没告诉她。

温宁记挂此事，难得没赖床，径直从床上爬起来，洗漱完就去了对面。

几位家长正在客厅聊天。

听见开门的动静，温时远回过头，意外地道："今天怎么九点就起来了，吃什么？"

温宁："还想吃炒米粉。"

温时远从沙发上起身："等着。"

"谢谢爸爸。"

温宁也在沙发上坐下，乘机跟其他几位家长打听礼物的事，听完就觉得她好像白担心了。

这次他给几位家长挑的礼物也明显花了心思，不算太贵，却也很难买到。比如他给宁女士送的礼物是宁女士很喜欢的一位当代画家的画，他送宁女士的这幅画上面甚至还有画家亲自给宁女士提的字。

聊完礼物，温宁见宁女士心情不错，就挪过去一点，挽着她的手臂："妈妈，明天舅舅舅妈去见朋友，不用我陪，那我去江凛那边玩一天啊。"

宁雪兰笑着看她一眼："你都这么大人了，想去哪儿玩，我们还管着你不成？"

温宁目光立即瞥向厨房："那爸爸那边就你来搞定了啊。"

反正老婆大人发话，温教授是不敢不听的。

次日是周一，温宁早上八点就被闹钟吵醒。

温宁起床洗漱完，先去了对面。

她一进客厅，就闻到一股熟悉的香味。

温宁跟宁女士及舅舅舅妈打了声招呼，拿着手机去了厨房。

温时远正站在炉灶前，在砂锅里缓缓搅动。

温宁探头一看，果然是红烧牛腩。

"爸爸，我们今早吃牛腩粉吗？"

温时远看也没看她："不是做给你吃的。"

温宁才不信："我要筋多的。"

温时远终于偏过头："起早去见你男朋友，他就没给你准备早饭？来我这儿做什么？"

"他准备的哪有您做的好吃？您做的牛腩粉最好吃了。"温宁开始吹捧温教授。

温时远终于绷不住了："上次还说我做的青椒炒肉和手撕鸡最好吃，怎么今天又换成牛腩粉了？"

"谁让您做菜都这么好吃，我也没办法分出高低，反正我都爱。"温宁继续吹捧。

温时远嘴角翘了翘，又压下去："不要以为你嘴这么甜，我就不计较你答应别人求婚都不告诉我的事了。"

温宁缩缩脖子，心虚地辩解："我那不是怕您和妈妈知道了会生气嘛。"

"你就没想过你不说，我们会更生气吗？这么大的事，你居然答应他先不告诉我们。"

温宁低下头，语气可怜巴巴的："爸爸我错了。"

温时远："……"

她不只嘴甜，装可怜也有一套。

算了，他舍不得骂。

温时远心情复杂地冲她摆摆手："别在这儿碍手碍脚的，快出去吧，牛腩粉马上就出锅了。"

温宁立即抬起头，冲他甜甜一笑："好的，爸爸我那份要多加酸豆角和剁椒。"

温宁吃完早餐，又哄了哄温教授，才出门去打车。

这次她去 CM，没提前通知江凛。

上次她去的时候，他给了她一张通行卡。

她打算突袭一下，顺便给他个小惊喜。

凭着那张卡，温宁一路畅通无阻地到达了江凛的办公室门口。

到底怕打扰他工作，她还是过去总裁办那边，问秘书小姐姐："你们江总在办公室吧，我方不方便进去？"

范秘书微笑看着她："方便，江总吩咐过，说您任何时候来，都可以进去。"

她的嘴角不由自主往上扬了扬："谢谢呀。"

温宁这时已经直接开门进了江凛办公室，范秘书才想起来江总办公室此刻有客人的事，她刚才忘了跟温宁说了。

一进门，温宁就看见办公室里并非江凛一人，在他办公桌对面还坐了个人。

许是听见动静，对方半转过身来。

那是个陌生的年轻的男人。

同一时间，江凛也抬眸望过来。

温宁目光瞬间撞进他的眼中。

男人看向她的目光仍然深邃，惊不惊喜她没看出来，但里面那点隐约的笑意她是看出来了。

"怎么自己过来了？"江凛温声开口。

"正好上午没事。"温宁瞥瞥他对面的人，"是不是打扰你了？"

"没有。"江凛朝她招手，"过来。"

温宁走去他旁边。

江凛跟她介绍："这是鲸游的总裁林路。"

这就是乐静静的老板吗？

温宁冲对方笑笑，算是打招呼，随即扯扯江凛的衣袖，指指休息室："我去里面等你。"

江凛点头："好。"

"咔嗒"一声，休息室的门从里面被关上了。

温宁进去休息室，就躺在他的沙发上玩游戏。

这时，门从外面被推开。

温宁回过头，看见高大冷峻的男人从外面走进来，骨节分明的手握着门把手关上了门。

江凛走到她身边坐下，低声问："过来怎么不和我说一声？"

"和你说了还怎么突袭？"温宁顿了顿，回想了下刚才进来时，他看向她的表情。

"但是你看到我好像一点都不惊喜的样子。"

江凛伸手拨了拨她颊侧的头发："你刚一进来就有人告诉我了。"

只是那时林路在他的办公室，他也想看看她过来想做什么，就没出去接她。

温宁："……"

她忘了这里是他的地盘。

"难怪当初给卡给得那么爽快。"温宁道。

江凛不由得轻笑了一声："我也不是时刻都有空看手机，你可以多来几次。"

温宁："……"

他又开始套路她。

温宁："想得美。"

小姑娘腮帮子微微鼓了下，一副不满的小表情。

江凛落在她发尾的手稍稍移了下，落到她的脸颊上，本想像平时那样轻捏一下，发现她的脸颊微有凉意。

他回头看了眼："怎么没开空调？"

温宁："忘了。"

"冷不冷？"江凛握住她垂在一侧的手。

温宁刚来一会儿，感觉还好，但一见他就忍不住想撒娇："冷。"她朝他伸出手，"要抱抱。"

江凛一手抱起她，一手拿起空调遥控器，调到合适的温度。

"你今天忙不忙呀？"

江凛："上午要开会，其他事情都推了。"

"你不用推的。"温宁趴在他的肩膀上，"我过来就是想见见你，陪你工作。"

江凛抱在她腰上的手臂紧了紧，心里一片柔软："会不会无聊？我让人给你送吃的上来？"

"好呀。"温宁说。

江凛："还有什么想要的吗？"

温宁从他肩膀上抬起头："你不是立即就要去开会吧？"

"十分钟后去。"江凛说。

话音刚落，怀里小姑娘手臂就软软地环上他脖子，声音也软，撒娇意味十足："那还想要你亲我。"

江凛呼吸稍稍重了一拍。

计远早上出去了一趟，回来后才得知温宁今天来公司了。

此刻离会议开始只剩一分钟，他站在江凛办公室门口，手高高抬起，却怎么也敲不下去。

办公室的门却忽然从里面被人打开。

江凛出现在门口。

计远刚松了口气，目光一瞥，他不着痕迹地往江凛面前挡了挡。

"老板。"计远压低声音。

江凛："……"

计远声音又压低了几分："您领带歪了。"

江凛脚步一顿。

他垂下眼，看着那条深色领带："会议延迟十分钟，帮我跟大家说声抱歉。"

温宁躺在沙发上，刚打开微博，又听见开门的响动。

她回过头，看见江凛推门进来。

"你怎么又回来了呀？"温宁问她。

男人没回答，目光只稍稍往下落了落。

温宁视线本是落在他的脸上，此刻就随着他目光一起往下看，然后停在他那条明显歪了的领带上。

"不怪我。"温宁脸又热了几分。

江凛稍顿，看向她的目光带着点似笑非笑意味："不怪你？"

"当然不怪我啦。"温宁理直气壮，"而且我衣服乱多了我都没怪你，谁让你出门前不检查的。"

他重新在沙发边坐下："我为什么会没检查你不知道？"

温宁轻轻哼了声："我为什么要知道？"

不就是亲完后，她又拉着他多抱了一会儿。他出门前都记得把口红擦掉，领带忘了整理居然好意思怪她。

江凛由着她耍赖，抬手捏了捏她泛红的脸颊，另一只手扯松领带："乖乖在这儿等我"。

温宁戳了戳男人的西装裤，平整的黑色布料往下陷进去一点，衬得她的手指越发雪白："你快点重新系好领带出去开会，不要打扰我玩游戏了。"

江凛："……"

温宁在 CM 待了一整天。

江凛不在办公室，她就在他的休息室里玩手机；江凛在办公室，她就在他办公室的沙发上玩手机，或者吃东西。

温宁最后都有些不好意思了。

临近下班时间，江凛终于得闲。

温宁叫道："哥哥。"

"嗯。"

温宁："我下次过来的时候，把平板电脑带过来画画吧。"

江凛把草莓递到她嘴边："带来带去不麻烦吗？"

不然她还是不努力了吧。

"我给你在办公室备一套新设备。"江凛继续道，"需要什么你列个单子给我。"

温宁眨眨眼，清亮的目光望着他，眉眼弯弯："我看你就是想骗我多来。"

"走吧。"

温宁疑惑地眨了眨眼睛："去哪儿啊？而且你还没回答我呢。"

男人站起身，大手朝她伸过来，眸色温和："想骗你多过来就一个筹码怎么够？带你去附近吃饭。"

温宁笑着哦了声："那走吧。"

饭店离金融中心不远，江凛早让徐司机下班回去了，自己开车带她过去。

进了包间，温宁也没跟他坐对面，直接贴在男人旁边坐下，点了服务员推荐的几个招牌菜。

上菜后，静静也总算结束了一天的工作，温宁终于又收到她发来的微信。

乐静静："元旦之后马上就是新年和情人节，估计过段时间我们又要加班了。"

温宁把筷子放下，给她回消息："辛苦啦。"

乐静静："不过游戏反响太好了，我们这季度的奖金估计会很可观。等过年回南城请你吃饭。"

温宁："那我可要吃大餐。"

乐静静："没问题。"

消息刚一发出去，低缓的男声忽然在温宁耳边响起："还没聊完？"

温宁娇嗔地瞪他一眼："我现在和女同学聊天你都要管啦？"

"再不吃菜要凉了，吃完再聊。"

温宁闻着菜的香味，也有些饿了："好吧，我跟她说一声。"

吃完晚饭，温宁又坐进了江凛的怀里。

她听见男人低声在她耳边问："今晚真不跟我回去？"

温宁其实也舍不得他，不然也不会一吃完饭就往他怀里钻。她的脸在他颈边贴了贴，声音有些低落："我要回去再陪陪舅舅舅妈。"

宁青松和蒋岚在国外还有些事情要处理，这次一走，要两三个月后才会回来定居，而且她还要考虑一下他们家温教授的心情。

"还要再给我爸爸一点接受的时间。"温宁靠在他的肩膀上，"等30号送走舅舅舅妈，我就去公司找你。"

江凛指尖轻抚着她的耳垂，很低地嗯了声。

温宁又问他："你元旦确定要去国外出差是吧。"

"嗯。"江凛低声说，"不能陪你跨年了。"

温宁对元旦跨年倒没什么兴趣，更喜欢传统又有仪式感的春节。

想到春节，温宁正想问他今年会不会回去过年，却听男人又在她耳边低声道："春节留下来陪你。"

温宁抬起头看他："你今年不回去吗？"

江凛点头："初一抽时间回趟博汇？"

温宁心里轻轻一动。

她还不确定这个愿望能不能实现，却也对他点点头："好呀，我初一陪你过。"

宁青松和蒋岚是30号下午的航班。

温宁29号晚上定好了闹钟，一大早就起床去对面陪舅舅舅妈吃早饭。

吃完早餐，宁青松夫妇回客房收拾行李，温时远去厨房把碗筷放进洗碗机。

客厅只剩下宁雪兰。

温宁乘机过去，贴着宁女士坐下，挽住她手的臂："妈妈。"

宁雪兰偏头："一大早就撒娇，又有什么事？"

温宁把下巴搁在她的肩膀上，脸微微泛红，有点不好意思："我今晚想去江凛那边住。"

宁雪兰只见温宁一提男朋友，眉眼就不自觉地带上笑意，她不由得问："就这么喜欢他？"

温宁点头："喜欢，而且你们也看到了嘛，他对我很好的。"

"想去就去。"宁雪兰说。

温宁在她的肩膀上蹭蹭："谢谢妈妈。"

宁雪兰抬手帮她理了理蹭乱的头发："怎么忽然就快要嫁人了呢？"

温宁听出她语气里的感伤，鼻子也莫名跟着一酸。

"哪儿有？"温宁吸吸鼻子，"我只是答应会嫁给他，又没说马上嫁给他，你们还可以多留我几年的。"

宁雪兰笑着瞥她一眼："真的？你到时候可别跟我们哭。"

温宁点点头："真的，而且就算嫁给他了，我也永远是你们的女儿啊，就算以后去了北城，你们暑假也可以过去陪我，而且他经常要出差，我也可以随时回来陪你们，只要你和爸爸不嫌我又给你们当电灯泡就好了。"

宁雪兰看她眼眶略微泛红，笑着道："哪儿有这么漂亮的小电灯泡？"

温宁嘴角也翘了翘："那是。"

下午送完宁青松和蒋岚，温宁就被江凛派来的车接去了CM。

下班后，温宁跟他去附近另一家店吃了晚饭，又去电影院看了场电影，等回到博汇，已经过了晚上九点。

在玄关换好鞋，温宁习惯性地伸手要他抱。

江凛一手抱起她，另一只手取下眼镜，搁在一旁的柜子上，作势要亲她。

柜子上的手机这时却忽然响了起来。

"谁啊？"温宁皱皱鼻子。

温宁偏过头去，看见他手机屏幕上赫然显示着"计远"两个字。

温宁抿抿唇："你接吧。"

江凛也清楚这一点，嗯了一声，空出一只手拿起手机，接通。

温宁听见他对着电话那头嗯了几声，随即便挂断了电话。

"是有什么事吗？"温宁问他，"你要回去加班还是……？"

江凛把手机放回去："不用，在书房处理就行。"

温宁松口气："那就好。"

江凛空出来的那只手落到她脸颊上，眸光仍暗："需要四五十分钟，你先去去洗澡？"

温宁脸上一热。

"哦。"她红着脸应了一声，"那你抱我过去。"

温宁慢吞吞洗完澡，就回了主卧。

她扯了个抱枕抱住，半躺在床上，随手点进微博。

江凛进来的时候，就看到小姑娘在床上滚来滚去

江凛脚步稍顿。

温宁又在床上滚了圈，才看见已经走到床边的江凛。

他什么时候进来的？她怎么一点响动都没听见？

看见男人在床的右边躺下，温宁从左侧直接滚进了他的怀里，脸在他的胸口贴了贴。

"哥哥。"

江凛稍稍抬手，指尖穿过她的发丝，感觉干了大半，就也由着她了。

他低低应了一声："嗯。"

冬日夜晚的寒气笼罩着整座城市，室内却一片温暖。

温宁热得厉害，感觉全是汗，不太舒服，可她连一根手指头都不想动。

向来有洁癖的男人居然也没什么太大的动静，只一只手静静地抱着她，另一手轻抚着她的后颈。

"哥哥。"温宁在他胸口贴了贴，感觉他身上也都是汗。

江凛指尖仍轻缓地触碰着她后颈，很轻地应了一声："嗯。"

温宁手软软环上他的脖颈，脸颊在他的脸上贴了贴，声音轻轻的："你是我独一无二的江凛哥哥。"

温宁这一觉睡得格外沉。

第二天迷迷糊糊醒来时，她下意识还以为自己在家里，可腰肢又好像被一只温热有力的大手箍着，像是身处一个熟悉的怀抱中。

温宁习惯性地在那个怀抱里蹭了蹭，感觉另一只大手轻轻落在她的脸颊上，耳边响起的声音低缓又温柔："醒了？"

温宁眼皮还沉重，脸颊不自觉地在那只手上贴了贴，嗯了声。

她听见那道声音又低低地问她："起床吃饭？"

温宁意识清醒了少许，想起昨晚睡在博汇，带着小鼻音道："哥哥。"

江凛："嗯。"

温宁大脑还运转迟缓，总觉得自己像是忘了一件重要的事情："几点啦？"

"下午一点。"江凛说。

温宁揉揉眼睛。

几点？

下午一点？

"啊，我忘了抽卡了。"

江凛："……"

怀里的小姑娘迅速挣扎着趴到了他身上，探手开了灯，室内瞬间一片亮堂，那只柔若无骨的小手又伸到床头柜，把手机摸过来，随后重新侧躺进他怀里，还不忘把他的手又搭回她腰上。

江凛给她调整了个舒服的姿势。

小姑娘顺势又在他怀里蹭了蹭，手机屏幕微微倾斜着，细白的指尖在桌面上轻点，打开了一个橙色购物软件。

"不是要抽卡？"江凛问她。

他没想到这个姑娘抽卡能抽半个小时，也没想到自己能不嫌浪费时间，陪着她在床上抽了半小时的卡。

元旦假期，江凛出国出差，喻佳倒是回了趟南城。

她马上要进谭智柳新片《追缉》的剧组，春节都会在剧组度过，元旦这几天是她今年最后的假期。

喻佳是元旦当天的航班。

下午三点，温宁去机场接她。

江凛知道她元旦期间要跟喻佳出去逛街吃饭，就把徐司机暂时安排给了她。

徐司机把车停在出口外面。

喻佳很快就出来了。

徐司机下车帮她接了行李放进后备厢，喻佳拉开右后门坐进来。

温宁偏头看她，又伸手捏捏她的胳膊："就几天没见，怎么感觉你又瘦了？今天别控制饮食了吧，我请你吃大餐。"

喻佳笑着瞥她一眼："江太太准备请我吃什么大餐？太便宜的我可不答应。"

温宁听见这个称呼耳朵热了热："人均五千的够大不？"

喻佳继续笑着看她："对，都忘了你老公给了你一张黑卡。"

温宁："花我自己的钱请你总行了吧。"

喻佳："你老公的钱不就是你的钱？"

温宁忍不住翻了个白眼："我还没嫁给他呢，你没完了是吧，再啰唆就去吃十二块钱一碗的螺蛳粉了啊，十五块钱都能加个炸蛋或虎皮鸡爪了。"

"不啰唆了。"喻佳还在笑，"我可不敢惹我们江太太生气。"

温宁伸手掐了她一把。

温宁跟前排已经放好行李回到驾驶位的徐司机道："徐叔，我们去杏林路那家店，就是前些天你们江总带我去的那家。"

吃完饭，温宁也没着急带喻佳回家。

知道喻佳今天回来，温教授就抛弃他们亲爱的女儿，带着老婆出门过二人世界去了，这时候回去，家里估计也没人。

温宁就跟喻佳一起去了附近商场逛街。

她们先去了女装区，温宁自己挑了几套衣服，全是拿江凛的卡付的款，主要他给她卡之后，她还没用过。

买完后，温宁想着花了他不少钱，又拉着喻佳去了楼下的男装区。

挑挑拣拣许久，温宁最后刷自己的卡给他买了根皮带。

喻佳在一边看得牙酸，轻轻"啧"了声："他又不在，你这样换来换去地刷卡，是怎么回事？"

"那我给他买礼物总不能也花他的钱。"她随口反驳一句，又转移话题，"你还看不看衣服，不看我们就去一楼吧，我想给我爸爸妈妈挑点礼物。"

喻佳："不看了，走吧，江太太。"

温宁："……"

她故作凶巴巴状威胁："再叫一声，礼物没你的份了啊。"

"啊，礼物还有我的份啊。"喻佳假装惊讶，"行，那暂时不叫了。"

两人笑笑闹闹拉着手又去了一楼，全然不知网上有一场新的风波。

起因是下午六点半有人在短视频平台发了条视频，配文是"又见美女上豪车，世风日下啊"。

这个博主只有几百个粉丝，按常理，这条视频不会引起任何反响，但关键就在于他配文上的"美女"二字，实在不掺杂半点水分。

视频一看就是路人随手拍的，没有任何处理，但被拍到的女生依旧漂亮。

背景像是在某个机场，周围来来往往全是游客，她穿着黑色大衣从出口走出来，周围所有人都黯然失色，观众一眼只能看见她。

不到一个小时，这条视频迅速点赞破万，并且热度还在持续上涨，评论区也异常热闹。

"这也太好看了吧。"

"也没必要羡慕，说不定车里坐的男人都能当她爷爷了。"

"你们都在看人，就只我在看车吗？宾利慕尚，停产前是宾利旗下最贵的车型，这款是限量版，落地价起码就要千万元以上了。"

评论中虽然有一部分人被博主的用词带了节奏，但还有一大部分是正常评论，直到有人认出视频中的女生是钱正义刚拍完的新作《秘密》的女主演喻佳。

《秘密》虽然还没上映，喻佳已经一脚踏入了娱乐圈，网上能被扒出来的信息早已经被好事的网友全扒出来了。

她进组前一直是电影学院校花，家境不详，但也绝非大富大贵的背景。而即便是鼎盛这样的大公司，也绝不可能给还没出成绩的新人配这么贵的车。

好在鼎盛元旦假期也有公关部的员工在值班，在舆情监测方面更是格外敏锐，在视频以不可控的速度出圈前，喻佳就已经收到了通知。

这时温宁和喻佳刚逛完一圈，她买了杯热奶茶，跟喻佳找了张长凳坐下来休息。

喻佳接到公关部的电话后，大致跟温宁说了下。

温宁瞬间被气得奶茶都要喝不下了。

早在她决定进圈前，就对将来可能会出现的情况做足了准备。

"多大点事，别气了，公关部那边已经介入了，那个人删视频了。"

温宁还是有点气，也有点愧疚，咬着珍珠重重嚼了几下："那我帮你澄清吧。"

"你又蹚什么浑水？"喻佳不想又把她牵扯进来。

温宁："要是我今天打车去接你，也不会有这样的事。"

喻佳："娱乐圈无风起浪的事还少吗？你见过哪个女明星没被造过谣，而且难不成你以后跟江凛结婚了，你也打车去接我？要怪也怪那些胡编乱造的人。"

温宁："那不管，反正我要帮你澄清。"

原视频虽然删了，但视频所造成的影响没办法立即尽数消除。

有人发现喻佳闺密，也就是那位叫"就我没猫了吗"的画手更新了微博。

就我没猫了吗："去机场接你们@喻佳小姐姐的是我哈！"

配图是一张提及接机时间地点的微信聊天记录和一张照片，照片拍的正是视频中那辆宾利，同时出镜的还有半截细白的手。

发完微博后，她也没心情逛街了。

她提前回到家里，温教授和宁女士果然还没回来，温宁就拉着喻佳回到自己那边。

　　喻佳去了洗手间，温宁把大包小包随便收了收，就躺在沙发上。

　　她一躺好，手机就响了起来。

　　温宁瞥了眼来电显示，眼睛一亮，她立即接起电话，抱着抱枕坐起来："哥哥你落地了啊？"

　　电话那头的男人嗯了声，声音微微压得有点低，带着明显的安抚意味："网上的事情我都知道了，别担心，我来处理。"

　　哪怕知道和她没关系，温宁多少也还是有点愧疚的，听到他这么说，她终于松了口气。

　　温宁揪了揪抱枕："你怎么处理呀？"

　　电话那头静了一秒，然后温宁听见他温声问："想不想公开？"

　　娱乐圈最近正好没什么大瓜，网友闲得厉害，这一晚上全将目光聚焦在豪车事件上。

　　晚上八点，吃瓜网友终于等来了某个著名律所出具的律师函。

　　江凛转发了温宁之前给粉丝的回复。

　　江凛 V：我是她男朋友 //@ 就我没猫了吗：贴贴，不过车不是我的啦，是我男朋友的。

1001L:"居然真的公开了！"

1003L:"甜死我了。"

1011L:"短视频那边那几个跳得最高的男的一个个全在排队道歉。"

1016L:"活该，之前说得可难听了。"

1032L:"鼎盛那边也给喻佳小姐姐出了份律师函，大公司的动作就是迅速。"

…………

温宁也看到了网上的内容，终于彻底松了口气。

她听喻佳这时在旁边道："我这也算过了明路了。"

"什么明路？"温宁一愣。

喻佳指指她的手机屏幕："现在全网都知道我有一个嫁入豪门的闺密了，以后我再上什么豪车，或进什么豪宅，他们下意识肯定会觉得我是去找你的。"

温宁纠正她的话："还没嫁呢。"

喻佳："那就早点嫁过去，我现在对江凛这个人已经完全挑不出任何毛病了。"

温宁抬抬小下巴："那也不看看是谁看中的男人。"

喻佳："……"

温宁又点开微博，进了某人的主页。

"不回他一条？"喻佳问。

温宁点头："要回的。"

温宁想了想，最后给他在评论回了个贴贴的表情包。

温宁知道他过去是忙工作的，帮她处理这件事估计已经占用了他一部分时间，回完就也没着急等他的回复。

而且他这条转发的评论区已经相当热闹，她这条评论迅速被新评论淹没，也不知道他能不能看到。

温宁正好也没什么事情，又刷了刷他这条微博的评论区。

"这么甜是我不花钱就可以嗑的吗？"

"好甜啊。"

…………

又刷了一会儿，温宁才退出他的主页，只是她刚一回到自己主页，下方就跳出来消息提醒。

江凛回复@就我没猫了吗："等我回来。"

温宁嘴角不自觉地又扬了起来。

江凛是 5 号回来的。

温宁跟徐司机一起去机场接他。

元旦假期第二天，南城气温骤降。

温宁这几天门都没敢出，只在 3 号下午和两位家长一起送了趟喻佳。

车上暖气充足，温宁一边玩手机，一边时不时往外看。

机场还是人来人往，温宁没看见他，低头给今天进组的喻佳回消息。

等她再打算抬头时，右车门忽然被人拉开。

温宁循着声音偏过头。

男人今天穿了件黑色大衣，内搭灰色高领毛衣，他裹挟着一点外面的寒风坐进来，落在她脸上的目光却是温和的。

温宁捏着手机，感觉小心脏忽然怦怦快跳起来。

"冷不冷？"江凛低声开口。

她摇摇头："不冷的。"

细白的小手却从暖暖的羽绒服里钻出来，轻轻攥住男人修长的指尖晃了晃。

"哥哥，我给你买了礼物。"

江凛看着她的小动作，心里忽然软成一片。

他反握住小姑娘的手："什么礼物？"

温宁瞥瞥前排徐司机，小声道："回去再告诉你。"

认真开车的徐司机："……"

对不起，他不应该在车里，应该在车底的。

徐司机先送他们去了博汇。

一进门，温宁就钻进男人怀里，脑袋在他胸口蹭了蹭。

"哥哥。"

江凛手也抱住她，一寸寸收紧。

他轻轻嗯了声。

怀里的小姑娘又在他胸前贴了贴，继续叫他："哥哥。"

江凛揉了揉她被蹭乱的头发："嗯？"

"就是想叫你。"温宁手也搂在他的腰上，"还想贴贴。"

江凛笑了声，静静地抱了她片刻，才重新开口："礼物呢？"

温宁轻轻啊了声："差点忘了。"

她今天去机场接他前，先上来了一趟，把礼物藏到了主卧里，本来想着给他个惊喜的，可一见他，自己先藏不住话，直接告诉他了。

"我现在去给你拿。"

小姑娘松开手，蹦蹦跳跳地走了。

江凛站在原地，取下眼镜放到柜子上，又把大衣脱下来，挂在门口的衣帽架上，解手表的时候，他的动作顿了顿，像是忽然没了耐心，他停下动作，径直走进客厅去迎她。

他刚走到沙发附近，小姑娘已经提了个袋子跑回了他的身边。

"喏。"她把手里的袋子递过来。

江凛打开袋子，打开里面的盒子。

里面是一根黑色的皮带。

温宁仰头看着他，眼睛乌黑晶亮："喜欢吗？"

江凛点了点头。

小姑娘眉眼弯弯地笑起来。

"你要不要试试？"她从盒子里把皮带拿出来，"我帮你系？"

温宁还在低着头研究皮带："算了，还是你自己来吧。"

江凛嗯了声，接过皮带："给你带了礼物。"

温宁眨眨眼："你也给我准备礼物了？"

"嗯。"江凛点头，"在行李箱。"

温宁脸在他肩膀上贴了贴："那我等下勉强看一下吧。"

江凛："嗯。"

温宁："晚饭要吃你亲手做的面。"

"好。"江凛应下。

温宁继续跟他提要求："那我还想听你叫我宝贝。"

男人低沉的声音缓缓响起："宝贝。"

进入腊月，南城气温骤降，然后一直持续低温，接连大半个月，气温都在1至5摄氏度徘徊，最高都没高过7摄氏度。

温宁腊月第一周只在博汇住了一晚，到腊月第三周的时候，已经有小半时间都在博汇留宿。

温教授当初给她定下的门禁已经形同虚设。

腊月二十二上午，温宁又跟江凛去了CM。

温宁最近勤快了点，《秘密》第四话前两天早已经画完传上去了，今天不想干活。

温宁起身，坐到男人怀里，搂住他的脖子："哥哥我饿了，我们中午吃什么？"

"你想吃什么？"

温宁想了想："叫人送过来吧。"

天太冷了，她一点都不想出去。

江凛打电话让人帮忙订餐。

温宁脸在他肩膀上贴了贴，想着马上要到年底，又跟他确认："你今年确定不回去过年了吗？"

"嗯。"江凛点头，"说好了陪你。"

南城这边的小年是过腊月二十四。

二十四晚上，吃完晚饭后，温宁在暖意融融的客厅里陪两位家长看南城卫视的小年夜晚会。

温宁慢吞吞地剥了个冰糖橙，给宁女士递了一半，剩下另一半递给温教授。

"爸爸。"温宁斟酌了下言辞，"你觉不觉得一个人在家过年很可怜啊？"

温时远瞥她一眼，目光又重新转回电视，漫不经心地回了一句："不觉得。"

温宁："……"

温宁打好的腹稿被他这一句话全堵了回去。

温宁又把话题继续："那我觉得还是挺可怜的。"

温时远还是漫不经心地回她："怎么可怜了？"

温宁："你看啊，春节就是全家团圆的节日，一个人住在冷冷清清的大房子里，看个晚会都不热闹，不是很可怜吗。"

"住大房子还可怜啊？"温时远终于似笑非笑地看了她一眼。

温宁："……"

温宁估计温教授早就猜出她在打什么主意了，不再耍小心机，直接开门见山道："江凛今年不回北城，说会留在南城陪我过年，让我初一过去见他，可他一个人过除夕多无聊啊，我就想着能不能让他来家里和我们一起过年。"

温时远目光又转回电视上，隔了两秒才开口："想叫就叫，又没人拦着你。"

她没听错吧，大家长这么轻易就松口了？

温宁眼睛瞬间瞪得大大的："爸爸你这是答应了？"

"他舍不得让你为难。"温教授语气听着酸溜溜的，"你爸爸我难道就舍得让你为难了啊？"

温宁立即又剥了个冰糖橙递过去："爸爸真好！"

温时远："……"

晚会实在无聊，三个人都没兴趣看了。

三人随便又聊了会儿天，温宁就回了对面。

她趴在沙发上，给去北城的某人打了个视频电话。

那边接通得挺快，看背景他没在江家，像是在逸星的行政套房。

她不着痕迹地皱皱鼻子，随后又朝他笑起来："小年快乐啊，哥哥。"

江凛刚洗完澡，拿着手机在床边坐下："小年快乐。"

温宁手托着下巴，故意装作一副要跟他算账的模样："你元旦没陪我过，小年也没陪我过。"

江凛隔着手机看向她："明年陪你。"

温宁轻轻哼了声："明年还要好久，到时候你说不准又有工作，这样吧，你除夕陪我过，我就不计较啦。"

不知是不是信号的问题，江凛没太听清她的话："除夕？"

电话那头，小姑娘瞬间朝他露出灿烂的笑容，声音温软轻快："对啊，我爸妈答应让我带你回家过年啦，今年跟我一起过年吧，哥哥。"

江凛握在手机上的指尖稍稍一紧："好。"

除夕这天，江凛下午三点就到了。

温时远夫妇早早进厨房忙活，没让他们进去帮忙。

温宁就跟江凛坐在客厅看电影。

电影看到一半，温宁隐约闻见一阵香味厨房飘出来，仔细闻了闻。

确认后，温宁眼睛一亮，偏头看了眼旁边男人："哥哥你等我下，我去趟厨房。"

江凛把剥好的橘子递给她："去吧。"

温宁进了厨房。里面温时远果然刚炒好一盘小鱼干。

宁雪兰回头瞥她一眼："不在客厅陪男朋友，进来做什么？"

温宁凑过去："过来看看你们做得怎么样了，用不用帮忙？"

"是进来偷吃吧。"温时远直接拆穿她。

温宁夸张地哇了声："爸爸您怎么这么聪明？"

温时远："……"

温宁拿了副筷子和一个小碗，夹了一点鱼干："我先帮你们试试味啊，不用谢谢我。"说完也不等两位家长答话，就直接溜了出去。

江凛听见动静，略略偏头，看见小姑娘端个小碗坐回他旁边，筷子上夹了两个小鱼干递到他的嘴边。

"我爸爸的拿手菜之一，哥哥你先尝尝啊。"

厨房是透明推拉门。

江凛看见温时远往这边看了眼，又面无表情地转回了头。

"你爸妈能看到这边。"江凛提醒她。

温宁："……"

她也回头看了眼，耳朵尖红了点："能看到就看到嘛，我又没做什么，只是喂你吃点东西而已。"

江凛："他们还没答应把你嫁给我。"

温宁："我倒是觉得我爸妈的攻略进度条你已经打下来大半了。你还给他们送红酒，你都没和我喝过红酒。"

江凛目光在她的唇上停了一秒，又缓缓往下："想喝？"

温宁："……"

"一般般吧。"顿了顿，她又转移话题般催他，"你到底吃不吃啊？"

江凛握住她的手腕，低头吃掉她喂过来的食物。

厨房里，温时远刚好回头看了眼，看见这一幕，他再次心情复杂地转回了头。

因为家里多了个人，等菜上齐后，温宁就发现今年的年夜饭比往年要丰盛不少，菜色多了好几样，口味也多了好几种。

落座后，温宁看见面前刚好有盘皮皮虾。

温宁除了吃口味虾爱自己剥壳，其他的虾蟹之类的食物，她都有点嫌剥壳麻烦。

以前她倒也不会跟好吃的食物过不去，麻烦也会吃，但跟某人在一起后，多是他帮她来做这些事，她现在就越发嫌麻烦了。

温宁瞥瞥皮皮虾，又收回目光。

反正现在一大桌子菜，不吃虾也没关系，她夹了一块排骨慢慢啃。

江凛就坐在她旁边，看见她的小眼神，把筷子放下，戴上一次性手套。

坐在对面的温时远看着他慢条斯理地剥好虾，径直放到温宁碗里。

他家姑娘发现后，只侧头冲男人甜甜一笑，然后一脸坦然地把碗里的虾吃了。

他一看她就习惯了。

温时远对江凛是挑剔的，结果这几次接触下来，发现实在没什么好挑剔的。

等到一家子吃完饭，温时远终于忍不住趁着温宁去洗手间的间隙，对旁边的年轻男人道："你也别太惯着她了。"

江凛稍稍怔了下，随即点头："好。"温时远听见他又缓缓接了一句话，"不过可能做不到。"

温宁不知道家里两个男人还有这样一番谈话，她从洗手间出来后，又贴着江凛坐下。

温宁靠在男朋友怀里，跟同学们和两位家长聊着天，而后又给远在外地和国外的喻佳及舅舅舅妈各打了个电话。

直到倒数声开始，屋里的人注意力才重新回到电视上。

新年钟声敲响，温宁跟两位家长和男朋友各说了一声新年快乐，然后又眼巴巴地看向两位家长。

"那……"她顿了顿，"我们就回对面去了？"

虽然她留宿博汇不是一次两次了，但让江凛在她这边留宿还是第一次。

温时远张了张嘴，什么也没说。

宁雪兰倒是说了一句："先等等。"

她回卧室拿了两个红包出来，先递给温宁一个。

温宁惊喜地接过来："我毕业了还有红包吗？"

宁雪兰摸摸她脑袋："毕业了也永远是妈妈的宝贝女儿。"

温宁蹭蹭她的手："妈妈真好，新的一年肯定会更漂亮的。"

宁雪兰失笑，顿了顿，才又把手上另一个红包递给江凛。

江凛记性向来好，但一时好像想不起上一次被这样递红包是什么时候了，他稍稍怔了下。

宁雪兰笑着道："拿着吧，宁宁第一次带男朋友回家过年。"

江凛接过来："谢谢阿姨。"

回到对面，温宁换好鞋就习惯性跳到男人怀里。

江凛伸手抱住她。

"哥哥你今晚开心吗？"

江凛空出一只手轻轻抚了抚她带着笑意的眼尾。

江凛指腹慢慢往下，缓缓点了点头。

温宁脸颊也在他的手上蹭了蹭："那就好。"

感觉到男人指腹还在她的唇角轻缓触碰，脸颊又稍稍热起来，她小声问："那我们现在去洗澡吗？"

"不急。"江凛轻声说，"有礼物要送给你。"

"我也有礼物吗？在哪儿呀？"

"在你房间里。"江凛说。

温宁："……"

"在我房间？"温宁这下惊讶了，"怎么会在我房间？你什么时候放进去的？"

江凛："让阿姨帮忙送过来的。"

"那你抱我过去。"

江凛抱着她走到主卧门口，温宁推开门，顺手开了灯。

她的房间里也有个小小的衣帽间，往里多走了几步，她才看到他说的礼物。

温宁倏然一愣。

他说有礼物要送给她，她以为是一件礼物，但此刻她的房间多了一个漂亮的礼物架，静静地靠在墙边，上面摆了起码十几个礼盒。

"怎么这么多？"温宁愣愣地看向他。

江凛抬抬下巴："自己去看看？"

温宁从他怀里跳下来，走到礼物架边，去拿离自己最近的一个礼物盒，男人低沉的声音却又从她身后响起："先看左上第一个。"

这还有顺序的吗？

温宁乖乖地拿了左上第一个。

她打开礼盒，里面有两层，第一层只有一张小贺卡。

贺卡封面上有一小行字，上面写着："给五岁的小温宁。"

温宁捏着贺卡，心里轻轻一动。

她当初跟爷爷去江家时是五岁，算上初见的那一年，他们差不多也算认识十八年了。

温宁目光又落向一旁的礼物架。

上面的小礼盒一共刚好十八个，他这是把过去每一年的礼物都要给她补上吗？

温宁重新低下头，翻开那张小贺卡："愿你健康快乐长大。"

温宁盯着贺卡，鼻尖莫名有点酸涩，缓了缓，才慢慢打开礼盒第二层。

里面装着一只通体透黑的小瓷猫。

不是当初她送他的那只从小路边摊买的瓷猫，眼前这只小黑瓷猫触手光滑，活灵活现，不管是做工还是质地都是绝佳的。

这是他给五岁的她的回礼。

她抽抽鼻子，把第二个礼盒拿出来。第二个礼盒的贺卡里写着："给六岁的小温宁。"

小礼物是只可爱的布偶小猫。

温宁一个一个慢慢拆开，后面几个礼盒也都一样，里面是一句给那年的她的祝福语以及一份符合她当时年纪的小礼物。

直到她拆到第九个，贺卡封面上的内容没怎么变，只是换成了"给十三岁的小温宁"，可等她翻开后，才发现里面的话从祝福语变成了简短的八个字："好好学习，不许早恋。"

他给十三岁的她的礼物是一个可爱的小樱桃发卡。

温宁看着手中的发卡，觉得自己需要缓一缓，不然她可能现在就要哭出来了。

她转过头看向一直默默陪她拆礼物的男人："你现在还想跨时空管我早恋了啊。"

江凛抬手安抚似的轻轻捏了捏她脸颊："不该管吗？"

"跨时空管也没用啊。"温宁小声嘀咕，"我当初就是早恋了你拿我也没办法。"

江凛落在她脸颊上的手有那么一秒差点没控制好力度。

江凛的手落到她细嫩的下巴上，他不轻不重地捏了下："那只能多收拾你几次了。"

温宁红着脸拍开他的手："你不要破坏气氛。"

"是谁先开始假设的？"江凛目光静静地落在她绯红的小脸上，"现在怪我破坏气氛？"

"当然怪你。"温宁不想搭理他了，"我要继续看礼物了。"

温宁转回去，继续慢吞吞拆礼物。

从十三岁到十七岁，他给她的贺卡上居然全是那句话。

温宁慢慢拿出下一个礼盒。

贺卡外面写着："给即将成为大人的小温宁。"

啊，这是给十八岁的她的礼物。

她都成年了，就算恋爱也不是早恋了吧，他总不至于还重复那句话吧？

温宁翻开贺卡。里面还是那笔极漂亮的字："小公主不要着急谈恋爱。"

温宁忍不住轻轻哼了声。

他换了个说辞，不还是管着她不许跟别人谈恋爱。

她哼完，嘴角却又不自觉地扬了起来。

温宁打开第二层，他给她的成年礼物是一个钻石冠冕，冠冕由许多颗小钻石镶嵌而成，中间嵌着一颗水滴形的红宝石，在灯光下闪闪发亮。难怪把她的称呼换成了小公主。

可能是喜欢这个新称呼，温宁连带着对这个钻石冠冕也有点爱不释手，拿着看了片刻，又递到男人面前。

"喏，给你个机会，帮十八岁的温宁戴上。"

江凛接过来，先帮她把披散下来的卷发理了理。

"十八岁的温宁收到啦。"她轻着声音，眼眸晶亮，"十八岁以前的每一份礼物，她也收到啦。"

江凛指腹仍落在那个钻石冠冕上，他稍稍低头，在小姑娘额头轻轻亲了下："收到就好。"

温宁缓缓地把后面几个礼物一一拆开。

十九、二十和二十一岁的贺卡内容还和之前的大同小异，他依旧想管着不许她跟别人恋爱。

礼物倒是挺漂亮的，分别是一条项链、一条手链和一条脚链。

项链和手链跟他之前送过的款式都不一样。

温宁目光落向最后一个礼盒。

最后一个礼盒他不再需要补送了，是送给现在的她的。

温宁把礼盒抽下来，慢慢打开盒子，里面第一层依然放着一张贺卡。

贺卡外面没再写年龄，写着："给我的宁宁。"

她翻开贺卡，里面是一句祝福语："愿我的宝贝一世好运，一生无忧。"

温宁眼眶也开始发热。

温宁把贺卡放下，慢慢打开第二层，一眼看到里面放了一个只有她半个巴掌大的黑色小绒盒。

温宁心脏忽然怦怦快跳起来。

她呆呆地拿着盒子在原地站了几秒，才拿出里面的小绒盒。

她打开盒盖，里面是一个漂亮的钻戒。

这个戒指和上次那个款式不太一样。这个是铂金戒环，主钻是水滴形的，周围环绕着镶嵌数颗明亮式切工的钻石，在灯光下，漾出璀璨无瑕的光，那颗水滴形的主钻尤为耀眼。

温宁心里好像漾着一汪温泉水，声音带着点哭腔："怎么又送我戒指？"

男人修长好看的手伸过来，他从绒盒中拿出戒指，缓慢温柔地戴到她的手上。

"总觉得上次还是太仓促了。"江凛盯着她手上的戒指，顿了顿，又稍稍抬眸，"愿意嫁给我吗？"他握住她戴戒指的手轻轻亲了下，"我的小公主。"

被他吻过的指尖也开始发烫。

温宁扑进男人怀里，声音像是带着点哭腔："愿意的！"

她在男人颈窝上蹭了蹭，又重复一遍："我愿意。"

江凛搂在她腰上的手缓缓收紧："那等你爸妈答应了，你就跟我去领证？"

"嗯！"温宁很重很重地应了声，继续在他颈间蹭，她的声音又稍稍低下来，"可是我都没给你准备礼物。"

江凛的手指穿过她发丝，他轻轻揉了下她的后颈："你已经送了我最好的礼物。最后一个礼盒里还有一样礼物。"

温宁稍稍愣了下。

她那时一打开，注意力全被那个钻戒盒子吸引了过去，根本没注意礼盒里还有没有其他礼物。

"什么东西呀？"温宁小声跟他撒娇，"你拿给我看看。"

江凛从最后一个礼盒里面抽出一份文件。

她翻开看了看，好像是一份以她的名义设立基金的文件。

江凛捏捏她的脸颊："想做什么项目？"

温宁抽抽鼻子，靠在他的怀里想了想："资助山村女童上学吧。"

其实宁女士和温教授一直在做这件事，只是没有找到可信的基金，怕捐钱养了不该养的人，亲力亲为又太费时费力，只是资助了很少的一部分女孩。

她挣的钱也会分一点存到他们那个账户里。

"希望她们运气也能好一点，也希望她们能看到更广阔的世界。"

江凛轻轻嗯了声。

"但是我还有个要求。"温宁下巴靠在他的肩膀上。

江凛："什么要求？"

"我想以我们两个人的名义设立这个基金。"温宁往上挪了挪，手又环住他的脖颈，"我还希望我的江凛哥哥也能永远好运，永远有人爱他。"

江凛垂眸对上她眼睛。

江凛搂在她腰上的手倏然紧了几分："宁宁。"

温宁："……"

"干吗忽然叫我？"

男人在她额头上轻轻吻了下："快点嫁给我吧。"

进入正月，南城气温仍没回升。

好在温宁家亲戚不多，她不用顶着寒风天到处去拜年，江凛也暂时没回北城，一直留在南城陪她。

年初六，温宁家迎来了一位大佬级别的客人——江凛爷爷，江家那位经常出现在财经杂志和财经新闻中的老爷子，江明成。

江明成是下午两点半到的。

他过来后，略略寒暄后，就提出想同温教授和宁女士单独聊聊。

温宁其实有点好奇他们要聊什么，但当着江老爷子的面，她也不好意思跟两位家长撒娇，只好一步三回头地被江凛牵着走了出去。

回到对面的客厅，温宁窝在江凛怀里，随手点开游戏玩了一会儿，始终心不在焉。

她侧头看向旁边的男人："你爷爷是要和我爸妈聊什么啊？"

江凛捏了捏她脸颊："你说呢？"

温宁愣了一秒，反应过来："结婚的事？"

江凛："嗯。"

温宁立即把手机放下，转身跨坐到他的怀里，手环住他的脖子："你居然还请了救兵。"

男人的手落在她头顶上，他轻轻揉了揉。

温宁听见他低声说："哥哥等不及了。

温宁小脸在他脸上蹭了蹭："我也想嫁给你的。"

家长们的这场密聊持续了一段时间。

直到下午三点，温宁才接到宁女士发来的微信，说江老爷子已经暂时离开，让她单独过去一趟。

温宁盯着微信愣了愣。

温宁也不知道他们到底聊出了一个什么样的结果，心里莫名有些忐忑，她把手机往旁边男人面前递了递："哥哥，我妈妈让我过去一趟。"

江凛帮她把头发整理了一下："去吧。"

温宁乖乖站起身："那我先过去啦。"

温宁到对面时，宁雪兰和温时远正并排坐在客厅的长沙发上。

见她进来，温时远指了指一侧的短沙发："坐。"

温宁在沙发上坐下。

温时远面无表情地看过来："就这么想嫁给他？"

温宁心里打起了小鼓，但还是诚实地点了点头："想嫁给他，但也舍不得离开你们。"

温时远看着她这副可怜巴巴的模样，顿了顿："那先挑个时间把证领了吧。"

"您这是答应了？"温宁反应过来后，追问道，"江老爷子和你们说什么了？"

"没什么。"温时远心情复杂，"不过江凛说以后工作日可以暂时先陪你住在这边。"

温宁去对面后不久，江凛也接到江明成打过来的电话，让他下楼。

江凛先给小姑娘发了条消息，随后才起身下楼。

江明成的加长轿车就停在电梯出口不远处，江凛拉开左后车门坐上去。

老爷子坐在右后座，脊背挺直，不见丝毫佝偻之态。

江凛开口问他："他们怎么说？"

江明成淡淡地看他一眼，像是在说"你也有着急的一天"，却并没有出声。

江凛垂在一侧的手缓缓收紧。

江明成看了他片刻，才终于不紧不慢地开口："答应了。"

江凛不着痕迹地松了口气。

"结婚是大事。"江明成提醒他，"你别明天就带小姑娘去领证，我知道你现在做得出来这样的事。"

江凛："……"

"我约了她爸妈今晚去外面吃饭。"江明成继续道，"晚上先商量着给你们定个领证的时间，婚礼日期再慢慢商量，这件事急不来，小姑娘嫁到咱们家，也不能让她受半点委屈。"

江凛缓缓点头："好。"顿了顿，他又道，"年初九沈老爷子寿宴，我带她过去一趟。"

江明成："是该这样。"

温宁跟两位家长聊完，才看见江凛发来的两条微信消息。

哥哥："爷爷让我下去一趟。"

第二条微信消息是隔了几分钟之后发来的。

哥哥："四点前回来。"

温宁见离四点还有一段时间，就在客厅又陪两位家长看了会儿电视，等到三点五十，才回到对面。

刚一打开对面的门，温宁就看见高大的男人正站在玄关处，像是刚换好鞋，还拿着个黑色的文件夹。

江凛伸手搂住她。

温宁双手熟练地挂到他的脖子上："你以后工作日真要跟我住这边啊？"

江凛单手抱着她往里走："不然你爸妈舍不得让你那么早嫁出去，楼上的房子还需要再放放。"

温宁："那这可是我的房子，你住进来的话，以后家里可是我说了算。"

江凛轻笑了一声："住博汇不也是你说了算吗？"

温宁嘴角也不自觉地翘起来，故意挑他的刺："那你的意思是，以后住到北城去了，我就说了不算了吗？"

江凛抱着她在沙发上坐下："北城的房子也是你的。"

温宁："……"

"北城的房子什么时候成我的了？"

江凛把手上的文件夹递给她。

"这是什么啊？"温宁顺手接过。

江凛："打开看看。"

温宁在他怀里调整了一个舒服的姿势，翻开文件夹，刚草草看了几眼，指尖就倏然顿住。

她愣愣地抬头看他。

"你……"温宁张了张嘴，喉间有些发涩，"你什么时候准备的这些啊？"

江凛："有段时间了。"

温宁重新低下头，这次没有再草草浏览。

温宁指尖攥紧文件边缘，重新抬起头："你……"

只说了一字，她喉头就又涩得厉害。

江凛略略倾身，从茶几抽屉里拿了支笔出来，递到她面前："不是说想跟我签婚前协议吗？现在签吧。"

温宁鼻间一酸。

她当初只是开玩笑。

温宁接过他手中的笔，随后却是连笔和文件夹一起丢到了沙发一旁。

她扑回他的怀里，脸埋在他的肩膀上，声音闷闷的："我不签，我不要这些，我只要你。"

男人轻轻揉了揉她的脑袋，声音也轻："我是你的，财产不也是你的吗？"

温宁："……"

"你不要又想着套路我。"

江凛低声哄她："你不签，你爸妈会不放心让你嫁给我。"

"才不会。"温宁闷声反驳他。

温教授和宁女士只是想看到他的诚意，并不是真的想让他给她这么多东西，不然他们早把这件事告诉她了。

江凛继续低声哄她："不是想让你爸妈以后暑假住到北城去陪你吗？房子在你名下，他们才能安心住进去。"

温宁："……"

这次好像真的有点道理了。

"宁宁。"江凛叫她。

小姑娘捂了捂耳朵："听不到。"

江凛心里软成一片。他的手覆上去，把她的小手从耳朵上拉开。

"这里面所有的东西加起来，都不如你万分之一一贵重，这些东西我都能轻易再挣到……"男人顿了顿，声音低缓，"但全世界只有一个你。"

温宁被某个男人哄得晕晕乎乎的，最后还是签了那份文件。

等到她理智回笼，已经来不及了。

晚上两家人一起去外面吃饭时，她都还抱着一股"我好像占了他天大的便宜"的心理，因而等家长们拿初步选定好的领证日期来询问她的意见时，她下意识挑了最近的那一个。

江明成笑着颔首。

温教授一副"你就不能有点出息吗"的表情。

宁女士半是无奈半是好笑地看着她。

温宁耳朵红了红，装出无辜的模样。

彼时刚过晚上十点。江明成早回了他在南城定下的酒店。

她和江凛刚从对面陪两位家长聊完天就回了她的住处。

温宁第二天中午醒后才知道他要带她去参加沈明川爷爷的生日宴。

江凛静静看着床上的小姑娘。她昨晚挑的日期是2月20日，离现在也就不到半个月。

江凛继续帮她理了理头发："快要领证了。"

温宁："……"

江凛伸手将她从床上抱起来。

老爷子说得没错，确实不能让她嫁过来时受半点委屈，她怕麻烦，不爱应酬也没关系，但先要让那些人看到他有多看重她。

"跟我过去露个脸。"

下午三点，温宁跟江凛一起上了江明成的私人飞机。

有江明成这个长辈在，温宁也不好意思再像之前那样往江凛怀里钻，上去后，她乖巧地坐在沙发上。而且今天是年初七，他手上已经开始工作。

江明成其实也有工作要处理，但等他们一上来，江明成就把手头上那些文件一起扔给了江凛，自己优哉游哉地坐在一边，问温宁会不会下棋。

温宁看他不知按了什么按钮，沙发前的桌面上变戏法似的翻转出来一套棋盘。

此刻她好奇地左右瞧瞧。

江明成不急不徐地把棋子拿出来，像是随口发问："这架飞机好看吗？"

温宁目光转回来，诚实地点点头："好看。"

江明成继续道："喜欢爷爷就买一架给你们当结婚礼物。"

温宁："……"

温宁还没想好要不要拒绝，却见江明成朝江凛那边抬抬下巴，缓缓接道："爷爷现在管不了他了，你以后帮爷爷管着他。"

温宁也回头看了眼坐在另一侧处理工作的男人。

她不知道江明成和她说的后一句话是什么意思，是想她帮忙劝他早点回江科吗？

温宁眨巴了下眼睛，努力装出一副不心虚的模样："我也管不了他的，都是他管我。"

临近飞机落地，江凛才处理完手上所有的工作。

温宁这时还在跟江明成学下棋，这套棋盘和棋子好像是经过特殊处理的，稍有颠簸棋子也不会乱动。

她嘴甜，人也聪明，江明成教得挺开心，见江凛过来，开口道："以后有空常带她回去陪我下棋。"

江凛在小姑娘旁边坐下，习惯性地在她的脑袋上轻轻揉了下，淡淡地嗯了声。

江明成落下一颗棋子："这次回去住吗？"

江凛看小姑娘皱着小脸，细白的指尖捏着颗黑色的棋子，像是在犹豫该下在哪里。

他握着她的手将棋子放在棋盘上："这里。"随后他才缓缓回了江明成："不回。"

江明成稍稍抬眸："不带她见见家里其他人？"

"见过您就行……"江凛顿了顿。

温宁忍不住偏头看他。

他性格虽然强势，但对她绝大部分时候是温柔的，她还是第一次在他脸上看到这种冷淡的神情。

"其他人还不配让她专门走一趟。"他说。

温宁这次跟他住进了他在北城的一套公寓。

她停下脚步，朝男人伸出手。

江凛把她抱起来："怎么了？"

温宁在他颈边蹭了蹭："我想画画了。"

"抱你去书房？"江凛问。

温宁嗯了声，又问他："你怎么不问我想画什么？"

江凛顺着她的意思："想画什么？"

怀里的小姑娘从他的颈间抬起头："想画我们的新家。"

江凛脚步稍顿，对上她望过来的那双清澈无辜的眼。

"哥哥你要陪我一起吗？"她问。

江凛心尖一阵发软："好。"

温宁坐在书房的椅子上，低头看着江凛刚刚发给她的图纸。

她打开平板电脑，照着手上的图纸草草描了外观。

"后院要种点植物吗？"温宁偏头问旁边的男人，"会不会有虫子呀？"

江凛看向她手边的屏幕："有专业的人来打理。"

"那还是种点吧。"温宁回过头继续画。

"这里做个秋千好不好？"

"好。"

"……"

"客厅的吊灯我不想要那种特别大的灯。"温宁跟他强调，"我每次看到那种特别大的灯，就害怕那个灯有一天会掉下来。"

小姑娘揉了揉脖子，刚换上的家居服领口动作间略略歪斜，露出小片雪白肌肤，上面还有昨晚留下的显眼红痕。

江凛伸手帮她整理了下衣领："随你。"

年初九。

刚过六点，沈家老宅外面早已豪车如云。

室内灯光璀璨，将大厅照得一片透亮，厅内衣香鬓影，北城名流汇聚，一派热闹的景象。

宴会宾客非富即贵，但富与贵在名利场中向来也要分三六九等，因而于其中大部分宾客而言，这种场合的应酬性质不免大于娱乐性质。

距离宴会开始还有一段时间，宴会主人地位超然，自然不用早早出来亲自迎宾。

在楼下招待的是沈朝闻的二儿子。

宾客大多三两成堆，有乘机应酬的，也有聚在一处闲聊的。

赵太太和钱太太就是后者。

"你知道江总今天会过来吗？我老公有个项目想和他谈。"赵太太随口问道。

钱太太也没问她口中的"江总"指的是哪个，在此处，不带任何前缀的江总只有江科那个大少爷，CM资本创始人江凛。

"往年沈老爷子生日会他都会露面的，今年多半也会来吧，我听说他谈恋爱了，是随便谈着玩的，还是认真的啊？"

赵太太："他又不像他那个弟弟，不过也难说，毕竟还年轻。"

"也……"钱太太刚应了一个字，忽然看见款款朝这边而来的人，忙拉拉赵太太，一起迎上去："江太太。"

郑瑜脚步一顿，笑着打招呼："赵太太、钱太太。"

赵太太笑着问道："你们家江凛今晚会过来吗？"

郑瑜脸上的笑容稍稍淡了。

钱太太和赵太太都知道江科是要交到江凛手上的，她自然更清楚。

她并不想让其他人知道他们母子不和，可江凛今年甚至没回来过年。

年初六，老爷子亲自去了趟南城，没和他们提过缘由，也不知是不是过去劝他回来继承江科。

老爷子一个人去的，也是一个人回来的，那江凛多半是还留在了南城。

"他今晚不来。"

赵太太一脸遗憾的表情。

钱太太却是乘机又打听道："听说他有女朋友了是吧？哪家的姑娘啊？你正式见过没有？"

郑瑜想起至今还郁郁不乐的小儿子，脸上的笑容更淡了些："不算正式见过。"

钱太太和赵太太对视一眼，随口闲聊般道："那可能是还没定下来，不然今年过年也该带回来给你们见见了。"

"是吧。"郑瑜心不在焉回了句。

此时温宁早到了沈家。只是她并没像其他宾客一样走正门进来。

温宁被他带着由地下车库的电梯上了二楼，去了宴会主人沈朝闻所在的会客厅。

楼下的人打听她时，她刚从沈朝闻那里收了一份贵重的见面礼。

江明成到得比他们还早，跟沈朝闻下了一会儿棋，拿着棋子说："你沈爷爷算是看着江凛长大的，不用跟他客气，好好收着就是。"

温宁乖巧地点头："谢谢沈爷爷。"

沈朝闻这时又看向江凛："明川在书房等你，你既然明年打算回江科，他手上这个项目的资料，你先跟他一起看看，本来就是打算我们两家一起做的。"

江凛看了眼旁边小姑娘。

温宁指指面前的沙发："你去忙吧，我看爷爷下棋。"

沈朝闻又接了句："我让明静过来陪她。"

沈明静是沈明川的堂妹，大学毕业不久，学的也是画画，跟温宁年纪差不多，性格跳脱，却也没什么坏心眼。

江凛这才点了下头。

江凛进去书房没多久，温宁就听见会客厅的门像是被人打开，随后有阵又急又快的脚步声。

不等温宁回头，就听见有上女声响起："爷爷爷爷，是我们家没猫太太来了吗？"

温宁："……"

温宁回过头。

沈明静刚发现房间里多了个人，就看见对方朝她这边转过头来，她脚步一顿，立即捂了捂胸口。

这也太可爱了吧。

沈朝闻淡淡地瞥了她一眼，又顺口跟温宁解释："这丫头被我们惯坏了，你多担待点，她说她是你什么粉丝，知道江凛要带你过来，今天念叨一天了，说你一来就让我通知她。"

温宁："……"

她刚刚确实没听错。

沈明静这时已经回过神了，快步走过来，在温宁边上坐下："没吓着你吧，我就是有点兴奋。"

她说着直接打开手机屏幕点了几下，递到温宁面前。

温宁点头看了眼。

屏幕上应该是沈明静的微博主页，ID 叫"静静今天不想静静"。

温宁对这个名字有点印象，好像是她的铁粉。

沈明静："我喜欢太太你好多年了。"

温宁眨眨眼："谢谢。"

两个人年纪相近，兴趣相投，几句话就聊到了一起。

沈明静又忍不住起了点八卦的心思："那谁有没有凶你啊？"

温宁："谁？"

"江凛啊。"沈明静缩缩脖子，已经开始亲热地叫她的小名，"宁宁，你居然敢和他谈恋爱，太厉害了，我小时候连话都不敢和他说。"

温宁："他不凶啊。"

沈明静："……"

沈明静又看了她一眼："也是，谁会舍得凶甜妹呢。"

宴会上跟赵太太和钱太太一样，对江凛恋情抱有好奇心的不在少数。

众人的好奇心在攀谈交流中变得越发强烈之时，这场生日宴也终于正式开始。

宴会主人沈朝闻缓缓从二楼顺着台阶一步步往下走。

陪在他身边的，除了沈明川、沈明静兄妹，还有江科那位掌权人江明成。

而走在江明成身后的正是今日宴会宾客谈论的江家大少爷江凛。

此刻，他正牵着一个灵动漂亮的小姑娘，一步步朝楼下宾客走来。

第十八章
领证

一楼，还在和赵、钱两位太太聊天的郑瑜自然也看到了这一幕。

赵太太和钱太太惊讶极了，两人下意识转头看了她一眼，虽然两人什么都没说，脸上表情都明晃晃地写着"你不是说江凛不会来吗"。

郑瑜脸色一阵青一阵白，好几秒才缓过来。

她没想到江凛过年期间回了北城，却不愿意回家。

她更没想到江凛带温宁公开露面前，甚至也没和他们打声招呼，而她刚才还在赵、钱两位太太面前说她不算正式见过江凛女朋友。

沈家老爷子都正式见过温宁了，她这个当妈的却还没见过。

很快，郑瑜就知道这还不是最糟糕的。

楼上那一行人下来后，迅速变成了宴会众人的中心。

时而有熟悉的声音传过来。

"不是女朋友，是未婚妻。"这是江凛的声音。

"对，马上要领证了，婚礼还要等等，得好好筹办一下。哪家的姑娘啊？是温崇的孙女，书香门第，算我们家高攀了。"这是江明成的声音。

"温教授的孙女啊，难怪年纪那么小就写出《秘密》这么有灵气的作品。"这是旁边不知道谁在附和的声音。

"那她妈妈是宁雪兰女士吧，我家老爷子可喜欢宁女士的画了，最中意的那幅一直没买到。"

郑瑜听着只觉一阵眩晕。

看来老爷子去南城不是劝江凛回江科，多半是去商议婚期的，而她跟江敬元作为父母，这么大的事他甚至都没有告知他们。

郑瑜不知怎么，忽然回头看了眼。

赵、钱两位太太早已经不在她的身边。

可能不出半个小时，这大厅中所有人就会知道她这个大儿子根本没把她放在眼里，或者可能现在赵、钱两位太太已经在跟人讨论这件事了。

江敬元在江科只挂了个闲职，江洌又被打发到了澳洲，要是让这些太太知道江凛全然不把她这个亲妈当回事……她仿佛已经预见到了她们以后的态度。

郑瑜心里说不出是惶然还是茫然。

当初，她和江敬元一心偏着江洌，屡屡忽视这个大儿子。

现在轮到他忽视他们了。

沈家老宅的大厅不知是不是暖气不够，郑瑜忽然觉得有点冷。

她好像尝到了报应的滋味。

温宁却觉得大厅里暖气挺足。

她怕冷，但穿着漂亮的小礼服裙并不觉得冷，就只是脚有点不舒服。

毕竟是第一次陪他出来露面，温宁还想再坚持一会儿，旁边男人倒是发现了她这点极不明显的异常。

"脚不舒服？"

温宁挽着他的手臂，点点头："一点点，也不是特别不舒服。"

江凛："让沈明静带你找个地方坐着吃东西？"

"可以吗？"温宁顿了顿，又补充一句，"我还可以再陪陪你的。"

"你露个脸就行，不需要应酬这些人。"江凛捏捏她的脸颊，"想休息就休息。"

温宁确实有点脚酸："那好吧。"

温宁被沈明静带去了一个角落。

沈明静一边给她推荐吃的，一边跟她闲聊，指指不远处："你看那边那个瘦瘦矮矮的老头。"

温宁抬头看过去。

"那是李家老爷子，跟江爷爷不算熟悉，他一直想把孙女嫁给江凛，你们恋爱的消息传出来，他还没死心，过年期间还带着他孙女去江家拜年，今天江凛把你带出来的时候，我就特意看了眼他的表情。"沈明静"啧"了一声，"可真精彩。"

温宁感觉刚吃下的草莓略有点酸："他还挺受欢迎的嘛。"

"跟我哥一样。"沈明静说，"冲他们背景来的，比冲他们本人的多得多。"

有服务生走到附近。

沈明静打了个响指，示意他过来，随后从他托盘中拿了两杯酒。

"宁宁你要不要试试这个酒？"沈明静给她推荐，"特别好喝。"

沈明静是沈明川堂妹，也是沈家这一辈唯一一个女孩，一出生就没缺过好东西，嘴挑得厉害。

她刚才给温宁推荐的每一样东西都美味至极。

温宁一听她推荐的酒，瞬间有点心动，又多少有点犹豫："我酒量不行。"

沈明静："度数很低的。"

温宁看着眼前这杯调得格外漂亮的酒，道："那行吧。"

江凛算着时间，只和厅内相熟的宾客聊了二十分钟，便不太放心地去找人。

等他一走到角落的桌边，小姑娘就起身扑进了他的怀里，声音甜得似蜜："哥哥。"

这姑娘脸皮有点薄，有外人在的情况下，从不这样黏他。

江凛稍稍低头，果然闻见她身上除了今天原有的一点水果甜香，还多了股浅淡的酒气。

他抬眸淡淡地扫了沈明静一眼："你让她喝酒了？"

沈明静："……"

他还是和以前一样凶啊。

沈明静缩了缩脖子："我也不知道宁宁酒量这么差，我就只让她喝了一杯。"

江凛："你去让你家的人把她的外套送下来，再帮我跟你爷爷说一声。"

沈明静巴不得可以溜走："行，我这就去。"

他们所在位置只是大厅一角，这里虽然人少，但并非死角。

片刻后，厅内大半宾客看见江凛给未婚妻穿上了羽绒服外套。高大英俊的男人像骑士一样，在他的小公主面前半蹲下，细致地帮她将羽绒服拉链一拉到顶。

众宾客："……"

他们知道这位未来江太太将来在江家会是什么分量了。

司机这时已经过来。

江凛把怀里小姑娘打横抱起，走了两步，听见她不知又小声在咕哝什么，他脚步略顿了顿，吩咐司机："去老宅。"

江家老宅距沈家仅数百米。

若不是外面风大，怀里的姑娘又怕冷，他们倒也不用坐车。

汽车转眼便到了江家老宅门口。

江凛抱着温宁穿过前院，走进大门时，江洌刚好从里面走到门口。

江洌今天才从国外回来。

上次回国，他只去了一趟南城，便直接返回澳洲，连家也没回。

柳筱找过他几次，但见到温宁后，他又觉得柳筱哪里都不像她。

男人见了江洌脚步未停，被他抱在怀里的小姑娘倒是往江洌这边看了一眼。

"我怎么好像看见江洌了？"

正要错身而过的两个男人齐齐停下脚步。

江凛垂眸看着怀里的人："看见他又怎么了？"

江洌垂在一侧的指尖动了动。

温宁眨巴了下眼睛，把头重新靠到男人的肩膀上："看见他就倒胃口，要吃不下东西了。"

江凛轻笑了声，抱着她继续往里走："你还想吃什么？"

"不知道。"小姑娘皱皱鼻子，"哥哥我有点渴。"

刚才那句话江洌听得一清二楚，可不知是出于某种自虐般的心理，还是别的原因，他还是出声叫了一声："哥。"

江凛再次停下脚步，略略回头。

江洌看着他身上的礼服，猜他应该是刚从沈家回来。

他多少也算了解一点他哥的性格，带温宁去沈家露面，多半是在为将来铺路。

"你和宁宁要结婚了吗？"

江凛："过几天就领证，以后注意称呼。"

"你怎么又不走了啊？"小姑娘温软的声音突然响起，"我想要回家了。"

江凛重新转头："回哪个家？"

温宁微微皱了下眉，像是在思考答案："回你家啊。"

"不对。"她忽然又改口，"是回我们家。"

江洌看着两人的背影，忽然自嘲地笑了下。

江凛抱着小姑娘走进客厅。

杨阿姨听见动静，出来看了一眼，一见他，脸上立即漾起笑容："大少爷回来了，温小姐这是怎么了？"

江凛垂眸看了眼开始玩他衬衫扣子的小醉鬼："喝了点酒。"

杨阿姨："喝得多吗？我给她煮个解酒汤吧。"

江凛："不多，给她热杯牛奶送上来就行。"

杨阿姨点点头："行，我这就去热。"

"杨姨。"江凛叫住她，"她前些天就说想吃您做的菜，明天中午我们留下来吃饭。"

"好啊。"杨阿姨脸上的笑容更深了，"还是之前她喜欢吃的那几样是吧？"

江凛："您先准备那几样，其他的等她明天醒了再说。"

回到卧室，江凛把怀里的人放到沙发上，帮她把羽绒服外套脱下来。

温宁是真的只喝了一杯，只是她想象中的度数低，和沈明静所说的度数低并不是一个概念。

她现在处于一种知道自己在做什么，却又无法控制自己的状态。

温宁靠在沙发上，打量两眼："这不是我们家，哥哥你是不是走错了？"

"没走错。"

江凛坐在她旁边静静地看着她。

江凛理了理她颊边被蹭乱的头发，声音很轻："我们今晚就住这里。"

"要住这里吗？"温宁皱了下眉头，又多打量几眼，"这里好像有点眼熟。"

江凛："想起来了吗？"

温宁歪着脑袋："好像是你跟我求婚的地方，是你以前的房间啊，那住这里也行吧。"

卧室门被敲响。

江凛出去，把杨阿姨送上来的牛奶端进来。

他重新在她身边坐下："喝点牛奶？"

温宁揪揪他的衣袖："要你喂我。"

江凛端着牛奶杯子递到她的嘴边。

小姑娘拒绝地偏过头，又瞪他一眼，语气不满："不是这样喂。"

江凛握在玻璃杯上的指尖紧了一瞬。

他微微仰起头，喝了一口牛奶，随即修长的手指捏住小姑娘细嫩的下巴，半逼着她张开嘴，一点点把嘴里温热的牛奶喂了过去。

江凛稍稍退开："这样喂？"

温宁点点头，像是真的觉得渴，舌尖无意识地探出来，舔了舔嘴边的奶沫，小手又揪揪他的衣袖："还要喝。"

江凛眸色暗下来。

他伸手将沙发上的小姑娘抱起来，放到腿上，一点点将杯中的牛奶全喂到了她的嘴里。

等到被放开的时候，温宁眼里已经染了雾，眼尾也红了少许，她微喘着靠在他怀里平复呼吸。

第二天温宁醒来后，就一直把自己蒙在被子里，稍微有点闷，倒也不觉得热。

她觉得她可以在里面待到天荒地老。

江凛坐在床边哄她："快吃午饭了。"

"不吃。"温宁闷声回他。

江凛："杨阿姨给你做了小炒鸡。"

温宁："……"

温宁揪着被子的手稍稍松了一点。

男人低低的声音再次响起："还有牛肉。"

温宁内心的小天平开始摇摇晃晃。

"还做了一道你没吃过的香辣蟹。"

温宁把被子拉下来，朝他伸出手："你抱我去洗漱。"

温宁跟江凛是在南城领的结婚证。

2月20日是周一，江凛没让徐司机过来，一大早亲自开车载着她去了民政局。

领完证回到车上，温宁拿着两个小红本翻来覆去瞧了片刻。

温宁还在低头看着小红本，一只大手伸过来，将她的左手拉了过去。

她略略偏头。

温宁看见驾驶位的男人微眯着眼，动作轻缓地往她无名指上套了个戒指。

两个求婚戒指她都没戴。

温宁心里温温软软的，等到他帮她把戒指戴好，才轻声开口问："你到准备了多少个戒指？"

江凛重新抬起头："还有几个还在做。"

江凛把另一枚男戒递过去给她："帮哥哥戴上？"

温宁接过来。

打开盒子，她先把这枚男戒拿出来仔细瞧了瞧。

外圈比她的戒指简单，看上去就是一个普通素圈铂金戒指，内环镶了两颗细细小小的钻石，钻石中间刻着两个大写的字母：WN。

那是她名字的首字母。

温宁嘴角的弧度又明显了点："那我手上这枚里面是刻了你名字的首字母？"

江凛低低地嗯了声。

温宁垂着眼，把男人的手拉过来。

温宁摸了摸他手上的戒指，又抬起头看着他："这位江先生，你以后就是已婚了，戒指要常戴知道的吧？"

"知道了。"江凛帮她把颊边的碎发往耳后拨了拨，"江太太。"

温宁："……"

她心跳莫名快了几拍。

她收回手，把腿上的两个小红本在前面的台面上摆好："你先别开车，我拍个照。"

"发微博？"江凛问她。

温宁本来是想着发朋友圈的，但听他这么一问，又改了主意，还是先发微博好了。

温宁拍好照，点开微博，把照片传上去后，写文案的时候她犹豫了几秒，最后还是直接发出去了。

就我没猫了吗："随便跟某人去领了个证@江凛。"

微博一发出去，评论区瞬间热闹起来。

温宁还在刷新看着评论区，耳边男人声音忽然淡淡响起。

"随便？"

温宁："……"

她稍微有一点点心虚。

"你现在粉丝这么多，我粉丝也不少，当着这么多人的面，发太过腻烦的话我也不好意思啊。"温宁越说越理直气壮，"不然你发一个给我看看？"

话音才落，她的手机就接连响了起来，先是振动了好几声，还有好几条微信同时进来，随后是视频通话的提示音。

温宁低头看一眼，是喻佳发过来的。

她接通视频电话。

"新婚快乐啊，江太太。"穿着戏服的喻佳在那头道，"现在总不会再不准我这样叫了吧？"

"随便叫呗。"温宁大方道。

喻佳助理李思涵探头过来："宁宁新婚快乐啊。"

"谢谢思涵姐。"温宁说。

李思涵手上还拿着手机："钱导他们都在群里@你，哎……商神好像给你点了个赞，又取消了，然后又点了一次，他说是手滑。"

温宁还没来得及说什么，那边像是有人在叫喻佳的名字。

喻佳："要开工了，回头聊啊。"

温宁点头："你先忙，等天热了我过去看你。"

她挂掉通话，手机自动退回到微信主界面，里面已经有好些新消息，没等温宁一条条看，最上方又跳出来一个新对话框。

温宁手一滑就点了进去。

乐静静一连发了三条消息过来。

乐静静："新婚快乐。"

乐静静："你们这样就让我好酸啊，我也想和真实的霸总谈恋爱。"

第三条是一个微博链接。

微博来自她旁边的某人，内容只有短短几个字。

江凛V："我太太@就我没猫了吗。"

温宁嘴角又翘起来。

他还真发了一条给她看啊。

他这条微博的评论区也已经很热闹了，温宁往下刷了刷。

"今日份的狗粮。"

"发现大佬这两次官宣虽然都很简单，但都带着极强的宣示主权的意味，中心思想就一个：这个人已经是我的了。"

"甜得我人没了。"

"去围观了下大佬的点赞区，果然看到了另一堆大佬在点赞。"

"你们发现没？大佬用的就是没猫太太刚才那张结婚证照片，图片右下角还能看到没猫太太的水印。"

温宁点开看了下，还真是啊。

她侧过头，又看向旁边的男人："你怎么还偷我的图啊？"

"宁宁。"江凛声音低缓，"我们已经领证了。"

温宁："……"

"这和领证有什么关系？"

"你照片是婚后发的。"江凛不疾不徐地回她，"我合法共享你的婚后财产。"

温宁嘴边的笑容又忍不住扩大了些："那勉强给你用一下吧。"

从民政局离开后，他们先回了趟CM。

因为领证日期是提前定下的，江凛就特意空了三天假期陪她，但今天还需要开会，再交代点事情。

到了公司，还没进办公室，温宁和江凛就被陆睿禾堵在了门口。

"微博我们可是都看到了。"陆睿禾笑嘻嘻地挡着门，"江总不请大家喜糖说不过去吧？"

向来冷淡的男人今天眉眼似乎比平时柔和了许多："喜糖还要等几个月，中午请大家吃饭。"江凛说完又看向在一旁候着的计远："中午帮我安排一下。"

计远应下。

温宁这时扯了扯男人的手指："也帮我安排点奶茶之类的饮料先送过来吧。"

陆睿禾眉梢一挑："我们小老板娘这是也要请客啊？"

温宁："……"

她其实知道 CM 这些人私下早就开始叫她小老板娘的，但今天好像终于名正言顺了。

"早就该请的。"

"那我就替大家谢谢小老板娘了。"陆睿禾笑道。

进办公室后，温宁照旧在他的沙发上躺下，江凛帮她把空调温度调高了少许，才出去开会。

温宁继续回消息。

刚刚在路上，她又发了条朋友圈，手机里现在还有一大堆消息没来得及回，时不时还有新消息跳出来。

温宁回复了半个小时，手机才终于暂时安静下来。

她把手机随手搁在旁边，打了个哈欠，好像有点困了。

她闭上眼不知过了多久，才有了困意，办公室里这时却有了些微动静。像是有人轻轻走过来，然后坐到了她旁边。

温宁鼻间闻见熟悉的气息，不用睁眼都知道是谁："哥哥。"

江凛低低应了一声："抱你去里面睡？"

温宁缓缓睁眼，睡意很快又散了："不睡啦，我爸爸刚刚发信息说已经开始准备午饭了。"

江凛点头："那我们先回去陪爸妈吃饭。"

温宁嘴角又扬了起来："你这么快就改口啦。"

江凛："不该改吗？"

"应该。"温宁揪住他的无名指，"我爸妈都很好的。"

江凛轻轻嗯了声，哄她："那先起来？"

温宁戳了戳铂金戒环，跟他撒娇："要你亲亲才起。你今天还没亲我。"

江凛反握住小姑娘乱动的小手，俯身吻住了她的唇瓣。

因为这个吻，他们回家的时间又往后延了近半个小时。

他们到家后，温时远已经做好一桌菜了。

两人洗了手，上桌和两位家长一起吃饭。

等到一顿饭吃完，温时远才开口："我们下午就去机场了，你们这几天想住哪儿随便你们自己安排。"

温宁瞥瞥对面的两个家长。

温宁没来得及说话，就听旁边男人先开口了："我们送您二位去机场吧。"

"不用这么麻烦。"温时远摆摆手，"打个车过去就行了。"

江凛："气温太低，打车至少也要在路上等上片刻，宁宁不放心。"

温宁在一旁小鸡啄米般点头："就是嘛，今天外面这么冷，外面的出租车又开不进小区里面来的。"

温时远松了口："那行吧。"

吃完饭，收拾好行李，一行四人去了机场。

温时远出门从不让文雪兰推行李，向来都是他一个人推两个行李箱。这次江凛推着他的行李箱跟他走在前面。母女二人慢吞吞地走在后面。

温时远推着妻子的行李箱，最后还是忍不住开口："照顾好她。"

他没加期限，当然指的不是要对方这几天内照顾好温宁，但旁边的年轻男人肯定能懂他的意思。

"您放心。"他郑重地回了一句。

送完两位家长，两人驱车返回市区。

等红灯的间隙，江凛侧头看向坐在副驾驶座上低头玩手机的小姑娘："晚上想住哪儿？"

温宁抬起头，只花了不到一秒思考："想住博汇。"

江凛："好。"

温宁问道："哥哥我们今晚吃什么呀？"

红灯结束，江凛驱车继续前行，声音压得低，莫名温柔："我给你做？"

温宁点头："行呀。"温宁心里忽然轻轻一动，"不然我们晚上吃火锅吧，我还没和你一起在家吃过火锅。"

江凛应下："好。"

温宁确实有阵子没吃火锅了，一想就兴奋起来："那我们等下先去超市买菜吧，我好像还没和你一起逛过超市。"

驾驶位上的男人目视前方，修长的手搭在方向盘上，眼睛没看她，语气却是温柔又宠溺："好，想做什么，我以后都慢慢陪你做。"

温宁不禁又笑了起来。

温宁倚着靠背，也不玩游戏了，笑着跟他聊天："那我们还可以顺便囤点别的吃的，可惜超市的火锅底料都比较一般。"

"锅底和荤菜我让人送过来。"江凛回她。

温宁："行。"

"那素菜我们自己买，我可会挑适合煮火锅的素菜了。"

江凛目视前方，听着她在耳边絮絮叨叨，眼里也染上点柔和的笑意。

博汇附近正好有家大超市。

抵达后，两人先推车去买煮火锅要用的素菜。

温时远和宁雪兰都不太让温宁进厨房，她其实分不太清各种绿叶菜，好在超市分类做得非常好。

江凛站在她的旁边，看她站在货柜前，一边挑一边小声碎碎念："生菜不能要，生菜不吸汤汁，一点都不好，娃娃菜吸汤汁，娃娃菜买一点吧，菠菜也要一点点。"

七七八八挑了一堆，温宁又偏头看向旁边的男人："还有什么要买的吗？"

"不是喜欢吃海带？"江凛提醒她。

温宁："啊，对！"

买完火锅的素菜，温宁拉着他先去冷饮区买了些鲜奶、酸奶，随后又转去常温饮料区。

路过碳酸饮料区的时候，她脚步停下了，抬头眼巴巴地看了眼江凛。

向来对她纵容的男人难得态度稍稍严厉了些："不许多买，也不许冷冻。"

温宁冲他皱皱鼻子："知道啦。"

温宁把想喝的一样拿了一瓶放在推车里。

"我还想买点零食。"温宁顿了顿，乌黑的眼珠转了几圈，"哥哥我自己去买吧，你在这儿等我一下啊。"

温宁杂七杂八挑了一大堆，一块儿抱回来。

江凛垂眸看着占了一小半推车的这一大堆零食，沉默两秒，还是没舍得说她。

温宁嘴角再一次翘起来，直接问他："你刚才拿了什么呀？"

"牛奶。"江凛指了指推车某处。

温宁拿起来看了下，好像是一款常温牛奶："给我买的吗？"

"嗯。"江凛看着她，"还有什么要买的吗？"

温宁想了想："没了。"

江凛："那回家。"

回到博汇，从地下车库上去时，温宁见他单手提着三个大袋子，就想去摁楼层键。

可没等她来得及伸手，男人空着的那只手已经落到了楼层键上。

他摁了一层。

温宁疑惑道："去一层做什么？"

"拿点东西。"江凛说。

温宁也没来得及问他是拿什么东西。

因为电梯已经飞快到达了一层。

门缓缓打开，她自己已经知道答案了。

博汇每栋楼都有数个管家，轮流值班，此刻他们楼的一个管家正候在电梯口，面带微笑看向他们。

"祝江先生和温小姐新婚快乐。"说完这句话，管家将手上的东西递给她旁边的男人，"江先生您的东西。"

"谢谢。"江凛接过。

电梯门重新合上。

温宁看着高大的男人将手上那束玫瑰花递到了她的面前。

"你什么时候准备的啊？"

江凛："几天前。感觉今天好像应该送你一束花。"

温宁接过来，脸上再次露出笑容。

回到家，江凛先去整理从超市买回来的东西，温宁在家里找了个空着的花瓶，往里面装了点水，解开玫瑰花的包装，把花一支支插进去。

她没做过这种事情，插了许久，调整多次，都觉得有些乱糟糟的。

身后传来脚步声，温宁把最后一支玫瑰花插进去，有点懊恼地扑进男人怀里："这束花都被我弄丑了，我要不抽空去学学怎么插花吧。"

江凛抱起她，放到桌子上。

小姑娘目光快和他齐平。

"有兴趣就去学，没兴趣以后让人插好送过来。"江凛拨了拨她颊边的头发，"给你送花是想让你开心，不是想让你费心。"

温宁那点懊恼的情绪瞬间一扫而空，她环住男人的脖颈，小脸在他脸上贴了贴，难得叫他的名字："江凛，你怎么这么好呀？"

男人轻轻捏了捏她的脸颊："是说我运气好吗？"

"也是我运气好。"她轻声说。

临近饭点，两人也没在客厅腻太久，很快一起回了厨房。

温宁坚持要留下来帮忙，江凛也随她了，但没敢让她碰刀，只留了点蔬菜给她清洗。

准备好素菜后，锅底和荤菜一同准时被送过来了。

温宁小手指伸过去，碰了碰旁边男人的食指指尖："等以后回北城了，我们叫上佳佳和沈总一起来家里吃火锅吧。"

江凛握住她的手指："好。"

吃完火锅，锅底等东西专门有人来收拾，温宁和他只将家里那些碗整理了下，一起放进了洗碗机。

随后，两人一起又在厨房洗了点水果。

洗完最后一盒草莓，温宁随手摸了一颗塞进嘴里，忽然听见旁边的男人开口问："要不要看电影？"

温宁吃掉嘴里的草莓："也行。"

江凛关掉水龙头，从她身后拥上来。

温宁回过头看他。

男人湿润的指腹落到她唇角。

温宁心跳莫名快了两拍。

她听见他低声道："那先去洗澡。"

温宁："……"

他们看电影要先洗什么澡？

温宁直到进去主卧，都还带着点疑惑。

温宁慢吞吞洗完澡时，江凛早已在客卧洗完了。

男人进来帮她把头发吹得七八成干，才牵着她出了主卧。

走过客厅，温宁才发现不对劲，脚步停了停："你不是说要看电影吗？"

这不是去影音室的方向啊。

江凛："拿个东西。"

温宁："……"

他怎么又要拿东西？

"什么东西？"

江凛抬了抬下巴。

温宁顺着他指的方向望过去。

她看见了家里的隐藏酒柜。

温宁心跳又快了几拍："你说拿东西，就是拿红酒？"

站在酒柜前的男人回过头，温宁瞬间撞上他的视线，他看她的目光又带上了不再遮掩的侵占性："不是想和我喝红酒？"

温宁："……"

"我酒量不行的。"温宁提醒他。

江凛眉梢像是轻轻挑了下："不会让你醉的。"

今晚是新婚第一晚，终于去到影音室后，温宁没选爱看的刺激悬疑片，挑了部据说是唯美浪漫的爱情片。

进入二月下旬，南城温度还反常地一天比一天低。

温宁是真的怕冷，这三天哪儿也没去，就和他在博汇待着。

23 日，江凛假期结束，今天要开始上班。

温宁一大早躺在床上看他不紧不慢地系领带。

温宁忍不住起身，半跪到他的身前："我帮你系袖扣吧。"

江凛把袖扣递给她："中午我回来陪你吃饭？"

温宁给他系袖扣的次数不多，还是不怎么熟练。她低头跟手上的袖扣较劲，顺口回他："那我中午不一定能起得来的。"

温宁把剩下那颗袖扣塞回他手里："这颗你自己系吧，我要继续睡觉了。"

她重新躺下，把被子盖过脑袋。

隔了片刻，她感觉床的一边像是略略塌陷一点，像是有人在身边坐了下来。

"你还不去上班，又坐到床上干吗？"温宁躲在被子里，闷声闷气地问。

男人大手像是落到了被子上，隔着被子轻轻拍了几下，声音温柔，又像是隐约带着点笑意："再陪陪我太太。"

婚后的生活，于温宁而言，好像和婚前也没有太大的区别。

江凛遵循之前的约定，大部分时间陪她住在她这边。

三月初，温宁收到了江凛订下的另两枚求婚戒指。

那天他刚出差回来。

南城气温在二月底终于回暖，没有丝毫过渡，一夜从不到 5 摄氏度、冻得人瑟瑟发抖的低温，直接升到了 20 摄氏度。

温宁总算敢随便出门了，下午早早跟徐司机一起出发去机场接他回来。

他们到家时，差不多正好是饭点，两人陪着两位家长一起吃了顿晚饭，才回到对面。

一进门，温宁又扑进男人怀里，小树懒一样挂到他的身上。

江凛站在门口静静抱了她片刻，才轻轻拍了拍她后背："先下来。"

领证后，温宁一直和他住在一起，这还是第一次跟他分开几天，一时不太想下来，靠在他的肩膀上耍赖："要我下去干吗啊，哥哥你现在抱我一两分钟就已经不耐烦了吗？我们才领证半个多月。"

江凛听着她在耳边半是玩笑、半是控诉的语气，不禁失笑："有东西给你。"

温宁立刻不耍赖了，动作迅速地从他怀里跳下来。

"那你早说嘛。"她一脸好奇地问，"什么东西啊？"

江凛半蹲下身，打开行李箱，给她递过来两个绒盒。

温宁心里轻轻一动："是剩下那两个戒指吗？"

江凛嗯了声，重新直起身。

温宁接过来，打开盒子。

这两枚求婚戒指造型和用料和前两枚全然不同，其中一枚镶了颗闪闪亮亮的黄钻，另一枚镶了颗晶莹剔透的水滴形蓝宝石。

温宁左手无名指上还戴着婚戒，就在右手上试戴了下。

款式虽然不同，但和那两枚一样打眼。

她大大咧咧的，总觉得随时会碰到上面的钻石或蓝宝石，而且她更喜欢戴和他同款的婚戒，试戴好后，她又把钻戒取下来，重新放回绒盒中，打算回头和另两枚一起放到博汇的保险柜里。

温宁转过身，重新扑到他怀里，仰头看向他："哥哥。"

江凛抬手搂住她："嗯？"

"你当初跟我求婚的时候是不是有点紧张啊？"温宁问他。

江凛捏了捏她的脸颊："你才发现？"

"那你总是一副不动声色的模样，我怎么看得出来嘛，就像……"温宁顿了顿，抬头看向表情依旧浅淡的男人。

"就像我们差不多快三天没见，我现在也看不出你有没有想我。"

江凛："看不出来？"

温宁重重点头，语气也加重："一点都看不出来。"

"那我告诉你。"江凛说。

温宁眼睛亮起来："那你说吧。"

抱着她的男人却没开口，而是亲了下来。

在婚礼一事上，两边家长和江凛意见一致，都认为绝不能仓促，他们的婚期最终定了在 10 月 5 日。

婚礼准备本该是繁杂又琐碎的，但温宁发现需要她做的事情好像并不多，就连定做婚纱，都有人上门给她量尺寸。

北城那几套房子也在装修。

江凛把她之前画的那几幅画发给了设计和装修团队，让他们尽量想办法还原。

温宁要做的就是在线上接收各个团队给出的策划方案及反馈意见。

所有一切都以她的意见为主，她挑不出来的时候，就和江凛或几位家长商量。

《秘密》最终定于暑期档上映。

喻佳的表现让人惊喜，她和双料影帝商默之间的对手戏也火花四溅，预告片一放出来，就好评如潮，播放量不断上涨。

钱正义的剧组向来氛围好，电影最大的出品方又是鼎盛，江凛还投了一大笔钱进去，因而这部电影各方面都给足了她尊重。

仅一分钟的预告片，温宁的名字就出现了两次。

一次是预告片在最后写明影片是改编于 @ 就我没猫了吗同名原著作品。

另一次则是在编剧那一栏，在杜婉姝名字的边上，还多了一个叫"小温"的名字。

预告片发布的那天，他们在博汇，江凛临时接了个电话，在家里书房加班。

温宁正在沙发上玩手机，听见脚步声。

她随手把手机放下，抬头看向走进来的男人。

"你忙完啦？"

江凛嗯了声，在她旁边坐下。

温宁从沙发上爬起来，坐进他怀里。

顿了顿，她又想起之前的事。

"哥哥。"

江凛："嗯？"

温宁指尖戳了戳他的喉结："当初我要没有传那个绯闻，你打算多久答应我啊？"

"不是告诉过你吗？"江凛握住她乱动的手。

温宁："……"

温宁回想了下。

"你什么时候告诉过我？"

"去年7月1号，你给我打电话的时候。"江凛空着那只手落到她的脸上，还能回想起那晚在浴室接她电话时的心情。

在那之前，他一直犹豫要不要以别人的身份跟她继续。

可那天晚上，他在异乡接到她的电话，听着她问他工作累不累，听着她乖巧地劝他早点休息，那是他第一次明确地对她产生出欲念，也是第一次耐心与理智都脱离掌控。

江凛指腹缓缓往下，落到她的唇角："那天不是就告诉过你，让你乖乖等我回去吗。"

不管有没有那个绯闻，他那次出差回来，都打算答应她的追求吗？

温宁心里咕嘟咕嘟冒出喜悦的小泡泡。

《秘密》在7月25日正式上映。

在暑期档大盘低迷的情况下，《秘密》上映第一天就破亿元，之后票房一路飙升，进而还带热了整个档期。

毕竟是自己第一部被搬上银幕的作品，温宁看过首映式之后，在上映的第一周周末，又特意买了票，想再体验一下在电影院观看的感觉。

因为想看看其他观众的反应，温宁这次就没包场，但考虑到某人喜静又有洁癖，她特地买了下午场，又挑了最后一排的位置。

谁知她上午买票的时候下午这场没什么人，等入场后，却陆陆续续不停有观众进场，最后整个影厅都快坐满了。

此刻已临近开场，温宁伸手扯了扯旁边男人的食指指尖，凑过去小声跟他道："哥哥你要不习惯就先回去吧？我自己一个人看也行。"

江凛反握住她的手："没事。"

正在播放的广告忽然停下，大屏暗下来。

温宁就没再劝他："那好吧。"

这场没有观众带小孩，从电影一开场，厅内就很安静，除了偶有交头接耳声，像是讨论剧情的，其他大部分人在认真观影。

温宁前排坐了两个女孩子。

左边那个看到三分之一就直接拿了一整包抽纸出来，看样子准备充足，电影过半，温宁就看见她时不时抽一张，偶尔还有吸鼻子的声音，到电影结束，两个女孩子的抽纸几乎用掉了大半。

鸣谢名单还没放完，前排观众已经开始陆续离场。

讨论声也陆续传到温宁这里。

"这次网上没骗人，确实好看，就是太虐了。"

"是吧，听说这个电影还有原著呢。"

"我记得好像是一个叫什么没猫太太写的。"

"名字这么奇怪啊。"

坐在温宁前排的女孩子还在拿纸擦眼泪。

等到观众快走完了，两个女生还没离开，和她一样，一直坐到鸣谢名单播放完。

温宁想等她们走了再离开，左边那个女生这时忽然开口，声音还带着浓厚的鼻音："没猫太太真的好狠一女的。"

温宁："……"

右边的女生叹了口气："我上次看完小说，一周都没走出来，这次估计半个月打底。"

"呜呜呜，我们家棠棠真惨，没猫太太真的是后妈。"

"不过太太谈恋爱后好像没那么爱虐了。"

"这不就显得我们家棠棠更惨了吗？"

两个人哭得投入，之前一直没怎么注意后座，温宁也不太希望被注意到，但她其实不比这两人好多少，后半段也是一直在哭。

此刻终于忍不住吸了吸鼻子。

前排两个女生转过头，也不知看到她还是看到了她边上的男人，眼睛亮了亮，像是被惊艳了，但大约也是不好意思多看，两个人迅速转回头，收拾了下就离开了。

出影厅门前，温宁看见她们似乎又回头往她这边看了眼。

江凛朝她伸出手："走吧。"

温宁把手给他牵住。

出了影厅，她忍不住问："哥哥，我是不是真的挺像后妈的啊？"

男人声音压得低，听上去莫名温柔："结局很合理，不然不会这么多人喜欢。"

温宁被他安慰完好多了，刚想和他再说什么，就听见他的手机似乎响了几声。

江凛停住脚步，解锁屏幕看了眼。

"有事吗？"温宁问他。

"没有。"江凛抬眸瞥她一眼，眼里带着浅淡的笑意，"是又有人找到计远那边，想打听你下本写什么，有没有卖版权的意向。"

温宁嘴角微微翘起来："这样啊。"

其实这种情况不是第一次出现。

从他带她在沈家露面那天起，就不断有人想跟她定下一本小说或漫画的版权，但那时那些人多是见他看重她，想借此来讨好他。

《秘密》预告片出圈后，问的人又多了不少，也真诚了许多，现在《秘密》票房持续上涨，这几天各种社交网络的消息铺天盖地地向她涌来。

不过温宁不太想在压力下工作，而且她毕竟拿了克鑫那么多钱，总得先把《秘密》漫画画完，所以都回绝了。

"你还是让他帮我拒绝吧。"

江凛嗯了声，低头回了条消息。

温宁被这么一打岔，已经想不起刚才想和他说什么了，但她记得应该不是什么重要的事情，可能就是想和他撒娇。

她转了话题："我晚上回去想给他们写个 if 线（特殊故事线）。"

江凛收起手机："if 线？"

"如果当初长辈没做出错误的选择，棠棠和小谢之间不存在血仇，他们之间会发生什么故事？"温宁跟他解释，"就是如果当初我没看到你砸我的小瓷猫，我们之间会发生什么的可能？"

江凛牵着她缓缓往前走："结局会一样。"

温宁脑海里还在构思 if 线，思维一下没跟上："什么一样？"

"我们。"男人脚步顿了顿，垂眸认真看向她，"结局还是会一样。"

温宁不由得又笑起来。

她点点头："我也觉得。"

在外面吃完晚饭，回到博汇后，温宁指指书房："那我先去写 if 线啦。"

江凛："要我陪你吗？"

"不用啦。"温宁摇头，"我写东西喜欢把自己关起来，写完可能会有点晚，哥哥你今晚自己先睡啊。"

江凛揉了揉她的脑袋："去吧。"

温宁开了电脑后，思路十分顺畅，但因为一下写了一万多字，结束后时间也已经凌晨了。

温宁转转有些发酸的脖子，又揉了揉手，随后把文档转成图片传上微博。

就我没猫了吗："给棠棠和小谢写了条 if 线，别再骂我是后妈啦。"

发出去后，温宁顺手刷了刷评论区。

"晚睡的人有粮吃！"

"瞧我刷到什么了？"

"看了下今天不是愚人节，再点开看了下结局，居然真的是发糖而不是发刀，太太你这是发生什么了？"

"太太发生什么了？我记得之前我们一直求你写 if 线，你都没写。"

…………

温宁指尖顿了顿，忽然听见有敲门声传进来。

她愣了下，转回头："进来。"

书房的门被人从外面拉开，高大的男人走进来，带着一身柔软居家服都压不住的气场，看向她的目光却又是温和的。

"写完了？"他低声问她。

温宁点点头，转身跪在椅子上看着他："都凌晨了，哥哥你怎么还没睡啊？"

江凛走到她面前："等你。"

温宁搂住他的腰，脸在他的胸口贴了贴。

其实她好像也没发生什么，可能是因为她有幸遇见了深夜默默等她工作完的人，可能是因为她快要和他举行婚礼了吧。

喻佳低头拨弄着碗里的青菜，一点都不想吃。

距离谭柳智新戏开机还有一段时间，经纪人常红就让她到导演万健明新戏里客串一个角色。

角色戏份不多，她只需要拍一周，后天上午就能杀青。

今天下午还没收工，万健明就说晚上请剧组的人一起聚聚，顺便一起聊聊后面的拍摄。

喻佳脾气不好，更不擅长应酬，但一来想着剧组内的聚餐也算不上什么应酬，二来对方后一个理由也确实让人不好拒绝，涉及工作，她不配合说不过去，就和其他人一起应下了。

但她没想到今晚来的不只他们剧组的人，电影另一个出品方的一位杨副总也来了，对方在那家出品公司里有点实权，听说家里多少还有些背景。

这顿饭瞬间变了味，也可能根本没变，或许"聚餐"和"聊拍摄"一开始就是忽悠他们过来的借口。

她在钱正义剧组待了几个月，反而变得天真了，忘了现在在这个圈子里，钱正义这种一心只想拍好作品的导演才是凤毛麟角。

喻佳正想着能不能找个什么理由提前离开，就听见杨副总无比油腻的声音提到了她的名字："这个角色，要我说，也就喻佳这样好的身材才能演得出那个韵味。"

万健明接着开口："喻佳，杨总夸你呢。"

喻佳抬起头，正好撞上杨副总看过来的目光。

对方先看了她一会儿，而后露骨的目光往下移了几寸，直勾勾地看着她。

"喻佳交男朋友了没有啊？女明星不比男明星，交男朋友也没什么关系，要是挑得好的话……"杨副总顿了顿，目光又回到她的脸上，暗示意味极浓，"指不定事业还会更上一层楼。"

喻佳胃里一阵翻涌。

照她之前的脾气，她早已经起身走了，但万健明虽然比不上钱正义和谭柳智这种名导，却挺会抓卖点的，近几年已经有两部票房大爆的作品了，各平台评分虽然算不上太高，也是 7 分往上。

他正拍的这部新片就是冲着春节档去的，有了前两部的票房打底，这次跟万健明合作的是圈内口碑上佳的一个编剧。

这个客串角色虽然只有不到五分钟的戏，但人设很好，是一个很不错的露脸机会，当初鼎盛内部想要这个角色的人不少，常红费了点心思才给她拿到。

她跟他们撕破脸，常红的心思就白费了。

对方明显是老油条，踩着线恶心人，目光虽然露骨，却又没动手动脚，说话也是擦着边，乍一听其实还挺正常的，真要闹起来，反而是她不占理。

她至今还没给公司挣钱，常红也难得休两天假，她确实也不想再让他们帮她收拾烂摊子。

喻佳压下那股翻涌的感觉，淡淡地回道："私事就不劳杨总关心了，事业公司自会给我安排。"她特意提了公司。

杨副总确实忌惮鼎盛，不然也不至于这样，但他在圈内多年没见过这样漂亮的女明星了，何况对方身上这股劲儿更是勾人，比那些主动送上门的女人更让人心痒难耐。

"你签在鼎盛，看不上我们这种小公司也是正常的，不过我们手上也有鼎盛没有的资源，邹子安下部戏就是我们出品，怎么样？要不你陪老哥喝杯酒，多个朋友也多条路。"杨副总说完也没等喻佳拒绝，直接朝万健明使了个眼色，"怎么喻佳杯子里是空的，快给她倒点酒。"

万健明亲自给喻佳倒了半杯红酒："邹导可比我强多了，喻佳，赶紧给杨副总敬杯酒。"

喻佳倒是想接过那杯酒往这两人身上泼过去。

她捏着筷子的手指紧了紧。

包间门这时忽然被人重重推开，门被那股大力推得重重往墙上一撞，发出"哐当"一声，又弹回去，而后被一只修长的手抵住。

靠在门口的男人白衬衫扣子解了几粒，有一股懒散的意味，只是脸色阴沉。

包间里的人齐齐朝门口看过去。

在看清门口的人时，喻佳倏然一愣，可紧握着筷子的手却不自觉松了下来。

"万健明。"沈明川靠在门口，一字一顿地道。

他很少露面，包间里大部分演员不认得他，但万健明和杨副总认得。

两人迅速站起身。

万健明更是直接谄媚地迎到了门口。

"沈总您怎么过来了？"

杨副总慢了一步，却也起身跟过去："沈总……"

他话没说完，就被打断。

沈明川看也没看他，像是全然把他当成空气，只沉沉地盯着万健明："我们公司的人到你们剧组是拍戏的，不是来陪酒的。"

万健明一蒙。

喻佳是鼎盛的演员，他当然知道，但鼎盛这么多演员，哪怕对方是常红在带，他也没太当回事，毕竟他只是带她出来应酬一下，最多陪着喝几杯酒，常红不至于为了这点小事跟他翻脸。

但他没想到沈明川居然知道这个不出名的女演员。

沈明川不仅是鼎盛的总裁，这位太子爷可马上就要接手整个沈氏集团了。

"沈总，我……"万健明想解释。

门口的男人却已经移开了视线，显然连听他解释的兴致都没有。

沈明川目光转向坐在位置上的喻佳，语气仍不怎么好："愣着做什么？还不起来，有个工作要跟你谈。"

喻佳跟沈明川上了他的车。

上车后，她偏头瞥了眼，旁边这位大少爷脸色前所未有地阴沉。

喻佳没着急和他说话。

直到车子开进了逸星的地下车库。

喻佳愣了下，又转过头："你说有工作跟我谈，是来酒店谈？"

沈明川脸色恢复了些，像是又变回了那副派头十足的少爷模样。他懒懒地倚在右后座的靠背上，淡淡地睨她一眼："不在酒店谈，难不成在刚才那个破饭店谈？"

喻佳："……"

破饭店您还去？

他们这次拍戏的地方在 H 市，刚才那家饭店只是口味出众，环境在 H 市确实排不上号，跟逸星这种奢华酒店更是无法相比。

鉴于他今晚帮她解了围，喻佳难得没跟他呛，下车随他坐电梯一路上至 35 楼，进了一间行政套房。

套房客厅沙发上随意放着一件灰色西装，沙发扶手上还凌乱地挂着根黑色皮带。

其他地方也有一些不算明显的生活痕迹。

他应该已经在这儿住一两天了。

喻佳忽然有些不自在。

沈明川声音忽然响起："喝什么？我这儿只有酒和矿泉水。"

喻佳："……"

"不用了。"

沈明川脸色又沉了下来。

"随你。"他也没再看她，径直往里走，"自己随便坐，我去拿瓶啤酒。"

喻佳避开了搭着西装外套和挂着皮带的短沙发，在长沙发上坐下。

沈明川很快拿了罐啤酒回来。

屋里稍显凌乱，他倒不见丝毫不自在，态度随意地在长沙发上坐下，只是跟她隔开了一段距离。

喻佳看他单手开了易拉罐，仰头喝了一口啤酒，喉结轻轻滚动。

"你要跟我谈什么工作？"她忍不住先开口问道。

沈明川单手捏着啤酒罐，闲闲地靠在沙发上："急什么？"

喻佳："……"

她进来前其实是想要跟他道谢的，但这个男人好像永远有一开口就让她脾气噌噌上涨的本事。

"您不急我急，我跟您聊完还得回剧组。"

沈明川一听她提剧组，握着易拉罐的手一下没注意力度，铝罐瞬间凹进去一小块。

他今天跟人去吃饭，听见下面的人说万健明带了剧组的人也在应酬出品方，就过去看了眼。

他们那包间的门不知是谁没关严实，他一过去就听见那些人在劝她喝酒，门关着，里面的情况他看不见，但在他面前都没服过软的人，竟也没立即出声反驳。

沈明川想到这儿，不由得冷笑一声："现在敢我不是挺厉害吗？刚才在桌上那些人要你陪酒，你怎么就一声不吭？"

喻佳听他这阴阳怪气的语气，心头不知怎么也起了点火："那你觉得我该怎么做？敢回去还是泼他们酒？他们一个是圈内的大导演，一个是圈内著名出品公司的高层。"

沈明川轻嗤："他们俩算什么东西？"

喻佳越吵越上头："您是沈家太子爷，沈氏集团下一任继承人，他们两个在您眼里当然不算什么东西，我一个新人，能跟您比吗？"

沈明川心头莫名涌上一股躁意，把啤酒罐子随手一放，抬手又解了粒衬衫扣子："原来你还记得我的身份啊，那你也该记得鼎盛是沈家的产业，记得自己是鼎盛的艺人吧？我什么时候让我们公司的艺人去陪过酒？你就算真把酒泼回去了，公司难道就不管你了？"

喻佳深吸了口气："鼎盛是不主动让艺人去陪酒，但这种事情圈子里难道少了？别说这个圈子，就是普通人出去工作应酬也避免不了这种情况，他们只是劝两句酒，我就要一个个敢回去、泼回去，你们给我收场一次两次，难不成还会给我收场一辈子？我要混不出头，跟鼎盛的合约到期了怎么办？"

沈明川冷着脸点点头："对着一个二流导演和不知道哪门子的高层，你就瞻前顾后想这么多，对着我怎么就想怼就怼？你是不是就仗着我不会拿你怎么样？"

话音一落，两个人都从这股莫名其妙的躁意里骤然醒过神。

喻佳其实也不知道为什么跟他一见面就会吵起来，但这句话让她也陡然冷静下来。

她指尖蜷了蜷："不好意思啊，沈总，您当初帮着江凛一起骗宁宁，我到现在还下意识觉得您是我闺密男朋友的助理，以后不会了。"

沈明川见她服软了，心头那股躁意却不降反升，升至某个点又像是骤然在心里燃成了一把火。

他看向旁边的女生。

可能是因为刚才跟他吵得真生气了，那双漂亮的桃花眼微微泛红，竟和醉酒那晚有些相似。

他就没见过脾气这么硬的姑娘。

现在她跟他说了一句软话，他反而却觉得没意思。

"喻佳。"沈明川叫了她一声，喉结轻滚，"你这张嘴，还不如别说话。"

喻佳也偏头，目光撞进他幽暗的眼中。

杀青那晚，他们俩其实没太醉。

他们在二楼本意是想聊工作，但聊了几句就莫名又像今晚这样吵了起来。

吵到一半口渴，他们各自停下来喝完杯中的酒。

杯中酒液见底后，沈明川转头看了她一眼，说他房间里还有酒，问她敢不敢去。

她鬼迷心窍般点了头。

进了他的房间，两人谁也没提酒。

一关门，沈明川就开始吻她，她也不甘示弱，没什么技巧地亲回去，不小心把他的嘴还咬破了。

那一整晚，他亲她的时候，喻佳都能感觉到一点微弱的血腥味。

而此刻，他看她的眼神就和那晚一样。

刚刚争吵完的两个人在安静下来的客厅中静静对视了片刻。

他忽然伸出手，搂住她往怀里一带。

喻佳觉得自己可能是又鬼迷心窍了，在他再次吻上来的时候，不是第一时间推开他，而是搂住了男人的脖子。

沈明川吻得比那天还凶。

喻佳也想像那晚一样回应他，但她不知何时已经躺在沙发上了。

她忍不住咬了咬他的舌头。

沈明川轻轻"咝"了声，退开点距离，看她的目光又暗了几分，而后他重新低头吻了下来。

结束后，沈明川懒懒地靠在床头，偏头看了看旁边的女生。

她此刻正背对着他，身上只穿了件他的衬衫，一双腿笔直白皙。

沈明川和江凛一样，对烟酒这两样东西都不算沉迷，但此刻忽然想抽支烟。

他拉开床头柜，从里面拿出烟盒和打火机。

他我行我素惯了，可点烟的前　瞬，他不知怎么，动作突然顿了顿，先开口问了句："抽支烟，介意吗？"

喻佳终于转过头："不介意。"

打火机发出一声轻响。

他低头吸了一口，淡淡的烟雾模糊了那张英俊的面容。

喻佳却勉强坐起身来，也靠在床头上："我能试试吗？"

两人此刻的相处意外地和谐，没有了之前的剑拔弩张。

沈明川在烟雾中抬眸看着她的眼睛。

她身上的衣服是他帮穿的，除了她，他还真没伺候过什么人，衬衫扣子只随便扣了几粒，就没了耐心。

因而此刻她一动，沈明川就看见大片晃眼的肌肤和上面那些显眼的痕迹。

沈明川忽然觉得嘴里的烟淡而无味。

这姑娘比烟带劲儿多了。

沈明川："不是什么好东西。"

他说着想伸手去摁灭，一只白皙的手却伸过来，抢走了他手上的烟。

沈明川看着漂亮的红唇含住了刚才他咬过的香烟滤嘴。

动作乍一看还挺娴熟，下一秒，她就被烟呛得剧烈咳嗽起来。

沈明川重新抢过她手里的烟，在床头烟灰缸上摁灭，另一只手把她带进怀里，在她的背上胡乱拍了几下。

感觉她咳得好像更厉害了，他才想起动作好像该轻一点。

"说了不是什么好东西。"

喻佳抬起头："谭柳智新片我那个角色要抽烟。"

她眼下咳得眼泪都出来了，一副可怜兮兮的模样。

沈明川喉结轻滚了下："我教你抽。"

第 十 九 章
沈明川 & 喻佳

xin yuan

沈明川重新点了支烟。

他自己先吸了一口，才给旁边的姑娘递过去，难得耐着性子一点一点慢慢给她讲解要领。

喻佳学得很快，只花了不到一支烟的工夫，就抽得有模有样了。

沈明川靠在床头看着她。

喻佳乌黑的头发披散在肩侧，衬得领口肌肤越发雪白，手上那支快抽完的香烟烟雾淡淡地在她面前散开。

刚才中途去浴室洗澡的时候，她简单卸了妆，他没耐心等了，从身后抱住她。

这姑娘本就是极有攻击性的长相，妆容又强化了这种攻击性，性格还带刺，像朵娇艳却又难以攀折的玫瑰花。

他经常会忘了她其实比江凛家那个小朋友没大几个月，到现在应该还没满23岁。

沈明川伸手抽走她手里的烟："学会就行了，常红怎么给你接了这么个角色？"

喻佳抬眸看他："沈总这是还要管我接什么角色？"

沈明川："……"

她果然乖巧不了几分钟。

"一开口就又想和我吵是吧？"

但他现在不想和她吵架，好像心里那把火和刚才一样又烧去了别的地方，而且教她吸烟已经耗尽了他今天所有的耐心。

沈明川目光停在她的脸上，稍稍往下，最后又重新望进她的眼中："换种方式吵吧。"

喻佳和他对视两秒。

她略略抬脚，染着红指甲的雪白脚趾落到男人的脚面上，顺着黑色运动裤缓缓往上。

"是吵架还是打架？"

那股微痒的感觉瞬间钻到心里。

沈明川一把拽住她的脚踝，将人重重往下一拖，欺身上去。

喻佳轻吸了口气。

男人不再是那副散漫的神情，脸上像是染了点别的意味。

喻佳心跳快了几拍，嘴上却仍不服气："你还有力气吗？"

沈明川笑了声，动作加重："你还有力气叫吗？别等会儿忍不住求我。"

"那你试试看。"喻佳主动钩住他的脖子。

喻佳是凌晨两点多醒的。

她其实一开始没打算睡，只是后来太累了，迷迷糊糊就睡着了。

喻佳在心里倒数十秒。

数完"一"后，她将他搭在她腰上的手拿开，轻轻挪到床边，站起身。

只是刚一起来，她腿就一阵发软，扶着床沿才勉强站稳——这是她今晚百般挑衅他的下场。

喻佳站在床边缓了缓。

她其实也不知道自己为什么会一再挑衅他，可能是他们俩天生气场就不对盘。

喻佳顿了顿，帮他把被子拉好。

时间太晚，喻佳不太想自己下去打车，因为这张脸，她确实没少遇到麻烦。

她用沈明川客厅的座机给酒店前台打了个电话，让他们帮忙叫辆车过来，但这位少爷大约是逸星顶级 VIP 的待遇，前台那边询问过她的目的地后，直接说可以派车送她回去。

上了车，喻佳才想起沈明川今晚叫她过来是要跟她谈工作的。

她全然忘了这件事。

只是不知道他是也忘了，还是懒得再提。

想着她要是真这样不告而别，楼上那位大少爷又得发脾气。她想了想，还是给他发了条微信。

喻佳："明天还有戏，我先回酒店了，工作的事你让人跟红姐说一声就行。"

这一晚确实累，回到酒店房间后，喻佳倒头就睡。

她第二天上午没戏，被闹钟吵醒时已经十点了。

手机里有不少新消息，有常红发过来的，温宁发了一大堆消息，但备注已经被改成"沈总"的那个消息框还停留在凌晨她发的那条消息上，并没有新的回复。

喻佳指尖顿了顿，倒也没觉得太意外。

如果不是昨晚那场巧遇，他们本来也是互不联系的关系，现在不过是重新回到正轨。

喻佳将手机随手放在床头，起身去洗澡。

进了浴室，喻佳看着自己那一身的痕迹，还是忍不住在心里骂了一句。

洗完澡出来，李思涵来这边找她。

酒店有暖气，喻佳只穿了条睡裙就出来了。

李思涵一眼就看见了她大腿上那些显眼的指印和吻痕。

"你和沈总昨晚……"李思涵语气迟疑，不知该不该问下去。

喻佳一边擦着头发，一边点了点头。

李思涵是她的贴身助理，上次的事就没瞒她，这次喻佳也没隐瞒。

"反正不是第一次了。"她语气很淡，"应该也不会有下一次。"

李思涵张了张嘴，最后还是没多嘴。

她知道喻佳向来有主见，事业心也重，应该有分寸。

"昨晚剧组好些人过来你房间试探，都被我挡回去了。"

喻佳对此早有预料："麻烦涵姐了。"

即便早有预料，去了剧组，喻佳对那群人一百八十度大转弯的态度还是一下没办法接受。

万健明主动过来跟她道歉，态度很是谦卑。

女主演也主动来示好，当然语气中不乏试探。

喻佳随便应付过去，没费心和这群人打交道，要是他们知道她和沈明川其实没什么关系，估计变脸速度比今天还快。

杀青后，喻佳当晚就回了北城，一天假没休，次日就开始准备谭柳智的新片了。

沈明川没再回消息。

她白天要继续上打戏课，晚上回来还要研究剧本，也根本没时间想起他。

十一月很快就过完了，转眼进入了十二月。

温宁前两天又给她邮了一大箱子菜过来，除了本地辣椒和腊肉，还有应季的冬笋和红菜苔。

喻佳最近运动量巨大，在吃食上就不再需要像平时那般控制，教练有事，明后两天她都放假，今天就在家给自己做了顿晚饭，吃完收拾好，才继续坐在客厅沙发上看剧本。

八点刚过，忽然门铃声响了。

喻佳思绪被打断。

她在北城认识的人不多。

大学同学有的在拍戏，有的回了老家，和她相熟的都没在北城。

常红和李思涵都没提前说过今晚会来找她。

门铃又响了。

这不太像是谁按错了。

喻佳把剧本放下，走到门口。

谨慎起见，她还是先从猫眼往外看了眼。

等看清门外的人时，喻佳倏然一怔。

外面那位像是没什么耐心，又连按了几下门铃，随后索性敲了敲门。

喻佳回过神，把门打开。

门口的男人已经换了个姿势，懒散地倚在门框边，手半抬着像是想继续敲门，英俊的脸上满是不耐烦，而后目光落到她的脸上。

近一个月没见，喻佳站在门口跟他对视两秒，随即开口问道："沈总怎么来了？"

沈明川放下手："谈工作。"

喻佳："……"

他又谈工作，上次的工作到现在都还没和她谈。

"有工作您让红姐转告一声不就行了？怎么还劳您亲自过来？"

外面那位大少爷瞬间脸色不太好："我高兴自己来，你有意见？"

也不知是察觉到他情绪不太好，还是觉得跟他这样站在门口僵持不太好，喻佳把门彻底拉开，自己退开一步。

"进来吧。"

沈明川走进来。

喻佳关上门，听见他在身后开口："不找双鞋给我换？"

喻佳回过头："我这儿没有你能穿的鞋。"

某位大少爷脸色忽然又好看了几分。

喻佳指尖动了动，没让自己深想，而是换了个话题："喝什么？我这儿只有苏打水和矿泉水。"

"矿泉水吧。"沈明川说。

进厨房前，喻佳又回头看了眼。

这次主客变换，他倒也不见丝毫不自在，随手把黑色大衣脱了挂在她的衣帽架上，而后走到沙发边坐下，就像上次在酒店他自己的套房一样。

她这套房是公司租的，细论起来，其实出钱的人好像是他，他确实比她更像这房子的主人。

喻佳收回视线，拿了瓶水出来，回到客厅，递到他面前。

男人还是懒懒地靠在沙发上，眼皮低低一垂，像是在她手上的矿泉水上落了一秒，而后不太满意地"啧"了声："就这个？"

喻佳："……"

矿泉水他还挑牌子是吧？

也不知是不是他这副大少爷派头实在惹人心烦，喻佳心里又涌起点躁意："只有这个，爱喝不喝。"

沈明川打量她一眼。

可能是屋里暖气太足，这个姑娘只穿了件宽松款的 T 恤，那双又长又直的腿和那晚一样大半露在外面，只是上面再不见任何痕迹，只余一片晃眼的白皙肌肤。

说不上是因为她这个态度，还是别的什么原因，沈明川压着的那股火气又瞬间涌了上来。

喻佳正要收回手，手腕却忽然被一只大手攥住。

那一片皮肤上像是有灼人的温度传过来。

不等她有反应，那只手稍稍一用力，她整个人倏然扑进男人的怀里，闻见了一点清淡好闻的味道。

"喻佳。"沈明川声音在她耳边响起，听上去带了点咬牙切齿的味道，"你到底有没有心？"

喻佳一蒙："我怎么没有心了？"说完她下意识想起身，腰后却瞬间落上一只大手。

整个人又被重重扣回男人怀里。

沈明川感受到胸前的触感，心里那团火越烧越烈，他稍稍松开点力度，紧盯着她："一个月一句话都没有，你说你有没有心？"

喻佳："……"

他怎么还倒打一耙？

"我走前不是给你发消息了吗？是你没回我，一个月一句话都没有的人是你才对吧？"

沈明川下颌线绷着，冷着脸点头："凌晨三点，就睡了一个多小时，你就非得叫车走？走之前都不和我说一声，就一条微信打发我，你说我凭什么要回你？"

喻佳被他这样一质问，莫名也有点奇怪的心虚，但嘴上不肯认输："我不是说了我第二天还有戏吗？你不回消息你还挺有理？"

沈明川冷笑："扯吧你，我问过了，你戏是第二天下午的。怎么？跟我睡一张床就让你那么难受，站都站不稳也要大半夜回去？"

喻佳："……"

明明那天她挑衅他的时候，都没觉得不好意思，此刻不知怎么，莫名有点脸热。

她不服气地道："谁站都站不稳？"

沈明川又笑了一声，这次比起冷笑，倒更像是带了几分暧昧不明的意味。

喻佳看着面前的男人。

喻佳也不知道是跟他吵上头了，还是再一次鬼迷心窍了，明知道挑衅他会是什么后果，她还是说道："腿软的是你吧。"

"喻佳，我看你真的欠收拾。"沈明川又冷笑一声。

"沈明川。"喻佳攥住他的手，"你别，我家没有……"

沈明川打断她："我带了。"

喻佳："……"

她难得惊讶，潋滟的桃花眼略略睁大。

"这就是你说的谈工作？"

"怎么，不喜欢？"男人这次笑得带了几分痞劲儿，"那怎么咬着我手指不让动？"

喻佳看着他轮廓分明的脸，心跳明显在加快，她终于确定她是真的鬼迷心窍了。

"你喜欢也不必拿我当借口。"

沈明川这次没戗她，脸上还是带着点痞劲儿的笑容："我确实挺喜欢的。"

沈明川靠在床头，感觉这一个月憋在心里的那股邪火终于散得差不多了："他们怎么给你租了这么个小房子？"

喻佳只觉得这位少爷又开始挑刺了。

结束后，她有些懒得动，没像他一样靠在床头，平躺着，被子凌乱地搭在身上。

"80多平方米哪里小了？"喻佳也没看他，不过口气也不像之前那样冲，他们两个每次在这种时候，好像还能聊上几句，"北城房价对普通人来说贵得有多离谱，你这种大少爷估计也没概念。"

沈明川打量了眼这间小得过分的卧室，目光又转回来，在她肩膀上停了停："我让他们给你换套好点的房子，再换张床。"

喻佳心跳倏然又快起来。

明明他们性格完全不对付，一见面就忍不住吵架，但奇怪的是，她偏偏又能轻易从他一个眼神或一句话中读懂他未说出口的意思。可她不喜欢这种好像有什么要失控的感觉，于是故意曲解他的意思："这算是我刚才的酬劳吗？"

沈明川觉得这个姑娘真的有本事一句话又把他的火气挑起来。

他翻身欺上去，气极反笑："要给你酬劳就只是给你另租套好点的房子？我在你眼里就这么小气？"

喻佳也知道刚才的话说过了，难得没怼回去，平静和他对视："那你是什么意思呢，《秘密》还没上，我现在手上什么成绩都没有，住这里才是最合适的，换到更好的地方，公司其他人会怎么想？"

沈明川发现他刚才那点火气又莫名其妙散了，顿了顿："爱住这个破房子也随你，床换一张。"

喻佳故意忽略他话中更深一层的意思："你爱睡不睡，嫌床不好你回你的大房子里去睡你自己的床去。"

沈明川觉得可能是他有点习惯了她这张嘴里说不出什么好话，这次难得没生气。

喻佳万万没想到有一天早上她会在沈明川怀里醒过来——而且还是在她自己的床上。

他们睡下的时候，中间的距离差不多还能再躺一个人，但睡梦中也不知道是谁主动的，此刻男人双手正紧紧箍在她的腰上，她的双手好像也环抱着他腰。

喻佳忍不住伸手将他的手拉开，想去厨房做点吃的，也想避开这种让她不适应的亲密。

她听着男人呼吸和心跳都很规律，以为他还没醒，可她的手刚一落上去，她还没拉动，整个人就被那双大手重重地扣在怀里。

许是刚醒，某位大少爷声音中还带着明显的睡意，显得有些柔软，说出来的话却还是很欠："你又想逃哪儿去？"

喻佳半是好笑半是气："这是我家，我能去哪儿？"

而且他一醒，两人此刻这种亲密的姿势就让她更不自在了，她下意识挣扎了下。

"别动。"沈明川声音仍带着睡意，手不轻不重地隔着她 T 恤拍了下，警告意味十足，"你不知道早上在男人怀里乱蹭意味着什么吗？"

喻佳难得没激他，只诚实道："我是要起床去做早餐，你自己想吃什么等会儿自己叫吧。"

"喻佳。"沈明川已经彻底醒了，低头在她耳朵上咬了下。

喻佳不自觉地颤了下。

他用一副很不高兴的语调说："你真没有心是吧，我连顿早饭都不配蹭，还得自己叫？"

喻佳感觉除了某些时刻，这个男人就是有本事让她没办法跟他和平相处："我家的矿泉水你都嫌弃，早餐只怕你沈大总裁也看不上。"

沈明川语气更不爽了："你没问过我怎么知道我看不上？"

喻佳懒得跟他吵，主要这个被他紧抱的姿势让她太别扭了："那你先松开我，我去做米粉，你要愿意吃等会就自己起来。"

"什么米粉？"某位大少爷还问了句。

喻佳就知道他肯定要挑剔："我们南城那边的米粉，宁宁给我邮的，这边不好买，你要不愿意吃就先说，别等下我煮了你又嫌弃。"

"谁说我不吃了？"沈明川还是没松手，顿了顿，像是想起什么，"对了，你跟温宁说一声，江凛下周四生日。"

"行。"喻佳又推了推他，"你先松开，我怕等下忘了。"

沈明川"啧"了声，松了手。

喻佳从另一边床头柜拿过手机，半直起身，后背倚在床头上，低头给温宁发消息。

沈明川躺在床上看着她。

她刚起身的时候，顺手把被子拉开了，那双白皙笔直的大腿露在外面，上面又布满了许多他昨晚弄上去的痕迹。

沈明川喉结滚了下，移开视线，目光落到她的脸上。

不知江凛家那个小朋友给她发了什么，这个姑娘此刻眼角眉梢都是柔和笑意。

沈明川心里那团火瞬间烧得更烈了。

行，敢情她只是对着他满身是刺是吧？

喻佳刚回完消息，就感觉脚腕忽又被一只大手攥住，被重重往下一拽，她整个人瞬间又跌回床上。

手机都差点没拿稳。

"沈明川你干什么啊？"

沈明川欺身压上，接过她手机重新往床头上一丢。

这顿早餐终究没能吃成。

最后两人一起吃了午饭，是某位大少爷从附近最好的酒店叫的餐，满满一大桌子。

两个人根本吃不了那么多，一顿饭结束，好些餐盒都是满的。

喻佳站起身，垂眸看着对面的男人："剩下的这些你打包回去？"

沈明川懒懒地掀了下眼皮："我不吃剩菜。"

喻佳对这个答案丝毫不意外："那就留我这儿吧，也省得我这两天再做饭了。"

"喻佳。"沈明川又叫了她一声。

喻佳想起他早上问她早餐想不想吃点别的，此刻懒得搭理他，低头收拾餐桌。

"我看你不只没心，耳朵也没有是吧？我说了，我不吃剩菜。"

"又没让你吃，我……"喻佳边说边抬起头，目光撞进他眼中的那一瞬，倏然明白过来他这句话的意思。

沈明川闲闲地靠在椅背上看她，过了两秒，说："我让人等下过来换床。"

喻佳盖盒盖的动作停顿了下。

她觉得她可能真疯了，竟没反驳他。

他们两个都不是闲人。

下午沈明川叫来的人换完床走了之后，喻佳开始继续琢磨剧本，沈明川有工作要处理，又有人送了文件和电脑过来，他临时借用了下她家的书房。

临近下午五点，喻佳坐得有些腰酸。

她将剧本放下，起身活动了一下，又去厨房冰箱拿了点水果出来。

她洗到一半，身后传来脚步声。

喻佳洗草莓的动作停了停。

她差点忘了家里还有个人。

喻佳也没回头，听见脚步声又略近了点，那人又是一副熟悉的挑剔语调道："厨房这么小，能做饭吗？"

喻佳瞬间没好气地道："小也不关你的事，我又没让你进来。"

"我好心进来帮忙。"沈明川语气不太爽，"你就这个态度？"

喻佳终于回头："那你倒是帮啊。"

沈明川穿的是上午让人送来的T恤和运动裤，略显休闲的打扮也没影响他那副架子十足的派头。

八十平方米的房子，厨房确实大不到哪儿去。喻佳平日一个人在这儿做饭时还好，这会儿多了个一米八几的高大男人，难免显得逼仄。

她往旁边让了让，把流理台的位置空出来给他，但这位养尊处优的大少爷明显平日连洗水果这种事情都不用亲自做，一颗草莓洗到一半，眉头就皱了起来。

"你就不能吃点洗起来不那么麻烦的东西？"

喻佳："……"

"算了，你出去吧，别在这儿碍事。"

沈明川头一回伺候人，还被这么挑剔，顿时更不爽了："你嘴里就不能有句好话？"

"彼此彼此。"喻佳伸手去拿他洗到一半的草莓。

沈明川一时没放。

脆弱的草莓在两人手中爆开，水流也随着争抢的动作往两人身上溅开。

两人穿的都是白色 T 恤，被水打湿的那一小片地方瞬间变得透明。

喻佳和他在散发着草莓清甜香味的厨房中对视一眼。

喻佳也分不清是谁主动的。

他们明明一说话就容易吵得不可开交，却又在这种时候有种说不出的默契。

这一天她晚餐也没能自己做。

大少爷又换了个酒店叫了一大桌子菜，喻佳坐在餐桌边吃东西的时候，腿肚子还在发颤。

吃完没多久，沈明川让人送的药也到了。

喻佳躺在床上，看着明晃晃的卧室顶灯，不知怎么，她此刻却觉得灯光还不如那道视线显眼。

她不耐地催促："你要擦就快点擦。"

沈明川垂眸静静地看着，心里混杂着说不出是心疼还是烦闷的情绪，躁得厉害。

他眉头皱紧："你跟我说一句软话会怎么样，非得激我？"

喻佳被他看得脸、耳朵、脖子都开始慢慢烧起来，刚才在厨房的时候都没这样。

"不擦就出去，我自己来。"喻佳忍不住去踹他，可一动，不知牵扯到哪里，轻轻"咝"了声。

沈明川握住她的脚踝："别动。"

喻佳挣脱不开，只能顺手扯了个抱枕蒙住脸。

沈明川觉得他这辈子动作都没这么小心翼翼过。

明明除了她方才轻轻"咝"的那声，不管是之前在厨房，还是此刻，她都没叫过一声疼，但凡她叫一声疼，他也不至于过界。

擦完药，沈明川轻轻松了口气。

他把东西在床头柜放下，伸手扯掉她蒙在脸上的抱枕："你这是想闷死自己？"

喻佳目光重新对上天花板上的顶灯，眼睛不自觉眯了下，没顾上回他的话。

沈明川看清她的模样，倒是又笑了一声："擦个药而已，你脸红成这样？喻佳，我怎么不知道你还会害羞？"

喻佳："……"

"被你气的。"

沈明川："是我被你气才对吧？你要不气我，我刚才至于……"

"闭嘴吧你。"喻佳不由得打断他的话。说完她下意识等着他回击，她好再反击回去。

可卧室安静了一秒后，她听见男人微微压低声音道："抱歉，下次会注意。"

喻佳搭在床单上的指尖蜷了蜷，心里好像有什么软了一下，好像又开始有些发慌。

"沈明川。"她叫他的名字。

沈明川还坐在她的腿边："嗯？"

喻佳："你别用这样恶心的语调跟我说话，我鸡皮疙瘩都起来了。"

沈明川这辈子就没跟几个人道过歉。

他气极反笑，欺身上去，低头咬住她的下唇，这姑娘明明嘴硬得厉害，吻起来的时候却是又温又软的，而他居然还舍不得用力。

沈明川又松开，咬着牙叫她名字："喻佳！"

喻佳像他刚才一样，淡淡地嗯了声。

沈明川这次仍没听见她喊疼，但看见她秀气的双眉明显皱了下。

他心里那股气无端又散了："疼就别乱动了。"

喻佳是典型吃软不吃硬的性格，今天的事其实不怪他，是她一再挑衅，但架子那么大的男人一连两次跟她说话都放软了语气。

她心里又软软地塌下来一小块。

喻佳抿抿唇，随口换了个话题："几点了？"

"九点了。"他说。

喻佳看着天花板，想说今晚也不能做什么了，怎么还不回去，但不知怎么没开口。

沈明川也没提出要走。

卧室里安静了片刻。沈明川的声音重新响起："那是投影仪？"

喻佳顺着他指的方向看过去："是吧。"

"看个电影吧。"沈明川说。

喻佳指尖动了动:"好。"

喻佳那天默许沈明川吃完午饭后留下来,默许他让人过来换床,就等于默许了他们这段关系可以继续这么不清不楚下去。

十二月过得很快。

这期间他们见面的次数频繁了许多,都是沈明川过来找她。

喻佳每天两点一线,晚上都是在家看剧本,而某位大少爷向来忙得不可开交,经常还要天南海北地到处出差,他没过来的时候,喻佳连他人在哪里都不知道,也从没问过。

他们还是一见面就吵得不可开交,吵到一半也不知是火气没发完,还是中途无意间对上眼神,之后又会莫名其妙开始。

最情热的时候,沈明川也贴在她的耳边叫过几声"宝贝",但往往后面接的都是不堪入耳的荤话,于是这个称呼的亲昵意味也被削弱,喻佳听完只想挠他。

结束后,他们能心平气和地聊几句琐事,或者再一起看电影,但谁也没开口聊过以后。

喻佳觉得他们应该也不会有以后。

十二月过完,就迎来了元旦假期。

喻佳马上要进组,有几天休息时间。她去了一趟南城,在温宁家待了几天,直到3号晚上才回到北城。

她一进家门,就看见某位大少爷懒懒散散地靠在她家客厅沙发上。

那天晚上,卧室安静下来时,已经接近凌晨。

喻佳靠在他怀里平复呼吸,沈明川手抚着她的后背。

喻佳有些走神。

她觉得习惯真的是件挺可怕的事情。

明明半个月多前,她醒过来发现被他这样抱着时,还觉得分外不自在,现在却已经很适应这种亲密了。

沈明川的声音忽然响起:"房子小倒也不错。"

喻佳回过神,稍稍愣了下。

喻佳把手落到他的额头上:"也没发烧啊。"

沈明川一把攥住了她的手:"谁说我发烧了?"

喻佳还没太习惯被他牵手,但她有点没力气挣扎,就由着他了,只是略没好气地回道:"没发烧你居然夸起了我这个房子?"

"不好吗？"沈大少爷难得没回戗，眉梢轻轻挑了下，笑得暧昧，"这才多久，这房子已经到处被试了个遍。"

喻佳又怔了下，才反应过来他的意思。

她忍不住踹了他一下。

沈明川抱着她闷笑了一声。

喻佳感觉到男人胸腔轻轻在振动。

喻佳在他面前总寸步不让，但她发现在"不要脸"这方面，实在比这位少爷差多了。

喻佳换了种方式堵住了他的嘴。

沈明川回吻她的时候，眼里还带着明显的笑意，笑得她心脏一阵阵发软。

被他从浴室抱回床上时，喻佳已经累得一根手指头都不想动一下。

她靠在男人怀里，眼皮沉沉地往下坠，感觉沈明川又将她往怀里带了带，手指拨弄了下她的头发，声音很低："你明天几点走？"

喻佳闭着眼："上午十一点。"

"我七点的闹钟，早上有会。"沈明川伸手关了灯，卧室瞬间陷入了一片黑暗之中。

喻佳嗯了声。

卧室安静了片刻。

喻佳又听见他很低地叫了她一声："喻佳。"

喻佳困得迷迷糊糊，不知道自己回没回他。

睡意汹涌袭来，半梦半醒间，她听见他好像又说了句话："我把这房子买下来吧。"

喻佳第二天九点多钟醒来时，沈明川早已不在房内。

她吃完早餐，李思涵过来帮她一起收拾行李。

收拾好，两人带着行李下楼去地下车库，保姆车里除了司机，还有一个人。

经纪人常红今天特意过来送她去机场。

沈明川这个月频繁来她的住处，她这个房子里现在随处可见这位少爷陆续让人送来的生活用品，自然瞒不过李思涵，也瞒不过常红。

不知是不是沈明川打了招呼，常红知晓这件事，也并没有跟她说过什么。

喻佳以为今天也是一样。

直到保姆车快开到机场时，常红偏头看向她，忽然开口："喻佳，当初签你的时候，我就知道你是个有主见的姑娘，你和沈总的事情我不干涉，但大环境

701

向来对女性苛刻，尤其是我们这行，我希望你清楚自己在做什么，将来也能为你现在的选择负责任。"

喻佳捏着分外安静的手机，沉默两秒，轻轻嗯了声："我知道了，红姐。"

常红又笑了下，转而叮嘱起别的事："谭柳智是个工作狂，虽然没钱导那么好相处，但也不像万健明那样爱钻营，你放心在他的剧组待着，有什么事随时给我打电话，不用怕麻烦我，我签人的眼光从来没错过，红姐还等着你给我挣大钱。"

喻佳也笑起来："好。"

大约是前一晚被折腾得太厉害，喻佳心里存着事，可上飞机后，还是很快睡了过去。

下午一行人到达剧组，喻佳惦记着常红的话，本想趁着今晚还有点空闲时间，打算剧组聚餐后，乘机理一理她和沈明川这段不清不楚的关系。

可谭柳智确实不负"工作狂"这个称号，聚完餐，临时把剧组主创全喊去开会，一开就开到半夜了。

喻佳第二天上午有戏，为免失眠影响次日的状态，她洗澡躺下后也不敢再胡思乱想，强迫自己静下心来。

谭柳智这部戏比《秘密》辛苦，不是因为谭柳智要求比钱正义高，而是因为这部戏不像《秘密》全是文戏，有一大半是动作戏。

谭柳智不喜欢主演频繁用替身，喻佳也是同样的想法，因而除非是动作难度太高，只有专业武打演员才能完成，不然她全自己上。

开机后，她每天拍完戏回酒店都是累得倒头就睡，身上常常是青的那一块才好，第二天又碰到另一个地方。

半个月一晃而过，喻佳这天上午终于没戏，才倏然反应过来，自那晚见面后，她就再没和沈明川有联系了。

她没找他，沈明川同样也没找过她，就好像他们之间并没有过进组前那一个月的相处，一切退回到最初。

其实这应该才是他们两人之间正常的轨道，但不知怎么，喻佳没有松口气的感觉，心里反而闷闷的，像是堵了什么东西似的。

李思涵从外面走进来，面色沉重。

喻佳思绪被打断："怎么了？"

"听说今晚又有投资商过来请吃饭，也不知道是不是我们公司的人。"李思涵微皱了下眉，这个片子鼎盛虽然是最大出品方，但也不是唯一的出品方，"我们要不要先和红姐说一声？"

喻佳紧握着手机："谭导不像万健明，下午看看再说吧。"

李思涵："行。"

喻佳也并没有多少工夫胡思乱想，今天上午没戏，是因为下午排了场重头戏。

吃完早餐，她就去了剧组，一边看其他人拍戏，一边慢慢琢磨下午自己那场戏。

直到下午的重头戏顺利过关，她才大大松口气。

这几天的戏是在 G 市郊区一个厂房拍的。

喻佳在地上不知滚了多少圈，起身时，拍了拍身上的尘土。

李思涵拿了两瓶水朝她走过来，先递了一瓶给她洗手："投资商来了。"

喻佳低头洗好手，抬头时见她表情复杂，像是还有点担心，又没上午那样担心："哪个公司的人？"

李思涵："是……"

厂房里忽然有些喧闹，喻佳没听见她后面的话，但她也不需要听清了，因为她自己看到来人了。

除了刚刚还在拍戏的谭柳智和几个副导演，剧组制片人、监制等所有叫得上名的人齐齐簇拥着一个人从厂房门口走进来。

走在中间的男人穿了身剪裁良好的黑西装。

喻佳遥遥跟他目光撞上一秒。

下一秒，对方冷淡地转开视线，漫不经心地听着制片人和他说话。

喻佳也垂下目光，接过李思涵递来的水。

她一身灰尘，后背刚刚也不知是不是又被磕到了，疼意传了过来。

喻佳有点想提前回酒店了。

晚上没戏，只要工作上让谭柳智满意了，他这个人还是挺好说话的。

没等她想出借口，谭柳智先朝她招了招手："喻佳，你过来一趟。"

喻佳从李思涵手里接过手机，看见那群人已经走到了谭柳智边上。她抿抿唇，也抬脚走过去。

只是手臂一动，也不知牵扯到后背哪里，那股闷痛倏然明显起来。

喻佳皱了下眉，又努力平复下来。

谭柳智要求很高，剧组没人不辛苦，自然也没人会在意其他人的辛苦。

喻佳走到谭柳智边上："谭导。"

谭柳智指指被人群簇拥的男人，不知是沉浸在工作中，没想起她就签在鼎盛，还是看他们全然一副不认识的模样，以为他们没见过。他说道："跟沈总打

· 703 ·

个招呼。"

喻佳偏过头，视线短暂地和沈明川碰了下。

这次她先垂下目光："沈总。"

喻佳听见男人很淡地嗯了声，随即便问制片人剧组的拍摄进度。

喻佳想着要不要现在乘机跟谭柳智请假，谭柳智却先她一步开口："喻佳你先留下，我等会儿和你讲讲明天的戏。"

涉及工作，喻佳就没再多说，点头应下："好。"

正跟制片人说话的那位少爷不知怎么忽然插了句嘴："现在讲吧，我正好听听。"

谭柳智本就怕怠慢了这位太子爷，听他主动开口，自然没反驳，直接跟喻佳讲起了明天的戏。

喻佳低头听着，没两分钟，忽然闻见一阵香味飘过来。

剧组喜欢用这款香水的只有谈沂菡。

谈沂菡的声音这时也跟着响了起来，带着甜甜的语调："明川哥，你怎么来了？"

男人跟她说话的声音不算热络，却也不冷淡："在附近出差，顺便过来看看。"

谈沂菡："都好久没见你了，前几天给外婆打电话，她还跟我说起你呢，也说是好久没见你去看她了。"

"有空就会去看她老人家。"沈明川回她。

喻佳强迫自己静下心，没再继续听下去。

等谭柳智讲完戏，喻佳才重新抬起头。

谈沂菡还在和他说话，语气和刚才一样甜，但距离倒隔得挺远，起码站在离他一米开外。

"明川哥，我们今晚去哪儿吃饭啊？"

沈明川拿着手机，正在低头打字，眉眼间不见什么表情，漫不经心地答上一句："不去哪儿，我让人送过来。"

下一秒，喻佳听见自己的手机响了一声。

站在附近的其他人都听见了，包括谈沂菡，众人表情没有任何变化，没人会觉得沈明川低头打字是在给她发消息，就连喻佳自己都觉得不太可能。

她退开几步，低头解锁屏幕看了一眼。

沈总："3505。"

喻佳捏着手机，忽然觉得有些好笑。

他一边跟别的女人聊着天，一边给她发房间号，也只有这位我行我素的大少爷做得出这样的事。

沈明川定的餐已经被送到了剧组。

喻佳拍了一下午的动作戏，也确实饿了，也没再着急先回酒店，只去房车里换了身衣服。

晚上没安排夜戏，吃完这顿晚饭，男人依旧被簇拥在人群中央，喻佳没过去凑热闹，跟李思涵一起上了保姆车回了酒店。

到酒店后，喻佳第一时间进浴室洗头、洗澡。

她背对着镜子，回头看了眼，背上果然又青了一大块。

洗完澡，吹干头发，喻佳走出浴室，回到客厅。

微信里，沈明川的对话框还停在"3505"那条消息上，并没有新的消息进来。

喻佳垂眼盯着那行数字，又将手机放下。

门这时忽然被敲响，她心跳倏然漏了一拍。

李思涵的声音紧跟着从门外传进来："佳佳，是我。"

喻佳缓缓出了口气："进来吧。"

李思涵手上有她的门卡，自己刷卡进来，走到客厅，又给她递了张门卡。

喻佳一眼看清门卡和她那张不一样。

"沈总助理刚刚送过来的。"李思涵说，"他说35楼今晚就沈总一个人住。"

喻佳沉默两秒，接过来。

"那……"李思涵顿了顿，"没什么事的话，我先回去了？"

喻佳点点头："早点休息。"

李思涵想了想，又交代了句："剧组毕竟人多眼杂，你还是注意点。"

李思涵出门后，喻佳拿着那张房卡在沙发上静静坐了几分钟，最终还是起身换了套衣服，拿上手机和自己的房卡出了门。

3505是酒店唯一一间总统套房，这个套房近四百平方米。

喻佳刷开房门，刚一进门，就看见沈明川止走到玄关处，像是打算出去。

她稍稍愣了下："你要出去？"

沈明川没回她的话。

下一秒，她就被一股大力推到了刚关上的大门上。

后背传来一股痛感，喻佳皱了皱眉，沈明川像是没注意到，直接低头吻了上来。

喻佳搂住他的脖子，毫不示弱地吻回去。

胸腔里的氧气像是在一点点被他尽数卷走，喻佳却没推开他。

过了片刻，是沈明川先退开少许，距离仍近，几乎就贴在她的唇边，双眸冷冷地看着她，语气带着几分咬牙切齿的意味："半个月一条消息都没有是吧？"

喻佳稍稍仰头："说得好像你这半个月给我发过消息似的。"

沈明川点点头。

"行，那这笔账不算，今天见了我还装不认识？"他动作也重，"身体这会儿倒熟得很。"

喻佳被他气笑了："有你这么倒打一耙的吗？下午不是你先移开视线的吗？"

"一进组跟失踪了一样，半个月没一条消息，不是我过来找你，你打算多久才联系我？一个月，还是更久？"沈明川看着她，"就这样我还得哄着你是吧？"

喻佳呼吸早已经乱得不成样子，大脑好像也运转得没那么快，脱口道："你确定你是来找我的吗？不是和别人聊得挺欢？"

话一说出口，她就后悔了。

果然，沈明川动作稍顿，眉梢轻轻一挑："喻佳，你这是在吃醋？"

喻佳垂下视线："我吃什么醋？我只是在这方面没什么特别的嗜好。"

沈明川刚压下的那股气又立即升上来："你意思是我有什么特别的嗜好是吧？"

喻佳心里乱成一团，不太想和他吵，更想做点能让她大脑放空，完全不需要思考的事情。

她伸手，指尖点了点他的衬衫扣子，缓缓往下："你叫我上来就是为了说这些废话的？"

沈明川呼吸倏然一重："就这么着急？"

喻佳目光也往下一瞥："说得好像你不着急似的？"

沈明川一见她这副永远寸步不让的模样就来气。

后背不知是又撞上了门把还是哪里，疼痛一瞬变得剧烈，她没忍住轻轻"嘶"了声。

沈明川还是上次帮她擦药的时候，才在她嘴里听过这样一声轻呼。

像是兜头有冷水浇下来，他忽地冷静下来："怎么回事？"

喻佳不想跟他说这些事："没事，你到底要不要继续？"

沈大少爷气得也不再问她，回想了下刚才的动作，就猜到伤可能在后背。

他带着她转了个身，自己看了一眼。

那双漂亮的蝴蝶骨中间原本是大片白皙的肌肤，此刻中间却多出了一大块青紫色。

沈明川神情冷下来："到底怎么回事？"

喻佳心里烦得厉害，转回身："说了没什么事，下午你不看到我一身灰了吗？拍个戏磕到碰到不是很正常的事情吗？"

沈明川："下午就伤了，你当时就不会吭一声？"

"跟谁吭？大少爷，我是来工作的，剧组也不是家里，不是一点小事就能随便撒娇的地方。"喻佳顿了顿，"更何况家里都不见得一定就是能随便撒娇的地方。"

沈明川满脑子都是她后背那片青紫，心像是被揪紧一样："我让人送药上来。"

"不用，我没那么娇气。"喻佳看着他这副模样，不知怎么，心里乱得越发厉害，"楼下有药，你要没别的事，我就下去了。"

沈明川压下去的那股气一秒又升了上来："你上来就只为这件事是吧？"

"你给我发房间号难道不是为了这个？"喻佳停顿了两秒，"还是背后的伤影响你兴致了？"

她说这句话本意是为了激他，但喻佳回想起刚才在镜中看到的样子，又忍不住补了一句："确实挺丑的。"

"喻佳！"沈明川咬了咬牙，缓了两秒，"反正你还有力气跟我抬杠，看来伤得也不厉害，等会儿别跟我哭就行了。"

喻佳趴在床上，等呼吸逐渐平缓下来，才轻声开口："我先下去了。"

沈明川正在发消息让人送药上来，一行字还没编辑完，就听见她这句话，一句"你这是把我当什么了"差点脱口而出，不知是又瞥见了她后背的伤，还是因为别的，他又咽了回去："我让人先送药上来，你擦了药再下去。"

喻佳从床上起身："不用了，我回楼下用冰袋敷一敷就行。"

下床的时候，不知是不是因为刚才跪得有点久，她双脚倏然软了下。

沈明川下意识想伸手去扶，她已经自己扶着床沿站稳了，他心头一阵躁意："站都站不稳，就这么着急走？"

喻佳不想跟他吵。

今天虽然只拍了一下午的戏，但重头戏本来就需要消耗体力和情绪，晚上又跟他闹腾这么久，她真的很累。

"沈明川。"喻佳把地上的衣服捡起来套上，轻声叫他的名字，"我明天上午还有戏。"

她态度一软下来，沈明川心里那股说不上心疼还是什么的情绪又重新钻出来："我让谭柳智给你把明早的戏挪到后面去。"

喻佳穿好衣服，瞥他一眼，又垂下目光："不用，明天这场戏我准备很久了，推到后面去，又得重新调整状态。"

沈明川觉得这个姑娘是真的软硬不吃、油盐不进，极轻地"啧"了声，从地上捡起件 T 恤："我送你出去。"

喻佳嗯了声。

出去的时候，她始终走在前面，沈明川跟在身后送她。

走到门口，喻佳脚步停了停，从里面拉开大门。

只是门刚打开一小半，她手上动作蓦然停住。

门口，谈沂菡正抬起手，像是想要摁门铃。深夜过来敲门，她穿得倒不算太暴露，就一件白色吊带裙。

谈沂菡看见她后，眼睛倏然睁大，脸上那点娇羞的表情瞬间变成了不可置信。

沈明川跟在她的身后，见她突然在门边停下。

"怎么……"一句话还没完，他走到喻佳身后时，也看见了门口的人。

沈明川脸色蓦地降至冰点："你怎么上来了？"

谈沂菡张了张口，像是想辩解。

沈明川却根本没耐心听："不管你怎么上来的，不该说的话最好一句别说，不然你应该清楚后果。"

谈沂菡被他的语气吓得瑟缩了下，是她今天见他难得和颜悦色跟她说了几句话，才敢放任心里的妄念，却忘了沈明川从来不是个好相处的性格。

她心里一阵发慌："明川哥。"

沈明川："还不滚。"

谈沂菡涨红起来的脸色迅速变白，甚至都不敢看一眼喻佳，迅速转身跑了。

喻佳捏在门把手上的手这才慢慢松开，她也没回头："我也下去了。"

沈明川多少碰上过几回这种事情，没太放在心上，只偏头朝她看过去。

喻佳正微垂着头。

这个姑娘以往总是明艳张扬的，今晚却好像浑身上下都带着股明显的疲累，他忽然觉得刚才不该跟她置气："喻佳。"

喻佳还是没回头："还有事吗？"

沈明川张了张嘴，垂在一侧的手缓缓收紧，最后他只是说："没什么，记得冰敷。"

喻佳点点头，往谈沂菡相反的方向走去，进电梯下楼。

她回到楼下，在门口看到谈沂菡时，竟也没觉得意外。

谈沂菡眼还红着，瞪着她，只是她穿了高跟鞋也没有喻佳高，显得分外没气势："你也别太得意，明川哥不过是想跟你玩玩，他迟早要跟我表姐联姻的。"

喻佳垂眸，没什么表情地看着她："你表姐？"

谈沂菡点头："我表姐汤辰如，你应该知道这个名字吧。"

喻佳忽然有点想笑。

她怎么也没想到再听到这个名字，居然会是这种情况。

"听过。"喻佳淡淡地看她一眼，"所以你穿成这样，深夜去敲你准表姐夫的门，又是为了什么？"

谈沂菡脸色瞬间涨红。

喻佳却没有再和她说话的兴致，越过她，刷开了房门。

这一晚发生的事情实在有些超乎喻佳的预想，她以为多少会影响睡眠，可她实在太累了，累到连为这些事情烦忧失眠都是奢侈。

喻佳次日上午的戏份排在十点，她也不用起得太早，七点半被闹钟吵醒后，看到手机多了好几条消息。

其中一条破天荒地来自某位大少爷。

沈总："有工作，走了。"

他发消息的时间是早上七点。

喻佳看了几秒消息框，最终什么都没回复，随手把手机放下。

她洗漱后，李思涵过来给她送早餐，一边帮她打开饭盒，一边跟她说："听说酒店昨晚连夜辞退了一个经理，然后剧组忽然换掉了谈沂菡的角色，统筹今早发了新通告单，也不知道怎么回事？"

喻佳喝了口脱脂牛奶："她昨晚去敲沈明川的门了，正好撞上我从他房间里出来。"

李思涵掀盒盖的动作猛地停住："什么？！"

喻佳垂着眼，没再接话。

李思涵向来稳重，很快整理好情绪。

李思涵把盒盖打开，看见喻佳坐在餐桌边，不知是不是最近太累了，脸色白得像纸，莫名透出几分她身上从未有过的脆弱感。

"没事的，沈总应该会处理好。"

喻佳安静了片刻。

对于这种情况，她其实早有过预想。

她进组前，常红会跟她说的那番话大概也是因为这个。

她只是没想到这一天会来得这么快，有点没做好心理准备。

"应该吧。"她轻声接了一句。

喻佳今天到了剧组，也没心力再忧心其他的，只是偶尔注意到李思涵今天看手机的频率高了不少，大概是在帮她确认昨晚的事有没有被曝光。

说实话，喻佳其实心里也没把握。

昨晚谈沂菡虽说表现得一副很怕沈明川的模样，但她既然能做得出敲准表姐夫的门这种事，喻佳也不敢低估她的嫉妒心。

到了下午，喻佳确认她的预感还是有点准确的。

因为剧组今天又来了个访客——谈沂菡的表姐，曾经和沈明川上过热搜的汤辰如。

汤辰如来的时候，喻佳正在休息。

她看见汤辰如先去和谭柳智聊了聊，才来找她。

不知是谈沂菡和汤辰如亲戚关系有点远，还是她太低调，此前剧组并没有人知道她跟大名鼎鼎的汤家有什么关系，但凡知道，她昨晚可能也不会上去。

昨天沈明川明面上对她的态度着实冷淡，汤辰如此刻走到她这边来，剧组的人只是好奇地多看了眼，并没有谁多想。

汤辰如走到她旁边，招呼工作人员给她递了个凳子，坐下后便开门见山道："放心，我没恶意，我没有抢别人男人的喜好，更不想当别人手里的刀，我上高中后就不喜欢沈明川了，只是没有更好的联姻对象，才拿他吊着我那对视财如命的父母。"

喻佳不得不承认，听到这番话后，心里松了口气："那汤小姐来找我又是为什么？"

"刚好在 G 市，顺便过来看看能让眼高于顶的沈大少爷看上的人，是什么样的天仙，"汤辰如说着瞥她一眼，"确实漂亮。"

喻佳忍不住笑了下："彼此彼此。"

晚上没夜戏，喻佳七点钟回到了酒店。

进浴室洗澡时，她又回头看了眼镜子，昨天磕到的地方颜色又深了些，只是周围还多了些其他的痕迹。

昨晚那位少爷虽然语气凶得要命，但全程都比以往要收敛，从头到尾都没碰到她后背的伤。

喻佳走到花洒下，热水兜头淋下来。

她脑中一瞬间乱糟糟地浮起许多画面，有昨晚沈明川抱她时的神情，有常红送机时跟她说那番话时的场景，还有今天下午的汤辰如，以及谈沂菡昨晚站在门口不甘地看着她的模样。

其实谈沂菡那句话并没说错。沈明川最后就算不和汤辰如联姻，也会是赵辰如、钱辰如之类的千金大小姐，或者是温宁那种书香门第的姑娘结婚，总不会是她这种原生家庭一团糟糕的人。

他们这段关系开始得不清不楚，是她一开始鬼迷心窍，没有当断则断，所以才有了现在越来越乱的局面。

她不是沈明川这种大少爷，没有继续玩下去的资本。

洗完澡吹了头发，喻佳走回客厅，拿起手机，打开沈明川的对话框，消息还停留在他早上那条。

她低下头，点开消息框，却半天没打下一个字。

门忽然被敲响。

喻佳下意识以为是李思涵，刚想说进来，门口却传来一道熟悉的男声："开门，喻佳。"

喻佳心里重重一跳，她把手机放下，赶忙起身过去开了门，放他进来时，她还特意看了下两边的房间，见没人出来，才稍稍松口气。

她迅速关上门，看向莫名其妙忽然出现的男人："你怎么来了？"

沈明川没回喻佳的话，只是上下打量喻佳两眼："汤辰如下午是不是来了？她和你说什么了？"

喻佳听出他话中像有明显的关切之意，心里忽然涌上一阵酸涩。

"没什么，她就随便和我聊了几句，没恶意的。"

"她和你有什么好聊的？"沈明川扯松领带，脸色又沉了下来，"我看谈沂菡是还没吃够教训。"

喻佳今晚一点也不想和他吵架。

她压下心里那股酸涩，轻声叫他："沈明川，去客厅坐吧，我想和你聊聊。"

沈明川还从没听她用这样温柔的语气和他说过话，反应过来的时候，已经在客厅沙发上坐下了。

喻佳拿了瓶水过来放到他面前："只有这个，你要愿意就将就喝一下，不愿意就放着不用管。"

沈明川惊奇地瞥了她一眼。

这个姑娘转性了？

他又转头看了眼那瓶矿泉水，默了两秒，还是伸手拿过来，手指落向瓶盖："你要和我聊什么？"

喻佳垂着眼没看他："我们结束吧。"

沈明川拿在瓶身上的那只手一下没注意力度，整个矿泉水瓶瞬间被捏扁："你说什么？"

"我们……"喻佳顿了顿，原本其实想说"我们分开吧"，但想起他们根本不算在一起过，最后才用了刚才那个词，"结束吧。"

沈明川把矿泉水瓶往桌上一扔："给我个理由。"

喻佳想起她好像还从没和他说起过她家里的事，他们从不聊这些话题，或者说，他们其实根本就从没好好聊过天。

她张了张嘴，最后只是道："我们昨晚既然能被谈沂菡撞见，以后就可能会被其他人撞见，我好不容易才走到今天，沈明川，但我和你……"喻佳顿了顿，有些不知怎么形容他们之间的关系，最后选了个模糊的词，"我和你这种关系一旦被曝光，以后再没有人会看得见我的努力，他们会觉我的资源是你给的，我就算拿了奖，也是你在背后运作的。"

这就是当初常红提点她的原因。

沈明川跟她吵过无数次，每次都觉得心里躁得厉害，但没哪次有现在这样的感觉，好像躁意像水一般浸过了头顶，整个人都被淹没。

"就这个原因？"他把领带全扯下来，随手扔在她的沙发上，"不相干的人评价在你眼里就那么重要，比我重要是吧？"

喻佳抿了抿唇，发现她没办法说"是"字。

她沉默两秒，最后只是重复了一遍，不知是在跟他强调，还是在说服自己："我们结束吧。"

沈明川冷笑一声，从沙发上站起来，居高临下地看着她："你想好了是吧？"

喻佳指尖收紧，没注意好力度，有刺痛感传来，点点头："想好了。"

"行。"沈明川也冷着脸点点头，"你别后悔。"

喻佳默了一秒："你……"

"想跟我说'我别后悔才是'是吧？"沈明川打断她的话，"放心好了，我还不至于为了你后悔。"

喻佳看着他转身就走，又张了张嘴。

她刚才不想像平时一样怼他，其实是想说，他如果还是沈周的话，她应该会考虑认真跟他谈恋爱试试，但好像也没这个必要。

因为他从没说过他想和她恋爱。

重重的关门声传过来，打断了她的思绪。

喻佳回过神，也不知道剧组其他人听到这一声响动会不会出来查看情况，出来也没关系吧。

他本就一身傲气，今天过后，只怕不会再想和她牵扯上任何关系。

接下来三天，喻佳都忙得连喘息的工夫都没有。

谈沂菡忽然被撤换，新演员还未选好，剧组进度又不能耽误，统筹就把她后面的戏往前挪了。

她一连三天，从早到晚都排满了戏，根本没时间胡思乱想。

本来喻佳也不是每天都排满了戏。她只是谭柳智这部电影的镶边女主，之所以前面这大半个月戏份排得特别密集，是因为两位男主演其中一位现在没有档期，早和剧组约好了要比其他人晚二十天进组。

而这两位男主演虽不像商默那样大牌，但至少也都各有一个影帝奖杯，甚至剧组其他特出、客串及剧组里的配角，也几乎都比她名气大，所以统筹排期的时候，会尽量先照顾两位男主及其他大牌配角的档期和要求。

喻佳倒不觉得委屈。

她本来就是新人。

相比其他新人来说，她运气已经好得不能再好了，这个剧组里没人质疑她的戏份，没人仗着名气欺负她，只是需要她的戏份排期稍微给其他人让让路，确实没什么好委屈的。

唯一的问题是，在忙完这三天后，接下来这一整天，她一场戏份都没有，相当于放了一天假。

喻佳现在不怕忙，但挺怕闲下来的，而且一天假期实在鸡肋，出去玩会耽误休息，在酒店闲着又不习惯，喻佳最后还是去了剧组看其他人拍戏。

剧组这天没排夜戏，在片场吃了晚餐，回到酒店时，刚刚晚上七点。

上次这么早回酒店，还是她和沈明川的关系结束那天。

喻佳背后那处磕伤的颜色已经开始变浅。

她洗完澡出来后，李思涵帮她擦完药，喻佳就让李思涵先回房间休息了。

她前面三天都是十二点睡，不到七点就起，李思涵全程跟着她，休息时间只会比她更少。

只是李思涵一走，房间里就倏然安静了下来。

喻佳把剧本拿出来，看了片刻，始终有些心不在焉，目光时不时瞥向格外安静的手机。

在接连走神数次后，喻佳终于忍不住把手机拿过来，打开微信后，手指好像有自我意识一般，直接点开了沈明川的对话框。

其实在这之前，他们几乎也没怎么用微信联系过。

之前那一个月，沈明川一般都是打电话提前通知她晚上会过来，微信上总共也没有几条聊天记录。

她确信，这个号不会再给她发任何消息了。

那位大少爷不拉黑她就算好事了。

喻佳点开他的头像，手指在加入黑名单那一行犹豫，最后又退了出去。

反正她也不会再给他发消息，就留着当个纪念吧。

从沈明川对话框退出来后，喻佳在主界面上停留了片刻，最后给温宁拨了个视频通话过去。

温宁手机几乎从不离开身边。

通话拨出去后，那边秒接。

喻佳看到她单手托着下巴，身后的背景不像她家。

近几年回南城，喻佳大部分时间住她家，对她家熟得不能再熟，但现在温宁估计马上要结婚了，喻佳以后也不好再过去打扰了。

"拨了视频过来又发呆？"温宁忽然开口，"我们未来一线大明星喻佳小姐姐这是累迷糊了？"

喻佳笑了下："没有，这不是第一次看到你们在博汇的这间大书房吗？没见识，惊讶到了。"

"佳佳你怎么啦？"温宁神色忽然正经了点。

喻佳一愣："什么怎么了？"

温宁皱着眉："怎么笑得这么难看，剧组有人欺负你了？"

她笑得难看吗？

喻佳又愣了愣，隔了几秒才回神："没有，就是有些累。"

"你看我信吗？"温宁跟她熟得不能再熟，拍戏再累，那也是她喜欢做的事情，绝不可能因此露出这样一副失了魂的模样，"不是剧组有人欺负你，难道是跟沈明川吵架了？"

喻佳手指动了动，还是没瞒她："吵架倒没有，只是跟他结束了。"

温宁小脸沉了下来："他提的？"

"没有。"喻佳回她，"我提的。"

温宁脸色这才又稍稍缓和下来："那还差不多。"

喻佳看见她顿了顿，语气像是故意装得轻松起来："反正这是他的损失，对你来说还是好事情呢。"

"怎么说？"喻佳问她。

温宁："大美女该多交往几个男人，不然一个多亏啊，甩了他你正好先认真搞事业，以后多的是男人拜倒在我们喻大明星的石榴裙下，少沈明川一个根本不算事儿。"

喻佳这次是真笑了，可能是因为不管发生什么，还是会有人愿意无条件、无理由地跟她站在一边。

南城，博汇。

温宁本想再找几个轻松话题陪喻佳聊聊，可说完这句话，喻佳那边就接到了导演的电话，说晚上临时要开短会。

视频通话只能到此中断。

江凛吃了晚饭就接到了计远的电话，晚上也是临时去了趟公司处理点工作。

温宁一个人在家，进了书房，打算画画，但接到喻佳的视频后，她已经没心情了。

温宁揉揉肩膀，瞥了眼电脑时间，算着江凛应该要回来了，就下意识回头看了眼。

她一眼看见高大的男人正站在门口，一身笔挺的西装还没换，像是一回家就直接过来找她了。

温宁转身跪在椅子上看着他，眉眼间又露出点笑意："哥哥你回来啦，什么时候回来的啊？我怎么都没听到脚步声？"

江凛走进书房，停在她面前："在你说'大美女该多交往几个男人，不然一个多亏啊'的时候。"

温宁："……"

温宁语气有点变虚："你怎么还偷听我讲话啊？"

"你没关门。"江凛抬起手，指腹落到她的唇角，轻轻抚过，"不给我个解释吗？"

温宁在这个熟悉的动作中察觉到明显的危险之意。

她抱住男人劲瘦的腰，在他西服的驳领上贴了贴，试图靠撒娇和转移话题蒙混过关："哥哥，我画画得脖子好酸啊。"

江凛把手机放到书桌上，空出另一只手落到她的颈后，帮她揉了揉，动作是温柔的，语气和表情却仍淡淡的："解释呢？"

温宁："……"

这个男人现在怎么越来越难搞了？

她以前这样撒娇，他就会放过她的。

她揪了揪他的西装扣子："那我说的大美女又不是我自己，我从来都只要你一个人的。"

江凛轻抚在她唇角的指腹力度倏然重了些。

"只要我？"他低声问道。

温宁心跳莫名快了一拍，点点头。

江凛帮她轻揉着后颈的手往下，将椅子上的小姑娘抱起，放坐到书桌上。

温宁忍不住在他的下巴上咬了一口。

江凛由着她咬，才低下头来亲她。

江凛搁在一边的手机这时响了起来。

这又是谁啊？

温宁转过头看了眼。

屏幕上赫然是"沈明川"三个字。

江凛稍稍退开点距离："我接一下。"

"接吧。"温宁皱皱鼻子，"他最好有重要的事情。"

江凛接通后，对那边嗯了两声，又挂断，随后道："他叫我出去陪他喝酒。"

温宁眨眨眼："他来南城了？"

"他情绪不太对。"江凛放下手机，捏了捏小姑娘的脸颊，"我出去一趟？"

温宁轻轻哼了声："惹我闺密不开心，大晚上还要叫我老公陪他出去喝酒。"

江凛低声哄她："我先送你回爸妈那边再过去，喝完酒就回来陪你？"

温宁垂着眼没说话。

江凛声音又低了几分："回来给你带消夜？"

温宁瞬间松口："那我要烧烤。"

江凛刚只空出来一只手去接电话，另一只手还停在原地，此刻不由得又轻轻揉了揉："烧烤比我回来陪你更重要？"

温宁呼吸瞬间又乱了，不由得又抬头去咬他："那当然啦，谁让你现在都不准我消夜吃烧烤的。"

江凛："……"

沈明川在南城一间会员制酒吧里。

江凛到的时候，他正一个人坐在二楼卡座，桌上一瓶酒已经见底，另一瓶酒刚开。

见他落座，沈明川什么也没说，只倒了杯酒推过来。

江凛接过杯子："和喻佳分手了？"

沈明川终于略略抬眼："你家那个小朋友和你说的？"

江凛嗯了声："她让我跟你说，喻佳吃软不吃硬，你要还想挽回，就收收你这副大少爷脾气。"

沈明川冷笑一声："难道我脸上就写着'吃硬不吃软'几个字？哪次不是我主动找她，现在她没什么大理由，就说要结束，我难不成还得求她、哄着她？"

江凛劝他："别做让自己后悔的事。"

沈明川继续冷笑："她都不后悔，我有什么好后悔的？"

江凛晃了晃杯里的酒："你要是不打算对喻佳认真的话，宁宁让你以后离喻佳远一点，她说喻佳走到今天不容易。"

沈明川想起那天喻佳好像也说过类似的话，但他那时整个人都被躁意淹没，也没细想。

"说得喻佳好像对我有多认真似的。"他顿了顿，握在酒杯上的手指紧了又松，"她还说什么了？"

江凛："没别的，你惹她闺密不开心，她愿意让我出来陪你喝酒就不错了。"

沈明川见他全不像往日那般冷然，一提到温宁，眉眼都柔和了，瞬间觉得刚喝进嘴里的酒酸得厉害。

"瞧你现在这副妻管严的……"沈明川说到一半，倏然又停住，"等等，你刚刚说什么？你说温宁说喻佳不开心？"

喻佳又接着忙了几天，但忙完那几天后，就发现新的一批通告单中，她的戏份排期比原来合理了许多，再没有那种几天堆满了戏，不给她一丝喘息的机会，之后又完全空出一天来的情况。

差不多每天都是不多不少，统筹那边还特意问喻佳有没有哪天需要休息或请假的，她好提前安排。

喻佳一开始还没多想，以为排期只是巧合，统筹多问这一句也是对工作认真负责。

直到又过了几天，剧组忽然多了一男一女两个跌打方面的医生。

男医生负责男演员，女医生负责女演员。

按理说也没毛病，但说是要负责所有女演员的那位女医生几乎绝大部分时间在关注她，偶尔她摔了碰了，她自己都没在意，女医生会第一时间过来给她检查。

偶尔哪里磕到或擦伤得稍微严重些，这位年纪稍大的医生还会强调让她先回房车清理上药再继续。

对此，一向不负"工作狂"称号的谭柳智居然意外地好说话。

不只谭柳智，连剧组的监制和制片人也变得格外好相处起来。

喻佳再察觉不出不对劲，就不是迟钝，而是蠢了。

制片人是鼎盛的副总，和《秘密》的吴制片同级，其他出品公司的人可使唤不动。

因此有能力做这件事的就只有一个人，但喻佳又隐隐觉得不可能，那天他们闹得那么僵，她以为他不会再想跟她牵扯上关系。

喻佳现在排期合理，晚上不排夜戏，大部分时间还是能好好休息的。

有好几天晚上，她拿出手机，打开沈明川的微信对话框，最后什么都没发。

大半个月过去了，他连面都没露。

喻佳其实也把握不准他到底是什么意思。

转眼就接近二月中了，喻佳这天下了戏，一回到房间，就看到客厅茶几上多了个花瓶，瓶中插着束鲜艳的玫瑰。

喻佳给酒店工作人员打电话询问，对方说是酒店送给客户的礼物，但李思涵回房后，告诉喻佳她的房间里没有。

喻佳再打电话过去，酒店工作人员又跟她说这是他们系统随机挑选出来的。

接下来每一天，她都成了酒店"随机挑选"出来的那位幸运顾客。

房中的鲜花还会每天换一个品种。

除此之外，她每天在剧组多吃了哪样菜，第二天盒饭中必然还会出现同一道。

到后来，送到她手上的菜品已经全变成了她喜欢的菜色。

喻佳每天去剧组拍戏，或下戏回酒店的时候，好像心里多了一点之前没有的期待。

很快到了2月20号，温宁和江凛在这天领了证。

喻佳白天忙，给温宁拨个视频通话过去，也来不及好好和她说几句话。

晚上回到酒店，喻佳本想再给温宁打个电话，但想到这时候打过去反而可能打扰她，就又歇了这个念头。

喻佳拿着手机走神片刻，手指不小心误点进通话界面，拨了最上方李思涵的电话。

还是李思涵的声音从手机里传出来，喻佳才回过神。

她跟李思涵解释两句，挂断电话，本来想立即退出，但闻到今天酒店送来的香槟玫瑰的香味，手指停顿了下，最后又往下滑了一段，找到了这段时间始终没露过面，也没有任何联系的那个人的号码。

点开他的通话记录后，喻佳倏地一怔。

记录显示，他们之间所有的通话都是沈明川拨进来，她接通的，没有一个是她主动打出去的。

喻佳后知后觉地反应过来，不管他们之前那段关系多不清不楚，好像始终都是沈明川更主动。

醉酒那晚，是他先开口说他房间还有酒，是他去了万健明的饭局帮她解围，又把她带回他的酒店套房。

后来也是他主动去她家找她，也是他千里迢迢来剧组见她。

喻佳手指颤了两下，终于拨了手下的号码出去。

铃声响了几声，那边就接通了，但没人说话。

喻佳捏着手机，心跳好像比下午拍追逐戏时还要快。她抿抿唇，轻轻开口叫了他一声："沈明川。"

电话那头又安静了几秒，随后男人终于开口，声音听着冷冷淡淡的："有什么事吗？"

喻佳瞥了眼茶几上的香槟玫瑰："花是你送的吗？"

"不是。"沈明川答得很快，语气仍旧冷冷的。

喻佳怔了下，不由得无声地笑起来。

这位大少爷居然也会有这样犯傻的时候。

要是她房间里的花真不是他送的，他的第一反应不是应该问"什么花"吗？

喻佳也没拆穿他，反而心里软得像是化成了一汪水。

她还是拿不准他到底什么意思，但她清楚他们这种自尊心极强的人，主动低头有多难。

不管他们以后会是什么结果，她都觉得她始终还是该为当初的分开给他一个更清楚、更真诚一点的理由。

"沈明川。"喻佳又叫了他一声，"我是不是没和你说过我家里的事，我爸是个特别糟糕的人，我妈好些年前就改嫁了，早有了自己的家庭，我差不多算没有家了，除了宁宁、宁宁家人和我其他那些朋友，我就只剩这一个梦想了。我是真的希望以后我的观众是因为我的演技而认可我、喜欢我。"

手机那端又沉默了片刻，然后喻佳听见他低声说："我知道了。"

给沈明川打完这个电话，喻佳第二天并没有静下来，不知怎么，反而更乱了。

以至于她上午第一场戏一开始根本没有进入状态。

谭柳智见她状态不对，喊了暂停，给她时间调整。

喻佳向来是特别怕给别人添麻烦的性格，脸上带着妆，她不好洗冷水脸清醒，就用手伸进袖子里掐了自己一把，手臂上被掐得那一块迅速变得通红，疼痛也让大脑迅速清醒过来。

等到这次再开拍时，她终于把心里那些乱糟糟的情绪全压了下去。

喻佳状态一恢复，上午的两场戏就拍得十分顺利，只是拍最后一个追逐镜头时，她要从一个栏杆上翻身跳过来。

栏杆不算太高，但因为她是先从另一段路跑过来，需要在快速跑动的状态下完成翻越的动作，并不算容易。

这场戏其实一早说好她亲自跳，但前几天谭柳智不知为什么又改了主意，又特意跟她确认了一遍需不需要找替身来拍。

喻佳当初费心跟教练学习这么久，就是为了这部戏能不用替身就不用，仍然坚持自己跳。

她这么长时间的训练确实没白费，这个镜头的拍摄依旧顺利。

只是落地的一刹那，大约是力度掌控得不算好，喻佳感觉脚腕上瞬间有一股剧痛传来，她咬着牙稳住了身体，没在镜头中露出丝毫异样。

在设备前观看的谭柳智没发现任何问题，难得大声叫了句"好"。

但某位大少爷请来的女医生大约是经验十分丰富，一喊停，就直接快步走到了她的身边。

导演组的人这时才知道她受伤了。

医生帮她检查了下脚腕，说没伤到骨头，但需要休养几天。

喻佳后面几天戏份不算轻。

谭柳智早已经过来问询情况，此刻听到医生的话，犹豫了片刻，还是点了点头："那喻佳你就休息几天。"

喻佳不太想耽误剧组进度，而且没伤到骨头，就说明也并不严重。

她摇摇头："我不用休息。"

医生不赞成："扭伤不好好养，以后可能会反复脱臼的。"

"我伤得这么轻，应该不会的。"喻佳说着又转向谭柳智："谭导，我真的没问题。"

谭柳智感觉头有点大，摆摆手："这样吧，你今天先休息，其他的等我们商量一下再说。"

喻佳再逞强，也知道今天不好再继续拍摄，不然以她现在的状态，就真的只能拖剧组后腿了。

冰敷后，她就被提前送回了酒店。

喻佳在房间心不在焉地看了一下午的剧本。

接近晚饭饭点时，她听见门口有敲门声传过来，下意识以为是李思涵过来送晚餐，正想说"进来"，手机忽然响了起来，是沈明川给她打来的电话。

喻佳心跳莫名漏了一拍。

这还是那天她跟他说结束之后，沈明川第一次主动联系她。

喻佳指尖动了动，接通电话。

男人熟悉的声音在耳边响起："让你助理给我开门。"

喻佳想起刚才的敲门声，心跳蓦然剧烈。

她指尖一颤，不慎挂断了电话。

喻佳也没顾得上回拨，更没顾得上给李思涵打电话，半瘸半跳着走到门口，拉开了门。

高大的男人穿着一身黑风衣，姿态懒散地倚在门边，脸上带着熟悉的不耐烦，手指点着屏幕。

与此同时，她的手机又响了起来。

沈明川已经看到她了，也没顾得上挂电话，本就一副不太爽的神情，瞬间更难看了："你自己出来做什么？"

喻佳这时才想起往外看。

"别看了。"沈明川进门扶住她，"没人，你们剧组的人一时半会儿回不来。"

喻佳顺手关上门："你怎么来了？"

沈明川没答她。

响了许久的铃声因为没人接听，又自动停下来。

房间里瞬间安静了。

高大的男人这时忽然在她面前半蹲下来，昂贵的大衣蹭在地面上，他像是也没介意，只轻轻碰了碰她的脚腕。

"疼吗？"沈明川抬头问道。

喻佳从没听他语气这样温柔过，心里轻轻颤了下，随后才摇摇头："不疼。"

沈明川看她这副逞强的模样又来气了："不疼你颤什么，我听说你明天还打算继续拍戏，喻佳你怎么这么能呢？"

喻佳发现她还是更习惯他此刻这副模样，靠着墙边："你又是来找我吵架的？"

沈明川这次没回她。

男人站起身，打横将她抱起来。

喻佳被他抱过不少次，但还没被他这样抱过，浑身不自在："沈明川，你这是干吗？"

沈明川只是轻飘飘地扫她一眼："你都这样了，我还能干吗？"

喻佳："……"

沈明川把她抱进客厅，放到沙发上。

喻佳看他在她旁边坐下，脸色还冷着，也没立即开口说话，可能是心跳还乱得厉害，她不由得又开始不自在。

喻佳想了想，把刚才没得到答案的问题又问了一遍："你怎么过来了？"

沈明川终于抬眸："你赢了，喻佳。"

喻佳稍稍一愣："什么赢了？"

沈明川闭了闭眼："我后悔了。"

喻佳垂在一侧的手倏然握紧。

她知道面前的男人有多骄傲，所以那天他从她房间走后，她就没想过他会回头。

哪怕这些天他在暗中做了那么多事，喻佳仍有些不敢相信此刻会从他嘴里听到这样一句话。

沈明川顿了顿，继续道："你要不愿意，我们的恋爱关系就先不公开，等你拿奖了，或是以后什么时候想公开了，我们再商量。"

喻佳心里乱成一团，隔了两秒才反应过来："你刚说什么关系？"

"恋爱关系。"沈明川看了她两秒，也反应过来，脸色又冷了下来，"不然你以为我们是什么关系？"

喻佳："……"

喻佳莫名有点心虚，挑了个文雅点的词："床伴？"

沈明川被她气笑了："我要只想找个床伴，会缺女人吗？用得着在你这儿受这种气？"

喻佳不太服气地回道："你从来没说过喜欢我，我们算什么恋爱关系？"

"你就说过喜欢我了？你不气我就不错了。"沈明川淡淡地反驳一句。

喻佳："……"

她沉默了几秒，脑中无端又浮现起他刚才说后悔时的模样，心里又软得不行。

喻佳指尖蜷了蜷，轻声道："那你就不能让我一次吗？"

沈明川心尖像是被人轻轻掐了下，也软得厉害："喻佳，你要是早这样跟我撒娇，我们用折腾这么久吗？"

她忽然被男人一把拉进怀里。

喻佳听见他的声音低低地落在她的耳边："我喜欢你。"

第 二 十 章

主动

x iu quaa

　　婚礼最终定在海城举行。

　　江凛向来低调，这次却一反常态不赞成简办，婚礼规模比温宁预想中要盛大许多，宾客也比她预计中要多。

　　温宁大概知道他的想法。

　　他是想给她最好的，也想像上次带她去沈家露面一样，让众人知道他对她有多看重，但宾客一多，去国外办婚礼就不那么方便了。

　　温宁在国外待了好几年，也觉得还是国内最舒服，最终就定在了海城。

　　当天的婚礼和晚宴都在海城的逸星酒店举办的，之后有空的宾客可以直接从海城上游轮，参加为期两天的宴会。

　　婚宴团队其实一开始给出的方案之一就有直接在游轮上举办婚礼。

　　温宁当时挑婚纱、挑礼服、挑伴手礼，已经晕了，直接犯了选择困难症，就把选择权丢给了江凛。

　　江凛当时直接否定了这个方案。

　　温宁看他这么果决，还顺口问了原因，得到的答案是可能会有宾客晕船。

　　他不希望婚礼出现任何不顺。

　　为他们服务的全是业内最好的团队，婚礼筹备得非常顺利，只是温宁对最后给出来的婚礼具体流程意见很大。

　　她不爱煽情。

除了婚礼要办得盛大，其他事情江凛都由着她做主，最后整个流程被温宁删减得几乎只剩宣誓环节了。

她觉得这个还是必须得有的，但温宁还是不太满意，她想连温时远牵着她的手，把她交给江凛这一环节也给删掉。

彼时他们正在家里跟两位家长一起商量，温时远和宁雪兰前面也都随她，到这里，温时远才反对："这怎么行？"

温宁皱眉："不删掉的话，那你信不信，从你牵我进门第一秒起，我就会开始哭，然后所有宾客都会看到你女儿一路哭着上台，最后哭得妆都花了。"

温时远一脸无奈："你就不能忍忍？"

温宁理直气壮："那你又不是不知道我爱哭，眼泪哪儿能说忍就忍啊？"

父女俩僵持不下。

站在一旁边静静听着的江凛缓声开口："宁宁想删就删了吧。"

温时远瞪了女婿一眼，话里明显全是无奈："你再这么惯着她，她真要上天了。"

江凛看着他，语气郑重："宁宁永远是您的女儿，您不用把她交到我手上，是我以后和您二位一起来照顾她。"

温时远语气像是还带着无奈，但嘴角倒是不自觉地翘了起来："行行行，你们的婚礼我管不了，你们爱怎么办怎么办吧。"

婚礼前一天晚上，绝大部分宾客已经住进了逸星。

温宁和江凛都不爱抛头露面，婚礼没邀请任何媒体，海城这家逸星前两天就已经停止接待其他客人，能进场的只有应邀前来参加婚礼的宾客，但毕竟宾客不少。

婚礼前一晚，按习俗她是不能和江凛见面的。

温宁被两位家长勒令不许偷偷跑去见他，宁女士更是策反了喻佳过来"监视"她。

海风习习，温宁趴在阳台栏杆上，旁边小桌上摆满了江凛让人送来的零食、水果，她披散下来的头发被风吹到耳后。

她胡乱理了理，听见喻佳在旁边问她："紧不紧张？"

温宁看着不远处都被灯光照亮的海岸，眼里带着柔和的笑意："还是有点紧张的，明明我都跟他领证大半年了。"

"紧张也正常，谁让你老公把场面搞这么大。"喻佳说。

温宁略略偏头看她："你呢，我明天就要办婚礼了，你也都拿了影后，还不打算给沈明川一个名分？"

喻佳顺手帮她把头发理了下："再等等吧，我只上了一部作品，拿了奖也算不上站稳脚跟。"

温宁轻笑："沈明川也挺不容易的，这么大少爷，现在一直默默给你当地下情人。"

喻佳很轻地笑了声："是啊。"

温宁笑着抬头看了眼天上一闪一闪的星星："明天好像天气很好啊。"

次日天气确实很好，天清气朗，万里无云。

精心筹备的婚宴厅中，宾客早已落座，穿着一身白色礼服的新郎也已经在台上等候。

众人目光都落向大厅门口。

大门终于缓缓被打开，穿着婚纱的新娘出现在门口。

江凛站在台上，遥遥朝她望过去。

婚纱款式他早见过，但她试穿婚纱的时候，宁雪兰说要给他惊喜，没让他进门看。

这也是他第一次见他的小姑娘为他穿上婚纱。

她今天头上戴着他送她的钻石冠冕，头纱被门口的风吹得轻晃，洁白的婚纱裙摆上缀满了碎钻，折射出细碎的光芒，却不及她耀眼。

江凛心里倏然生出了一股冲动的念头。

宴厅的宾客大多还在看向门口的新娘，却听见周围忽有细小的交谈声响起。

有人回过头，就看见新郎突然跨下台，大步走过满是鲜花的红毯，一路走到了新娘子面前。

温宁愣愣地站在门口，也有些惊讶。

这和商量好的流程不一样。

江凛这时却已经朝她伸出了手。

刚刚在台上看着她时，他脑中一瞬浮现出许多画面。

他想起她五岁时从爷爷怀里跳下来，一眼也不看其他人，跌跌撞撞地扑向他的腿边；想起她在机场叫住他，白皙的手拖着行李箱，朝他走过来，仰头望向他的目光比星辰还亮。

江凛轻着声："走吧，我牵你上去。"

这一次，他想要主动走到她身边。

海风温柔

　　第二天，温宁清早不到五点就起床了。

　　他们今早要下游轮上小游艇去看日出钓鱼，喻佳和沈明川同他们一起去。

　　温宁甚少这样早起，眼睛都睁不开，上了小游艇后，等江凛一坐好，她也顾不上喻佳和沈明川在场，半闭着眼睛就往男人怀里钻，开始撒娇："哥哥我好困啊。"

　　远处天还暗着。

　　江凛轻抚了下她的头发，声音很轻："那再睡会儿，我等下叫你。"

　　沈明川站在一旁看着只觉牙酸："你们俩用不着这么腻吧？"

　　喻佳扯了扯他的手臂："人家是新婚夫妻，腻下怎么了？"

　　沈明川转头看她："你也知道人家是新婚夫妻啊，我到现在连个正式名分都没有。"

　　"怎么？"喻佳瞥他一眼，"后悔了？"

　　"后悔倒没有。"沈明川朝某对新婚夫妻抬抬下巴，"你也这样跟我撒个娇就行。"

　　"你怎么不这样跟我撒个娇？"喻佳说着又扯了扯他，"我们去外面，别吵着宁宁睡觉。"

　　温宁听着他们俩的声音渐渐远去，咕哝着道："那你等下一定要叫我呀。"

　　江凛低低地嗯了声。

温宁的脸埋在男人怀里，她在熟悉又安心的气息中，很快又睡了过去。

日出时，温宁被江凛叫醒。

她迷迷糊糊地睁开眼。

远处海平面上，太阳正冉冉升起，海天被染成金红色。

粼粼波光轻轻荡漾，有种壮阔的美感。

温宁睡意瞬间消散，静静地靠在江凛怀里，跟他一起迎接新的一天。

日出过后，天色亮堂起来。

喻佳和沈明川去了船尾。

江凛在前面下钓竿钓鱼。

钓鱼是个耐心活，但温宁从来没有耐心。

她坐在男人旁边，玩了几分钟手机，抬起头，目光在他执着钓竿的那只修长的手上停了两秒，而后又移到安静的钓竿上："怎么还没动静呀？"

江凛垂眸看了眼手表："宁宁，才过去五分钟。"

温宁："……"

"好吧。"

她又低头继续玩手机。

这次玩了十分钟。

"都十五分钟了。"温宁重新抬起头，"怎么还是一条鱼都没有？。"

江凛："没那么快。"

温宁皱皱鼻子，继续玩手机。

三分钟后，她再次抬起头："是不是你钓鱼的方式不对？"

江凛空出一只手捏了捏她的脸颊："你再吵，今天就真钓不上鱼了。"

温宁目光撞进他的眼中，那双向来深邃的黑眸里带着明显的笑意，她嘴角也不自觉地翘了翘，随即又故意往下撇了撇："婚礼才办完，你就开始嫌我吵了。"

小姑娘俏生生地看着他，眉眼灵动又漂亮。

江凛忽然也失了耐心，把钓竿放下，朝她伸手："过来。"

温宁坐到他的怀里。

徐徐的海风吹乱了她的头发。

江凛大手落到她的颈后，靠过来吻住她。

这天早上，他们最终没能钓上一条鱼。

喻佳和沈明川也没有。

赶在日光变烈之前，四人空手回了游轮。

游轮上不缺食材，他们一条鱼都没钓到，特意请来的米其林大厨中午仍给他们精心准备了全鱼宴。

吃完午饭，江凛去陪翟少寒等人打牌，温宁去陪乐静静他们唱歌。

李林几个男生跟她们一起唱了几首，又跑去玩游戏了，房里只剩下几个姑娘。

温宁跟她们玩了半下午，临近四点半的时候，忽然有点想江凛了。

温宁听着她们聊天，忍不住把手机摸过来，给某人发了条消息。

喻佳眼尖瞥见了，笑着打趣她："才几小时不见，你就这么想他？"

温宁把手机放下："想他也不行啊？"

另一边，江凛正和翟少寒几人打牌。

打了半下午，翟少寒忽然开口："对了，有人托我问你太太最近有没有什么新作品？"

江凛眉梢都没抬一下。

《秘密》最终票房是 35 亿元，前不久还横扫了国内某个重量级颁奖的几个重要奖项。

翟少寒这个问题，他已经听过无数遍："她还在画《秘密》的漫画。"

翟少寒瞥一眼对面的克鑫总裁阎冲："还是你们下手快。"

阎冲笑道："多亏江总帮忙。"

翟少寒重新看向江凛："我那位朋友托我跟你太太先约下一部的版权。"

沈明川不干了，把手上那张牌往中间一扔："要约也得在我们鼎盛后面排队，而且你跟江凛说没用，他说了不算。"

江凛也不反驳："我确实管不了她，得看她自己高兴。"

翟少寒轻轻"啧"了声。

江凛放在手边的手机忽然响了一声。

他拿起手机看了眼。

消息是正处于话题中心的那个姑娘发过来的，就两个字。

小猫："哥哥。"

江凛握在手机上的手指瞬间一紧。

他将手上最后一张牌随手扔下："你们先玩。"

温宁消息发出去后，过了几分钟也没见他回复。

她鼓了鼓腮帮子，不满地戳了戳那个黑色头像，正想着要不要打个电话过去，或者干脆直接去找他，就听见有人敲门。

她以为是游轮上的服务人员过来送食物，随口道："进来。"

门被推开。

温宁抬起头，高大的男人站在门口，身上的黑衬衫为他平添了几分冷肃，眸光却是温和的。

温宁眼睛一亮，立即站起身："你们先玩啊。"

乐静静摆摆手："去吧去吧。"

温宁："……"

温宁走到门口，把小手伸过去。

江凛牵住她，垂眸问："脸怎么这么红？"

温宁："……"

"有点热。"温宁问道，"你怎么下来了啊？"

江凛牵着她慢慢往电梯处走去："你都跟我撒娇了，我能不下来？"

"我哪儿有？"温宁不承认。

两人牵着手，距离有些近，温宁闻见他身上有浅淡的酒香。

"你喝酒啦？"她问。

江凛点头："喝了一点。"

温宁快走两步，停在他面前，又靠到他胸前吸了吸。

这酒闻着好像还挺香的。

她仰头看着他："我也想尝尝。"

江凛垂着眼，看她的目光一瞬间变得有些危险。

这艘游轮里只有参加他们婚宴的宾客，随处都是空房间，但这个男人在这种时候向来比较有耐心。

他一路牵着她回了他们的房间。

等到他不疾不徐地反锁上门，温宁才被他推到门上，后背有微凉的触感传来。面前的男人还在慢条斯理地取眼镜。

他垂头吻上来的时候，温宁只觉得心尖都在发颤。

晚餐是游轮上的服务人员送上来的，比平时晚了快两个小时。

他们吃完后，整个海面已经被夜色笼罩。

温宁不想出去，就和他靠在房间的阳台上吹风。

下面一层不知道是不是乐静静他们在闹，有歌声忽然传来："We are, we are on the cruise（我们在，我们在一直航行啊）."

温宁眉眼弯弯笑起来，侧头看向旁边男人："我小时候看《海贼王》，他们现在唱的歌就是《海贼王》的主题曲之一。"

江凛轻轻嗯了声。

十月初，夜晚的海风已经带着明显的凉意。

他转身背靠在栏杆上，将旁边只穿了薄薄一条睡裙的小姑娘拉进怀里，抬手理了理她被风吹乱的头发。

"小时候看《海贼王》，然后呢？"

温宁的手环着他的腰："然后我就幻想以后也要有一艘船，可以带着朋友一起出海冒险游玩。"

江凛轻笑了声："冒险就算了，游玩随时可以，之前订的游艇不是早做好了？"

温宁跟他撒娇："那你也要陪着我。"

江凛点头应下，又低声问她："还有什么想要的吗？"

温宁仰着头，看头顶繁星闪耀，看他垂眸看向她，看他眼里带着明显的爱意。

她摇摇头，在他胸口的贴了贴："没有啦，最想要的，我已经拥有了。"